锦绣江山

凤长歌

楚清/著

下

重慶出版集團 重慶出版社

目 录

第二十章　夜话桑麻· · · · · · · · · · · · 1
第二十一章　私逃入宫· · · · · · · · · · · 14
第二十二章　绝情断爱· · · · · · · · · · · 30
第二十三章　恍然如梦· · · · · · · · · · · 46
第二十四章　帝宫相见· · · · · · · · · · · 61
第二十五章　血色缠绵· · · · · · · · · · · 78
第二十六章　经年重逢· · · · · · · · · · · 96
第二十七章　寿宴劫一· · · · · · · · · · · 110
第二十八章　寿宴劫二· · · · · · · · · · · 131
第二十九章　无媒为证· · · · · · · · · · · 150
第三十章　大病一场· · · · · · · · · · · · 167
第三十一章　表明心迹· · · · · · · · · · · 185
第三十二章　与帝决裂· · · · · · · · · · · 199
第三十三章　被判宫刑· · · · · · · · · · · 214
第三十四章　夜探君王· · · · · · · · · · · 236
第三十五章　情投意合· · · · · · · · · · · 250
第三十六章　凤氏太子· · · · · · · · · · · 264
第三十七章　楚国密信· · · · · · · · · · · 276
第三十八章　诀别归去· · · · · · · · · · · 289
番外篇——尹简：待我君临天下，许你一世长安· · · · 304

第二十章　夜话桑麻

窗外夜半星沉，四野静谧，苍穹瀚海，天地洪荒。

屋中一灯如豆，两张脸庞，在烛火的跳跃下，被掩映出朦胧的薄光。

回忆到这里，两人皆眼底湿意浓重，尹简翻个身趴躺下，将长歌的头揽到他肩上，他磨蹭着她的脸颊，嗓音里氤氲着几许哽咽："长歌，告诉朕，后来是不是有杀手找过你？"

"没，没有吧……"长歌随口否认，略尴尬地想脱离开尹简，她下体裸着，这么一靠近，两人的腿便紧挨在了一起，她的心都快跳出嗓子眼儿了！

尹简沉目，将她揽得愈紧："为什么不说实话？离岸已经给朕讲过了，说你几年前遭无名杀手袭击，曾中数掌，险些丢命，自此旧疾缠身，但凡心肺受震，便会吐血。"

"哦，离岸真是个大嘴巴啊。"长歌脸红如滴血，她强忍着羞赧，低垂着眼睑，坦白说道："在你走后，我和离岸回靖王府住了几日，没想到我们返回郊外小院的当晚，竟有人偷袭，来人全做夜行衣打扮，个个武功高强，出手狠毒，我们没防备，又只有两个人，寡难敌众，离岸腹部中了一剑，我中了好几掌，对方逼问我们日前是否盗过墓，墓中之人何在，我们答不上来，对方欲杀我们灭口，危急时刻，老天怜我，神医师傅竟从灵珠山赶来灭了杀手，救了我们。"

闻听，尹简胸腔处似被人重踩了一脚，连五脏六腑都疼了起来，他扳起长歌的脸，一记疼惜悔恨的吻，深深浅浅地印在她唇上，他涩哑着声音，喃喃低语："长歌，朕对不住你，都是朕连累了你……"

"就是你害我的，哼！"忆起她为他所受过的苦，忆起两人身份的可笑对立，长歌顿时什么亲吻的心情也没有了，她一把推开他，偏过了小脸。

1

尹简不禁急切："神医师傅医术那么高超，就无法给你去掉病根么？"

"去不了，只能慢慢调理。"长歌撇撇嘴，答道。

尹简苦笑一声："朕不告而别，便是不想连累到你，所以选择了尽早离开，谁知……"

"对了，采薇是你什么人呀？"长歌忽然记起他回忆开头提到的人，不免好奇地问道。

尹简一怔，身躯渐渐僵硬。

采薇是宫里拨给他的宫女，大他两岁。身在冷宫的那三年里，他受尽苛责与欺凌，只有采薇待他真心，对他照顾有加，在那段黑暗绝望的人生岁月里，是采薇为他重拾了生活下去的勇气，他们相濡以沫三年，少年少女芳心互许，他曾许诺采薇，有朝一日，若他得势，定娶采薇为妻，然而……

他永远忘不了那一日，他从昏迷中醒来，而采薇死于荷花池中。

至今，无法弄清楚，他中的迷药，是否采薇所为，采薇是自杀，还是他杀？采薇的尸体，又被谁人带走？

许多的谜团，都很难解开。

沉默许久，尹简淡淡开口："采薇是冷宫的一个宫女，负责朕的饮食起居。"

"就这么简单？"长歌咂舌，明显不太相信的样子。

尹简侧眸看她，目光幽深："那你觉着有多复杂？"

"不晓得。"长歌摇摇头，想了想，道："我现在脑子比较乱，等我理清了再跟你说。"

尹简忍不住又将她的肩膀揽了过来，他语气里夹了丝惆怅和庆幸："长歌，五年前朕就怀疑你是姑娘，你为何瞒朕至今日？难道……朕不值得你信任么？好在，现在发现也不晚。"

"说话归说话，你干吗总动手动脚嘛？快松开我啦！"长歌又开始别扭，在这种紧张的心理之下，自是忽略了尹简最后的一句，她左右拧着头，暗骂此人该直接改名淫贱，太流氓了！

尹简无奈："朕抱下你，能让你少几两肉么？你这么排斥朕做什么？不是如你所愿，朕的相貌上乘么？"

"哎呀，小爷还是未嫁女子，当然不能随便让你抱了！"长歌羞嗔他，脸红的同时，连耳尖都红得不成样子了。

闻言，尹简褐眸眯了眯，他沉凝视着她，目中流光潋滟，幽深如潭，许久，他方才缓缓道出一句："朕数次轻薄于你，是朕不对。长歌，若你想嫁与朕，朕不介意纳了你！"

长歌蒙了片刻，脑子有点空白，她努力梳理着他这番话的意思，凤眸闭合睁开，再闭合再睁开，如此反复好几次，才不解地出声："敢问大秦皇帝，我孟长歌有说过想嫁给你的

2

第二十章　夜话桑麻

话么？"

　　此言入耳，尹简眸色陡深，薄唇抿成了一条直线，他眼眨也不眨地注视着长歌，示意她说下去，只见她绯唇吟吟笑开，一双凤眸明亮清澈，长而卷翘的眼睫毛，像两把小刷子似的，在他眼前刷来刷去，看得他的心痒痒的，可她偏偏单手撑着头，跟他隔开了两个拳头的距离，她笑问他："再敢问皇帝陛下一句，您所言及的'纳'字，是何意？"

　　"说说你的想法。"尹简没正面答她，亦隐忍着将她强抱入怀，啃咬她那张欠吻的小嘴的冲动，尽量平心静气地说道。

　　长歌勾着笑，漫不经心的语气："您的'纳'字，抱歉，您不介意，我介意！您瞧我孟长歌长得就像是给人做小的么？或者说，我孟长歌出身低贱，毫无背景家世，所以只配为妃为妾？不好意思，皇帝陛下您的后宫已经很充实了，我就不跟您的三位贵妃掺和争宠了！"

　　"这么说，'纳'字委屈了你，若换成'娶'字，你就愿意？"尹简浮唇，眸中微起波澜。

　　长歌略有点无奈，她收敛了笑意，认真道："尹简，在你眼中，我区区一介草民，能做你的妃嫔，已经是对我天大的恩典了，是么？"

　　"是。"尹简点头，不动声色地翘起了唇角。

　　长歌冷冷一笑："既然如此，我更不配做你皇后，这个自知之明我还有，就请皇帝陛下勿再侮辱我的尊严！"

　　"可在朕心中不是。"尹简缓缓吐出几个字，褐眸紧锁着她，"长歌，你究竟在意的是封位的高低，还是在意朕后宫已有三位妃子的事情？"

　　闻言，长歌思考了一番，继而很理性地说道："我呢，打小野惯了，江湖市井气太重，登不了大雅之堂，做不来以夫为天，我孟长歌的抱负，是创一番经世伟业，金戈铁马，快意恩仇，我向往的是海阔凭鱼跃，天高任鸟飞的生活，而不是把自己锁在一个囚笼里，把自己的才华，葬送在后宫争宠的尔虞我诈中。可以说，我的心比天高，甭说你为报恩给我施舍什么破贵妃的位子，就是真舍得把皇后之位给我，我也没兴趣！"

　　"你言下之意，是对朕没兴趣？"尹简俊颜一分分沉凝，眼神冷冽如刀，一抹不易察觉的受伤，在眼底悄然蔓延。

　　长歌被他犀利的质问，呛得忽然失语，她对他没兴趣么？一点儿也没有么？她不敢深入思考这个问题，所以她答不上来……

　　两人心思各异，大眼瞪小眼，互相瞪了半晌，见尹简的态度丝毫没有软化的迹象，长歌暗叹一气，为了她的大计，只好由她妥协先讲和，她遂伸手搭上他宽阔的肩膀，吊儿郎当地笑道："小锤子，其实报恩的形式，分很多种，你不必委屈自个儿以身相许的，就我这野马的性子，若入了你的后宫，岂不是会闹得后宫鸡飞狗跳？所以啊，你别想太多了，咱俩做个好兄弟，以后你别动不动打我屁股，我就很高兴了！"

"呵，好兄弟？"

尹简唇角勾起渗冷的弧度，他猛然掀开长歌的手，大掌反扣住她的后脑勺，快如闪电地啃咬住了她的唇角！

"呜呜……"

长歌吃痛惊诧之余，本能地挣扎反抗，尹简眸中闪过冷邪的光芒，他大手忽然从被子中探下，竟抚摸在了她光裸的大腿根部……

那股异样的酥麻感传来，长歌整个人一抖，竟像被人点穴一般，身体瞬间僵硬得一动不动，她的嘴唇任他啃咬，她的下体任他炙热的大手游走，而她的大脑，已经失去了思考的能力……

体内，有一把火在燃烧，仿佛要将她融化了……

而尹简本意只在教训她，想让她老实乖顺，可他与半裸的她同床共枕，原本就是一个自我折磨的决定，那股刻意压制了许久的原始欲望，不经意就被挑起，他的大掌愈抚摸她的肌肤，便愈情动难耐……

尹简喉结艰难地滚动着，手指触到她伤患的臀部，他重吻了下她，终是心痒不甘地收回了手，也停止了吻她，他沙哑着嗓音，气息不稳地低声道："孟长歌，做好兄弟能亲吻么？能摸你身体么？"

长歌机械地摇头，整张小脸嫣红如霞："不，不能……"

"那你说说，朕想亲你摸你，想让你做朕的女人，朕可能与你做好兄弟么？"尹简字字珠玑，不给她半分思考的时间。

"不可能。"长歌再度摇头，表情呆呆愣愣的，明显还没完全回过神来。

尹简邪佞一笑，长指抚了抚她微肿的唇瓣，极具气势地警告她："孟长歌，你想实现你的抱负，朕可以给你时间，允许你瞎折腾，但你若不嫁给朕，这泱泱天下的男人，你一个都甭想嫁！谁敢娶你，朕就灭了谁！"

长歌的神志，终于被他霸道狂妄的豪言壮语拽了回来，她不可思议地瞪圆了眼珠，"你……你这是强抢民女！"

"是又如何？"尹简冷哂一声，眉宇间尽显帝王傲气，那份笃定的自信，不掺杂半分虚假。

长歌不由心慌，她下意识地揪了揪领口，闪躲开他的视线，结结巴巴地道："那我就，就出家做……做尼姑。"

"朕可以封锁大秦边境关卡，将你困在大秦王土，拆了大秦所有寺庙，叫你无处容身！"尹简捏住她下巴，将她的脸强行转回来，逼她看着他，一字一句道："孟长歌，你放心，朕能治你的法子多的是！早前朕就提醒过你，若教朕发现你是女子，朕绝不轻饶你！"

长歌听得羞恼不已，隐忍着脾气，咬牙道："尹简，你别太过分！我不就没跟你坦白我的性别么？这比起我救你的恩德，孰轻孰重？你这是在恩将仇报！"

第二十章 夜话桑麻

"果然唯女子难养也，朕的本意，让你扯得没边了！"尹简无语，他松开对长歌的桎梏，轻叹道："孟长歌，猪的理解能力跟你一样。"

"你才是大公猪！"长歌嘴角一抽，忿忿不平。

尹简哭笑不得："朕真是对牛弹琴！"

"讨厌！"长歌扬手就给了他一拳："不许再拿动物作比喻！"

尹简蹙眉，敛了笑意正色道："长歌，朕没玩笑，朕方才与你所说每句话都是真的！你给朕记在脑子里，除了朕以外，不准任何男人亲你的嘴，碰你的身子，明白么？"

"我不明……"

"朕知道你的心思，也了解你的骄傲，你放心，朕不会现在就逼你嫁给朕，以后……等朕铺平了路，再说。"

孟长歌是匹野马，也是颗耀眼的星辰，尹简十分肯定，他若不要她，离岸首当其冲会抢她，而宁谈宣在不知长歌为姑娘的情况下，已对长歌宠溺有加，一旦他日知晓，还不知会掀起怎样的暗潮！

所以，他要定了长歌！

而就他自己来说，不论基于报恩的心理，还是基于男人的责任，他都必须要她，毕竟，他们亲吻无数次，她的少女身体，亦全被他看光。

一个采薇，已经占据了他全部的心，他以为，那样的感情，才是爱情。

而对于长歌的情，他说不清，道不明，亦不敢深入思考，他与她之间，现在真的只是他认为的报恩和责任么？

"我不想谈那些乱七八糟的事。"长歌说不过他，烦躁地嘟哝："困了，睡觉！"

尹简翻过身来躺下："好，先睡吧。"

可是，长歌眼睛闭上好久，因为他提议的事情，她竟怎么也睡不着，她刻意挪移身体到最里边，与他拉开了些距离，但心里的烦乱却无法减少，不得不说，他一句嫁给他，不论出自什么目的，都将她的心搅乱了！

她失眠，都是他害的，以她睚眦必报的性子，岂能让他好过？

于是，她毫不体贴地推了他一下："喂？我睡不着，你也不许睡！"

尹简睁开眼睛，困乏地打了个小小的哈欠："那你想怎么样？就算你想跟朕做点什么，也得等你伤好了再说……"

他调戏的话未完，胸口便骤然一痛，长歌举着拳头，脸红地咬牙道："该死的，再敢非礼小爷，阉了你！"

"可别，阉了朕你以后怎么过？想守活寡么？"尹简勾唇，眸中尽是戏谑的笑痕。

长歌彻底恼羞成怒："天底下男人多的是！"

"朕说过了，谁敢娶你，就灭了谁！"

"你——"

"好了，时辰不早了，快睡吧！"

"不许睡！"

长歌决定跟尹简杠上了，她飞快地转动大脑，搜索着在孟萧岑的情报中，不曾提及的机密，"你当年不告而别，是直接回了大秦么？你是怎么做上皇帝的呢？"

"你问题真多。"

尹简困乏得很，他捏了捏额心，嗓音里夹杂了浓郁的睡意："大概有二更天了，朕三更就得起床，你忍心让朕一夜不睡么？"

长歌下巴一抬，哂笑道："我为什么不忍心？我屁股疼得睡不着，既然你执意跟我住一屋，那你就得陪我同甘共苦！"

"好吧，朕是自作孽，不可活。"尹简无奈地深深叹气，他侧身面向她，勉强让自己清醒了些，看到她脸色正常了许多，他又伸手摸了摸她额头，悬着的心彻底放松下来："总算退烧了。"

两人纠纠缠缠至今日，长歌已习惯了他的碰触，好似再正常不过的事情，所以她没任何抗拒的表现，为了证明他的话是真的，她也抬手摸在了他额头上，再对比了一下自己的身体温度，而后咧唇笑开："真的不烧了呢。"

尹简将她的小手握在掌心，不甚放心地再次叮嘱她："既然不烧了，就好好睡一觉，明儿起朕不在的时候，你按时换药用膳，朕得了空就来看你，你听话别使性子，让朕能安心处理朝政，好么？"

"你好啰唆，就像我爹似的。"长歌撇撇嘴，不以为意地嘟哝一句，这人怎么跟孟萧岑似的，好像她随时随地都会任性么？动不动就让她听话，把她看作小孩子……

糟糕，竟然又想起那个绝情的男人了！

长歌暗咬了咬唇，再一次告诫自己，绝对要忘记对孟萧岑的迷恋喜欢，她同他只能是父女之情！

尹简勾唇轻笑，执起她的小手，放在唇边轻轻一吻，他道："朕是你男人，也可以兼任你爹的职责。"

"胡说什么啊？什么男人不男人的，我又没答应嫁你！"长歌俏脸一红，羞窘地急忙抽回手，且偏过小脸不敢再看他，她心忖，这辈子她可以嫁这世上任何一个男人，却唯独不可以嫁给他啊！

凤氏的祖宗，不会允许她叛国叛家的，她故去的父皇，亦会死不瞑目的！

"迟早的事，总之，你逃不脱朕的手掌心！"

尹简却语气笃定地下结论，那肯定的口吻，令长歌不禁怀疑，这男人到底是哪儿来的自信啊？

"哎呀，不说这些讨厌的事了！"长歌心烦，她捶了几下枕头，扭头看他，噘着小嘴道："你回答我的问题嘛，我很好奇呀，究竟你回大秦后，发生了些什么事呢？为什么我听

第二十章 夜话桑麻

说你是死而复生做了皇帝的呢？"

闻言，尹简展出手臂，指指自己的臂弯，邪气地笑道："过来枕这儿，朕就告诉你。"

"不要！"长歌想也不想地拒绝，那样子太亲密了啊，不行，他又会要流氓的！

尹简掀了掀眼皮："那朕就睡了。"

"不许睡！"

长歌顿急，她一急之下，智商就下降，竟匆忙爬到他跟前，用拇指和食指撑住他的眼睛上下部，霸道地说："你不告诉我，我就不许你睡！"

殊不知，她这个动作，已不知不觉地趴在了他胸膛上，遇到尹简这匹腹黑狼，她的聪明脑袋，基本被灌了水，男人顺势将她的纤腰一揽，不动声色地跟她谈条件："朕可以不睡，但朕讲不讲那个大秘密，你管不着吧？除非……"

"除非什么？"长歌浑然不觉，竟傻愣愣地接下话。

尹简不紧不慢地抱她侧躺在他臂弯里，看着她身上的女装，他嘴角勾起诱惑的弧度，语气却格外严肃地说道："长歌，你的病情不稳定，可能会反复高烧，夜里不能穿太多衣服的，朕给你把中衣脱掉吧？"

"嗯？"长歌两眼一瞪，脑子总算没有糊涂到不可救药的地步："你想借机不轨？"

尹简俊颜一沉："怎么可能？朕是君子，朕保证绝对不会强要你的。"

"那也不行，我宁可发烧死掉，也不脱衣服。"长歌坚决否定，下体光裸是没办法的事，但她若连剩下半个身子的阵地都守不住的话，估计她的清白今晚就会丢掉！

尹简蹙着眉头，缓缓吐息："除非你听话。"

"那我不听了！"长歌羞恼，说着就往起爬，尹简忙抱紧她，失望地叹气："好吧，朕不勉强你，你躺着别动，让朕抱抱你就好。"

长歌脸红耳烫，为了探听秘密，她咬咬牙，毅然决定牺牲，于是她脑袋又枕回到他臂弯里，闷声说："快告诉我！"

其实，仅仅这样子相拥而眠，对于他们来说，已经是质的飞跃了，尹简满足地低头吻了吻她的柔唇，这才缓缓说道："当年为了不连累你，朕只身遣返大秦，朕想大隐隐于市，尹哈的目标放在了大楚，他绝不会想到朕敢回大秦，况且，朕脸上的结痂未愈，容貌不清，谁能认得出朕？结果如朕所料，从朕出关到回汴京的一路上，极其顺利安全，因为不仅没人认得朕，而且尹哈其实已经以为朕死了，向全国发下了皇长孙尹简亡故的消息，世上再也不存在尹简！那些杀手估计是先给尹哈禀报了朕死的事情，后来才发现有人盗墓，尸体失踪有问题，但他们不敢张扬，生怕尹哈降罪，所以才在大楚京都到处打听，打算斩草除根的。

"朕回到汴京后，城中不敢待，便在城外流浪，幸运的是，朕碰到了齐伯，他是朕乳娘的相公，乳娘早些年病故，只留他一个人，无儿无女，朕到别院跟齐伯讨水喝时，互相认了出来，齐伯收留了朕，不敢唤朕原先的尊号，就改称呼朕为少爷，朕就在这别院住了五

锦绣江山 下
归朝歌，步步惊情

年。期间，朕的身体复原后，请齐伯到城中秘密见了齐南天，知道朕还活着，齐南天很激动，隔了几日后，他借机出京办事，乔装打扮来找朕，朕与他说了父亲尹梨被尹哈毒害的事情，他发誓要为父亲报仇雪恨，助朕夺位，于是我们谋划了五年，他表面上讨好尹哈，尽揽兵部大权，暗里为朕拉拢旧部，厢获人心。另一方面，齐南天之父为定北大将军齐豫，常年驻兵在外，齐南天游说其父，取得了齐豫的支持。五年后，尹哈长子弑君篡位，尹哈被长子所杀，阴谋败露，长子被处死，彼时，皇位空悬，尹哈未留下任何册立太子的遗诏，按大秦皇储继承长幼之序的规矩，该四皇子尹珏继承皇位，尹珏也得到了宁谈宣一党的支持，但尹珏生母出身不好，且已死多年，而六皇子尹璃的生母却是尹哈的皇后，手中握权，是以尹后拒不允许尹珏继位，并煽动朝中部分人力主由嫡皇子尹璃承袭大统，于是这两方互不相让，朝政陷入了混乱……"

院外忽然一声鸦啼，令尹简缓缓顿下了话语，他看了眼窗户，抚着长歌的背心，轻声道："朕快要走了，你赶紧睡会儿吧，休息不好会影响身体的。"

"我不睡，你继续讲呀，人家正听得兴起呢！"长歌双目熠熠，很精神抖擞的样子，她这是愈来愈清醒了。

尹简拿她没办法，只好避重就轻地继续讲下去……

就在尹璃和尹珏争执不下的时候，尹简乘虚而入，金殿之上，他死而复生，且手执太祖爷尹赤的传位密旨，此举震惊了天下！

齐南天携旧部当场拥护皇长孙尹简为帝，肃亲王尹诺和右相宋承亦声明遵太祖爷旨意，支持尹简继承大统，宁谈宣和尹后惊怒，以尹简失踪五年来路不明为由，提出反对，于是，局面再次僵持，形成三足鼎立之势！

然而，此夺位事件竟引发了边疆驻军的不满，定北大将军齐豫携数名勇将联名上书，一致支持皇长孙称帝，在这重磅压力之下，尹简又私下找了尹后，秘密达成协议，尹后放弃尹璃的争储大权，尹简则尊尹后为太后，保尹后母子安隅，尹后权衡利弊后答应了尹简，反过来帮他对付宁谈宣一党，于是，在重重逼迫下，宁谈宣不得不退让，奉尹简为帝！

"好惊心动魄啊！"听完故事，长歌心头感慨万端，"那现在的惠安太后，就是尹哈的皇后，对么？"

"对，她只是朕的皇婶。"尹简点头。

长歌想了想，秀眉又拧起："那三公主呢？她是你亲皇妹么？那个三王爷又是谁的儿子？你们这皇室的关系好复杂啊！"

尹简轻笑道："这么说吧，尹灵儿和尹璃是惠安所生，尹珏生母已死，他们三人都是尹哈的儿女，只有三王爷尹琏是朕同父异母的亲兄弟，尹琏生母乃是朕父亲尹梨的庶妃，这个排行是太祖爷将所有皇孙按年纪长幼放在一起排的，朕为长子长孙，朕生母又为正室，所以朕贵为皇长孙，自小尊贵，很得太祖爷的喜欢，是大秦孙辈第一皇储继承人！"

"哎哟，皇帝陛下是衔着金汤勺出生的，我这根杂草与陛下相较，那根本是云与泥的

第二十章 夜话桑麻

区别啊！"长歌夸张地叫起来，眼中尽是狡黠的笑意："看来我得更加认清自己的斤两，万万不敢染指陛下，望陛下亦切莫再自降身份做我的男人，还是回宫尽情地享受陛下的三位美妃吧！"

"这么尖酸刻薄明褒暗贬，莫非……"尹简唇角噙笑，好听的尾音散落在长歌耳畔，他略一低头，吻住了她的唇，含糊不清地问："莫非朕的小长歌吃醋了？"

"我，我吃酱油……唔唔……"

长歌不论想吃什么，都被尹简一记深吻吞回了肚子，他的气息，干净而温柔，他的唇齿，以最亲密的方式，和她纠缠在一起，悱恻缱绻，情难自禁。

长歌不得不承认，她总是无法抗拒他的吻，明知道他们不能这样子，明知道他对她不是男女之情，她亦心藏别的男人，可他总是亲吻她，而她亦总是容易沉沦在他的吻中，退而不得，又或者她潜意识里心甘情愿，是以，才一次次地纵容他……

尹简环抱在她腰间的大手，难以自控地游走在她的娇躯上，她此时侧着身，他从她中衣底部探入，沿着她腰际的曲线向上攀缘，他没打算现在就办了她，可却忍不住地为她膨胀了欲望……

长歌被吻得意乱情迷，一声娇吟，从她口中难以抑制地溢出，她身体瘫软如水，双手紧紧揪着他胸前的衣衫，连脚趾头都蜷了起来，脑中乱哄哄的，理智上想推开男人，可感觉没有力气……

她中衣的带子，不知何时，竟已被尹简挑开，他大掌覆在了她厚重的裹胸布上，她的神志，终于被拽回些许，她躲开他的唇，嘤咛着呓语："别，别这样……"

"朕不碰你，只是看看你的身体。"尹简与她额头相抵，他嗓音沙哑，压抑着明显的情欲。

长歌扭着腰肢，想要逃离他的怀抱，他不许，拧着眉头不悦地道："长歌，你这么长年累月地裹胸，会影响身体正常发育的。"

"我的事……不要你管。"长歌羞愧万分，声音软绵绵的，提不起劲道，两人呼吸相缠，她的心"咚咚"狂跳，一直停不下来。

尹简俊脸微沉，索性隔着裹胸布抚摸她："朕如何不管？你身子若不好，揪心的不是朕么？白日你得掩藏身份必须裹胸，但晚上睡下就得拆掉布带，透透气放松放松，知道么？"

"知道知道，我晓得了，你，你不许耍流氓了！"长歌随口应道，并急忙推他的手，脸颊红彤彤地叱他。

"敷衍朕？"尹简眉峰一挑，不由分说便动手拆她胸侧的布带子，语气强势而霸道，"孟长歌，你是朕的女人，你最私密的部位，朕都已经看过了，胸部算什么？面对朕，你又有什么可害羞的？朕告诉你，日后但凡与朕住一屋，你就得给朕拆了这玩意儿，不然你的宏伟抱负，朕全给你扼杀掉，然后再恢复你的女儿身，把你彻底变成朕的枕边人！"

闻听，长歌羞愤得想哭，她徒劳地双手抱胸，气鼓鼓地低吼："臭尹简，你若是男人，你就别动不动威胁小爷！"

"嗯？朕是不是男人……"尹简说话的同时，已解开了她布带的接头，因她手臂的阻挡而暂时停顿下动作，他唇边缓缓勾起一抹恰到好处的邪笑："你可以亲身尝试一下，看看朕到底是不是男人！"

"你……"

"放心，你不是真男人，但朕可以发誓，朕身心康健，肯定是如假包换的真男人！"

他清俊的容颜，迷人的笑容，此时落在长歌眼中，却格外地欠揍，她急喘两口，忍不住付诸于行动，双拳毫不客气地朝他招呼："你这个臭男人，你去做太监！流氓！大流氓！"

然而，她手臂腾开，却恰好给了尹简机会，他无视她雨点般的拳头，动作飞快地抽动着，将缠绕在她胸前的布带，一层层剥了下来，等她发觉到不对劲时，已经太迟了——两只雪白的小馒头，似鲤鱼般忽然跳跃出来，晃了他的眼，惊了她的神！

"啊——"

长歌羞愤地大叫一声，仓皇趴在床榻上，将她的胸脯深藏起来，这下甭说脸庞耳朵，就连整个娇躯都被染成了嫣红色，羞得她几欲咬舌！

"主子！"

门外，立刻传来莫可的询问声，显然这一道异常的声音，引起了站岗侍卫的警戒！

"无事，退下！"尹简坐起身，俊脸微红，他隐忍着内心的激动，冷淡地应声。

"是！"

莫可退远，尹简平复了一下心情，而后扭头看向长歌，此时的小混蛋，哪里还有半分平日张牙舞爪的样子？她的表现完全是娇羞的少女，缩着头恨不得隐身钻入床底下。

"长歌……"尹简吞咽了下唾沫，喉结滚动着，他哑声低语道："别羞，都挤压变形了，快侧过身躺着，朕不会对你怎样的，你相信朕！"

"呜呜，混蛋……"长歌一动不动地趴着，怂怂地骂他："你没诚信，你是个十足的大流氓！口口声声说不对我怎样，结果呢？又是亲，又是摸，现在竟然连我的……"

她没脸说下去，肩膀一耸一耸的，竟真的哭了起来……

尹简见状，心中一急，忙俯身抱住她的双肩，她身子却用力扭动："不许碰我！"

"丫头。"

耳畔极具温柔的一声唤，骤然令怒气中的长歌僵滞下来，若说这世上有哪个称呼能让她坚硬的心瞬间软化，那便是这两个字。

因为她顶着男儿的身份活了十五年，她在男人堆里长大，现实令她时不时会产生错觉，以为自己真是个男孩子，而唯独"丫头"两字，往往似一记重锤猛然敲醒她，明白地告诉她，其实她是个女孩儿。

第二十章　夜话桑麻

尹简心思何其细腻，这微小的变化，尽收他眼底，他扬唇浅笑开来，倾覆在她身侧，柔声问她："长歌，你喜欢朕唤你丫头，是不是？"

长歌吸了吸鼻子，闷声不答。

"呵呵。"尹简笑意不减，他大掌轻抚上她的发丝，耐着性子安抚她，"别生气了，好不好？朕真心是为了你的身体好，裹胸布裹久了，血液无法畅通，一来对身体不好，二来影响发育，这个道理你应该懂的，你自己看看，你都十八岁了，可你的胸发育得多小啊，这正常么？"

"闭嘴！"长歌羞恼得要命，一个大男人，跟她谈胸大胸小的发育问题，他不嫌臊，她还嫌丢脸！

尹简脾气很好，他一点儿都不恼，今晚两人关系增进的成效也差不多了，他见好就收，"行了，朕不说了，你也别趴着，快点侧睡好，明儿起床时再裹上布带，朕跟你离远点，你甭担心朕再流氓了！"

说完，他果真松开她，主动躺到了最边上，与她隔开了二十公分的距离。

长歌不动，她就是不听他的话，偏偏要趴着睡，可她存着戒备心理，更加失眠得没有困意，两人现在进行到这种地步，她也没心思再拉着他聊天了，便一个人静静地闷头胡思乱想。

尹简其实也睡不着，身边躺着几乎全身赤裸的少女，那股自然的体香沁入鼻中，不掺杂任何胭脂水粉的俗气，清新得让人想喷鼻血，他心潮难掩澎湃，体内的欲望，更如万马在奔腾，可惜……

他暗暗苦笑，忍吧，不忍怎能行？身边这朵花可不是温柔的家花，是朵带刺的月季花，没那么容易让他吃的。

况且，就是她现在愿意，他也不会下手，她是他心中最想怜惜的丫头，他真心舍不得她受半分苦楚，今日失手打得她如此重，已让他后悔得直想替她受了那些痛，怎可能再让她痛上加痛呢？

以后，来日方长。

只盼她没有再哄骗他，她的身世，真如她所言那般。否则，他……

尹简眸色黯了黯，略带纠结地缓缓闭上了双眼。

然而，很快屋门便被敲响："主子，时辰到了，您该起床了。"

"不必进来侍候，朕回宫洗漱。"

"是！"

交代了一声后，尹简睁开眼起身，余光扫过旁侧，就见长歌睁着黑漆漆的凤眼，正满含哀怨地瞪着他，他不禁失笑："得，朕走了，你安心睡吧，朕会交代下去，除了婉儿以外，不许任何人进这屋子的。"

"哼！"长歌鼻子重重一哼，扭头留给了他一个后脑勺。

尹简无奈地摇了摇头，掀被下床，穿靴离开。

长歌竖耳聆听着动静，确定那人真的开门走掉了，方才沉沉地吐了口气，操他大爷的，她的清白之身总算没有失守！

天刚蒙蒙亮，空气里弥漫着破晓时的寒气，深邃微白的天空，散布着几颗明明暗暗的星子，野草在微微颤动，四处都笼罩在神秘的薄明中。

旷野静寂，唯有马蹄声和车轮滚动的声音，交织响彻在城郊的小道上。

护卫们手中举着火把照明，回宫的马车，以极快的速度奔行，车厢里，年轻的帝王平躺在榻上补眠，俊容沉静，疲态明显。

良佑坐在门口，全神贯注地守卫，眸光落在尹简脸上，心思深重到极致。

昨夜，尹简竟与孟长歌同宿，这个事实几乎令人难以置信，众护卫皆在暗自猜测，难不成大秦新帝真有龙阳之癖？

可是，没人敢问，帝王的私事，轮不到任何人过问。

良佑忧心忡忡，深思熟虑后，心中暗暗决定了一件事。

长歌一觉睡醒，已经是半下午了。

尹婉儿拿来一套崭新的月白色男装给她，眼神略带促狭地看着她："长歌，我该叫你表嫂了吧？"

"扑——"

长歌刚喝进嘴里的一口润嗓子水，一个激灵全喷了出来，尹婉儿幸亏站在了床侧，没有正对她，见状，她愕然好半响，才反应过来，连忙递给她一方绢帕："快擦擦。"

"婉儿，你想呛死我吗？"长歌拭着嘴角的水渍，一脸苦大仇深的表情。

"长歌，我不是有意的。"尹婉儿抱歉极了，尴尬得不知该怎么解释，"我只是，只是想说……"

"别叫我表嫂，我担不起也没兴趣。"长歌一语否决，坚定地表示立场，随后她搁下帕子，拿起衣衫左右瞧，"还不错，这颜色我喜欢。"

尹婉儿却听得吃惊，此刻心思全然不在衣服上，她忍不住凑近长歌，直白地问道："长歌，你说的没兴趣是什么意思呀？难道昨夜你与表哥……那个你们没有那么吗？"

"什么？"长歌一头雾水，她掀掀眼皮，"我们怎么了？"

"表哥临幸你了么？"尹婉儿一急，脱口而出。

长歌顿时脸红透顶，她把头摇得跟拨浪鼓似的："没有，当然没有了，我们什么也没做！"

"啊？那你的衣服……"尹婉儿嘴巴张了张，指着长歌裸露在被子外的半截雪白藕臂，顿下了话语，但言下之意很明显。

"我……"长歌这下子感觉跳到黄河洗不清了，她不禁急得挠头："婉儿，你误会了，我们真没有……"

第二十章 夜话桑麻

不待她解释完，尹婉儿已抬手作停，她恬静的脸庞上，布满戏谑的笑痕："别急，反正呀，我这声表嫂，大概是板上钉钉的事情，表哥都与你裸呈相对了，临幸你是迟早的事，或许待你伤好……"

"天哪，婉郡主你快出去吧，我自个儿穿衣。"长歌快疯了，整张小脸都染上了羞愧的嫣红色，几乎没脸见人了！

这一晚，本身没有的事，竟然被想成……哎哟，她的清誉，全毁在尹简那流氓手中了！

尹婉儿笑容婉约，眉目温柔："我得给你换药呀，你趴好别动，我现在就换。"

长歌怎会知道，尹婉儿这个了解内情的人是这般猜测的，而其他人，诸如留在院里守卫的莫可等人，却跟良佑一样，内心的担忧更甚，一个个望着这道屋门的眼神，涵义相同，复杂无比……

第二十一章　私逃入宫

　　养伤的日子，虽然难熬，过得倒也快，转瞬便已六七日。

　　长歌毕竟是习武之人，身体底子好，臀部伤处刚刚结痂，她就按捺不住地下地溜达了。

　　而尹简太忙，那日一走，再没来过，一来朝政大事过于繁重，二来惠安太后的寿辰在即，他日理万机，根本腾不出空闲。

　　而他不来，长歌反倒乐得自在，她和尹婉儿感情日益深厚，两人凑在一起，属于文武互补，往往长歌舞剑，尹婉儿为她作诗，互相配合得极为默契，她们偶尔一个眼神的碰撞，用莫可的话来说，这都能撞出火花来，明显是英雄美人珠联璧合的感觉啊！

　　虽然，孟长歌这厮实在不能被称之为英雄，最多就是个有点出息的小混蛋，但长歌与尹婉儿生情，真是一件值得大喜的事，因为如此一来，尹简头上的绿帽子就戴实了，堂堂帝王受辱，颜面当先之下，就有可能咔嚓掉孟长歌啊！

　　一想到这里，莫可就兴奋得不行，他甚至私下希望，长歌与尹婉儿能再亲密些，哪怕他内心并不想长歌死，但比较起尹简的帝王尊严，他宁可狠心斩断他们的龙阳恋，让尹简变回正常的男人！

　　然而，得意忘形的后果，便是当莫可瞧到院门外立着的一道颀长威猛的身影时，他双腿一软，险些就给来人跪下了："齐，齐大人……"

　　他结结巴巴地见礼，心情一下子矛盾到了极点，他只盼孟长歌与尹婉儿好，竟忘了齐南天那茬儿！

　　"怎么回事？"齐南天看着神色异样的莫可，剑眉一蹙，凌厉地问道。

第二十一章　私逃入宫

莫可干咽了咽唾沫，抬手指向院内……

角落的石桌上，俊美的少年与温婉美丽的女子正在下棋，气氛浓郁，只听欢声笑语遍响院内。

"婉儿，这步我走错了，我重新落子！"

"走棋不悔真君子！"

"嘿嘿，小爷不爱做君子，做小人蛮好的。"

"长歌，哎……你真是个小混蛋！"

"小混蛋正好配小美人啊，好婉儿，不如咱俩凑一对吧，我孟长歌保证只娶你一个夫人，以后夫人让我往东，我绝不敢往西，什么都听夫人的！"

长歌笑眯眯地说着混话，眼角的余光，不动声色地瞥向院门方向，如愿以偿地看到齐南天脸色变青，她开心得几乎要忍不住开怀大笑了！

尹婉儿则是背对院门的，浑然不知有人到来，她闻听长歌所言，不禁莞尔轻笑，顺着她的话头接下去："好啊，那你可得牢记你的保证，不然就罚你每日给本郡主捏肩捶腿……"

"孟长歌，我们谈谈。"

身后，忽然响起一道清冷的声音，那熟悉的音质，令尹婉儿背脊陡然一僵，她捏着白子的纤长细指，微微颤了几下，白子掉落在棋盘上，发出清脆的叮咚声响。

"咦？什么风把齐大人吹来啦？"长歌作出恍然大惊的样子，天真地眨着眼睫毛，"您是来给我送好吃的么？"

闻言，齐南天俊颜沉冷，一双墨眸阴厉似刀，他一字一句道："对，是给你送好吃的，你接稳了。"

语落，他变戏法似的，只见他大手一扬，一包蜜饯便快、准、狠地砸在了长歌脑门上，长歌"哎哟"一声，双手抱头哭嚷："好疼啊，疼死我了……婉儿，你的郡马被人打了，你得帮我报仇啊！"

"长歌！"

尹婉儿从惊怔中回神，急忙探起身检查长歌的额头，长歌趁机一把握住她白玉般的柔荑，哭唱俱起："婉儿，齐大人太过分了，我不就之前闹了他的府邸么，他竟然挟私报复我，好歹我现在也是你的郡马啊，他这分明就是不把你这个郡主放在眼里嘛……"

见状，立在旁侧的莫可，汗颜得抹了把脸，从牙关里挤出两个字："无耻！"

再看齐南天的脸色，该怎么形容呢？就像厨房用了几十年的锅底，黑得蘸点水，就能磨出墨汁来，再配上他眉宇间那股无法遮掩的杀气，长歌能想到的第一个人，便是黑无常！

然而，她一向混账惯了，骨头硬得连尹简都拿她没办法，她又当会向齐南天讨饶？她不仅不见好就收，反而将尹婉儿猛然抱住，把这潭水愈搅愈浑！

"婉儿，我的好夫人，齐大人想杀我，你看他的眼神好凶残呀，呜呜……我好怕哦，

我不能死呀，我们说好今晚就进洞房，你要给我生小长歌，我们还要白头到老、儿孙满堂、执手不离……"

"长歌，你……"

尹婉儿被长歌坚实的怀抱，胡言乱语的话，弄得手足无措，她愣愣的根本不知该怎么接下去，就在这时，肩上忽然多了一道狠劲，她在那股无法抗拒的力道之下，被迫脱离了长歌，跌向了身后那一人！

长歌不禁暗叹，齐南天这厮的内力真强，刚猛之极，她不是他的对手！

但是，她那张嘴巴却是不饶人："哎呀，齐大人，您抢我夫人做什么？男人要懂得怜香惜玉啊，您可别……"

"孟长歌，你等着，看我待会儿怎么宰了你！"

齐南天阴狠地打断她，抛下一句话，便俯身将尹婉儿拦腰抱起，转身大步朝院门走去。

"真够爷们儿啊！"莫可又发出了一声叹，望着齐南天的目光中，充满了崇拜感！

长歌却不怕死地哼笑："齐尚书，小爷等着你啊，但你若敢伤了小爷的夫人，小爷更会宰了你！"

齐南天气得抓狂，他心神一分，尹婉儿便一巴掌甩向了他："放我下来！"

饶是齐南天反应快，迅速偏头躲避，脸尾也被扇了小半巴掌，他麦色的肌肤微微泛起了红，她本身柔弱，力气并不大，可他却觉格外的疼。

"婉郡主……"

他动了动僵硬的唇角，轻喃一声，缓缓转过脸，她的紧张和戒备，在他眼中一览无余，明明害怕他会生气，躺在他怀中的身体瑟瑟发抖，可她仍然骄傲地抬着下巴，连目光的对视，都不肯输给他半分。

这厢的动静，惊了院里所有人。

长歌担心尹婉儿，急忙起身想过去，莫可回过神来，一把按住她，低声道："你少去添乱了，婉郡主不会有事的。"

"放我下来！"

尹婉儿一字一顿，格外清晰地重复她的坚定，那含恨含怨的眸光，令齐南天心口发胀，方才那巴掌后的疼，也在加剧。

他大手一松，尹婉儿身体落下，双脚一旦着地，她立刻退开好几步，方才心有余悸地喘了口气。

"婉郡主，我们……谈谈，好么？"齐南天眼眨也不眨地凝视着她，嗓音里夹杂着几不可察的艰涩。

尹婉儿冷扯了下唇，宁静温婉的脸庞，沐浴在午后的阳光下，似染了一层朦胧的金光，梦幻而不真实。只听她淡声道："我不认为我们之间有什么可谈的。齐大人请自便，我

第二十一章　私逃入宫

先回屋了。"

语落，她转身而走，背影纤弱却决然。

齐南天垂在袖中的大手，缓缓紧握成拳，晦暗的眸光，始终追随着她的步伐，哪怕她进了屋子，彻底消失在他的视线里，他仍然如雕像般，一动不动。

"这个齐南天对婉儿究竟是什么情分呢？愧疚还是喜欢？"长歌摸着下巴，自言自语地嘟哝，心中满是好奇。

莫可想了想，很中肯地答她："我认为二者皆有。"

"孟长歌！"

忽然，一声冷厉的粗吼，震破了长歌的耳膜，她眼皮一抬，竟见齐南天阔步朝她走来，那副杀气肃冷的表情，就像横刀立马的将军，预备将对面的敌人，杀个片甲不留！

长歌吞了吞口水，下意识地摸了摸她的脖颈，就这么因一时胡闹而赔上小命，是不是太冤了？

"哼，后悔了吧？"莫可这人太尖酸，这种时刻，都不忘挖苦讥讽一下。

长歌嘴角一抽："哎，你不能这么没义气，好歹我伤还没好利索呢！"

"抱歉，帮不了你，除非主子能从天而降罩着你，不然……哼哼！"莫可阴笑两声，调头就走了。

"混蛋——"

长歌咬牙切齿，眼看齐南天靠近，她情急之下，只能"嘿嘿"干笑两声："啊，今儿个天气可真好啊！阳光明媚，春暖花开……"

"说得对，死在这个季节，尸体可以保存几天不会变臭！"齐南天凉冷地打断她，嘴角勾起一抹嘲讽的弧度。

长歌狠狠地打了个激灵，再也笑不出来……

正在这时，原本已关闭的屋门，忽然从里面打开，尹婉儿步出，她冷漠地扫了眼齐南天，不咸不淡地说道："齐大人何必与长歌计较？你我之间如何，与外人无关，我选谁做郡马，亦和你无关。"

"婉儿！"

齐南天霍然转身望向她，眸中充满偏执的狂热："你明明知道我想娶你！"

"你想娶，我就得嫁么？或者说，这是皇上圣旨，我必须遵旨嫁你？"尹婉儿冷笑，眼底那抹怨恨愈发地浓郁。

齐南天霎时失语，他怔忡地凝视着她，良久都无法开口，为自己说上一句辩解争取的话语。

感情的事很简单，爱就是爱，不爱就是不爱，刻下烙痕的伤痛，不论你怎么弥补，破镜总是难圆。

齐南天与尹婉儿，他们的关系，僵滞在单方的一厢情愿中，从叔侄过渡为夫妻，这是

一个漫长而艰难的过程。

现在，他们分明是仇人。

她恨他，从她失身给他的那天起，便将这份恨意毫无保留地展现给了他，哪怕沧海经年，哪怕他为她做了那么多事，依然于事无补。

"对不起。"

在尹婉儿转身迈进屋子的那一刻，齐南天终于出声，她脊背一僵，听得他沉重而坚定地又说："但我不会放弃你。婉儿，我有足够的耐心等你忘记那个人，不论等多久。"

语毕，他收回目光，侧身落在表情古怪的长歌脸上，冷漠无温地道："皇上交代，让你安心待在此处，他若不来，你便不许私自回城！"

"啊？你说什么？尹简他不……"

长歌惊讶的话，才说半截，齐南天已步履如飞地迈出院门，从院外的老槐树下，解了马缰，利落地翻身而上，头也不回地策马狂奔而去……

原本欢乐的别院，因为这一个小插曲，而陡然变得宁静下来。

尹婉儿将自己关在屋里，整整一个下午，都没有迈出一步，她埋头抄经，抄了无数遍，她希望自己能四大皆空，将爱、恨、痴、怨全数遗忘，可兜兜转转，吃斋念佛几年，她依然六根未净，心系红尘。

长歌担忧不已，生怕尹婉儿会做傻事，她心急得在院里走来走去，虽然后悔她的一时顽劣，搅浑了那锅已经变得浑浊的水，可她也明白，尹婉儿心中真正的症结，其实在齐南天身上。

尹婉儿与李霁尧两情相悦，齐南天本是她的长辈，可偏偏强暴了她，拆散了她与情郎的姻缘。后来，李霁尧另娶他人，而她则宁可孤身一人，宁可出家为尼，也坚决不肯嫁给毁了她半生的男人。

忆起他们的纠葛，长歌心中不禁怒骂齐南天，原以为那人仪表堂堂，是个虎胆英雄的人物，没想到竟是人渣，无耻之徒！

若她换作尹婉儿，也同样宁死不嫁强暴犯，依她的性子，非但不嫁，且还要杀了对方以泄心头之恨！

长歌坐着不方便，走累了，只能趴在长椅上唉声叹气，如今她不知尹简是何意，想奔回京城内瞧瞧，又放心不下尹婉儿，唉……

日暮西斜，几近黄昏时，尹婉儿的屋门，终于打开了。

"婉儿！"

长歌一声唤出，人也飞快地爬起来，忍着臀部的疼，急忙迎上去："你……你没事吧？"

"我还好。"尹婉儿摇摇头，眸光清浅温婉，可眉目间那股忧伤的气质，却格外明显，她努力扬着令人舒服的笑容，柔声道，"长歌，该到换药时间了，回屋吧。"

第二十一章　私逃入宫

长歌看着她，恳切地说："婉儿，对不起，我……"

"无须自责，我与他本身就不可能，所以你反而帮了我。"尹婉儿柔笑着，幽幽一叹，"只不过，他似乎嫉恨了你，挑个适当的时机，你可请表哥出面帮你说说话，毕竟他是表哥的左右手，你们闹僵生仇，对表哥百害无一利。"

长歌点点头："我明白，你放心吧，我会处理好的。"

然而，搅乱大秦政局，是长歌潜伏大秦的任务之一，此招正是离间尹简君臣的好机会，她岂能放弃？

长歌这般想着，心头亦暗暗下了决定，为了大业，她该好好利用自己在尹简心中的地位才是，她与尹简不可能儿女情长，也不可能做朋友，那么，为了达到目的，她无所不用其极，是必然的选择！

与此同时，皇宫。

肃亲王尹诺今日入职军机处，监管大秦全国兵马的粮草，此职看似不大，实则举足轻重，他手中虽然无兵权，但再强壮的兵马缺失了粮草，同样等于废物。

这是尹简思索多日，才安排的一步妙棋。

惠安太后以为他会从京畿八营下手，宁谈宣一党则以为他会巧立名目拿宗禄开刀，就在这两方戒备严密、蠢蠢欲动时，谁也不曾想到，尹简竟从夹缝中求生存，一招举措，令他们防不胜防！

此刻，上书房密谈完毕，尹诺告退之时，却欲语还休。

"皇叔，你我亲叔侄，有话但说无妨。"尹简看出尹诺的顾虑，不免微笑道。

尹诺闻听，便拱手道："皇上，微臣想跟皇上谈谈有关孟长歌的事，若有令皇上不快之言辞，还望皇上恕罪！"

"皇叔言重，朕不会生气的。"尹简眸色微微一闪，不动声色地说道。

"谢皇上。"尹诺言谢，斟酌了下用词，而后坦言道，"天下间美貌女子无数，皇上铮铮男儿，可遍拥佳丽，何必冒天下之大不韪，豢养孟长歌为男宠？那孩子救过皇上，是皇上的救命恩人，皇上想报恩，方式有无数种，可怎能做出如此荒唐之事？皇上就不为我大秦社稷着想么？祖业传承，乃我皇室子孙的头等大事，何况皇上贵为一国之君呢？"

尹简平静的听完，见尹诺满脸含怒的表情，他默了一瞬，方才无奈叹笑："皇叔，您不是很喜欢孟长歌么？换作别人，您生气乃正常不过，可这个人是长歌，您也不能包容一下么？"

尹诺眉峰紧蹙，沉声道："皇上，微臣喜欢那少年没错，可这关乎大秦的国运，微臣岂敢公私不分？"

"皇叔所言极是，道理朕都明白，朕也不敢做出有辱尹氏祖宗的事，其实孟长歌她……"尹简尾音延长，他灼灼的目光，若有似无地扫视过旁侧良佑的脸，轻巧地勾勾唇，慵懒地吐息："她是女子。"

良佑霎时白了脸，目中的惊怔，许久不散！

上书房中，一应立着的高半山、莫麟、莫影等人，吃惊的程度丝毫不比良佑少，而尹诺在震惊过后，猛然拔高了音调，神情激动地道："长歌真是女子么？皇上您没开玩笑吧？"

"皇叔，朕所言自然属实。"尹简笑语温和，语气却是不容置疑的强势，"但长歌的女子身份，你等须烂在肚子里，谁也不准对外透露半个字，朕对她自有安排。"

"奴才遵旨！"

"微臣遵旨！"

良佑等人连同尹诺纷纷跪地，正叩首间，一太监入内，远远见礼道："启禀皇上，兵部尚书齐南天齐大人求见！"

"宣！"

"是！"

太监领旨退下，尹简看向尹诺道："皇叔先回吧，朕与长歌的事，劳烦皇叔费心了，日后她若闯了祸，还盼皇叔从中为她斡旋，朕方能省心不少。"

"是，微臣定为皇上分忧！"尹诺拱手，很好地掩藏掉了他的心绪变化，他再一次叩头，"微臣告退！"

齐南天进来时，脸色不大好看，与平日沉静内敛的他不同，眼底的浮躁很明显，他撩袍一跪："微臣叩见皇上！"

"平身。"

"谢皇上！"

尹简端详着他，漫不经心地挑眉笑问："怎么，这趟差事办得不顺利么？"

"很、顺、利！"齐南天牙关紧咬，目中有股隐忍的戾气，"孟长歌打算做郡马，且与婉郡主今夜就进洞房！"

"什么？"莫麟一听，嘴快地失声嚷道："孟长歌她是……"

"滚！"

帝王一个字，令莫麟瞬间变成了哑巴，他抬指一挥："莫影，给莫麟嘴上贴个封条，若他再多嘴半个字，朕拿你是问！"

"是！"

莫影拱手一揖，而后将懊悔崩溃的莫麟迅速扯拽出了上书房，高半山憋足了劲儿没敢笑，只怕自己也遭到封嘴的待遇。

齐南天不曾想到旁处，只以为莫麟因抢话才被帝王惩罚，他微垂下眼睑，静待尹简的态度。

尹简端起茶盏，动作优雅地呷了几口，姿态慵懒地轻笑道："南天，你别太担心，孟长歌那小混蛋故意胡闹跟你玩笑的，朕了解她，婉儿与她只是朋友。"

第二十一章　私逃入宫

"真的？"齐南天蹙眉，不太相信的样子。

尹简剑眉星目的俊颜，浮起些许笑意："呵呵，孟长歌是朕的人，你觉着朕会允许她与婉儿生情么？"

齐南天愣神，他费解地抬目望着尹简："微臣不太明白，为何孟长歌是皇上的人？难道……"

"没什么，朕不过喜爱那少年而已。"尹简模棱两可地从容答道。

齐南天若有所思，他默了一瞬，张嘴想问个明白，可对上尹简不愿多谈的神色，话到中途，又悄然吞回了喉咙。

他走后，良佑多了一问："皇上，为何对齐大人说不得？以皇上对齐大人的信任……"话外之意，不言而喻。

"有齐妃搁在那儿，你觉着齐南天对朕的新欢，能有几分好颜色？能瞒暂且瞒着吧，留待日后再说。"尹简淡淡说道。

良佑恍然大悟："皇上英明，奴才明白了。"

尹简呷了口茶，不咸不淡地道："另外，朕做事自有主张，还没昏庸到置国于不顾的地步，你给朕少操点闲心，肃王刚入朝，政务繁忙，以后少去扰肃王。"

"奴才知罪！"

闻听，良佑脸色陡变，双膝一软，行了个叩首大礼，心头胆战不停。

尹简起身，颀长的身姿，绕过御案朝外走去。

此时日已西沉，他抬眸望向天际，夕阳将天边染成了橘红色，而他心底深处因念及那一个人，愈发地柔软。

孟长歌，多日不见，她……可曾想念他？

南郊别院。

自齐南天走后，长歌又憋忍了七八日，她的伤已基本痊愈了，可尹简至今都没有再来过，她等得实在抓心挠肺！

"那个臭骗子，说好的会来看我，结果呢？把小爷扔在这儿半个月，不闻不问，哼！"

长歌气呼呼地踢了一脚院里的石凳，双颊鼓得圆圆的，满面寒霜，可见她气得不轻！

尹婉儿微微皱眉："表哥朝政太忙，定是分不开身，不然……"

"婉儿，你别替他说好话，小爷一个字也不信！"长歌一拳头砸在树干上，霍然道，"小爷自个儿回城，不敢劳驾他来接！"

"哎，长歌不行呀，你不能走，表哥有交代的……"

然而，尹婉儿劝阻的话还未说完，长歌已纵身一跃，飞在了马厩里拴着的一匹棕色的马背上，她挥刀砍断拴马缰，一夹马肚，调头朝院门奔去！

"孟长歌！"

院中侍卫的惊呼声此起彼伏，莫可听到不对，从厨房狂奔而出，见状他忙大喝一声，"快拦他！"

"谁敢？当心小爷不客气！"

长歌冷冷一叱，将马鞭凌空甩得虎虎生威，侍卫一时无法靠近，稍一放松，长歌已冲破包围圈，如箭般冲出了别院！

"孟长歌，你回来！"

莫可焦急上火，连忙又解了一匹马，迅速追赶，沿途不断地喊她："孟长歌，你抗旨不遵乃死罪，快回来——"

长歌充耳不闻，只不停地挥着马鞭，她现在一肚子火，还管什么抗旨不抗旨？匍匐在马背上的纤影，奔进一片树林后，很快便消失了踪影……

莫可落后十几丈，眨个眼的工夫，竟追丢了人，懊恼的他勒马停下，一拳砸在了身旁的树干上！

他是奉命保护长歌和尹婉儿两个人的，长歌会武，就算跑掉，他也能放心些，而尹婉儿手无缚鸡之力，惠安太后又时刻盯着，他权衡轻重之下，决定先返回别院接尹婉儿！

一个时辰后，长歌快马加鞭地回到了城内，她没有着急入宫，先到四海客栈找离岸。

"钱掌柜，离岸呢？"长歌一进客栈，便大声问道。

"孟小公子回来啦！"钱虎从柜台走出，热情地迎上来，"离岸上午出去了，还没回来呢。"

"哦，那你给我开门，我回屋歇会儿。"

"好咧。"

钱虎跟着长歌上楼，进了房间关好门后，长歌急不可待地问道："离岸伤势怎样？他出去做什么？"

"离岸右肩胛骨被莫影的剑刺穿了，伤势比较严重，不过咱们的药好，莫影也送来了皇宫大内的御药，这半个月养下来，已恢复了五六成，但暂时还不能动武。"钱虎说道，"离岸挂念你，今儿早到肃王府去了，他想找肃亲王打听你的情况。"

长歌听得揪心："他伤没好呢，不好好养着，找我做什么？"

"这半月来，他没有一天不在操心你，若非我死活拦着他，他早去找你了。"钱虎叹了声，"好在小公子平安回来了，不然……唉！"

"我也在养伤，我被大秦皇帝打伤了。"长歌苦笑，她端起桌上的凉茶喝了几口，心头的火气，似乎下降下了些许，她不能生气，她必须保持足够的冷静，才能抛开仇怨，虚与委蛇地应付尹简。

钱虎一惊，只听长歌继续说道："不过我是轻伤，尹简待我也不错，通过这次的事

第二十一章　私逃入宫

件，他已经比较信任我了。"

"长歌！"

正说话间，随着门外一声呼唤，房门被人推开，离岸的脸直直撞入了眼帘，四目相视，长歌蓦地红了眼眶，她喉头发哽地颤声说："离岸，我回来了。"

她话音才落，男子伟岸的身影，扑面而来，下一瞬，她便跌入了他温热的怀抱，那双强劲的手臂，将她箍得很紧，令她几乎喘不过气来，耳畔回响着他沙哑的低喃："长歌，回来就好……"

钱虎被这一幕感动得眼角发热，可同时也暗自奇怪，两个男子……怎能抱得这样亲密？他虽然早猜到长歌少主子是姑娘，因为他看到了离岸包袱里的月事布，可离岸没说，他也不敢确定。

"钱虎，我饿了，给我弄点吃的。"长歌想说点体己话，余光扫到旁人，便闷声吩咐着支开人。

钱虎了然，他点点头，转身出了门。

离岸抱着长歌不松手，他的下颌抵在她肩头，半月未见，于他来说似是半年般，他柔声问她："你好么？怎么不给我递个消息？"

长歌鼻子发酸，她拍了拍他："站着好累，坐下说。"

"好。"

两人在桌前坐好，看到长歌消瘦的脸庞，离岸眉头皱得极紧："你这段时间没好好吃饭？下巴尖得无比丑陋。"

"呵呵，丑就丑吧，反正你就没说过我漂亮。"长歌避重就轻地干笑两声，直接转移了话题，"你见到肃王爷了吗？"

离岸却陡然沉了脸："长歌，尹简对你做了什么？"

长歌的笑容顿时僵在脸上，她心头直打鼓，底气很不足地摇头："没……没有。"

"说实话！"

离岸眼神凌厉，那双幽深的眸子眨也不眨地盯着她，仿佛要看穿她的心，令她有种无所遁形的感觉。

长歌叹息，她就晓得瞒不住他，只能老实交代："混蛋尹简拿鸡毛掸子打我屁股，把我打伤了，然后……然后他知道了我是姑娘。"

"什么？"离岸大惊，他一把扣住长歌的肩膀，眼睛充血似的猩红，激动地连声问她："你伤势严重么？尹简怎么会知道？他扒了你的裤子么？还有多少人知道你的身份？"

"哎，你别急啊，我的伤还好，已经痊愈了，那晚他连夜送我出宫，他在南郊城外有别院，送我到别院养伤来着，至于我的身份嘛……"长歌迟疑了须臾，终究没好意思完全说实话，她含糊不清地敷衍道，"他没扒我裤子，原本准备扒呢，因为他打了我，自己又后悔了，想给我上药，我拗不过他，就……就只好自己先招了，然后他找了他的表妹婉郡主给我

上的药。"

离岸瞳孔急剧收缩，他半信半疑地凝视着长歌："尹简没生气么？他堂堂君王，能纡尊降贵地亲自给你上药？长歌，你女扮男装入羽林军，可是欺君掉脑袋的大罪！"

"尹简那厮才不会生气，他……他早就怀疑我是姑娘了！"长歌忆起那晚的事，心中一阵烦躁，那个流氓把她的少女身体全部看光了，居然扔她在别院半个月，简直是混蛋、骗子！

离岸声线发紧："怎么说？"难道尹简喜欢长歌？发现她是姑娘，正中下怀？

"对了，离岸你知道小锤子是谁？"长歌咬牙切齿，语气说不出的复杂，"竟然就是尹简！"

闻言，离岸猛然跳起来，他不可置信地瞪眼："怎么可能？就小锤子那人怎么……不会的，长歌你是不是弄错了？"

"哎，小锤子确实是尹简，如若不然，尹简怎会在通州放我一马？又怎会处处忍让于我，待我宽容？他在通州时就认出了你我，后来才说是我的故人。"长歌轻叹，越想越觉着老天和她开了一个戏剧化的大玩笑，简直让人以为在做梦。

离岸听后，好半晌都没有反应，他默默地回想着五年前救小锤子的事，回想着后来发生的种种，他忽而毅然狠戾地道："长歌，不论尹简是谁，我们都必须杀他，新仇旧恨加一起，你绝不能心软！"

长歌一震，脑子轰轰作响，她久久怔忡出神……

当年，小锤子不告而别，结果她和离岸受牵累，几乎命丧贼手，她心肺受损，至今无法治愈吐血的后遗症，而前些日子，尹简打伤她的同时，将离岸亦打成重伤，他明知他们是当年将他从棺材里救出的人，却罔顾恩情，哪怕她挨打是自找的，可离岸何其无辜啊！

长歌垂眸，心神不宁得很，那人本就是她的仇人，现在又添了这么多新恨，她迟早该杀了他的，可不知怎么，想到他死，她竟然心中有些难过，还有丝不舍，她生病受伤时，他总是那么倾尽心力地照顾她，那么温柔体贴地待她好，用他的话说，就是将她当小祖宗一样供着，他还霸道地说她以后是他的女人，想和她在一起……

以前的小锤子，现在的尹简，这两个男人相重叠地映在她脑海里，令她心神俱乱，脑袋像要炸开似的发疼，她双手捧住头，给离岸吃定心丸，也在逼她自己作选择，只听她喃喃地说，"我明白，我都明白，离岸你放心，我不会心软的，不会……"

"对了，长歌，我见到肃亲王了，他问了我几个问题，那表情很奇怪，可我又说不上来原因。"离岸忽然想起什么，若有所思地说道。

长歌缓缓抬眸："什么？"

"肃亲王跟我打听你的身世，问你的爹娘在何处，问你的生辰八字，问你的老家在哪儿等等一堆乱七八糟的事，我就按我们编好的回答了他。"离岸道。

长歌凝神思索了稍许："离岸，把这个情况写封信禀报给义父，听听义父怎么说，另

第二十一章　私逃入宫

外把我女儿身被揭穿的事，也一并报给义父，尹简必然会派人到大楚暗查的，我给尹简是这样解释的……"

皇宫。

莫可护送尹婉儿入宫时，尹简在寿安宫正与惠安太后商议寿辰的相关事宜，旁侧围着齐妃、沐妃和宋妃三人。

"皇上，婉郡主回宫了，似是身子又不大舒服，莫可来禀，请皇上定夺。"高半山自外面进来，躬身道。

此语一石激起千层浪，尹简褐眸微眯，正待说话，惠安已哂笑一声："婉郡主真是娇弱，养了半月，一回宫竟就又病了。皇上赶紧去瞧瞧吧，这身子养好了再封妃，才不会晦气。"

她这话，说得极其精妙，令尹简都找不出词来反驳，同时又起到了挑拨的作用，一向跋扈妩媚的宋绮罗，眼角一弯，挽住尹简，甜腻着嗓音嗲声道："皇上，婉郡主不是兵部齐大人内定的夫人么？皇上真想封婉郡主为妃么？"

齐绾心本就因这个传言心里窝着火，谁愿意看到本该是她的嫂子，结果却成为她丈夫的女人，反而跟她争宠呢？此时，再听到宋绮罗的话，她的心就跟被针扎到似的，她狠狠地咬唇，不悦道："皇上，齐家有臣妾侍候皇上，不够么？"她的言外之意，尹婉儿算是齐家人，他不该夺人所好。

沐静雪恬立于一处，静默不语，乌黑的眼底，划过一丝淡淡的惆怅。

尹简听到此，不动声色地一笑，惠安的手段真是不错，先鼓励他纳婉儿为妃，与齐南天决裂，再挑拨齐绾心，如此双管齐下，便可确保让齐家人恨他，从而达到跟他对立的目的，可惜……这个头发长见识短的女人，并不知当年助他逃离京城，后来又助他夺位的人，就是齐南天！

他与齐南天所建立的信任关系，并非旁人使个计策，或是三言两语就能斩断的。齐南天重义重情，尹梨和尹婉儿的存在，只会令齐南天更加效忠于他。齐南天虽不曾说过当年强暴尹婉儿的真实原因，但他隐隐猜想，这其中必然有不得已的苦衷，否则以齐南天的人品家世，断然不会做出这种禽兽不如的事情，那是个有责任心有担当的男人，既然做了，就甘愿吞下所有苦果，承受尹婉儿精神上的凌迟，几年来专心守着尹婉儿，一心欲求她的谅解。

君子成人之美，所以尹简才会劝说尹婉儿，并派齐南天去别院名义上给长歌传话送东西，实际上却给齐南天制造机会，只是谁知，竟被长歌那个小混蛋给搅浑了！

如今，惠安既挑拨乱成这样，尹简便顺坡下驴，他姿态慵懒地挑眉一笑，"爱妃莫急，婉儿是朕最心爱的表妹，朕哪舍得她受委屈？待她病好再说吧，端看她的意愿，若她想嫁朕，朕纳了她也无妨，若她想嫁给齐南天，朕就成全他们，总之朕不会勉强她。不过以后呢，后宫姐妹自会越来越多，朕相信爱妃们都有颗容人之心，对不对？"

一席话，听得众女脸色皆青红交错，齐绾心和宋绮罗僵了僵，纵使心里再不甘，也只

得跪下叩头："臣妾谨遵皇上教诲。"

"平身吧。"尹简嗓音淡淡，而后撩袍起身，朝惠安拱手一揖："太后，儿臣先行告退，晚些时候，再来跟太后继续商议。"

惠安勉强维持着雍容婉约的笑容："去吧，大体就这样了，若哀家再有什么想法，会差人来请皇上的。"

"是！"尹简含笑点头，目光瞥向众女，唇边虽带笑，语气却是严苛："太后该休息了，你等也散了吧。"

三妃行礼："是，皇上！"

寿安宫外，莫可急出了一脑门的汗，他伸长的脖子，几乎快酸掉时，终于见到了姗姗步出的一袭龙袍裹身的当今天子。

"皇上！"

莫可惊喜地迎上去，刚欲说话，目光扫到随后而来的三位美妃，他立时嘴角一抽，生硬地改成了："参见三位娘娘！"

"婉郡主在含元殿么？"尹简淡声道。

莫可立刻回话："回皇上，婉郡主此时正在含元殿休息。"

"回宫！"

"是！"

望着尹简阔步离开的背影，宋绮罗嫉妒地狠跺了下脚，朝齐绾心发火道："齐妃，你大哥怎么连个女人都娶不进门？这生米早煮成了熟饭，皇上再纳个别人穿过的破鞋就不嫌脏么？"

"尹婉儿她……"齐绾心张了嘴，却说不出个所以然来，她以前也生气地骂过尹婉儿，认为尹婉儿不知好歹，可齐南天为此大发雷霆地打过她一个耳光，严厉警告她不许对尹婉儿污言秽语，所以她此时忍了忍，终究没敢乱说话，否则让大哥知道了，她又会挨骂挨打。

尹简一踏入寝宫，尹婉儿便急匆匆地迎了上来，满面歉疚地说："表哥，对不起，我没看好长歌，她跑……"

"没关系，莫可已经禀报给朕了。"尹简隐忍着怒意，面对温婉的尹婉儿，他温柔地微微一笑，打断了她的焦虑，她自小孤苦，寄人篱下，尴尬的处境早已令她习惯性地卑微，不论遇到什么事，总会先把错误揽在自己身上，尤其是这五年来，前太子府遭到重创，她失去了庇佑，便更加事事委曲求全，如履薄冰，活得格外艰难。

她骨子里是骄傲和清高的，只是大多时候，她没有资本傲气，往往为了平安的苟活，尊严都变成了一个笑话。若说这世上谁还能让她保持傲骨，唯有尹简和齐南天。

他们一个是她的亲人，一个是愧对她的人。

只是这一次，尹婉儿觉着都怨她，是她的无能，才让长歌跑掉，坏了尹简的计划，所

第二十一章　私逃入宫

以她真心感到抱歉，难得她能为表哥出份力，却成事不足，败事有余！

"表哥，长歌会去哪里呢？她会不会出事呀？我好担心她。"尹婉儿抓住尹简的衣袖，仰着脸看他，急得眼眶都泛了红。

尹简握住她的皓腕，牵她在梨木椅上坐下，他笑着安抚她："不碍事，那小混蛋准是回四海客栈找离岸了，她武功不低，花花肠子又多，一般人伤不了她的。"

对于长歌，尹简多少还是了解些的，她是一只喜欢在天上飞的鸟儿，将她困在笼子里半月，基本已是她忍耐的极限，所以她会跑人，他除了生气以外，也没有多大的震惊，毕竟她不是家禽，而且性子叛逆得很，你愈不让她做的事，她就愈发地想做，就如一个不听话的孩子般，喜欢跟大人对着干。

只是，她这一跑，使得他很头疼，这丫头何时才能让他省心一回呢？

"表哥，那你会去找长歌么？你们这么久没见面，你该想她了吧？"尹婉儿把忧虑放回了肚子，她柔柔地浅笑问道。其实她很不解，为何尹简要故意让长歌待在别院不许回城，只是尹简不说，她也就不问，该告诉她的时候，表哥自然会说，她这性子，很得尹简喜欢，所以才放心地把长歌交给了她。

"不找。"尹简利索地答她两个字，褐色的眸底，染上几分不易察觉的浓郁思念，他微微一叹，"希望她这阵子不要入宫，就在客栈好好待着，待朕把这局收拾掉，再去接她。"

"哦，那表哥你……究竟想没想长歌呢？她骂你是骗子，对你生气得很呢。"尹婉儿抿着唇角，笑得揶揄，有长歌这么一个活宝伴在身边，相信以后表哥的生活不会寂寞了。

尹简捏了捏眉心，长歌的态度，早在他意料之中，是以他很风轻云淡地道："无妨，随便她骂吧，她一天不骂朕，心里就不会舒服的。她肯骂，说明她记着朕，也不枉朕念她多日。"

尹婉儿听得入神，尹简的话，不经意便勾起了她久远的心事。

犹记得年少时，她被太祖爷御封为郡主的那一日，好多差不多同龄的皇族贵族子弟围着她，跟她说恭喜，他们送她好多礼物，讨她欢心，那时，姨父尹梨尚在，姨父是未来的国君，她姓了尹，日后便是大秦的公主，且姨父待她亲如女儿，荣宠有加，是以所有人都奉承她，唯有性子寡淡的李霁尧，对她不冷不热，似乎眼中并没有她的存在，那日也是她第一次注意到李霁尧。

她以为，李霁尧是讨厌她的，所以每当他无意清冷的一眼扫向她时，她总是狼狈地低下头，不敢与他对视，她的生存法则早已让她习惯卑微，哪怕她的身份已贵为郡主，比李霁尧尊贵得多，也无法改变她骨子里根深蒂固的东西。然而，那日当她不小心一脚踩空掉入深湖中时，所有围着她的人都惊恐地跑开，只会大声地尖叫，可那个厌恶她的少年，竟毫不犹豫地跳入了水中，将不会游泳正不断沉入湖底的她拦腰抱住，他清冷的声音，带着安定人心的力量响在她耳畔，他说："有我在，别怕！"

那一瞬，她内心所有的害怕恐惧，皆消失在了他的安抚中，那是她听过的最好听的声音。她本能地紧紧抱着少年的身体，像抓住了一根救命的稻草般，丝毫不敢松手，任由他带

着她往岸边艰难地游去，当她被他拖上岸后，因为胃里呛进了湖水，她陷入短暂的昏迷，朦胧的意识里，她感觉到他的双掌覆在她胸前，一边用力地挤压，一边铿锵地对她说："尹婉儿，你给我醒过来，不然我就把你再丢进湖里！"

她一向听话，别人说一她不敢说二，所以听到他的威胁，她吓得嘴巴一张吐出了几大口湖水，终于悠悠地睁开了眼睛，入目便是他欣慰的笑容，她意外地怔怔看着他，显然没想到他竟然也会笑，她还以为他是个冷淡寡情不会笑的人呢。

正瞎想间，额头突然一痛，李霁尧竟弹了她一记，见她回神，少年倨傲地抬了抬下巴，用霸道的语气宣布："尹婉儿，你记着，你这条小命是我救的，以后保护好自己，再不着调地寻死，本少爷会找你算账的！"

"我……我没有寻死。"尹婉儿咬着唇角楚楚可怜地为自己辩解，同时也发现，这少年根本没拿她当郡主，他和其他人是不同的。

少年眉眼一沉，将她从冰冷的地上拉了起来，两人都浑身湿漉漉的，附近的侍卫跑了过来，见她已被救上岸，便火速送他们到太医院，一路上少年抿着唇角，一句话不说，似乎生了气。

尹婉儿不知自己哪里惹到了他，小心翼翼地赔着笑脸，可少年依然冷傲，直到她笑僵了小脸，他才冷冰冰地开了尊口："知道本少爷的名字么？"

"李……李公子。"尹婉儿怯怯地礼貌地回答。

谁知，少年身上的温度，骤然降到冰点，他生气地道："本少爷名为李霁尧，不叫李公子！"

尹婉儿又惊又笑，她乖巧地点点头："我记下啦。以后，我可以称呼你的名字，是不是？"

李霁尧倨傲地瞥她一眼，没有回答她的话，转过脸时，唇角却翘起了愉悦的弧度……

初次相识，李霁尧就是以如此特殊的方式走进了尹婉儿的心里。

后来，他们相恋，随着年岁的增长，他们的爱热烈而缠绵。

后来，天下易主，姨父姨母死了，疼爱她的表哥尹简亦被新帝尹哈关入了冷宫，一夜之间，她再次家破人亡，身边只剩下了李霁尧，他欲将她接入相府生活，可她为尽孝道，坚持留在没落的前太子府为再生父母的姨父姨母守孝，她承诺于他，待她为姨父姨母各守孝三年，待她十八岁时，她便为他披上嫁衣，做他的新娘……

再后来，她被敬为长辈的齐南天毁了清白的身子，她没脸再面对他，逃到尼姑庵出家，他追来苦苦相求，她闭门不见，他在庵外不吃不喝地等了她五天五夜，她则哭了五天五夜，她哭肿了双目时，昏倒在地的他，被他父亲带走，关在了相府中，不久后，新皇尹哈一道圣旨下，他被招为了皇家驸马爷，迎娶长公主尹宸儿为妻。

她与他，从此如两匹背道而驰的马儿，愈走愈远……

她半生的幸福，被毁得干干净净，她深爱的男子，早已成为了别人的夫君，而她四处

第二十一章　私逃入宫

飘零，无以为家……

　　幸与不幸，往往只隔着一道河，看似一脚就可以蹬过去的距离，却容易失了准头，那一脚踏空，便从天堂掉入地狱。

　　尹婉儿苦笑，干涩的心，生生地疼，她低哑着声音道了一句："表哥，我想回房休息会儿，容我先告退。"

　　尹简颔首，在她起身之际，他忽然记起一事："婉儿，在皇陵为先皇守孝的长公主和驸马将于后日归来，你……想开些。"

　　尹婉儿一震，绝美的脸庞倏地煞白，她艰难地吞咽了下唾沫，喃喃地挤出话来："尹宸儿与李……李霁尧要回宫了么？"

　　"对，他们夫妻是代朕守孝的，是以后日，朕会率所有皇亲国戚及文武百官在神武门亲迎，若你不想见李霁尧，朕可以准你在含元殿休息。"尹简体贴地说道。

　　尹婉儿死死咬着唇角，她沉默了许久，毅然道："不，我不会刻意避开的，该面对的总归要面对，他既已归京，哪怕这次不见，迟早也会相见的。"

　　尹简喟叹一声，望着尹婉儿的眼中，写满了心疼，他正待宽慰她几句，高半山竟像一股飓风冲了进来，满脸惊色地道："皇上，不好了，孟长歌她……她她……"

　　"说！"尹简霍然起身，目光如炬，声线发紧。

　　高半山喘了几口气，方才连贯地接下去："郎统领派人来禀，孟长歌刚刚入宫去羽林军报到了！"

　　此言一出，尹简霎时黑沉了俊脸，他隐隐咬牙，有些虚火上升："这小混蛋不是和离岸分不开么？怎么这么快就入宫了？"

　　"皇上，要不要命郎统领赶孟长歌退出羽林军？"高半山脑子一热，脱口道。

　　"赶？"

　　尹简尾音上扬，阴郁的褐眸冷睨着他，似笑非笑道："你敢用这个字眼儿的话，信不信那小祖宗会闯到含元殿来，再把你阉一次？"

　　高半山闻听，顿时哭丧了脸："如果孟长歌敢的话，那也是皇上您纵容的啊！"

　　"唔，朕不会纵容，但朕会睁一只眼闭一只眼。"尹简慵懒地挑眉，迈步朝外走去，顺便抛下一句命令，"传孟长歌到上书房见驾！"

　　"是！"

　　高半山蔫蔫地应声，自动把这个"传"字给默默地替换成了"请"字，自从知道那无法无天的小混蛋不仅是帝王的恩人，还是个女人，而且还是和帝王在别院同床共枕过的女人后，他已不得不将那个特殊的人物当成半个主子看待了，因为在他看来，帝王临幸孟长歌，是板上钉钉的事，若非孟长歌臀部受伤，兴许那晚她就荣升为娘娘了！

　　可摊上这样的主子，高半山直觉他会短命，他下意识地摸了摸脖颈，忽然感觉凉飕飕的……

第二十二章　绝情断爱

皇宫外九城，羽林军宿营区。

西厢十五号屋子里，长歌正双手叉腰，皱着眉头瞪她同屋的三个兵友："怎么啦？小爷是怪物么？怎么用怪异的眼神看小爷？"

"长歌，你不是被调到皇上身边了么？"林枫惊诧地问出心里的疑惑。

"谁说的？"长歌撇撇嘴，意兴阑珊地转身走向她的床铺，随口道："皇上英明神武，哪能瞧得上我给他当御前侍卫？临时借调给婉郡主一段时间而已。"

她话音一落，便听得鲁飞哂笑了声："我就说嘛，他孟长歌武功又不比我们高多少，无非长得不男不女罢了，凭什么他就能迅速升到大内？"

苏炎递了一个眼神给鲁飞，并摇了摇头，示意他少说几句，毕竟这个孟长歌不是好惹的。

林枫一贯是老好人，瞥见长歌脸色微变，他连忙打着圆场，笑说道："长歌，你刚归营，先休息一会儿，我们中卫军酉时一刻要换岗巡逻呢。"

"呵，别把小爷的忍耐当成懦弱，这脸子是互相给的，你们不给我脸，往后就别怪我不客气。"长歌锐利的目光掠过林枫，带着警告意味地投向另两人。

她活了十八年，还没人敢在太岁头上动过土，如今就算身在大秦，她也不可能夹着尾巴做人！

"你……"

"鲁飞，出去！"

林枫一把按住冲动的鲁飞，厉声道："先去外面醒醒脑，军中打架，不问缘由先杖责

第二十二章 绝情断爱

五十，这规矩你忘了么？"

"鲁飞！"苏炎也忙推鲁飞出门，频频暗示他冷静。

两人合力将气急败坏的鲁飞送到门外后，林枫一把关上门，轻吐了口气："长歌，大家都是一个营一个屋的兄弟，尽量和平共处吧。"

"呵呵，我可从没主动挑过事，是鲁飞处处针对我的，只要他不惹我，我自不会对他怎样的。"长歌讥诮地笑了笑，掀起她的帷帐，一跳上了床，踢掉长靴躺了下来，她有点困乏，最近两天失眠，夜里睡得少，白天便犯困。

能让她睡不着的原因，她细想了一下，都怨尹简，就是那厮骗了她，害她整天待在别院无所事事，无聊透顶的。

她闭上眼时心想，短时间内，她绝不原谅他，得让他明白，她孟长歌也是有脾气的！

隔着帷帐望着她的林枫，眸光微微变得有些复杂，他原地站了站，才一拍苏炎的肩，轻声说了句："我们去井边洗衣服。"

而长歌也很快就进入了梦乡，许是太有所思，梦里竟出现了尹简那张清隽英俊的脸庞，他一步步朝她走来，笑得美艳无双，结果她肚子大煞风景地咕咕叫了两声，饿极的她，再没心思欣赏美男，竟如饿狼一般扑过去，逮着他的薄唇，像啃烧鸡一样地用力啃他……

长歌想，那个男子，就是她的梦魇。

"孟长歌，啊——"

然而，熟睡不到半个时辰，长歌便被一道格外尖锐的公鸭嗓音刺激醒了，她一个激灵睁开眼，竟见高半山跌趴在她床头，一脸痛苦扭曲的模样，嘴里凌乱叫喊着："快放……放开咱家的……的手指头……"

长歌脑子轰地一声响，她猛然想到了她在啃烧鸡，然后……

她低头，映入眼帘的是一只手，然后感觉到她嘴巴里似乎正在咬着什么东西……

一道天雷劈下——

"呸！"

下一刻，长歌嫌恶地一口啐出"烧鸡"，一跳下床，赤着脚奔到桌前，抄起桌上的水壶，仰头便往嘴里灌，她喝上一大口水，然后反复地漱口……

高半山则揉着自己几乎被咬断的手指头，泫然欲泣："孟长歌，你怎么回事啊？你这什么毛病？你干脆一剑杀了咱家算了，呜呜……"

长歌漱了十几口，直漱得水壶干了，才勉强停了下来，她抹着嘴角的水渍，无比郁闷崩溃地叫嚣："死太监，小爷还想问你准备干什么！青天白日的，你怎么跑到小爷屋里了？"

"咱家奉旨传你见驾，听说你在休息，便亲自来寻你，谁晓得你睡得那么死，半天叫不醒，结果刚一拍你，你就跟耗子似的，一把逮着咱家的手指头往死里咬，你这个毒蝎心肠哟，咱家……"

31

"停!"

长歌受不了地哆嗦着身子,她不耐烦地打断高半山的哭嚎,小脸染上深深的窘迫和尴尬,想起梦里头她是把尹简的唇当烧鸡啃的,不禁又暗自庆幸不已,亏得没把高半山当尹简,不然她若糊里糊涂地啃了高半山的嘴巴,那她还不如死了算了!

哦,好像这一比较,她不算太排斥尹简那流氓的亲吻啊,是不是被他亲过好几次了,连身子都被他看过了,所以换成他的话,她就可以接受?

长歌有些拎不清自己的心理变化了,想多了烦,她索性甩了甩头,强迫自己从现在起,不许再想尹简,以免她再做出类似这种惊人丢脸的举动!

"孟小爷,皇上传您呢,收拾一下,赶紧跟咱家走吧!"哀戚过后的高半山,见长歌好半响都沉浸在自己的思绪里无法回神,不由出声提醒她,面对这么一个恐怖的半主子,他真心觉着以后的日子会很难过啊!

长歌漂亮的眉尖一挑,瞳孔的焦距,终于集中在了高半山讪笑的脸上,孰料,下一瞬,孟小爷却鼻孔朝天地冷冷一哼,不阴不阳地笑道:"哟,高公公啊,真抱歉,小爷即刻换岗当值,恐怕没时间随您入内九城见驾了。"

幸好见他到来,郎治平遣散了宿营区其他的羽林军,不然高半山的脸面从惨叫开始,到现在皇命竟被拒,简直太难堪了!

"那个咳咳……孟长歌啊,当值的事不急,请郎统领调换岗位就成了。"高半山被呛,他僵硬地抽搐着嘴角,尽量客气恭谨地说道。

长歌表情逐渐冷却,她走过来穿好长靴,往椅子上一坐,然后修长的双腿大刺刺地搁在了桌沿,扫视到高半山吃惊的眼神,她笑得肆意:"小爷原本就是混迹市井江湖的小人物,随性惯了,登不得什么大雅之堂,又哪儿敢去内九城见驾呢?高公公不必为难,直接如实上禀就可。"

高半山倒抽了口冷气:"咱家见过狂人,还没见过像你这么狂妄的!好,孟长歌,你有种!"

长歌不置可否地哂笑了声,无所谓地看着高半山怒不可遏地夺门而出,她轻挑了下唇角,凤眸微微眯起,凭什么她要听尹简的摆布?他把离岸伤成那样,承诺她的话也不算数,那就别指望她会乖乖地听话,她不把他的皇宫搅成一团乱麻,她就不叫孟长歌!

高半山回到大内,进得上书房时,一脸的纠结,尹简正埋首批阅奏折,听到声响,他头也不抬地温声道:"人带来了么?"

"回皇上,奴才无能,孟长歌她……"高半山连忙跪下,斟酌着到底要不要实情相禀。

听不到下文,尹简略略抬眸,疑惑地道:"怎么?"

高半山抽动着嘴角,脑子里组织了一堆的语言,最终还是简单明了地回了五个字,"孟长歌抗旨。"

第二十二章 绝情断爱

闻言，上书房陷入许久的沉寂中，年轻的帝王搁下朱笔，慵懒地靠在椅背上，沉凝视着眸子注视着高半山，直盯得他紧张得满头大汗，才不咸不淡地开口道："半山，你宣旨时，除孟长歌以外，还有第三人在场么？"

"回皇上，当时只有奴才与孟长歌两人！"高半山一凛，立刻回复。

"既无人知晓，便当她抗旨一事不存在，切莫张扬。"

"奴才遵旨！"

"随她吧，不想见朕就不见，甭再理她。"

"是！"

然而，表面上虽如此说，可挨到夜里就寝时，尹简忽然记起了一事，顿时再也无法从容淡定了……

羽林军之名取"为国羽翼，如林之盛"之意，编制为中、左、右、前、后五卫，专事皇城的保卫，具体负责宫殿门户、宫内警卫以及帝王出入仪仗，实乃皇帝禁军。

长歌所在的中卫军，今夜分批换岗巡视外九城，待最后一岗结束时，已是子夜时分。

她拖着疲惫的身体，随林枫等人回到宿营区，刚一迈入西厢的屋子，她便累得一头栽倒在床上，一动也不想动了。

"长歌，你洗洗再睡可以缓解劳累的。"林枫一边端盆子拿毛巾，一边随口跟她说话。

"我没力气了……"长歌无力地呻吟，感觉她两个小腿肚都在发抖，安逸太久，今天一操练，她就成病猫了！

林枫转过身来，看到长歌懒蔫蔫的样子，不禁好笑地扬眉："那行吧，我捎带帮你端盆水，你先别睡着，我很快就来。"

长歌含糊不清地嘟哝了一句，林枫听不清，也就没再追问，端了两人的脸盆出门去了。

鲁飞报复似的，提了一大桶热水回来，故意把水倒得"哗啦"作响，长歌听得动静，努力撑开眼皮，朦胧的视线中，只见鲁飞在屋子中央的大桌上放了一个特大的铜盆，一满盆热水正冒着白汽，而那个汉子脱掉铠甲汗衫后，竟旁若无人地开始脱中衣，那人手法快得很，三两下扯落襟衫，露出男人古铜色的精裸上身，然后便开始脱裤子……

"啊——"

长歌猛地失声尖叫，吓得一跳下床，闭着眼睛就往门口冲去，结果门从外面同时被打开，苏炎的一盆水，尽数泼到了两人身上，长歌来不及刹下的双脚，再被门槛儿一绊，她身子向前一扑，竟压着苏炎跌趴出了门！

随后闻声赶来的林枫，见到此情此景，手中的水盆"咣当"一声翻落在地，他惊骇得急喊一声，"长歌！"

浑身被浇透的长歌，狼狈地刚想回个声，被她压在下面的苏炎已怒火朝天地一个大力将她掀翻在地，自己堪堪爬站了起来，后脑勺被磕到的钝痛，令他表情略微扭曲，抬手摸过去，一摸一把血，再看自己像水里捞出来的一般，他不禁怒气冲天："孟长歌，你找死啊？你赶着投胎还是寻死？"

院里各屋的人都奔了出来，这么大的动静，惊得众羽林军眼珠子都快掉了出来！

林枫一步冲过去，将长歌扶抱起来，他大手胡乱地摸在长歌身体上，着急地问道："有没有烫伤啊？长歌你怎么样？"

"我……"长歌受了惊，傻呆呆地一动不动，只盯着苏炎流血的后脑勺，嘴唇张了张，却说不出话来。

鲁飞不知苏炎被撞破头的事，只以为长歌出了糗，便毫不在意地关上门，继续在屋内洗澡，得意地哼着家乡小调。

苏炎骂咧咧的话，林枫顾不得理，他只担心苏炎端的是热水，大掌焦急地摸完长歌的背，又从长歌肩头一路摸下去，她湿漉漉的衣衫，映出了身体的曼妙曲线，尤其胸部那处微鼓，使得林枫的掌心覆上去，僵停了须臾后，忽然像是被雷电击到一般，他倏地收回了手，并且仓皇后退几步，脸色变得发白，不可思议地瞪大了眼睛，仿佛长歌是妖魔鬼怪，他死死盯着她，眼中满是惊色！

林枫的异常举动，终于将长歌的神志拉了回来，但思绪凌乱的她，完全不知林枫怎么了，刚要问原因，苏炎无比恼怒的声音插了进来："林枫你急个屁呀？老子也湿透了，你怎么不关心？幸亏老子端的是冷热调兑好的温水，不然今夜就被烫死在孟长歌那混蛋手里了！哎哟，唑……老子的头疼死了！"

闻言，长歌满心愧疚，林枫的态度，暂时不在她的考虑范围内，她只急切地说："苏炎，对不起，我不是故意的……"

"鲁飞！"

林枫陡然一声大喊，截断了长歌的道歉，只见他转身冲过去，一脚踹开了门，用身体挡在门口，怒声叱道："鲁飞你他妈的在做什么？谁叫你在房里洗澡的？苏炎的脑袋撞出血了，快拿药给他！"

鲁飞听得一惊，外面的视线投不进来，在没有第三人的情况下，迎上林枫气势威严的眼神，他没有一丝火气，反而立刻听令似的点头，并用唇型无声地答了一个"是"字，表情神色中竟带了几分恭谨。

林枫抬手关上门，经过忙碌穿衣的鲁飞身边时，他嗓音极沉地低语了一句："不许再招惹长歌，明白？"

鲁飞手中的动作一顿，嘴唇轻声嚅动："是，属下明白！"

林枫从衣柜里取出一件长衫，快步拉开门出去，鲁飞拿了药，后脚跟出，恶声恶气地道："苏炎，你蠢货啊，竟然能被压伤，真有你的！"

第二十二章　绝情断爱

苏炎一手捂着后脑勺，不悦地回骂："少啰唆，快给老子上药！"

林枫将长衫披在长歌肩上，并低头替她系腰带，轻声说："你得找个地方换衣服，不然会着凉的。"

"林兄，谢谢……"

"这怎么回事！"

一阵夜风吹来，长歌打了个哆嗦，哪知她刚一张嘴，便被一道威严冷厉的沉喝声打断，紧接着，一众看热闹的羽林军的声音陆续响起："参见郎统领！"

长歌一震，匆忙回头，只见郎治平气势雄浑地大步迈来，那不怒生威的姿态，令一众羽林军发怵，立刻训练有素地队列开来，整齐划一地行礼！

林枫、苏炎和鲁飞也忙规矩地站成一排，恭敬见礼："参见郎统领！"

偌大的院中，唯有长歌戳在原地，表情呆滞，发丝滴水，模样狼狈不堪又大胆地迎视着郎治平审视的目光。

"你怎么弄的？"郎治平走过来，上下打量着长歌，非但没治她失礼之罪，反而眉心紧蹙地道："如何成了落汤鸡？孟长歌，可有人欺凌于你？"

闻言，鲁飞心下一紧，下意识地瞥向林枫，后者岿然不动，似是对长歌有信心般，神色淡然得很。

果然，长歌摇了摇头："没人欺凌我，是我想如厕跑得太急，跟苏炎撞到了，他又恰巧端着水盆，所以就弄成这样子了。"

"以后注意点！"郎治平眉心的褶皱深了几许，他看着长歌的眼神有些复杂："孟长歌，即刻跟本将走一趟！"

语毕，郎治平转身就走，不给长歌任何拒绝的余地，想到需要找地方换衣的事，长歌咬了咬唇，抬脚跟了上去。

满院的人，就这样眼睁睁地看着孟长歌被羽林军最高统帅亲自带走，一个个震惊得瞠目结舌！

而长歌跟出了院门，才猛然记起一事，遂失声叫道："郎大人，我的换洗衣物还在屋里呢！"

郎治平脚步一顿，回头看向她，没什么表情地说道："你先走，我随后派人把衣物送给你。"

"走？"长歌一愣，略有些迷茫，"我走哪儿啊？"

郎治平道："宿营区外有人在等你。"

"谁啊？"

"你见了自然就知道。"

郎治平表情很是高深莫测，长歌不禁嘴角抽搐，刚欲打破砂锅问到底，却见他抬手作了一个手势，于是下一秒便有他的手下近卫从暗处蹿出来，单膝一跪，铿锵有力道："大人请吩咐！"

郎治平交代了几句，近卫遂奔进院门，朝西厢而去。

"愣什么？走吧。"郎治平睇一眼长歌，又自负手朝前走去。

长歌紧了紧身上干净的长衫，迈动了步子，心中则默默盘算着，究竟是谁找她啊？

尹简？不，不可能，这大半夜的，那厮定是搂着他的美妃在春宵一度呢，怎么会跑到这儿来找她？

想到此，长歌摇摇头，将她脑中浮起的第一个人选毅然摒除掉，不知怎么，心中竟莫名有些酸，她没经历过男女情事，不知所谓的圆房是怎么样的，可男人亲吻女人她明白，兴许尹简此刻正用吻过她的嘴唇，在吻他的爱妃……

这个旖旎的画面一旦以想象的方式映入脑海，长歌陡然咬紧了牙关，那个该死的臭流氓，淫贱、恶心！

既然不是他，那会是宁谈宣么？能请得动郎治平的人，长歌屈指一算，无非就剩下谈美人了！也行，正好跟宁谈宣讨要些吃食，军营里的大灶饭太难吃，她难以下咽。

"禀皇上，人带来了！"

长歌想得正出神时，前方郎治平突然的一句话，惊怔得她一紧张，竟咬了舌头，她顿时呻吟了声："咝……疼……"

眯眯的模糊视线中，一道颀长的身影，疾步掠了过来，长歌捂着嘴巴的手，被一只大掌拿下，男子清隽的俊颜，猝然入目，长歌一瞬间忘记了疼，整个人呆在了原地！

相扣的掌心，清晰地传来温热的熟悉触感，耳畔亦有她熟悉的嗓音砸落："哪儿疼？是咬到舌头了么？"

浓墨铺染的夜色中，男子一袭白袍，翩姿玉立，脸部轮廓深邃，五官精致立体，整个人丰神俊朗，入目刻骨，仿佛从江南烟雨中走出来的才子书生，周身散发着温润的气息。

长歌微仰着头，凤眸睁得极大，她目不转睛地凝视着来人，始终不敢相信，眼前的男子，竟是她方才在心里摒除掉的人。

他抛下她半月，弃之如履，她私自回城入营，抗旨不见他，原以为以他的强势，会派人强绑她见驾，谁知他再不理她，令她一肚子火没处发泄，刚刚又被兵友折腾得狼狈不堪，而偏偏这个时候，深更半夜，本该在温柔乡的他，居然放下帝王身段，亲自来寻她！

长歌有种做梦的感觉，数日不见，她整天咬着牙关骂他，恨不得拿剑戳他几十个血窟窿，可此时此刻，咫尺相视，她不争气的心，竟又惊又喜，他关怀的举动，亦令她的心中涌起浓郁的暖意，她漆黑的瞳孔，渐染上细雨似的迷蒙，眼底有氤氲的湿气蔓延。

她傻呆呆的模样，落在尹简的褐眸中，俊挺的浓眉不觉紧蹙，他略带薄茧的长指，毫不避讳地轻抚上她柔软的唇瓣，嗓音低沉而富有磁性："究竟咬到哪儿了？还疼么？"

"讨厌，别碰我。"长歌蓦地回神，现实的环境，令她脱口娇嗔他一句，继而仓促后退半步，避开了他的触碰。

第二十二章　绝情断爱

她斜眼悄悄望过去，果然以稳重大气著称的郎治平，正瞠目震惊地望着他们，眼中是难掩的惊色！

而郎治平身旁，良佑等御前侍卫一字排开，这些人倒是识趣，或扭头看别处，或低头看脚尖，或一手抚额，装作深沉思考，总之就是没有敢大刺刺观看主子谈情说爱的。

长歌秀眉拧了拧，郎治平算是正常反应，而别的人，是习惯了尹简动手动脚的不要脸，还是……已经知晓她是姑娘，所以不再大惊小怪？

右肩忽然被人一提，长歌开小差的脑子立刻被拧正，对上尹简薄怒的眼神，她叛逆地扭了扭肩，语气不怎么好地道："干吗？"

"你落水了么？老实告诉朕，谁下的手？"尹简五指紧扣她肩骨不松开，幽冷的眸子盯着她满身的湿漉，沉声质问道。

长歌扯了扯唇，心中虽感动于他的细心和关心，可嘴上偏懒懒地说："没人欺凌我，是我自己不小心撞到了人，一盆水浇到了身上，所以才……哎呀，反正不关别人的事。"

她不是个仗势欺人的人，自己的事喜欢自己解决，除非面对大奸大恶的人，她解决不了的，才会求助于她的靠山。

诸如鲁飞和苏炎一流，不过小打小闹而已，无伤大雅。

尹简眼尾上挑，略带怀疑的语气："字字为实？"

"那是当然！"长歌晕线，拳头一举，负气道："你看小爷是那种任人欺凌，敢怒不敢言的窝囊废么？睚眦必报懂么？谁敢唔唔……"

一肚子威风凛凛的豪言壮语，可惜尹简没有给她说下去的机会，那只原本握着她肩膀的大手，改为捂住了她的嘴巴，男人丝毫不理会她的暴怒，略为头疼地低声道："长歌，私下里你跟朕没大没小没礼数地怎么不敬犯上都可以，但有外人在的时候，你给朕收敛一下，行么？"

闻言，长歌的火气顿时消散，她听话地点点头，收回了拳头，同时眼珠滴溜溜转向郎治平，果然啊，那人震惊得快要中风了！

长歌不好意思地赶紧屈腿跪地，装装样子地忏悔道："孟长歌冲撞皇上，罪该万死，请皇上治罪！"

"屡教不改！朕就罚你今夜看守含元殿！"尹简神色傲慢地睇着她头顶，冷冷一哼，而微垂的眸底，却沾染上了几分得意的笑痕，这丫头倒是玲珑剔透啊，正巧能让他名正言顺地拐带她了！

长歌闻听，小脸顿时一抽，晕得直想挠头，因为她忽然有种不好的预感……

可尹简不会给她反悔的机会，他转身大步迈出，经过郎治平身边时，淡淡抛下一句，"朕把人带走了，夜已深，郎爱卿也去休息吧。"

"是，微臣恭送皇上！"郎治平不敢有任何异议，立刻原地跪下，按规矩行跪拜大礼。

长歌跪坐在地，懊悔地耷拉下脑袋，暗暗寻思着，尹简那厮来找她的目的，到底是什么呢？罚她守殿根本是顺口一说，他才不可能真让她守一晚的殿，那么……

"孟长歌！"

空气中，陡然传来一声凌厉的低吼，惊得长歌重重哆嗦了下身体，她缓缓循声望去，只见已走出两三丈的尹简，侧身怒视着她："给朕跟上！"

"哦。"

不太情愿地嘤咛了一声，长歌爬站起来，表情怏怏地走过去，尹简瞟她几眼，什么话也没再说，继续前行。

长歌想跑，她见着他虽然很欢喜，可鉴于他的流氓前科，她有点不太安心，万一他又像那晚一样，诱哄拐骗她与他同床共枕，她该怎么办？

然而，莫影几人却很机灵地将她困在了中央，她脚尖刚偏半步，莫麟便手臂一横，挡在了她身侧，那厮笑得很欠揍："孟长歌，你以为主子是高公么？在主子眼皮子底下，你觉着你能偷跑得了么？"

"喊，小爷又不是贼，偷跑什么？小爷才不怕他呢！"长歌当即脸一沉，被人揭穿伎俩的她，丝毫不脸红，反而倒打一耙。

前方一道轻不可闻的哼笑，紧随入耳，长歌的小脸这下子刷地泛红了，只听尹简头也不回地道："你不怕朕，是因为知道朕欠了你，不会真处置你，但你想过没有，你救过朕一命，而朕已饶过你无数次性命了，从通州那夜算起，倘若不是朕坐了这大秦的天下，你至今还能有命站在这里么？这皇位若换成别的任何一人，孟长歌你都早已是个死人了！"

长歌噘了噘嘴，鼓着腮帮子不说话，好吧，他不过就是想说，他对她很宽容，很皇恩浩荡嘛？

"别不服气，朕说这些不是让你感激朕，而是想让你明白，你不怕朕的资本，是觉着你救过朕，可于朕来说，恩情并非全部。"

"尹简！"

长歌听到此，喃喃轻唤一声，她忽然拔脚快跑几步追上他，他步履未停，亦不曾看她，她踌躇须臾，终是悄悄拽了拽他衣袖，很小声地说："你生我的气了么？你刚说的话，我听不太明白。"

尹简缓缓止步，他侧头凝视着她微微含怯的凤眸，薄唇动了动，却欲言又止，最终只叹息一声道："朕没生气，你听不懂就算了。"

"那你说明白啊，我……"

"走吧，马车就停在前面。"

茫茫夜色下，男子颀长的背影，显得孤独而萧索，长歌怔了一瞬，莫名地心头涌上淡淡的酸涩感，好似他对她的好，有什么特别的原因，可她却不懂，所以他……

这一时，她心中有些不是滋味儿，大男人嘛，有话就直说，坦坦荡荡的多好，这藏着

第二十二章　绝情断爱

披着的，她又不会读心术，怎么可能会明白？

其实，她哪里知道，有些感情，连尹简自己也不确定，又如何能跟她解释得清楚？

长歌略带神伤地原地站了站，便又快跑几步追上尹简，她不想他生气，虽然他说没有，可她就是感觉他不开心，于是她绞尽脑汁地思索后，决定小小地撒娇一下，这招平时对付离岸是百试百灵的，所以她再次扯住他袖子，故意细声软语地说话："尹简，我走不动了呢，肚子好饿。"

果然，尹简眉头一蹙，语气虽淡却满含关心地问她："你晚膳没吃么？"

"大灶饭太难吃了，我吃不下。"长歌摇摇头，明亮的大眼，楚楚可怜地看着他，不点而赤的粉唇嘟起来，十分的呆萌可爱。

尹简喉结滑动了下，他忽然握住了她的手，想吻她的念头，在脑中横冲直撞，他极力克制着，牵着她加快步伐走向不远处的马车。

良佑等人见状，除了面面相觑外，彼此了然地轻点了下头，莫麟拿手肘撞了撞莫影，嗓音极低地问："你说主子今晚会不会临幸那小混蛋？"

莫可回宫后，自然也听说了长歌的女子身份，此时听到莫麟的话，他摇了摇头，很理智地说："我觉着不会，主子不是随便的男人。"

莫麟立刻反驳："可主子定力再好，也耐不住孟长歌的刻意勾引啊！"

"我就不明白，论美貌，论妖冶，论才情，后宫三位娘娘哪个不比孟长歌强？可主子偏偏……"

"你懂什么？咱主子不是凡夫俗子，喜欢的女人自然不能是通俗的，得有个性，就像孟长歌这种不男不女的假小子，才让主子有新鲜感，不过我估计也就一段时间的事儿，等主子尝过味儿，兴致肯定就会降下来了。"

听到后面三人的话，前方的良佑回身一道怒吼："妄议主子，各掌嘴三十！"

闻听，三人顿时腿软……

马车沿着宫道，平缓地驶向内儿城。

长歌则被困在尹简怀中，一动不敢动，她实在没想到，一上马车，她屁股都没坐稳，他就紧抱住了她，车厢门被高半山从外面体贴地关上，她脸红得堪比傍晚的夕阳，一张粉唇更是娇艳欲滴，无声地诱惑着男人，考验着男人的自控力。

"放，放开我……"长歌埋首在他胸前，连头都不敢抬，她扭动着腰身，想要挣脱他的钳制，羞涩紧张之下，气势大减，连声音都软糯得很。

尹简的呼吸逐渐紊乱，他环抱着她的手臂收紧，将她稳稳地控制在他身前，他滚烫的气息，喷洒在她头顶，嗓音略有些沙哑："长歌，你的臀部还疼么？"

"不……不疼了。"长歌结结巴巴地答他，只感觉平日练武的力气，只要一碰到尹简，就会不知所终，譬如此刻，她浑身发软，手脚无措，脑子空白得连思考的能力都没有了。

"分开这些时日……"尹简声音很轻，似是斟酌了一下，才低低沉沉地溢出三个字，"想朕么？"

长歌心脏"扑通扑通"跳得厉害，她闭上眼睛强迫自己很认真地考虑一番后，说，"我身上全湿了，你先放开我，不然你的衣衫也会湿的。"

尹简大掌扣住她后脑勺，微微一用力，便迫使她抬起了下巴，他严肃地看着她："不许转移话题！"

"想！"

长歌无奈，一个字出去，见到上方男人眼中瞬间变化的情绪，她异常坚定地以豁出去的气势补充了后半句："我想揍你、咬你、抓你、踢你！"

尹简眸色顿沉，他猛然攫住她欠吻的小嘴，凶狠地啃咬，将她的两片软唇碾磨得生疼，她抗议地捶打他，发出"呜呜"的呻吟声，可他似铜墙铁壁，根本不为所动，他非但不饶她，反而伸出舌尖撬她的贝齿，她吓得咬紧牙关拒不放他闯入，岂料，他眼中邪光一闪，竟出其不意地腾出手来挠她的腋窝，她痒得浑身一抖，嘴巴本能张开，他炙热的龙舌便乘势攻入了她的口中……

长歌被吻得意乱情迷，娇喘连连，在他激狂热烈的索吻中，她的抵抗完全无效，整个人瘫软在他身上，随着他不断加重的喘息声，她仅存的理智尽数消散，竟情动地配合着他的动作不再躲闪，甚至双手不自觉地抱住了他的腰身，高仰起下巴，生涩而羞着地回应他……

她的变化，尹简感受得最清晰，他内心涌上狂喜的欢愉，情不自禁地放松双臂，火热的大掌，难耐地游走在了她的娇躯上，但凡他经过的地方，她皆被烫得酥麻，难受得她不知所措，那种矛盾交织的害怕和期待，令她眼角渗出晶莹的泪珠，卷翘的睫毛扑闪着，身体忍不住瑟瑟发抖……

长歌不怎么会换气，吻久了便呼吸不畅，尹简察觉到这一点，见她不再抗拒他，便稍稍移开唇，让她吸入新鲜的空气，尹简不得不承认，他一向控制力极强的欲望，自从遇到孟长歌，便一日不如一日，尤其是知晓她女扮男装，又在那晚看光她的赤裸娇躯后，这半月来，几乎每夜睡下，他都孤枕难眠，哪怕偶尔会翻后宫的牌子，身边躺着如花美眷，可他脑中所想的，总是她诱人的雪白身子，他想碰她的念头，愈发地强烈……

从登基纳妃至今数月，他先前是为了采薇在隐忍自控，而今他心里明白，是为了这个与他纠缠至深的丫头，他对她究竟是怎样的感情，他理不清，可他在乎她，这点毋庸置疑。

"流氓！"长歌羞愧地发出一声软糯的尖叫，脸红得似煮熟的虾子。

尹简蹙眉，沉默须臾，便果断地移下唇来堵她的小嘴，这种非但不悔改，反而变本加厉的行为，令长歌又羞又气，她再次开始反抗，脑袋猛烈地摇晃，手脚并用地踢打他，尹简无法得逞，猜测着含元殿也快到了，方才遂了她的心意，暂时饶过了她。

长歌一得自由，便飞快地往角落里逃，她肌肤红透，媚眼含春，乌黑的瞳珠，如一汪清泉，雾蒙氤氲，格外地催动男人体内的情欲因子，尹简不由深呼吸了下，有种意犹未尽的

第二十二章 绝情断爱

感觉，或者说欲求不满，极度煎熬。

车外，一干装作无意，其实刻意听墙角的人，到此时已听得个个面红耳赤，害臊难堪，但他们也同时纠结一件事，孟长歌骂"流氓"，难道不是孟长歌勾引他家主子，而是主子主动猥亵孟长歌的么？

车内，长歌双手抱胸，用防狼似的表情戒备地瞪着尹简，她既恨他的流氓，又恨自己的情不自禁，所以她再想骂什么，也骂不出来了，只可劲地咬着唇，进行自我惩罚。

她是凤氏王朝的子孙，怎么能够和仇人动情地亲吻，做出这种不知廉耻的事呢？她好没用啊，居然沉溺在尹简的柔情里，把恩怨忘得一干二净……

"为何不想朕？"尹简倚近她，俊脸放大到她眼前，幽暗的褐眸中，浮动着明显隐忍的情欲，他薄唇一张一合间，将灼热的男性气息，悉数喷洒在了她脸上，烫得她体内刚散去半分的酥痒感，又加重了许多，心跳的速度，快得似乎就要破膛而出，而她肌肤上的红亦浓艳得似染了颜料，羞臊的她抬手便胡乱地推他："别，别靠近我……"

尹简一把握住她的小手，他暗哑着嗓音逼问她："究竟想不想朕？"

"我，我回答了呀，我就是想揍你啊，你，你怎么还问？"长歌结结巴巴地回话，很是哭丧着脸，她试着抽了抽手，没用的，他力气比她大，武功比她高，她可以一人放倒十个普通人，而他一只手就能放倒她，所以她暗暗发誓，等她完成了奸细任务，她要回大楚找神医师傅学最高深的武功，要把尹简揍得再不敢对她耍流氓！

尹简听到她的答案，眼中激流暗涌，他生气地猛然捏了一把她的小笼包，隐隐咬牙："为什么？"

"你你……"长歌空余的一只手，慌忙护在胸前，又羞又气的她，不由激动得小声啜泣起来，"你这个混蛋、流氓、骗子！"

"说清楚！"

"我每日都在等你，从早到晚地盼你来，可你呢？你嫌我是个麻烦，把我抛在别院就不管我了！你若说实话我也能接受，可你偏偏哄我说你会来的，这种承诺了别人却又做不到的人，难道不是骗子么？至于你是不是流氓，我还用说么？混蛋，就会占我便宜！"

长歌的指控，有理有据，这般发泄出来，她憋屈的心情才觉得好受了些，也恍然意识到，她这半月来，潜意识里竟真是想他盼他的，不过……哼，她才不会坦白告诉他的！

尹简沉默了须臾，忽然低低笑开来，那翘起的唇角，明显上扬着愉悦的弧度，他手臂从她腿弯伸过去，一手揽抱住她的肩背，在她迷茫之际，竟将她整个人抱离了软榻，她惊呼一声，小手本能地攀在了他肩上，紧张地抖唇："你，你做什么……"

"呵呵。"

尹简喉间发出餍足的笑声，他抱她坐在他大腿上，也不管她的湿衣是否染湿了他的锦袍，他只紧抱着她，薄唇贴上她微肿的唇瓣，声音极轻极浅，却又格外动听地低喃："可是朕……想你。"

"……"长歌满目惊色,这一瞬间,她忘了挣扎,忘了思考,只觉得心脏又将跳出胸膛,一股说不清道不明的情愫,萦绕在了心间……

车厢里的气氛,暧昧诡异到极致,尹简再不曾言语,只是不留缝隙地紧抱着怀中的人儿,原本贴吻着她的薄唇,缓缓滑进了她的纤颈,他蜻蜓点水似的吮吻了几下,便把下颌抵在了她肩头,暗自调息着体内那股折磨人的骚动情欲。

长歌犹自沉浸在自己的思绪中,整个人傻呆呆地一动不动,任凭尹简抱她亲她,好似连她的身体都已习惯了他的亲热,并未有任何排斥的反应。

他说,他想她,而且他对她总是频繁做出这种夫妻或者情人间才能做的事,那么这代表了什么?他……喜欢她么?

长歌不敢相信,这个认知对她的震动很大,毕竟她长这么大,从不曾有男子喜欢过她,义父待她是父女之情,离岸待她是兄妹之情,只有尹简……男女之情。

可……真的是么?长歌不能确信,因为他没有说喜欢,只是她一厢情愿的猜测。

长歌闷头走神,一颗纠结的心凌乱如麻,她和尹简,现在究竟算什么关系?他真的想纳她为妃,想让她做他的女人么?

她的沉默乖顺,令尹简微感诧异,待呼吸稍稍平稳,他抬起她的小脸,与她额头相抵:"长歌……"

"吱——"

正在这时,马车忽然停了下来,外面传来一个声音:"禀主子,到达含元殿了。"

尹简神色一冷,欲叱那几个不长眼色的侍卫几句,但话到嘴边,又终究什么也没说,只道:"吩咐下去,备水备膳。"

"是!"

"我得回营了。"长歌心神回笼,她双手推着他,脸色平淡得看不出异样,她在控制自己的心,在不断地提醒自己,他们不能儿女情长,他们各自的身份,从出生那一刻起,就注定了对立。

"军营都是男人待的地方,你能住么?"尹简松了松手臂,眉宇间却染上不悦。

长歌从他大腿上滑下来,她半躬着腰,扶着一侧车壁,扭头并不看他,淡淡地道:"为何不能住?除了你没人知道我是女人。"

"看着朕!"

尹简陡然冷厉了声音,他抬手用力一扯,长歌重心不稳地坐在了软榻上,他大掌扳过她的脸,强迫她看着他,那双褐色的深眸闪烁着幽暗的光芒,他锐利的眸光眨也不眨,似要看穿她:"长歌,你有心事?"

他心思何等敏锐,纵使她性子粗蛮,不拘小节,整天看似没心没肺的混蛋样子,可他能感觉得出,她心里藏着秘密,一个不能说给他听的秘密!

诚如方才,在他袒露心意地告诉她,他想念她后,她突然冷淡下来的异常反应,令他

第二十二章　绝情断爱

心中隐隐升起不安感，难道，她不喜欢他？抑或者……她根本就讨厌他，甚至想杀了他？

他本不愿这么想，可当日在茶楼时，她确实对他是动了杀机的。

而那一日，若非她武功不敌他，恐怕他已死在她手中。

尹简心中有些寒凉，不论是哪个原因，都让他难以接受，从年少相遇，到经年重逢，不论她是男是女，他自认为都是真心待她的，所以他不希望她对他隐瞒什么，希望她能将他当做可信任的人。

然而……

他不说出来，不代表他蠢，亦不代表他看不清。

长歌惊愣了一刹那，很快就反应过来，她脑袋一拧挣开他的钳制，嘟起小嘴道："你干吗呀？我哪有心事？"

"真没有么？"尹简犀利地反问，那些想法在他心中肆意冲撞，刺激得他不禁失去了往日的冷静，口不择言地道："或者说，是朕自作多情，朕对你的想念，在你眼里其实是个笑话？"

"我……"长歌一口气提到嗓子眼儿，她脱口便叱他，"你胡说什么？我几时觉得你是笑话来着？尹简你不可理喻！"

"那你为何反常？"尹简额上青筋突起，他字字如利刃地戳向她，"为何给朕甩脸子？你宁愿跟三个男人同住，也不跟朕在一起，你就如此厌恶朕么？还是你自甘下贱，对自己的清白和清誉无所谓？"

听到这儿，长歌忍不住攥拳，她气急败坏地大吼："对，我不在乎清白不在乎清誉，我为人下贱，你满意了吧？尹简你听着，我就是恶心你，就是厌恶你吻我，厌恶你自作多情，我孟长歌就是个不折不扣的混蛋！"

"你说什么？"

尹简一字一字从牙关里咬出，他盛怒的眸子似淬了毒般，冷寒得可怖："你给朕再说一遍！"

"我再说十遍也是这样！"

两人话赶话到了这分上，再加上内心矛盾的纠结，使得长歌也如一头被刺伤的豹子，她用充满杀机的眼眸瞪着他，若此时手中有剑，她可能会控制不住地刺向他，然而她虽没剑，她说出的话，却比利剑还伤人心肺："尹简，我不想你，一丁点儿都不想，我只想时光能倒流，若能倒回五年前，我孟长歌绝对不会救你，绝对会替那些杀手给你再补上几刀，让你死得彻底！这辈子，我做得最错最后悔的事情，就是没听离岸的话，枉费心力地救活你！"

"孟……长歌！"尹简气息粗喘，他死死地盯着她，胸膛不断起伏，却一个字也说不出来，这就是她的心里话么？她果真恨着他，恨不得他死！

长歌笑得狰狞，诚如她跟孟萧岑所说过的，她可以狠，可以狠到杀人不见血，她说：

"尹简，你知不知道，当你说你想我时，我有多恶心？这种感觉，就像被夏日的苍蝇叮了一口，可以让我三天食不下咽！尹简，你又可知，当你吻我时，当你抚摸我身体时，我有多痛苦？被一个厌恶的人非礼，那叫生不如死！我……"

"啪——"

一道脆响，五个清晰的手指印，终于令长歌残忍的话语，随着她的身子滚落在车板上而消弭殆尽，感觉唇角有腥甜的液体溢出，她伸出舌尖舔了舔，然后半爬起身子，云淡风轻地勾唇浅笑："打得好，皇上若不解气，还可以继续打，或者直接杀了我也行。"

尹简一动不动，眼尾的余光，扫过他刚刚挥出去的大掌，胸腔内似有什么冷气流进裂开来，将他浑身的血液都冻僵，他垂眸看着脚尖靴面上绣着的金龙，缓缓开口，喉咙似被车轮碾压过，干涩而沙哑："来人！"

"奴才在！"

马车外，一众属下早已震惊得无以复加，临时出行的马车，车壁的隔音并非很好，而他们近身护卫，又个个武功高强，听力极佳，是以对车内两人的谈话悉数听入了耳中，怒极当头，听得帝王唤人，立刻纷纷手握剑柄，只待帝王一声令下，便将冷血无情的孟长歌剁成肉泥！

然而，车内只传出男子冷冽无波的几个字："押送孟长歌回营！"

众人闻听一震，只觉肝胆俱裂，可再生气又有何用？唯有遵从听命！

良佑使了个眼色，由较为稳重的莫影和莫可上前，将车厢门从外面打开。

长歌跪下叩头，声音亦平淡得不起波澜："奴才谢皇上不杀之恩！奴才告退！"

语落，僵了许久，未听得头顶一言半语，长歌再次磕了一个头，然后躬着身子倒退到车门口，莫影和莫可各拽住她一条手臂，粗暴地将她扯下了马车。

初夏的深夜，凉风徐徐，周遭静谧无声。

九重台阶下，一辆马车披着浓墨的夜色，遗世孤立。

长歌没有回头，胳膊被人扭身反剪在身后，方才走慢半步，腿弯处便被重踢了一脚，她踉跄间险些摔倒，却被那两人腕间的大力扯着拖着往来时路行去。

有夜风灌入衣领，长歌情不自禁地哆嗦了下身体，湿透的衣衫黏在身上，此时虽为夏日，却也凉得很。

她脑子发胀，眼睛也饱酸得涩疼，仿佛只要揉一下，便能揉出一汪水来。

尹简，尹简，尹简……

心中一遍遍地重复呢喃着这个名字，她突然明白，什么叫做喜欢，什么叫做放手，什么叫做失去一人，便觉失去了全天下。

总以为，她会喜欢孟萧岑一辈子；总以为，此生做不了孟萧岑的妻，便是她最痛苦的事。

因她需要一个人做她的靠山港湾，因她思念至深的父爱，所以她依恋孟萧岑，她不想

第二十二章　绝情断爱

做大海中漂浮的枯木，所以她懵懂的情窦初开时，便把所有的感情，都投注给了孟萧岑。

可是，在孟萧岑身上，她失去的不仅是爱情，还有爱一个人的勇气。

可今夜，她恍然发现，原来曾在她心上驻足的人，竟早已被取代，是从何时开始的呢？她理不清。或许是年少时的小锤子，又或者是彼时的尹简，从十三岁到十八岁，她始终记着的那一人，已在不知不觉间，刻骨地印在了她心尖。

尹简一句想念，令她乱了方寸，她心惊地意识到，她的心中，多了一个人的位置。

她开始惶恐、害怕，甚至无地自容。

他是一国之君，身边美人如云，做他的女人，不过是做其中之一。

他是她的仇人，喜欢上他，便是让凤氏族人，让她父皇死不瞑目。

她不能动情，尤其那个人是他。

不爱孟萧岑，哪怕她爱全天下任何一个男人，都唯独不能爱他。

是以，她毅然斩断彼此的情丝，在他听不到想听的答案，失落之余口不择言时，她趁机选择了最残忍的方式。

她将这份感情扼杀在了萌芽中，她希望他们之间，只是名为君臣，实为宿仇。

然而，伤敌一千，自损八百。

譬如此刻，她想放声大笑，却更想放声大哭，她很想说——

尹简，其实我骗了你，我一直都在扮演着骗子的角色，我不值得你想我。

尹简，其实我很想你，可我不能告诉你，更不能让你知道，其实我喜欢你。

第二十三章　恍然如梦

　　夜色浓稠如墨，几颗残星点缀着暗蓝色的夜空，一弯冷月高悬，天地间清凉如水，萧索孤寂。

　　车中昏黄的烛光，映照着男子冷硬的侧颜，原本偏白的脸庞，此时泛着灰败的病态之色，他微垂的眼睑，遮掩住了瞳中的色彩，薄唇紧抿成了一条直线，身体保持着原有的姿势，许久一动不动，整个人在这封闭的空间里，显得尤为落寞。

　　尹简不明白，为何他与她，会发展到这个地步，前一刻他们还在忘情缠绵，后一刻便能决裂如仇人，难道他感觉出她的情动，全是假的么？

　　孟长歌……

　　好得很，真不愧坐实了小混蛋的称号，混蛋起来一点儿都不含糊。

　　下贱的人并非她，而是他自己。

　　自以为是，自作多情，自找苦吃。

　　他忽然抬手，自甩了一巴掌，肌肤上的疼痛，传递给心脏，疼得他身躯抑制不住地发颤。

　　他无声地勾唇惨笑，右肩缓缓倚靠在车壁上，毫无焦距的眸子盯着某一处，再度一动不动。

　　良佑、高半山和莫麟守在外面，一个声也不敢吭，已近一更天，不知尹简何时会出马车，回宫休寝。

　　莫影莫可二人往返用了近一个时辰，待他们回来看到马车依然停在原地时，二人皆是一惊，匆忙几大步上前，隔着车门拱手道："禀主子，孟长歌已押送回营！"

第二十三章 恍然如梦

高半山小心翼翼地打开车厢门，忐忑揪心地说："皇上，时辰不早了，奴才恳请皇上回宫吧。"

"好。"

下车，移动着僵麻的双腿，缓步迈上九重台阶时，尹简干哑着嗓音，极冷极淡地吩咐："把这辆马车拆卸掉！"

"……是！"良佑愣了一瞬，连忙拱手应道。

莫麟最是沉不住气，将拳头捏得似骨头断裂般脆响，拆马车做什么？该拆那个混蛋的脑袋！

凭什么践踏主子的感情？凭什么！

孟长歌！

从牙关里咀嚼着那人的姓名，莫麟恨不得一口咬断长歌的脖子，主子不好过，那么他也绝不会让她好过！

长歌回归时，夜已深浓，所有夜里不当值的羽林军，此时皆已熟睡。

寂静的院中，听不到一声响动。

莫影和莫可将她押进院子，两人默契松手的同时，各自暗使了一把力，毫无意外地让她跌趴在地上，摔了个狗啃泥。他们则居高临下地睥睨着她，眼中是明显的愤慨。

莫影讥讽道："孟长歌，你以为你是谁？在我看来，你也不过是茅坑里的一块臭石头而已！"

"对，别以为自己是香饽饽，好似别人缺你不可，实际上别人碰你也嫌脏！"莫可亦冷冷地抛下话，便携莫影转身离开。

长歌勉力撑着爬起来，一贯不可能让自己受屈的她，此时竟甘受了这欺辱，她揉了揉被扭得酸痛的胳膊，又抬起袖子擦拭了下嘴角的血渍，然后迈着沉重的步伐，朝她的屋子走去。

她拍了几下门板，里面传来饱含睡意的嘟哝声："谁呀？"

长歌听得出，醒来的人是鲁飞，她迟疑片刻，温声道："我是孟长歌，鲁兄请帮我开下门。"

然而，她话一出去，屋里却没了声响，不知鲁飞是不愿意理她，还是故意晾她在门外，好久都没有动静。

长歌不禁心急，若她回不了屋，就没处可去了，难不成要在院子里坐一夜么？

"啪啪！"

焦虑之下，她只得厚着脸皮继续敲门，嘴里并且喊道："鲁兄，劳你开……"

话刚开了头，屋中突有烛光燃亮，很快屋门便从里面打开，借着烛火，长歌看清面前的男子，微微一怔："林兄。"

"长歌，回来啦。"林枫临时起夜，大概生怕长歌等得心急，连外衫也没穿，便匆忙来开门，他唇边扬着亲切的笑容，温润柔和，说话间一把扣住长歌的手臂，将她带进了门。

长歌环视一圈，只见鲁飞和苏炎也醒了，两人睡眼惺忪地靠坐在各自的床头，同林枫一样，虽然只穿着中衣，但并没有袒露不整，这令长歌稍感安慰，起码不至于太尴尬。

苏炎揉了揉眼睛，打着哈欠道："不是说皇上罚你守帝宫，今夜不回来么？"

林枫关好门返回，顺手拎了拎桌上的茶壶，发觉没有茶水了，本想取茶叶，忽然又想到了什么，说道："长歌，我给你倒杯温水吧，睡前喝茶会失眠的。"

"嗯。"长歌机械地点头，原以为回来会被他们奚落，没想到……她强忍着鼻头的酸意，朝三人抱拳，尽量做出若无其事的样子，语气真诚地道："深更半夜扰了你们休息，深感抱歉。帝宫那边守卫足够，所以皇上恩典又放我回来了。"

"孟长歌，你被人打了？"原本沉着脸没表情的鲁飞蓦地出声，目光紧紧盯着长歌的脸庞，神色晦暗不明。

这一语，令林枫倒水的动作一滞，他扭头迅速看向长歌，依着烛光仔细一瞧，方才发现她脸颊上那红色的五指印极为清晰，当即心下一沉，口气不免严厉起来："怎么回事？"

长歌扯了扯唇，被打的地方隐隐发疼，口中的血腥味儿还在弥漫，可她却轻描淡写地笑道："没什么，我不过是与帝宫的大内侍卫起了口角，冲动之下打了一架而已。"

"长歌！"

"呵呵，你别看我挨了打，我也把对方揍得不成人样了，我没吃亏啊，顶多就算两败俱伤。"

长歌浑不在意的轻松话语，堵得林枫不好再说什么，他沉默了须臾，将水杯递给她，"你先漱漱口，我找点儿冰凉的东西包在毛巾里给你敷一敷。"

"哎，林兄，我真没事儿，睡一晚就好了，你别……"

"脸都肿成包子了，还没事儿？"

林枫沉怒的一语，截断了长歌的话，她脸上的笑容僵了僵，转身拿起桌角搁的小镜子，这一照，不免自嘲地勾了勾唇："这巴掌甩得可真狠啊，不过，呵……也不怪他，是我咎由自取。"

"长歌，你……"林枫嘴唇动了动，想说点什么，可话到嘴边，双唇抿了抿，又默默地吞回了喉咙，只温和地说道："你衣衫还没换，如果不介意的话，可以先将就着穿我的，都在柜子的包袱里，你自己翻找，我去拿毛巾给你。"

"谢谢林兄。"如面团发酵般不断膨胀的感动，萦绕在心间，令长歌鼻尖的酸涩似乎蔓延到了眸底，她重吸了下鼻子，仓皇背转过身，不愿将自己脆弱的一面展现出来。

林枫开门出去了，鲁飞和苏炎各自若有所思地盯着长歌看了会儿，而后架不住困意侵袭，便又倒头睡去了。

长歌垂头站了会儿，才端起水杯漱口，啐出深红的血沫子时，她惨笑了下，眼中却有热泪忽然滚落……

第二十三章　恍然如梦

这一巴掌，她不怨他，她知道，打了她的脸，疼的却是他的心，可他也不会明白，她的心……其实跟他一样疼。

一世长安的诺言，她无法拥有，彼此就这样结束这段尚处在萌芽中的感情，如此，甚好。

这一夜，长歌严重失眠，她的衣物被郎治平的人取走了，她只好翻出林枫的衣服躲进帷帐里换上，林枫的个头比她高出很多，男人宽大的深衣绸裤穿在娇小的她身上，仿佛台上的戏子，她浑身别扭，却没有别的法子。

红肿的脸，经过林枫细心的冷敷，肿块消退不少，疼痛也减缓不少，可躺在床上的她，却怎么也睡不着。

"林兄，你睡吧，别管我了。"看着不辞辛苦的林枫，长歌心中过意不去。

林枫清浅一笑："没关系，我不困的。"他说话的同时，又换了一块干净帕子给长歌擦拭脸和手。

"林兄，你……你无须对我这般事无巨细，我自己来就可以了。"长歌受宠若惊，她忙夺过帕子，微红了小脸说道。

她和林枫相处的时间并不长，可不知为何，林枫待她很殷勤，甚至将她照顾得无微不至。

这个男子表面上很温润，长歌看着他也备感亲切，但防人之心不可无，尤其是她身份特殊，出于自我保护的习惯，令她始终对林枫心存戒心。

她不会自恋地以为，在她扮成男子的情况下，能招来桃花运泛滥，哪怕待她好的宁谈宣，目的也不单纯，不是么？

林枫叹笑了声，目光里漾起恰到好处的温柔："好吧，时辰真不早了，我先睡，你也早点儿休息。"

"嗯。"长歌点点头，唇畔的笑容明媚。

待林枫转过身，长歌便放下了帷帐挂钩，身处在一方私密的小天地里，长歌上扬的唇角缓缓坍塌，再也笑不出来，悲伤逆流成河，于此时，在无人的角落，胸腔中积胀的酸楚无需再掩饰，尽展于脸上。

她怔怔地看着帐顶，瞳珠许久都不曾转动。

尹简……

他此刻在做什么，是否已安睡？是否恨极了她？是否会想遣她出京，两人再也不相见？若果如此，她认命，再不会强求他……

宋绮罗很意外，在这夜半时分，尹简居然会驾临。

"皇上！"

匆忙起床披衣迎出来，宋绮罗卸了妆容的精致脸上，满溢惊喜，她跪地行礼，笑靥如花,"臣妾恭迎皇上!"

"不必多礼。"尹简弯腰,亲手扶她,唇边笑容淡淡,"这么晚,扰了爱妃休息,是朕的不对。"

"皇上,您能来臣妾这儿,臣妾高兴都来不及呢,怎会怨念皇上?"宋绮罗激动地起身,顺势挽住尹简手臂,满目期许地说,"让臣妾侍候皇上宽衣吧。"

尹简看着身旁妩媚风情的美艳女子,沉默了须臾,微微颔首:"好。"

宋绮罗白皙的脸庞,顿时爬满娇羞的红晕,她涂满豆蔻的纤指,动作温柔的一件件褪去男子的衣袍,只剩下明黄色中衣时,尹简握住了她的手,牵着她上床,两人并排躺下。

宫灯摇曳,红烛燃得正好,整个皇宫宁静安然。

"皇上……"

宋绮罗娇嗲一声,柔弱无骨的藕臂环住尹简的腰身,一只柔荑大胆地往他胸前的衣内探去,尹简长臂揽过她的娇躯,一言未发地将冰凉的唇吻向她……

他想,世上女子无数,他并不是非孟长歌不可。

凭什么他要作贱自己,凭什么他要为她守身如玉,又凭什么……他放着身边如花美眷不怜惜,反而将他的尊严和情意全部扔在地上,任她践踏侮辱,肆意凌虐?

他想,犯贱的事,做一次就够了,不会有第二次。

只是,两唇相近几乎就要贴合时,他眼前却猝然闪过一张红肿的脸庞,以及她带血的唇角……

不受人为控制地,他的吻僵停在了半路,神思出现片刻的恍惚。

宽大锦被中,甩她巴掌的右手五指,微微蜷起,他不禁忆及五年前他毒疮脓烂满身时,比街上的乞丐都不如,连苍蝇都觉得他恶心,可她日夜守在他身旁,悉心照顾,无半分嫌恶。

今夜,究竟是为了什么?

"皇上……"

宋绮罗怔而不解地轻唤一声,媚眼如丝的她,格外诱人,仿佛一盘色香味儿上等的点心,未入口已能勾人脾胃。

女子柔软的指尖,如羽毛般轻轻扫过男子蜜色的肌理胸膛,挑逗地画几个圈,然后沿着他光滑的身体曲线,缓缓抚摸向他的腹部……

尹简呼吸微重,他幽暗浑浊的眸子,眼眨也不眨地凝视着宋绮罗动人的脸庞,血气方刚的年纪,生理的需要经不起刻意的勾引,那铺天盖地袭来的情欲,燃烧着他的神经,可在两人衣衫半褪时,他忽然扣住了宋绮罗的皓腕,那迟迟不曾落下的吻,偏移半寸,印在了她的脸颊上,他嗓音低沉而暗哑:"爱妃,朕尚在孝期中,如此不妥。"

"皇上!"宋绮罗红唇一嘟,不甘心地道,"都好久了呢,守孝也不用守行房啊,臣妾想……"

第二十三章　恍然如梦

尹简翻身下来，抬手整理凌乱的中衣，一声未吭。

宋绮罗忧郁负气地躺正，脱口绷了一句："皇上不喜欢臣妾，是不是？不然都……都这样了，您还不想碰臣妾么？"

闻言，尹简动作一滞，语气冷沉了几分："朕既为先帝守孝，便得诚心诚意，岂能欺骗神灵？"

"臣妾……臣妾知错。"宋绮罗脸色灰败下来，她泫然欲泣地咬着红唇，楚楚可怜的模样。

尹简见状，不忍再苛责，缓了缓情绪，他拢好中衣的系带后，闭上双目，淡淡地道："睡吧。"

宋绮罗意兴阑珊地穿好原本脱了一半的抹胸，心中暗自盘算着，一年孝期已过半年，她继续忍吧，反正尹简不止对她一人如此，沐妃和齐妃也同样的，待孝期一过，才是真正争宠的时候，届时她必须要争得第一个怀上龙子才行，但是现在也不能放松，哪怕尹简不临幸她，他肯与她同榻而眠，也是莫大的欢喜和荣耀。

身旁女子熟睡的呼吸声入耳，尹简紧闭的眼帘缓缓掀开。

他屈指捏着眉心，心中冷叹，什么守孝？尹哈配么？他不过是寻个借口而已，如宋绮罗所言，因为不喜欢，所以不想碰她，而他想碰的人……

心脏忽然一拧，他整个人一僵，仿佛被雷电击到一般，半晌怔忡，思绪停滞！

他想碰那个小混蛋，很想将她扑倒，让她做他名副其实的女人，这个想法，一直都有，甚至在短暂的小别后，那念头愈发地强烈。

原来，最大的区别在于……他喜欢她！

因为喜欢，所以在乎，因为掺杂了爱情，所以恩情并非他纵容她的全部。

继采薇死后，她是唯一令他动心的人。

不知何时，待明白时，情根早已深种。

或许在五年前，她衣不解带照顾他时；或许在五年后，她掉入他的浴桶强吻他时……那份感情，便在悄然滋长。

爱得太早，懂得不迟。

然而只可惜，现实残酷，不及表白，便被扼杀。

尹简凉薄一笑，果然帝王不宜多情，无情才是坚不可摧的铠甲，只伤人不伤己。

翌日。

长歌一夜未眠，头痛难忍，凌晨时分，终于熬不住地闭上了眼睛。

上午中卫军营地操练，卯时一刻开早膳，林枫见她帐中没动静，过来唤她时，她嘟哝了几句，转眼就睡得神鬼不知，林枫探了探她的额头，确定她体温正常，便给她掖好被角，招呼着鲁飞和苏炎出门。

不多会儿，林枫归来，替长歌带回两个馒头一碟小菜和一碗粥，鲁飞和苏炎不在，他掀了帷帐立在她床前，眉眼温和地再次唤她："长歌，醒来用膳吧，吃饱了再睡。"

"不吃，我想睡，别吵我。"长歌眼皮也不掀，直接拒绝。

"饿着肚子怎能行？我端给你，洗漱一下……"

"你别管我啊，讨厌死了，我说不吃就不吃！给小爷滚蛋！"

长歌没睡醒，火气大得很，一顿臭脾气发得林枫抿唇闭嘴，脸色格外难看，可长歌浑然不知，很快便又沉睡得雷打不动，连呼噜声都钻进了耳朵。

林枫僵立不动，神色古怪地盯着长歌酣睡的小脸，半晌才从牙关里气冲冲地挤出一句："死丫头，敢给我称小爷？再这么目无尊长，小心屁股挨揍！"

语落，他转身出门。

片刻后，长歌原本紧闭的眼眸，忽然间睁开，视线投向门口，只见她目中清明，眸光锐利！

收获不小，临时兴起演的一场戏，结果竟令她大吃一惊！

长歌缓缓坐起身，秀眉紧拢，陷入沉思当中。

这林枫究竟是何人？她的女子身份，他是何时识破的？此人瞒而不报，隐而不露，目的何在？

目无尊长？

长歌反复咀嚼着这几个字，思来想去，一时却无法理出头绪来，林枫比她年长，这个"尊长"仅指此意，还是另有深意？

从他说话的语气里，她感觉他对她没有恶意，因为那句狠话的口吻，颇有些无奈的味道，那么这又说明了什么？

长歌肚子很饿，可她丝毫没有胃口，毕竟一晚没睡，思索了一会儿，便觉大脑昏昏沉沉的，她索性倒头又睡，哪怕天塌下来，也得等她醒了再慢慢想。

营地操练，阵前点名，独缺了长歌一人，林枫自作主张替长歌告假，指挥使赵宣例行询问了几句，并未为难，批准长歌请假一日。

"孟——长——歌！"

只是，长歌沉睡不久，太阳才刚照亮了一半窗户，她的好觉便被人搅醒了！

来人自屋外咬牙切齿地大吼一声，紧接着"砰——"的一声大力踹开屋门，不等长歌反应过来，一个包袱竟已重重地砸在了她头上！

"咝——"

长歌头晕目眩，原本就昏沉发疼的脑袋，顿时感觉似要炸开般，难受得她紧锁眉头，一边吸着气，一边抬手掀开包袱，将目光投向来人："莫麟？"

莫麟一副凶神恶煞的模样，手中提着带鞘的利剑，戾气极重地一步步走来："孟长歌，你的衣物，大爷我亲自给你送来了！"

第二十三章　恍然如梦

见状，长歌不由嘴角一抽，撑着床褥坐起身来，她勉力打起精神，不咸不淡地道："谢过莫大爷，孟长歌感激不尽！"

莫麟听此，嘴唇一咧，笑得阴阳怪气："哟，一晚不见，怎么变成软柿子了？"

长歌不说话，懒得理他。

莫麟在床边站定，示威地将剑尖用力往长歌脚边一戳，继续不遗余力地嘲笑她："你再嚣张啊，怎么不自称小爷啊，怎么蔫了呢？没了主子罩着你，你以为你算哪根葱？"

长歌咬了咬牙，依旧沉默以对。

"别人都在营地训练，你却在屋里睡大觉！孟长歌，你以为羽林军营里你是老大么？玩忽懈怠，军法处置，知道么？"

"……"长歌一惊，她怎么忘记了今儿个要训练的？

"孟长歌，这是你的早膳啊？啧啧，这种下等的饭菜，哪配给孟小爷吃呢？"莫麟环视一圈，瞥到桌上的馒头小菜，嘲笑之余，竟一剑扫到了地上，粥碗打碎，碟子翻滚了几下，小菜全扣在了桌腿角，两个馒头滚了几滚，也脏得不能再吃了！

长歌怒不可遏，拳头不由攥紧，但她依然在忍，昨夜她重伤了尹简，就不怪莫麟等人如此待她，尹简在他们心中是神圣不可侵犯的，他们没杀她已算她走运。

"孟长歌，你还觉得委屈啊？"莫麟居高临下地睨着她，冷冷地勾唇："全天下谁人委屈，也轮不到你委屈啊，你孟长歌多厉害啊，居功自傲你当数第一，不过仗着你救过主子一命，就随意糟践主子，如此你就心里快活了是不是？"

长歌偏过脸，一声不吭。

"我真为主子不值，像你这种小混蛋，长的心全是黑的吧？不过呢也好，这次主子没杀你，大概跟你也就恩怨两清了，以后桥归桥路归路，你再敢触犯宫规王法，可就死路一条了！"

长歌蓦地咬住了下唇，她之所以能平安，究根结底还是尹简……

"哦，对了，看你眼窝深陷，略显憔悴的模样，该不会一晚失眠吧？放心，咱主子睡得特别好，昨夜宋妃娘娘侍寝，把主子侍候得神清气爽，这皇嗣香火传承，指日可待！"莫麟说到这儿，很是眉飞色舞："由此可见，孟长歌，主子并不是非你不可，以后别再把自己当成香饽饽，主子宠你，你才香，主子一旦不宠你，你就跟路边的草芥一样没人要，明白么？昨儿夜是宋妃娘娘，今夜主子翻齐妃娘娘的牌子，明晚兴许是沐妃娘娘，反正……"

耳边聒噪不停，莫麟的嘴唇一直在嚅动，可长歌脑中轰轰作响，意识逐渐涣散，她完全没有听到莫麟后面说了什么，只知道，昨夜宋妃侍寝，她为尹简神伤悲苦一整夜，尹简却春宵帐暖，美人在怀……

莫麟的性格，冲动易怒，基本属于易燃物体，只要给他扔点火种，立可燎原。

长歌不敢说很了解，起码也知道些，所以任凭莫麟口若悬河地嘲笑了她小半个时辰，她始终以静制动，视对方为空气，恍若未闻。

莫麟口干舌燥，词穷之下，不得已暂停他冗长的讥讽，他实在不明白，往日狂妄嚣张的孟长歌，怎么一夜之间，竟变成了孬种窝囊废？难道她忽然懂得了"识时务者为俊杰"这几个字的含义？

"小混蛋……"

莫麟摸摸鼻子，见长歌依然无视他，他很郁闷地阴沉了脸，来时他已做好与长歌大打一架的心理准备，也为此在不停地刺激贬损她，可这小混蛋竟然……

给了别人气受，可最终他自己也气不顺，莫麟瞪视着长歌似灵魂出窍的呆傻模样，恨不得一把揪起她，狠狠地揍她十拳八拳，但想到尹简昨夜宁拆马车也不拆长歌的悲情宽容，他只得无奈地大吼一声，转身即走，扬长而去！

长歌的床铺紧挨着窗户，半上午日光晴好，星星点点的金光，从遮光窗帘里穿透入室，落了半床斑驳的影子，她亦被笼罩其中，灰白的脸庞，染满了忧郁的色彩。

静坐稍许，她掀开被子下床，赤着脚绕过床尾，扯开帘子，推开紧闭的窗户，大片的太阳光顷刻铺洒进来，照在身上柔和而温暖，长歌眯了眯凤眸，抬目远眺，只见天空澄碧，纤云不染，远山含黛，和风送暖。

远处营地的操练场上，传来整齐划一的口号声，长歌原地驻足良久，毅然关窗关门，捡起莫麟送来的包袱，找出她的衣物换好，外面再穿上战衣铠甲，然后简单洗漱了一下，拿了兵器出门。

她是凤长歌，是凤氏王朝的公主，她并非普通百姓的女儿，可以有无限的时间和精力儿女情长，悲观叹惋。

这段感情，是她自己决定斩断的，不论尹简有多少女人，生多少皇子皇女，日后皆与她无关。

这辈子，若她可以幸运不死，或许她会找一个平凡的男人共度余生，不求富贵，只求执手一世，白首不相负。

那个人，必定不会是孟萧岑，亦不会是尹简。

是以，趁现在她未曾泥足深陷，及时挥刀断情，悬崖勒马，不失为上策。

无欲则刚，无情则狠。这是孟萧岑告诫她的话，当时不以为意，此时方觉为真理。

五月的太阳，不算毒辣，但在日光下晒得久了，照样不好受，尤其身上还穿着厚重的铠甲，当长歌赶到时，集训的羽林军已个个汗流浃背，疲惫辛苦。

"报——"

"孟长歌迟到，请赵指挥按军规处置！"

长歌单膝跪地，将手中的佩刀高举过头顶，她声音洪亮，铿锵有力。

无数道视线投递过来，林枫抹了把脸上的汗水，心中暗为长歌紧张，他替长歌请的是病假，可现今看着，这丫头生龙活虎，毫无病态啊！

"孟长歌，你不是生病告假了么？"赵宣询问一句，疑惑的目光，射向队伍中的林

第二十三章　恍然如梦

枫。

闻言，长歌一凛，脑子很快转过弯来："属下病已痊愈，心系训练，不敢玩忽懈怠，特来请求归营！"

赵宣略沉吟一瞬，便道："归列吧！"

"是！"

对于郎治平及中卫军的众指挥官来说，孟长歌就是个烫手山芋，重不得轻不得，既要考虑羽林军整体纪律，又要顾忌于帝王心思，所以赵宣感到很头疼，让他按军规处置，他敢么？

长歌加入了操练队伍，那一抹纤小的身姿，混在牛高马大的男人堆里，格外醒目，她吃苦耐劳，练得很认真，但凡能考入羽林军者，论单打独斗都乃佼佼者，所以他们进行的是团体配合的攻守战术训练。

羽林军的职责，就是保护帝王和皇城安危，原本的计划，因这突变的感情问题，而全部泡汤，她不可能再觍着脸央求尹简将她调到帝宫，她只能努力立功，凭自己的实力往上爬，哪怕做不了御前侍卫，起码得进入皇城大内，如此才有可能探听到大秦的军事机密。

与此同时，远处林荫道上，尹婉儿带着含元殿的大宫女沁蓝，以及几名大内侍卫，驻足遥望了许久，见长歌训练得投入，毫无异样，似不曾受到任何影响，她幽幽一叹，终是没有过来打扰，返身上了马车，沿来路而回。

含元殿。

尹婉儿归来时，正巧尹简跨步迈入外殿门槛儿。

今儿早朝后，尹简连早膳都没用，便一头扎进上书房，批阅奏折，宣召朝臣议事，忙得不可开交，直到午时，在高半山的勉力劝说下，方才搁下政务，回宫用膳。

"婉儿参见皇上！"尹婉儿上前几步，跪地行礼。

尹简随意抬了抬手："平身吧。"

"谢皇上！"

"出去散步了么？婉儿，在宫中尽量不要乱走动，以免碰到不该碰的人，朕不能时时在你身边，所以你自当谨慎小心。"

听到尹简的担忧，尹婉儿柔柔一笑："婉儿明白，多谢表哥挂念。我方才没到后宫，是去外九城散心了。"

她话音方落，便见尹简剑眉一蹙，神色冷然了几分，眉宇间亦透出少有的不悦："婉儿，外城有羽林驻军，内宫女子无令者，严禁走动，宫规不可违！"

"婉儿知罪。"尹婉儿笑容一僵，连忙听话地低下头。

尹简负手而立，幽暗的眸光，越过尹婉儿望向殿外，瞳孔的焦距在蓝天白云，暖阳高照中，不断缩小，最后缩成了一个小点……

尹婉儿经久听不到动静，她不安地抬眸看他，眼眶忽然一酸，她轻拽住尹简的袖袍，软糯着声音："表哥……"

"她……好么？"那道逆光而立的颀长身影，一动不动，片刻后，尹简薄唇嚅动，方才发出轻不可闻的三个字。

尹婉儿用力点头："她很好，所以表哥你也要好好的……"

"朕没有什么不好，一国之君，首先是君，而后才能有个人的七情六欲，她于朕再重要，也不及大秦社稷江山重要。"尹简漠然打断尹婉儿的话，收回视线看向她，温声轻语，"婉儿，陪朕用午膳吧。"

从营地回来，所有人都累瘫了，长歌拖着灌了铅的双腿，随同林枫等人说说笑笑地走入院子，却被院中迎面站着的人吓了一大跳！

"谈宣……宁太师！"

长歌习惯了的称呼，几乎脱口而出，好在语到中途，她又急忙改了口，她完全没想到，那个美艳无双的男人，居然会不打招呼地突然出现在宿营区！

"给太师大人见礼！"

陆续回来的羽林军们，一旦认出来人，纷纷仓皇行礼，同时心下奇怪万分，这军营之地，宁谈宣作为文臣，怎么会……

一袭绛紫色锦袍，雍容清贵，宁谈宣一贯的温颜如玉，恬淡的话语中亦不失威仪："诸位不必多礼。"

"谢太师大人！"众人谢过，起身退下，识趣地各自去忙。

若说方才一惊之下不及多想，此时也陆续反应过来，大秦第一权臣宁谈宣纡尊来此，是找孟长歌的。上一次，神武门发生的事情，早已私下传遍军营。

而长歌蒙了半晌，在身边林枫、鲁飞等人都走后，才一个激灵回过神来，她不禁轻拢秀眉，懒散地走向他，语气亦是懒洋洋的："你找我啊？有事么？"

宁谈宣原地不动，待她走近后，抬手递上一方绢帕，唇角边洋溢着清浅笑容："没事儿，今日空闲，就来瞧瞧你。"

长歌一动不动，用探究的眼神看着他，脑中兀自在思索着，这人又在打什么算盘？

"好吧，本太师侍候你这小祖宗好了。"宁谈宣微叹口气，一手按住长歌的肩膀，另一执帕的纤长细指，温柔地擦拭她额头、眼角的细汗，那专注的样子，仿佛他在为最亲密的人，做着最亲密的关怀举动，那么自然，那么熟稔，毫无尴尬之意。

长歌一惊，本能地后退了半步，令宁谈宣的大手僵在了半空，她无措地扯着唇角，讪笑道："你，你干吗呀？"

"你不接帕子，那不是只好我辛苦一下么？"宁谈宣戏谑地扬唇，眼中一丝不明情绪，浮起的刹那又被他瞬间掩去，他包容的言语动作，一如既往。

第二十三章　恍然如梦

"呵呵。"长歌窘迫地干笑两声，张嘴就胡扯："吓死我了呢，大哥你可真是出其不意啊，叫人看到还以为咱俩玩断袖呢。"

她说话间，方才扫视到在宁谈宣身后三四步，躬身立着一个布衣长随，那人手中提着一个食盒，不敢抬头乱看，像个透明人似的。

宁谈宣浮唇，"瞎说，你这小混账嘴上没个把门的，真是逮着什么话都敢说！"

"嘿嘿……"长歌嘻哈地讪笑，她一指前方，晶亮的明眸中满是期许地问："大哥，那是……"

在长歌的印象中，只要见到宁谈宣，就绝对有好吃的食物，所以她从来不跟这人客气，况且她的早膳被莫麟给糟蹋了，训练又这么久，早饿得前胸贴后背了。

宁谈宣眉眼一弯，凝视着她的目光里，浮动起一抹促狭和宠溺的意味，"怎么？肚子里的小馋虫又作怪啦？"

长歌一听，立马蹦跳上前，她小手一扯宁谈宣的名贵绛紫色袍子，兴奋地叫嚷道："知我者，大哥也！"

"呵呵……"

宁谈宣愉快低沉的笑声，悦耳动听地回荡在午后的院落里，那张略带妖媚的脸，美艳动人，格外赏心悦目，长歌摸着下巴瞧他，情不自禁地拿他与尹简暗暗作对比，他是文人才子，俊逸出尘，美得偏阴柔，而尹简自幼习武，眉宇间不论何时，都给人一种英气硬朗的感觉，而她也好武，是以主观意识里，她自然偏向于尹简，觉着还是尹简相貌更好看些……

而长歌一时被迷惑，竟然忘了一件事，那就是情人眼里出西施，仇人眼里出眼屎，理智上她应该觉着尹简像眼屎的，可居然在潜意识中，又将他看成了西施……

等长歌醒悟过来时，不禁想甩自己一巴掌，从现在起，她得坚定立场，日后倘若再见到尹简，一定不能认为他长得好看，必须努力将他的俊脸看作猪头脸，想象他长得比猪还难看！

宁谈宣笑毕，招了下手，那长随立刻过来，将手中的食盒恭敬奉上，他拍了拍长歌脑袋，笑语嫣然："走吧，回你屋里用膳。"

"哎呀，太棒了！"长歌惊喜交加，连忙笑逐颜开地抢他食盒，嘴里说道："我正饿得慌呢，大哥给我就好了，改天我请你喝酒啊！"

谁知，宁谈宣机警地举高食盒，眸子一眯，笑得极具危险："小祖宗，你不够厚道啊，这是打算过河拆桥么？本太师亲自送膳给你，是要与你共享的，你竟然不请本太师进门么？"

"呃……"长歌嘴角一抽，尴尬地挠头道，"我那屋里还有旁人啊，再说庙太小，又脏又乱的，容不下你这尊大佛啊！"

宁谈宣冷笑："少给我扯淡，就你那几根花花肠子，趁早别在我面前瞎折腾，嘴一张就是改天请我喝酒，你说你敷衍我几回了？我若是真等你的酒，我五脏六腑都得等得发霉不可！"

"呵，呵呵……"长歌伶俐的口齿，终于被训得不再伶俐了，她傻笑几声，也突然发觉自己有点过分，从认识至今，宁谈宣不论怎么有心机，至少没让她察觉出他在利用她，反而一直在包容她，给予了她无限关怀，就连四海客栈她的吃住花费，都是他在承担，今儿个又专程来这儿等她，给她送膳，她于情于理都不该太排斥他，对不对？而且尹简也允许她跟宁谈宣来往的，希望她能多一个保护伞。

思索到这儿，长歌不由心生愧疚，可不等她邀请，那男人已毫不客气地握住她手臂，带着她往屋子走去。

院门外一丈处，莫麟气得跳脚，待那两片衣角入屋，他冲动的脚一抬，便想跟过去扯出孟长歌，莫影急忙拽住他，低声叱道："你给我冷静些！"

莫麟急不可耐，生怕隔墙有耳，他说得很隐晦，声音也压得极低："我怎么冷静啊？那小混蛋都跟宁谈宣关系好成这样了，主子那儿……"

"闭嘴！"莫影烦躁地蹙眉，握着剑的五指，青筋根根凸起，"看来那个主意要泡汤了！"

莫麟拳头捏得"咯咯"响，想到被重创的尹简，他恨得牙痒痒："孟长歌这混蛋有奶便是娘么？姓宁的给她吃点好的，眼里就只认姓宁的了么？若吃的东西能笼络她，咱主子可以顿顿给她吃山珍海味！"

"哎，回吧，这事儿咱插不了手，看主子的态度吧。"

莫影惆怅地叹了口气，转身往回走，他们几个原本商议了一下，觉着不能让尹简白白被孟长歌欺负，所以筹划出个主意来，那就是想法子让孟长歌喜欢上尹简，然后以尹简的傲气，再甩了孟长歌，把昨夜所受的屈辱全数还回给孟长歌，如此才能大快人心！

可谁知，宁谈宣却见缝插针地跳了出来，大热天的中午，放着舒适的日子不过，竟跑来给孟长歌大献殷勤！

莫影深深地觉得，这宁谈宣不仅是他主子的政敌，更是主子的一大情敌！

屋里，林枫三人见到宁谈宣光临，惶恐地说了几句蓬荜生辉之类的恭维之语，宁谈宣嘴上说得客气，那口吻却丝毫不容置疑："本太师借用此处跟长歌吃顿膳，叨扰几位了！"

"不敢，奴才们这就告退，请太师大人慢用！"三人连忙识趣地拱手走人，还顺带替他们关上了屋门。

长歌有意留心了一下林枫的反应，但见他没有任何异样，掩藏得极为高明。

"想什么呢？放心，跟本太师用膳，是你八辈子修来的福气，别觉着会折你寿，倒是本太师可能会寿不长。"宁谈宣已在桌前坐下，一边从食盒里往外端菜碟，一边似笑非笑地说道。

长歌扭头看他，眼珠转了几转，然后一屁股在他对面坐好，状似惊惧地问道："大哥，你这话何意？难道我会连累你么？"

第二十三章　恍然如梦

"呵呵。"宁谈宣勾唇轻笑，墨眸中一抹深意，令长歌难懂，只听他不疾不徐地说道："你跟我来往，恐怕皇上会猜忌，他若不舍治你，那就只能治我，不是么？"

长歌一怔，默了一瞬，拧眉道："怎么会呢？咱俩又没结党营私，就一起吃吃饭喝喝酒而已，皇上干吗降罪？"

宁谈宣笑着摇头，没再继这个问题发表意见，他布好膳后，递给长歌碗筷，语气是一贯的温润："多吃点儿，这一阵子不见你，竟愈发地消瘦了。"

"嘿嘿，大灶饭不好吃，我吃不下。"

长歌随口答了一句，饿极的她埋头快速吃起来，宁谈宣看她狼吞虎咽地吃得欢，不由哭笑不得："再饿也不能这么吃啊，小祖宗你慢点儿，小心噎着了！"

"嗯嗯……"长歌点头如捣蒜，她嘴巴里塞满了菜，含糊不清地说："真好吃啊，四菜一汤都是精品，谢谢大哥啊。"

宁谈宣吃得不多，他多半是在看长歌吃饭，这少年吃饭的样子极为可爱，那香滋香味儿陶醉的表情，看得人原本没胃口，也能给勾出胃里的馋虫来，他唇角情不自禁地上扬，浓如墨色的眸中，不觉又多出几分宠溺。

"长歌，跟大哥走吧，太师府的高宅大院，不会困住你的，你想去哪儿，大哥不拦你。"

吃到中途，对面男人忽然的一席话，令长歌停下了夹菜的动作，她咬着口中的牛柳，懵懂地看着他："为什么？"

宁谈宣唇边笑痕清浅，与她相视的目光矍铄："不想看你吃苦，这个理由，可以通过么？"

"大哥……"长歌喃喃了声，将牛柳嚼碎咽进肚子，方才扯了扯唇，"我没吃苦啊，做羽林军挺好的，我好不容易才考到的呢。"

宁谈宣神色不变，淡淡地驳她："瘦成这样，也算好么？脸上的红印子哪儿来的？谁打的？"

长歌抿唇，讶然于他敏锐的观察力，她抬手摸了摸脸，嘟哝着："还能看出来啊，昨晚冷敷过了呢。"

"说清楚，究竟谁打的？"宁谈宣眼神逐渐冷厉，连语气都严苛起来。

长歌"哈哈"一笑，不甚在意地道："哎，没事儿，我昨儿跟人打架了，大哥你也知道，我脾气不好，容易生气，所以几句口舌争下来，就禁不住动手了，一个没注意，才被人甩了巴掌的，那人力道不重，根本不疼的，红印过两天就会散的。"

宁谈宣不语，盯着她的眸子格外深邃，重瞳亦似染上寒霜般，让人心下发怵。

长歌僵硬地扯着唇角，不想过多解释，可宁谈宣委实在关怀她，所以她就继续说，"我也没怎么瘦，吃得其实还好，若说瘦的话，应该是上回受伤导致的，以后慢慢会补回来的啊。"

"长歌，打你的人，是尹简，对么？"宁谈宣忽然开口，一针见血地指出，他眼眨也不眨地看着她，语气犀利得让长歌无所遁形。

长歌震惊得僵滞了片刻，才讷讷地摇头："怎么会呢？皇上打我做什么，不是他啦。"

"除了尹简，这宫中没人敢动你，哪怕是太后，也得掂量掂量尹简的态度！"宁谈宣眼中扯出一抹残冷，"孟长歌，你在维护尹简！"

"大哥，不是尹简，那人是谁我不想提，请你不要再问。如果……"长歌猛然咬住下唇，脊背挺得僵直，她口吻决然道："如果大哥当我是朋友，就请尊重我的决定！"

闻言，宁谈宣一贯温润的脸上，陡然聚起冲天的怒火，他睇着她，一字一句道："好，好得很，孟长歌你厉害，算本太师多管闲事了！"

语毕，他拍桌而起，摔门离开……

第二十四章　帝宫相见

翌日。

大秦长公主守陵还朝，全城百姓沿街跪迎，帝王亲率皇亲国戚、文武百官于皇宫九门外迎接。

谕令上传下达，羽林军奉命全体出动，为保证帝王安全，每道宫门都加派了兵力把守，可除了帝王与军部核心人物，再无人知晓将在哪道宫门接人，即帝王会现身何处，就连长公主提前也不知。

这是为了防止乱臣贼子伺机埋伏行刺，故为高等机密！

作为羽林军，以服从为天职，换岗、巡逻、守宫门，不论上头怎么调派，任何人都没有置喙的权利，一切听命行事。

巳时，乃长公主觐见帝王的吉时。

从卯时开始，羽林军中、左、右、前、后五卫军，每隔半个时辰换一次岗，整齐的红衣铠甲队伍，配着兵器，训练有素地在皇宫九门来回奔波，直到巳时前一刻钟，才暂时安定下来。

而长歌所在的分队，驻守神武门！

昨夜一更三刻才结束当值，今日天还没亮，就投入到了紧张的备战中，连早膳都被限令一刻时间，囫囵吞枣地草草结束，坚持到此时，长歌已浑身发酸发疼，可她依然不敢有丝毫懈怠，纤小的身姿，挺拔矗立，腰板笔直，神色肃穆严谨！

终于，在巳时即将到来的前半刻钟，大内侍卫分批而出，帝王御驾抬出内九城，往皇宫九门而来！

长歌意料之外，她万万没想到，她刚换岗过来的神武门，竟然是帝王迎接长公主的秘密之地！

她和尹简，一别两日，竟在此地，竟在此时，以这种方式相见！

眼前涌动着无数人影，绯衣金袖的大内侍卫纷沓而至，帝王仪仗气势而出，皇族宗亲紧跟其后，文武百官队列殿尾，十六人抬的明黄色大气御辇，则行于中央，被保护得严丝合缝！

神武门大开，羽林军原地不动，待与大内侍卫会合后，郎治平挥动令旗，羽林军伏地叩拜，身上铠甲随身晃动，那金属碰撞的声音，随羽林军的高呼声重叠，整齐嘹亮，直入云霄——

"叩见吾皇万岁万岁万万岁！"

"平身！"

"谢皇上！"

长歌纤小的身影，跪在人堆里，起身的刹那，她的目光，情不自禁地穿透层层峰峦屏障，遥遥望向正前方……

一袭象征帝王身份的明黄色龙袍，昂藏着七尺身躯，俊美无俦的年轻帝王，伟岸屹立在御辇前，万丈光芒，夺目耀眼，那威震天下的王者之气，浑然天成，于万人中央，绽放出一身风华！

长歌痴凝视着那人，心潮汹涌澎湃，她见过各种场合下的尹简，中毒不醒的他，卧床重伤的他，冷漠无情的他，流氓痞气的他，温柔腹黑的他……却唯独不曾见过立于九重宫阙之上的他！

月前，宣华大街的相见，她不识他，他亦卷帘遮面，是以并不算数。

而此刻，他君临天下的气魄，令她心悸，她不由自主地为他骄傲，眸光随他而动，心神被他吸引，她的眼中心中，这一时，除了他再容纳不下任何人……

"皇上有旨！"

"宣长公主驸马爷神武门觐见——"

高半山手执拂尘，尖锐的高喊声，响彻一方天地，回音阵阵，久久不散……

藏身于羽林军中，长歌以为，身份渺小的她，在这样隆重的大型场合，是不会有人注意到她的，所以，她虽然目视前方表情肃穆，可眼尾的余光，却悄然射向那抹明黄色……

她想，把西施变成眼屎，是个艰难的心理过程，她需要以实物来实践，而看到他的脸，才容易训练眼力，就如同她曾盯着蚊子看了月余，生生地把蚊子腿看成车轮一般大。是以她相信，尹简那张西施的俊脸，迟早也会在她眼里幻化成眼屎的。

不过这个前提是，她得看着他训练，而她正大光明地不敢看，就只能偷偷摸摸地看……

御辇前，几大御前侍卫以东、南、西、北四个方位而立，尹简居中，皇亲和百官分站

第二十四章 帝宫相见

两翼，人人神色严谨，端正庄重。

半上午的日光，从头顶倾泻而下，将所有人笼罩其中，斑斑金影，灼灼其华，愈发衬得那一人尊贵大气，高不可攀。

长歌浑然忘了场合，凤眸竟不自觉地偏转，斜目肆意地凝视，脑子也变得混沌，只迷糊地暗忖，这个眼力好难练，不论怎么看，她都觉着他相貌好看得像西施，无人能比。

若说她先前的偷窥，以为无人注意的话，此时这么明显大胆的异常，就无法让人忽略了！

莫影侧眸扫了她一眼，眉头几不可见地拧了拧，而后瞥向尹简，却发现尹简神色无异，并无一分触动，冷厉的褐眸中，亦不显半分情绪。

莫影心中微惊，以他的角度，都能察觉到孟长歌的不轨之举，而尹简作为被偷窥者，又立在中央，怎会不晓得？看来，主子的心伤疗好了，换成孟长歌开始犯贱了啊！

这个想法，令莫影内心着实高兴，可高兴不过须臾，他又微垮了嘴角，尹简左手边，宁谈宣居于首位，兴许孟长歌偷看的目标不是尹简，而是宁谈宣？

昨日他与莫麟压着火气回到帝宫，为了不加重尹简的难过，他们隐瞒未禀，可谁知晚膳前，郎治平居然求见，将宁谈宣午时送膳给孟长歌的事情完完整整地讲了一遍，甚至讲到宁谈宣遣退旁人，与孟长歌二人在屋里单独待了许久……

后来，郎治平告退，尹简晚膳只吃了几口，便面无表情地甩袖离座，一个人去了衡芜殿——那个采薇溺死的冷宫。

莫影暗叹，这个宁谈宣该死啊，此人不死，怎能平主子心头之恨？

宫门口，缓缓出现两道人影，长歌感觉到身旁羽林军的动作，她游移的心神，恍然回笼，匆忙随众人跪下，滥竽充数地喊着："恭迎长公主回朝！恭迎驸马爷回朝！"

礼毕，长歌记起尹婉儿，不禁掀起眼角，偷偷望向宫门。

只见初夏明媚的暖阳中，一对年轻男女并肩而来，女子一身缟素，却端的雍容华贵，玉质冰肌，风姿雅悦；而男子一袭黑缎锦袍，身材伟岸，肤色略白，神情漠然，五官轮廓分明而深邃，那张清冷寡淡的俊容，集文人温雅与武人冷峻于一体的矛盾气质，令他极为引人注目，仿佛这周遭所有的人，仿佛头顶的阳光，都无法让他有一分动容。

长歌微微抿唇，忽略了长公主尹宸儿的存在，只目不转睛地盯着这位驸马爷——尹婉儿的心上人李霁尧！

这个男子，比齐南天年轻得多，似与尹简年纪相仿，从外形上对比，丝毫不逊于齐南天，甚至比齐南天更吸引人，许是出身于书香门第的关系，比起齐南天的粗犷硬朗，他则显得棱角略为柔和，只是此人的心门，似乎冷漠疏离，令人不容易亲近。

尹婉儿，李霁尧，尹宸儿，齐南天……

长歌咀嚼着这四人的名字，分析了一下他们的四角关系，只觉这缸水浑得像泔水，很难洗清。

当然，长歌与尹婉儿交好，自然主观偏向于尹婉儿，对这尹宸儿没啥好感，所以瞥了几眼那位高贵的长公主，她便移开了视线。

尹宸儿和李霁尧近前，朝帝王尹简屈腿跪下，行礼叩拜："参见吾皇！皇上万岁万岁万万岁！"

长歌听到此，忽然记起什么，连忙四处搜寻尹婉儿，她比较担心婉儿的状况，几年不见心上人，再相见心上人身边却伴着其他女人，这叫婉儿情何以堪？

因为心急，长歌不再偷偷摸摸，焦虑的凤眸，肆无忌惮地扫视过一排排皇亲国戚，意料之内，尹灵儿那混账小妮子也在，尹诺、尹琏、尹璃亦在，其余人她不识，直接略过继续朝后看，终于在末尾位置上，看见了尹婉儿。

那个温婉的女子，今日一袭淡绿色的长裙，袖口上绣着淡蓝色的牡丹，银丝线勾出了几片祥云，下摆是密麻麻的一排蓝色海水云图，胸前是宽片淡黄色锦缎裹胸，低垂鬟发中，斜插镶嵌珍珠的碧玉簪子，花容月貌，似出水芙蓉。

长歌看着尹婉儿，心中不禁为她揪得发疼，她仿若不食人间烟火的仙子，宁静淡雅，遗世而独立，原本清丽的眸子混沌迷惘，如夜的瞳珠，遥望着远方蔚蓝天空中的飘渺浮云，视周遭如无物，好似下一刻她便会羽化成仙而去……

菩提本无树，明镜亦非台，本来无一物，何处惹尘埃。

长歌忽然眼眶发酸，她垂头吸了吸鼻子，感觉心头堵得极为难受。

文武百官这一排，宁谈宣、李伦、宋承、宗禄、齐南天等人都在，看到冷沉无表情的齐南天，视线总是有意无意地投向斜对面的尹婉儿，宁谈宣眸光微动，不着痕迹地冷笑了声，这盘残棋，愈来愈有趣了！

场中央，尹简躬身，亲扶两人，唇角含笑道："长公主与驸马爷代朕守陵半年，替朕为先皇尽孝道，朕心存谢意，二位归程辛苦，快快平身！"

尹宸儿谦恭有礼地道："能为皇上分忧，能为先皇尽子女之孝，是臣妹之幸！"

"臣亦如此。"李霁尧语言简练，表情依旧寡淡。

二人起身后，简单寒暄几句，尹简温和地说道："太后午时在寿安宫设宴，时辰还早，你们夫妇可先去请安，许久不见，太后对长公主念叨得紧呢。"

尹宸儿点头，黛眉间一抹忧色："是，臣妹也挂念太后，不知太后近来凤体是否安康，心中焦虑，总是夜不能寐。"

"长公主孝心可嘉，朕心甚慰，太后必能吉人天相，得上苍庇佑！"尹简欣慰地颔首，笑谈间，眼梢余光扫向李霁尧，不禁心下怅然一叹。

忆及尹婉儿，尹简便觉那道窥视的目光又悄然射了过来，他一瞥扫略过旁侧下首的宁谈宣，褐眸中一抹冷厉，不动声色地蕴藏于眼底，未曾看一眼远处那人，他沉声朗朗道："回宫！"

"恭送皇上！"

第二十四章　帝宫相见

"吾皇万岁万岁万万岁！"

伏地叩拜，久久不得起身，长歌庆幸如此，否则她眸底的氤氲，便会浸湿眼眶，出卖她的内心。

她承认，她在犯贱地难过，从头至尾，她从偷窥到明窥，她的眼睛几乎没有离开过那个人，可他……长歌暗咬了咬唇，尹简根本不曾发现她的存在，更没有回应她一个眼神。

御辇很快被抬进了通往内九城的宫门，大队人马有序退离，拥挤的神武门渐渐回归空旷，直到最后一拨脚步声消失远去，众羽林军才听令起身。

一切又恢复了原本的宁静，长歌似木偶人般僵硬地站岗，心底的纠结矛盾愈来愈深。

他不理她，漠视她，她该高兴不是么？前夜故意羞辱他，她的目的不正是这样么？可为何，她此时，偏偏心酸得想哭，仿佛受了天大的委屈般，心口处又胀又痛。

这一日，长歌过得极为煎熬，挨到午时，终于结束了半天的当值，她拖着灌了铅的双腿，疲惫不堪地随军往营地走去。

"孟长歌！"

忽然，身后传来一声呼唤，激得长歌一震，她忙回头望去，微感惊讶地看着来人，"齐大人！"

同队的羽林军纷纷行礼，齐南天叫起后，朝队长淡声道："本官借孟长歌说几句话，可否？"

"当然可以，齐大人随便借，借多久都行！"兵部尚书亲口借人，队长岂敢不允？那张讨好谄媚的脸，活像青楼拉客的老鸨。

长歌不爽，或者说她今日心情太差，急需发泄，是以她眉头一挑，绯唇勾起一抹似笑非笑："呵呵，小爷是货物么，谁想借就能借？这饿大半天了，民以食为天，就是天王老子来了也得排队！"

此言一出，队长惊骇得脸色大变："孟长歌，你……"

"好，先用午膳，本官请客，如何？"齐南天皱眉，语气略带几分无奈，这少年果真是个不折不扣的小混蛋！

长歌"哈哈"一笑："好啊，齐大人够爽快，那小爷可就不客气了！"

"得，走吧。"齐南天苦笑了声，转身带头即走。

长歌将兵器顺手扔给队长："替小爷带回去！"

队长嘴角一抽，彻底凌乱了……

其余羽林军皆石化在当场，这个孟长歌果然后台够硬，够嚣张！

齐南天带长歌出宫，去了城中的一家酒楼。

想当然，长歌逮着冤大头，毫不客气地拍着桌子大喊："掌柜的，把你们店的头牌菜、特色菜尽管上，小爷要吃最贵最好的！"

"好咧，请客官稍等！"掌柜的喜笑颜开，把长歌当大爷祖宗似的侍候，脸上的褶子都快笑掉地了。

齐南天无语："孟长歌，你能不这么庸俗市侩么？"

"错，小爷这是认清现实，能饱一顿绝不饥半餐！"长歌得意地勾唇，瞧到楼下有漂亮姑娘经过，她痞痞地吹了声口哨，惹得姑娘脸上飞起两片云霞，羞涩地娇嗔一句："登徒子！"

"哈哈哈！"

长歌爽快地大笑，一边拍打桌子，一边嚷道："齐大人，你干脆多舍点财，请小爷包个艺馆姑娘玩玩儿吧！"

齐南天隐隐咬牙，虎目瞪着桌对面的流氓少年，他几乎有甩袖走人的冲动，但想到此行的目的，他忍了忍道："孟长歌，你这么龌龊，婉郡主会厌恶你的！"

"哦？齐大人这么关心小爷啊？"长歌揶揄的笑噙在嘴角，以她的聪慧，只听这一句，便了然于胸了，于是她凤眸一转，凑近了齐南天，促狭地低笑道："齐大人，你怎么知道婉儿不喜欢龌龊的男人？莫非……齐大人有经验？"

齐南天被噎住，一张俊颜青了又红，红了又白，诡异地变幻了好半晌，才闷声道："你既已知晓，就莫再取笑于我了。"

"哎哟，我可什么都不知道，我就只晓得婉儿的命好苦，有情人不能成眷属，可悲可叹啊！"长歌阴阳怪气地作出夸张的表情，又摇头又点头的。

齐南天沉默下来，他本就不善言辞，哪能应对长歌的古灵精怪？

"呵呵，齐大人，你这么忧郁干吗？婉儿不是还没成婚么？"长歌憋着笑，懒洋洋地调侃。

齐南天终于出声，脸色不大好看地说："李霁尧回朝了。"

"哦？那有什么关系？"长歌清丽的凤眸中划过一抹狡黠，慵懒地浮唇，"小爷已和婉儿私定终身，待挑个良辰吉日，我们就成婚洞房……"

"得了吧你，皇……"齐南天白愣她几眼，直接打断，不过考虑到环境因素，他反应极快地改了称呼，"拓跋公子已告诉我，你与婉郡主不过是朋友关系，那日你故意瞎捣乱的。"

闻言，长歌小脸一黑，梗着脖子呛道："怎么可能？拓跋简他胡说八道，我的想法，他哪里晓得？"

"他说，他不会允许你喜欢婉郡主的。"齐南天幽幽道出一句，而后目光深邃地凝视着长歌，慢吞吞地补充："拓跋公子还说，你是他的人，他喜欢你。"

长歌脊背陡然一僵，忽然就失语了，她呆呆地看着齐南天，脑中浮现出的却全是尹简的脸……

他说什么……他喜欢她？

第二十四章 帝宫相见

长歌心跳乱了节奏，南郊别院那晚，他霸道地说她是他的人，除了嫁给他没有第二条路可以选择，前夜他来寻她，在马车里他吻了她，说想念她，而他对齐南天却直接说，喜欢她？

长歌脑子发蒙，她不太敢相信她所听到的，她总以为，他是为了报她的恩，对她的感情并非男女之情……

齐南天不动声色地观察着长歌的表情变化，试探性地开口："孟长歌，你们究竟……真的断袖？"

"嗯？"长歌的思绪被拉回，她愣了一瞬，忽而黑了脸，"你才断袖呢，你看小爷是跟男人玩那种伤风败俗之事的人么？"

"可他说喜爱你这个少年。"齐南天笃定的口吻，眼神意味不明。

长歌气结，她想了想，不论之前尹简对她有多喜欢，起码如今不再喜欢了，所以她理直气壮地道："他敷衍你的，我们的关系，不过就是旧识，我是他的救命恩人罢了，他说的喜欢不是你以为的那种，明白么？不信的话，你可以再去问问他。"

齐南天默了一瞬，唇角缓缓咧开："孟长歌，我就随口这么一说，你别往心里去，也别找拓跋公子给我穿小鞋，成么？"

"喊，小爷才没那么龌龊！"长歌狠狠地白他几眼，不耐烦地道，"说吧，你到底找我做什么？无事献殷勤，非奸即盗！"

齐南天斟酌着缓缓说道："长歌，我瞧婉郡主待你极好的样子，你们既然只是朋友关系，那么你……"可惜说到此处，他便说不下去了，脸色不太自然，耳根处也染上了一抹可疑的红色。

"我怎样？"长歌兴致勃勃，她惊奇地瞅着齐南天，竟脱口而出，"哎呀，齐大人脸红耳赤了啊！"

"该死的！"

齐南天大窘，他连忙偏转了头，盯着包厢墙上的山水画努力平复着紊乱的气息，并用肯定的语气辩驳："我没有脸红，这是热的，天……天气太热了。"

"扑哧！"

长歌一个没忍住，直接喷笑而出："齐老兄，你，你实在太可爱了啊，这么蹩脚的理由，你都敢说，哈哈哈……"

齐南天握拳，俊脸青红交错："孟长歌，一句话你给不给帮忙？李霁尧早已成婚，根本不可能再娶婉郡主，我不希望她见到李霁尧后，又燃起旧情，从而伤心落泪！"

"咳，齐老兄，你说我怎么帮你？我身在羽林军营，现在连婉儿的面也见不着，我给她写信么？"长歌抽搐着嘴角，感觉实在无奈，别人感情的事，她怎么劝嘛？

齐南天从腰间拿下一块令牌，"啪"的一声搁在了桌上："写信说不清，你拿上我的令牌入内九城，直接去含元殿求见婉郡主！"

午膳后回宫，长歌捏着手中的令牌，感觉像捏住了她的喉咙般，呼吸不畅，心中不安，无端的紧张，令她脑门的热汗一颗颗渗了出来。

"齐，齐老兄，我……"两人一起踏入内皇城宫门，乘齐府的马车往帝宫方向而行，随着路途愈来愈近，长歌却忽然想打退堂鼓，可一向伶俐的口齿，竟变得结结巴巴，白皙的脸庞，也憋成了绯色的云霞。

齐南天瞅向她："怎么？你不舒服？"在他的印象中，这个混蛋少年仗着帝王的靠山，是天不怕地不怕的，简直嚣张得令人发指，会变成现在这模样，必定是生病了。

长歌顺势"咳咳"两声："是，是啊，我头疼。"

"方才不是还好好的么？"齐南天蹙眉，怔而不解地看着她，说出自己的建议，"那先去太医院，找太医给你瞧瞧？"

长歌一听，脱口拒绝："啊？不用了，我没事儿，我……"

"哎，你怎么回事？"齐南天渐沉了俊脸，眸中浮起明显的不悦，"故意装病，你想出尔反尔？"

长歌双手抱头，无力地哼唧："我没有，其实我是……唉，我不知道怎么说。"

她真是昏了头，齐南天不过是小小地表示了一下忧郁，她居然就莫名其妙地接下了令牌，真是吃人嘴软啊！

尹婉儿住在含元殿，可尹简的寝宫也在含元殿啊，她到他的宫殿找尹婉儿，这……这不是找死么？长歌现在的心情，该怎么描述呢？紧张、害怕、激动、期待和矛盾，几乎全部糅合，劝说尹婉儿，对于她来说，不过是个幌子，她在意的是尹简！

本以为，除了今日在神武门的遥遥一望，他们不会再见面，如今他是君，她只是个微小的羽林军，没有他的允许，她连内皇城都进不得，而他已经不再喜欢她，所以绝不可能私下召见她，她也做好了形同陌路不相见的心理准备，可是齐南天忽然插了进来，且给了她进入帝宫的机会！

长歌真心不知该怎么办，她犹豫不决，既想绝情绝爱不见尹简，可内心里又不由自主地想见他，哪怕再偷偷地看他几眼也好……

她这一反悔，齐南天可就急了："孟长歌，你跟婉郡主不是聊得挺好么？你就旁敲侧击地劝劝她，解一解她的心结，但千万别说是我拜托你的，否则她连你也会讨厌的。"

"喊，我说齐大人，你挺有自知之明嘛！"长歌抬头看过去，不免毒舌地损他，"既然知道人家婉儿讨厌你，那你当初怎能做出强暴的无耻之事呢？"

"你……"齐南天脸色一变，墨眸死死盯着长歌，埋在心底多年的疤被揭，他情绪波动得很，语气不禁冷了下来，微怒道，"孟长歌，当年我做得对不对，我心里最清楚，你无权置喙我！"

"呵，小爷懒得多管闲事，你对或错，都跟小爷没关系！"长歌怒极反笑，将手中的

第二十四章　帝宫相见

令牌甩手扔回去："停车！"

齐南天气结，长歌的性子，他也多少了解些了，知道这个小混账说一不二，是以他只得忍了又忍，将怒气强行压下，低声下气地道："抱歉，算我不对，你别下车。"

长歌冷冷一哼，纠结须臾，她终是一咬牙，决然道："齐大人，我不恼你，但我真不想去含元殿找婉儿。"

"为什么？你不是答应帮我么？"齐南天极为不解，眉宇间涌上一抹焦虑。

长歌抿唇，深呼吸几下，才道："我是羽林军，未得上头命令，私入内皇城，就算有你的令牌大内侍卫不敢拦我，可我触犯宫规，到底难逃罪责！婉儿的事，改日若我有机会见到她，必帮你相劝，可以么？"

"我能等得到改日么？谁知道这个改日是几时？李霁尧一回朝，婉郡主就失了魂，难道你就没看出来么？我……我实在心急，长歌，你就帮我一次吧，这个人情算我欠你的，日后你若有需要我帮忙的事，我决不推辞！"齐南天急红了眼，将令牌一把塞回长歌手中，"再说，就算你触犯宫规，只要皇上一句话，郎治平哪敢处置你？"

长歌苦笑："今时不同往日。"

齐南天气得急喘："孟长歌，你少拿乔，你做的混账事还少么？皇上把你惯得无法无天，有哪一次收拾你来着？皇上重情重义，就凭你是他的救命恩人，只要你不做杀人叛国的大事，他就不会降罪于你的！"

"我……"

"老爷，到了！"

车外忽然传来一个声音，将长歌急欲拒绝的话，彻底堵回了喉咙，齐南天得意一笑，"孟长歌，既然来都来了，就别再推辞了吧。"

长歌欲哭无泪，抚了抚额，长叹一声，道："好吧，小爷就为你齐老兄豁出去一次，记好你的承诺，你欠小爷一个人情！"

"没问题，只要不违背律法道义的事，我齐南天必施援手！"

"喊！"

冷瞪一眼，长歌率先跳下马车，齐南天坐着没动，掀起车帘说道："孟长歌，我先回兵部，晚上去羽林军营找你。"

"你就等着给小爷收尸吧！"长歌满头黑线，目光遥望向九重石阶上的帝宫，她道："若小爷被皇上惩处降罪，小爷就跟你绝交！"

齐南天自信地挑眉："不可能的，皇上见着你，只会高兴不会生气，况且皇上这会儿在寿安宫，你是见不到他的。"

长歌美目一睁："什么……"

"就这样，本官先走一步！"

齐南天说完，车夫调转马头，一马鞭挥下去，马车"嗒嗒"地跑远了……

长歌几乎想掩面泪流,这个该死的齐南天,害她纠结矛盾这么久,可临到头来,又该死的失望!

原地跺了半天脚,长歌才怀着满肚子的气走出宫道,往含元殿行去。

一路上被三道关卡阻拦,亮出刻着"齐"字的令牌,大内侍卫统一放行,长歌缓缓踏上汉白玉的九重石阶,目视前方,拾级而上。

心,怦怦怦,跳得极快,哪怕已知尹简不在宫中,她依然莫名地紧张。

第一次来含元殿,她因月事肚子痛,尹简抱着她送她出宫;第二次来此,他拿鸡毛掸子打伤她,发现了她是女儿身,后来他再次抱着她连夜带她走。

记忆中,他总是在抱她,那是公主抱的姿势,安全而温馨。她靠在他怀中,可以听到他的心跳声,每次与他共乘马车,他总会吻她,千方百计地占她便宜,他望着她的眼眸中,总是充满宠溺的柔情。

可是,那样的尹简,以后不会再有了。

长歌自嘲地勾唇笑了笑,没精打采地走到殿外停下,尹简既然不在,她的胆子自然大了些,将令牌递给守殿的大内侍卫,她道:"我乃羽林军孟长歌,前来求见婉郡主,请予以通报!"

"请稍等。"大内侍卫检查了令牌后,有意多瞅了几眼长歌,这个少年私下里早已是皇宫的传奇人物,天子在校场内众目睽睽之下抱走他,殿外石阶下再次抱人离开,仅这两件事,就令这些擅长察言观色的侍卫不敢怠慢为难。

长歌抱拳:"谢过。"

侍卫将令牌还给长歌,转身进了含元殿。

不久,侍卫归来,却道:"婉郡主玉体不适,正在休憩,未醒之前,宫婢不敢通传。"

长歌一听,心下立急:"哦?婉郡主病得严重么?传太医看过么?"

"此事我等不知。"侍卫摇头,语气略为客气地道:"请你先回去吧,可改日再来见婉郡主。"

长歌皱眉:"不行,婉郡主生病了,见不到她我放心不下。"

"这是帝宫,除非婉郡主传你入内,或者皇上特许,否则你不能踏进半步!"大内侍卫闻听,神情变得严肃冷然,职责所在,哪怕对方得君心,他亦不敢徇私。

长歌想了想,决定妥协:"那,那我在这儿等等吧,若婉郡主醒来,请务必帮我通报一下。"

"可以。"

"谢过兄台!"

长歌惆怅不已,走到偏侧方的台阶上坐下,她双掌撑头,盯着地面铺着的汉白玉的纹路,心里乱糟糟的。

第二十四章　帝宫相见

尹婉儿竟然病了，齐南天的担心果然有道理，上午仅仅见了李霁尧一面，尹婉儿便支撑不住了，哎……

情这东西，真是害人不浅啊！

时间分秒流逝，长歌心事重重，越等越烦躁不堪，便开始胡思乱想，想得脑子都似要炸开了！

帝宫拐角一隅，数道人影缓步而来，几名太监在前，御前侍卫殿后，帝王居中而行，单手负在身后，手臂被宋绮罗轻挽着，妖娆美艳的女子正在说笑着什么，他微垂着头倾听，唇边挂着浅浅淡淡的笑痕。

待行过拐弯，一行人沿直线步向帝宫。

不远处，一身着羽林军红衣铠甲，正抱膝而坐的娇小身影，猝然落入眼底，高半山、良佑等人皆是一惊，下意识地纷纷望向尹简，后者却没有察觉，依然与宋绮罗相谈甚欢。

虽然那团红影的脸庞埋在了膝盖里看不清楚，但敢私来内皇城的羽林军，除了孟长歌那小混蛋，还能有谁？

高半山咽了咽唾沫，决定还是提醒一下帝王："禀皇上，殿门外坐着一个人，好像是……是孟长歌。"

时间仿佛忽然静止，周遭一切的纷杂，都在刹那间摒弃在了心门之外。

孟长歌三个字，似魔咒般，令尹简步伐陡然一滞……

高半山禀报时，声音并不大，甚至在提到那个重点人物的名字时，有意将音量压得更低，几乎轻若蚊蚁。

宋绮罗未听清，妩媚的凤眼一挑，倨傲地抬起下巴，心存疑窦地望向前方。

而尹简却听得清晰，因为记得太深。

"皇上，那是羽林军吧？竟然敢坐在帝宫外放肆，这人好大的胆子啊！"宋绮罗美眸微眯，娇嗔了一句。

尹简一言不发，褐色的重瞳眨也不眨地凝视着远处的娇小人影，眸底滚动着万千复杂的情绪，她来此做什么？她是怎么入的内皇城？她在此处坐多久了？她……来找谁？

"皇上，这小混蛋她……您甭理她，也给她点教训，让她知道错！"

耳畔，莫麟义愤填膺地小声嘟囔，高半山也"嗯"了一声，表示同意，其余几人各自发出不同的哼声，显然全部赞成莫麟的建议。

尹简俊颜寡淡，须臾间恢复漠然的眼神，不显任何情绪，不冷不热，亦无波澜，似乎那里坐着的人，与他毫无关联，只是一个寻常的禁军奴才而已。

"皇上！"

女人的直觉，极为敏锐，宋绮罗嗅出不对，她虽不识那人，但听得莫麟的话，再察觉到尹简停步与那人有关，不免心中起了猜疑，遂将尹简手臂挽得更紧，表情语气也愈发娇嗲妩媚："臣妾挂念婉郡主，心急呢！"

尹简不动声色地收回视线，侧眸看向身畔的女人，薄唇轻扯出一抹迷人的浅笑，"好，走吧，婉儿见到爱妃，必然会高兴的。"

宋绮罗生得极美，一颦一笑都能勾人心弦，尹简不禁思忖，若他不曾经历过冷宫的苦难，也不曾经历过棺材复生的惨烈，那么他此生兴许就不会懂情，他坐拥江山美人，后宫红粉遍地，他可雨露恩泽，夜夜寻欢。

可惜，这世上没有如果。

他把第一份感情给了采薇，得到的回报，是采薇有可能的背叛和冰冷的尸体；经年后，当他走出采薇的阴霾，为孟长歌付出第二份感情时，结果得到的，竟是羞辱。

那份羞辱太深刻，他想，他会毕生难忘，更会吸取教训。在同一个坑，能跌倒两次的人，不是傻子就是脑缺。

他位及九五，岂能犯傻犯贱？他权倾大秦，想要的夺取，不爱的可摧毁，她是他的恩人，他可以放过她，但情，亦不会再有。

宋绮罗发髻上斜插的牡丹玉簪略有松动，尹简抬手，为她插好，在她的欣喜和惊讶中，清浅一笑，揽了她的香肩，朝前迈步。

几侍卫见状，面面相觑，一时猜不透主子的心思。

长歌坐得太久，颈椎不禁酸困，她仰头朝后，捏了捏颈子，眼尾的余光无意间扫向四周，视线中，一抹熟悉的身影，猝然闯入，她心肝儿一跳，不敢置信地僵硬了脊背！

是她眼花么？她闭了闭眼，可随着那数道愈来愈近的纷沓脚步声清晰入耳，她确定，有人来了！

那抹明黄色太过耀眼，让人想忽视都难，长歌坐着没动，只是睁着凤眸，保持着扭头的姿势，仰目斜视那一行人，她瞳孔的焦距，从宋绮罗含羞娇怯的脸庞，缓缓定格到尹简温润的笑颜上……

郎才女貌、天作之合。佳人顾倾城，公子好逑之。

望着这对亲密相携的璧人，长歌脑中盘桓出这么几句贴合的词来。

宋妃妖娆、沐妃雅致、齐妃艳丽。

他的身边，美人如云，各色千秋，无论哪一个，都比纨绔的她好上千百倍。

莫影等人说得没错，论姿色、论才情、论品性，她谁也比不过。尹简，果真是她不可高攀的那一人。

此刻，那只曾抱过她无数次的大手，正揽着他的爱妃，一步步朝她走来，四目在空中交汇，他褐色的瞳眸中，再也没有往日的温情，冷然寡淡得只剩下帝王的威严。

仿佛，自那一夜后，他们已形同陌路。

长歌紊乱的心，忽然被浓郁的悲伤所占据，她仓皇狼狈地迅速低头，将她的脸庞又埋进了双膝中。她的性子，向来都是勇敢向前冲的，可此时此刻，她竟选择做了鸵鸟，以为藏了起来，就可以自我保护，不被外界所伤。

第二十四章 帝宫相见

尹简眸光微动，揽着宋绮罗肩头的五指不觉用了几分力，宋绮罗一惊，柳叶眉轻拢起，下一刻，便自以为是地替尹简将怒火发了出来："大胆奴才，见了皇上和本宫不用行礼么？"

仅隔三四步之遥，这道娇叱极为震耳，方圆数丈的大内侍卫纷纷下跪，高声叩拜："参见皇上！参见宋妃娘娘！"

长歌身躯微微一颤，她吸了吸鼻头，悄然抹掉眼角的潮湿，垂眸起身，再原地跪下，清清淡淡地道："奴才参见皇上！参见宋妃娘娘！"

尹简未喊平身，所有人都僵着跪姿一动不敢动，长歌垂落的视线里，那双金色的龙靴朝她又迈进了两步，可相伴的宋绮罗逶迤拖地的纱裙，亦同时在靠近。

宋绮罗不悦地娇声一叱："皇上，这奴才是何人？这般大不敬，该赏他板子！"

长歌始终低着头，可宋绮罗从方才的对视中，已认出她是与尹灵儿在茶花会起冲突的孟长歌，是以，宋绮罗心下又惊又怒，难怪尹简刚刚突然止步，原来……

长歌不动，亦不言语，她不蠢，甚至很聪慧，仅仅宋绮罗佯装不认识她，她便知这女人心中在打着什么主意，不就是想试探尹简待她究竟有多特殊么？

可惜，今日不同往昔，宋绮罗将看到的，是再正常不过的帝王严惩奴才的戏码，为己颜面，为博美人一笑，尹简没有道理饶恕她。

长歌做好了心理准备，不就是挨打么？无所谓，反正她已经被他打习惯了，多一次少一次，真没什么可在乎的，顶多皮肉受点苦，但睚眦必报的她，若有机会见到尹婉儿，必然得说尽齐南天的坏话，让尹婉儿替她报仇雪恨！

"爱妃，你不是急着探望婉儿么？这种无关紧要的人，交给良佑处置即可，以免影响爱妃心情。"

尹简淡淡一言，温柔溺宠，含笑三分，宋绮罗心旌一荡，不由紧挽住了他，大半个娇躯贴过去，娇媚可人地道："皇上处处为臣妾着想，臣妾自然听皇上的。"

"呵呵，爱妃最是善解人意，朕喜欢得紧。"尹简一笑，清隽的俊颜，仿若三月桃花，明媚如春，宋绮罗听到那关键的两个字，激动得粉颊羞红，平添万种风情，"皇上……"

长歌浑身冰凉，五月的日头已是毒辣，却照不暖她被冷冻的心……

她是他无关紧要的人，宋绮罗是他喜欢的人。

果然，她一厢情愿的猜测，完全错误，齐南天也在骗她，想念和喜欢，天差地别，他吻她摸她，也不过是男人骨子里的风流作祟。

尹简转身迈向宫殿，与身畔美人谈笑间，侧眸朝良佑淡淡一瞥，良佑一怔，但不过须臾，便心领神会。

主子那一眼，意味深长。

良佑暗叹，主子究竟心软，究竟对这人，是用了情动了心的。

长歌听着脚步声远去，空洞的大脑，忽然记起了来此的初衷，她不禁抬头，脱口喊他，"皇上！"

这一声，令所有人皆是一惊，尹简一只脚本已跨进门槛儿，闻声停滞，他不曾回头，静默片刻，才道："何事？"

"奴才求见婉郡主，请皇上开恩！"长歌鼓足勇气，掩掉心底伤痛，尽量让她的嗓音听起来风轻云淡。

闻言，尹简倏地回身，冷厉的褐眸浸染上寒霜，语气中隐含着压抑的怒气："孟长歌，你私入内皇城，就只为了找婉郡主么？仅此而已么？"

长歌被他突然的转变，惊骇得脸色泛白，忙不迭地点头："回皇上，奴才所言句句属实，不敢欺君！"

尹简冷冷一笑："婉郡主玉体违和，不见任何闲杂人等！"语落，他捏了捏宋绮罗手心，缓和了神色，温声道："爱妃先入殿，朕随后便来。"

"是。"宋绮罗心中已起波澜，可面对尹简不容置喙的眼神，她不敢造次，察言观色地乖巧点头，而后福了一身，便在高半山的带领下先行迈入了大殿。

长歌看着宋绮罗消失在眼前，她不禁急怒攻心，陡然起身，几大步冲了过来，嫉恨地质问："皇上，宋妃娘娘可以探望婉郡主，我为何不能？我也担心婉郡主的身体！"

"宋妃乃朕的爱妃，而你孟长歌……"尹简睥睨着长歌，唇角缓缓勾起冷然讥诮的弧度，一字一句，剜心剔骨，"你与朕有何关系？你又算朕的什么人？朕凭什么恩准你探望婉郡主？"

"我，我算你的……"长歌猛然揪住男人的龙袍锦袖，他掷地有声的连环质问，激得她想辩驳，想有理有据地回答他，可语到中途，竟忽然大脑空白没了下文。

尹简冷冷一嗤，笑得讽刺："怎么，无话可说了么？孟长歌，拿开你的手，免得朕再恶心了你，让你生不如死！"

"我……"

"哦对了，忘了告诉你，朕也有洁癖，被不相干的人碰触，朕亦觉得恶心。"

长歌唇瓣轻颤，她目不转睛地与男人无情的冷眸咫尺相对，掌心的明黄布料，丝滑冰凉，再也抓不住地滑出指缝，她抬起的皓腕，亦无力地垂落……

以彼之道，还施彼身。

尹简，做得很好，果决而残忍。

原本，她绞尽脑汁地想找出一个理由，证明她是他的谁，现在……

感情一旦决裂，覆水难收……

恩人、朋友、君臣，不论什么关系，都已无用。

他厌恶她，恨她，才是最大的关键。

脸色几乎苍白到透明，长歌惨然一笑，步履踉跄地后退几步，她缓缓屈腿跪下，一字

第二十四章　帝宫相见

一句地道："皇上，奴才逾矩犯上，甘领杖责！"

尹简死死盯着她，眸中冷意骇人，他薄唇紧抿，积了满腔的怒火想发出来，最终却一言未发，转身跨入大殿。

"皇上！"

长歌脱口一喊，一个决定亦在脑中快速形成，他脚步不停，她爬起来便追了上去，大内侍卫刀剑出鞘，紧急相拦："休得放肆！"

"皇上，孟长歌最后说几句话，过了今日，我再不会来找你！"

隔着侍卫，隔着五六步的距离，长歌凄惶的声音，传入大开的殿门内，尹简修长的双腿，渐渐放慢了速度，直到不由自主地停步。

"你说！"

他未回头，背对着她抛出两个字，谁也无法看清他此刻的表情，亦不知他的情绪翻滚如潮。

帝王一言，大内侍卫立刻退开，收回了兵器。

长歌拿下头上的羽林军盔帽，她摸了摸两翼的白色羽毛，缓缓道："皇上，我们走到这一步，你没错，是我抱歉。那个恩情，你不必再还，我们从此两不相欠。另外，我决定成全皇上之愿，退出羽林军，倘若日后江湖再见，你为君，我为民，仅此而已！"

"孟长歌！"

尹简厉吼一声，陡然转身，他几大步返回，狠狠掐抬起长歌的下巴，燃着怒焰的褐眸，紧锁着她的瞳孔，他咬牙切齿地质问她："你加入羽林军的初衷是什么？你当初跟朕信誓旦旦作的保证是什么？是谁说考军营是为了与朕在一起，为了实现抱负，驰骋疆场为大秦守天下？孟长歌，你满口谎言，其罪当诛！"

他五指的力道，由于盛怒而格外的重，长歌感觉她的下巴骨头都要被他捏断了，疼得她眼中泛起氤氲的潮湿，连视线中他的俊脸，都变得朦胧不清，她无言以对，除了沉默辩驳不出半个字。

"孟长歌，朕的羽林军，不是你想来就来，想走就走的，朕不会给你把朕玩弄于股掌之上的机会！"尹简赤红了双目，只恨不得掐死她，这世上敢如此骗他戏弄他的人，就只有她一人！

他已无法判断，她的哪句话为真，哪句话为假，她彻头彻尾就是一个口蜜腹剑、居心叵测的骗子！

肉体和内心的双重疼痛，令长歌紧紧咬住了牙关，一颗泪珠滚出，她只发出了一个音："疼……"

"疼死活该！"见状，尹简忍不住叱她，可桎梏着她的五指，却一根根松动，终至彻底松开。

长歌眼角含泪，她用力地眨着眼，生怕自己会哭得更凶，下巴的红紫掐痕很明显，她抬手揉了揉，出声道："我的确人品欠缺，而你也已厌恶我，那何不给我一个恩典，放我走呢？"

"孟长歌，你在跟朕玩欲擒故纵的把戏？"尹简冷睨着她，眸中冷意更甚，似霜冻般沁人心骨。

"我没有！"长歌秀眉一拧，大声道，"你让我跟婉郡主见一面，见过她之后，我立马就走！"

她的决定，她的神情，并不像玩笑，尹简额头青筋在跳跃，他一字一句，从牙关里挤出："想见婉儿？想离开京城？呵，你给朕跪在外面，跪到天下红雨万里雪飘，朕就给你恩典！"

语落，他甩袖转身，再次迈入大殿，冷苛的命令，随之传出："莫影莫麟，给朕看好孟长歌，若她敢跑半步，尔等提头见朕！"

"遵旨！"被点到名的两人，一个激灵从这半晌的惊怔中清醒，连忙跪下，拱手领命。

长歌脸色灰败，她呆滞地看着尹简远去，看着他背影消失在她的视线里，而经久无法回神……

如今，进不得，也退不得，她该怎么办？

她身在羽林军，无法探得有价值的情报，原想努力上进，争取调入大内，可尹简已恨透了她，不允许她再靠近他，那么她继续留在羽林军，还有什么意义？

若要搅乱大秦政局，刺杀尹简，亦是个好的选择，可是……

别人杀他，可能难于登天，但她若去哄哄他，相信他不会戒备她，那么自有下手的机会。只是，她必得赔上她的命，以他的武功和属下之精，她想全身而退是不可能的，最好的结果，就是同归于尽。

可是，她不想死，亦……不想他死。

她恨他姓尹，若他不是尹姓皇族之人，她就可以大胆地回应他的情，她会善妒，会霸道地要求他，休掉所有莺莺燕燕，只能娶她一人，她凤长歌不做他的其中之一！

可是，这世上没有如果，所以她没得选择。

决定离开，并不是放弃国仇家恨，她只是不再做卧底，待他日在战场上，她会与他来一场光明磊落的较量。

凤氏江山，得之她幸，不得乃命中注定，她可以坦然面对。

然而，他不放她走，他总是跟她唱反调，不轻易遂她的愿。

这个男人，一如既往地强势霸道！

长歌抬头看了看天，自从盘古开天辟地，天上也没下过红雨吧？那么等下雪？现在才五月，她得跪到十二月？

勾唇苦笑了下，长歌转身，一步步走下殿门玉阶。

第二十四章　帝宫相见

"孟长歌，你即刻跪下，你小混蛋不怕死，我们还怕，你可别连累我们！"莫麟见状，几步追来扯住长歌手臂，盯着长歌满目愤怒，嘴里恨恨地又骂了句，"整个儿一没良心的小混蛋！"

长歌心情不好，语气就更加不好："你哪只眼睛看到我不跪来着？你抓着小爷，小爷怎么跪？"

"你……"莫麟大怒，刚要跟她理论，莫影忙插了进来："莫麟，松开她，只要她跪就行了！"

孟长歌这棵葱，莫影承认，他惹不起！哪怕主子再生气，再想砍了她，可终究没有一次付诸于行动，他不是蠢货，岂会从这表面的剑拔弩张，看不出内里的门道？孟长歌的心思，他猜不到，可尹简这边，他不至于没眼色！

莫麟气呼呼地松了手，长歌走到殿门外四五步远的地方，软了双腿跪下，她跪得端端正正，表情严肃而淡漠。

她跪，跪到他满意，跪到他松口放她走，哪怕他果真不再心疼她，任凭她跪死，她也不想输掉这口气！

莫麟和莫影一左一右，站在她两侧，以防她突然逃跑，两人心中盘算着，尹简多久能解令？这杀了舍不得，不杀气不顺，反倒苦了他俩，甭说跪，这站久了也累啊！

第二十五章　血色缠绵

西偏殿的兰蔻阁，是尹婉儿的暂居之地。

宋绮罗热络地跟尹婉儿闲聊，心中却焦急着尹简这么久没回来，究竟与孟长歌在做什么，她隐隐感觉，尹简与孟长歌的关系，极不寻常。

"娘娘，我身体还好，劳娘娘挂心，婉儿心中过意不去。"尹婉儿恬淡地笑着，素净的容颜，眉宇间那股忧郁的气质，总给人一种明明近在眼前，却似遥不可及的感觉。

宋绮罗心不在焉地点头，笑得略显僵硬："婉郡主客气了，你我姐妹同侍候皇上，自得互相关照才好。皇上宠爱婉郡主，本宫跟婉郡主也颇为投缘，所以才来一探，还望婉郡主莫嫌本宫打扰为上。"

"婉儿不敢。"

"呵呵，婉郡主改日也可到本宫那里坐坐啊，皇上昨日赏了本宫不少名贵花草，本宫觉着婉郡主会喜欢的。"

"谢娘娘，婉儿待身子好些，便……"

尹婉儿敷衍到这儿，突听得门外走廊有脚步声传来，随即便有宫人的请安声响起，她不禁暗松了口气，而宋绮罗已欣喜地起身，往门口迎去。

"臣妾参见皇上！"

"爱妃免礼！"

尹简大踏步入内，单手虚扶起宋绮罗，面色柔和，微笑道："朕宣了太医，打算给婉儿再诊诊脉，爱妃今儿个也累了，不妨早些回宫休息，朕晚点若不忙的话，再陪爱妃喝下午茶。"

第二十五章　血色缠绵

"是，臣妾告退！"

宋绮罗是个精明的女人，她心里很清楚，她比不上尹婉儿对尹简的重要性，所以她不会明着吃醋惹尹简不快。

步出含元殿时，宋绮罗看到跪于殿外的红衣身影，意外地扬了扬眉角，然后迈着优雅的莲步，袅袅娜娜地走向那人。

长歌本在闭眼修炼跪睡的独门自创高深武功，可习武之人超绝的耳力，令她霍然睁眼，将目光定格在了前方。

来的人，不是尹简，而是尹简的女人。

长歌一瞬的惊喜，化为浓郁的失望，她眼睑微垂了垂，干脆又闭上了双眸。

"参见宋妃娘娘！"莫影和莫麟单膝一跪，拱手见礼。

宋绮罗走近，傲气地抬了抬下巴："起来吧！"

"谢娘娘！"两人起身，退到一侧，心中直打鼓，只怕这两个女人起冲突，那可就麻烦了！

谁知，怕什么来什么，小混蛋孟长歌嚣张无视的态度，很快便引发了宋绮罗的不快，"放肆！见了本宫，居然不行礼？"

长歌无动于衷，心说小爷跪你男人尹简已经够折辱了，再跪你小爷担心你会折寿！

"不过一名小小羽林军，竟敢藐视本宫，好大的狗胆！"宋绮罗勃然大怒，一把推开搀扶着她的宫婢，纤手一扬，便照着长歌的脸庞狠狠甩了下来！

对于袭来的危险，长歌感觉极其敏锐，她不是可以任人欺负的主儿，哪怕尹简不再宠她，她的性子也不会忍辱负重。

是以，她冷冷一笑，掌心暗暗凝聚了几分力，谁知——

"不可！"

莫影急喊一声的同时，莫麟那厮竟将长歌一推，把自己的脸迎向了宋绮罗！

"啪！"

结结实实的一耳光，格外的清脆，打得莫麟本就倾斜的身体，支点不稳地一个趔趄，趴倒在了长歌身上！

"哎哟，小爷的腰！"

长歌凄惨的哀嚎声，随之响起，身上压着的庞然大物，将她原本就被推得翻扭的细腰，压得几乎快断了，可怜她没挨到宋绮罗的巴掌，却被莫麟几乎害成了残废！

而宋绮罗因为使出了浑身的力气，惯性之下，她自己也险些栽倒在地，亏得莫影眼疾手快地扶住她："娘娘，小心凤体！"

莫麟对自己成事不足，败事有余的倒霉，极度懊恼，因为知道了长歌是女子，所以他连忙从长歌身上爬起来，脸红地道歉："不好意思，我，我一急就……"他当然紧张，这个嚣张的小混蛋可是他主子的女人，他竟然和她身体相碰……

想到这儿，莫麟下意识地抬头望向殿门口，果然，殿门内拐角处，一片明黄色的袍角露了出来，虽然那人隐在门口看不清脸，可普天之下，敢穿这个颜色的人，除了帝王，还能有谁？

莫麟顿时冷汗直流，回头看着倒在地上痛苦揉腰的长歌，他结巴得也更厉害："孟，孟长歌，我给你找太医，你，你你等着……"

"找什么太医？"宋绮罗正恼火着，听此怒上加怒，她一指头戳向莫麟脑门："死奴才，你也敢对本宫不敬？"

莫麟心下一惊，忙跪下叩头："奴才不敢！"

宋绮罗冷冷一哼："不敢？不敢你会替孟长歌出头挨打？本宫看你是眼瞎了，分不清这里谁是主子！"

"娘娘息怒！"莫影也跟着跪下，略低着头道，"奴才二人奉旨看守孟长歌，此人犯错，已被皇上罚跪，皇上有交代，孟长歌不许三心二意，须专心服跪刑，是以，她无法给娘娘请安见礼，还望娘娘恕罪！"

宋绮罗听之，那双媚眼中的冷意似淬了毒般，她笑得瘆人："既是罚跪，还派两个御前侍卫保护，这叫罚跪么？莫影，这孟长歌究竟是皇上的什么人啊？"

"回娘娘，奴才是下人，只听命行事，不敢妄议主子！"莫影不卑不亢地答道。

宋绮罗气得娇躯直颤，拿莫影没辙的她，转头看向长歌，喘了几下后，忽然抬脚踹向长歌的肚子——

"你给小爷有完没完！"

长歌忍无可忍，怒骂的同时，就地轻松一滚，避开了宋绮罗的袭击，宋绮罗一脚踹空，抬高的腿少了受力点，猛然一头朝前栽去！

长歌自不会施救，她很乐意看着宋绮罗摔个狗吃屎，如果条件允许的话，她还会"帮忙"几脚，让宋绮罗对今日的自取其辱终生难忘！

莫影和莫麟却大惊，一人伸出一只手，千钧一发之际，生硬地将宋绮罗摔趴下去的身体给拽了回来，宋绮罗两次无功失利，面子里子全无，不禁愈发恼羞成怒，但她不会傻到再自己动手，而是娇声一叱："莫影莫麟，孟长歌对本宫不敬，罪上加罪，你二人替本宫掌他的嘴！"

闻言，被点名的两人刷地白了脸，莫影立刻又跪了下来："奴才不敢！"

"奴才也不敢！"

莫麟也附和了一声，忍不住又悄悄斜眼瞥向殿门，却见那抹明黄身影已大半露出，尹简负手立在门槛儿一侧，清隽的俊颜，在逆光中备显阴霾。

看得出，主子心情不大好，但究竟是在生宋妃教训孟长歌的气，还是生气孟长歌不敬宋妃太嚣张？莫麟一时摸不准，便拿不定主意该不该听命于宋妃，表情不由纠结得很。

看到宋妃憋怒想杀人的模样，长歌直感觉腰间的疼痛也轻了许多，她掌心撑着地面坐

80

第二十五章 血色缠绵

起来,一边揉腰一边笑:"宋妃娘娘,这里是帝宫哎,皇上喜欢娘娘,对娘娘像珍宝似的呵护备至,那么您想惩处奴才,直接跟皇上吹吹耳边风不就成了么?呵呵,只要皇上开口,不论罚跪、掌嘴、杖刑或者杀头,奴才必然都不敢反抗的!"

"你……"宋绮罗气得急喘,涂满鲜红豆蔻的纤指,隔空指着长歌,漂亮妖娆的脸蛋扭曲得可怖,"好,本宫这就找皇上,今日若办不了你,本宫就……"

"宋妃娘娘!"

忽然,一道熟悉的刺耳嗓音传了过来,在场几人纷纷扭头看去,只见高半山手持拂尘,笑容和煦的走来,莫麟迅速又望向殿门处,却见那里空空如也,只剩下大内侍卫凛然站岗。

莫影察觉到莫麟的异常,疑惑地顺着他的视线看过去,恍惚明白了什么,又仿佛更加理不清了。

宋绮罗嗔怒含怨地挑高艳红的唇角:"高公公,你来得正好,皇上还在兰蔻阁么?本宫受了委屈,得皇上为本宫作主!"

"禀娘娘,皇上已知孟长歌顶撞娘娘之事,因婉郡主身体不适,暂时无法召见娘娘,特命奴才前来,传达皇上口谕!"

高半山躬身说完,转向长歌便挺起了腰杆,语态傲慢地宣布道:"皇上有旨,羽林中卫军孟长歌目无尊卑,逾矩犯上,本罚跪以示警戒,孰料此人不知悔改,藐视宫规,当杖刑三十,严惩不贷!"

这番话完毕,现场出现片刻的死寂,莫影和莫麟完全傻了,眼珠子都快惊得掉出来,以往尹简揍长歌,都是亲自动手,这次是准备……彻底绝情?

长歌的笑容,缓缓僵在脸上,她垂下眼帘不知情绪如何,在旁人看不到的地方,瞳孔颜色却格外灰败,为了另一个女人,他真的对她狠了心,若果真如此,她宁可是他亲手打她,恨,便恨个透彻!

宋绮罗高兴万分,眉间那股得意之色掩都掩不住:"太好了!皇上英明!"

"孟长歌谢主隆恩!"长歌跪地,额头磕在地上,一字一字清晰吐出。

高半山颔首,而后斜睨向犹在震惊中的那两人:"莫侍卫,即刻将孟长歌拖下去,执行宫规!"

"是!"两人回过神来,脸色略僵地点点头,然后一人扣住长歌的一条手臂,拖拽着她往刑院而去。

宋绮罗格外满意,她眼角一挑,贴身宫婢立刻搀扶上她,但见她拔下头上的名贵玉簪,用绢帕挡着塞到了高半山手中,声音极小地说道:"高公公,本宫今晚等皇上,还望高公公出份力,本宫感激不尽。"

高半山眸子微闪,他没有拒绝,收拢手掌,赔着笑道:"咱家尽力,若不成也盼娘娘勿怪!"

"当然，高公公心意到了就好，本宫是个明理人，日后也不会少了高公公的好处。"宋绮罗低语完毕，扬声道："回宫！"

高半山屈腿一跪："恭送娘娘！"

与此同时，刑院。

拖了长歌进院，按她趴在马凳上后，莫影迟疑了一番，私自作主，朝院里的众侍卫太监命令道："全部退下，我亲自执杖！"他想的是，长歌是女子，不论怎样，打在臀部破了皮，叫男人们看到定是不妥的。

众人领命，纷纷往外退去，最后只余一名太监站着不动，莫麟一记冷眼扫去，却觉有些眼熟，再仔细一瞧，那太监竟是高半山手底下的心腹。

待旁人都走了，那太监过来，以手遮嘴跟莫影附耳了几句，莫影吃惊地瞪了瞪眼，这是要闹哪样啊？

长歌手臂交叠地趴着，此时的她，已没有心情理会旁的，径自沉浸在悲凉中，不可自拔。

莫影悄无声息地靠近，以电光火石般的速度，猛然一记手刀劈在了长歌后颈上，长歌双眼大睁了下，整个人还没反应过来，便脑袋一沉，陷入了昏迷中……

高半山绕到刑院的时候，恰巧听到院里正传出连续不断的凄厉哀嚎声，他顿下步子，仔细分辨了一番惨叫声的主人，方才满意地调转方向，往帝宫而去。

兰蔻阁中，尹婉儿靠坐在床头，心疼的目光凝在尹简脸上，她唇角勉强扬起柔婉的浅笑："表哥，我真的无碍，你别挂念我，去看看长歌吧。"

"朕看她做什么？朕乃一国之君，凭什么为她纡尊降贵？"尹简眸色无波，他端起温热的药碗，舀了一银勺送到尹婉儿嘴边，"吃药吧，朕的事你无须操心。"

尹婉儿小口微张，待苦药喝进喉咙，她伸手端碗："我自己喝吧，表哥如今身份不同，不能……"语未说完，对上尹简黑沉的俊脸，她讪讪地噤声，眼睛却热得发烫："表哥……"

见状，尹简喟然轻叹："算了，让宫女侍候你吧，朕去批奏折，你别再胡思乱想，身子最重要，知道么？"

"嗯。"尹婉儿点头，她拭了拭眼角的水光，换了一种方式，说道，"表哥，你让我见见长歌吧，我想跟她聊聊。"

尹简挑眉，淡淡道："你跟那种没心没肺的人，能聊出什么？"

"长歌很好啊，我们朝夕相处那段时日，她外表看起来确实很混蛋，可心眼儿真的不错，她……"

"婉儿，别说了！"

尹简不想再听到有关那小混蛋的任何好话，他起身大步朝外走去。

不论她待别人有多好，伤他的孟长歌，一点儿都不好。

第二十五章 血色缠绵

东偏殿。

高半山找到尹简时，他正埋首在奏章中，勾勾画画地批复着，条形的长案上，摆放着从上书房搬来的几摞折子，香茶的热气，缭绕在他侧脸，柔和了他冷硬的棱角，多了几许儒雅的气息。

看着相貌出众的帝王，高半山捏了捏袖袋中的玉簪子，心想宋妃想独获圣宠，也在情理之中，世上女子能嫁得如此夫婿，哪个不是欢天喜地？只是唯独孟长歌……

高半山很不解，就算宁谈宣相貌不输尹简，可身份在那儿摆着，孟长歌是瞎子么？

"办得如何？"

一声淡淡的询问，惊醒了高半山的心神，他连忙躬身道："回皇上，没出岔子，宋妃娘娘已经回宫了，孟长歌也被带去刑院了。另外，宋妃娘娘给了奴才一支头簪。"说着，他将玉簪子拿出，双手奉上。

尹简瞟了眼贿赂物，淡淡一笑："她收买你做什么事？"

"禀皇上，娘娘说，她今夜想侍寝。"高半山略带了点无奈的表情，丝毫不敢隐瞒。

尹简骨节分明的长指，轻轻敲击着桌面，语速不疾不缓："雨露均沾，朕也不能冷落了齐妃。"

"奴才明白了。"高半山垂头，了然应下。

不多会儿，门外传来莫影的声音："皇上，奴才将人带来了。"

"进来吧。"

"是！"

殿门打开，莫影和莫麟抬着长歌入内，她臀部血流如注，裤子袍子全被浸染成了鲜红色，双眸紧闭，依然处于昏迷中。

尹简看了眼干净整洁的床褥，微皱眉道："把她放在椅上。"

"皇上，椅子小，让她坐着还是横趴着啊？"莫麟苦恼地看着方椅，嘟哝了一句。

尹简眯了眯眸子，唇边勾出一抹若有似无的笑痕："你趴倒在她身上时，舒服么？"

"皇上！"莫麟饶是反应再迟钝，也听出了这番弦外之音，顿时吓得他脸色大变，"扑通"一声跪下："奴才该死！奴才不是有意的，当时宋妃娘娘出手太快，奴才来不及……就只能……然后……"紧张之下，莫麟语无伦次，头上的冷汗不断冒出，最后说了一句："奴才不敢染指皇上的女人，请皇上明鉴！"

"唔，她并非朕的女人。不过……"尹简怅然的目光，落在长歌的脸庞上，沉默须臾，才道："今日你二人做得不错，朕当欣慰宋等不是没眼色的蠢货，不过以后救人时，尽量做到两全其美，莫再跟她有身体上的碰触。"

莫影莫麟如蒙大赦，长舒了一口气："是，奴才谨记，谢皇上不怪之恩！"

"把人坐放在椅上，就退下吧。"

"是！"

连同高半山在内，全部快速离开，屋内就只剩下了尹简和昏迷不醒的长歌。

长案上摊开的奏折，静静地躺在那里，许久都不曾翻动一下，尹简凝视着纸上的小楷字，思绪早已不知飘向了何处。

走到这一步，他也不知强留下她还有什么意义，可想到一别经年，或许此生再也无法相见，他便想不择手段地将她绑在身边，哪怕相看两相厌，也好过他一人待在这冷清的皇宫，孤独而终。

身后两步的距离，独属于她的气息，清晰可闻，他握着朱笔的手，怎么也落不下一个字，脑中亦是杂乱不堪，好半晌都记不起来他欲批复的内容是什么。

心烦不已，他索性搁下笔，起身从桌案走出，他立在她面前，居高临下地凝视着她。

前夜那一巴掌，他打得颇重，她脸颊上的红印子，至今还留有淡淡的痕迹，他不禁弯腰蹲下，大手缓缓抚上她的脸庞，用温热的指尖，轻轻摩挲着那方印记，清冽的褐眸中，漾着温柔的色彩。

她的下巴，亦有红紫色的掐痕，想到她当时疼得泛出眼泪花的模样，他薄唇嚅动，无声地发出三个字音："对不起……"

不想伤害她，却总是不可避免地让她受伤，打在她身，其实也痛在他心。

长歌，朕不明白，你为何厌恶朕，连一个竞争的机会，也不留给朕。宁谈宣，或者离岸，他们当真比朕好千百倍么？

尹简在地上蹲了很久，指腹贪恋地轻抚过她脸部肌肤的每一寸，她昏迷不醒，他才敢如此放肆地触摸她，从而不必承受她所说的"恶心"二字。

恍然记起了什么，他心下一紧，收回手掀起她的盔甲，长指轻按了按她的细腰，可隔着衣衫，他并不能确定她肌肉受损的程度如何，那么，要脱了她的衣衫么？

尹简迟疑不决，此一时彼一时，他清楚长歌刚烈的性子，若知道他非礼她，指不定她会……

想到这儿，他揉了揉额心，起身回到桌案前坐下，暂时没再理她。

调整了片刻，尹简重新拿起朱笔，终于进入了状态处理成堆的政务。

长歌是在半个时辰后才醒过来的，她睁开眼睛的那一瞬，还以为她在做梦，她忙掐了自己大腿一下，真实的疼痛感告诉她，这不是梦，她真的身在含元殿的东偏殿，她前方端坐着的，此刻正在忙碌的男人，是——尹简！

对于这个地方，她不陌生，可她不明白，她怎么会在这儿？她不是被按在刑院等待杖刑三十么？

似乎感觉到了身后长歌灼热的视线，尹简脊背僵了僵，他不曾回头看她一眼，只冷冷淡淡地开口："床榻上有男装，自己换上，床头柜有伤药膏，腰上的伤，自己处理。"

长歌一震，紧张抑或是激动得竟说不出完整的话来："你，我我……那个……"

"你放心，朕不会偷瞧你一眼，你可以当朕不存在。"尹简默了一瞬，以为她在意的

第二十五章　血色缠绵

是男女有别，遂淡漠地补充道。

长歌一跳而起，刚欲冲过去问他为什么，却忽然感觉裤子黏稠得很，她不由低头一看，"啊，好多血！你杖刑我……"可惊呼的话并没说完，便卡在了喉咙口，长歌惊讶的眼神，盯在尹简背上，久久不散……

尹简一言未发，继续着手头的政务，一本批阅完毕，他打开另一本空折，笔尖在折上飞快移动，他埋头做着记录，似乎将她完全忘记，心中只有朝政大事。

长歌尴尬地立在原地，咬着唇角不知该怎么办，脑海里盘桓着许多疑问，她几度想问出口，可他根本不理她……

时间一分一秒地流逝，长歌原本就腰疼，站得久了自是撑不住，她不禁弯下腰，抬手按在细腰上，一脸痛苦的表情，嘴里也发出了若有似无的呻吟，"嗯……"

尹简握着毛笔的五指一紧，墨汁在白纸上滴下一个黑点，而后缓缓扩散开来，染脏了整洁的折子……

然而，他不为所动，不过须臾，便压下了紊乱的情绪，换了一封空折，继续忙碌。

长歌见状，噘了噘嘴巴，负气地想走，可一摸裤腿上的血渍，她简直想撞墙，这样子怎么走得出去？他让她换衣，但是他……他毕竟是个大男人，她怎么无视呀？

心中存着一堆莫名其妙的气，长歌猛然看向墙角，目光搜寻到了那个汝窑花囊，此时已是五月，花囊里插着的花自然不再是桃花，可长歌偏偏就记起了和桃花有关的采薇，所以她一步冲过去，大声道："尹简，你再不说话，我就砸烂你的宝贝！"

尹简无动于衷，手中的奏折，一封封减少，她的威胁，他浑不在意，因为在他眼中，这里再宝贝的东西，也不过是俗物，除了她自己，对于他来说，弥足珍贵。

可惜，他不会告诉她。

一朝被蛇咬，十年怕井绳。

如今的他，就是这么的小心翼翼，那晚的惨烈，是他心中抹不掉的阴影。

长歌胸口剧烈起伏，她死死地瞪眼咬牙，他聚精会神的样子，格外迷人，也格外恼人，她忍无可忍，言出必行地狠狠踹出一脚！

"咚——"

汝窑花囊被踹翻在地的巨大响动，终于震得尹简太阳穴跳了跳，他略觉无奈地搁笔，目视着前方，不咸不淡地开口："孟长歌，你无事生非，究竟想怎样？"

闻听，长歌气得抓狂，斥责就斥责，还背对着身体不屑看她？她性子一向叛逆，他愈是懒得看她，她就愈不想合他意！

是以，尹简只觉眼前一闪，长歌已冲到了他正前面，她挑衅似的高昂着下巴，双颊涨得圆鼓鼓的，漂亮的凤眸觑起，眼神既不服气，又故意跟他赌气，一副"小爷就这么拽"的张狂样！

尹简靠在椅背上，目光清冷地看着她，他就不明白，他怎么会喜欢上这种混账丫头？

若放在以前，他必然二话不说，直接抱她坐在他腿上，凶狠地吻她一通惩罚她，不吻得她软绵成小羊羔绝不罢休，可现在……他眸光黯了黯，嗓音冷然无温地道："损坏一件御品，加杖刑十下！"

"好啊，你打我啊，我就是踹坏你的宝贝了，怎么样？你干脆直接打死我好了，反正你一生气就打我，没什么大不了的，顶多就是一死而已，何况我现在已经被你打成这样了！"长歌语速飞快，跟炮仗似的，一口气连歇都不歇，说完还指了指她的血裤给他看，脸上的表情，显得更加不服气。

尹简眉头皱成"川"字，被她气得许久都说不出话来，而长歌见他不说话，不知怎么，心下生了委屈，她忽然大声吼他："尹简你混蛋！你讨厌我就让我走啊，我为你受了多少伤，可你罚我跪不说，还派你的女人欺负我，你……你简直讨厌死了！"

"朕没有。"尹简一语否认，褐色的重瞳紧锁着她，他想说他没有讨厌她，更不可能派宋绮罗欺负她，可话到嘴边，终究张不开口。

长歌抽噎了一下，红着眼眶道："你就有！我为什么会昏迷，肯定是你的人把我打到昏迷的，你看流了这么多的血……"

"你臀部疼么？"尹简一凛，忍不住打断她，眸光变得锐利起来，难不成莫影敢欺君，对她私自动了真格？

长歌却被惊骇到，再不敢胡说八道，迟疑着摇了摇头："不疼。"

闻听，尹简悬起的一颗心吞回肚子，顿时无语地叱她："那是朕打的么？无理取闹！"

长歌满腹疑问，她再看一眼血裤，依然不解："明明命令是你下的啊，怎么会……我身上又怎么这么多血？"

尹简冷冷一笑："不打你，能安抚宋妃么？若真打了你，你不得拆了朕的帝宫？"

"我可没那么大本事敢拆你宫殿，我……哦，我明白了，你作假骗人！"长歌嘟哝几句，忽而反应过来，这心情一时竟复杂难辨，她还以为他对她彻底绝情了，没想到……

他没打她，为她用心良苦，她高兴，可他对宋妃……想起那个妖娆女人，长歌的喜悦顿时散了几分，她努了努嘴，单手揉上细腰，发出软糯的一句控诉："可是我腰疼！"

"与朕无关。"尹简眸子闪烁了下，缓缓收回视线，强迫自己把精力放在奏折上，与她争，争破头也争不出个金元宝来，他又何必再浪费口舌？

长歌最恨他这种散漫不理人的态度，遂一巴掌拍在他桌上，怒吼道："宋妃是你的女人，她欺负我，和你有没有关系？尹简，你偏心！"

"朕偏心？"尹简抬头看她，仿佛她讲了一个天大的笑话般，他用好笑的口吻说，"孟长歌，你能和宋妃比么？你也说了，她是朕的女人，朕对自己的女人一向偏心，这不也是天经地义的么？呵，难道朕帮着外人对付自己人，才算没错？"

"外人？我是外人……"长歌鼻子一酸，她嘴唇嚅动着，想反驳他，可偏偏找不到有

第二十五章　血色缠绵

力的说词，小腹猛然一阵绞痛，她脸色又渐发白，忍不住地弯了弯腰，然后她拼着一口气，捏起拳头抢打他，声音哽咽地吼他："我就是外人，你喜欢了别人不再喜欢我，我就连路边的狗尾巴草都不是了，那你别作假，真的杖刑我啊！你不晓得，如果莫麟没推开我，我一掌就拍得她半死不活了，我孟长歌再怎么无父无母，那也是靖王宠大的……"

她的话多，拳头也砸得多，饶是尹简身体底子好，也被她落在肩上、前胸的拳头打得晕头转向，但他一动没动，任她发泄，等她发泄得差不多了，大手才悄然覆上她扭伤的细腰，他控制着力道不轻不重地给她揉着，她在激动中察觉到，忽然浑身一软，双拳失了力气，人也软绵绵地跌进了他怀中……

尹简一震，心跳不免加快，他情不自禁地抬起手臂，缓缓环抱住她的身子，她脑袋伏在他肩头，吸闻着他墨发间淡淡的香味儿，泪水不受管束地簌簌掉入他颈子里，烫得他身躯紧绷发热，一动也不敢动，他不知她为何哭泣，思考了片刻，才轻声说道："有你这么嚣张的狗尾巴草么？就是牡丹花也不敢动朕半根手指头，那你说，你算什么花？"

长歌抱紧他的脖颈，完全是本能的行为，此刻她脑子乱哄哄的，根本没有什么理智，她哭着说："我是牡丹花的祖宗大爷……"

尹简爱死了这样脆弱的她，哪怕明知她很快就会变回尖锐的带刺模样，他也想多维持一会儿这片刻的温馨。所以，他不再刺激她，顺着她的话说："嗯，牡丹花不算什么，你是朕的小祖宗，谁也比不上你厉害。"

"呜呜……"谁知，长歌一听却哭得更凶，她一拳头又捶在他背上，"你有见过敢打祖宗的人么？你打过你尹氏祖宗么？"

尹简俊脸一抽："这……"

"骗子！你就会骗我……呜呜，肚子好疼……"

小腹的抽痛感不断袭向身体的四肢百骸，长歌搂抱着尹简后颈的双手，也在不断下滑，她脸色愈发地苍白，泪珠子滚得更快，忽然记起，今日五月初四，她每月一次的受难日又来了！

"长歌！"尹简心下一紧，连忙扶抱住她的身子，严肃地问她，"你怎么了？是吃坏肚子了么？"

长歌喘着气，小脸都扭曲在了一起："我要回客栈，找，找离岸熬药……"

尹简见她痛苦成这样，不禁急火攻心："你现在不能出宫，告诉朕你到底生了什么病，需要哪些药材，朕可以在宫中给你熬药。"

"我，我体寒，肚子疼不是生病，是……"长歌咬着牙关，难以启齿地涨红了脸，泪眼模糊中，他的焦虑她亦看得格外清楚，心底那一处忽然变得柔软，他……还是喜欢她的么？

尹简等不到下文，剑眉蹙得极紧："长歌，你快说啊，不然朕就宣太医了！"

"不，不能宣太医，不能让别人知道我是女子……"长歌吸了口气，小腹疼过那片刻后，稍稍缓了下来，她抬手抹了把眼泪，有些难为情地道："我这是女人病，来月事了，因为体寒，所以每次都疼成这样。"

她心想，反正她的秘密他早已知晓，她的身体他都已看过，何况，她记得上次月事时，他给她揉着小腹很舒服，那么告诉他也无所谓，兴许他还会……

果然，尹简一听，惊愕之余，俊脸先是一红，随后便像明白了什么，他急忙单手侧抱住她，另一只大手则掀起她的铠甲，覆在她的肚腹处，轻车熟路地为她揉按，间或，轻声问她："怎么样？有没有舒服一点？"

"嗯。"长歌蔫蔫地应了一声。

"你上次肚子疼，也是来月事了么？"

"嗯。"

"死丫头，这种事怎么不明说？你不说朕怎会知道？你……"尹简想训她，可他一个大男人，对女人的生理月事问题，终归不太好意思多谈，目光瞥到她的血裤时，脑中闪过什么，遂抿唇道："朕唤人送盆水，你先清洗一下，嗯……应该还需要用棉布吧，朕找婉儿帮忙拿给你，至于你用的药材，朕派人去一趟四海客栈。"

长歌太难受，顾不得追究他怎么懂女人这么多事，只能点点头，任凭他安排，现在的她，毫无战斗力，就像一叶浮萍，能抓住他这根救命稻草，就死活不想放手，至于什么仇人、复国，全部被她暂时扔到了一边。

尹简唤来了大宫女沁蓝，那是他最信任的贴身宫女，两盆热水端进来，干净毛巾也拿来了好多条，他依然抱着长歌，两手调换着给她揉着小腹，试图减轻她的痛苦，倒是长歌格外羞窘，只有他们俩人时，她倒也习惯了这样亲昵，可当着别人的面，她脸红得能媲美裤子上的血渍，她把脑袋埋在他肩窝里，瓮声低语："尹简，我，我自己清洗，你先出去吧……"

"朕又不是没给你清洗过身子……"尹简正说着，颈间骤然一痛，长歌贝齿咬着他的肌肤，嗔嗔他："那时我昏迷不醒，没法子拒绝，现在我清醒着，才不要你给我洗，我这个外人不敢当！"

尹简满头黑线，以他和长歌现在不清不楚的关系，她说这种话，他心里虽不舒服，却无法反驳，只得道："那好，让沁蓝帮你，朕去找婉儿。"

语毕，他便起身，扶她小心坐下，也不管她裤子上的鲜血是否染脏了他的白狐毛毯子，只朝沁蓝交代道："好生侍候她，做事谨慎些，绝对不能泄露出去。"

"是，奴婢明白！"沁蓝点点头，微笑着说："皇上放心吧，奴婢不敢怠慢。"

桌案上，几摞奏折原封不动地摆放着，其中兵部的一封折子，搁在最上边，格外醒目，长歌斜睨了一眼，抿唇没有说话。

尹简很快离开，沁蓝走过来欲给长歌更衣，长歌皱眉道："沁蓝，我不习惯别人侍候，你也出去吧，我自己来就好了。"

第二十五章　血色缠绵

"孟公子，奴婢奉主子之命，您别为难奴婢，好么？"沁蓝说道。

长歌扯了扯唇："没关系，你跟皇上实话实说就好，我……我长这么大，一直都是自己洗澡的，你看着我，我会不好意思的。"

"那……那奴婢清洁皇上的坐椅，背过身子不看您，这样可以？"沁蓝瞧到惨烈的白狐毛毯子，着实心疼，她斟酌着说道。

话说到这分上，长歌没法再坚持，以免对方起疑，她便欣然应允道："好啊。"

她不知尹简为何会换在东偏殿批阅奏折，但她若想获得大秦军情，尹简这里则是唯一的途径，就像此刻，只要她想办法支开沁蓝，就可以下手，不过，她不能急功近利，想要长久地安全潜伏在敌国，就得学会忍耐，以及擅于掩藏自己，不能轻易暴露！

长歌暗暗思忖了须臾，她镇定从容地走到水盆前，脱掉厚重的铠甲，再褪掉一层层的裤子，检查了一番，发现她果然来月事了，黑红色的血顺着大腿内侧流下，格外瘆人，她不禁庆幸赶跑了尹简，不然她的脸都没地儿搁了！

清洗了两盆血水，等差不多处理好时，尹简也从尹婉儿那里拿来了一沓月事棉布，只是他考虑得不太周全，竟忘记了回避，大手一推殿门，便长驱直入地大刺刺走了进来！

"啊——"

长歌失措地尖叫一声，急忙蹲在地上，掩耳盗铃地遮住她的下体，可掩藏了前面，却掩不住白嫩嫩的臀部，她不禁羞得脸红耳赤："你，你进来干吗啊？不许看我，快点儿闭上眼睛！"

"那个朕……朕不是故意的……"尹简拎着一方木盒，窘迫不已，清隽的俊颜亦被染成绯红色，他嘴上说着话，却无法听话地闭眼，目光情不自禁地黏在她的白臀上，一刻也舍不得移开……

沁蓝也尴尬，但她极识眼色，见她主子这副模样，便道："皇上，奴婢先告退！"

"哎，沁蓝你……"

长歌匆匆喊人，可沁蓝哪儿会听她的，脚下生风似的快速离开，将"侍候"的机会留给了尹简！

殿门被关闭，殿内的气氛诡异暧昧，长歌张了张嘴，刚想赶人，尹简已开口道："放心，你月事在身，朕就算有心，也无法对你禽兽流氓的。至于你的身子，朕早已看过，没什么好遮掩的。"

"你……"长歌羞愧难当，她想冲过去再揍他一通，可她下体裸着，一动不敢动……

殊不知，尹简并不比长歌心里好受多少，她是羞的，而他是欲火焚身的痛苦，但他一向自制力不错，只暗暗用功调息了片刻，便稳稳地走了过来，他弯下腰身与她平视，眸光冷冷淡淡："孟长歌，你不用腹诽朕，你对朕没兴趣，朕也对你无意。"

方才出去，他冷静下来想了想，觉着投入的希望愈大，失望也就会愈大，所以，他不能太傻了，被她牵着鼻子走，玩弄得团团转，将来受伤的人只能是他自己。

"无……无意你还不走？"长歌愤慨万分，她胸口剧烈地起伏着，双颊红如晚霞，一半是羞的，一半则是被气的。

　　他居然不喜欢她？难道那会儿他对她的紧张，是她的幻觉么？

　　尹简闭口不答，褐眸微微闪烁了一下，他忽然伸出大手，在她的白臀上轻轻一拍，她顿时"啊——"的叫了一声，身体本能地朝前一扑，便自然地落入了他怀中！

　　双臂环抱住她发软的娇躯，他薄唇贴在她敏感的耳畔，邪肆地低语："孟长歌，你说朕碰你时恶心，恰巧朕也有这感觉，那我们就互相恶心吧，你觉着怎样？"

　　长歌在他怀里剧烈挣扎起来，红着眼大吼他："我才不要，你临幸过宋妃，你更恶心！"

　　"朕临幸哪个女人，跟你有什么关系？你是朕的谁，有什么权利置喙朕？"尹简冷笑，铁钳般的大手，将她牢牢桎梏，令她插翅难逃。

　　长歌挣不脱，亦被他无情的话语戳得心像裂开了一道口子，同下体一样，也在汩汩地淌着血，她眼眸酸得轻眨了眨，便有泪水蔓延而出，她渐渐安静下来，趴伏在他肩头，抽噎着说："对，我没权利，那你就好好恶心我，报复我吧！"

　　尹简沉默，他想说他宁愿她管东管西不许他碰别的女人，也想捂着发疼的心口头也不回地离开，可最终，他什么都没做，只是蹲在地上半抱着她，舍不得松开……

　　稍许，小腹又开始了一轮的绞痛，长歌忍不住呻吟出声，发觉她异常，尹简不再与她计较，他急忙打横抱起她，快走几步，将她放在床沿坐下，然后再返回拿了一条毛巾过来，顺便将木盒递给她："再清理一下，然后把裤子穿上，这是婉儿给的棉布。"

　　说完，他便背转了身体，没再盯着她看。

　　长歌迅速收拾自己，换上了他为她准备的蓝色男装，待全部弄好，她吸了吸鼻子，道："皇上，准我几天假，我回客栈养养，可以么？"

　　"不可以！"尹简回身，看着她憔悴苍白的小脸，他剑眉紧蹙："朕对外宣布杖刑了你三十，打得是皮开肉绽，你现在这样完好地走出去，不是令人起疑么？"

　　"那怎么办？"

　　"暂时就住在东偏殿，待时机成熟，朕会放你出去的，不然若宋妃再盯上你，将会很麻烦，如今社稷不稳，朕得罪不起宋妃的父亲宋承。"

　　简单几句，已是他解释的极限，长歌是聪明人，不会听不明白这其中的政治关系，她垂眸思考良久，竟是脱口问他："那你对宋妃的喜欢，是真心的么？"

　　尹简愣了愣，不明所以地睨着她："朕有回答你的必要么？"见她脸色微变，他又补充了一句："朕以为，这是喜欢朕的女人因争风吃醋才会提的问题，而你并不喜欢朕，不是么？"

　　"对，想让我孟长歌喜欢你，除非我瞎了眼！"

　　长歌咬牙切齿，她猛然重推了尹简一把，没想到却将自个儿也惯性地扑下了床，尹简

第二十五章 血色缠绵

眼疾手快地抓住她,他恨声道:"朕知道,你不用一遍遍地提醒朕,也犯不着激动得伤着自己!"

长歌不是个过分含羞娇怯的人,她可以爱得很勇敢,可现实的残酷,逼得她在爱与恨的矛盾中自我挣扎,她内心所承受的痛苦,绝对比尹简深,她一边强迫自己不在乎他,一边又期许地盼着他会说他只喜欢她,可两个对立的想法没有一个可以实现,她不免憋屈,不免狂躁地在寻找一个发泄的途径,于是,她恨上了他吐出无情话语的嘴唇,她竟大脑一热猛然踮脚吻住了他!

说是吻,其实是连吻带咬,她吻得毫无章法,咬得倒是很带劲,那股子清晰的疼痛感,令他连震惊的时间都没有,便被她深深地带入这爱恨的旋涡中,某种程度上说,他也处于矛盾的痛苦中,不想再喜欢她,偏偏又不受控制地关心她亲近她,所以她的举动,也给了他渴望而不敢渴求的契机,他大掌扣住她的后脑,不甘心地化被动为主动,狠狠地碾磨着她的柔唇,生气地咬着她的唇角,似乎如此,便能将她带给他的痛苦,悉数地还给她!

两个骄傲的人,如同受伤的两只野兽,用最蛮横又最亲密的方式彼此伤害着,蚀骨的痛从肉体蔓延到心脏,可是却没有谁愿意退缩,她樱唇微张,他滚烫的龙舌滑进去,刺鼻的血腥味儿,在两人纠缠的唇齿间,愈来愈重……

这一通吻,惨烈的程度,不可说惊天动地,起码也令他们永生难忘,两人谁也不相让,都争着抢着做那主导之人,两条舌纠缠在一起,像同根生的藤蔓,你生我生,你死我死!

口中弥漫着两人共同的鲜血,混合溶解,不分彼此,疼痛可以让人清醒,可缠绵又让人沉沦,在这痛并快乐中,吻到最后,他们又像两条缺水的鱼儿,拼命在对方口中汲取着赖以存活的新鲜空气,两人的身体,也紧密得严丝合缝,他们互相拥抱,欲与对方融为一体……

这个吻,延续了很久的时间,长歌终究太青涩,在尹简逐渐全面掌控了局势后,她被他吻得浑身发软,连肺里的空气也被他全部抽走,她已无力与他对抗,迷糊的大脑,被莫名的情欲占据,她口中情不自禁地发出难受又愉悦的呻吟……

尹简不比她好多少,征服了她,他亦被她征服,舍不得再咬她,他们之间剩下的,只有缱绻的缠绵,忘情的索取。而激狂与温柔的强烈对比,令长歌上一秒才陷在水深火热之中,下一秒却被尹简带上天堂,她的娇躯软瘫成水,整个重量都移交给了他,他一只手紧抱着她的细腰,带着她往床边移动……

脚后跟忽然碰到了什么东西,长歌只觉一股重力袭来,两人黏合着倒在了大床上,而他们的四片唇,只分离了一瞬,便又贴在了一起……

可是,她来月事了,他该死的记得清楚,此刻他甚至觉得,她是故意撩拨他的,故意折磨他,故意不让他好过,她在精神上折磨他不够,在肉体上也来折磨他,不看着他为她发疯死掉,她就不高兴,她果真是他见过的最混账的一个女人!

尹简欲求不满，胸腔里憋着各种生气，他的温柔维持不下去，他又发狠地吻她，堵住了她的全部呼吸，她窒息痛苦，跌进欲海中混沌的神志，终于清醒了些，她"呜呜"地发出抗议声，抬起虚软无力的双手，努力推他的头，看她可怜的样子，他也终于发了善心，粗喘着移开血唇，饶过了她。

长歌迷离的凤眸，沾染着自然的妖媚之气，她嘴唇下巴全是殷红的血，配着那精致的白里透红的肌肤，此时的她，美得惊人，如曼珠沙华，明知一旦沉沦便是不归，可却令人心甘情愿地与她共赴黄泉……

她自下而上地痴望着他，同她一样，他原本淡绯色的唇，亦被染成妖冶的红，他褐色的瞳孔，深邃如海，情欲跌宕，其中满满倒映着她的娇颜，若她肯相信她的直觉，她便能看到他眸底暗藏的深情……

如此，不知对望了多久，她小腹又不太舒服了，她恍惚的神志，才渐渐回归本位，她本能地扭动身体："起，起来……"

尹简略微侧起身子，从袖中取出一方锦帕，擦拭长歌唇上的血，待染脏了整块锦帕，才弄干净了她的脸，她的嘴唇破了好几处，有的伤口血已经凝固，有的伤口还在往外渗血，他又拿了一块新帕子，给她小心地按在流血的地方，然后才拾掇自己的惨况。

他的情况，并不比她乐观，他一边止血一边思索，破了嘴唇，这下怎么见人？明早又该怎么上朝面见文武百官？若伤在别的部位还能遮掩一下，可伤在这么敏感的地方，别人用脚趾头都能想到原因，他……颜面无存！

"真是个小混蛋！"他禁不住斥责她，语气里却是满满的无奈与宠溺。

长歌得意地冷哼："那是当然！小爷我虽然混蛋，但混蛋得光明磊落，对不对？"

"唔，说得不错，所以你才特招人喜欢。"尹简随口附和，闹了这一场，略觉疲惫，他将帷帐两边挂钩一扯，明黄色的纱帐垂落在地，这一方小天地的气氛，顿时变得暧昧。

再将长歌抱起放在枕头上躺好，尹简顺手扯过柔软的锦被给她盖在身上，她忽然捉住他手臂，眨着长而卷翘的眼睫毛，一脸懵懂地问他："我招谁喜欢？除了我家离岸不会嫌弃我以外，这京城的人，哪个能看我顺眼啊？"

"唔，朕也就是随口一说。"尹简眸子闪烁了一下，这个迷糊的丫头，居然不明白？抛开他对她的感情不说，就是宁谈宣待她，难道她以为宁谈宣是吃饱了撑的无聊？即使她此时在宁谈宣眼中是个同性少年，但那又如何？感情这种事，很难说的，相信他不会看走眼，宁谈宣那人或许会算计利用她，可喜欢她也是不争的事实。

长歌咬牙，恨恨地骂他："骗子！"

"朕有没有骗你，你自己用心感觉，如果……"尹简捧起她的脸，在她额头印下一吻，而后长指戳了戳她的心口，轻声补充道，"如果你有心的话。"

长歌怔住，愣愣地恍惚半晌，迟钝的大脑好像闪过了什么，可快得令她根本抓不住，她发觉她好似愈来愈看不懂他了……

第二十五章　血色缠绵

"陪朕躺会儿。"

他与她并排躺下，搂她入怀，她的头枕在他胸前，看着他光洁的下颌，她忽然想到他临幸宋妃，和宋妃做夫妻床事，还和他其他的妃子做，他的唇不仅吻过她，也吻过别的女人……

心情，渐渐黯淡。

譬如前晚，她辗转一夜难眠，他则宿在宋妃寝宫，鸳鸯同枕，享受鱼水之欢……

长歌心中很酸，可她笑靥如花，不让他看出半分异样，他并非她的良人，即便她就是糟糕地喜欢上了他，她也不会表现出任何嫉妒与生气。

因为，他们永远不可能在一起。

"长歌……"

尹简细密的吻，落在她额头，看着她肿破的唇瓣，他眸中盛满愧疚与心疼："对不起，朕咬痛你了。"

"彼此彼此。"长歌偏移开脸，笑得久了下巴都有些僵硬，她再次推他，"我要休息，你别烦我了。"

尹简不动，耐着性子柔声道："怎么突然不高兴了？方才不是还好好的么？"

"你管我？走开！"长歌低吼，无法抑制的情绪，仿佛火山爆发，"不要再恶心地吻我！"

尹简脸色铁青，他胸膛剧烈起伏间，一把松开她，利索地掀被下床，连龙靴也没穿，便一掀帷帐朝外走去。

长歌侧身朝里躺好，扯起锦被盖在头上，把自己藏进了黑乎乎的被子里，任泪水冲刷眼眸……

东偏殿外，驻守着莫影、莫麟、沁蓝和高半山几人，周遭不相干的宫人在抬长歌进来前就全被清场，以免走漏风声。

偌大的殿中，只余尹简和长歌两人，殿门也紧闭着，是以，待命的一干人不禁浮想联翩，可同时又紧张担心，因为不论什么事，只要对象换成孟长歌，就总会出岔子。

果不其然，在听到帝王唤人后，沁蓝急忙推门走进去，却被吓了一跳："皇上，您的……"她不敢说，只指了指尹简的嘴唇，满目惊色。

"把这儿收拾一下，再换盆热水端进来。"尹简偏开脸，神色明显不太自然。

"是！"

"让莫影进来一趟。"

"是！"

莫影入内，其受惊的程度不比沁蓝少，但尹简没给他疑问的机会，只淡淡地命令道："取伤药，多取两支，嘴风该紧的时候，就给朕严实点儿，明白么？"

"奴才明白！"

莫影低头，恭恭敬敬地领命，眼尾的余光和沁蓝相撞，两人皆面面相觑，大白日呢，帷帐落地，主子居然脱得只剩下中衣，而孟长歌来月事了，他们难道……不可能吧？再看主子嘴唇的伤口，明显是被咬的，他应该是与小混蛋亲嘴了吧，这果真是孟长歌小混蛋的风格啊，连亲个嘴都能亲得这么惊天动地！

不多会儿，莫影归来，将两支白玉止痛膏交到尹简手中，沁蓝也换好了热水，办完事闲杂人等便主动退出。

尹简先净了手，然后再浸湿毛巾拧干水分，走回到床前，他掀起帷帐，只见长歌在锦被中缩成了一座小山，原本满腔郁积的火气，忽然间就散了，明知她的臭脾气，他又何必跟她生气？不论怎样，今儿个闹得再不愉悦，也比前夜好多了，不是么？

经历了绝望与悲伤，他不敢再轻易倾吐爱意，与她这短暂的相处，他小心翼翼如履薄冰，可又甘之如饴。

断不了，放不下，他内心的痛苦，只有自己明白。

"长歌，钻被子里做什么？小心憋出病来。"尹简在床上坐下，伸手掀她的锦被，语气沉缓而温和。

长歌扭动着身子，嗓音微哽："别管我，我就喜欢这么睡觉！"

"瞎说，你以前可不这么任性，你当朕不了解你的生活习惯？"尹简皱眉，猛然强势地大力掀开被子，长歌一惊，立刻把脑袋埋进了枕头里，赌气似的不看他。

尹简见状，不禁叹气："果然是女人心海底针，朕到现在都弄不明白，你究竟是怎么了？若对朕有什么不满意，你便坦白地说，朕能改则改，改不了的咱们好好商量，尽量别再吵架，行么？"

"谁要你改？我可担不起！再说你是皇帝，你怎么会有错？你就当我在无理取闹好了！"长歌闷声道。

尹简满脸黑线，他决定不再继续这个话题跟她浪费口舌，直接半趴在她身上，一言不发地为她净手，温热的毛巾覆盖在手背上，长歌嗫了嗫嘴，总算顺从的没拒绝。

侍候完孟小祖宗，尹简再次上床，他挤进被子里，无视长歌的不满，递给她一支药膏："拿着，朕先给你上药。"说着，他拧开另一支药膏的盖子，动作极温柔地将药膏涂抹在她的唇瓣上，清凉的感觉，代替了火辣辣的灼痛，长歌舒服地溢出一声："需要我帮你么？"

尹简嗤笑："废话，你作下的孽，你不给朕涂药，让谁涂？"

"你也咬我了啊，你才作孽！"长歌不服气地嚷嚷。

"是你先咬朕的！"

"你没风度，让我咬几口怎么啦？"

"好，朕该任你打不还手骂不还口，是不是？"

"是！"

第二十五章 血色缠绵

"凭什么?"

"凭……凭我曾经为你冷落了我家离岸,把你当爷一样侍候!"

"嗯,这点倒说得通。那么,朕能不能拜托孟小爷,以后可不可以咬在暗处,别让朕太丢脸,好么?"

"看小爷心情!"

"呵呵……"

两人都刻意避开感情的话题不谈,倒是能相处得轻松愉快,互相涂好药,尹简与长歌平躺一处,他抱她枕在他的臂弯里,揽着她的肩,大手轻轻覆上她的小腹,一边力道适中地为她揉按,缓解着她的生理疼痛,一边与她细碎地聊天,两人的调侃笑闹声,时不时传出帷帐,在这个阳光的午后,整个偏殿中,处处透着久违的温馨……

不久,从四海客栈取回的药材煎好送来,长歌喝掉整碗后,躺在尹简的怀中,寻了一个舒服的姿势,环抱着男人的腰身,静静地睡着了……

尹简调换了一下酸困的手,继续给她揉着小腹,他近乎痴迷地凝望着她的睡颜,多么希望,时间能静止在这一刻……

他,怕极了她的突然转变,怕极了她上一刻给予他开心,下一刻便将他无情地抛入地狱,他多么希望,能拔掉她满身的尖刺……

第二十六章　经年重逢

　　长歌醒来时，已经月上中天。
　　原本两个人的暖被窝，只剩下了她一个人，偏殿中早已寻不到尹简的影子，倒是尹婉儿坐在桌案前，正执着毛笔在作画。
　　长歌心里有些失落，他什么时候起床的，她一点儿都不晓得，或许是躺在他怀中太安心，以至于警觉心一向不错的她，竟然一觉睡了几个时辰，而完全不知周遭动静。
　　桌案上已经没有了奏折，尹婉儿画得十分投入，长歌没敢打扰她，拿了备用的月事布，放轻步子走入侧门出恭。
　　待她推门出来时，尹婉儿刚好落下最后一笔，她回过头来，浅笑道："长歌，你看看我画得如何？"
　　"好啊，不过我不怎么懂画，是个门外汉。"长歌欣然点头，几步走近，专心欣赏尹婉儿的画作。
　　那是一幅水墨画，亭台水榭，拱桥假山，碧波荡漾的池子里，荷花开得正好，绿色的莲叶铺满了整个水面，几条鱼儿在嬉闹，从莲叶中穿梭畅游，画面生动活泼，美感十足。
　　"好个鱼戏莲叶图啊！"长歌大赞，漂亮的凤眸熠熠闪光，"婉儿，你真是才女哦，我是个粗人，就只会舞刀弄枪，连一条鱼也画不好。"
　　尹婉儿笑了笑，眉宇间浮起一抹忧色："长歌，你知道么？其实我很羡慕你，若我没有学习琴棋书画，而是像你一样自小学武功，那该有多好，起码可以自保，不会被人凌辱……"
　　"婉儿！"

第二十六章　经年重逢

长歌心下一紧，她视线离开画作，扭头看向尹婉儿："有得必有失，你没学武，所以你不知我内心的遗憾，更不知我因为会武，而受过多少伤，有多少次在鬼门关盘桓，又有多少次，看到姑娘们弹琴唱曲抒发情怀而心生羡慕，人生原本就这样，谁也预料不到结局，就好比塞翁失马，焉知非福？而月老的红线，只牵给有缘人，得不到，错失了，只能说明没有缘分，但属于你的那根红线，一定存在。"

尹婉儿怔怔出神，默默思考着长歌的话，许久才缓缓绽出笑靥，她道："长歌，谢谢你，能结交到你这个知己朋友，我很开心。"

长歌笑："呵呵，既为知己，又何必言谢？"

尹婉儿点点头，可语气仍不免惆怅："许多道理，其实我也懂，但是长歌，懂得与放下，前者容易后者难，尤其是感情，若能轻易放下，也便不是真爱了。"

长歌沉默，心底的某根弦，被这番话触动，她必须承认，说到与做到是两回事，譬如她对尹简的感情，同样明知不可能，却偏偏放不下……

两人各怀心事，都不再说话。

长歌本意是吃人嘴软的替齐南天相劝尹婉儿，可劝到这儿，反而劝得她自己伤春悲秋的，忧郁了许久后，她肚子忽然"咕咕"叫了两声，一室的宁静被打破，尹婉儿方才一个激灵记起："长歌，你饿了吧，抱歉，我忘了时辰……"

"没事儿，我能撑得住。"长歌不好意思地干笑，可不小心扯动了嘴唇的伤，疼得她直龇牙。

见状，尹婉儿担心之余，不禁又觉好笑："长歌，表哥的嘴唇也跟你一样肿破，你们俩人……"

"我们什么也没做！"长歌一句话打断，坚定地摇头："我们俩就是不小心磕在桌角了，那是意外，纯粹意外！"

"哦，原来这样啊！"尹婉儿作出恍然大悟的表情，可眼中的揶揄却掩不住，"我还以为你们亲吻……"

"哎呀，饿死我了，快弄点东西给我吃。"长歌急急打断，羞得小脸通红，恨不得挖个大坑钻进去。

真像尹简说的，她再想咬他，得咬到暗处，嘴唇这么敏感，使得别人都联想到那个了……

尹婉儿不再打趣她，掩着嘴笑道："呵呵，表哥交代了，让你到我的兰蔻阁用晚膳，以后啊，你就住在帝宫，做我的专属侍卫，负责我的人身安全。"

"啊——"长歌大吃一惊，"这是真的么？"

"嗯。"

"尹简人呢？他现在哪儿？"

"上书房。太后寿辰在即，表哥召各部大人在议事呢。"

长歌有些蒙，她想在尹简身边当差的，可尹简竟然不经她同意，将她调给了尹婉儿！

如此，她上哪儿偷取情报啊！

尹婉儿察言观色，发觉长歌不是很欢喜的样子，不禁故意沉下脸，纤指戳了戳她的额头："怎么，你不想跟着本郡主吃香喝辣么？"

"咳……"长歌回过神来，笑着戏谑她，"小爷当然想啦，只不过小爷武功低微，恐怕抵挡不住齐大人啊！"

尹婉儿神色一僵："那个人你甭理。"

"好吧。"长歌扯了扯唇，表情略尴尬，她本想趁机替齐南天美言几句，哪晓得尹婉儿态度……

哎，齐南天只能自求多福了！

到达西偏殿的兰蔻阁，尹婉儿命人传膳，待膳食布好，便遣退了宫人，只留下大宫女沁蓝侍候，以用来堵宫人的嘴巴，以免落个她和长歌孤男寡女不干不净的名声。

用膳途中，长歌忽然记起一事："婉儿，你是说我不用再回羽林军营了么？"

尹婉儿点头："是啊，你如今是表哥的人，表哥必然不会再允许你跟一帮男人同宿军营了！"

"呃，谁说我是他……咳咳，那我住你的兰蔻阁么？"长歌郁闷，真是愈来愈解释不清了呢。

"不是，你继续住东偏殿。"尹婉儿说完，见长歌瞪眼，忙又补充，"我只是个传话筒，这也是表哥安排的。"

长歌将碗里的米饭一口扒干净，心里老大不乐意，让她单住东偏殿，却不让她做御前侍卫，这说明尹简还是不信任她啊！

上书房。

郎治平、齐南天、宋承、尹琏、尹诺、尹珏等人立了一排。

"此番太后寿辰，朕对礼部的各项部署安排，极为满意，但乐工坊的宫舞节目中，有一支飞天舞，朕以为在太和殿表演不出飞天效果，可改在钦和殿外的千狮桥，夜幕美景之下，舞姬于桥上舞动，当别有一番韵味。"御桌后面，尹简清隽的俊颜，掩映在橘色宫灯下，忽明忽暗，让人看不真实。

尹璃喜上眉梢："皇兄，此想法甚妙，臣弟赞同！"

"皇上英明！"郎治平等人也纷纷拱手，完全同意。

"皇兄……"尹珏讷讷地唤了声，眉心微蹙，似欲言又止。

众人皆奇怪地看着尹珏，尹简微笑道："四弟，你觉得这提议不妥么？没关系，谈谈你的想法。"

尹珏低垂下头："禀皇兄，臣弟亦觉在桥上表演飞天舞更好些，可届时移驾殿外，皇兄和

第二十六章 经年重逢

太后的安全……恐怕羽林军和大内侍卫需要盘查的范围更广，万一有所疏漏，岂不是大祸？"

"四弟所言极是，朕初登大宝，不服之人有之，恐会制造出些麻烦的。朕倒无所谓，但若惊扰到太后……"尹简沉凝片刻，长指轻叩着桌面，思索着道："容朕再斟酌斟酌吧，今儿晚了，明日再议。"

"臣等告退！"

一干人行礼退出，待退到门口时，尹简的声音，忽然又自背后传来，"肃亲王、郎统领与齐大人稍等，朕与三位谈谈婉郡主与孟长歌之事！"

今日，帝王杖刑了羽林军孟长歌，此事已传遍内苑深宫，而婉郡主一事，更是众所周知，是以，留下这三人谈那二人的事，皆在情理之中。

待其余人心无疑虑地退离，三人归来，尹诺抢先道："皇上，孟长歌如今状况怎样？她伤势严重么？"

"皇叔莫急，长歌无事。"尹简摇头，连忙安抚激动的尹诺，他不知尹诺为何待长歌好，或许是为了他，也或许是因为别的原因，但尹诺不坦白，他便不好横加逼问。

尹诺将信将疑："真的么？皇上不是杖责她三十么？"

"朕命人做了假，并不曾真打她。一来对宋妃有个交代，二来朕借机把孟长歌留在了帝宫，将孟长歌调派为婉郡主的贴身侍卫，太后寿辰时，朕将带婉郡主和沐妃同席，孟长歌伴左右，如此，朕倒要看看宁谈宣舍不舍得下手！"

"皇上，您打算用孟长歌和沐妃娘娘牵制宁党？"

尹简侧眸，望向发问的齐南天，他淡淡一笑："所以南天，你的任务，不仅是保证婉儿的安全，还有孟长歌，朕不允许她二人掉半根头发！"

"是，微臣遵旨！"齐南天单膝一跪，拱手道。

尹简颔首，视线移向郎治平："郎卿，回头命人把孟长歌的行囊全部送入帝宫，她不会再回羽林军了！"

"是！"

"还有最重要的一点，你们三人记住，千狮桥的表演，势在必行，朕方才不过在试探四王爷，好在他未令朕失望！"

闻言，三人皆惊，尹珏能提出殿外的安全隐患，便可证明尹珏暂未与宁谈宣结成一党！

因为，宁谈宣必不会错过露天行刺的最佳时机！

尹简扶着桌角起身，精湛的褐眸，缓缓扫过三人："只剩下三天时间，钦和殿内外，你们抓紧时间部署吧！"

夜幕苍穹，一弯冷月悬挂高空，各宫各殿的廊影，或明或暗，宫道上每隔十步一盏灯笼，烛光和月光相辉映，将曲折蜿蜒的石板路，照射出朦胧的橘色。

含元殿后，有一潭碧池，池岸两端廊桥横跨，中间连接着一座水上小亭。

长歌扮作小太监，兴冲冲地走在尹婉儿身边，沁蓝劝说不下，只得默默地跟着，三人出了帝宫，径直往小亭而去。

"婉儿，你别担心啊，反正皇上不在，我们就偷偷地玩会儿，他那么忙，顾不上管我们的。"长歌一路走，一路小声地劝慰。

方才在兰蔻阁时，她左右闲不住，忽然记起长生殿，便发挥她三寸不烂之舌，哄得尹婉儿带她出来，她想找找幼年的记忆，看看长生殿在哪儿，可尹婉儿不敢带她去别地儿，只带她去含元殿后的小亭玩儿。

长歌寻思着，总归能出来就不错了，她慢慢找，今晚不行，改日再继续找，除非大秦夺宫后，将长生殿一把火烧成灰烬，否则她总会找到她的长生殿。

"表哥兴许就快回来了呢。"尹婉儿忧心忡忡，"我私自带你出来，表哥一旦知晓，定会生气的。"

长歌浑不在意："嘿嘿，没事儿啦，你全推我身上，就说我拿刀逼你，你没办法才妥协的，我呢脸皮够厚，大不了挨顿骂，再严重的话被他揍几下，无所谓啦！"

"长歌……"

"好了，多愁善感不是我的风格，皇上他想生气就生气好了，反正我让他生气的事还少？"

听着她俩的谈话，沁蓝暗叹了口气，主子遇到孟长歌，那就是秀才遇到兵，完全没辙儿！不过，也幸好主子武功高于孟长歌，不然铁定是被孟长歌欺负的份儿！

登上廊桥时，沁蓝提着宫灯走在前面引路，尹婉儿低垂眼睑，仔细地看着脚下，以免踩到逶迤拖地的裙摆摔跤，长歌则胡侃一通："婉儿，皇宫究竟有多大啊？有多少座宫殿？哪些有名气，哪些没名气呢？哦，前朝留下的宫殿，有哪些啊？大秦新建的宫殿多么？你……"

正说着，她话音忽然一顿，身形快速一闪，挡在了尹婉儿面前，并扬手拽住沁蓝，小声道："亭子里有人！"

闻声，两人一惊，连忙抬眸遥望向亭子，只见一道孤影长身玉立在亭中央，那人负手在后，亭中无灯，只有月光倾泻而下，半亭银晖中，男子三千墨发随风飞扬，一袭墨蓝锦袍，与夜色融为一体，容貌看不真切，可那颀长的身影，却备显孤单和萧索。

相隔不过两丈的距离，周遭静谧，唯有池中碧水潺潺流动。

长歌的手臂，忽然一紧，她扭头回看，但见尹婉儿呼吸急促，脸色苍白，她紧紧抓着她，就像抓着救命稻草般，连娇躯都在摇摇欲坠！

"婉儿，你怎么了？"长歌心急地问，连忙扶住她，"你身子不舒服么？"

沁蓝举高宫灯，朝亭中那人大声说道："前方何人？我乃皇上贴身侍婢沁蓝，婉郡主在此，不得无礼！"

那人闻听，身形明显一震，缄默须臾，才微哑着嗓音，扬声道："左相府李霁尧！"

第二十六章 经年重逢

此言一出，沁蓝嘴巴大张半天合不拢，长歌也是倒抽了口冷气，她总算明白了尹婉儿异常的原因！

可叹的是，她这习武之人的视力都没认得出李霁尧，而尹婉儿居然能感应到！这就是所谓的，心有灵犀一点通么？

不过长歌有些不解，对方报的是左相府李霁尧，而非驸马爷李霁尧，这二者之间，有什么区别么？

然而，长歌不懂，尹婉儿却懂其中涵义，她心口一窒，眸中水雾顷刻间弥漫……

只是，不论他愿不愿做驸马，现实早已成为定局，无法改变。

他们的缘分，在她踏入尼姑庵的那刻起，就已经结束。

那一场年少爱恋，那一段风花雪月，在时光的长河里，永远刻骨铭心，却也只能永远地封存在记忆中……

缓缓转身，尹婉儿莲步轻抬，沿来时路而走。

不见不念，才能断得干净。

李霁尧眼眨也不眨地凝视着那抹倩影，大脑完全被放空，直到她走，他才恍然清醒，一声喊出："等等！"

尹婉儿一震，可只停滞一刹那，便复又迈出了步伐，比方才急切，脚步亦显凌乱。

长歌连忙跟上，沁蓝从旁绕到前面，给尹婉儿引路，生怕她心情紊乱之下，一不小心摔个跟头。

可惜，李霁尧从亭中冲出，不过几个大步，便追了上来，长歌双臂一展拦下他，出声叱道："休得无礼！"

本已近在咫尺，中间却相隔一人，如一道银河，将他们分离在鹊桥两端，不得相见，不得相爱。

李霁尧清冷孤绝的俊容，布满苍凉，他目不转睛地望着尹婉儿的背影，一字一句，沙哑而道："安得与君相决绝，免教生死作相思！"

尹婉儿身形一僵，再难移动半步，目中的水渍，滚滚而出，淹没了视线，令她辨不清前方的路途……

李霁尧迈步，长歌感觉她这夹心饼不太好做，便没再拦，闪身站到了旁边，这对苦命鸳鸯，其实挺让她心疼的，若不是齐南天，他们早就成眷属了呢！

哎，齐南天那厮，真是作孽呀！

尹婉儿战栗着身子，抬手捂住了满脸的泪水，从不敢想象，诀别数年后，一朝月夜下的偶遇，竟让他们还能再相见……

李霁尧步伐沉稳地在尹婉儿面前站定，漆黑的瞳孔，如同化不开的浓墨，沉淀着他所有的爱恨嗔痴。眸底愈渐氤氲，他看着她，翕动双唇："尹婉儿，给我解释清楚，那句诗为何意？"

尹婉儿死死咬住下唇，泪水冲破指缝漫溢而出，冲刷着她千疮百孔的心……

"你以为，留给我一句诗，就可以走得干净？尹婉儿你知不知道，自作主张的你，很令人厌恶！"李霁尧冷笑着，猛然扣住她肩头，"你可了解清楚，我李霁尧是否同意你的决定！"

长歌看得心急，想说李驸马您得怜香惜玉，可从她侧立的角度，眼尖地瞥到李霁尧眼角闪烁的水光时，硬是把到了嘴边的话又默默地吞回了喉咙……

"我，我就是这样的人，让你厌恶我……我求之不得……"尹婉儿断断续续地回他，每个字都夹杂着压抑不住的哽咽。

"尹婉儿你这个孬种！"李霁尧怒火中烧，他粗暴的扳开她捂脸的双手，逼她与他泪眼相视，他道，"你不是嫌自己脏了配不上我么？我现在也脏了，那你嫌弃我么？"

"回不去了……"尹婉儿摇头，悲痛欲绝，"李霁尧，我们早已回不去了，你死心吧！算我求求你……"

李霁尧"哈哈"大笑，眼中的狂乱，令人心悸："能不能回得去，由我决定！婉儿，年少时，从我在湖水中救起你的那刻，你就是我的，这辈子下辈子，只要我李霁尧不放手，你就休想离开我！"

这催人泪下的一幕，令长歌内心极受震动，眼眸很酸涩，她眨了眨长睫，忍不住便有热泪滚落，她真不明白，只不过是失身而已，李霁尧都不在乎，尹婉儿为何就不能勇敢一点？两个人明明很相爱，居然就这样错过了么？

当年，究竟还有什么隐情？

含元殿。

尹简归来，身后跟着齐南天和尹诺，他边走边问迎上来的莫影："人呢？在东偏殿还是兰蔻阁？"

"回皇上，这两个地方都没人。婉郡主与孟长歌……"莫影迟疑不决，可对上尹简审视的目光，他只得硬着头皮小声补充道，"孟长歌扮作小太监，被婉郡主带到含元殿后面的亭桥去了。"

尹简霍然止步，锐利的褐眸淬着冷意扫射过来："几时的事？只有她二人么？"

"回皇上，大概两刻钟前的事，沁蓝随侍。"莫影脑门冒汗，回答得格外小心。

然而，尹简一听便怒："你为何不跟着？婉儿柔弱容易被人欺负，而孟长歌那臭德行，你不清楚么？万一再撞到宋妃等人……"

他话未完，竟转身即走，快步出殿，朝亭桥而行。

尹诺与齐南天自是疾步跟上，心中隐隐泛着担忧。

莫影甩着冷汗，紧跟上尹简，极憋屈地解释："皇上，奴才原本是想随侍在侧的，可您的孟长歌不允许啊，她说，说……"余下的话，他不敢说了。

第二十六章　经年重逢

尹简沉冷地抛出一个字："讲！"

"咳咳……"莫影清咳两声，壮了壮胆，方才凛然地接下去，"孟长歌说，咱们主仆没一个好人，她看到奴才，就会想到主子您，想到主子她的心情就会不好。所以，为了不影响她外出游玩的好兴致，所以让奴才哪儿凉快上哪儿去！"

"大逆不道！"尹简双拳一捏，仿佛捏住了长歌的脖子，骨骼"咔嚓"作响！

见状，尹诺忧虑，欲为长歌求情，齐南天却朝他使了个眼色，小声道："肃王安心，皇上也就斥责几句而已，不会真办小混蛋的。"

然而，齐南天绝对想不到，下一刻想掐死长歌的人，不是尹简，而是他自己……

高半山带着几名宫人引路，手中数盏宫灯，将廊桥照得通亮，桥上的所有人，亦被囊括其中。

彼时，长歌和沁蓝低头挨在一起，两人正不停地揉着眼睛，似乎很悲伤，而李霁尧双手握在尹婉儿肩上，由于背对着方向看不清表情，亦听不清他在说什么，可尹婉儿饱含痛苦的啜泣声，却撕裂了夜的安宁……

身后几人的脚步，在桥头停顿下，前方光与影的重合处，那幅悲情的画面映入眼帘，时间好似在刹那间静止……

哪怕只能看到那人的背影，可任谁都能猜得出，他是李霁尧。

因为普天之下，敢如此亲近尹婉儿，却不被尹婉儿拒绝的男子，除了李霁尧不会有别人！

齐南天脸色发黑，俊颜染满怒气，在那端长歌一愣之后，率先反应过来时，他已迈开了大步！

"齐，齐南天……"长歌依着光照，辨认出离她最近的人后，瞬间抽搐了嘴角。

"皇上！"

沁蓝越过齐南天，朝后方一望，当场吓得手中宫灯打翻，原地"扑通"一声跪下，连头都不敢抬。

尹婉儿一震，混乱的神志归笼，匆忙止了哭声，李霁尧也缓缓松手，可他并未与尹婉儿保持距离，而是从袖中取出一方绢帕，无所顾忌地为她拭泪。

"别，你快走……"尹婉儿惊怔，连忙摇头躲避，语无伦次地说，"李霁尧，你别理我，不能让人误会……"

李霁尧的手僵在半空，余光扫视向身后，唇畔勾起凉薄的冷笑："怕谁误会？"

尹婉儿死死地咬唇，她不敢对上李霁尧逼人的目光，将视线偏移，却不期然撞上了齐南天，那张阴霾的脸，充满肃杀的眼神，叫人胆战心惊！

"郡主与驸马夜半幽会，如何不让人误会？"齐南天近前，一字一句，声声质问。

"与你何干？"

同样的回复，尹婉儿和李霁尧默契得几乎同时出声，且连语气都一样，冷冽中夹杂着浓郁的恨意！

这发生在状况之外的情敌相见，令长歌直咂舌，眼看火要燃起来了，她吞着唾沫，连忙挤进来，干笑着说："齐大人，我可以作证，今晚是偶遇！纯粹是我和婉郡主闲不住逛到这里时，偶遇了李驸马，他们没做不轨之……"

"把我的饭吐出来！"齐南天盯着长歌，几个字就掐断了她的话茬。

"呵，呵呵……"长歌小脸不停地抽搐，"那个真……真吐啊？"

齐南天冷噱的神色，岿然不动，只道："孟长歌，你很令我失望！"

"不关长歌的事！"尹婉儿急切护短，她虽听不明白长歌和齐南天在说什么，可她保护长歌的念头是第一位的。

李霁尧斜睨着小太监长歌，眸中是若有所思。

"喊，你更令小爷失望！小爷吐就吐，你接着啊！"长歌火大，当场就撂了挑子，她竟双手一叉腰，对准齐南天"恶——"的一声狂吐……

"该死的！"

齐南天低咒一句，迅速后退出几步，勃然大怒："你这小混蛋，怎么说吐就吐？"

虽然，中饭是不可能吐出来的，但长歌的唾沫星子溅了齐南天一身，他的官袍居然就这样毁在了长歌嘴上！

"齐大人自食恶果，还赖别人？"李霁尧哂笑，眸中薄雾缭绕，隐透杀意，"何为报应，齐大人该有所体会。"

齐南天冷眸一凛："与你何干？"

"扑哧！"

长歌刚刚吐得爽，这下听得爽，她捂着肚子大笑："两个幼稚的男人啊，哈哈哈……"

齐南天气到七窍冒烟，抬起一脚就踹了出去，长歌机敏躲开，却夸张地"啊啊——"惨叫不停，她眼尖地瞅到桥上走过来的几人后，立刻弹跳而起，朝着其中那抹明黄色奔去："皇上救命！"

尹简原本抑郁的眉眼，刹那舒展开来，他微翘起唇角，双臂张开，将逃命的小人儿纳了个满怀，亦完全不顾身旁包括尹诺在内所有人异样的目光。

长歌完全是本能的举动，她藏在尹简怀中，安全感立马十足，她放肆地揪着他的龙袍，故作可怜地噘起小嘴："皇上，太可怕了，齐大人小心眼儿，他情场失意，就把火气撒我身上，呜呜……"

尹简无奈地勾笑，他拍拍长歌的背，轻声软语地安抚她："乖，不哭了，朕帮你报仇啊……"

"好啊，你快给我十两银子，我把午膳钱还给齐南天，等我和他两清了，你再好好替我报仇！"

第二十六章　经年重逢

"怎么说风就是雨？报仇这种事，得从长计议，知道么？"

"呃……"

"走，过去看看。"

高半山听此，一个激灵大喊了声，以此来提醒犹在剑拔弩张中的那三人："皇上驾到——"

"参见皇上！皇上万岁万万岁！"

齐南天、李霁尧和尹婉儿各自跪地，帝王面前，再大的恩怨也得先放下，谁也不敢失礼。

毕竟，他们谁也不是孟长歌。

尹简淡淡一笑："平身！"

"谢皇上！"三人谢恩，起身。

"驸马爷，这个时辰，你何故在此？长公主身在何处？"尹简褐眸睨着李霁尧，平静的重瞳不显半分情绪，只唇角含笑道。

李霁尧心下一紧，但言谈举止倒也从容镇定："回皇上，长公主此刻正在寿安宫陪伴太后，微臣无意走来此处，不承想婉郡主也会来此。故人相见，闲聊几句，却不知齐大人有何立场来质问微臣？"

齐南天眉心一蹙："驸马爷说得坦荡，那也得做得坦荡才行！若驸马爷还记得长公主，就该对婉郡主守礼守规矩，既然我能误会，那么旁人看到也自能误会，婉郡主的清誉……"

"婉儿的清誉？"李霁尧赫然打断，他像是听到了这世上最好听的笑话，讥诮地掀唇，"齐大人有颜面谈这个么？"

齐南天的软肋被戳到，他脸色变了几变，黑漆眸中闪烁的复杂，掩藏着无数话语，却最终抿唇一言未发。

长歌默默闭嘴，心想这种场合，她还是少掺和，齐南天掌管兵部，她其实不能得罪的，反过来和齐南天套好交情，对她刺探军情一事，定是百利而无一害。

尹简着实头疼，一边是尹婉儿深爱的人，一边是他的左膀右臂，他该偏向谁？

"皇上，婉儿身子不适，想回宫休息，请皇上恩准！"尹婉儿轻轻柔柔的声音，忽然穿插进来，她低垂着头，脸庞在宫灯的映照下，半明半暗，叫人看不清她此刻的表情。

尹简心疼这个妹妹，怅然一叹，朝尹婉儿伸出大手："走吧，朕送你回宫。"

尹婉儿强忍着眸中翻涌的咸涩泪水，缓缓伸出小手放入尹简掌中，由尹简牵着她转身，将那两个男人抛在身后……

"齐南天，李霁尧，朕命你二人即刻出宫，不得在宫中逗留！"

"微臣遵旨！"

天子威严的命令，惊醒了陷入嫉妒中的两人，谁不希望与尹婉儿牵手的人是自己？谁的内心又不嫉恨尹简？可如今，唯独尹简有这个资格，而他们最怕的，则是尹简在太后的逼迫下，最终会封尹婉儿为妃，一旦尹婉儿成为皇妃，他们便再也没有了机会……

"高半山，今夜此间之事，若有一人泄露，杖毙！"

"是，奴才明白，奴才会严加管教宫人！"

高半山抹了把头上的冷汗，回头看向正和尹诺边走边聊的长歌，心道，今夜的事，都是这小混蛋祖宗折腾出来的！

然而，他只是偷瞪一眼，长歌竟也能感觉到，她立马回瞪高半山，那张狂的气势，分明在说，就是小爷惹的祸，你敢把小爷怎么样？

得，惹不起咱家还躲不起么？高半山缩了缩肩膀，很没骨气地转回了头。

长歌笑得那个得意啊，她冲着高半山的背影扮鬼脸，身边尹诺失笑连连："长歌，你这孩子，怎么捣蛋成这样？"

长歌俏皮地眨眨眼："嘿嘿，禀性难移啊！"

自听说长歌是姑娘后，尹诺一直没找到机会跟长歌相见，今晚他特意来见长歌，看着这张熟悉入骨的容颜，他心中百折千回，多想问她一句，你的母亲是否为凤雪？

可数次话到嘴边，尹诺又隐忍着全部咽了回去。

他希望长歌与凤雪无关，哪怕这结果会令他失望，也好过她惊人的身世，将给她带来的灭顶之灾……

李霁尧行在最后，他目送着尹婉儿单薄的身影，转过宫墙角，往帝宫方向而去，他方才踏下桥头最后一级石阶，朝相反的方向落寞而行。

"霁尧！"

一声轻唤，令李霁尧陡然停步，他侧眸望向暗处的花丛，目光清冷："长公主，你这是在监视我？"

尹宸儿步出，拍了拍沾在纱裙上的草屑，嫣然娇笑："怎会呢？我从寿安宫出来，遍寻不见你，后来听巡逻的大内侍卫说你走了这个方向，我便一路找过来，结果竟见到了皇上，为避免不便，我这才躲了躲，我可不会无聊地监视你，倒是你对我太不信任了。"

李霁尧一言未发，转身即走。

他宽大的袖袍，灌进了些许夜风，微微膨胀开来，如行走在孤夜中的天涯浪子，单薄的背影，愈显寂寥。他俊雅的眉睫，落满了清晖冷月，那张公子无双的绝美容颜，如玉丰神，却也漠然如雪。

尹宸儿的娇笑，缓缓僵凝在脸上，她痴望着远走的男子，暗暗掐指一算，成婚竟已有数年……而他冰冷的心，她何时才能焐热？

"霁尧，等等我。"

尹宸儿提着裙摆，小跑追上去，她挽住李霁尧的手臂，扬着笑说："霁尧，皇上快要封婉郡主为妃了，你盘桓来此，万一叫人说了闲话就不好了。"

第二十六章　经年重逢

"你觉着我来此是做什么？"沿途不断有巡逻侍卫经过，李霁尧攥了攥拳，任她挽着他，神色冷淡地反问道。

尹宸儿眸中不着痕迹地划过一丝恨意，唇畔的笑容，却娇艳如花："霁尧，寿安宫与帝宫方位一南一东，你既等我，怎会正好闲逛到帝宫呢？"

"呵……"

李霁尧一声嗤笑，从喉间溢出，他目视着前方，经久，凉薄道出一句："尹宸儿，你我夫妻这些年，你后悔么？"

"不悔！"尹宸儿咬了咬唇，"你想说什么？"

"我非你良婿，你心中既明白我所想，我也不瞒你。她回来了，我觉着我的心，才算活过来了。"李霁尧停步，夜风从眉角吹过，三千墨发飞扬，他侧眸看着尹宸儿，冷绝无情地道："长公主，我们和离吧！"

帝宫前，尹诺拜别，长歌欲跟着尹婉儿回兰蔻阁，尹简将她肩领一提，直接像拎小鸡似的拎入了东偏殿。

厚重的殿门一关，尹简扔她在椅上，居高临下地立在她面前，他转动着左手拇指的玉扳指，似笑非笑地审她："婉儿是自愿带你出宫的么？"

"我拿刀逼她的！"长歌顺他的意，硬气地仰脖答他。

"你收了齐南天的贿赂？"

"收个鸟蛋，就吃了他一顿午膳！"

"替他做说客？"

"也不是，齐南天担心婉儿今儿个在神武门见了李霁尧会心情不好，央我帮忙劝劝。"

"为何不听话？朕不是交代了你，这几日都不能出宫么？"

听此，长歌咧唇一笑，凤眸半眯起，懒洋洋地撒娇："皇上，人家寂寞啊……"

她软糯的声音，魅惑的表情，虽然没有过分的刻意，可也足够撩拨得尹简心跳如擂，仿佛一颗石子，突然投进了心湖，荡起阵阵涟漪……

他猛然倾身吻住她，含糊不清地低喃："长歌，你不仅是小混蛋，还是个勾人的小妖精……"

"胡说，你的宋妃才是妖精……"长歌被吻得迷糊，可也不忘反驳他，两人的唇上都有伤，这一吻疼痛与甜蜜并存，让他们彼此又想分离又不舍缠绵，是以厮磨须臾，尹简滚烫的舌，便急且快地袭进了她口中，她舌头顽皮地躲开，带着小小的生气惩罚他，他追，她逃，可小小的空间里，她不论怎么逃，都与他纠缠不休……

良久，在长歌被吻得几乎窒息时，尹简才贪恋不舍地饶过了她，他与她额头相抵，粗嘎着嗓音，低声道："总提宋妃做什么？朕与你在一起的时候，不想听到别人的名字。"

"那可是你的爱妃啊，爱是什么概念？不就是你心心念念最喜欢的女人么？"长歌微喘着答他，脑中突然闪过什么，她又哂笑着补充了一句："采薇已经变成旧爱了啊，果然旧的不去新的不来！"

尹简俊脸倏寒，盯着长歌的重瞳，隐隐有潋滟的暗芒轻闪，他沉声道："采薇已故，你拿她来讽刺朕，有意思么？"

"喊，懒得讽刺你，随便你的旧爱新欢怎么样，都跟我没关系。"长歌不屑地撇撇嘴，将她暗酸的心绪很好地隐藏起来，提醒自己似的，再一次对他笑说，"反正我又不喜欢你，无所谓喽，我就是寻点开心而已。"

闻言，尹简陡然发怒："你不喜欢朕？那你跟朕亲吻算什么？朕刚吻你时你怎么不生气？难道你是个水性杨花行为不端的女人么？"

"是啊，我就是那种女人，你满意啦？"长歌脱口便道，胸脯起伏不定，白皙的脸庞涨得通红。

"好！"

尹简一个字重重落下，他赤红了双目，猛然开始撕扯她的衣衫，蓝色的太监服，经不住他的摧残，几下就被撕成了碎布，凌乱得满屋飞舞！

"你，你做什么？"长歌瞠目大惊，手忙脚乱地推他，"别碰我，尹简你不能这样，你走……"

尹简一把扣住她皓腕，铁青的俊颜盛满冲天怒火："你不是承认了么？那朕怎么不能碰你？你行为不端，给朕暖床不是正好？你这副身子，与其给了不如朕的男人，还不如奉献给朕，对不对？"

"对你大爷的！"长歌暴喝，气得脸红脖子粗地朝他怒吼，"我月事着呢，你敢强迫我就试试看！"

"月事"这两个字入耳，犹如一记闷雷，炸得尹简满腔的热血，顿时冷却，他方才想，得不到她的心，那他就得到她的人，他跟她耗上了，只要将她变成他的女人，普天之下，哪个男人胆敢跟他争？他有时间跟她慢慢磨，一辈子还长着呢，不是么？

谁知，他一急竟忘了，她那个该死的月事今天才来！

尹简忿忿，那　道恨不得将她生吞活剥的眼神，令长歌直打冷颤，只听他阴冷地勾笑，"好，朕今晚暂且饶过你，等你身子正常，你就等着给朕当下酒菜！"

语罢，他缓缓起身，抖落了几下龙袍的褶皱，那漫不经心的态度，激得长歌迟钝须臾，蓦地一跳而起，她满目惊色地道："尹简，你怎能这么对我？你不是说作为一国之君，你不可能带头做强暴之违反律法的事么？"

尹简重喘了几下，眸中的赤红又深了几分："朕……朕是被你逼的！"

"那，那我不逼你了，你别勉强我，好不好？"长歌立时软了态度，放低姿态，作出可怜的模样。

这个男人，根本就是一只老虎，顺须摸讨了他欢心，他就可以宠她上天，若一不小心

第二十六章　经年重逢

拔了他的虎须，他立刻就能吃她咬她。

她真是怕了，不怕挨打不怕挨骂，就怕失身给他……

无媒苟合，她不在乎，可她在乎凤氏的祖宗，她只怕死后无颜面对列祖列宗……

尹简最见不得长歌像小白兔似的扮可怜，她一软他便也心软了，不禁烦躁地叱她，"不想跟朕，就别再勾引朕，朕再不喜欢你，朕也是男人，男人对女人会有本能的生理冲动，知道么？"

"哦。"长歌郁闷地咬牙，她什么时候勾引他了？哼，不喜欢就不喜欢，何必强调给她？

"自个儿歇着，不许再乱跑！"

尹简狠瞪她一眼，抛下话甩袖便走，长歌一愣，脱口问出："你去哪儿？"

"翻牌，召后妃侍寝！"尹简头也不回，随口回答她。

长歌惊怔，脑子一刹那空白，殿门从外面打开，有夜风灌进来，当那抹明黄色的身影，抬脚跨出一半门槛儿时，她霍然清醒，几乎是想也没多想地匆忙大叫了一声："哎哟，我肚子好疼！"

此言一出，尹简生生止步，他飞快转身，几步返回扶住躬下腰疑似痛苦的长歌，他急问道："下午喝药了么？朕抱你到床上躺会儿。"

长歌软绵绵地栽入他怀里，将这场临时表演发挥到极致："药喝了，可是肚子又痛了，呜呜……尹简，你给我揉揉。"

"乖，别哭。"尹简打横抱起她，吻了吻她润湿的眼角，只是眨眼工夫，语气竟温柔得与方才判若两人。

长歌一瞬间怔住，他……其实心中有她的，一直都有，是不是？可能比不得采薇重要，可能他对宋妃那些女人也很博爱，但她对他来说，终究是特别的一个存在，对么？

舒适柔软的床上，时光似倒退回午后，尹简再次与长歌并肩而躺，他温热的大掌，技巧性地为她揉按着肚腹，她枕在他臂弯里，听着他清晰的心跳声，脸庞渐渐染上羞涩的绯红……

后来，尹简没有再离开，继那夜别院后，他们再次同床共枕，长歌的状况，他放心不下，揽抱着她入眠，直到三更时分，她睡得正香时，他才悄悄起床，回到他的寝宫，在宫人面前，做个样子独自就寝。

余下的日子，长歌过得如鱼得水，她没有再踏出帝宫，每日吃吃喝喝，偶尔与尹婉儿玩闹，偶尔气气莫麟几人，倒也快活得很。

而她与尹简之间，似乎已在无形中达成了某种默契，谁也不再谈感情，谁也不再刺伤谁，情动时他吻她，她也会回吻他，他们彼此默默享受着这种欢愉与甜蜜，每夜共枕眠，他亦再不曾踏入后妃宫院一步……

而太后的寿辰，也在各方算计中，悄无声息地到来……

第二十七章　寿宴劫（一）

五月初八，大秦惠安太后大寿。

帝王圣旨早下，举国同庆，各州县官府施粥三日，以示皇恩浩荡，恭祝太后福寿延绵，寿满天年。

大秦入关以来，原本百姓安居，风调雨顺，可这近八年内，不知是否因战时杀戮太重，终于触怒了上天，在先后驾崩了两位皇帝，亡故了一位储君太子后，今年起，各地竟频繁发生天灾，瘟疫、风灾、蝗灾不断，百姓叫苦连天，所谓乱世出逆贼，江南一带，竟陆续出现了流窜的绿林猖匪，到处烧杀抢掠，无恶不作！

今晨，江南八百里加急奏报送达帝都——

"禀圣上，猖匪打着'替天行道，反秦复凤'的旗号，专抢富户官户，以救济百姓之利，收买民心，揭竿而反……"

金殿上，帝王震怒："这是猖匪么？这分明是乱党反贼！"

"凤氏前朝余孽，百足之虫死而不僵，不可姑息！"

"蚍蜉撼树，真是自不量力！"

"乌合之众，不足为惧，派兵围剿便是！"

"……"

百官惊嘘之下，议论纷纷，句句入耳，尹简厉声叱道："蚕食鲸吞的道理，尔等不懂么？蚁穴虽小，可溃千里长堤！昔日我溯谟一族，能在草原称雄数百年，靠的是什么？是团结、强武、勇敢与智慧！汉人文化博大精深，汉人的血性谋略，亦不可小觑！我大秦占领前朝江山十五年，最初两年凤氏子民不甘归顺我朝，动乱不断，可至今平静十三年后，竟突现

第二十七章 寿宴劫（一）

反贼，这证明了什么？证明凤氏余孽有备而来，绝非一盘散沙！"

"皇上英明！"众臣叩拜，目光短浅之人，羞愧万分。

"斩草不除根，春风吹又生！"尹简目视前方，炯亮的重瞳，蒙上一层冷霜："今日太后寿辰，得此不幸消息，朕心甚寒！"

众臣再叩首："皇上保重！"

尹简目光逡巡一圈，落在尹璃脸上，掷地有声道："六王爷听旨！朕命你即刻带兵出京，日夜兼程赶赴江南，协同两江守军参将，尽快剿灭乱党，不得有误！"

"微臣遵旨！"尹璃步出，铿锵领旨，"微臣定不负皇上厚望，不胜不归！"

草原男儿，生性好武，尹璃年纪轻，可胆识却不弱，虽无出兵经验，但此刻听得尹简将这一重任交付于他，顿时豪气干云，满腔热血！

尹简颔首，徐徐而道："六弟，你乃太后嫡子，本该留京为太后祝寿，然则此番国事紧急，朕本着历练你之心，方派你平乱，还望你莫生朕气！"

"微臣不敢！皇上能予以微臣重任，微臣心怀感恩，怎敢生皇上之气？大秦社稷为重，母后大寿为轻，自古忠孝不能两全，微臣作为大秦尹氏皇族子孙，守疆拓土乃为根本！"尹璃肃穆奏禀。

"好！"尹简欣慰，眉头略微舒展开来："兵部筹划，派两名才干之将辅佐六王爷，妥善安排六王爷离京事宜！"

"微臣遵旨！"齐南天步出，拱手道。

朝毕，帝王尹简率领百官出宫，至太庙祭天酬神，一求天佑大秦百姓康泰，二求太后长寿，三求早日尽除乱党，大秦江山万年永固！

朝中大事，很快遍传，皇宫内外，汴京城大街小巷，都被凤氏反贼起义一事，惊骇得变色，原本家家户户张灯结彩，为太后寿辰同庆的热闹场面，尽数被影响，百姓恐惧战乱，从而人心惶惶。

帝王銮驾，途经宣华大道，归来时听闻百姓骚乱，新帝尹简亲自下辇，安抚百姓，稳定民心，此亲民之举，得到了百姓的拥护，亦消除了百姓的不安，汴京城复又喜庆洋洋，歌舞升平。

而宫内的人，在短暂惊慌后，很快便镇定下来，大秦建朝百年屹立不倒，本身便是个强大的民族，经过这十五年的休养生息，更是兵强马壮，国富民昌，京城固若金汤，是以，又岂会将几个蟊贼余孽放在眼里？

只是，除了惠安太后。

派出京城平乱的人，是她的儿子，刀剑无眼，生死难测，她怎会心安？

而另一个不安的人，则是孟长歌。

此时此刻，含元殿。

长歌坐立不安，早膳时听到莫影回宫取东西，她顺口问了一句尹简几时用膳，结果莫影说江南动乱，前朝乱党猖獗，尹简顾不得早膳，得启程去太庙。

莫影走后，长歌便陷入了焦灼之中，她故作从容地快速扒了一碗饭，然后寻了借口溜出帝宫，在宫内闲逛探听消息，果然，与莫影所说无异。

虽然出了乱子，但影响不到京城，所以太后寿辰庆典照旧，于黄昏时分开始庆贺。

这一日，尹简忙碌至极，从太庙回宫后，便一头扎进上书房再也没出来，兵部的人进进出出，行色匆匆，显然任何一个王朝，对于威胁到江山的反贼，都绝不会手软，不论何地，一旦有反贼的风吹草动，朝廷便倾力清剿，绝不给反贼壮大的机会，宁可错杀一千，也不放过一人！

长歌从早上等到中午，见不到尹简，她的心高悬在半空，怎么也掉不下来。

她想弄清楚，江南一带的反贼，究竟来自何处？带头之人又为何人？是真正的凤氏皇族中人，抑或是打着前朝旗号，行一己私利的乱民？

平静了这么多年，乍然听到"反秦复凤"的口号，她整个人都陷入了混沌中，凤氏王朝还能复辟么？除了义父，竟还有人为复国筹划努力么？这个人，有没有可能是……凤朝太子凤寒天？

昔年太子八岁，破宫那夜，长歌被父皇紧急送走，并不知太子哥哥动向，她原以为，她是凤氏唯一的遗孤。可后来听义父所言，凤寒天似乎没有死，因为原本该烧死在金銮殿的凤寒天，尸体经过检查，左手为五指，而真正的凤寒天左手却为六指。

长歌心里乱糟糟的，为了不让自己精神过度紧张，她干脆从兰蔻阁抱了一盒桃酥饼，坐在东偏殿的门槛儿上干啃。

尹简午膳前归来，入目的就是长歌一块饼咬在嘴巴里，却半天不动，似神游太虚的模样，他原本沉重的心情，被她逗得忽然间就放松下来了。

"偷吃？"

一记响指弹在头顶，熟悉的男音紧跟砸落，长歌一个激灵回神，抬头看到思了半日的男人，她激动得一跳而起，不管不顾地攀抱住了他，装满桃酥饼的木盒掉落，饼干零碎洒了一地。

高半山、莫影等人连忙尴尬地背转身体，个个脸红成一片，这个小混蛋也忒大胆啊，光天化日的，名义上还是"男子"呢，竟敢这么公然地搂抱主子，简直是……有伤风化！

幸亏，东偏殿这一块的宫人，全被尹简有先见之明地令高半山调换成了心腹，不然这断袖的罪名，肯定是坐实了！

不过，谁也摸不准长歌心里到底有没有尹简，她对尹简忽冷忽热，冷的时候那张嘴巴就跟刀子似的，每一句话都在凌迟尹简，热的时候就如此刻，完全不将世俗之见放在眼里，想抱就抱想亲就亲。

这样子的孟长歌，其实让人很忐忑，莫说一干手下担心，就连尹简自己也日日不安，

第二十七章 寿宴劫（一）

如履薄冰。

"长歌，怎么了？是谁招惹你了么？"尹简敏锐地感觉长歌今日有些不大正常，他大掌托抱住她的臀部，一边柔声询问着，一边迈动长腿跨入殿门。

高半山几人连忙将殿门从外面关闭，生怕他们看多了听多了会长鸡眼儿。

"尹简……"

长歌软糯着嗓音，唤了尹简一声，赖在他怀中不肯下来，尹简在梨木椅上坐下，抱她坐在他大腿上，勾唇笑着道："说说看，你今儿个究竟怎么了？无事献殷勤，朕可是受宠若惊呢。"

"哪有？我……"长歌垂下脑袋，不动声色地转动着眼珠子，"我不是害怕么？"

"你害怕？"

尹简诧异地扬眉，下一刻竟忍不住轻笑出声，他低头寻到她的柔唇，与她缱绻厮磨，含糊不清地说："小混蛋，你还有害怕的时候？朕怎么觉着太阳打西边出来了呢？"

长歌张嘴便咬他，鼓着腮帮子忿忿道："我怎么不会害怕？我怕打仗啊，怕江南的乱党啊，我想过太平的生活嘛。"

"哦，是听说那事了啊。"尹简舔了舔被小混蛋咬痛的唇，不悦道，"不许再咬朕，不然朕收拾你！"

长歌不以为然地翻白眼儿："谁叫你笑话我？"

"得，朕惹不起你。"尹简无奈，想到上书房还有成堆的政事等着他，他便拍拍她的臀，邪笑道："陪朕用午膳吧，朕吃顿饭就得走了，你别把力气用在跟朕吵架上，有这闲工夫，不如多吃几碗饭，把自个儿养得白白胖胖的，这样朕摸起你身子来也不会硌着手了。"

长歌"刷"的爆红了小脸，她跳下地羞嗔他："色鬼！"

"唔，男人本性。"尹简恬不知耻地点头，俊逸的脸庞上，浮满笑意点点。

长歌凤眸一眯，忽然又逼近他，似笑非笑地勾勾唇："那么说来，男人的本性，就是风流成性，见个女人就想变色鬼，是不是？"

"是……"尹简承认，在长歌小脸渐沉时，他猿臂一伸，重又将她抱了个满怀，她半趴在他身上，生气得刚要数落他，却听他坏笑道："丫头，你说说看，这个问题朕如何回答，你才会高兴？"

"我……"长歌一怔，嘴硬地脱口道："不论你怎么回答，我都不会高兴！"

尹简褐眸中隐隐有流光浮动："哦？那你为何不高兴？"

"我……我就是想说，你的嘴巴如果亲吻过其他女人，就不许再来亲我了，我会嫌恶心的。"长歌颊上的绯色，愈发加深，她磕绊着说完，好似大大地松了口气。

其实，这是她很早就想跟他说的，可生怕他以为她是嫉妒，所以始终不曾说出口，此时被他追问，她方才趁机表明她的态度。

因为，她只要一想起宋绮罗那涂得艳红的嘴唇，她就有种那女人刚喝过人血的错觉，胃里禁不住就泛吐。

"朕答应你,除了你朕不会吻别人的唇。"尹简环紧了她的细腰,薄唇从她颊边移吻到唇瓣,他低嘎着嗓音,"长歌,喜欢朕对你来说,真的很难么?"

长歌心湖一震,她揪紧了他的龙袍,埋首在他胸前,许久无法言语。

若他知道,此时依偎在他怀中的女子,竟是他在朝堂上下令清剿的凤氏余孽,他还会对她有半分感情么?是否还会……喜欢她?

喜欢这个词,本身很简单,复杂的是人,是他们彼此对立的身份。

爱情一旦掺杂了国仇家恨,那么爱情便会变得渺小,于帝王而言,再刻骨的情,也敌不过江山大业。

长歌正因为明白这一点,所以她不愿与尹简谈情说爱,不谈,分时,才不会承受剜心之痛。

她奢侈的不多,在她有限的时间里,在她伴在他身边时,能得到他的专情就足够了。

这是这几日以来,她慢慢想通的一件事。

而大隐隐于朝,亦是她目前最安全的出路,所以她要抱紧他这棵大树才好,顺着他的心,多给他一些热情,他高兴了她才能保命,但她不论与他做什么亲昵的举动,也是她心甘情愿,并不勉强。

只是,她不可避免地夹杂了她的私心目的。

头顶上方,尹简还在等待着她的回答,他的呼吸听似平稳,却隐隐透着不易察觉的急促紧张。

长歌迟疑不决中,终是喃喃开口:"尹简,我们不说这个好么?我不过是一个没姿色的假小子,跟你后宫的莺莺燕燕根本没法比,我有自知之明的。"

"呵,你的自知之明与你内心喜不喜欢朕,有关系么?"尹简挑眉冷笑,大手抬起她的下巴,迫使她看着他,"何况,朕可没觉着你是个自卑的人,你少哄朕。"

长歌不得不承认,尹简愈来愈了解她了,一句话就拆穿了她的说词,她尴尬地扯唇笑笑:"那我说……说喜欢你真有些难度,你信么?"

尹简毫不意外地点头,缓缓松开她,被她伤的次数多了,他也习惯了,只是敛眸间,重瞳深处依然有涩痛一闪而逝,他微微浮唇,故作轻松地笑道:"抱歉,朕不会再问你了,你别觉着为难。肚子饿了吧,朕唤人传膳。"

"嗯。"长歌从他身上滑下来,低头整理并不显凌乱的衣衫,以此掩去她的心虚。

其实她不明白,尹简那么睿智的一个人,为何有时却很傻,她对他的真实情意,全都表现在了行动上,难道他竟感受不到么?或者他真以为,她水性杨花,对于不喜欢的男人,也可以逢场作戏?

用膳途中,两人彼此沉默,尹简心思冗烦,没什么胃口的他,只吃了少许便搁下了筷箸,长歌木讷地看向他:"怎么吃这点儿?你早膳也没用呀。"

第二十七章 寿宴劫（一）

"不了，朕还忙着……"

"再忙也得吃饱！"

长歌忽然加重语气的一句话，阻止了尹简边说边打算起身离开的动作，她看着他，生气地张口说道："你就不能给我留点时间，让我慢慢喜欢上你么？你平均每日都要变着法儿地问我一次，我……我总得有个适应的过程吧？"

"朕……每日都在问你么？"尹简略有些迟疑，他不记得他已经询问过她多少次了，可能是心底的渴望太迫切，所以才这么不厌其烦吧。

是啊，几乎次次被她否定后，他都会下定决心再也不作贱自己，可说着容易做起来却太难……

长歌鼻头发堵得厉害，手中的筷箸被她捏得死紧，连青色的血管都隐约可见，她喉头哽咽着，心中格外难受地低声说："尹简，我们顺其自然，好不好？"

"……好。"意外的眸光盯着她许久，尹简单音应下时，唇角禁不住弯起一个上扬的弧度。

尽管他并未听到那三个字，可她的口风能松动，已让他惊诧之余，欣喜万分。

烈女怕缠郎。

长歌忽然想到这样一句话，白皙的脸庞，不由自主地染上一层羞赧的绯色……

这男人啊，果然是缠郎呢。

"继续吃吧，给朕多吃两碗。"尹简复又拿起了筷箸，夹了面前的菜送到长歌的小碟中，波光流转的瞳孔中，饱含浓郁的深情。

长歌歪着脑袋发问："晚上的寿宴，是不是更好吃？"

"鸿门宴好吃么？"尹简薄唇微掀，一抹意味不明的笑，从喉间淡溢而出。

长歌只怔愣须臾，便了然道："我明白了。"

"今夜，须得万分小心！"

"好！"

两人静静又吃了稍许，长歌蓦地抬眸，颇为惊讶的语气："对了，江南的乱党，真是前朝余孽么？"

"唔。"尹简嘟哝了一声算是回答，他优雅地喝着羹汤，不忘提醒她，"别光顾着吃，你也喝点儿。"

"啊，好。"长歌听话地点头，她小心地顺着他，未露半分破绽，佯装好奇地又问道："尹简，前朝皇族的人应该早都处死了吧？怎么还有活着的人呢？"

"江河湖海，总有漏网之鱼。"

"哦。"

长歌凝声一个字，眼神微微闪烁，看着尹简不曾起疑，专注喝汤的样子，她暗暗攥紧手指："那反贼头子是什么人啊？容易铲除么？六王爷这一去会不会有危险？如果……"

"啰唆，汤都快凉了。"尹简听得蹙眉，眉宇间涌上些许不悦，"食不言寝不语。"

长歌不服气，刚欲反驳几句，却听得尹简安抚她似的说道："长歌，朝廷已派兵清剿，用不了多久便能铲除乱党的，一帮苟延残喘之人，妄图复辟前朝，简直痴人说梦！"

"哦，那就好啊。"长歌欣然而笑，垂在腿上的单手，再次握得极紧。

痴人说梦……其实，她也有这预感。

"可那头目究竟……"

"皇上！"

外面高半山的尖锐声音，忽然盖过了长歌的探究："太后到！"

闻言，长歌一惊，目光紧锁在尹简脸上，尹简眼中精光闪烁，不疾不徐地勾唇："朕这就到大殿。"

"是！"高半山应了一声。

长歌感觉紧张，她是知道惠安与尹简过节的人，此时惠安亲自上门，她不免为尹简捏了把汗。

尹简看出了长歌的不安，不禁伸出大掌摸了摸她的头，报以她一个宽心的笑容："丫头，待着别出来，万事有朕，你要乖乖听话，知道么？"

"嗯。"长歌重重点头，平时顽劣，但在大事上，她可不含糊。

正殿中，惠安居上位而坐。

沁蓝正在小心侍候，看得出来，惠安心情并不太好。

一行纷沓的脚步声从走廊那端传来，惠安攥紧了手中的帕子，精致雍容的脸上，透着古怪的冷笑。

"儿臣参见太后！"

尹简很快到来，拱手行礼，言笑晏晏。

惠安顷刻间换上可掬的笑容："皇上不必多礼。"

殿中，一干宫人跪下："奴才恭祝太后娘娘圣安！"

"都退下吧，哀家与皇上说几句体己话。"惠安精烁的眸子，扫视一圈，威严地盼咐。

"是！"

众宫人退下，只留下惠安最信任的麻姑以及高半山在旁侍候。

尹简拱手，唇角含着歉意的笑："太后，儿臣方才在午膳，正打算稍后至寿安宫探望太后，顺便跟太后说说六弟的事，不承想太后竟亲临含元殿，是儿臣怠慢了！"

"哦？皇上有心了，璃儿午时三刻刚离宫，哀家送走他，闲来无事，便来帝宫走走，也想跟皇上聊聊这事儿。"惠安似笑非笑，眼中隐约划过的冷意愈来愈明显，似乎已无法隐忍。

第二十七章 寿宴劫（一）

尹简一笑，语气郑重道："太后，六弟此番江南平乱，乃为我大秦出力，朕旨在历练于他，让他早日做大秦的栋梁之才，慰先皇在天之灵！"

惠安句句紧逼，脸上已现怒意："可平乱危险重重，倘若璃儿有个三长两短，又当如何？"

尹简心底一声冷笑，俊容却浮起为难之色，他道："太后，前朝乱党死而不僵，如若不尽除，我朝江山不稳，社稷动荡，朕守不住尹氏大秦基业，愧对列祖列宗！朕本欲御驾亲征，可近来朝中大事颇多，全国各地灾情不断，朕着实抽不开身，况且江南乱党为数不多，朕一国之君若亲临江南，未免太助长乱党气焰，有损我大秦国威，是以朕才挑选六弟代朕平乱，六弟乃先皇嫡子，身份尊崇，由他出面，既可振奋我朝军心，又可威慑乱党，乃再适合不过之人选。"

惠安听到此处，指间捏着的绢帕已被绞成褶皱，满腔的怒气散不出去，仿佛要将她憋死。

然而，尹简语态极为真诚严肃，眉眼间尽显歉意与无奈，似乎他所举完全是为国，无半分私心，只见他稍顿须臾后，忽然一撩龙袍，竟跪地行了大礼，道："太后，六弟此行生死的确难测，但朕已安排兵部得力干将辅佐他，相信六弟吉人天相，定会大捷归来！"

"尹简！"

惠安维持了半年"母子感情融洽"的假相，在此时终于按捺不住，她脊背紧绷，身子微微一动，麻姑立刻机敏地扶她起身，她居高临下地盯着尹简头顶，嘴唇禁不住抖动："为国效力哀家不会阻止，但哀家只有璃儿一子，他若不吉，哀家恐怕无法再与皇上情深！"

语落，她绕过尹简，迈步而出，步伐透着狠决和果断。

高半山扶起尹简，他转身看着惠安的背影，俊容无任何表情地道："儿臣恭送太后！"

"哦对了，皇上为哀家寿辰煞费苦心，哀家心存感动，今夜也会给皇上回份礼，还望皇上届时能够喜欢。"

一番暗绵里藏针的话抛下，惠安主仆二人，很快便踏出了含元殿，惠安再不曾回头一眼，而那张华贵雍容的脸上，一抹噬骨的冷意，在悄悄蔓延……

尹简淡笑着勾唇，那笑意却丝毫不达眼底，转动着大拇指上的玉扳指，他懒懒地抬步，往东偏殿方向而走，并随口询问高半山："御膳房今儿个送来红枣粥了么？"

"回皇上，这几日都是下午送红枣粥呢。"高半山摸不透尹简此时情绪和心中所思，不禁格外小心谨慎地回答道。

按理，皇上该发愁太后，或是生气太后才对，可竟然不着调地问起了其他的琐事……

"传朕谕，即刻炖粥，另外再加几道精致小菜，在寿宴开始前半个时辰，必须送到兰蔻阁。"

"是！"

"唔，记着祛寒补气补血养身的药、粥，一日不可少，命内侍省给婉郡主划分上等的人参、药材、食物、布帛、首饰，太后那边若查问起，就说朕吩咐的。"

"奴才记下了。"

高半山仔细地一一记在脑中，如今尚未册立皇后，六宫由太后掌管，如果皇上不特许，依婉郡主的品级，是根本享受不到御贡之物的。

只是……

高半山盘算间暗叹了口气："皇上，您待那孟长歌可真好，比当年对待……对待采薇姑娘还好呢。"

闻言，尹简背脊明显僵硬，高半山心头一紧，连忙自打两个嘴巴，惶恐地道："奴才多嘴，奴才该死！"

"今时不同往日。"

尹简薄唇张合，眯眯望向长廊尽头的东偏殿，漠然无温的眸底，缓缓浮动起无法压抑的波澜："当年朕受制于人，力不从心，若采薇活在今日，朕……"

他忽然间说不下去。

脑中浮起孟长歌的脸，他不觉攥紧十指，采薇已不在世，活人与死人，岂有可比性？

如今，他喜欢的女人，只有此刻等待他的那一人。

想到这儿，他不免加快了步伐。

尹简归来，长歌立即迎上去，激动地小声问他："怎么样？因为六王爷，太后为难你了吧？"

"如你所料。"尹简浮唇浅笑，不由自主地抚上长歌不施粉黛的脸庞，这张素颜其实很美，若卸了妆，恐怕宋妃齐妃也比不过她，而她的气质，亦是独一无二地脱俗，自有一种上位者才具备的内敛华贵，仿佛生来便是如此。

"那你怎么打发的？太后那老娘儿们心机深么？"长歌兴致勃勃，拉住尹简追根刨底，她的称呼，令尹简微讶，"呵，你连太后都敢骂啊？"

"你的敌人，那就是我的敌人，对待敌人小爷我绝不手软和嘴软！"

说这话时，长歌的表情，瞬间转变，格外阴冷，一袭大内红衣，腰间系着黄带的她，飒爽英姿，肃杀之气浑然尽显，尹简一怔，蓦地俯身将长歌拥纳入怀，俊脸贴着她白净的脸颊，他声音微哑："长歌，放肆得好，朕允许你放肆，难得你与朕一心……"

"咳……"长歌不自然地呛了一声，她寻思着，反正太后跟她又没亲戚关系，也算她复仇的对象之一，且他讨厌的人，她肯定不会喜欢啊，所以她没理由不跟他一心，对不对？

但显然，尹简竟被她感动了……

"不过长歌，话虽这么说，但你不可莽撞，朕自有朕的谋划，你千万别冲动行事，知道么？"

"嗯，我明白，不拖你后腿，不给你找麻烦。"

第二十七章　寿宴劫（一）

"御膳房稍会儿把红枣粥送到兰蔻阁，你记得过去吃，还有炖给你的补血补气的汤药，给朕一滴不许剩地喝完，知道么？"

"哦，知道啦。"

长歌嘴巴噘了噘，虽然每日都被他逼迫着喝各种御贡汤药，但她心中却甜，她曾经受伤落下的后遗症，她寒凉的身体，他都上了心，好似不舒服的人是他自己般，他比她还紧张。

"哎，朕让你在别院待着，原本是不想你卷进今晚的乱局中，谁知你不听话，偏偏给朕回宫闹腾……"尹简怅然轻叹间，松了松禁锢她的双手，与她四目相视，"长歌，不如你现在出宫吧，在别院或者四海客栈等朕接你，好么？"

"不好，不去。"长歌翻个白眼儿摇个头，表情坚决得连思考的余地都不给。

尹简眼中浮出无奈的笑来："朕就知道你不会答应。算了，寿宴你跟着婉儿，别往朕身边凑，如果有紧急情况，你就找宁谈宣，跟在他身边最安全，明白么？"

"什么？你叫我找谈美人？你这说的什么话？"长歌一听，顿时火大，她双掌一把推开尹简，气血冲上头顶，"尹简，你怕我连累你么？还是你让我往后都跟宁谈宣……"

"长歌！"

尹简不悦，一声打断她："朕恨不能拿根铁链子拴你在腰上，岂会怕你连累？朕是为了你的安全，你这个猪脑子自己仔细想想！"

长歌被叱得语塞，但她何其聪慧，只消稍稍作下思考，便赫然明白了尹简语中深意，她不由得咽了咽唾沫，瞪着铜铃般的大眼珠，小声而紧张地说道："尹简，如果是这样的话，那我更该跟着你才对啊，他若想杀你，就先杀我，我倒要看看他会怎么待我！"

尹简更加不悦："你少操心朕，朕是男人，又贵为九五之尊，岂能靠你一个女人活命？你只要保护自己不掉半根毛发，就是给朕帮大忙了！"

"哼！"长歌不服气地撇撇嘴，扭过头不想理他。

尹简见状，俊脸微侧，薄唇精准地含住她敏感的耳珠，猿臂同时一伸，又将她揽回了怀中，酥麻浓烈的男性气息，灌入耳根深处，叫长歌难以承受地羞红了身体的每处肌肤，她轻颤着躲他，娇嗔："走开……流氓！"

"丫头，朕只许你利用他，不许你喜欢他。"尹简霸道的唇舌，移到长歌的唇瓣，四片唇相互摩挲，他环抱着她的双臂愈来愈紧，仿佛要将她糅进他身体。

长歌呼吸急促，她黑眸定定地看了他稍许，忽然勾抱住他的后颈，主动加深了这个蛰伏的吻……

她没说话，但她用行动回答他，对宁谈宣她从来就没有兴趣。

皇宫内，按祖制，寿宴本该设在太和殿，但今晨朝上，帝王临时改变决定，更换为了钦和殿。

于是，礼部暗暗叫苦，召集了大量人手，忙碌不堪地布置钦和殿，而宁谈宣那方，亦是生怒，原本计划部署好的一切，又得重新调整。

黄昏很快到来，坐落于皇宫中轴线上的钦和殿，在夕阳的余晖中，显得格外肃穆庄严。

金黄的琉璃瓦，暗红的梁柱，殿内云顶檀木作梁，水晶玉璧为灯，范金为柱础。粗大的红木柱上雕刻着栩栩如生的飞龙，殿中宝顶上悬着一颗巨大的明月珠，熠熠生光，似明月一般。地铺白玉，内嵌金珠，凿地为莲，朵朵成五茎莲花的模样，花瓣鲜活玲珑，连花蕊也细腻可辨，赤足踏上也只觉温润，竟是以蓝田暖玉凿成，直如步步生玉莲一般，极致的奢华！

钦和殿外，一条玉泉河环殿而绕，河上千狮桥横跨两岸，另一端连着的拙政园，是唯一幸存的前朝的旧园林。

十五年前，凤氏王朝灭国的那夜，宫中大部分园林宫殿被烧毁或者烧残，只有拙政园依水而建，才幸免于难。

傍晚火红的夕阳，折射在河面上，像是铺了层橘色泛着金光的薄毯，瑰丽而柔和。白玉拱桥五丈长，两侧桥柱和栏杆上共雕刻了一千只形态各异的石狮子，千狮桥便因此而得名。

今日，大秦太后寿诞，整个皇宫都挂满了彩色灯笼，结满了大红色的绸缎繁花，到处喜气洋洋，热闹非凡。

此时，正值五月，鲜花遍开，拙政园的缕缕花香，由轻风吹送过来，钦和殿内外，空气中飘荡着沁人心脾的香味儿。

红毯从千狮桥的那端，铺到殿外的大理石，一直延伸到钦和殿内。

"咚——"

吉时到来，随着三声雄浑高亢的国钟敲响，帝王率皇亲国戚文武百官跪于殿门处，恭迎惠安太后的凤驾！

"参见太后！"

"免礼！"

众臣依礼分开两侧，以最恭敬的姿态，垂首静立，帝王尹简起身，搀扶住惠安的手臂，送她一步步跨入大殿！

今日的惠安，一袭红黄相间的吉服，绣着凤凰的碧霞罗，繁复而精致，修眉端鼻，双目湛湛有神，华贵雍容，堪称母仪天下！

身后，妃嫔、亲王、皇孙、公主、皇亲，百官依次按爵位官位跟至。

"再拜太后——"

太监总管高半山尖锐肃穆的高喊声响起，大殿中所有人再行跪拜之礼。

"太后千岁千岁千千岁！"

第二十七章　寿宴劫（一）

"恭祝太后万寿无疆！"

"恭祝大秦江山永固！"

连绵起伏的声音，响彻整个大殿，上首两个座椅前，惠安与尹简并肩而立，惠安得体地微笑，右手轻抬，庄重而道："众卿免礼！"

"谢太后！"

众臣谢礼起身，内侍端上红玉托盘，盘里置放着两只金色的酒樽，一把刻着凤凰的金色酒壶，琼浆玉液的醇香味儿，扑鼻而来，尹简亲自斟满酒，端杯呈给惠安，他唇畔含笑，"儿臣敬太后，恭祝太后福体安康，寿与天齐！"

"皇上有心了。"惠安笑容得体，她接过御酒与尹简同时饮下。

"臣等敬太后！"

"哀家与众卿同贺！"

祝酒毕，全体入座。

帝王左下首，依次坐着尹婉儿、沐妃，右下首则坐宋妃、齐妃，其余皇亲、太妃、百官、命妇等人，按爵而坐，皆盛装吉服，光彩照人。

"朕登基半年，逢太后大寿，朕心甚悦。早年朕父病亡，生母亦早逝，太后乃朕婶娘，待朕亲厚，朕时常心念感恩，与太后情同母子……"

帝王一番场面说词结束，按惯例，宴席的同时，由礼部精心编排的舞姬进行表演。

身着粉衣的宫娥，手持白毛羽扇，飘逸入场，宫人端着菜盘鱼贯而入，寿宴在这头场扇子舞中，正式开始！

今日，在此大型国宴中，尤数尹婉儿特殊，她并非妃嫔，却似妃嫔之首，与帝最近，而她不仅逾矩入座，身后竟还带着侍卫，这独树一帜的大胆举动，或多或少地引起了众人的唏嘘惊叹。

其中，沐妃神色倒是平常，宋妃与齐妃则憋着气，几番欲发作，却忌惮于尹简，而不敢公然质问。

时至现今，尹简仍未给予尹婉儿正式封号，她们担心一旦责问，帝王的傲气和颜面使然，兴许龙颜一怒，当场就会下诏封妃，甚至给的封位高于她们，来堵她们的嘴。

这个结果，是任何人都不愿看到的，是以，宋齐二人，忍了又忍，最终一个字也没敢说出来。

而尹婉儿的侍卫，亦是令所有人内心都纠结不已的，这个孟长歌，可真是个奇人！

从宣华大街拦御驾起始，这少年就不曾消停过，前几日才招帝王杖刑，却转瞬又不知使了什么妖法，竟令帝王破格，将他从羽林军提拔为大内侍卫，成为帝王宠妹婉郡主的贴身侍卫！

不论心中有何想法，众臣在此刻，也只能把谏言放进肚子里，虽说帝王断袖之风不可存，但没人愿做出头鸟，哪怕是反皇派的人，因忌惮宁谈宣，亦谁也不敢多嘴，生怕孟长歌有何不测,宁谈宣会拿自己开刀。

毕竟,宁谈宣宠溺他的这位小祖宗,是从不多加掩饰的,甚至高调到恨不得天下人皆知,而浑不在意世俗的眼光。

因此,两个站在权力巅峰的男人,同宠一个绝世美少年,这在任何人眼中,都只觉为一件奇事!

惠安余光扫过,细长的柳眉不禁轻拧,她终是忍不住道:"皇上,这婉郡主什么品级,此举合适么?又或者她的命比哀家金贵,参加哀家的寿宴还担心被人行刺么?"

"婉儿不敢!"

闻听,尹婉儿连忙离座跪地,可她欲请罪的话,直接被尹简挡下,尹简言笑晏晏,"太后莫怪,朕的安排与婉儿无关,亦别无他想,朕只是考虑,这孟长歌是个能闹腾的东西,单留她在帝宫,恐她不安生,给朕惹出事端来,因此才搁在身边,便于照看。"

"哦?一个小小侍卫,竟让皇上如此放心不下,需得亲自照看?呵,依哀家看来,哪个奴才敢不安生,犯了事以军规宫规处置便可,该打则打,该杀则杀,有何为难的?"惠安脸上带着笑,语气轻松似说笑,可眉眼间的凌厉,却叫人深感威严,不容忽视。

尹简笑,眸光投向斜下方不远处,淡淡道:"杀不了,若杀孟长歌,宁太师就该跟朕急了。"

宁谈宣唇角挂着若有似无的笑意,眸中兴味十足,看似无害,却闪烁着蛰伏的暗芒。

而长歌身姿笔挺,不动如钟,连个眼神也没赏给惠安,更别提对她的话有何惧意或怒意的反应,一副目中无人的样子,不看尹简,亦不看宁谈宣,只懒懒地欣赏着场中的扇子舞。

惠安见状,阴冷一笑,她不动声色地淡瞥一眼身侧侍立的麻姑,眸底飞快蹿过一抹杀意,麻姑含着浅笑,用银筷试了一颗四喜丸子:"太后,今儿是大喜日子,皇上敬您,您也莫扫皇上的兴,多吃颗丸子,太后与皇上团团圆圆才好啊。"

尹简端起酒樽:"呵呵,麻姑说得是,朕敬太后一杯!"

"好。"惠安没再苛责,顺着台阶下来,与尹简同饮。

尹婉儿回座,暗舒了口气,捏着绢帕的十指,心有余悸地轻颤不停,一道目光黏在她身上,久久不散,她陡然抬眼,竟见对面斜侧座席上,一双深幽如古井般的眸子,静静地凝视着她,尹婉儿心神一跳,连呼吸都激动加快,险些失声唤出那人的名字来……

"霁尧,你看什么呢?别忘了你我协议的事。"

手臂攀上一只柔荑,尹宸儿娇柔的声音,带着几分冷意,令李霁尧眉峰骤蹙,他不着痕迹地收回视线,侧眸看向身边的女子,平淡无波地道:"我没忘,倒是希望你能遵守约定,届时别毁约才好。"

"呵呵,那看你的表现喽,这公众之地,你不给我颜面,我岂能如你愿?"尹宸儿娇笑一声,挑衅地抬起下巴看向尹婉儿,口中说道:"驸马,给本宫夹菜。嗯……还要喂本宫

第二十七章 寿宴劫（一）

吃。"

李霁尧双拳一紧，眸中浮起几分怒意，他下意识地望了眼尹婉儿，只见她已低下头，拿筷箸拨弄着碗碟中的菜肴，但一根菜也没吃进嘴里。

"公主，请吃。"李霁尧随便夹了一筷箸，放到尹宸儿的碗碟中，然后端起酒杯，仰脖一口喝下。

尹宸儿扭脸看他，吃吃地笑："驸马，别不高兴，本宫做你妻子数年，最美的年华都给了你，难道还不值你喂一口菜么？"

李霁尧又倒了杯酒，他冷勾着唇低语："尹宸儿，当年是你要嫁给我的，并非我向先皇求娶你。明白地说，我从来不想跟你做夫妻。"

若说以前，他忌讳着先皇尹哈而不敢乱语，忍辱负重数年，对尹宸儿委曲求全数年，如今终于盼得尹哈死，天下大势已变，尹宸儿即便仍然贵为长公主，可执政的人，却成了尹简！

而尹婉儿与尹简的感情，他一直很明了，所以他不担心尹简会因他至今心恋着尹婉儿，而怪罪他对尹宸儿不忠。

尹宸儿不曾料到，李霁尧竟敢跟她如此说话，白瓷般的脸庞，顿时青红交错，她隐隐咬牙："好，既然不想做夫妻，本宫便偏绑着你做，约定作废！"

李霁尧怒，他冷厉地盯着尹宸儿，沉默了许久，才强忍着胃里的恶心，舀了一勺汤喂到尹宸儿嘴边，尹宸儿得意地嗤笑，优雅地小口喝下，并朝他抛了一记媚眼儿。

"驸马亲手给长公主喂汤，真是鹣鲽情深呢！"

同一列席的人，不知是谁多嘴感慨了一句，尹婉儿心尖儿一颤，紧紧咬住了下唇……

殿中乐声不断，嘈杂中听不清对面席中人的谈话，长歌只冷眼瞧着，暗暗勾了勾唇角，男人啊，都是吃着碗里的，还看着锅里的么？

正在这时，器乐声骤停……

大殿中沉静数秒后，忽然响起一支马头琴曲，深沉悠扬的曲调，轻快地飘荡在大殿的每个角落，眼前好似出现了一幅草原画卷，天广地阔，一望无际，万马奔腾，激情豪迈。

乐曲声中，一队舞姬旋转着曼妙的身姿入场，个个白纱如雪，头戴白色羽帽，步态轻盈，美艳动人，她们舞动着，口中轻唱着草原祝寿歌，气氛欢快无比。

大秦的世代祖先，为游牧民族，溯谟迁入中原不过才十五年，莫说年纪稍长的人都是出身草原，到了这一代，就连尹简七岁以前，也是生活在草原的，草原是溯谟人的根，所以此时此刻，看到这支草原舞蹈，听到草原上最熟悉的曲子，大殿中几乎所有人都沸腾激动了！

但，长歌除外。

因为她是中原人，对侵略强占了她家国的敌人，她心中只有仇恨。

殿中有人情不自禁地跟着乐曲节奏拍起手来，一人带头，便有旁人兴奋地合拍，整齐划一的掌声，震得长歌头疼。

尹婉儿情绪不高，但这种场合为了不让人笑话，她也强打起精神，佯装出兴致浓厚的样子，轻轻拍着手心，唇边浮起浅淡的笑意。

长歌看着尹婉儿这样子，略感心疼，感觉有人在偷望这边，她眯了眯眼，不动声色地扫向武官那一席，果然齐南天身在曹营心在汉，手中端着酒，眼睛却往尹婉儿脸上瞟，那眼神直勾勾的，都不知道收敛一下。

对视上长歌的目光时，齐南天朝她举了举酒杯，她哼了声，那晚不是让小爷把吃进肚子的大餐吐出来么？这会儿又不恼了么？

齐南天似看懂了长歌的表情，无声地勾笑了下，这混小子倒是爱记仇！

李霁尧指尖摩挲着酒杯边沿，寡淡清冷的俊颜上，无半分表情，他怔睨着一处，好似与这场合格格不入般，思绪不知飘到了哪里，只有眼尾的余光，始终不曾离开那一个惦记在心底深处的女子。

长歌站久了累，她悄悄活动了一下腿脚，无意中一偏头，却冷不丁撞入熟悉的褐色瞳孔，男人眉目间糅进一抹温色，不知有意还是无意，他长指按在唇畔，以极慢的速度反复摩挲，长歌情不自禁地抖了抖，脑中竟浮起下午临别时，他与她的那个激情似火的热吻……

想到此，她白皙的脸庞，霎时酡红如霞，羞涩得连忙避开他灼人的视线，假装正经地看向场中的草原舞蹈……

见状，尹简眼中渐渐涌出餍足的笑痕，他垂头饮了一杯酒，心想，待他除掉太后和宁谈宣，他便为她恢复女子身份，不论她待他是否有情，不论她真实的身世究竟如何，他要定了她，就是绑也要将她绑在身边做他的女人。

这多日的同床共枕，亲密无间的相处，他狠狠地承认，他对她的感情，是愈发深刻，再让他潇洒地放下她，已经不可能。

长歌一颗心乱怦怦地跳，颊上的绯色，好半晌都褪不掉，那个流氓尹简，竟然偷偷调戏她！

"啪啪啪——"

殿中，掌声忽然加大，人们的兴奋劲儿陡然攀升，长歌凝神一看，亦不觉惊艳地屏住了呼吸！

只见场中数名白纱舞姬，缓缓散开，分列在两侧，而殿门口，竟出现了一位特别的女子，红衣裹身，火红的轻纱逶迤拖地，精致的脸庞，被一方红色纱巾遮掩，只露出明媚的眼眸，似带着几分媚色般，柔弱无骨的藕臂，舞出的每个动作，都撩人心弦，她如火飞舞的倩影，沿着地上的蓝田暖玉，循序向前，到得中央时，她旋身半蹲，右手捏着兰花指，做了几个妩媚的动作后，突然拈住了耳边的红纱一角，那双盈盈水目，凝视着正前方的帝王尹简，纤指缓缓地揭起脸上神秘的红色面纱……

所有人，在这一刻静如处子，长歌也莫名感觉到紧张，当面纱完全掀起，当红衣女子

第二十七章　寿宴劫（一）

的脸，完全呈现在众人眼中时，她听到了大殿内陆续四起的惊叹声，好漂亮的女子！

"奴婢参见皇上！参见太后娘娘！"

"奴婢恭祝太后娘娘寿比南山！千岁千岁千千岁！"

女子三拜行大礼，娇柔的嗓音，带着雨后清灵的味道，听入耳中，极为舒服。

长歌抿唇，脑中出现刹那的空白，她下意识地扭头看向尹简，竟发现尹简似痴了般，眼眨也不眨地盯着女子，仿佛所有的心神感情，全部倾注给了女子，眼中再也没有她的存在！

高半山侍立在侧，他惊惧地看着女子，嘴唇嚅动了好几下，激动之余，竟是一个音也发不出来……

长歌一凛，秀眉深深地拧起，一股嫉火从脚底直烧到头顶，那个该死的臭男人，果然风流成性！后宫已有三位美妃，还有她这个暧昧不明的女人伴在他身边，如今见到美人儿竟还连眼睛都移不开，他心里到底还有她孟长歌么？

"皇上！"

尹简久久一动不动，亦一言不发，只痴愣地望着场中女子，惠安不禁侧头提醒他，"该喊平身了！"

神游的思绪被缓缓拽回，尹简浮满复杂情绪的重瞳，对上惠安的目光，他脊背僵挺，搁在桌下的双手，忍不住紧攥成拳，他嗓音压得极低，却字字清晰："太后，这便是你给朕的回礼么？"

惠安笑容矜贵，她不答反问："皇上喜欢么？"

尹简喉结艰难地滚动了下，他深目睨着惠安，薄唇轻轻扯动出几个字："朕很喜欢，太后有心了。"

语落，尹简望向那女子，朗声道："平身！"

"谢皇上！"

女子起身，却又是福身一拜，一双剪水秋瞳，含着脉脉不得语的浓情蜜意："请允奴婢为皇上和太后敬酒！"

"准！"尹简目不转睛，略带沙哑的一个字从喉中挤出。

长歌气炸了肺，她几乎想掉头就走，与尹简就此一刀两断，他纳他的妃，生他的太子，她过她该有的生活，老死不相往来，若再见面就是你死我亡！

可打算归打算，长歌当下却迈不开步子，不知怎么，她突然生出了一个想法，若她作如此打扮，她与那女子，究竟谁美？尹简又会怎么选择？

有宫人端来玉盘，盘中置放着酒樽酒壶，女子嫣然浅笑着接过，款款走向首位。

"这舞姬怕是要飞上枝头做凤凰了……"

"看来后宫要添主子了……"

见此情况，百官皇亲中，有人按捺不住地小声议论起来，几乎所有人，都不曾见过这女子，但以女子的美貌，以皇上的态度，做此猜测并不为过。

那女子愈来愈近，尹简呼吸微微紊乱，他不敢相信，亦完全不能置信，这世上竟有如此相像的两个人，又或者说，当年那个她，根本就没有死？

长歌缓缓弯下腰来，她决定还是离开为好，没必要竞争什么，若尹简是以貌取人的男人，便不值得她倾心，美人再美，也有迟暮之年，她又能比得过几人？所以她想先回去休息，等尹简之后亲自来给她交代！

女子走近，从尹婉儿的桌前经过时，长歌忽然闻到了一股奇异的幽香，她欲移动的双脚，陡然停滞，蹲在地上的身子未起，她仰头看向那女子的脸，凤眸渐渐眯了起来！

"皇上，奴婢敬您！"

女子纤长柔白的双手，小心翼翼地斟满御酒，然后端起举到尹简面前，娇羞浅笑："祝愿皇上龙体安康！"

不论这女子举手或投足，尹简的双目，始终黏在她脸上，仿佛完全痴迷，她的声音响在耳畔，他抬手接过酒樽，目光终于收回，他垂首盯着杯中潋滟的醇香液体，没人看得见他此刻眼中的情绪。

长歌心头紧张不堪，尹简的迟疑，令她以为他不会喝这杯酒，岂料片刻后，他竟双臂一抬，将酒樽往唇边送去！

见状，女子愈发笑得娇羞，眼中快速闪过一抹光彩，令人来不及捕捉。

然而，突然听得一道破风的声音，从侧方袭来，下一瞬，尹简执杯的手，骤然一痛，五指松开，只听"咣当"一声，酒樽掉落在地，酒液遍洒满桌！

这惊天巨变，炸蒙了大殿中的所有人！

只是，没有人能预料到，尹简喝酒被阻后，一抹娇小的人影紧跟点地而起，轻功一纵跃出，手执佩剑，凌厉地杀向红衣女子！

"采薇！"

尹简脸色大变，他紧急唤出一声，又连番叱道："孟长歌，你做什么？不许伤人，给朕退下！"

女子似不会武，躲得极为狼狈，她哭叫着求饶："皇上，救命啊！奴婢错了，请皇上开恩……"

大殿中乱成一团，无数大内侍卫冲进来，惠安怒喊道："拿下孟长歌！"

"住手！"

尹简急叱，龙颜铁青地吼道："不准插手，全部退出去，胆敢误伤了舞姬，朕拧了尔等脑袋！"

大内侍卫听从帝王，当即退往殿门。

惠安气得浑身发抖，手指着尹简："皇上你，你……"

长歌冷冷一笑，原来这女子竟是尹简的旧情人采薇！

第二十七章 寿宴劫（一）

怪不得他眼中再无她，只有那女子一人，原来……

长歌执剑的手，隐隐颤抖，她收回攻势剑尖点地，隔着一张御桌望向尹简，不咸不淡地道："皇上，奴才学艺不精，若不慎伤了您的舞姬美人，还望皇上海涵。"

"放肆！"

尹简一掌拍在桌案上，震得酒樽酒壶摔倒，美酒洒了一桌，一只酒樽从桌案滚落，沿着玉阶上滚下来，恰巧砸到了长歌脚上，他却视若无睹，而是起身居高临下地怒视着她，双目俨如浸了寒霜，字字冷戾："孟长歌，朕命你即刻过来！莫影莫可，将采薇带下去！"

"是！"

莫影莫可一拱手，便一翻而入，两人出手去抓采薇，长歌竟横剑一挑，砍向二人手臂，逼得二人不得不退一步，怒喊道："孟长歌，皇上叫你呢，你没听到么？"

"都给小爷滚！"长歌满腔怒火，她旋身飞起一脚，狠辣地踢在采薇腿弯处，迫使刚刚爬站起来的采薇，惨叫一声，又摔倒在地，泪眼婆娑，楚楚可怜地磕头："奴婢错了，求侍卫大人饶命！皇上……皇上救救奴婢啊！"

尹简见状，眸中寒意更深一分："长歌，你再不听话，朕……"

"我孟长歌做事，自有我的道理！"

长歌一声喝断，她猛然将剑尖抵在采薇喉咙，他愈护采薇，她便愈不称他意，他竟然将采薇看得比她重要，采薇没出现时，他当她是宝贝，采薇一出现，他就视她如草芥，此时此刻，他取舍明显，她孟长歌与采薇相比，竟轻如鸿毛！

"孟长歌，你别乱来！"莫影急阻，却僵在原地不敢上前，采薇要保全，长歌他也不敢伤分毫，不由急得手足无措。

"孟长歌！"

尹简的忍耐力已达到临界点，他快步而出，绕过桌案朝她走来，眸中的怒火，恨不得燃烧了她："朕在做什么，朕比你清楚，你给朕马上滚回帝宫面壁思过！"

"哈哈……"

长歌大笑，她可不是什么心慈手软的善人，当即手腕一翻转，剑尖朝前一送，刺破了采薇的喉咙，红色的血顺着剑身流下，格外刺目！

这一幕，震慑了所有人！

大殿中死寂一片，静得连根针掉地上都能听得清晰！

"该死的！"

尹简重瞳急剧收缩，再看采薇，她脸色没变，眼眸中已盛满了恐惧，惊骇得一动不敢动，只怕长歌的剑尖再深入一分，便会要了她的命！

而惠安不知是气的还是吓的，竟浑身发颤，她死死地盯着采薇，似乎想说什么，但只见嘴唇翕合，却发不出音来。

宁谈宣不知何时已走出，他靠近长歌，蹙眉轻声道："小祖宗，别冲动，性命要紧，跟皇上当众对着干，是最愚蠢的行为。"

　　长歌敛了笑，语气凉薄地回他："大哥，你别管我，我明白轻重，若我不幸死掉，你明年的今日记得烧纸钱给我就成。"

　　"你胡说什么？"宁谈宣顿时薄怒，大手一把扣住长歌的肩，"跟大哥走……"

　　尹简一步跨近，目中寒霜愈浓，似冰刀雪剑般射向宁谈宣："往哪儿走？孟长歌目无王法，朕岂能轻饶他？太师还是归座为好。"

　　宁谈宣墨眸暗沉："皇上……"

　　"大哥！"

　　长歌出声，打断了两个男人的剑拔弩张，她看向宁谈宣道："我不要你管，你回去坐吧，若我不死，明儿个请大哥喝酒。嗯……这回真请。"

　　宁谈宣深目凝视着她，唇角缓缓勾起一抹笑来："好，大哥等你。"

　　语毕，他转身回座。

　　尹简眸底一闪而逝的嫉恨，快得令长歌无法捕捉，他瞬间恢复冰冷如常的瞳孔，使她以为自己看花了眼，她执剑的皓腕被他握在掌心，他强势地控制了她的力道，两人咫尺相视，他眸中复杂的深意，她看不懂，只听他道："朕的话，是圣旨！朕不许你胡闹，听到没有？"

　　"回皇上，奴才听到了，但奴才不能走，因为奴才未曾胡闹。"长歌猖狂挑眉，冷冷地讥笑道，"今日太后寿辰，歌舞喜庆，奴才借采薇姑娘一用，也为太后和皇上变个戏法吧！"

　　尹简眉头蹙成了川字，他不知长歌究竟想干什么，可他绝不能让采薇死掉！

　　长歌不再理他，侧头看向采薇，但见血珠染红了剑身，采薇的脸庞，却一如既往的白里透红，颜色未有半分苍白，长歌愈发自信地扬唇："采薇，欺君之罪可是死罪，你知道么？"

　　"饶，饶命……"采薇双眸惊恐地睁大，除了断断续续地挤出这几个字，她浑身已颤抖得说不出别的话来。

　　长歌不疾不徐地笑言："姑娘，是你自己坦白招供呢，还是小爷我替你揭掉你的人皮面具呢？"

　　此言一出，满殿哗然！

　　"长歌你说什么？采薇她……"尹简失声而问，褐眸中浮满惊色！

　　长歌勾勾唇，看着采薇瞬间死寂的瞳孔，她丢掉手中的剑，上前俯身欲动手，采薇却猛然抬起一掌袭向长歌，速度之快，令人防不胜防！

　　然而，采薇不曾想到，长歌的戒心十足，她早就料到这采薇不简单，是以她故意弃剑引采薇垂死前挣扎上当，果然如她所料，那一掌拍来，指间竟挟带着银针，似淬了毒，针头呈黑色，可怖得很。

第二十七章 寿宴劫（一）

　　长歌机灵地一闪避开采薇的掌风，腰间同时一股重力，将她扯着后退出好几步，待她稳下步子看清时，尹简已接了她的剑，仅仅两招便将剑尖刺进了采薇前胸，血流如注，他亦冷颜无温，口中吐出的每个字，都带着嗜杀的狠戾："说！你是何人？为何假扮采薇？"

　　那女子轻喘了几下，她看向长歌，不敢置信地问："你……你是怎么发现我戴了人皮……人皮面具？"

　　"呵，小爷混迹江湖的时候，你大概才跟你娘在学绣花呢！"长歌轻蔑地勾笑，她懒懒的瞥了眼尹简，冷冷地道："姑娘，你身上洒了曼珠香粉，皇上见到旧人，不免动情，一旦动情，那香味儿便会发挥效用，轻者心神不宁，重者头昏脑涨，但无性命之忧，然而，如若同时喝下御酒，两相结合，便会令皇上慢性中毒！不知，小爷所说，是否正确？"

　　这番推断，不消说，惊得所有人脸色大变，包括惠安在内，全都不可思议地盯着长歌，仿佛这个少年，他们从不曾见过似的！

　　莫影等御前侍卫，立时将那女子团团围困，数柄长剑搁在了她脖颈处！

　　"抓活口！"

　　尹简淡淡一声吩咐，收了剑退到长歌身边，长歌心里存着气，扭头就走，他太了解她的性子，迅捷地出手拽住她，以极低的音量，道："别走，朕会给你合理解释的。"

　　长歌暗哼了声，勉强收回了步子。

　　"你，你竟都知道……"那女子死死盯着长歌，嘴唇哆嗦了几下，忽然抓住脖颈的剑刃，手腕一个用力，自行结束了性命！

　　"不好！"

　　莫影等人欲抢救，已然来不及，只能眼睁睁地看着那女子倒在了血泊里……

　　"死无对证！"尹简怒不可遏，朝殿外大吼："来人！将这群舞姬全部抓起来，礼部和乐工局相关人等，统统投入刑部大牢！"

　　大内侍卫拥入，迅速依令抓人，大殿内再度混乱不堪，各种声音混杂在一起，场面几乎失控！

　　长歌一步跨近，蹲在死掉的女子跟前，找到她耳根处的面具边沿，一寸寸地掀开了那罩在脸上薄如蝉翼的人皮面具，高半山凑过来，看着面具下真实的女子脸，不断地吞咽着唾沫："真是假采薇啊，吓死人了，我就说嘛，这死了几年的人，怎么会突然活了呢？"

　　莫麟咂咂嘴："小混蛋居然立功了啊，多亏小混蛋有见识，不然……"

　　"喊！"长歌不屑地冷睨一眼，拍拍手起身，面无表情地立在一边。

　　不远处，宁谈宣吃惊的墨眸，眼眨也不眨地黏在长歌身上，这少年带给他太多的意外了，那颗脑袋瓜里，到底藏着多少让人惊喜的东西呢？

　　尹婉儿心有余悸地轻喘着，泛白的脸庞，终于恢复了一丝血色。

　　齐妃宋妃和沐妃，一个个傻呆呆的，早被吓成了木偶人，原以为孟长歌会被处死，谁知事情发展演变太快，竟然来了个大逆转！

再看惠安太后，脸白得跟纸一样，麻姑在旁轻声安抚着，她则半天回不过神来，假采薇死了不要紧，关键是她的计划失败了，那么下一步该怎么办？

麻姑手指蘸了蘸桌案上的酒水，飞快地在桌上写了几个字，待惠安看清，绢帕一抹，擦掉了水字痕迹。

惠安的慌乱被抚平，她渐渐镇定下来，眼中蹿过一抹精光，她还有一张真正的王牌在手，怎么就忘了呢？

第二十八章　寿宴劫（二）

一场谋乱，暂时平息。

大内宫人快速收拾着残局，凌乱的场面，渐渐恢复宁静。

尹简立于惠安面前，拱手一揖，他面含歉意道："太后，儿臣不慎，让您受惊了。这里让人收拾着，儿臣先送您到后殿休息会儿，压压惊吧！"

"好。"惠安没有多加考虑，爽快地应下来，他们母子之间，也确实该私下谈谈了。

尹简转身，面对大殿中人，淡声不减威严道："众臣先行吃宴，朕与太后稍事休憩，片刻便来。"

"臣等遵旨！"洪亮的声音，齐响在大殿，众臣跪地，皆心有余悸。

尹简搀扶惠安步下玉阶，目光掠过戳在一侧的长歌，他眸子沉了沉，转头却道："良佑，带孟长歌跟上。"

"是！"良佑遵命，过来请人，长歌默了一瞬，才冷着脸跟在了后面。

宁谈宣握紧的拳头，青筋凸起，平静无波的眸底，暗潮涌动似劲风疾流，隐隐暗藏着嗜杀之意。

尹简带走长歌，是担心他会趁机笼络长歌么？

太后居然下手了，今晚这戏码着实令他吃惊，想必是尹简的一招釜底抽薪，令太后乱了阵脚，所以才会这么迫不及待！只可惜，一个孟长歌，搅乱了这蹚浑水，使得太后的毒杀计划胎死腹中。他目前感兴趣的是，这失败的下场，不知将会是什么？

屏退了良佑麻姑等人，后殿里，只余尹简与惠安二人。

"太后，朕不知何处亏待了太后，还请太后明示，诸如今夜这种事，朕不希望再发生。"尹简单刀直入，面无表情。

惠安容颜不改，不疾不徐地道："仅凭那刺客一面之词，皇上就认定是哀家所为么？何况刺客也并不曾提及哀家，皇上何以定哀家的罪？"

"呵，那假采薇是否为太后所派，你我心知肚明。这世上，知晓朕与采薇关系者，唯有太后与高半山，而太后因六弟之事，恰巧说要给朕回礼，难道这两点加起来，还不足以令朕怀疑太后么？"尹简涔冷一笑，寒眸凛冽如刀。

惠安听此，掩帕轻笑不停："好啊，皇上怀疑得好，既然说到这分上，那哀家便问皇上一句，倘若采薇真活着，且在哀家手上，皇上打算如何？"

尹简一凛："什么？"

"皇上不用惊讶，哀家可以肯定地告诉皇上，采薇……"惠安一字一句，清晰如利刃般刺入尹简心脏，"采薇没有死！"

尹简身躯重重一晃……

长歌等在外面，她心烦意乱地踱着步子，怎么也静不下来。

良佑看着她，大概怕她跑了似的，她走一步，他便跟一步，一张脸严肃得看不出半点情绪，她被他晃得眼晕，忍不住低叱了句："小爷不跑，你走开些！"

"主子有命，奴才从命。"良佑淡淡地回她，不理她的反对，照样寸步不离。

长歌气得胃疼，她狠狠瞪了几眼良佑，咬着牙没再说什么。

她不知尹简与太后在说些什么，已经一刻多钟了，还不见人出来，她猜测那个假采薇不是太后便是宁谈宣的人，可她从心底里希望背后主谋不是宁谈宣，她不想跟宁谈宣为敌，不论如何，宁谈宣是真心待她好的，在她被尹简怒叱的时刻，宁谈宣敢于站出来维护她，这便令她感动不已。

她与宁谈宣之间，每一次都是她惹怒他，每一次他都说再不管她，可一旦她遇到危险，他总是不计前嫌地帮她护她，这份情义，她不是傻子，不可能毫无感觉。

而尹简……

长歌自嘲地扯了扯唇，就算他有合理的解释，但她已满心失望，他对采薇的感情，她看得清楚，假采薇的真相揭开，只是改变了结果，过程却没变。

他心中爱的人，不是她，而是采薇。

她充其量，是他在失去采薇后的一个替代品，因为她救过他，她和采薇一样算是与他患难与共过，所以他对她产生了情，可爱情也讲究先来后到，他先爱了采薇，如今对她，最多不过是喜欢，而已。

长歌走累了，蹲在墙角低头想问题，愈想愈觉着她蠢，蠢到无可救药，尹简负她，又是她的大仇人，有人替她杀他，她干吗还要救他呢？他一死，大秦政局必乱，不正是她复国的好时机么？

第二十八章 寿宴劫（二）

她怎么那么笨？真是个蠢货啊！

长歌掐了自己一下，恨不得掐醒她为爱昏头的脑子，倘若时光能够重来，她一定不再多管他的死活，就让他为旧爱泥足深陷付出代价好了！

然而，那般想归想，可长歌无意识地又掐了下自己手臂，让她眼睁睁的看着尹简死，让她明知他有危险，却视若无睹，就算时间倒流，她恐怕也是说到而做不到⋯⋯

长歌很不喜欢现在的自己，拿不起放不下，优柔寡断，可她不知该怎么办，前方的路，她已不晓得该如何走下去⋯⋯

旁侧的殿门，"吱"的一声开了，她循声望去，只见尹简率先走了出来，惠安紧跟其后，两人脸上皆没有太多的表情。

长歌蹲着没动，尹简的目光投到她脸上，他沉静如古井般的褐眸中，蕴藏着她看不懂的深邃复杂，她扭过头，一动不动，亦不想与他说半个字。

良佑麻姑等人行礼，尹简颔首叫起，而后移动步子过来，俯身握住了长歌手臂，他嗓音极低地说："长歌，朕求你，别离开朕，好不好？"

"你是皇上，我是奴才，这么降低身份，我受不起。"长歌一把甩开尹简，转身跪在他面前，"奴才叩见皇上！"

尹简俊颜微青，他用了极大的忍耐力，才忍着没将她直接抱起，没用强势的吻堵回她扎人的刺，他低头深深地看着她，喉结滚动了几下，方才发出声音来："平身。"

"谢主隆恩！"长歌叩头，然后起身，神色无波地立于一侧。

惠安斜睨着二人，眸底划过几道寒芒，孟长歌！敢跟她作对的人，她一个也不会放过！

"回殿！"

尹简淡淡一句，转身搀扶上惠安，缓步走向钦和殿的正殿。

长歌等人，顺从跟上。

回到大殿，众臣再度行礼，尹简与惠安归座，宴席重新开始。

长歌刚在尹婉儿背后站好，突听得尹简朗声道："大内侍卫孟长歌胆大机智，救驾有功，朕心甚悦，特提拔为大内一等侍卫，赏白银千两，并特许与朕同席！高半山，加座！"

"奴才谢恩！"

"是！"

高半山指挥太监迅速在尹简身边加了张座椅，长歌步上玉阶，漠然落座，此时尹简居中，长歌与惠安各居左右。

长歌得此殊荣，不消说，引起了众妃嫉妒，宋妃心直口快地出声："皇上，孟长歌再立大功，也不能与皇上和太后娘娘平起平坐啊！"

尹简慵懒勾唇，眸中笑意却不达眼底："呵呵，孟长歌坐朕身边，宋妃不高兴，那么宋妃救朕一次，朕许你与朕平起平坐，如何？或者，待朕死了，宋妃便能高兴？"

此言一出，宋绮罗哑然，惊了一瞬后，满脸惊慌地跪地磕头："臣妾有口无心，臣妾知错，求皇上开恩！"

尹简清冷的眸光，扫过文官首席的宋承，淡淡道："只此一次，下不为例！"

宋承脸色早变，立刻撩袍跪下："皇上仁厚宽和，微臣谢恩！"

"臣妾谢恩！"宋绮罗惊悚得连声音都在发抖，她真是恨死自己的多嘴冲动了！

尹简醇厚的嗓音，回响在大殿："此事与宋相无关，宋妃性子率真，说话做事欠缺考虑，日后朕会多加调教她的，宋相不必忧心，两位都平身吧！"

"谢皇上！"

宋承与宋绮罗分别起身回座，脸上惊色久久不散。

长歌端坐在位置上，心境平淡如水。

宋妃如何争宠，尹简如何为她出头，都已不再是她关心的事。

他的心太大，可以喜欢诸多人，可以装得下诸多女子，而她的心却太小，只能容纳一人。

当他的身，他的心，不能只属于她一个人，那么她宁可不要他。

争，太过无聊，争来的男人，争来的爱情，都不会牢靠。

因为她再美，亦有迟暮之年；她再好，亦有比她更好之人。

一辈子太长，年华太短。

他与她，终究不可能。

寿宴在继续，歌舞在欢腾，席间酒香醉人，长歌竟只觉心如针扎，泪海泛滥。

高半山端着新的餐具，亲自添加到长歌面前，尹简当众不方便，他替代主子侍候这小祖宗，为她银针试毒了几道菜，确定没问题，他才夹给她，觍着笑脸道："孟长歌，尝尝宫宴的味道啊。"

长歌没动筷箸，她忽然扭头看向尹简，笑问："敢留我在君王身边么？"

闻言，尹简褐眸微眯，他沉吟一瞬，报以她温和一笑："好，朕赐你御前行走，日后侍君左右！"

长歌垂眸，恭谨谢恩，坚持这么久，终于一步步走到了他身边，此时她心中，却酸苦难言，沉重如山。

她与他之间，情分不再，她深入敌腹，如今只剩下了潜伏的任务。

"长歌，别喝酒，多吃点菜。"尹简温声嘱咐，仿佛什么事也没发生，待她一如既往地体贴。

"嗯。"长歌乖巧地点头应声好，拿起筷箸，随便夹了菜放进口中。

尹简侧眸，吩咐高半山："银针检查仔细些，找人来试菜，别再出岔子。"

"是！"高半山一拱手，便差身边太监传唤御司监专门为各宫主子试菜的太监来此。

长歌抿抿唇，低头吃菜，始终一言不发。

第二十八章　寿宴劫（二）

　　寿宴持续，中途六七个宫廷舞表演完毕，终于轮到了千狮桥的飞天舞，所有人移驾殿外，漫天烟火下，数人林立，头顶夜幕璀璨，星河闪耀，一弯上弦月点缀在墨蓝色的夜空，四野花香，飘散开来，今夜醉清风，舒爽怡人。

　　此番美景，可令人忘却所有的不愉快，先前的刺客事件，很快便被抛诸脑后，随着乐鼓声起，身着各色彩衣的美人儿，从千狮桥的两端，似翩跹起舞的燕儿，三三两两地飞落桥中央，身影流动，风吹仙袂，那一双双如玉的素手婉转流连，裙裾飘飞，隔着玉泉河观望，犹如隔雾之花，那一道道美丽的倩影，朦胧缥缈，闪动着美丽的色彩，随着舞姿的变化，忽然间数道烟火再次升空，舞姬水袖同时甩将开来，似有无数花瓣飘飘洒洒地凌空而下，飘摇曳曳，一瓣瓣，牵着一缕缕的沉香，落入玉泉河，将河面点缀成一片花海……

　　"沐妃！"尹简目光紧锁着桥上舞姬，忽然温柔地唤人："到朕身边来。"

　　闻言，沐静雪一怔，她本与齐妃宋妃立在一处，静静地观看表演，从不敢想，尹简眼中竟还能有她的存在，她欣喜之余，连忙走过来，福身道："臣妾在。"

　　宋妃和齐妃二人见状，银牙一咬，嫉妒得不行，也不请自来地涌到尹简身边，三个女人争宠，长歌这个跟着帝王的御前行走，便被挤到了一边，她凤眸暗沉几分，欲走腾开位给他的美妃，良佑却将她一按，用只有他们两人能听到的声音说："关键时刻，皇上无暇顾及你，你千万别闹脾气，好好跟着皇上，别坏了皇上计划！"

　　长歌秀眉一拧，她攥紧了拳头，沉默地立在原地，她知尹简城府深，也知今夜不会太平，可假采薇的刺客事件，不是已经平息了么？难道还有埋伏的刺客？

　　正思忖间，尹简的声音，温和地飘入耳中："孟长歌，过来！"

　　长歌扭头看向他，他朝她点点头，眸色平静，未显半分情绪，她迟疑须臾，勉强迈步朝他走去，围着他的三个美人，不甘不愿地退让到两侧，他却将沐静雪的手一握，转瞬间便眉目含情，细声慢语地说："沐妃陪着朕吧，朕这阵子太忙，冷落了爱妃，是朕的不好。"

　　长歌步子一滞，早已酸胀的双眸，险些滚出泪花儿来，她垂头用力眨了眨，逼回她的软弱，强迫自己冷漠对待他的每个滥情的举动，她今夜心情太乱，已无法用理智来判断真假，更无法分析他的计划究竟是什么，他此时此刻的行为，她有种雾里看花的感觉，不知他是逢场作戏，还是他本性如此，可以一边心存旧爱，一边享齐人之福。

　　肩头一股重力，陡然惊了长歌，她仓皇抬头，撞进尹简幽深复杂的重瞳中，她背脊不禁一僵："皇，皇上……"

　　她不着痕迹地想躲开他的大掌，可肩头才微微一缩，尹简便加大了力道，将她拎到了跟前，他沉目道："御前行走的职责是什么？不许远离朕半步！"

　　"是，奴才遵命！"长歌拱手，语气生硬。

　　尹简松开她，深目睨了她几眼，才又将视线放在沐静雪脸上，他打发了宋妃和齐妃，只独留下沐静雪，长歌与他咫尺相邻，看着他的另一只大掌包裹着沐妃的柔荑，看着他对沐妃柔情以对，听着他们细碎地说着体己话，她涩痛的心麻木不堪，满目疮痍。

千狮桥上，飞天舞格外的精彩，漫天的烟花，格外的绚烂，长歌举目而望，只见四野欢腾，和乐融融，就连惠安脸上也露出了可掬的笑容，只有她漠然而立，心中泪雨滂沱……

一道紫衣宫装的倩影蹦跶过来，悄悄一扯长歌的衣角："哎，你跟本宫说说，你是怎么发现刺客脸上戴了人皮面具啊？"

长歌扭头，不耐烦地瞪着尹灵儿："我跟你很熟么？凭什么告诉你？"

"什么？"尹灵儿一听，脸上的表情精彩纷呈，她手指头戳了戳长歌，再指向自己，凶巴巴地道："本宫跟你打过几架呢，这过命的交情，你还敢说跟本宫不熟？"

长歌蹙眉，冷冷地道："这只能算有仇，不能算交情。"

尹灵儿气得不行："哎，孟长歌你这人怎么这么无趣啊，本宫也就是看你有点能耐，才纡尊降贵……"

"灵儿！"尹简一声喝断，神色不悦地叱道，"公主没点公主的样子，缠着一个侍卫成何体统？"

尹灵儿撒娇："皇兄……"

"回去！"尹简声色严厉，不容置疑地命令。

"是！"尹灵儿撇撇嘴，不甘不愿地转身跑人了。

长歌的视线，从远处收回，却无意间与尹简的目光相撞，她本想连一个表情也不给他，可她忽然想到什么，遂淡淡一笑："皇上，您别冷落了沐妃娘娘，奴才惜命，不敢违旨的，皇上尽管放心。"

尹简眸色深了几分，他未答她，盯着她足有半分钟，才缓缓扭头，重与沐妃一处。

宁谈宣立于文臣群中，不动声色地睨着长歌和沐妃二人，眉头紧拧成了川字，尹简这只狐狸，看来也不打无把握的仗！

飞天舞即将结束，在漫天花瓣雨中，乐曲声愈来愈快，冥冥之中，似号角吹响般，一场暴风雨，突然袭来！

"嗖嗖——"

数支毒箭，挟带着呼呼风声，破空而来，目标直射那一袭明黄色龙袍的尹简！

"护驾！"

不知是谁惊喊了一声，无数大内侍卫从四面八方拥过来，持刀剑挥砍着不断射来的箭，密集的箭流，冲散了侍卫队，箭矢不停地落地，但也有数人陆续倒地，箭尖浸了剧毒，见血立亡，片刻的工夫，钦和殿外，已是血流遍野……

女人们惊恐的尖叫声，穿透耳膜，纷纷抱头逃窜，文臣亦乱成一堆，武官们因入宴不曾携带兵器，徒手接箭不免吃亏，有几人亦不幸中箭，当场而死，整个场面处于失控状态！

在箭流射来的第一时间，齐南天便强带走了尹婉儿，他护着她退到钦和殿内，深沉的墨眸紧紧盯着外面的动静，紧握的双拳发出"咔嚓"的骨头声响，他的任务原本是保护尹婉儿与孟长歌两个人，但见此时长歌勇猛异常，不仅不需要他的保护，反而与良佑、高半山一

第二十八章 寿宴劫（二）

起护着尹简回撤。

但齐南天极为不解地蹙眉，尹简此刻竟拼全力为惠安挡箭，这并不在他们的计划之内啊，怎么……

原本这场寿宴，尹简是将计就计，欲借宁谈宣之手，除掉惠安，岂料现在情势逆转，齐南天根本摸不清尹简的意图是什么，他一时已无法按计划行事了！

"婉儿！"

一个声音急切地插进来，齐南天定睛一瞧，不由怒沉了眉目："李霁尧，你不用保护长公主么？"

"长公主已平安与家父在一起。"李霁尧从箭雨中冲过来，一个闪身入殿，他惊喘着粗气，寻到被齐南天拽着手臂，满脸惊慌失措的尹婉儿，他不甚放心地问："婉儿，你没事吧？有没有受伤？"

"我，我没事……"尹婉儿抓着心口，猛烈摇头，她凌乱地说着："快救皇上和长歌，快救他们！别管我，齐南天你快去护驾，李霁尧你也快去啊……"

齐南天瞬间下了个决定，他语气郑重道："李霁尧，你来保护婉郡主，我把人完整地交到你手里，就是你死也不能让她伤到分毫，你敢不敢答应？"

"我敢！"李霁尧连考虑都不用，一口应下，寡淡的俊颜上，透着坚毅的神色。

齐南天随之冲出大殿，朝尹简所在的方向靠近，彼时，惠安已软瘫成水，整个身体的重量，全部压在尹简身上，混乱中，尹简为沐妃挡了一箭，但由于多了一个惠安，他已无法顾全沐妃，便果断将沐妃丢下，被宗禄救走。

长歌武功高强，尹简不必过于担心，他只恨惠安累赘，坏了他的全部计划，看到齐南天仗剑杀过来，他不禁急怒："婉儿呢？"

"皇上别急，婉郡主无碍，李霁尧在护着她。"齐南天一边回话，一边躲着箭雨靠过来，他急忙请示，"接下来怎么办？"

尹简将惠安交给良佑，转身朝齐南天低声咬牙道："计划有变，采薇没死，在太后手上，所以朕必须保证太后安全！"

夜幕下的钦和殿外，美人美景如过眼云烟，转瞬消失不见，从千狮桥到殿外广场，尸首横陈。

无数火把燃亮了天际，所有宫人、皇亲、文臣，但凡不懂武的人，仓皇之下，已全体避到安全之处，广场上只剩下众多的大内侍卫，将尹简等人团团护在中央。

箭雨过后，成批黑衣蒙面的刺客从四面八方杀进来，莫影三人率众与刺客交战，长歌谨记尹简交代，不敢远离他半步，一柄长剑被她舞得密不透风，扑上来的刺客似有忌惮，并不向她下杀手，只意在逼退她，而她却不可能心软，劈、刺、挑，招招劲道狠辣，剑剑出手无情，无数刺客死在她的剑下，血溅她满身满脸，令她一双凤眸也似充了血般，猩红得可怖！

她不在乎杀多少人，她只知道，尹简不能死，只要她在，她就不允许他死在任何人手中，取他性命的人，只能是她！

高半山的拂尘被砍断，他从腰间一把抽出暗藏的软剑，凌厉地攻向刺客，他照应尹简这边的同时，也不忘照应长歌，只生怕长歌有个闪失，尹简会不饶他。

这批刺客，原本是尹简故意放进宫的，他的目的是借刀杀人，待惠安一死，再命暗中埋伏的人马除掉刺客，可惜变化太快，根本来不及重新部署，以至于现在局面被动到如此地步！

齐南天不论怎么盘算，也绝对没想到改变尹简计划的原因，竟然是采薇还活在世上的惊人消息！

"太后当年暗抓了采薇？"齐南天眼睛几乎瞪到脱窗，他飞快地扫向被良佑和大内侍卫全面保护，此刻正退往寿安宫方向的惠安，不可置信地道："此事当真么？"

"朕不会拿江山大业开玩笑！"尹简重瞳深敛，褐眸中透着坚毅，"此事容后细说，你即刻通知郎治平全面歼敌！"

齐南天重重一拱手："微臣领命！"

一枚信号弹升空，在夜幕中破开白色的烟雾，笼罩了皇宫的半边天！

拙政园外，郎治平抬头望天，神色肃穆，手中令旗挥动，顷刻间，成百上千的羽林军，如神兵天降，以攻城略地之猛烈，势如破竹地杀向刺客！

很快，局面逆转，形势一片大好！

羽林军和大内侍卫兵分几路，内外夹击，刺客饶是人多，亦溃不成军！

不过多时，帝王这边便已安全，几大御前侍卫紧守东南西北四个方向，再无一个刺客能够靠近半步，长歌也终于得以歇息片刻，她剑尖点地支撑着身子，半张着嘴巴喘息不停，喷溅到脸上的血，一道道顺颊流下，她抬手抹了一把，腥味儿刺鼻，使得她胃里直犯恶心。

"怎样，你有伤到么？"

男人急切关心的话语，忽然夹杂着刀剑声响在耳畔，长歌微怔，她扭头看到尹简不知何时，已立在了她身侧，他骨节分明的大手扶在她肩上，瞳孔中映满她的血脸，他深目凝视着她，见她恍惚不答话，他不禁摇晃了她几下，神色更急地问她："告诉朕，你伤在了哪里？"

"我没受伤。"长歌回神，淡声回复他后，她转身望向垂死挣扎的刺客，幽幽低语："我孟长歌一介武人，不柔弱不温柔，讨不了男人欢心，但绝对可以不依靠男人，自保不是问题，皇上无须担心。"

尹简俊眉骤拧，他一个箭步挡在长歌面前，阻隔了她的视线，他凝声道："长歌，你怎么了？朕从未嫌弃过你什么，你何以自贬？换言之，朕很庆幸你会武功，不然……"

"小心！"

长歌的心神，陡然被迎面射来的数支羽箭转移，她惊叫一声，想也没多想地一掌拍开

第二十八章　寿宴劫（二）

尹简，以身迎上！

这变化发生得太快，尹简迟了一秒方才反应过来，他眼见箭流如潮，长歌挡了射向脑门的一支箭，却来不及避开射向她胸口的箭，他大喊一句"长歌——"纵身一跃飞扑向她！

人的许多行为举动，皆是来源于本能，这电光火石的瞬间，长歌被扑倒在地，身上压着男人沉重的身躯，身边惨叫着倒下了几个为他们分挡箭流的大内侍卫，连高半山也不幸左肩中箭，一个趔趄站不稳地险些单膝跪倒在地上！

这些箭矢来得太诡异，已渐渐平静下来的刺杀，再次惊起一波风雨！

眼看羽箭的目标全部集中在尹简身上，尹诺、尹琏、尹珏等正收拾残局的人，仓皇之余，争先恐后地冲来，纷纷利用手中的兵器挥砍着箭矢，齐南天带人迅速穿越火线，潜入暗处，寻杀射箭之人，郎治平指挥着人马分成几拨，密不透风地挡住了殿外广场的每个进出口，莫影三人则命大内侍卫里三层外三层人挨人地全面将尹简护在中央！

这一次的刺杀，是从没有过的大规模行动，只粗略估计，便有好几百名黑衣刺客，且个个武功高强，以死相搏！

暂得安隅，长歌怔忡地看着头顶上方男人的俊颜，她心跳不断加快，抖唇颤声道："你是皇帝，你的性命比我重要，怎能……怎能犯险救我？"

"胡说！"

尹简没时间跟她说教，只怒叱了她两个字，便将她拉了起来，他紧握着她的大手，再不曾松开，紧紧地将她因习武握剑而略显粗糙的柔荑攥在掌心，她整个人呆呆愣愣的，听着他泰然若定有条不紊地指点江山，她的心神，又恍惚不知飘向了哪里……

不久，箭流停止，躲在暗处放冷箭的刺客，被齐南天悉数剿灭，广场上的刺客基本被全歼，只剩为数不多的余孽在垂死挣扎，高半山被紧急带往太医院救治，伤重的大内侍卫和羽林军亦被井然有序地抬下去，各方人马打扫战场，夜幕下的钦和殿，散发着阴森的冷芒，空气中浓郁的血腥味儿，充斥入鼻，教人心生寒凉，心惊胆战……

大殿内，躲藏着不少人，到得此时，仍不敢轻易出去，尹灵儿半吊子的武功，在今夜这强大的行刺中，发挥不了作用，她抵挡了几下后，便也聪明地选择了逃跑，与众人藏在此处。

然而，没人能料到，这场声势浩大的行刺事件，表面上看已近平息，其实却只是个开始，真正的重头戏，竟是深藏不露，在黎明前才给予了尹简重重一击！

羽林军围峙的队伍中，毫无征兆地突听得一声巨响传来，几颗烟草幕弹炸开，漫天的白雾，瞬间笼罩了整个广场，令人分辨不清方向，方寸大乱！

"救驾——"

数道惊喊声夹杂在一起，可在不辨东西的情况下，自相残杀便成了预料之中的事，混乱之余，尹简无法出声，以免暴露自己的位置，他在长歌耳边迅速交代一句，长歌遂高声厉喝："点火！"

众人听闻，燃灭的火把，立刻陆续点燃，只是在火光冲破白雾的前一刻，有几道身影，已仗剑飞来！

长歌与尹简紧扣的十指，迅速分开，两人提剑迎上，再次展开了一场殊死较量！

可说来也怪，这最后一批刺客竟只有三人，且全部穿着羽林军的红衣铠甲，但他们脸上蒙了面巾，一时叫人无法认出脸孔，亦不知羽林军中哪些人是混进来的逆贼！

这个情况，震惊了所有人，羽林军是大秦最后一道屏障，审查之严可想而知，岂料竟被不轨之心的人混入这么久而不知！

郎治平脸色铁青到极致，他似大鹏展翅般，以凶狠之势飞来，一剑刺入其中一人的背心，口中道："皇上且退，容微臣亲手清理门户！"

三千羽林军，尽归郎治平所掌管，如今逆贼竟出自羽林军，郎治平其心之怒，可想而知！

尹简晃了个虚招，成功退出战圈，他冰冷的重瞳，盯着那个中剑后硬撑着仍奋力激战的刺客，眸底忽然划过几道暗芒，他薄唇轻动，缓缓吐出三个字："抓活口！"

此时，莫影、齐南天等人也都退了出来，以郎治平武功之高，一人对付三人不在话下，他们愿意把这个将功赎罪的机会留给郎治平，否则郎治平必然得背负一个治下不严，通敌弑君的大罪名！

长歌亦被挤退到了一边，她拎着剑，凤眸惊诧地紧锁着那三名刺客，为何她隐隐感觉这三人很熟悉？从身材到武功路数，竟像是……

她猛然捏紧了双拳，她深呼吸着，拼命告诉自己肯定是她看错了，绝对不可能是他们，不然，那个待她无比体贴关心的人，今夜必得死在这里！

忆起她曾得到过的温暖，长歌心下一紧，忽然又提着剑冲进了战圈！

她胡乱地喊着："统领大人，把中剑的这刺客分给我，让我立个功啊！"

郎治平眉峰蹙得极紧，他想一脚把长歌踢出去，可尹简没反对，就代表了默认准许，他只能在打斗之余，交代一声："你小心些！"然后专心对付另外两名刺客。

长歌越打越心惊，这倒并非对手太强她敌不过，而是对手的那双眼睛，让她笃定了他的身份，是以她表面出招辛辣，实则留了情给他，两人战到一处时，她分明听到他以极低的声音说："长歌，跟我走！"

长歌浑身一震，彼时，她的剑尖抵在他腰腹上，正逼着他不断后退，莫麟几人欲从旁协助她，在他们出剑刹那，她凛冽急喝："别抢小爷功劳！"

"我们不抢功，都给你行吧？小心夜长梦多！"莫可皱眉，提醒她道。

"不行！"长歌断然拒绝，开什么玩笑，她的用心良苦可不能毁在他们手里！

莫麟是个急性子，正要不管不顾地帮忙，竟被尹简一声叱了回来："别分她心！"

长歌想立功的心情，尹简一直都知道，他原先不信，认为她满嘴谎言，总觉她入羽林军有目的，可她今夜三番两次奋不顾身地救他，令他对她的怀疑淡了许多，是以她想怎样，

第二十八章　寿宴劫（二）

他便如她意，只要她开心就好。

长歌将对方逼出几米远，方才急声问他："我不跟你走！林枫，你究竟何人？为何杀尹简？"

"风萧兮，易水寒，天不亡我，凤氏百年。"林枫墨眸紧盯着长歌，一字一字从唇中吐出。

此言入耳，长歌整个人都蒙了，她执剑的手，无法抑制地哆嗦，瞳珠放大百倍，几乎不敢相信，眼前的人，竟然是……

"长生公主长生殿，家国一梦十五年！"许是担心她猜不出来他是谁，林枫又紧着提醒了一句。

长歌呼吸紊乱，此时此刻，这么突然的惊人消息，令她大脑凌乱之余，手中的剑竟然滑脱掉落在了地上，她恍然一惊，遂急中生智地抬手按住了心口，朝林枫语速飞快地说道："快！快挟持我做人质！"

"长歌！"

眼见着长歌兵器离手，似状态不对，尹简一声急呼，点地而起，其余众人，亦急来增援！

林枫反应亦快，此番境况，已容不得他多加考虑，他迅猛出手，将长歌一把扣在怀中，利爪掐着她肩头，手中寒剑也同时横搁在了她颈侧！

"不许过来，否则我杀了她！"

一道威胁，逼得尹简等人生硬止步，此时，郎治平那边，已拿下了另两名刺客，正叫人绑了打算押下去，闻声一惊，他脸色大变，将剑尖直指俘虏心脏，威严犀利地道："放了孟长歌！不然杀尔等片甲不留！"

林枫毫不在意，他憎恨的眸光，沁冷噬骨地射在尹简脸上："大秦皇帝，你最好警告你的人马别轻举妄动，我的剑可不长眼睛，万一失手割断了孟长歌的喉咙，你恐怕得在阴间才能见着她了！"

见状，众人皆心神紧张！

岂料，尹简竟泰然若定，他缓缓转动着左手拇指戴的玉扳指，不咸不淡地冷笑："你觉着，你可以威胁到朕么？孟长歌不过一个小小的御前侍卫，你凭什么以为，朕会为了保她，而降低身段与你这反贼谈条件？"

此言一出，仿若一记重锤狠狠地砸在了长歌心上，他清冷的眼神，浑不在意的态度，令她为他苟延残喘的心，瞬间被碾碎成渣……

上一刻他不顾危险以身救她，下一刻他为了江山社稷，竟果断弃了她……

可笑！

真是可笑！

她又凭什么以为，她在他心中所占据的位置，能让他放掉林枫？

齐南天下颔紧绷，他看着尹简手中的小动作，大脑飞快运转，须臾间便恍悟，继而眉目深沉，若有所思地斜睨了眼大殿方向……

他与尹简的默契，在突发状况下，一向完美无缺，往往尹简一个暗示性的动作，他就能猜到尹简的心思。

尹诺焦躁不堪，他想救长歌，可在此种情况下，他却一个字也不能说，国永远比家大，比个人得失大！

其余人，全以尹简马首是瞻，即便心存惊诧，也不敢当众驳了帝王。

林枫大怒，他背心的剑伤，痛得他冷汗涔涔，大片的血迹，早已浸湿了他的后背，他身躯略有些支撑不住地晃了晃，手中的剑刃便不可避免地扫到了长歌颈侧的肌肤，有殷红刺目的血珠渗出，一颗颗沿着剑身滚落，似一刀刀剜在了尹简心上……

所有人都暗抽冷气，长歌紧紧咬着下唇，眼睑润湿，鼻尖涌起的酸意，如涨潮的海水，汹涌得挡也挡不住……

尹简冷沉的眸子，骤然降到冰点，他不耐烦地道："朕没工夫跟你耗，劝你即刻缴械投降，否则朕将你挫、骨、扬、灰！"

最后四个字，尹简是从牙缝中一个一个重重咬出来的，他的心境，长歌没时间理会，她只感觉胸腔里沉积的火焰，在这刹那间被点燃，她眼前浮现出了十五年前破宫那夜的熊熊大火，她的父皇，她的族人，皆被烧死在皇宫，一如挫骨扬灰！

林枫整个神经都被激怒，他几乎失去理智的欲松开长歌与尹简决一死战，长歌察觉到，心神一凛之下，她抬手便握住了剑刃，暗控力道不许林枫撤剑，掌心被割破，血流如注，她神色凄惨地对林枫说："兄台，反正你是逃不出去的，不如放了我吧！死你一个人是死，死咱两个就不划算了……"

"闭嘴！"

林枫一声喝断她，挟持着她往墙边撤退，他扬着声道："孟长歌，我若死，你便为我陪葬，正好黄泉路上不寂寞！"

尹简不动如钟，他颀长的身影，清冷的俊颜，在火把与夜色的交织中，忽明忽暗，愈来愈不真切，长歌眼中水雾弥漫，视线渐渐模糊，她想伸出手再摸摸他，可心口忽然一阵绞痛，她半抬的手，最终按在了心脏处……

莫影等人步步逼近，郎治平命人押了另两名刺客过来，他一把扯下那两人脸上的面巾，莫麟扭头看了眼，惊呼出声："这不是羽林军中卫军的鲁飞和苏炎么？他二人与小混蛋住一个屋子的！"

闻言，所有人沉目盯着林枫，莫影刚欲说出心中猜想，已有中卫军指挥长赵宣奔过来，诚惶诚恐地跪下叩头："禀皇上，奴才已查出中卫军所失踪的三人，乃林枫、鲁飞与苏炎！"

"林枫！"

第二十八章　寿宴劫（二）

"这人是林枫！"

众人唏嘘，各色猜疑的目光，扫视在林枫半掩的脸上，顺带多瞅了几眼长歌，继而个个皱起了眉头。

谁都知道，长歌曾与这三个反贼同住，那么今日这种情况，让人由不得对长歌也产生怀疑，但长歌救尹简的种种表现，又似乎证明了她完全不知林枫三人的身份……

听到林枫被揭穿，长歌心慌之下，也适时地脸上现出震惊之色，她瞪大了眼眸，用不可置信的语气道："林枫？你怎么……你们竟然是刺客？"

尹简静静凝视着长歌，褐眸幽暗深邃，锋利如刀，眸底掩藏着无尽的失望与痛心，他薄唇紧抿沉默以对，周身的肃杀之气却愈浓，他极力控制着自己的情绪，以免他一旦开口，便忍不住会下杀无赦的死令！

此时，林枫已退到墙根，他未理长歌的话，只朝尹简说道："放了鲁飞和苏炎，谁也不准靠近！"

"休想！"尹简薄唇扯动，终是吐出了两个字来，冷狠无情。

"皇，皇上，救我……"长歌立时惨白了脸色，她手仍按着心口位置，掌心被割破的疼，使得额头上冒出几滴冷汗，她喘着粗气，虚弱地呻吟，"我旧疾又犯了，这里好疼……"

明明知道尹简不在乎她的生死，可长歌现在毫无办法，为了保林枫一命，她只能把自尊踩在脚底下，奢望她能够唤醒尹简的恻隐之心，奢望他还能念着她旧时的恩情……

"长歌！"尹简薄唇嚅动，发出无声的呼唤，武考殿试时，长歌心疾发作吐血昏厥的过往，他记得清清楚楚，而她得心疾的根源，乃五年前被他所连累。

此时，她喊疼，喊他救她，她眼中的泪痕，是那么真实明显。

他，该如何判断？

"小混蛋……"莫麟失声而出，他无措地看看长歌，又扭头看向尹简，急道："皇上，小混蛋好像撑不住了！"

尹简喉咙似被卡紧，他褐眸无半分温度，那一双寒冽的眼神，几乎冻僵长歌，他每说出一个字，心脏就紧拧一分："放掉孟长歌！朕可以饶……"

"长歌——"

正在这时，远处大殿虚掩的门，忽然间打开，一袭绯色官袍的男子遗世而独立，他美艳无双的俊脸冷漠如冰，他轻喊着长歌的名字，迈动修长的双腿，朝她一步步走来。

尹简不着痕迹地勾了勾唇角，将方才未完的话咽回了喉咙，眸中闪过一抹高深莫测的暗芒。

"放了长歌，本太师做你的人质。"宁谈宣走近，越过尹简径直走到林枫面前，他看着长歌颈间和掌心，以及她满身不知是自己还是别人的血，嗓音有些走调地说道。

长歌嘴唇颤抖，泪珠从眼眶滚落："大哥……"

这一声，饱含复杂之情，她知今夜的刺客与宁谈宣有关，可他既已做了，为何不一条道走下去，而在尹简可能松口的时刻，竟站出来救她？

她到底有什么好，值得他一次次付出？或者他有其他目的，可她现在凌乱得想不到。

而尹简，那个她拼尽全力爱的人，却一次次让她失望透顶……

暮色苍澜，夜凉如水。

河风忽然从耳侧呼啸而过，卷带起的发丝，张扬跋扈地将眼角的泪珠拍落，沁寒入侵四肢百骸，那具纤瘦的身躯，禁不住微微颤栗。

头重、心悸、掌心和颈子火辣辣地疼，视线，也在渐变模糊。周遭的人影，仿佛重重叠叠，在不停地变幻，晃得她眼晕。

这一日，长歌经历了从天堂彼岸到阿鼻地狱的轮回，在身心受创的此刻，撑了这许久，哪怕坚强如她，亦有撑不下去的兆头。

她的眸光，不曾再偏移尹简半分，她专心看着眼前温颜如玉、雍容清贵的男子，她勉强提着气说："大哥，你救不了我，决定权不在你手中，你走吧……你待我之情，我记在心上了！"

"救不了也要救，我还等着你请我喝酒呢。"宁谈宣浮唇微笑，他清澈溺宠的眼神，不掺杂任何算计。

沾一抹烟雪，染两缕心魂，蘸三分黛色，点四滴朱砂，绘五丈如画江山，描一生伊人多娇。

他想，这世上总有一个人，能让你放下所有，只为换卿一世笑靥。

只不过，这个人，恰巧同性而已。

给予长歌一个安慰的笑容，收回缱绻的眸光，宁谈宣视线落在了林枫脸上，再度决然地说道："林枫，你带着孟长歌，是绝对走不出皇宫的！你不如放了他，挟持本太师合适些！"

林枫平日温润的眸子，此时浸染着戒备与阴鸷，他没有立即答复，似凝神在思考。

长歌心中不免焦急，若人质换成宁谈宣，林枫就真的死定了！

就算尹简做表面功夫，下令保全宁谈宣而不杀林枫，可背后必然会下黑手，正好趁机一网打尽……

思忖到这儿，长歌眩晕的脑中，猛然闪过什么，她呼吸变得急促起来，难道……难道这才是尹简弃卒保帅的目的？

他利用她，她成为了他政治斗争的卒子？

长歌捏着剑刃的掌心，不自觉用力，汩汩殷红的血渍，触目惊心地淌落，移目望向远处挺拔如松的尹简，她脸色煞白，浑身僵硬颤抖，一个为了旧爱伤她彻底，又为了巩固他的江山置她生死于不顾的男人，她不能原谅他……

这巨大的冲击，使得长歌心口传来的疼痛不断加剧，头重得似压了千斤巨石，额上冷

第二十八章　寿宴劫（二）

汗涔涔，眼前人影缭乱，忽然泛黑的视线，令她来不及唤出一声，便身子一软，缓缓朝地上栽去……

"长歌——"

"长歌——"

"孟长歌！"

"小混蛋！"

她脱落的手掌，带起血雨纷纷，林枫的剑饶是收得再快，也不可避免地又划破了她半寸肌肤，无数道惊喊声，此起彼伏，长歌已分不清谁是谁，她沉重的眼皮，无力合上……

"小祖宗！"

除了林枫外，宁谈宣离得最近，他嗓音透着急慌地唤人，俯身迅速将长歌抱起，可没等他转身，那抹明黄色的影子，已快如闪电般掠夺而来！

宁谈宣脸色一变，不及思考，下一刻，尹简已一掌拍在他肩上，怀中的人儿，亦被尹简强势夺走，林枫反应够快，也足够理智，他即刻出剑，攻向尹简！

然而，齐南天和莫影等伺机而动的人，眼观六路耳听八方，同一时间，数人齐攻而上，林枫被挡在外，一番缠斗下来，他旧伤在身，渐渐体力不支，而尹简轻松回退，几个起落，便打横抱着长歌退出两丈远，由郎治平带人重重护在中央，连一只苍蝇也别想再飞进去！

林枫心生绝望，他错在应该早些跟长歌挑明身份，将长歌带离皇宫，不让她相助仇人，而今失误到这步田地，他已无生机！

然则，冥冥之中，天意造化，宁谈宣竟不知有意还是无意，仓皇躲避的当口，脚下一个踉跄，居然对准他的剑尖撞了过来，林枫趁机一剑抵在他心口，大喝一声，"住手！"

原本，论单打独斗，这些人可能谁也不输谁，但眼下四人围攻一人，完全是稳胜的事，若不是为了顺藤摸瓜揪出幕后主使，而必须留下活口的话，此刻林枫早已是个死人！

可偏偏，宁谈宣兵行险招，明目张胆地搅和了进来！

四人被迫停手，眼中尽是阴霾的冷意，林枫寒眸扫向远方，狂妄地叫嚣："狗皇帝！当朝宁太师，总比一个小小的侍卫位高权重吧？你也预备舍弃么？"

几支火把照在尹简脸上，他唇角勾起的弧度邪魅阴森："死，有重于泰山，轻于鸿毛之分，宁太师为大秦鞠躬尽瘁多年，哪怕他死得其所，朕亦不舍失去股肱之臣！"

"保护皇上，营救太师大人！"

羽林军把守的出入口处，虬髯宗禄的声音，陡然高亢而起，所有人循声望去，只见宗禄竟带了不少兵马，长矛刀剑相向，虎视眈眈，明为救人，实则在给尹简增加压力！

齐南天勃然大怒："宗将军，无皇上旨意，你私自带兵入宫，该当何罪？"

宗禄从容不迫，他远远地撩袍跪下，高声道："禀皇上，宫中生变，微臣恐大内和羽林军抵挡不住，方才斗胆调兵护驾！事出紧急，不及请旨，请皇上降罪！"

尹简眉眼微动，嗓音淡漠却不失威严："宗将军虽犯大过，但一片赤子之心，朕怎可怪罪？"

"臣谢主隆恩！"宗禄叩头，眼中划过抹得意。

"齐南天，以宁太师安全为上，切莫轻举妄动！"尹简下令，暗沉的眸底，涌起深不可测的冷寒杀意！

"是！"

齐南天几人领旨，不再出手，只是执剑紧逼，林枫抵着宁谈宣再度后退，两相对峙，气氛紧张到极致！

而宁谈宣俊眉沉蹙，目光越过数人，落在尹简怀中时，他几不可见地勾笑了下。

长歌安好，他便安心了。

正在这时，钦和殿中猛然冲出一个人来，她握着长鞭，如一阵风从尹简眼前经过，尹简重瞳一凛，身边侍卫欲拦，他一个眼神制止，唇畔噙出一抹寓意不明的冷笑。

尹灵儿冲到跟前，从莫可和莫麟中间挤进去，她气势地扬鞭指向林枫："有种你就跟本宫打一架，抓不会武功的人算什么好汉！"

林枫识得此女，羽林军武考时，曾见到尹灵儿围着宁谈宣打转，听到这番挑衅之语，他当下嗤笑出声："三公主，你想英雄救美，也得你的心上人领情才好，否则你……浪费感情！"

闻言，宁谈宣果然面色不悦："三公主，你且回去，我不需要你帮忙。"

"你……"尹灵儿羞愤不已，她用力甩了几下马鞭，固执地道，"你不要我救，我便偏要救你！"

宁谈宣无语，这个丫头当真是吃错药了，明知他不喜欢她，还……

林枫瞳珠一动，缓缓道："三公主，我不跟你打，你敢妄动，我便杀了宁太师！"

"不许！"尹灵儿急喝，脑门上冒出了紧张的汗珠。

林枫语气冷沉地开出条件："若你真想救宁太师，就扔掉马鞭，用你自己来换！"

此言一出，所有人皆是一惊！

而更让人惊讶的是，尹灵儿居然真的听话，依言将马鞭扔在地上，大义凛然地走近："换就换，你立刻放掉太师，本宫做你的人质！"

"三公主！"宁谈宣眼中划过惊色，他急怒地叱道，"你给我走，听到没有？我不需要你救！"

尹灵儿并不理睬，径直走到林枫面前，林枫快如闪电地封住尹灵儿的穴道，将她挟持在手，然后才缓缓收剑，放了宁谈宣，把长剑搁在尹灵儿颈间。

宁谈宣退开半步，向来泰山崩顶面不改色的他，忍不住一再生怒，他凌厉地扫向齐南天等人："为何不阻止三公主？"

"我等为臣，不敢阻公主！"齐南天淡淡答道。

第二十八章　寿宴劫（二）

宁谈宣额上的青筋突突狂跳，一双拳头攥得极紧，什么不敢，分明是尹简没放话，又在算计着什么阴谋！

"皇家公主的性命，相比宁太师又多了分量吧？"后背失血过多，林枫有些支撑不住了，他咬着牙关道，"全部后退，放掉鲁飞和苏炎，让我等平安离开京城！"

尹简沉吟须臾，欣然颔首："好，朕答应！"

"别想要花样，否则三公主必死无疑！"林枫冷冷地提出警告，并从怀中摸出一粒黑色药丸，单手捏开尹灵儿的嘴巴，强行喂她吃下了药丸。

尹灵儿咳了两声，小脸上花容失色："这，这是什么？"

"毒药！"

"啊——"

"此毒难解，只有我知道解药在何处，你若保证不了我的安全，咱俩便一起死！"林枫阴狠地说完，遥望向尹简，"狗皇帝，快点放人！"

尹简扬声道："郎统领，放人！"

"遵旨！"

郎治平听令行事，鲁飞和苏炎二人得到解脱，快步奔向林枫！

三人带着穴道被点的尹灵儿，往预先部署好的方向撤离，尹灵儿忽然间哭喊道："宁谈宣，如果我能活着回来，你……做我的驸马，好不好？"

见惯了尹灵儿的嚣张跋扈，没人能想象得出来，这个丫头的内心，竟也至情至性，竟也痴情如斯！

哪怕宁谈宣平时再冷情，再厌恶尹灵儿，此时此刻，他也做不到铁石心肠，但让他答应娶她，于他来说，却是个剜心纠结的事。

因为表妹沐静雪，宁谈宣恨透了尹灵儿，宁可不与惠安联手除尹简，他也断然不做皇家驸马，可谁能料到，尹灵儿竟喜欢他到了这种地步，以自己的性命换他的性命！

况且眼下，她还吞下了不知名的毒药。

林枫乃一伙杀手组织的头目，现在刺杀尹简失败，为了保命，他没供出幕后主使的宗禄，已是出于道义，但难保他不会杀尹灵儿。

是以，尹灵儿能不能活着回来，是个未知数。

宁谈宣眉头深拧，尹灵儿眼中的渴盼，那么明显，他实在不忍心打击她的信心，可想到心中那个人，他……攥了攥拳，缓声道，"三公主，我年长你太多，并非你良婿，女子婚姻大事，万不可草率，望你再仔细考虑考虑。我会全力救你，待你活着回来，我们再行商议。"

这么一番囫囵的说辞，既没拒绝彻底，也没给个肯定的承诺，听得一众人心中暗骂宁谈宣奸滑。

然而，尹灵儿已欣喜若狂，她哭着喊着："我考虑好了，不用再考虑！宁谈宣，你等我回来啊，我想嫁给你……"

　　宁谈宣眼角一抽，转身快步回来，朝尹简拱手道："皇上，微臣请旨追踪刺客，营救三公主！"

　　尹简垂眸，看了眼怀中昏迷不醒的人儿，他挑唇，嗓音淡淡："太师不懂武，今夜又过于受惊，且朝中政事也离不开太师，故太师回府歇息吧，捉拿刺客的事，朕会另派人手的。"

　　闻言，宁谈宣俊颜微青，却反驳不得，他暗紧了紧十指，掀袍跪地，恭敬地道了句："微臣谢主隆恩！"

　　"退下吧！"

　　"是！"

　　宁谈宣离开，宗禄也自然带兵走人，林枫几人已退到外宫墙边，齐南天、莫影、莫可、莫麟，以及尹琏、尹珏等人步步逼近，伺机救人，羽林军也训练有素地全面包围，无数箭弩对准了他们，随时都可以将这些刺客余孽射成血窟窿！

　　可是，尹灵儿被挟持，谁也不敢轻举妄动！

　　尹简并不曾跟过去，他沉重吐息，颁下圣旨："刺客猖獗，挟三公主为人质，尔等务必以三公主凤体为上，即令退开，放刺客出城，着三王爷尹琏与四王爷尹珏全权负责营救三公主之事，不得有误！"

　　诏令上传下达，尹琏与尹珏得到消息，两人遵圣意，命侍卫撤退，然后眼睁睁地看着林枫三人挟带尹灵儿翻出宫墙，披着夜色逃离！

　　"追！"

　　尹珏一声令下，带了百余名羽林军追踪其后，即使因着胁迫不敢靠近，起码也要掌握刺客的行踪方向！

　　但羽林军担负着皇城安危不能远行，所以尹琏迅速归来，请示尹简："皇上，刺客今夜必然会逃出京城，请问微臣从何处调兵？"

　　尹简道："你即刻到寿安宫禀报太后娘娘，现今江南反贼动乱，大秦社稷不稳，局势紧张，京中驻军此时不宜调动，只有京畿八营的兵力，可以暂调出京追敌营救三公主，请太后相借！"

　　"借太后娘家所掌的兵力？"尹琏听闻一怔，待他猛然明白过来什么时，眼中露出了狂喜，"微臣遵旨！"

　　尹简眼中划过一抹残冷，他不置可否地勾勾唇角，语气不带半分温度："朕也回份大礼给太后，算是礼尚往来！"

　　"皇上一箭双雕，实在高明！"尹琏满心钦佩地抱拳，然后转身快步朝寿安宫而去。

　　齐南天与莫影等人上前，行礼后听尹简吩咐："郎统领，留下人收拾烂摊子，皇宫全面戒严，任何进出宫门者，皆严加盘查，羽林军混入刺客数月事件，给朕抽丝剥茧地一查到

第二十八章 寿宴劫（二）

底！"

"是！"

"记住，日后无朕亲笔手谕，擅自带兵入宫者，一律按谋反处置！"

"遵旨！"

"齐南天，你清点伤亡人数，明早造册呈上来，按例发放抚恤金。另外，兵部是如何审查的武考资格？尽快给朕一个交代！"

"微臣遵旨！"

"大内侍卫清理钦和殿滞留之人，刺客已除，各宫人马，各归各位！"

"遵旨！"

交代完毕，今夜这一场轰轰烈烈的寿宴，便暂时落下了帷幕！

尹简怀抱中的长歌，依旧昏迷不醒。

他垂眸看着她沉睡的容颜，眉峰微蹙，心痛如斯。

乘御辇，摆驾回宫。

从钦和殿到含元殿，路途不算近，即使双臂早已酸麻，他也始终稳妥地抱着她的娇躯，并不曾假手于人。

第二十九章　无媒为证

帝宫。东偏殿。

五盏宫灯，将整个殿房照得亮如白昼，精制的沉香味儿弥漫在空气里，令人味蕾都觉香甜。

半人高的浴涌中，水汽氤氲，白雾缭绕。

沁蓝试好水温，回头望向里间，轻声说道："皇上，可以沐浴了。"

尹简"嗯"了一声，俯身动作温柔地为长歌脱衣。

太医已经离去，长歌手掌心和颈侧的剑伤，尹简已命太医上药处理，原本他不放心她的状况，想让太医为她诊脉，可她的女儿身是忌讳，想想只得作罢，等明日召离岸入宫再诊。

一件件褪掉她的衣衫，拆掉她的裹胸布，当她如玉的雪白娇躯完全赤裸地呈现在眼前，他眸光不禁黯沉，喉结滚动艰难，全身的血液尽数涌向小腹，体内埋藏已久的某种渴望，开始疯狂地叫嚣。

染满情欲的重瞳，目不转睛地凝视着长歌因昏迷无生机的小脸，尹简舔了舔干涩的唇角，终是情难自禁地吻上她的唇，轻轻碾磨着她的唇瓣，细致地感受着这份令他贪恋的甜蜜。

热水在等待，诸多事情也在等他处理，可他却不舍放开她，因为他心里明白，她昏迷中，他可以为所欲为，一旦她醒来，恐怕……

尹简心中苦笑，他知道，长歌今夜气得不轻，这丫头爱记仇，大概得好一阵子不许他再与她亲昵。

第二十九章　无媒为证

移开唇，他抱她起身，她玲珑有致的身段，看得他眼都赤红了，他咬了咬牙关，嗓音沙哑地低声道："丫头，你别想离开朕，永远都别想！若把朕逼急了，哪怕是强迫你，朕也在所不惜！"

长歌听不到，她闭着的双眸，未有半分动静。

尹简深吸一气，将她抱出内室，小心地放入了浴桶中。

沁蓝在旁搭手，他挽起袖子，亲自给她清洗身体，平生第一次侍候人，他没经验因此而手忙脚乱，一会儿担心他手劲重了伤到她，一会儿又担心水凉了让她生病，而最折磨他的，是洗到她身下时，他体内压也压不下去的欲望，排山倒海似的，几乎将他吞没……

这是个出力不讨好的活儿，满头大汗的尹简暗暗发誓，只此一次，以后他再也不干了，只能看不能吃，简直活受罪！

好不容易沐浴结束，沁蓝取来薄毯，帮忙裹住长歌的身子，尹简长舒了口气，将她抱回内室，放在大床上躺好，细心为她盖上被子的时候，他随口交代："沁蓝，注意她的状况，一旦有发烧的迹象，即刻报予朕！"

"奴婢记下了。"沁蓝点点头，目光落在长歌脸上，由衷地说："能得到皇上这般宠爱，孟小姐真有福气啊！"

尹简正掖被角的手指，微微一顿，他默了一瞬起身，脚步略有虚浮地朝外走去。

沁蓝怔愣间，听到帝王的声音，幽幽传来——

"朕伤她的时候，你没有见到，而她为朕付出太多太多，朕就是把性命赔给她，也偿还不了她待朕的好。"

除了感情。

她说不喜欢他，他不信，却也不敢相信。

寿安宫。

惠安听到尹琏的禀报后，几乎疯了！

"璃儿被派去江南平乱，灵儿被刺客抓走，这，这……"

惠安震惊失措，她用力拍打着桌案，一口气提不上来，脸色惨白，眼珠子大瞪，十分骇人。

麻姑焦急地劝慰："娘娘，您别急，三公主吉人天相，不会有事的！"

"是的，太后放心，皇上已颁下圣旨，命本王和四弟全力营救灵儿，定不会让灵儿出意外的！"尹琏也道。

惠安缓过来，立刻问："怎么救？刺客将灵儿带去哪里了？"

"刺客已出京城，现今皇上内忧外患，京城驻军拨不出兵马，只能从京畿八营调兵，出京抓捕刺客，寻找合适的时机救回灵儿！"尹琏拱手，郑重说道。

惠安闻之一震，身体抖颤不停，她怒不可遏："尹简他……他好手段！"

"太后误会，当时众多人可作证，灵儿是自己跑出来，自愿以身救宁谈宣的，那丫头任性，此举有损皇家威仪，皇上心中亦是不快。"尹琏不疾不徐地解释，语气略带无奈。

帝宫。

长歌醒来时，已是子夜时分。

殿房中烛火微暗，身上盖着舒适的锦被，周遭是她熟悉的陈设，不同的是，床上只有她一个人。

长歌下意识地用手摸了摸身边，床褥温凉如水，那个男人早已离去，或者本便不曾与她躺过一处。

一夜之间，他变了，她也变了，他们之间的感情，不曾正式戳破，已然夭折。

掌心似乎不对，她从被中伸出手来，白色的绷带映入瞳眸，她怔了怔，方才感觉到颈间也上药了，之前火辣辣的疼痛已经消失大半，只剩下麻麻的隐隐痛感。

长歌抬起另一只完好的手，轻轻捏上眉心，她心里烦乱，有种前路茫然，不知归何处的悲怆。

沁蓝蹲在外间的地上，拿着扇子在轻轻扇火，炉子上正温着鸡汤，隔着珠帘，长歌都能闻到阵阵浓郁的香味儿。

饿了好几个时辰，肚子里的馋虫作祟，长歌忍不住问出声："谁在外面？"

"奴婢在！"沁蓝听得声响，连忙搁下扇子起身，几步过来掀开珠帘，微笑着说："孟公子醒了啊，感觉身体怎么样？有没有不舒服？"

长歌探头朝外看："我挺好的，外面有什么吃食？好香的味儿。"

沁蓝立刻笑答道："炉子上煨着鸡汤呢，御膳房的宵夜也早备好了，就等孟公子醒来吃呢。"

"这么晚了，你还劳师动众给我备膳，我……"长歌收回视线，望向沁蓝，真诚地说："给你添麻烦了，谢谢你。"

"孟公子言重了，侍候好公子，是奴婢分内之事，奴婢不敢怠慢，更加承受不起公子的谢意。"沁蓝说完，从床头小案几取过一套衣衫，温和的眉眼间染着轻松的笑意，"奴婢侍候公子下床用膳吧。"

长歌看着她手中的白色中衣，眼中划过一抹讶然，她猛然坐起身，锦被从胸前滑落，她低头，目光逡巡在赤裸的胸前，突来的凉意，令她肌肤很快起了小颗粒，她动了动腿……再开口，结巴不成调："我，我的衣服……我怎么回来的？谁把我脱成这样子？"居然一丝不挂！

脑中其实冒出了一个人，可她不信，他现今满心的采薇，满脑的大秦江山，怎么可能还管她？还对她做出这种……

可没等她得出结论，沁蓝已解释道："孟公子，你昏迷不醒，是皇上抱你回来的，也是皇上脱了你的衣服，亲自为你净身沐浴的。"

第二十九章 无媒为证

长歌狠狠一震，瞳珠涣散，连声音都走了调："你说什么？尹简他……"

"吱——"

殿门开合的响声，陡然入耳，空气似乎一下子冷凝，将长歌余下的话冻在了喉咙口……

"皇上，掌事刘公公请示您今夜翻哪位娘娘的牌子？"

长歌心神一凛，说话的人是莫可！

那么他的答案……

她悲哀地发现，事到如今，她竟然还在意他的三宫六院，在意他对她的忠贞……

果然，结局不负她望，一道珠帘，将两人隔开在两个世界，她知道他来了，他却不知她已醒。

"朕待会儿去沐妃寝宫。"

他嗓音极淡，听不出任何情绪，她蓦地苍白了脸色，十指紧紧揪住锦被，呼吸不畅，心口闷得仿佛被重锤陡然砸中般，有种窒息的痛苦。

沁蓝待尹简语毕，掀了珠帘快步走出，她福身见礼："奴婢参见皇上！"

"怎样，人还没醒么？"

尹简眉目清冷，询问的同时，长腿已自然地迈向内室，身后的殿门缓缓关闭，长歌银牙轻咬，她备觉难堪地飞快躺回去，且侧了身子，背对着珠帘，用力闭紧了双眸。

无法面对，不如逃避。

因为，此刻她全身赤裸，不论吵、打、跑，都没办法做到，他脸皮厚，可她不能不顾忌脸面。

"回皇上，孟公子已经醒了，但是……"沁蓝略带纠结地停顿下，她看得出，孟长歌似乎不怎么高兴。

闻声，尹简越过珠帘的身躯，微微一滞，而后一个箭步跨近大床，他从她身后探下大掌，覆在她额头上，口中不忘问道："她怎么了？发烧了么？"

沁蓝还未答，尹简已蹙眉："不烧啊，那她身子哪里异常？"

"孟公子说她挺好的，身子没事儿。"沁蓝在帘外回话，识趣地没有上前。

尹简缓缓收回手，仔细端详长歌，发现她闭着眼，他不禁眉心拧得更深："不是醒了么？怎么……"

他重瞳闪烁间，眸底忽然划过一抹精明的笑痕，他情绪镇定下来，朝沁蓝盼咐道："先退下，准备传膳。"

"是！"

殿门开合，沁蓝离去。

很久的时间里，殿房静谧无声，长歌听不到动静，眼皮忍不住抬了抬，他……在干什么？也走了么？心中起了疑窦，她仔细又听了听，除了她浅显的呼吸声外，身边的确再没有人，可她分明听到，他刚刚只遣走了沁蓝……

脑中正胡思乱想间，一只温凉的大手，却突然伸进被中，毫无预兆地抚摸上了她光滑的臀瓣……

"啊——"

长歌一个激灵，刹那睁眼的同时，脱口而出的尖叫声，几乎震破殿房，可男人紧跟覆下的沉重身躯，立时将她压得动弹不得，连叫声都被压回了胸腔！

尹简清隽矜贵的俊颜，近在咫尺，长歌死死地瞪着他，表情凶残冷血："你……你不要脸！"

她的手脚，全被桎梏在了锦被中，钦和殿外，所向披靡的她，此刻竟如他刀俎下的鱼肉，任他宰割，而他显然很享受做胜利者的感觉，眉眼间竟隐隐染着些许得意："许你装睡，就不许朕惩罚你么？"

回味着掌心与众不同的触感，尹简的嘴角也禁不住上扬。

长歌脸庞乍红，忆起沁蓝所言他给她脱衣洗澡，再由刚刚他的流氓行为，联想到他趁她昏迷之际，可能吃她豆腐的事，她羞愤得咬牙切齿："放开我！你凭什么惩罚我？混蛋，不准拿你肮脏的爪子碰小爷！"

尹简笑痕微敛："肮脏？"

"滚开！"长歌大力扭动身体，眼中冒着熊熊烈火，"敢有下次，小爷剁了你的狗爪！"

听到她愈发不着调的言论，尹简眉头刻成了川字："你又发哪门子疯？朕不过摸摸你而已，怎么就肮脏了？朕回来前净过手的。"

他隐忍着脾气，实话实说地跟她解释，今晚太疲惫，他懒得吵架。

长歌不知他是否揣着明白装糊涂，可她不可能再跟他像以前那样暧昧不清了，她遂冷冷地道："皇上，奴才没疯，夜已更深，沐妃娘娘还在等着您临幸，您别耽误了良宵，奴才也要就寝了。"

"你生气朕与沐妃？"尹简终于得出结论，他略一沉吟，不待她反驳，便道，"朕只是想问沐妃几句话，不会临幸她的，你若不喜，朕明儿个白日再找她，好么？"

殊不知，长歌听后并未欢喜，反而讥笑道："皇上与沐妃怎样，与我何干？皇上哪怕一夜御临三妃，又关我何事？我只是护皇上周全的侍卫，不是你后宫的女人，日后还请皇上自重！"

尹简愈听，眸中寒意愈浓："孟长歌，我们不是说好顺其自然么？朕究竟做了什么，让你忽然又这般厌恶朕？"

"呵，多余的废话，没必要再说，总之我决心已定，不可能再改变，除了君臣关系，我们之间什么也不是。"

长歌面无表情，出口的每个字，都化为锋利的刀，狠绝地凌迟在尹简心上，他幽暗的

第二十九章 无媒为证

褐眸,深深凝视着她,心中在想,他再一次为他的下贱付出了代价!

而且,莫名其妙!

他不明白,若因为寿宴中,他当众吼她,阻止她杀假采薇而生气,那么她大可如平日那般,在两人私下独处的时候,蛮横地揍他出气,只要她高兴,他没有任何意见。

可现在,一个理由都不给,就又肆意扼杀他喜欢她的心?

许久,尹简缓缓起身,他下地立在床边,神色漠然地看着她:"孟长歌,你当朕是什么?任你呼之即来挥之即去么?朕给你改口的机会,也警告你,别再撩拨朕忍你的底线!"

长歌霍然坐起身,暴怒之余,她竟忘了衣衫早被他扒掉,锦被滑落,春光乍泄,她犹不自知,一双凤眸瞪得像铜铃,由于情绪过激,她胸口起伏不定,一对小兔般的胸乳上下弹跳,她嘶声怒吼:"来啊!你杀了小爷,千万别忍,小爷不领你的情!"

看着这一幕,听着她的叫嚣,尹简双目泛红,似深受刺激的雄狮,额角青筋突跳,十分骇人!

四目相视,长歌死也不服输,那挑衅的眼神,完全是性格所致,可她却忘了如尹简这样的帝王,骨子里存的便是征服天下的桀骜霸气,她愈不服软,便愈激起了他体内的原始兽性!

想起宁谈宣待她的情,想起她答应与宁谈宣明日外出喝酒的事,他陡然欺身上前,动作粗暴地将锦被一把扯下了床……

长歌的赤裸娇躯,毫无预兆地乍现在空气里,尹简的举动,令她连半分心理准备都没有,惊呆了片刻,她猛然失声尖叫:"啊——"

尹简胸腔起伏,如狼似虎的褐眸紧黏着她雪白的胴体,眸中翻滚的情欲,十分骇人!

长歌欲抢回锦被,可锦被已让尹简扯在了地上,她羞急中,视线扫到沁蓝放下的衣衫,仓皇地手脚并用地爬过去,想先穿件蔽体的,可没等她钩到一片衣角,脚踝突然被人大力一扯,整个身子被拽回,紧接着她竟被翻正摔在了床上,那力道摔得她头晕目眩……

男人沉重的身躯,似大山般压下来,双层绣着牡丹的大花帷帐同时垂落,狭小的天地里,男女交叠的身影,充满了诡异与暧昧!

"滚开!"

"下流!混蛋!"

"放开我!快点放开我!"

长歌被压得喘不上气,手脚全被桎梏,她断断续续地发出怒骂声,极尽的羞涩与难堪,愤怒与绝望,令她凤眸似充了血般,猩红得可怖……

头顶上方,尹简充耳不闻,他低头在她唇瓣狠狠地咬了一口,看她吃痛地拧眉吸气,他喉结滚动,充满占有欲的眼神,牢牢锁着她,暴怒地道:"孟长歌,你的身子早被朕看完全,朕与你同寝数日,夜夜相拥而眠,你现在竟敢说,你我只是君臣关系?你这么迫不及待地想摆脱朕,你存的什么心?朕早说过,你除了做朕的女人,这天下间的男人,你一个也别想嫁！你敢喜欢哪个男人，朕就除掉哪个男人，你喜欢一个，朕就杀一个，喜欢十个就杀十个，哪怕朕死在你前面，你也得做朕的寡妇！"

"不，不可理喻……"长歌被他吼得耳膜发疼，脑子也更加晕眩，她哆嗦着嘴唇，气到发抖："我一没嫁你，二没与你订婚约，你只是看过我身子而已，我又没委身给你，我凭什么被你霸占？你给我起来，压得我不，不行了……"

今夜，因为采薇，因为长歌，尹简情绪本就糟糕到极点，此刻再被她一句句的刺激，他陡然翻下身来，双指疾出，在她完全没有料到的情况下，他迅捷地封住了她全身大穴，令她瞬间动弹不得！

而他，竟然三两下踢掉龙靴，盘腿坐上床，当着她的面，他褪下罩衫，动作熟练地解开腰间明黄色玉带，而后是深衣、中衣等等……

见状，长歌惊惶失措，焦灼地大喊："你……你做什么？尹简你不准胡来！"

她不是傻子，尹简此时的举动，哪怕他一个字不解释，也足以让她看明白他的意图，她真气在体内流窜，拼命地想冲开穴道，可短时间内根本做不到！

尹简解衣的动作不停，唇角勾起的弧度，愈发阴冷："没委身朕没婚约，所以你把朕当狗尾巴草，想抛弃就抛弃，是不是？孟长歌，朕不是你好惹的，今夜朕就要了你，明日就为你冠上朕的夫姓，朕让你无路可逃，无话可说！"

"不要……"长歌猛烈地摇头，深深的恐惧席卷了她："你这是强暴……是强暴！尹简你不可以，你说过不会强暴我的！尹简……"

她一丝不挂地躺在床上，凉意侵袭入体，她的心也似被冻裂，若被他以这种屈辱的方式强行占有……

长歌眸底一热，泪水汹涌而出，她羞愧得想咬舌自尽，想宁死不屈地保全她的清白，然而，他竟猜到了她的心思："孟长歌，你若敢寻死，朕立马让离岸给你陪葬，不信你就试试看！"

耳畔，男人森寒阴鸷的声音，残忍的话语，彻底地堵死了她的退路……

长歌凄然悲绝地恸哭不停，模糊不清的视线中，尹简将自己亦褪成了全裸，可她已无心为看到他的龙体而害羞，此时此刻，阻止不了他的禽兽行为，她除了哭，完全不知道自己还能做些什么……

男人颀长的身子罩下，长歌身上一沉，呼吸立时紧滞，两人赤身纠缠，她的胸乳抵着他的蜜色胸膛，而他滚烫的男性气息，更是如喷薄的岩浆，灼烧在她脸上，他轻咬她的鼻尖，含糊不清地道："长歌，你记住，朕不想强暴你，是你逼朕的，兔子急了还咬人呢，何况朕被你逼到这个分上，你觉着朕能轻饶你么？"

"呜呜……"长歌哭得凶猛，终是害怕到低声下气地祈求他，"尹简，你别这样好不好？我没有逼你，求求你放了我……"

尹简细碎的吻，从她眉眼一路向下，在情欲的折磨下，他的嗓音愈发沙哑："迟了，

第二十九章　无媒为证

朕现在箭在弦上，不论是心里还是身体，都无法放了你，明白么？"

身体她能理解，可是心里……

长歌不解，脑子一团乱，她只能机械地反复求他："尹简，算我错了，你不要勉强我，求你……你爱的人是采薇，你喜欢的女人很多，沐妃还在等你，你别为了教训我，而做出让我恨你的事情，好不好？尹简，你让我心里很痛很痛……"

"痛？"

尹简吻在她脸颊的动作微微一滞，他略抬起头来，重瞳中多了抹凉薄的冷意："你以为，只有你心痛么？孟长歌，你辜负了朕对你的信任，最痛的那个人，是朕！"

长歌一怔，满目不解："什，什么？"

"林枫！"

骤然砸落的两个字，令长歌瞳孔重重一缩，下一刻，尹简已掐住了她的下巴，他的眼神极为复杂，有情欲，有忿恨，有不舍，有挣扎，她惶恐地看着他，方才恍然记起，林枫不知怎样了！而他，提到林枫又是什么意思？

她不明白，尹简就一句句点醒她："孟长歌，你自诩为天下第一聪明人，所以你就把朕当成傻子玩弄么？你故意被挟持为林枫的人质，公然在朕眼皮子底下玩伎俩做戏，你可考虑过朕的感受？"

长歌闻听，心头狠狠一震，体内被他勾起的任何异样感觉，都随着他的这番话而冷却，她不敢置信地惊呼："你，你竟然全都知道？所以你才那般冷漠地不救我？"

"不，朕一开始并不知情，朕的冷漠是有目的的，并非不想救你，刺客是宁谈宣的人，朕若表现焦急，随便妥协于刺客，那么你就会成为刺客逃出生天真正的筹码，而不是刺客的试探！所以，朕故作不为所动，朕知道宁谈宣就在钦和殿，为了平安救回你，朕只有用这种方法逼宁谈宣出面，果然宁谈宣对你有情，他冒着天大的风险现身救你，可惜……"

说到这里，尹简眼中尽是对长歌的失望，他在她震惊的注视中，痛心疾首的继续道："可惜你后来的一个举动，让朕看穿了你的心思，那就是你握住林枫的剑刃后，本来按正常的情况，你武功不低，足以在惊到林枫的刹那，出手反击并逃脱林枫的威胁，可是你并没有那么做，朕由此才发现你是故意被林枫挟持，你为了放跑刺杀朕的反贼，不惜以身相救！再后来，鲁飞和苏炎被揭穿，林枫的身份也不攻自破，朕觉着很可笑，朕为你揪心着急，看你受伤朕剜心剜肺地疼，可你呢？很早就认出了林枫，从那时起你就计划着救他，所以你才跟莫麟几人抢功劳，而朕还为了让你高兴，默允了你的行为，结果从头到尾，你就是这样回报朕的！孟长歌，你究竟是什么人？你与林枫、鲁飞和苏炎，原本就是一伙的么？"

"不，不是的，我不是……"长歌瞠目结舌，她情急地摇头，暂时顾不上理会被他欲强占的事情，激动得语无伦次地解释道："尹简，我和他们不是一伙的，我当时只是怀疑是他们，所以我跟莫麟抢功，目的是想证实刺客的身份，结果没想到他竟然真是林枫，你不晓得，我住在羽林军营时，林枫待我特别的好，他为我端水打饭，为我洗衣叠被，不论谁欺负

157

我，都是他第一时间为我出头，我心里很感激他，一直想还他的人情，所以今晚……今晚我发现刺客是他后，我就一时糊涂地出手救他了，我真的不是和他一起谋划行刺你的，若我真想你死的话，又何必揭穿假采薇呢？尹简，你相信我！"

尹简听罢，面色稍霁，转瞬却换上了另一副神色："呵，又一个喜欢你的男人？长歌，你真能给朕招桃花啊！"

"什么叫又？总共都没一个男人真心喜欢我！"长歌咬唇，不甘地反驳他，忽然一股浊气堵在了心口，闷得她格外难受……

原来，是她误会了尹简，而尹简竟早看出她在演戏，可明明他心里清楚，到后来竟还是为了她，松口答应放林枫走……

长歌哀怨的表情，令尹简方才因恨而微微冷下去的"龙体"，忽然又昂起了头，他喉结滚动了几下，粗喘着咬牙："你眼睛是瞎的，还是心是瞎的？抛开旁人不说，朕对你的感情，你不明白么？孟长歌，朕喜欢你！"

语毕，尹简难耐地重重吻住了长歌的唇瓣，火热的大掌，疯狂地游走在了她的娇躯上……

呼吸被堵，唇舌被攻占，身体被点燃簇簇火焰，一刹那间，从身烧到心。可这些，都不能成为被窒息的理由……

"孟长歌，朕喜欢你！"

短短七个字，仿佛滂沱大雨中，一道闪电霹雳而下，击碎了长歌心底的绝望，重新衍生出希望的火苗……

这份迟来的表白，长歌梦里梦外，等待期盼了很久，久到她患得患失，优柔寡断，变得不再像以前那个洒脱的孟长歌。

荒芜的心房，被悄悄填满，她喜悦的泪水，盈满眼眶……

可是，短暂的欢欣过后，她的泪，却涌得更快更多，流入两人交缠的口中，化成浓浓的咸，又苦又涩……

喜欢，也仅仅是喜欢而已，他同时还喜欢好多人，有宋妃，有沐妃，或许还有齐妃，而他爱的人，只有那一个已故的女子——采薇！

她不会因为他的一句表白，就忘了他对采薇的情不自禁，亦不会忘了寿宴时他为采薇而恨不得活吞了自己的眼神，更不会忘了他差点儿被采薇害死，因为他那时心中除了采薇，没有半分位置留给她，但凡他心里有一点点她，就能发现她投递给他的提醒的眼神，可是他没有……

或许他真是喜欢她在乎她的，可这份情，一旦与采薇相比，就渺小得什么也不是……

而此刻，他在这个时分表白，也不过是为了得到她的身体，用来安抚她的吧……

长歌在哭，被泪水冲刷的氤氲凤眸里，却缓缓染上模糊的笑痕……

她知道，他一直以来都想得到她，一天得不到，就一天不会放掉她，哪怕她躲过了今

第二十九章　无媒为证

天,明天也躲不过他的猎捕。他是个心机深不可测的男人,可以将所有人都握在股掌之中,他更是个有着强大征服欲望的帝王,他看过她的身子,便霸道地将她归纳为他的玩物,对她势在必行,丝毫不会理睬她的感受……

人对未探索过的东西,总是存在着好奇心理,一旦玩过了,腻味了,也就失去了兴趣,不是么?

既然如此,她便成全他,用来交换她的自由。

这也是,她为爱上仇人,而付出的惨烈代价……

舌头被他吻得发麻,呼吸随着他大掌在她腰侧不停地摩挲,而愈来愈急促……

须臾,尹简移开唇,粗喘着吻向长歌的锁骨,她用力喘着气,闭起双眼,断断续续地发出微弱的声音:"尹简……"

"怎么?"尹简动作未停,薄唇含糊地溢出两个字,便急切地沿着她优美的锁骨下移……

长歌眼帘翕合,被吻肿的唇轻轻抖动,一字一字的吐出:"给我解开穴道,我……我愿意给你。"

她的声音很轻,细若蚊蚁,可尹简却听得清晰,他狠狠一震,情欲深浓的眸底,浮起不可置信的惊诧,他抬头,眼眨也不眨地盯着她,嗓音沙哑得撩人心颤:"长歌,你不是在……哄骗朕吧?你睁开眼睛看着朕,再说一次!"

长歌掀目,眼眶中弥漫的泪水,很好地掩藏了她的悲怆情绪,她视线模糊地与他相对,恬淡地重复:"我愿意把身子给你。"

她的笃定,令尹简紧绷的唇角,缓缓舒展开来,眼中涌上狂喜的笑意,他道:"那便不算是朕强暴你,对不对?"

"嗯。"长歌眨了眨眼睑,鼻音浓重地默认,到了这个分上,强不强,又有什么区别?结果不都是一样的么?

然而,尹简这一刻的开心,却是难以言喻的,他激动地捧起她的脸,吻着她眼角的泪痕,柔情似水:"长歌,你放心,朕会温柔待你的,如果疼得受不了,你就咬朕,咬重些也没关系……"

他记得,教导嬷嬷曾说过,姑娘被男人破身时,就好比刀子捅进肉里,会疼得死去活来,而男人第一次也会痛……

"没事儿,习武之人哪儿有那么娇弱,只要死不了人就好。"长歌浑不在意,她无所谓的语气,令尹简拧眉:"胡说,若是不舒服,记得开口提醒朕,知道么?"

语毕,他出手解了长歌被封的穴道。

"林枫怎样了?"长歌淡淡地道,在失身给他之前,她必须问明白,否则她心中难安。

"逃了。"

他言简意赅地答她，晦深的目光，紧锁着她的眼眸，患得患失，甚至胡搅蛮缠地拷问她："你喜欢林枫？他端水端饭侍候你几日，你就觉着他比朕好么？孟长歌，林枫可是反贼，你……"

懒得听他啰唆猜疑，心神松懈下来的长歌，干脆藕臂一抬，主动勾上了尹简的脖颈，她无奈地截断他："你究竟想不想碰我？再废话一会儿，我就饿死了，你的沐妃也该等得伤心了！"

"朕没打算临幸沐妃……"

早已膨胀发酵的情欲，哪里能禁得住心爱女子的主动邀请，尹简嘟哝半句，便怀着亢奋的心情，急迫地埋首在她颈间……

长歌从未经历过这种阵仗，她顿时紧绷了身体，口中发出难耐的呻吟："尹简……"

她情动中溢出的声音，听到尹简耳中，好似天籁，从没有人能像她这般，将他的名字叫得这么婉转缠绵，仿佛醉了前生后世……

他覆在她身上，人类最原始的交合，令他沉醉其中，仿佛在这一刻，身体的契合，带动了心灵的契合，再没有什么能令他们推开彼此……

尹简心中很清楚，长歌之于他，究竟占了多重的分量，他不是个喜欢拖泥带水的人，爱就是爱，不爱就是不爱，没有什么可迟疑不决的。

对她，从恩情到爱情，是质的升华，并且在与日俱增。

他想，这世间没有人能强大到，让他舍弃长歌。

包括采薇。

嫣红的处子血，滴落在床褥上，似天然朱笔，画成艳丽梅花，见证着她的纯洁……

情到深处，他抱紧了她的头，重重地喘着粗气，愉悦餍足地亲吻着她的脸颊，低喃而道："丫头，明日朕就为你正身，你嫁给朕，好不好？"

在余韵中未曾缓过来的长歌，闻听一怔，脑子迟钝了半拍："你……说什么？嫁给你？"

"是的，你愿意么？"尹简抬眸，情欲未褪的重瞳，眼眨也不眨地锁着她，满目期待："长歌，别让朕失望。"

长歌心尖狂跳，她缓缓合上眼帘，睫毛颤抖不停，胸臆里似乎刹那间沉入了巨石，压得她喘不过气来……

他得了她的清白，为了责任，想收她入后宫为妃，可他不会懂她内心的挣扎。

不论为情，抑或是为仇，他与她，永远都不可能举案齐眉……

许久，她收拾好情绪，掀开眼眸，平静地与他对视，她吐字清晰地给出他答案："我不愿意。"

"为什么！"尹简眉头骤蹙，眸中闪烁着不可思议与急切的狂乱，"长歌，你已经是朕的女人了，为何还要拒绝朕？难道你不想要名分么？"

第二十九章　无媒为证

"什么名分？小小妃嫔的头衔，我不稀罕。"他气急败坏的样子，令长歌心头愈发苦涩，却只能恬淡地笑语，故作不在乎。

"那你稀罕什么？"尹简褐眸微眯，下颔紧绷起来，试探的语气，"你想做朕的皇后么？"

长歌沉默不语，既没承认也没否认，她知道她不够格，凭她伪造的出身，满朝文武没有人会同意尹简封她为后的，而她不知道的是，在尹简心中，她配不配做他的正宫娘娘。

是以，她想听听他的答案，他若给她后位，她不接受是她的原因；他若不给，正好让她彻底心死如灰。

见她如此，尹简忽而叹了口气，他从她身上翻下来，抱起她的头，让她枕在他臂弯里，他大掌摩挲着她的如缎黑发，轻声道："长歌，朕不瞒你，皇后的位子，朕目前不能给任何一个人，大秦政局动荡不稳，今夜之险你也看到了，朕随时都可能殒命敌手，所以朕需要留着皇后位来制衡几方势力，宋齐两家，一文一武，乃朕左膀右臂，缺一不可，宋妃和齐妃也自然是朕笼络关系的利器，只要皇后位空悬，这两家就能保持平衡之态，殚精竭虑地效忠朕辅佐朕，倘若后位被任何一方，或者第三方得到，那么这个平衡关系就会打破，后果将会怎样，你应该想象得到。"

闻言，长歌心下了悟，但她默了一瞬，又忽然记起："那沐妃呢？听说沐妃是宁谈宣的表妹，其父为户部侍郎沐长泽，你纳她为妃，难道也是出于政治手段么？"

"那是自然，在这个政局兵荒马乱的时候，朕不会平白为美色而纳妃。后宫里每个女人背后，都代表着一股势力，但沐妃不同，朕图的并非是沐长泽，表面上朕是为了灵儿，真正的目的是破坏太后与宁谈宣的关系，让他二人无法联手对付朕。"

"咦？这话怎么讲？"

"朕先前对你讲过，先帝驾崩后，按长幼之序，宁谈宣拥立四王爷尹珏为帝，而太后却以嫡出之名，欲挺其子六王爷尹璃上位，双方僵持不下时，朕趁机而入得了帝位，但这两方并未死心，太后总想与宁谈宣修好，拉拢宁谈宣为她卖命，于朕的利益来说，自然不能允许他们结盟，是以后来在听说灵儿喜欢宁谈宣，而宁谈宣与表妹沐静雪自幼指腹为婚后，朕便施了一计，以帮灵儿和讨太后之欢为名，指使灵儿请沐静雪入宫，然后让沐静雪出了点意外必须在宫中沐浴更衣，再然后……咳，朕'无意'瞧到了沐静雪的身子，坏了沐静雪的名节，不得不纳她为妃，由此拆散了他们表兄妹。宁谈宣对朕怀恨在心，也自是迁怒到了太后和灵儿身上，于是他们的结盟，彻底崩盘，朕渔翁得利。"

听完这番解释，长歌忍不住打了个激灵，一边暗叹尹简心机深，一边又不免担忧："那，那你把尹珏和尹璃收在身边多危险啊，万一他二人意图谋害你……"

"无妨，尹璃已被朕派往江南平乱，尹珏也于今夜派出京城追捕林枫等刺客，这一招釜底抽薪，足以牵制太后和宁谈宣，令他二人暂时谁也别想翻起什么大风浪，他们各自想拥立的人的性命，现今都捏在朕手里，谁还敢妄动？而太后娘家所掌的兵权，也落到了朕手中，这多加了一个尹灵儿，便将太后彻底牵制死了！"尹简侃侃而道，讳莫如深的眸子，绽出炯亮精锐的光芒。

长歌听得倒吸了口气："尹灵儿怎么了？"

"你昏迷后，宁谈宣被林枫抓为人质，灵儿对宁谈宣情深一片，便用自己换宁谈宣安隅，被林枫一伙挟持出京了。"尹简道。

闻言，长歌瞳孔急剧收缩，她发出不可思议的惊呼："你本来可以阻止尹灵儿的，但你故意让尹灵儿被抓走，为了抽宁谈宣的底火，为了夺太后的兵权，一箭双雕，对不对？"

"呵呵，真是聪明的丫头，一点就通。"尹简欣慰的轻笑声，从喉间沉沉溢出，他温热的大掌抚上她白里透红的脸颊，垂眸看着她说："长歌丫头，朕把如此多的机密大事告诉了你，你不会给朕捅出去吧？"

他语气很轻松，似乎并无警告或者防备之意，可长歌却听得冷汗涔涔，只觉他在试探她似的……

作为潜入敌国的细作，她刚刚真是有意打探的，难得他肯跟她谈起这些暗中筹划的军政大事，她自然不能错过，心想着等明日就找机会出宫，将消息传达给离岸，由离岸传回大楚，大秦政局变动，军权归属划分的消息，对孟萧岑定然有用的。

谁知，他稍后竟来了这么一句……

好在长歌平时的骄狂只是表面的，她内里处事不惊，格外镇定，对视上尹简含着笑意的深眸，她扯了扯唇，故作讥诮地说："既然担心，就别告诉我，我可没求着你说。"

尹简笑意不减，他依然紧凝视着她，可语气多了几许严肃："朕不担心，朕只想听你说一句。你，会不会出卖朕？"

长歌心跳紊乱，垂在床褥上的手掌心里，渗出细密的汗珠，可她必须冷静，她道："皇上是觉着我无聊透顶，一方面拼命救你，一方面却在背后捅你一刀么？"

"你只回答朕，会，还是不会？"尹简不跟她兜圈子，依然坚持着原问题。

长歌无法，只得违心摇头，有力地道出两个字："不会！"

尹简眉角上挑："好！"

继而，他低头攫住她红肿的唇瓣，话音含糊却带着股冰凉的意味："长歌，日后你若对朕袖手旁观，朕即便死了也不会怪你，但你若出卖朕，你记着，朕此生此世再不可能原谅你，亦不会再……爱你！"

长歌浑身一震，气息急喘不停，她不敢置信地瞠视着他，几乎以为自己幻听了，他发誓般的提醒，似烙铁，烧得她心脏都要被融化了，又仿佛一把匕首突然插在了她心口，叫她看着自己的血如水柱涌出，然后从心底蔓延出的恐惧，在瞬间传遍四肢百骸……

他似乎，已经知道了些什么……

他刚说，他爱她……

思绪混乱不堪，长歌唇瓣嚅动，与他的唇寸寸相磨，许久，她猛然推开他，咬着牙关

第二十九章　无媒为证

道："尹简，你不信我，我可以发毒誓给你！孟长歌此生，若出卖尹简，必死于万丈深渊，无葬身之地！"

尹简沉默须臾，陡然将长歌紧紧桎梏在他怀中，她的脸贴着他胸口处，清晰地听着他的心跳声，一下又一下，有力而激动……

然而，此时的尹简并不知道，他曾经在不安中索要来的种种承诺，不过是海上的一叶浮萍，在后来的后来，在历经沧海桑田，在初雪染白了眉发，耳边兵戈之声吞噬旷野，火光里飞回的雁也呜咽时，终究飘向了不归处，一语成谶……

子夜深沉，室内祥和。

橘色的烛火跳动不停，帷帐上映出男女相拥的影子，时间分秒而过，悸动与挣扎，矛盾与痛苦，深切一折磨着长歌……

"丫头，朕记得你饿了……"

"尹简！"

长歌恍然打断他，她从他怀里钻出来，直勾勾地看着他，脸上的表情，复杂无比："日后，待你江山稳固，你会立谁为后？与谁白头偕老？"

尹简眸光灼热，口吻却透着股哀怨与凄凉："白头偕老的前提，是两个人相爱。可是长歌，你爱朕么？"

"不爱！"长歌无须考虑，答得干脆又决然。

仿佛这个答案，她已演练了无数遍，力图演绎出最绝情的味道……

因为爱，她把身体给了他；因为恨，她对他永不言爱。

无从选择，宿命的安排，已决定了她的人生，她无力改变……

"孟长歌！"

从心肺中绝望地吼出三个字，尹简翻身一起，将长歌压倒在了身下，他赤红的双眸，似充血般，欲将她拆吃入骨，他咬着心血沫子，声声逼问："朕不信！你胡说八道，你对朕是有感情的，对不对？"

"有，但无关男女爱恋，不过是君臣之情，朋友之义而已。"长歌平静地回答，甚至用更加淡漠的语气提醒他，"尹简，其实你也并不爱我，就算爱，也是皮毛而已。你心中真正的爱人是采薇，是那个在你从云端跌落下来时，陪你在冷宫的阴暗岁月中相濡以沫的人，是那个你曾答应要娶做妻子的人。而我，充其量是个替代品，也幸好我不爱你，所以你的后位，我不会争不会抢，因为我不稀罕。"

她没说错，如果他不爱采薇，就不会因为一个假采薇，而失去平日的睿智，几乎命丧毒酒，那时她心中的酸楚，他大概永远也不会了解，所以她不会因他的几句甜言蜜语，便迷昏了头，从而忘记最残忍的现实……

彼时，她有多痛，此时，她便伤他有多深。

她从来都是个睚眦必报的人。

况且，这是一段无果的情缘，最终会被上一代的仇恨而取代。

既没有结局，又何必开头？

身下，骤然一痛！

尹简毫无前戏和预兆地闯了进来，他似一个疯子，动作疯狂而激烈，完全无视她眼角疼痛的泪水，在娇躯隐忍不住的颤抖中，化为潺潺雨幕……

他对她的怜惜，在无望的守候中，则全数化成欲望的惩罚……

这一场掠夺，停止时，烛火已燃尽。

昏暗中，尹简翻身下床，捡起地上的锦被扔盖在长歌裸露的身体上，然后他一扯褪在床角的衣衫，快速穿戴完毕，便掀起帷帐步出，冰凉刺骨的嗓音，似冷冽的寒风，刮得她耳膜发疼，心脏发痛——

"孟长歌，你猜对了，朕不过戏弄你罢了，朕爱的女人，只有采薇一个！朕曾答应娶她，这后位便是为她而留，而你应该还不知道，采薇她并没有死，她……真的还活着！"

珠帘抖动，脚步声远去，殿门开了又合上，鸡汤的香味儿不时地飘进来，殿外树枝上，鸟儿的声音，偶尔钻入耳中，夜幕上的星子，在寂寞地眨着眼……

长歌听着自己奄奄一息的虚弱呼吸声，她缓慢地咧开唇角，绽开一抹惨烈苍白的笑……

父皇，您看儿臣多会骗人啊，就连尹简心机那么深谙可怕的人，也被儿臣骗了……

父皇，儿臣做得对吧，不该开始的错误，儿臣不能再错下去，儿臣要努力地走上正轨……

父皇，待儿臣死于深渊中的那一天，您驾着七彩祥云来接儿臣，好么？儿臣想念父皇了……

长歌累了，她闭上眼睛，入梦时，恍惚看到了许多人，有父皇，有离岸，有义父，有太子皇兄，还有她的母妃凤雪，他们都在长生殿，围着她亲切地唤她，长生小公主……

长生殿，长生公主凤长歌，长命百岁……

笑话。

不过是，一帘幽梦……

小半个时辰后，沁蓝进殿，点燃宫灯，提着走近内室，空气中残留的情欲味道，久久未散。

她入内看了看昏睡过去的长歌，微叹口气，上前轻声唤道："孟公子？孟公子您先醒醒。"

"怎么？"长歌睁开惺忪的睡眼，头晕得难受，她勉强问道："有事么？"

沁蓝小心翼翼着措词："奴婢端了热水，您先洗漱一下吧，床褥也要换一换。"

"哦，好。"长歌迷糊地应下，她挣扎着想爬起来，可双腿间被撕裂的疼痛，令她煞时白了脸，忍不住呻吟了一声。

第二十九章　无媒为证

"奴婢扶您！"沁蓝忙道。

已经没有什么羞耻感可言，长歌无力地点点头，任由沁蓝扶她坐起，捡了外袍包裹住她的身子，将她小心地扶下床，走到外间洗漱。

身上尽是密密麻麻地青紫色痕迹，腿间乳白色的污液已经半干，长歌靠坐在垫了棉毯的软榻上，由沁蓝侍候着擦洗净身，她脸颊上的红，始终不褪，沁蓝看着揪心，可才想摸摸她的额头，她却偏头躲开，干哑着嗓音道："我没事。"

拾掇完毕，长歌换上了干净的中衣，沁蓝也利索地快速换好床褥，将那块带血的床单小心叠放整齐，在长歌不甚注意的时候，偷偷塞入了怀中。

长歌重新躺上了床，清洗后身体舒服了很多，只是浑身酸软依旧，身下那处也始终火辣辣地疼，沁蓝拿出一支药膏递给长歌："孟公子，那个……这个药止痛很管用的，你试试吧。"

长歌颊上的嫣红色，瞬间深了几许，她想说点什么，可最终什么也没说，只道："放下吧。"

沁蓝欣喜，她搁下药膏，出去盛了碗鸡汤端来："孟公子，您多喝些，对身子有好处的。"

长歌没有矫情，她端起碗来，很贪婪地喝着，这碗惦记了许久的鸡汤，终于喝上了……

身子是她自个儿的，她不会赌气糟蹋，为了任何人，都不值得。

沁蓝回到正殿寝宫时，尹简已沐浴结束，不曾就寝的他，披着长衫，独立于窗前，清冷孤傲的俊脸上，不染半分情绪。

"皇上，床单取来了。"沁蓝上前，福身一礼后，从怀中拿出东西，双手呈上。

彼时，天已快亮。

灯火阑珊处，年轻的帝王萧索孤立，沉静如钟。

称帝半年，树不静风不止。

这一夜的多舛，从皇权倾轧到儿女情长，堪称惊心动魄。

数年后，当尹简再回忆起时，依然难掩心悸，抚着那朵干涸的梅花，他泪雨滂沱。

多情不与长相守，佳人一故天人隔。

若此时，若晓前尘后事……

长歌，我定舍天下换你遗恨，免你独赴黄泉，一生凄苦。而我，亦免少年白发，半世孤凉……

掌中之物，温凉如水。

尹简却珍似至宝。

"把朕的箱子取来。"

"是！"

沁蓝打开里间的高大铜柜，找到第三个暗格，拿钥匙打开铜锁，在暗格中取出一个红底镶金的小方箱，她双手抱着走出来，呈给尹简。

　　箱子也加了锁，尹简从头顶玉绾上拔下一根细小的绾簪，插进锁孔转了两下，锁开，他盯着躺在箱中绝密的各种物件，褐眸黯沉。

　　抚摸着手中沾满污秽和处子血的床单，尹简动作温柔地似抚摸着情人的脸庞，他默然几许，才将床单轻轻放入了箱子，然后合盖加锁。

　　仿佛，那是一件除他以外，任何人都不允许碰触的宝贝。

　　他与她共同的第一次，于他，是最永恒最美好的记忆。

　　虽然，最终结局，以惨败收场。

　　"日后，你好生侍候她，朕这边不必太费心，以她为主。"

　　"奴婢谨记。皇上，孟公子是个明白人，不使性子不骄纵，该吃该喝坦荡得很，所以皇上也不必过于担心。"

　　"退下吧，时刻守着她，有事即刻禀报朕。"

　　"是，奴婢告退！"

　　沁蓝躬身退离，尹简把箱子锁回暗格，宫人太监全被遣在外室侍候，躺在里间龙床上，他闭上双眼，明明疲惫不堪，却了无睡意。

　　脑中，浮起两张脸，两个名字，纠结在心头。

　　孰轻孰重？

　　心底明明已有答案，却无法说出口……

第三十章　大病一场

　　京城外，林间窄道上，一辆马车与数匹骏马飞驰。
　　天色已蒙蒙亮，天际已渐露出鱼肚白，新的一日即将到来。
　　尹琏做足了表面功夫，在城郊围捕了几个时辰，才暗松栈道，将林枫一众逼出了京城。
　　马车里，林枫伤势不轻，苏炎为他做了简单的处理，待上药包扎好，便扶他趴在小榻上，给他腰部以下盖了一块马车里备用的薄毯。
　　尹灵儿被封的穴道已解，但因为她会武，哪怕是三脚猫的皮毛功夫，也让人不放心，所以她被苏炎拿粗绳捆绑在了马车座上，全身无法动弹。
　　马车的速度太快，颠簸得尹灵儿头晕目眩，胃里泛恶心，几次都差点儿吐了出来。然而，想吐能忍，但生理问题就忍得太痛苦了，折腾大半夜，小腹愈来愈涨，她已经忍到了极限，一张小脸憋成了苦瓜，不得不极难为情地说出口："我……我想出恭！"
　　"忍着！"林枫侧趴着脸，半睡半醒间，抛给她两个字。
　　尹灵儿银牙一咬，怒不可遏地朝他吼："再忍就尿裤子了！"从不曾说过这么有失身份的粗鄙之语，可见她现在已经完全气疯了。
　　此时，马车里只有他二人，苏炎已出去对付穷追不舍的官兵，少一个人听到她的窘事，尹灵儿的羞耻感也减少了不少。
　　林枫睁开眼，由于失血过多，他脸色极为苍白，可一双黑眸却灼灼闪光，大抵因为没见过这么俗气的大秦三公主，他不由勾勾唇角邪笑起来，语调带着几分玩味："那你尿裤子给我看。"

"我……"

尹灵儿被噎得脸庞涨红,气得急喘,她凶狠地瞪着林枫,恨不得在他身上再瞪出几个血窟窿:"你……你敢侮辱本宫,本宫要阉了你做太监!"

"哦?你会阉人啊,那你是有过阉割的经验?"林枫恍然大悟,配合着作出崇拜的表情,眸底的笑意,却如瀚海夜空,深浓无限。

这一路被追,他并不曾放在心上,不论尹简作何打算,只要有尹灵儿在手,他必会安隅。因为,尹简还没到公然和惠安决裂的时刻,尹灵儿这颗棋子,尹简暂时不会舍弃。

尹灵儿急怒之下,难免大脑缺了根弦,她张口就驳:"本宫经验十足,阉你绰绰有余!"

"哦,这样啊,那你先跟我讲讲,男人的那儿,究竟是怎么阉的?你又阉过几个太监呢?"林枫来了兴致,干脆侧起身来,专心地请教这位公主,心中则在想,看来抓了这位计划之外的公主也不是坏事,虽然是胸大无脑的丫头,但居然还有逗笑的本事,起码这一路上他不会太寂寞了!

尹灵儿被他一副求知若渴的认真模样,刺激得脑门冒冷汗,她没婚配,自然也没有嬷嬷提前教习她闺房之事,对于男人的身体,她完全迷茫啊,可为了不让这个她恨之入骨的臭刺客看扁,为了不丢她皇家公主的脸面,她以打肿脸充胖子的气势道:"本宫阉过十几个太监,男人的那什么就像老鹰的爪子,实在太丑了,随便一刀剁下去就完事了!"

"扑——"

林枫一个没忍住,竟不合时宜地喷笑出声:"你说什么?老鹰的爪子?哈哈哈……"

"笑笑笑,笑什么笑?再笑本宫掌你嘴!"尹灵儿恼羞成怒,她本来就是信口开河的,现在看他的反应,她当然知道自己说错了,可是……多少给她留点面子不行吗?可恶的臭刺客!

林枫笑够了,撑着坐起身来,挑挑唇角,语气极具调戏的味道:"三公主,你确定你现在最想做的事情,不是出恭而是掌我的嘴么?"

"我……哦对了,我必须出恭,你快点解开我的绳子!"尹灵儿后知后觉地反应过来,连忙着急地说道。

林枫正色道:"马车不能停,你也不能下车,如果实在想解决,就只能在车里。"

"在车里?"尹灵儿拔高了音调,气得几近吐血,"车里怎么解决?"

"马车后舱有尿桶,我可以拿给你。"

"那你倒是快啊!"

在这个快憋死的时刻,尹灵儿的智商急剧下降,只要能让她小解,这会儿就是林枫逼她叫他祖宗,恐怕她也二话不说就点头了!

然而,林枫不急,他慢吞吞地跪在榻上,打开隔断的小门,伸手进去摸索了好一会儿,才拎出来一只小桶,然后扔在尹灵儿脚下:"给你。"

第三十章 大病一场

尹灵儿激动地扭腰挣手："你……你快解开我啊！"

林枫不动，好整以暇地睥睨她："万一你趁机跑了怎么办？"

"混蛋！"

尹灵儿破口大骂："你都给我吃毒药了，我敢跑么？你这个恶毒的刺客头子，本宫要将你五马分尸！"

"哎，你先解决了你的尿裤子问题，再考虑怎么分我吧！"林枫叹口气，温润透明的俊脸上，并不显生气，他起身过去，俯首在她身前，给她解开了捆绑的绳子，绑得太久，她皓腕上勒痕颇深，殷红一片，她疼得吸气，他眼眸黯了黯，没多说什么，只催道："快小解吧。"

尹灵儿急忙撩起裙子，低头就去解裤绳，可解着解着，才突然发现不对："哎，你戳在这儿做什么？回避！"

"就这么大的马车，我往哪儿回避？"林枫走回到小榻坐下，理所当然的口吻。

尹灵儿气得猛跺马车："那我怎么小解？男女有别，你知不知道？"

"知道。"林枫点头，但话锋一转，"那又怎样？现在特殊时期，你只有三个选择。第一，允许我在场，我闭上眼睛非礼勿视；第二，我把你扔出去，让我手下的一群男人围观你；第三，你选择尿裤子，或者被尿憋死。"

尹灵儿一口气没上来，险些一头栽在地上昏过去，她脸红耳赤，羞得浑身都有些燥热，咬紧牙关，细若蚊蚁地嘟哝了句："我……我选第一个。"

几害相较取其轻，她还有别的选择么？臭混蛋！

闻听，林枫邪气地勾笑："早就算到你会选我了。"

"回避！"

尹灵儿拳头捏得"咯咯"响，脑子里瞬间把林枫的祖宗十八代问候了一遍！

林枫忍俊不禁，他果真信守承诺，背转身子，闭上了双眸。

尹灵儿就在这种条件下，屈辱地解开裤子小解，那细流的水声响起时，她羞愧得真恨不得一头撞死！

可她不能死，只要她能活着回去，就有机会嫁给喜欢的男人了，所以她必须忍常人不能忍之事！

林枫也是第一次听女子小解，在尹灵儿看不见的情况下，他俊脸红了个通透，亦是窘迫不已……

其实，他叫凤寒天，若凤氏王朝未灭，此时他已妃妾成群，岂会如现在这般……

他悄悄握紧双拳，连耳根子也染上了不正常的绯色……

翌日。

长歌这一觉睡过去，足足五个时辰，都不曾醒来。

早朝毕，尹简来过一次，但没有进殿，在殿门外立了许久，然后一言未发地去了上书房，召心腹重臣议事。

上书房。

将寿宴的桩桩大事分析通透，又商议部署了诸多事宜后，尹简微笑道："宋相，齐大人，朕昨夜特宠沐妃，冷落了宋妃齐妃，缘由想必二位已猜晓，朕是为了阻宁谈宣。况且，谁离朕近，谁遭殃的可能性便大，朕亦是不想爱妃受到波及。"

"皇上，臣等明白，皇上费心了。"宋承和齐南天拱手，恭敬而道。

尹简颔首："那今日就议到这儿吧。"

"臣等告退！"

众臣鱼贯而出，齐南天转身之时，却听到尹简说："齐大人，关于婉郡主，朕有件事跟你说。"

"是！"

齐南天明显在意，他身躯紧绷着返回跪下，宋承、郎治平等人不疑有他，躬身退出。

"南天，平身吧。"

"谢皇上！"

遣退近侍太监宫女，尹简道："南天，婉儿昨夜虽然受惊，不过目前挺好的，你无须担忧。"

"是，如此微臣便放心了。"齐南天点点头，神色松弛下来。

"现在麻烦的是……"尹简屈指敲在御案上，眉目愈渐阴寒，"采薇在太后手上，成为了太后威胁朕最大的筹码！"

齐南天一凛："皇上，采薇姑娘在何处？有线索么？"

"没有，不然朕何以授太后把柄？"

"那敢问皇上，太后有何证据？会不会是诓皇上的？"齐南天眸中隐忧甚浓，大胆地说道，"若皇上没有亲眼见到采薇姑娘，微臣以为不可全信。"

"太祖爷的密旨！"尹简道，他一字一句，重瞳阴鸷，"当年朕入冷宫后，尹哈没有杀朕的最大原因，并非师出无名，难以向天下人交代，而是他想从朕身上得到太祖爷的密旨！此密旨至关重要，为太祖爷亲笔手书两份，一份为传位密旨，另一份则是关于凤氏前朝长生殿的秘密！为免被尹哈搜走太祖爷真正的密旨，朕就以送采薇定情信物为由，将密旨转移到了采薇手中，高半山入宫以前，曾是名锁铁匠，擅长各种难锁，朕设计了一个双开锁，画好图纸交由他秘密打造，高半山不负朕望，用西域雪山的千年寒铁打造出了一个无法熔炼无法砍破的带锁铁盒，朕将密旨亲手锁进了铁盒中，但打开锁的唯一方法，是采集朕与采薇两人身体某个部位的尺寸形状来制作双钥匙，而当年朕只告诉了采薇关于她那一半的解锁秘密，现今，那秘密以及铁盒，都在太后掌握之中。"

听君一席话，齐南天瞠目结舌，他震惊了许久，才得已发出疑问："如此说来，皇

第三十章　大病一场

上也不可全信啊，倘若在采薇死之前，太后便已得到了暗藏密旨的铁盒及一半的解锁之秘呢？"

尹简摇头，笃定的口吻："不会的，铁盒朕是早给了采薇，但解锁之秘是在出事的那日午时，朕才告之采薇的，而朕昏睡后，高半山一直和采薇在一起，直到后来才分开，采薇是没有机会出去冷宫泄密给太后的，且她并不知道铁盒中是太祖爷密旨，总以为是朕送给她的定情首饰。如今，太后能解开一半锁，必然是从她口中得知的，且测量了她身体那个部位的尺寸，若她真死了，逻辑上就无法讲通，况且那日她的尸体失踪了，这也是个有力的证明！"

"皇上，那您争位时所倚仗的太祖爷传位密旨，是……"齐南天迟钝了片刻，忽然意识到一个问题，由此惊骇得脸色大变，可余下的话，他没敢说，一个"假"字卡在喉咙里，就像卡了根随时能要人命的鱼刺！

尹简眸中幽光闪烁，他缓缓勾唇，声线冷冽："密旨内容自然为真，朕亲眼所见过的密旨，怎会有问题？"

闻听，齐南天额头渗出细汗来，许多事，无须点破，已然了悟，他略一沉吟，拱手道："皇上，为今头等大事，便是想法子找回铁盒，找到采薇姑娘，对么？"

尹简端起早已凉掉的茶盏，轻抿了口凉茶，头脑愈发清晰："不错，朕不可能总受制于人，铁盒与采薇，缺一不可，朕必须夺回来！"

"皇上，恕微臣斗胆直言，采薇姑娘乃皇上心中明月，皇上重情之人亦多年不忘采薇，可时过境迁，这五年当中，采薇姑娘究竟变成了怎样的人，谁也无法预料，且这段旧情易被太后利用，譬如昨夜之凶险，皇上……还需多加警惕为好！"

齐南天言毕，便撩袍跪在了地上，叩首请罪："微臣该死！"

尹简见状，忙起身从御案走出，弯腰亲扶齐南天，言笑晏晏："无妨，南天一心为朕，朕心如明镜，怎会降罪于你？快起来吧！"

齐南天谢恩起身，神态极为恭敬，只听尹简又道："南天，朕待采薇虽有情意在，但已不复当年单纯的儿女情长，冷宫大火那日，朕身中的迷药，是否采薇所为，采薇是自杀，还是他杀？采薇的尸体，又被谁人带走？她是否原为尹晗的人，对朕施美人计诱朕交出密旨？又或者她对朕一心一意，从未做出背叛朕的事，却惨遭人杀害……这诸多解不开的谜，早就令朕无法对她释怀，后来叹她已死，无法解密，是以心中总是耿耿于怀，总是惦记着她。但昨夜，朕没那么糊涂，初时自是震惊，可转念一想，朕便猜到来者不善，且不论真假，太后的毒招必然用了那个能乱朕心的'采薇'身上，因为知晓朕与采薇关系者，只有寥寥几人，又尤属太后的嫌疑最大，故朕将计就计，原打算擒了活口拷问，谁知……呵呵，孟长歌那小子竟抢了先，立下了救朕的大功！"

忆起长歌，顺带忆起东偏殿昨夜种种，尹简唇角略勾了勾，心头甜涩参半，无以言说……

闻听，齐南天眸中浮满惊色："皇上英明神武，微臣钦佩！"

"呵，是以不论付出何种代价，朕必要见采薇，生见人死见尸，朕必须弄清楚，当年的真相究竟是什么！"尹简眼中划过一抹残冷之色："另外，铁盒密旨若泄露，后果将会不堪设想，朕绝不能给太后这个可能扳倒朕的机会！"

真密旨随着采薇那时的死讯失踪了，夺位时他别无选择伪造了假密旨，幸好他自小跟着太祖爷习文练武，模仿太祖爷的笔迹之能，足可以假乱真，骗过满朝文武，方才一得大业，称帝继位！而另一道有关凤氏前朝长生殿秘密的旨意，他还不曾查看，便更不能被太后得到！

齐南天拱手，深目灼灼，铿锵有力地道："皇上是否已有应对良策？微臣肝脑涂地，愿为皇上分忧！"

"有！"

尹简沉沉吐出一个字，眸光清透，却隐隐泛着肃杀之气……

午时。

阳光明媚，风轻云淡。

议事结束，君臣二人步出上书房，随侍太监郭顺立刻迎上前："皇上，沐妃娘娘差人来请皇上，张嬷嬷已候多时了。"

尹简拂了下袖袍，淡淡道："传过来。"

"是！"

很快，沐妃宫中的管事嬷嬷上前跪地见礼："奴婢参见皇上！"

"娘娘何事？"尹简沉声，余光扫过齐南天，他摆了摆手，齐南天会意，拱手告退，先行离去。

张嬷嬷谨慎回话："昨夜皇上传谕，着娘娘侍寝，娘娘便一直等着皇上到来，一夜不曾合眼，今日觉身子不适，奴婢们欲为娘娘请太医，可娘娘不允，生怕惊扰皇上，但方才娘娘的病情愈发严重了，奴婢不敢再耽搁，便速来禀报皇上，请皇上作主。"

闻听，尹简眸色一紧，方才记起昨夜他与长歌欢好，将沐妃抛之脑后，且未派人传话给沐妃，按后宫规矩，他未来，沐妃自是不敢先睡，没想到这一夜不眠，倒给熬出病了！

"朕去看看。"尹简提步朝外走，同时淡声吩咐："郭顺，速传太医，为沐妃娘娘诊脉！"

"奴才遵旨！"

郭顺立刻领命，高半山昨夜受伤，暂时便由他顶替侍候帝王，这难得上位的机会，他格外珍惜，跑得比兔子还快。

岂料，长廊那端，一粉衣宫娥的身影，却疾步奔来，隔远瞧到那抹明黄，她情急地呼喊："皇上！"

尹简步伐一滞，回身之时，面色不变，袖中的大手却已紧攥，沁蓝来此寻他，定是长

第三十章 大病一场

歌出事了！

果然，沁蓝近前，因奔跑过久过快，脸色红润，气喘吁吁，只见她福身一礼，细声禀道："皇上，孟公子昏睡不醒，奴婢大胆上前一探，发现孟公子他……他竟发高烧了！"

尹简听之一震，忧色浮上眼底，但目光扫落在身后的张嬷嬷脸上时，他褐眸微微暗敛，只道："沁蓝，你且好生照料孟长歌，沐妃亦是病重，朕先去瞧沐妃。"

"是，奴婢遵旨！"

沁蓝心中暗讶，但她未敢迟疑，嘴上连忙应下，待听得脚步声抬头时，但见尹简已扬长而去……

大楚。

此时，京都。

靖王府。

厚重的帘帐，将透进磨砂屏风的些许亮光完全遮掩，整个内室昏暗不明。

酩酊大醉一夜，直到这次日午时，床上的男子，才渐有醒来的迹象，而他不知梦到了什么，微干的唇瓣急切地嚅动着，发出细若蚊蚁的呓语："丫头……"

"王爷！"

守在床边的侧妃梁氏和许氏欣喜地连忙争着探前身子，殷切地说道："妾身在呢，王爷有何吩咐？"

孟萧岑缓缓掀开眼帘，一贯沉静的墨眸，此刻沾染着几许迷茫和慌乱，他神情僵滞须臾，瞳珠忽然转动，迅速扫视着屋子……

然而，他眸底浮起的期盼，随着冷清的气息灌入大脑，逐渐消失，转化为蚀心的绝望……

做梦呢，丫头没有回来，她远在大秦，在那个年轻皇帝的身边……

可他怎么会……怎么竟梦到他在吻她，那么热烈的吻，是他平生都不曾体验过的感觉，仿佛他的唇齿间，至今还残留着那属于她的清新味道……

怎么能够？他是她的义父啊，他大她十五岁，他纳妃圆房时，她还是个乳娃娃，个头小小的，只够到他的膝盖，两只雪白的小手很喜欢抱他的脖颈，然后把小脑袋往他颈子里拱，嗓音是小孩子特有的软糯甜腻："义父，长歌想吃棉花糖……"

林花谢了春红，太匆匆。

十五年的光阴岁月，快如白驹过隙。

而他精心抚育的小丫头，也已经长成大姑娘了，并且长得与凤雪愈来愈相像……

"王爷？"

"王爷，妾身服侍您更衣洗漱吧。"

"王爷，这是醒酒汤，您喝点儿吧，喝了就不会头疼了。"

"……"

梁氏和许氏你一言我一语，争抢着表关心，陷入恍惚中的孟萧岑，一动不动，可眼角却隐约泛起了湿意……

两位侧妃察言观色，渐渐安静下来，紧张地绞着手中的帕子，不知她们的王爷夫君在想些什么。

"退下，叫管家进来。"许久，孟萧岑终于开口，嗓音低沉而沙哑，听不出什么情绪。

两人眼中浮起惊色，连忙福身道："是，妾身告退！"

语毕，便莲步往屏风外走。

"长歌……"

喃喃一声细语，忽然从身后传来，两人一震，继而面色泛白，脸上各有难堪和嫉恨之色……

若没记错，自从靖王府的小霸王孟长歌失踪后，靖王孟萧岑便再没有与妃妾同寝过，其中，他有近两个月的时间不在王府，后来回府，也始终一个人独居，不允许任何人以任何方式爬上他的床。

整个靖王府后院的女人，一夜之间全体失宠，女人们在胡乱猜测之下，便把原因全归结到了孟长歌身上，但孟萧岑却说，因他即将迎娶靖王妃，是以才休养生息。

可方才，孟萧岑在无意识地唤出那个人的名字时，她们不难听出他语气里饱含的思念之情……

可是，孟长歌毕竟是个少年啊！

两侧妃走出主卧，心境久久难平……

不久，管家奉命到来："王爷，您醒了。"

"嗯，本王先沐浴。"

泡在温泉中，孟萧岑后仰着头，管家给他捏着宿醉后疼痛的头部，清澈的温泉水，映出他一脸的憔悴，他淡淡说道："本王稍后修书一封，你派人即刻送往大秦，交给离岸。"

"是！奴才明白。"管家应声道。

昨日君王赐下婚期，七夕吉日，他将大婚。

这个消息，他想亲手写信告诉丫头，哪怕她会伤心，也好过她从别的途径得知。

昨夜，他心中郁结，整宿地喝酒，想着那张他分不清是长歌还是凤雪的脸，他喝醉了，然后睡着了……

梦里，他在吻一个女子，还是那张相似的脸庞，可他竟清楚地知道，他吻的是长歌，而不是凤雪……

然而，他并不知道，就在昨夜，在他婚期赐定的夜，他的丫头却失身给了那个年轻的帝王……

第三十章　大病一场

命运，同他开了一个天大的玩笑，令他后半生，追悔莫及……

帝宫，东偏殿。

长歌烧得迷迷糊糊，时而似身在火山，时而又似掉进冰窟，身体忽冷忽热，她难受得口中呓语不断："冷……热……"

沁蓝唤了几个太监，迅速抬了热水进来，危急之下，她请莫可速找退烧药煎熬，她则浸湿巾帕，紧张地给长歌进行热敷，心头格外忐忑自责，她该早点发现长歌生病的，昨晚见她似头晕的样子，她欲探她额头，结果被挡了回去，她竟粗心地没起疑，谁晓得今日竟严重成这样！

可麻烦的是，由于长歌女扮男装，连太医也无法宣来诊脉，这就令人感觉很棘手，因为谁也不知她发烧的同时，会引起哪些并发症，更不知长歌的身体，除了发烧外，是否还存在其他的病……

总之，沁蓝现在急坏了，若尹简在还好，起码有个主心骨，但偏偏沐妃也……

"见过婉郡主！"

正焦虑间，殿门突然打开，莫麟的请安声传了进来，沁蓝欣喜过望，急忙掀起珠帘，福身一礼："奴婢给婉郡主请安！"

"免礼！"

尹婉儿没带宫婢，只身一人进来，快步走向沁蓝，目中充满关切："长歌怎样？有退烧的迹象么？"

沁蓝摇头："莫可在煎药，现在只用热帕子敷额，暂不见好转。"

闻听，尹婉儿神色愈发地急乱，她在床头坐下，看到长歌烧得通红的脸庞，心疼地咬唇："这可怎么办？表哥知道么？"

"回婉郡主，皇上已知，可沐妃娘娘不巧也生病了，皇上顾不过来，所以……"沁蓝低声回话，不必说透，言下之意已明了。

然而，她却不知，这番话竟听到了长歌耳中，她虽昏昏沉沉地睁不开眼，可意识多少有些清醒，手指无力地揪住身下的床单，滚烫的泪珠，陡然从眼角滑落，根本来不及阻拦……

"长歌！"

尹婉儿惊呼一声，手忙脚乱地拿出锦帕给长歌拭泪，她着急地安慰："长歌别哭，药马上就好，等你喝了药，退了烧，就不难受了啊，表哥探过沐妃就会回来看你的……"

许多话，说者无意，听者有心。

原本按理来说，宫妃病重，得帝王关怀，实属正常，而长歌一介御前侍卫，若得帝王先探，岂不是落人话柄？所以，尹简是对的。

可长歌的心，此时却如搁在焰火上炙烤，疼得外焦内烂，生病的人心里总是脆弱的，哪怕一贯坚强如她，亦不可避免地由情感控制了理智，在他眼中，沐妃比她重要，采薇、宋妃、齐妃，不论哪一个都排在她前面，果然，他得到了她的身子，然后被她拒绝了，他便觉腻味了……

"婉儿，我……我想离宫……走得远……远……"

长歌极度虚弱地张唇，只是断断续续的话，并未说完，便陷入了重度昏迷……

"长歌！"

"孟公子！"

殿房内慌乱的呼叫声，令刚刚到达殿门口的尹简，心神骤紧，他侧眸看向良佑，眼中戾色深重："传张太医过来，不许声张！"

"是！"良佑心领神会，一拱手，即刻离去。

尹简甩袖入内，大步迈向内室，身后莫影关闭了殿门。

"表哥，长歌她……"看到尹简，尹婉儿顾不上见礼，忙起身退开，激动的话语卡在喉咙口，哽咽得说不下去，眼睛红得险些掉出眼泪来。

她没有朋友，风光时身边尽是献媚的人，落魄时得到的全是嘲笑奚落，无一个真心待她的人，直到认识了长歌。

这个与众不同的姑娘，处处令她刮目相看，她们的友情，也纯净得令她格外珍惜。所以此时，她难过得真想替长歌受了这生病的苦楚……

沁蓝跪地，把头磕得"咚咚"响，自责无比："皇上，奴婢照顾不周，奴婢该死！"

尹简褐眸冷得像结了冰，令人不寒而栗："先记着，待她病好，看朕怎么惩处你！"

"奴婢谢恩！"沁蓝簌簌发抖，脸色灰败。

尹简一把掀起锦被，将浑身滚烫的长歌俯身抱起，贴上她红得骇人的脸庞，他声线不稳地吩咐："婉儿，你褪掉外衫躺床上，帮朕掩人耳目。"

尹婉儿怔愣，她不解地眨动长睫："表哥的意思是……"

"朕宣了太医。"

"哦，我明白了。"

尹婉儿冰雪聪明，一点便透，当即飞快地解着裙带，沁蓝忙上前侍候，待她只穿着中衣刚躺进锦被时，殿外便响起了良佑的声音："皇上，张太医求见！"

"传！"

张太医便是上次在此给长歌治臀伤的太医，他还以为今日又是孟长歌那个混蛋少年被打伤了，岂料进殿见礼后，尹简竟道："你在帷帐外诊脉便可，婉郡主暂歇在朕这儿，不想竟发起了高烧，朕心甚忧，你且仔细诊，明白么？"

"是，微臣遵旨！"

张太医有些懵懂，嘴上应话，心中则在想，这地儿不是特许了孟长歌那个小混蛋住么？

第三十章　大病一场

沁蓝挑起珠帘，请张太医入内，龙床帷帐外，伸出一只手臂，而除了这手臂外，其余全被遮掩，令人看不清床上的人。

帝王盯在一旁，张太医额上冒着虚汗，不容多想，便急忙稳定心神，近前切脉，并报诊断结果："皇上，婉郡主乃湿热，脉濡缓，急须清热解毒。另婉郡主郁结于心，时来亘久，已劳损心肺，是故身子骨羸弱……"

"先治，需要何种药材，何种补品，立刻给朕开单，皆用最好的！"尹简闻听，内心焦灼不堪，他沉声喝断，凛然命令，"御贡给朕的，只要能治她病的，不论人参还是鹿茸，统统拨给她！听着，朕不准她有事，若治不好她，你就提头来见朕！"

张太医被他最后一句，吓得"扑通"一声就跪下了，他连连磕头："皇上息怒！微臣一定尽力医治婉郡主，其实……其实婉郡主的发热看似凶险，但几帖药服下就能退烧的，关键是心疾之症，需得来日方长慢慢养……"

"朕已给她调养多日，怎不见好转？"尹简急怒攻心，他不知长歌心中究竟郁积着何事，明明她心口处曾受过重伤，为何她就不能放下心事，敞开胸怀地过日子呢？她是想糟践死自己，还是想急死他？

张太医大汗淋漓："皇上莫急，短时日内效果自不会明显，只要悉心调养，假以时日，婉郡主身子必能大好的！"

尹简有些脱力地摆手："速去开单，朕随后再传你，你就在帝宫待命吧！"

"是！"

张太医战战兢兢地退出内室，良佑已备好纸墨笔砚，待他开好药方子和食补清单，便快速离开，亲自前往太医院和御膳房。

张太医看了眼内室，抹着冷汗躬身退出东偏殿。

殿门被关闭，尹婉儿从帷帐中坐起身来，柔声安慰着尹简："表哥，长歌不会有事的，您别急，她有表哥惦念，定会吉人天相。"

尹简手头一堆大事急需处理，沐妃那边还没顾得上探其口风，高半山那儿搁着采薇的问题，江南的战事一日一报，林枫的身份有待细查，尹琏记录追踪情况的密折，也时不时地送来，还有宁谈宣和太后……

他头疼地捏了捏眉心，自床沿坐下，一个眼神扫过去，沁蓝会意，忙跪在他面前，为他脱掉龙靴，扶他上床，忆起他午膳尚未用，沁蓝小声劝道："皇上，该到用膳时辰了，孟公子有奴婢侍候着，您先用午膳吧。"

"朕没胃口。"尹简回了一句，俯身，额头与长歌的相贴须臾，感受到她炙烫的温度，他朝沁蓝吩咐，"换块热帕子。"

沁蓝领命，很快便浸了一块锦帕呈上来，尹简细致地为长歌敷额，眸光专注地望着昏迷中的人儿，他心头堵得很，嗓音也艰涩虚软："沁蓝，传膳，侍候婉郡主先用。"

"是！"沁蓝应声。

尹婉儿拭了拭眼角，暂退出内室，等在外间。

没有了第三人，尹简挨着长歌躺下，他环抱住她的细腰，有种想将她糅进骨血的冲动，她尚在病中，他又岂有心思理政……

他不明白，他们怎么就走到了今天这一步，彼此伤害，彼此折磨……

他亦不懂，她能为他舍出性命的感情，难道就只是君臣之情，而非男女之爱么？

他不甘心，她是他的女人，唯一的女人，只要他不死，就永远不会放开她的手……

哪怕……

他大掌轻抚上她的小腹，眸中浮起一抹凉薄的笑，经过昨夜，兴许她腹中已经孕育了他的子嗣，哪怕……用孩子绑住她，他也在所不惜！

不久，莫可熬的退烧药先送了进来，可惜长歌昏迷中，根本喂不进去药，尹简顾不得许多，当着下人的面，便嚐了一口药吻上了长歌的唇，舌尖撬开她的贝齿，以口渡药，生怕她吐出来，他直吻得她咽下全部的药汁，才又低头喝了一口药，再次吻她，反复如此，一碗药足足喂了半个时辰，总算见了底。

长歌喝了药，出了一头汗，尹简也好不到哪儿去，尹婉儿拈着帕子给两人拭汗，看到尹简眼中的红血丝，她咬咬唇，轻声说：“表哥，让我来照顾长歌吧，你快歇歇，当心龙体啊！”

"朕没事儿，你现在不便出殿，就在外间榻上歇着，这儿有沁蓝侍候，你也别累着了，朕守着长歌便好。"尹简勉力微笑道。

尹婉儿见他精神还不错，便也没再劝说，福身告退了。

尹简将长歌放平躺好，又吩咐沁蓝拿了湿帕过来，仔仔细细地为她净脸，擦洗身体，期望她能尽快退热，在沁蓝出去换热水时，他掀开被子，褪下她的绸裤，小心地查看她身下的红肿是否好转，显然她昨晚用药了，肿度已消散不少，现在只剩浅浅的淡红色，他担忧的心放下了些，但忆起她那时的哭喊，那疼得撕心裂肺的模样，他便自责愧疚地抬手甩了自己一巴掌，为什么非得跟她计较？她没心没肺不是一天两天了，他为此受过的打击还少么？为什么就忍不了？为什么就习惯不了她的绝情？

他们交欢的第一次，她是主动给他的，那么默契美好，可他偏偏在第二次毁了她，现在她该恨死他了吧……

尹简懊悔难当，他直起身子，四下逡巡了一圈，从枕头底翻找出那支药膏，挤了些许在指尖，然后轻柔地涂抹在她身下，许是这股清凉，令她感觉到舒服，她昏睡中嘤咛了声，"嗯……"

"长歌！"

尹简心中一喜，他忙给她穿好绸裤，侧身躺过来，柔声唤她："长歌，你能听到朕叫你么？"

长歌神志不清，她细若蚊蚁的呓语，需要尹简耳朵贴到她唇边才能听得到："离……

第三十章 大病一场

离岸……有人欺负我，给我打……打他……尹简……尹简混蛋……"

尹简俊眉深深地蹙起，他捧抱住她的小脸，苦涩地低声道："长歌，是朕错了，朕任你打骂，只要你能好起来，你想怎么报复朕都行，可以么？不过……你别再提离岸，朕讨厌你把离岸看得比朕重。"

可惜，回答他的，是一片静谧，长歌又自昏沉而睡，轻浅的呼吸声入耳，尹简扬唇苦笑，给她掖好被角，他躺下陪她，一夜未眠，加之今日的操劳，他本想合上眼睛小休一下，谁知竟也沉睡了过去。

再醒来时，已是一个多时辰后，莫影在外禀报："皇上，太后娘娘请您到寿安宫一趟，说有事商议。沐妃娘娘那边，也派了人过来，探听皇上的行踪，想知道皇上几时会去探望沐妃娘娘。"

"回禀太后，朕政务繁忙，一时走不开，晚些时候会过去，沐妃那边也一样。"尹简睡眠不足，头疼之余，心情不免烦躁。

莫影道了声"是"，便紧着退出。

"沁蓝，宣张太医！"

"是！"

"婉儿，上床躺着，再诊一次脉。"

很快，在帝宫待命的张太医便匆匆到来，隔着帷帐切上长歌的脉搏："皇上，婉郡主脉相平稳了些，热度也降了，不过还得继续服药，得彻底恢复到正常体温才可。"

尹简心下微松，遣了张太医出去，一堆事积压着他也再睡不着，便遣人从上书房搬了奏折过来，一边照顾长歌，一边批阅折子。

郭顺惦记着尹简午膳没用，不敢进来劝，在沁蓝出殿取东西时，好说歹说了一番，沁蓝大着胆子应承下，擅自作主命人传膳，端了六道尹简平日极爱吃的菜肴汤粥入内，在尹简冷眸射过来时，她机灵地想到说辞："皇上，您大半日没进膳，若龙体有恙，就没办法照顾孟公子了，况且……孟公子病前曾言，皇上的龙体是她最为担心的，因为皇上不像她，不论什么时候，都不会亏待自己，若皇上有个闪失，她当年就白白相救皇上了。"

尹婉儿听着眼中泛起了笑意，不论沁蓝所说真假，她也立刻配合着道："表哥，您甭让长歌担心好么？她有心疾，您亏损龙体是想给她多添心病么？"

尹简俊脸黯沉，他想说那个冷血的丫头根本不可能关心他，可话到嘴边，却变成："长歌真说过这话么？"心底，终究是存着希冀，哪怕是一点点奢望。

"奴婢不敢欺君！"沁蓝脊背挺得僵直，头上在冒冷汗，可嘴上却说得铿锵。

尹简眉头松动，紧绷的下颔线条明显舒展开来，甚至唇角噙了抹淡笑："开膳。"

"是！"

沁蓝大喜，尹婉儿也眉眼弯出柔和的笑意。

又过半个时辰，良佑送来张太医开的药，尹简如法炮制，继续以吻渡药，给长歌喂完整碗后,他守了她许久,待药性发挥作用,再宣张太医诊脉,张太医喜笑颜开:"皇上,婉郡主总算退烧了!"

"会不会反复发热?"尹简不甚放心地追问。

张太医道:"有可能,不过再烧也不会像先前那么严重了,每隔两个时辰进一次药,再喝两顿,就会彻底没事了。"

"皇上!沐妃娘娘突然昏迷不醒,急请皇上!"

郭顺的声音,突然在殿外响起,尹简闻听,神色骤然一紧⋯⋯

日暮西斜,夕阳的霞光,染红了半个皇宫。

宫道上,一行人快步向前,影子在身后拉得很长很长,一抹橘色映射在居中颀长男子的背部,红与黄的重叠,墨色发丝的交叉,在视觉上,有种流光溢彩的美。

行至沐妃宫门外,郭顺尖声高喊:"皇上驾到!"

无数宫人匆忙迎驾,整整齐齐地跪了一院:"参见皇上!皇上万岁万万岁!"

"平身!"

"谢皇上!"

张嬷嬷跪于最前,她未敢起身,磕头道:"禀皇上,太医诊了脉,娘娘服了药却不见好转,方才竟昏厥了!"

尹简蹙眉,薄唇抿得极紧,他步伐极快地迈向沐妃寝宫。

穿过几道门,进得内室,宫女挑开珠帘跪请尹简入内,两名太医正在小声讨论病情,乍见到尹简,慌忙跪地见礼:"微臣叩见皇上!"

"沐妃病情如何?"尹简走向床榻,冷声询问道。

一太医立刻回道:"禀皇上,娘娘头闷心神不宁,乃昨夜受惊所致,微臣已开舒肝理气的药给娘娘服用,此病需要静养,本就不能即刻见效,方才娘娘醒来,问及皇上是否来过,宫婢照实作答,岂料娘娘听后,气血上涌,竟昏厥不醒。"

"现在该如何治?"尹简立于榻前,望着沐静雪苍白的睡颜,他嗓音沉了几分。

太医道:"回皇上,微臣二人商议,欲为娘娘施针,恳请皇上恩准!"

"准!"

经过一番金针过穴,沐静雪不久便悠悠转醒,朦胧的视线里,映入尹简的俊颜,她激动地抓住他的手,虚弱地唤道:"皇上⋯⋯"

"沐妃。"尹简反手握住沐静雪,轻声道,"朕在,白日政事实在太忙,朕抽不开身来,让爱妃久等了。"

午时,他并不曾来此,行至半路便寻了个借口打发张嬷嬷先回,他则直接返回帝宫,照顾长歌到现在,此刻会来,也是因为长歌退烧了,他的心放回了肚子。

沐静雪眼睑湿润,几颗泪珠从眼角滑落,她凄惶地低喃:"臣妾以为⋯⋯以为皇上也不要臣妾了⋯⋯"

第三十章 大病一场

"也？"尹简心思极其敏锐，他眼角一沉，眸光扫视向宫人和太医："全部退下！"

"是！"

一殿人迅速退出，沐静雪方才有所反应，她惶恐地连忙请罪："皇上，臣妾失言，请皇上恕罪！"

尹简面容平静，他收回交握的手，习惯性地摩挲上拇指的玉指环，缓缓而道："沐妃，昨晚你与宁太师独处了吧？你们谈了什么？"

"皇上……"沐静雪惊诧，她撑着床榻欲坐起身，尹简出手按在她肩上："病着就别起来了。"

"谢皇上！"沐静雪垂眸，嗓音哽咽几许，她低低地说道："皇上英明，什么都瞒不过皇上，昨夜混乱中，臣妾被宗将军救走，后来与表哥……不，与宁太师独处了片刻，然后就被侍卫护送着回宫了。"

尹简褐眸微眯，语气平淡得令人听不出什么情绪："哦？说下去。"

"是。"沐静雪点头，她十分明白，如今她能倚靠的人，只有眼前的男子，是以她深吸了口气，道："宁太师问臣妾，是否已经爱上了皇上？"

闻听，尹简神色一凛，抿唇未言。

"皇上，您猜猜臣妾是怎么回答宁太师的。"沐静雪从被中伸出莹白的柔荑，羞涩中带着几分大胆，轻覆在尹简手背上，缓缓与他十指交握，她抬眸看他，眼波流转，目中情意分明。

尹简冷然以对："你爱不爱朕，不在朕的考虑范围内，朕只问你，你表哥如今还在乎你么？"

语毕，他再次收回手，没有半分迟疑。

原本纳她为妃，只是将她视作棋子，后来她的温婉清丽，恬淡善解人意，令他从内心中把她看得比宋齐二妃略重些，他也曾考虑，待他铲除异己局势稳定后，便临幸她让她做他名副其实的后妃，可是……

可是后来，长歌出现，他的心，从此便不再受控地开始偏离，至今日，他想执手相携的人，已不可被替代。

所以，他断然打消了先前的念头。

沐静雪呆滞了一瞬，方才怔忡摇头："不在乎了。表哥不要我了，皇上也……心中无臣妾……"

她如此说完，备感狼狈地偏过了脸，眸底愈渐润湿，有晶莹的泪珠在眼眶中打转，忍了再忍，终是忍不住顺颊而落……

一贯清高的沐静雪，这是第一次，在尹简面前表现出了伤心的一面……

"好好休养。"

尹简神色无波，情绪并没有什么起伏，他亦没再多言，只抛下四个字，便起身离去。

沐静雪泪如泉涌，忽而号啕大哭……

昨夜，宁谈宣说："雪儿，你既已为皇妃，日后便好好做尹简的女人吧，你我已再无可能。"

"表哥，你……你不要雪儿了么？"她惊问，亦是试探，一入宫门深似海，她早知他们的指腹为婚，已化作烟尘，随风而去。

宁谈宣道："因为我已有喜欢的人。"

他说完便走，不曾回头。

沐静雪是骄傲的，看着那道决绝的背影，她红唇扬起如花笑靥："表哥放心，我也爱上了他，不再喜欢你了。"

可是，她爱上的男子，像天上的云彩那般，飘渺得令她抓不住……

长歌醒来时，床畔坐着尹婉儿，沁蓝又在外间炉子上温着鸡汤，而尹简……依然不在。

"总算醒了啊，长歌你感觉怎么样？好些了么？"尹婉儿喜不自胜，一会儿探她头，一会儿摸她脸，继而如释重负地松了口气，"终于彻底退烧了，太好了！"

长歌扯了扯唇，勉强挤出一抹笑："我挺好啊，怎么，我又发烧了么？"

"是啊，你这病来得凶猛，真是吓死人呢。"尹婉儿嗔怪了句，扭头喊向外间："沁蓝，快端鸡汤，长歌醒了呢。"

沁蓝欣喜，手脚麻利地盛好鸡汤送进来，尹婉儿已扶长歌坐起，在她身后垫了靠枕，长歌人虚着，可精神已大好，她温和地笑说道，"除了鸡汤，有狮子头么？我想吃一个，嗯……烧鸡腿也想吃，还想喝点儿酒。"

"不可以，东西可以吃，但酒不能喝，你还病着呢。"尹婉儿秀眉皱起，直接否决。

沁蓝舀了一勺鸡汤送到长歌嘴边，也笑着帮劝："就是啊，正吃药呢，怎能喝酒呢？孟公子一天没进食，赶紧先喝汤润润胃吧。"

长歌无奈，只得张嘴喝汤，心中却格外怀念喝醉的感觉，只是在皇宫里喝醉，离岸怎么再背她？

喝到一半时，尹简回来了，殿门开合，外面依稀有人请安的声音传入耳中，长歌放在被中的双手，蓦地收紧，连同她的呼吸，一并急促起来……

沁蓝暂搁下汤碗，迅速跪地，待珠帘从外面掀起，她便叩头见礼："参见皇上！"

"见过皇上！"尹婉儿也福身问安。

珠帘处，尹简深幽的眸光，穿射而来，直直地定格在长歌脸上，他仿佛不曾看到旁人，就那么眼眨也不眨地凝视着床上的人儿，薄唇翕合，隐隐透着激动地吐出几个字："你醒了。"

"参见皇上！"长歌口中说着，身子一起，就地跪在床上，她低垂下头，将心中翻滚

第三十章 大病一场

的情绪悄悄掩藏。

尹简顷刻间黯然了神色，他欲迈前一步，却被地上的沁蓝所挡，他方才抿唇道："都起来吧。"

"谢皇上！"沁蓝起身，打算继续给长歌喂鸡汤，可手指刚碰到汤碗，却听得尹简道："放着，朕来。"

"是！"

"沁蓝，朕的晚膳直接传到这儿。婉儿，你累半天了，先回兰蔻阁休息吧。"

"是，婉儿告退。"

沁蓝和尹婉儿陆续离开，殿房内静谧无声，长歌靠坐回原位，偏着头，盯着床尾方向，一言不发，表情平淡得似乎那人只是个陌生人，于她根本无关紧要。

尹简默默地在她身边坐下，他端起剩余的半碗温热鸡汤，舀起一勺自己尝了一小口，满意地微笑："味道还不错，朕喂你喝吧。"

他的勺子伸过来，长歌却冷然一笑："皇上的口水落在汤里了，奴才嫌脏。"

尹简的笑容，僵在嘴角，他一动不动地看着她，重瞳深处，浮起浓郁的悲凉，捏着勺子的长指，因过于用力，而"咔嚓"一声，使得勺柄断裂……

那刺耳的声音，震得长歌心尖狂跳，她不由攥紧被角，想象着他下一刻会怎么收拾她，或极尽讽刺，或摔了汤碗，或暴力制她……

然而，在她不安地等待许久后，却听得他幽幽道出一句："朕换一碗，你且稍等。"

长歌大口呼吸了几下，她猛然扭过头来，从他手中一把夺过汤碗，"咕噜咕噜"一口气不歇地把剩余的鸡汤尽数喝进肚子，然后将汤碗扬起，当着他的面，狠狠地摔在地上，那瓷器破碎的声音，比方才更令人心惊胆战……

"滚——"

她一个字吼出，更多狠绝的话语，亦毫不留情地射向他："收起你的虚情假意，我孟长歌不需要！你给我滚！我讨厌你，我看见你就想吐，就想杀了你或者杀了我自己！"

尖锐的嘶吼声，在殿房中久久回荡，一字字，一句句，似吹毛断发的利刃，手起刀落，弑杀人心，未余半分情……

殿门开了又合，那抹明黄身影终归离去，不曾留下只言片语……

黄昏的风，从耳畔呼啸而过，带着温凉入骨的冷意，吹散了颊边垂落的发丝，亦吹落了从眼角淌出的泪滴……

曲折的宫道，通向权欲的尽头，橘色光影中，尹简回身，清冷而望，只见帝宫在暮色残阳下，静寂而伫。

他迈步，沿湖独自而行，看月斜江上，云淡天长……

长歌藏在被中，第一次，哭得天崩地裂，像是经历了一场生离死别，她用最残忍的方式，将心上的朱砂生生剜掉，剜得心房，血流成河……

这世上最艰难的抉择，莫过于爱上一个不该爱的人，犹如飞鸟与鱼，纵然相爱，又在哪里筑巢？

沁蓝奔进来，大吃一惊，她不敢说什么，匆忙收拾了地上的残羹破碗，然后直等到长歌哭停后，方才大着胆子近前，迟疑着道："孟公子，御膳房做好您点的菜了，您……现在传膳么？"

"传。"

长歌闷声抛出一个字，抬手按在泪痕未干的眼角处，双肩几不可见地微微耸动。

沁蓝退出，心下宽松的同时，不免又含怨愤慨，这人倒真是没心没肺，看似伤心成这般，居然还有胃口进膳？

这一夜，平静安宁。

尹简再没有来过，尹婉儿晚些时候又来探望了一次，长歌还像以前那般开朗，同她玩笑说话，该吃就吃，该喝药就喝药，很珍惜自己的身体，很用心在养病。

这一夜，长歌失眠，独自一人躺在床上，总感觉被褥冰冷，她翻来覆去怎么也睡不着，想起连日来与尹简夜夜共枕眠的安然酣睡，她突然发现，习惯是件很可怕的事，一旦习惯了某一个人的体温，习惯了那人的味道，便很难再戒掉……

尹简，尹简……

默念着那个名字，长歌唇角微翘，可转瞬，她侧头将自己埋进了枕头里，湿漉漉的眼睑，垂在眼眸上，不停地轻颤。

期望，梦里相见……

第三十一章　表明心迹

翌日。

朝毕，尹简到寿安宫给太后请安。

所有宫人全部退下，只余他二人密谈。

"太后今日的气色好多了。"尹简面色淡薄，笑意清浅，一贯的温润。

惠安轻推着茶盏，雍容华贵的精致妆容，因他的话微微扭曲，她冷笑一声："呵，难得皇上还记得哀家，肯屈尊来哀家的寿安宫，哀家见到皇上，这气色自然就好多了！"

这话里话外的刺儿，听在尹简耳中，他并未生气，只是微微一笑："太后，沉得住气，才有做大事的本钱，你我是合作关系，只要朕不倒台，太后就一直是大秦的太后，又何必互斗呢？"

"皇上所言极是，哀家也这般考虑，可问题是，皇上如今攥着哀家一双儿女的性命，这叫哀家如何再信任皇上？"惠安抿一口茶，语气不咸不淡，睨向尹简的目光却咄咄逼人。

尹简淡然，唇边笑意不减："太后果真误会朕了，六爷平乱之缘由，朕已给太后做过解释，三公主被擒，亦是她自作主张之故，朕如今在全力营救三公主，太后何以这般诋毁朕？反之，若非灵儿，朕已将刺客正法，又岂会放虎归山？"

惠安被堵得无话可说，脸色不禁铁青，她将茶碗重重一搁，干脆撂了狠话："皇上，哀家所掌兵权已落入你手中，哀家无力回天，但哀家也不会让皇上好过！璃儿与灵儿的性命，哀家现在就要你一句话，你究竟保不保他们永生安隅？"

"呵呵，太后说笑了，朕连自己能活到几时都不敢保证，又如何敢保他人永生？"尹简面不改色，言笑晏晏，眼中划过一抹淡淡的嘲讽。

惠安忍无可忍，一掌拍在案几上，力道之大，震得茶碗水渍四溅，她霍然起身，怒视着尹简，道："你的旧情人采薇不想要了么？那个铁盒子皇上打算让哀家公诸于世么？"

"太后，这个决定权不在朕手中，太后是个聪明人，应该知道唇亡齿寒的道理，这把龙椅朕若是坐不稳，太后的子女恐怕亦难安稳，那么太后又何必攥着采薇和铁盒与朕怄气呢？何况……那铁盒不过是朕赠予采薇的定情信物而已，太后即便拿出来，又有何意义？"

尹简说到此处，话语微顿，他稍事思忖，似下了一个郑重之极的决定："不如太后将采薇交还给朕，那铁盒太后想留便留，朕只要人，如何？若太后应允，朕可立下毒誓，此生必善待太后母子三人！"

闻言，惠安甚感意外："哦？但闻皇上铁血心狠，没想到竟也是个痴情种，一个采薇，足可比拟江山大业，是不是？"

四十余岁的女人，脸上毫不掩饰的讥笑，使得那份雍容少了华贵气质，倒现出几分狰狞之色，尹简唇角上挑，不疾不徐地回她："所以，太后应当考虑清楚，趁着朕对采薇情意尚在，与朕做了这单买卖，否则……"

"否则什么？"

"天下美人何其多，万里江山却难得。自古舍得舍得，有舍才有得，而朕，自当遵从古人教诲，便该舍则舍！"

尹简眼中的笃定，令惠安一震，攥紧的指节骨泛白，她浑身都在颤抖："尹简，那个铁盒绝不简单，当年太祖爷的密旨被你私藏，你登位之时，只拿出一道，那另外一道密旨在何处？在你没确保璃儿灵儿安隅之时，哀家绝不可能将采薇交出来，更不可能丢弃铁盒中的太祖密旨！"

"好，太后歇着吧，既谈不拢，今日到此为止。"

尹简冷魅一笑，重瞳中划过一抹肃杀的寒意，语毕，他转身即走，再不作停留。

高半山伤在左肩，因箭头浸了毒液，所以他即便捡回了一条命，却伤重不堪，需卧床休养。

尹简的到来，惊骇到了侍候高半山的两名太监，他摆了摆手，直接遣人退下，亦阻止了高半山欲爬起请安的举动。

高半山动容："皇上，奴才何德何能，劳皇上亲临探视……"

"少废话，给朕说说，箭伤恢复得如何？"尹简皱眉打断，目光落在了高半山的伤处，语中不乏关切之意。

当年，他能自冷宫中逃生，能夺回帝位，高半山、莫影这些人，都功不可没，待他忠心耿耿。

他对敌狠辣，却亦非无情之人。

高半山点头，脸上尽是轻松之态："回皇上，奴才好多了，不出几日便可侍奉皇上

第三十一章 表明心迹

了。"

"不急，养好再说，以免落下炎症病根，日后受苦。"

"是，奴才叩谢主上隆恩！"高半山眼中水光浮动，微低下了头。

尹简沉凝了眉目："半山，朕且问你一事，当年采薇的尸体失踪后，太后可曾派人查找，抑或审问于你？"

"回皇上，奴才不知，太后也不曾传唤过奴才。"高半山一惊，只迟疑一瞬，便快速回道。

"如今，采薇未死，在太后手中，朕无法查询到蛛丝马迹。"

尹简已命齐南天派人盯住了皇城内外，但无异于大海捞针，天下之大，对方只要有心藏一个人，必能藏得深不见底。

高半山闻听，整张脸上骤现惊悚之色，连声音都透着慌乱失措："皇上，您说什么？采薇姑娘还活着？"

尹简颔首，深眸紧紧盯着高半山："当年之事，你可有什么隐情瞒着朕？"

"回皇上，奴才……奴才没有！"高半山心提到了嗓子眼儿，他抖着唇，额上渗出了汗珠，指甲掐入了掌心。

尹简负手在后，重瞳幽光闪烁，神色不明："半山，朕心念采薇，无论如何必寻她归来，断不能因她而被太后掣肘。你且养伤罢，好好回忆一番，若想起什么线索，及时禀报于朕。"

"……是，奴才遵旨！"

高半山冷汗涔涔，仿佛尹简的眸光是柄利剑，戳得他浑身出血，徘徊在了生与死的边缘……

尹简采用了拖字诀，一边暗中找人，一边和太后冷战僵持，两方谁也不敢妄动分毫。

朝廷内外，表面松弛，实则风声鹤唳，暗波汹涌。

而长歌在床上养了三日，方才神清气爽地下了地。

如今，她已是御前侍卫，作为帝王身边之人，病好便得归位，可她想先出宫一趟，她需要和离岸见一面。

然则，她欲离宫，必得找尹简批假，纵然不想见那人，也只得主动求见。

忆起这三日，长歌心中又不免晦涩，自决裂后，尹简给予她的饮食起居依旧，唯独他再未曾踏入东偏殿半步……

长歌甩甩头，哂笑一声，提步迈向帝宫正殿。

途经东偏殿外走廊，有三四名宫娥结伴而过，她侧身避让，不巧她们的私语声，依稀落入耳中——

"齐妃娘娘接连侍寝两夜，昨夜是宋妃娘娘，今夜皇上会不会召沐妃娘娘侍寝啊？听说今早儿给皇上研墨的上书房大宫女秀儿得皇上赏了,似乎皇上有意召幸……"

长歌前行的步伐,缓缓停滞,再也迈不出去。

大脑有些空,嗡嗡作响,扰得她头疼,心口也疼。突然有种山中方七日,世上已千年的沧桑感……

宫娥的话音渐渐远去,直到彻底消弭,她也始终未曾回头。

当情爱远去,他与她之间,还剩下什么?

尹简不在帝宫前殿,据值殿的大宫女所言,这个时辰,他应在上书房。

长歌迈出殿门时,沁蓝急匆匆地追至:"孟公子,您去哪儿?奴婢刚取了趟东西,回来就不见您了!"

"求见皇上。"长歌淡淡回道,步履未停。

沁蓝愣了一瞬,连忙跟上,她斟酌着小声询问:"孟公子求见皇上可是有要事?"

"嗯。"

"孟公子,奴婢可以求您一事么?"

"你说。"

面对长歌不咸不淡的态度,沁蓝心里发怵,她直觉这两人见面十有八九又会闹僵,是以她大着胆子说道:"历来帝王三宫六院不可避免,但皇上心存公子,对公子关爱之情,已超越后宫任何一位主了,公子但凡用心,便应能体会。奴婢恳求公子待皇上宽容,理解皇上的难处,莫再与皇上生气了。"

"沁蓝,皇上有多少妃嫔,与我无关,他是帝王,我是侍卫,仅此而已。"沿着宫道,长歌漠然而行,神色无波。

沁蓝听闻,急不可耐地道:"奴婢说句逾矩的话,皇上已临幸公子,公子既是皇上的人,又怎会仅此而已?皇上……"

"别说了!"

长歌忽然一声喝断,她脸色微微泛白,胸脯起伏不定:"那又如何?自古帝王多薄情,不过图的一响之欢罢了。"

语落,她步伐加快,心中凌乱,只觉前方的路,似乎愈来愈难走了……

沁蓝碎步跟着,脸上布满愁云。

上书房外,长歌被值守太监拦下,对方很恭敬地笑说:"孟大人,皇上正在理政,不知您有何贵干?"

长歌蒙了片刻,才反应过来这一声"孟大人"指的是她自己,御前行走为从五品官阶,是以,她大小竟也算是个官了!

整理好情绪,她遂抱拳道:"烦请通传,孟长歌求见皇上!"

"请大人稍候!"

"多谢。"

第三十一章 表明心迹

值守太监入内，层层通报上去，长歌等了盏茶工夫，郭顺快步出来，朝她低头一揖，声音略低道："孟大人，皇上传召，您请！"

长歌回头看了眼沁蓝，对上她焦虑的眼神，她敛了敛眸，一言未发地跟在郭顺后头，走向上书房。

熬了那么久，终于有资格踏入帝王的政权腹地，长歌不由自主的攥紧了十指，离目标又近了一步，她的心境，却是那般复杂！

五月的天，已经显热。

迈进庄严厚重的上书房殿门，长歌逾矩地抬眸凝望，但见尹简一袭明黄，凛然威严地端坐于御案后方的龙椅上，他眉目微垂，手执朱笔，正在全神贯注地批阅奏章。

长歌看不清他的表情，亦不知他此时心情如何，她眸光微移，掠过他身后两名打扇的宫女，落到正在御案一侧轻挽罗袖俯身研墨的粉衣宫娥身上时，她心口蓦地一疼……

这女子便是……秀儿吧！

"孟大人？"见长歌止步不前，直视天子而出神，郭顺神色微变，连忙小声提醒。

长歌一动不动，心神犹在恍惚。

一只茶碗忽然迎面掷来，力道极重，带着一股劲风袭向长歌的面门，习武之人的本能反应，令她刹那回神，身子同时迅速偏移，斜退出半丈，然后听得"咣当"一声，茶碗砸落在地上，茶水溅了郭顺半个袍角！

"皇上息怒！"

郭顺双腿一软，顷刻跪倒在地，大汗涔涔，满目惊惶！

长歌吞咽着唾沫，抬起眼角望向那人，但见他扬起的左手缓缓收回，容颜清隽冷峻，神色疏离，褐眸淡漠无温，情绪难辨。

而她分明又留意到，他下颌似瘦削了几许……

"见君不拜，孟长歌你是来求见朕，还是挑衅朕？"

她一副没魂儿的模样，彻底惹怒了尹简，一掌重拍在御案上，震得秀儿脸色唰的变白，手一抖，墨汁溢出几滴，她惊慌失措地跪下，口中连连说着："皇上恕罪！"

长歌见状，敛下眸底那股涩胀感，她快步上前，隔着两米的距离撩袍跪地，大声叩拜："奴才参见皇上！"

她一言既出，上书房竟陷入了持久的死寂，尹简不喊平身，亦不言语，所有人僵硬地低头跪着，连大气也不敢喘，氛围诡异而压抑。

长歌按在地上的手指微微蜷拢，她能感觉到射在她头顶的凌厉视线，她想说话，可是喉咙干涩发疼，居然一个字也说不出来……

又过约摸半刻钟后，尹简终于开口，嗓音清冷，依然不染半分情绪："平身！"

"谢皇上！"

众人紧张的心微松，各自叩头起身。

长歌寻思着她此行的目的，试着张唇："皇上，奴才请旨……"

"秀儿，朕乏了。"

男人低沉的话语，盖过了她的声音，长歌一凛，拱手抱拳的姿势僵住，她抬眼定睛望向他，入目的却是他线条冷冽的侧颜……

此时，尹简正偏头看着秀儿，耐心地等待秀儿擦拭手上的墨渍，从长歌的角度看过去，他眼角的温柔，不深，淡淡的，却刺得她眼底的酸涩愈发加重……

他果然，有了新欢，有了新宠幸的人……

秀儿拭净手，便站在尹简身后，动作娴熟地为他捏肩按摩，那张温婉可人的小脸上，布满娇羞的绯色。

尹简眉目松动，舒展开了神色，他似方才记起长歌，回头问道："何事？"

两个字，简简单单，不含感情，完全是公事公办的态度。

"回皇上，奴才请旨出宫，请皇上批准。"长歌垂头，声线略为不稳，有些无法控制。

闻言，尹简眼中浮起几不可见的戾色，他拿起一封折子打开，边看边道："理由。"

"奴才……办点私事。"长歌斟酌着回答。

"具体！"

"奴才久未见离岸，心中甚念。"

"不准！"

他没有多余的话，每次两个字，封死了她的路，她不由咬唇，据理力争："奴才告假一天，不会影响什么的，待轮到奴才休沐日，可以抵消今日假期不休沐，请皇上开恩！"

"不准！"尹简不为所动，执起朱笔开始批复奏折，没扫她一眼。

长歌急切，她一急自然就顾不得什么礼数，脱口便道："奴才憋闷在房几日，心中郁结，想出宫散散心，皇上为何不准？"

"孟长歌，你敢质问朕？"尹简声音骤冷，他霍然抬眸，眼中寒气逼人，令人心惊胆战。

郭顺"咚"的一声又跪下了，惊惧无比，身体抖得像筛糠，只怕连累到他自己，内心亦急叹，孟长歌这个祖宗啊！

然而，长歌站着没动，她倔强不怕死地道："奴才不敢质问皇上，只是想求皇上恩准奴才出宫。"

"呵，这就是你求人的态度？"尹简冷笑，手中握着的朱笔"咔嚓"断成了两截，震得秀儿脸色又渐发白，再没了那股羞涩。

长歌不动声色地瞅了眼秀儿，撩袍重重一跪，负气大喊："奴才知罪！奴才跪求皇上！"

"你趴着求也没用，给朕滚回去！"尹简不耐烦，刀子似的眼神戳在她头顶，出宫见

第三十一章 表明心迹

离岸？想都别想！

长歌眼睛一闭，完全豁出去了："奴才不会滚，请皇上的人做个示范！"

她已经找不到与尹简的正确相处方式，似乎怎么做都不对！

此言一出，郭顺差点儿尿裤子，额上大把的汗珠滚落，他算是皇上的人吧？这孟长歌如果不死，就是他死了啊！

"放肆！"

尹简褐眸阴鸷地瞪视着长歌，真有种想撕了这个混账东西的冲动！

长歌想了想，也觉她过分，毕竟这么多宫人，她拂了他的颜面不好看，便软了语气，"皇上，长歌不走，只逛一圈就回宫，真心恳求皇上！"

"三个时辰，朕只给你三个时辰，你若逾时未归，朕便赐离岸入宫为太监，整日与你相伴，免你念他成疾！"因太了解她死倔的性子，尹简终是退了一步，却严肃警告她："你记着，朕君无戏言！"

长歌一震，气结地咬牙："你就会拿离岸威胁我！"

"那你可以不受朕的威胁！"尹简涔冷一笑，与她相视的重瞳中，闪烁着深意不明的复杂光芒。

长歌捏紧拳头，忍气吞声地磕头谢恩："奴才谢主隆恩！奴才告退！"

待她退出，尹简低沉一喝："来人！"

莫影、莫麟二人即刻现身："奴才在！"

尹简目色冷霾，缓缓道："你二人跟上孟长歌，暗中盯着，仔细点，小心被她发现！"

"奴才遵旨！"

"朕不许她掉半根毛发，明白么？"

"奴才明白！"

莫影二人消失，郭顺觉着他这条命才算捡回来了，再偷睨帝王，发现尹简竟出神地盯着殿门方向，不知在想些什么，而秀儿停止捏肩，悄悄蹲在了尹简身前，她小手抚上尹简的大腿，轻轻揉按，仿佛若有似无的挑逗……

岂料，尹简陡然回神，一掌掀开秀儿，龙颜大怒："谁准你近朕的身？来人，拖出去！"

宫外，天蓝云白，阳光晴好。

数日未出宫，竟觉已隔数年般，恍惚不适应。

神武门外，长歌以手遮目，眺望远方，但见青山葱郁，廓影绰绰，城楼尖角，人声犬吠。

汴京城，一片盛世繁华。

长歌跃上马背，一拽缰绳，策马而行。

途经林立街市，吆喝声、欢闹声、唱曲儿声，声声入耳，长歌于马上微微露出笑容，习惯了市井生活的她，此时忽然有种回归的感觉。

拐角的鸟摊上，一粗布青年正在卖力地逢人介绍他的鸟儿，数只红嘴绿毛的鹦鹉叽叽喳喳地叫个不停，几个小孩儿蹲在鸟笼前，笑得天真无邪。

这一幕幕落入眼中，都是那么亲切美好。

长歌勒马，翻身跳下马背，她朝青年爽朗地笑："兄台，你这鸟儿怎么卖啊？有会说话的么？"

青年连忙热情地招呼，笑容灿烂，露出一口大白牙："有啊，公子过来瞧瞧，我这鹦鹉叫声好听，学话伶俐，一教就会，保管公子喜欢！"

长歌性子直爽："哈哈，那敢情好！"

琳琅各色的鹦鹉，挑得长歌眼花缭乱，难以取舍："这只颜色好，可看起来呆头呆脑笨笨的，那只倒是伶俐，不过头上的黑点不好看……"

"孟长歌！"

身后突然传来一道呼唤，听之温润缠绵，如沐春风。

长歌一怔，转身面对来人，讶然之余，赧然嫣笑："大哥，你怎会在这儿？好巧。"

宁谈宣逆光而立，一袭杏色锦袍，绾丝羽带，飘逸若仙，他俊颜妖魅，气质矜贵，唇边浅含的笑容，仿佛能醉人三生。

"刚好路过。"他简单作答，将这一场邂逅，轻描淡写地带过，好似他与她真是缘分或者偶遇。

长歌眉眼弯笑："大哥，我正想实践诺言请你喝酒呢！"

闻言，宁谈宣眸间漾起一抹喜色："呵呵，难得啊，那今儿个我得多喝几杯，不然下次不知排在猴年马月了。"

他言笑晏晏间，竟伸手牵住了长歌，动作那般自然，仿佛已做过百余次。

长歌一僵，不动声色地抽手，口中说道："等下啊大哥，我在买鸟儿呢，你正好帮我参谋一下，看看哪只好。"

"好。"宁谈宣在她手心捏了捏，方才泰然自若地松手，转眸看向那一排的鹦鹉，鸟摊主人脸上的惊疑之色来不及褪下，显得有些慌乱失措："太师大人，您，您请！"

显然，青年是认出了宁谈宣，继而对长歌的态度也更加恭谨起来，甚至躬腰不敢直视。

而长歌脸庞泛红，尴尬地垂了垂眼睑，下意识地将手背在了身后。

"这几只都漂亮，喜欢的话可以全买。"宁谈宣目光扫视过去，很中肯地给出豪迈的意见。

长歌闻听，顿时哭笑不得："大哥，这十几只呢，我全买回去烤着吃啊？"

第三十一章　表明心迹

谁知，她话音刚落，一只毛色黄红相间的鹦鹉便尖锐地叫了起来："讨厌！讨厌！你真讨厌！"

"啊，这厮讨厌小爷？"长歌被吓一跳，满目愕然地指向那只鹦鹉："你再说一遍！小心爷拔光你的鸟毛！"

青年惶恐："公子莫生气，这只鸟是听懂了您的话，害怕您真烤了它，是以才冲撞公子的。"

"呵呵……"宁谈宣忍俊不禁，"长歌，这只好，就买这只吧！"

长歌摸摸下巴，盯着那只胆大的鸟儿若有所思："老板，它是公鸟还是母鸟啊？"

"公的。"

"其他的呢？母鹦鹉有几只？"

"公子，小人这儿有六只母鹦鹉呢。"

"得，这只公的我要了，再给我拿五只母鹦鹉。"

闻听一下子买六只，青年欣喜若狂，连忙应道："好咧，公子请稍等，小人给您拾掇好，把六个笼子串起来，您好带一些。"

宁谈宣不解："长歌，你真打算烤鹦鹉肉吃么？"

"呵呵，买着玩儿呗。"长歌笑得漫不经心，从袖袋里拿出一锭碎银："老板，银子收好。"

青年接过银子，兴奋得嘴角都合不拢："谢谢客官，小人多送您些鸟食，这些小家伙好养着呢，不用费什么心。"

很快，六个鸟笼提在了长歌手中，宁谈宣如画的眉眼抽动："小祖宗，你可真能瞎折腾啊。"

长歌肆意挑唇："哈哈，大哥你不是说让我全买么？我才买了一半儿呢！"

"数量不是问题，我是奇怪你买鸟为何要分公母，你想做什么？一夫配五妾？"宁谈宣眉峰轻拢，俨然在认真思考这个问题。

"扑——"

长歌忍不住喷笑出声，她晃了晃鸟笼子，率先迈动步子，眼角的余光，若有似无地瞥过某个方向，她邪佞地道："一夫五妾是你们大人物所追求的，小爷是穷混混，能娶到一个两情相悦的娘子就心满意足了，敢多奢望一个妾，小爷自个儿阉了自个儿！"

宁谈宣眉间的折痕深了几许，他提步跟上她，莞尔轻笑："那么，你是个痴情种？对谁痴情？可曾有心仪之人？"

"不，小爷薄情得很，因为小爷没钱娶娘子。"

长歌随口胡说八道，她可不想跟宁谈宣扯这种有关情爱的话题，走到马旁，她道："我骑马出宫的，你是乘轿么？"

"已经让轿子回去了。"宁谈宣墨眸流转，唇边噙起丝丝笑意，"共乘一骑，敢么？"

"呵，你激我？"长歌勾唇一笑，眸眸望向看不见尽头的十里长街，她忽然幽幽低语，"大哥，皇上只允我离宫三个时辰，我想请你喝酒，也想见离岸，可时间紧迫，不如你我同回四海客栈，我们三人共饮，好么？"

"好。"宁谈宣点头。

长歌身姿轻盈，一跃上马，知宁谈宣是书生，她也不计较礼节，大剌剌地伸手向他，宁谈宣会意，欣然与她白皙小手相握，由她将他拉上马背，自她身后安稳坐好。

"大哥，帮我提鸟笼。"

"好。"

长歌握紧缰绳，一夹马肚，迎着正午的朝阳，缓速奔行！

而宁谈宣空余的一只手，光明正大地环住了长歌的细腰，他身体前倾，悄然与她脊背相贴……

不远处，隐在人潮中的莫影二人，脸色极为难看，相视一眼，两人飞快地跟踪其后。

长歌回到四海客栈时，离岸正在饮酒，已喝了两壶烈酒的他，脸色略泛潮红，桌上一碟花生米，一盘牛肉几乎没有动过，只有喝空的酒碗，东倒西歪凌乱地扔在那儿。

他一人独坐于大堂角落，那个沉冷木讷的男子，此时起来竟落寞萧索，长歌呼吸一室，闷得心疼。

"别喝了。"长歌劈手夺过他刚端起的酒碗，目中含怒，"你一向不喝酒的！"

"哪个不长眼的东西，敢多管……"

离岸醉醺中，脱口而叱，可语到中途，一个激灵似是清醒，依着朦胧的视线，他死死盯着长歌，舌头有些打结："你，你是……"

"回屋里说！"长歌瞪他一眼，拽起他手臂，往楼梯方向走。

离岸跟跄地跟出一步，却忽然站定，他拍打额头，试图让自己清醒，长歌回头叱他，"你干什么？待会儿喝解酒茶就行了！"

离岸朝她咧唇，口齿不太清晰地说："长歌，你背我走，就像……就像每次你喝醉酒，我背着你那般……"

"我背你？"长歌愕然，她咽了咽唾沫，不可思议，"你五大三粗的大老爷们儿，我能背得动你么？行了，别闹，我搀你走，若压垮了我有你哭的。"

她说完，便走过来抬起离岸的右臂架在她肩膀上，离岸笑得有些傻，嘟哝了一句，便由长歌带他上楼。

旁侧，宁谈宣神情冷却，他隐约听得清楚，离岸说的是，长歌，我好想你。

心念一动，他疾步跟后，提着鸟笼的大手，几不可见地抖颤。

长歌上楼时，喊了钱掌柜送解酒茶，多日未见离岸，而离岸又少见地喝醉，她此时心思都在离岸身上，竟一时忽略了同来的宁谈宣，推开房间的门，她扶离岸进去，身后的房门

第三十一章　表明心迹

没顾上关，宁谈宣将鸟笼搁在外面，便放轻步子跟了进来。

"离岸，你先躺着，我弄水给你净脸。"长歌按离岸躺在床上，低声交代他一句，转身欲走，谁知，离岸竟拽住了她的手，嘴唇嚅动，喃喃地说："长歌，你别再进宫了，我想带你走，我怕……怕尹简欺负你，他知道你是姑娘身……"

"咚——"

身后，忽有东西碰撞的声音乍响开来，长歌一惊回头，只见宁谈宣立在花架旁边，花架正摇摇晃晃，而他满目惊色，眼中盛满了复杂的情绪……

四目相视，长歌完全愣住，却不曾想，那动静彻底惊醒了离岸，他自床上一翻而起，以迅雷不及掩耳之势，将一柄泛着寒光的利刃，射向宁谈宣的胸口……

"离岸，不可！"

以长歌敏锐的听力，从匕首擦过她耳边时，便已意识到什么，她脱口惊喊的同时，一扯腰间系挂的钱袋，精准地疾射而出！

按理说，宁谈宣一介文人，学富五车，虽有治国之才，却无自救之能，且他尚未从震惊中回过神来，对离岸的灭口之举，必当避无可避！

而长歌出手在后，与离岸只差分秒，然而，差之毫厘，便可失之千里！

因此，这一劫，他无论如何都不可能全身而退！

即便不死，也得落个重伤！

岂料，匕首射在他胸口，只听"咣当"一声，竟反弹回来，与钱袋相撞，然后双双落地！

长歌本在忧心唯恐来不及相救，见此眉心一跳，愕然惊呼："大哥！"

离岸亦被惊到，但他临阵对敌经验丰富，一招失败，瞬息便使出后招，身子腾空一跃，刚劲的掌风，以迅猛之势攻向宁谈宣！

长歌一凛，身形一闪疾速挡在宁谈宣面前，怒声一吼："住手！"

离岸被迫中途收掌，却眉心紧蹙，目中泛着杀意："长歌，此人不能留！"

"我是主子，你必须听我的！"长歌瞪他，朝他边使眼色，边咬牙道："你给我先出去，我有话跟大哥说。"

离岸沉凝须臾，转身大踏步出门，并将门板摔得震天响！

长歌握了握拳，整理好混乱的思绪，转身面对宁谈宣，她抱拳轻声道："抱歉大哥，让你受惊了，离岸不懂事，我代他跟你赔罪！"

宁谈宣到底是谋大事之人，性子足够冷静沉稳，此时他竟能镇定自若，面不改色地回她："无妨，长歌你能护我，我心甚慰，而离岸亦不过是护你心切，我不会与他计较。"

"大哥，长歌谢过。"长歌微绽笑靥，她转身一指屋中方桌，"大哥请坐！"

"好。"宁谈宣倒也洒脱，微微一笑，率先走到桌前，杏袍一撩，优雅落座。

今日之事，实出意料之外，长歌略觉头疼，她从未设想过，除尹简之外，她女子身份的真相，竟会由离岸酒醉吐露出来，且恰巧被宁谈宣听到！

可不论怎样，宁谈宣这人，不能杀！

心事重重地在他对面坐下，两人四目相视，气氛竟陷入尴尬，谁也不知该如何启齿！

许久，宁谈宣缓缓伸出大手，绕过方桌，将长歌放在桌沿的双手握了他温热干燥的掌心，他深邃如墨的瞳孔，不似平日的温和恬淡，居然灼热烫人，长歌浑身一震："大，大哥……"

她挣，他紧箍不松手："长歌，你为何瞒我？尹简可知，我便不可知么？还是说，你与尹简一心，视我为敌？"

"大哥，我没有！"长歌脱口否认，她蜷起被他包裹的十指，秀眉拧得极紧，"我不曾告诉过任何人，是尹简无意发现的，我女扮男装考羽林军，一旦被人捅出来，就是欺君大罪，我不想死。"

宁谈宣冷冷一笑："你以为，我若知晓，便会揭发你？"

长歌沉默以对，她怎知这位心机颇深的太师大人会有什么打算！

"孟长歌，我太师府的大门，一直为你敞开着，初识伊始，我便想让你跟了我，这念头从未断过，我待你之心，天地可表，不成想，你竟不信我！"宁谈宣语气幽幽，眼中冷冽缓缓褪散，却多了抹自嘲的凉薄之意。

闻言，长歌内心大为震动，她吃惊的看着对面雍容清贵的绝美男子："大哥你……"

她想说什么，可心头乱糟糟的又不知该说什么，垂眸间隙，看到两人暧昧交握的手，她仓皇间大力甩开，扭过头道："大哥，以往我为男子，你……如今你既已知晓，便勿再逾矩，男女毕竟有别。"

宁谈宣扫一眼温度流失的空掌，他喉中忽而又溢出一声冷笑："那你与尹简呢？你们可有逾矩？"

长歌被戳到了痛脚，她脸色涨红，胸腔急喘了几下："我的私事，无可奉告！"

"是么？"宁谈宣眼神变得阴邪，他眼眨也不眨地盯着长歌的侧脸，嗓音低缓而沉戾，"长歌，你实在太骄傲，我对你总是无可奈何，有时真恨不得折断你的羽翼，让你无处可逃！"

长歌眉头拧起："大哥，我不懂你在说什么，你屡次帮我救我，我敬重你，视你为兄为友，但我本性顽劣，若有得罪之处，还望大哥海涵！"

宁谈宣眸中聚敛了一丝薄怒："只是兄友之情么？"

"对。"长歌点头，不带迟疑，她最初就对他没想法，不是么？何况后来爱上了尹简。

宁谈宣起身，沉目凝视着她，一字一句吐出："我宁某人不缺弟友，就缺一个夫人！"

"大哥！"

第三十一章　表明心迹

"长歌，我很庆幸你是姑娘，你对我的价值，唯有这点是最令我欢喜的。"

"……"

"我看得出，你对尹简生情，但我能遣散姬妾只要你一人，他却做不到！"

背转身，宁谈宣如此说道，寿辰那夜，她拼死保护尹简的情景，至今历历在目，他若再看不懂，就枉为大秦权臣，可尽管如此，她落入贼手，他依旧做不到无动于衷。

其实，他不明白，在通州之时，明明是他先遇到的长歌，为何在感情这局中，他却输了尹简一步？

长歌如鲠在喉，密密麻麻的痛楚，一点一点侵入四肢百骸，许多事情她心里都清楚，可经由这个男人口中说出"尹简做不到"这几个字时，她有种被人打了耳光的羞愧感……

的确，尹简做不到，莫说他心中有明月，即使没有，三宫六院亦是无法避免。他对她有情，可情深不及旧爱，亦不过如此而已。

是以此时，她在宁谈宣面前，竟抬不起头来，她无法气势张扬地宣称，尹简比你爱我，且他也能做到六宫无妃！

沉默许久，她终只答出几句话："我没想过嫁人之事，大哥不必为我操心，亦不必执着于我，孟长歌俗不可耐，委实不配做人妻。"

宁谈宣猛然转过身来，眉目深沉："旁人怎么评价你，与我无关，我眼中心中看到的你，是无价之宝！"

"大哥！"长歌喉咙干涩，她抬头与宁谈宣相对视，"时辰不早，今日无法请大哥喝酒了，大哥请回吧！"

宁谈宣默了一瞬，颔首："好，改日再会。"

语落，他转身迈步。

"大哥且慢！"

长歌忽而记起什么，她连忙起身追过去，低声问道："大哥可知，林枫一伙现今逃往何处？"

"你怎么不问尹简？"宁谈宣盯着她，道。

长歌秀眉拧了拧，直言道："我不敢问尹简，我在羽林军时，曾与林枫、鲁飞和苏炎同住一屋，不想他三人竟是同党刺客，尹简没有牵连到我头上，已是看在我救驾有功的分上网开一面，若我再敢打听，他必怀疑我也是刺客一党。"

宁谈宣抚了抚额头："你的身份，确实令人生疑。"

"呵呵……"长歌干笑了声，提醒他，"你还没告诉我，我想知道，毕竟林枫曾经待我不错，给予我很多照顾。"

"林枫一伙逃匿的方向为……"宁谈宣中途略微停顿了下，眯了眯眸，才接道："江南一带。"

长歌一惊，神色起了微妙的变化，江南的前朝叛乱，果真是皇兄凤寒天所为？

他通过武考，潜入羽林军，目的明显在于刺杀尹简，可尹简不是说，此乱为宁谈宣所筹谋么？那么……凤寒天与宁谈宣之间有什么关系？或者说，他二人亦为同伙？

隐忍着内心的波澜，长歌佯作惊讶："那林枫怎么敢逃往江南啊？江南不是乱党猖獗么？"

"最危险的地方便是最安全的地方，若林枫投身反贼……"宁谈宣话到这儿，却没有说下去，眸中陡然划过一抹不明深意的暗芒。

长歌忽而记起一个人："那三公主怎么办？若落到反贼手中，她定凶多吉少了吧？"

提到尹灵儿，宁谈宣心中不免郁结，他不爱欠人情，尤其是女人的情，可这次尹灵儿的举动，令他无奈，他微微一叹，道："我会想法子救她回来的。"

玩弄权术的人，谁看不出这里头的水深水浅？以宁谈宣的心机，他又怎会不明白，尹简表面上派尹琏和尹珏营救尹灵儿，而实际上，尹灵儿这个皇室公主，在尹简手中，亦不过是颗随时可舍弃的棋子罢了！

"如此，就不多谈了，送别大哥！"长歌抱拳，目中莹润，温眉浅笑。

宁谈宣睇着她，心念轻动，他大掌抚上她脸庞，不轻不重地道了句："长歌，我有的是耐心等你回心转意。"

长歌慌乱避开，唇边的笑终变得不自然，她没心没肺地回敬他："你就是等到七老八十了，也不会有戏，我是顽石，你拿沸水都烫不热。"

宁谈宣漫不经心地勾唇："无妨，沸水烫多了，纵使顽石也能烫开几层皮，我有信心。"

语毕，男子开门离去，那一袭杏色袍角消失在门口，鹦鹉的欢叫声，却叽叽喳喳响个不停……

第三十二章 与帝决裂

　　长歌在客栈后院寻到了离岸,那厮正在没命地舞剑,剑气带起的风沙走石,让人近不得身,亦睁不开眼,钱掌柜一脸苦相地蹲在墙角,用不可救药的眼神瞅着离岸……
　　"这是做什么？"长歌不悦地皱眉,冲离岸喊道,"停下,跟我回房间！"
　　回到四海客栈,长歌便不再顾忌什么,因为从出宫开始跟着她的尾巴,是不敢盯进客栈来的,此刻,恐怕那两人还在客栈外干戳着呢！
　　而在莫麟几人眼中,跟踪孟长歌可不是件好差事,那小混蛋耳力特好,敏锐性特强,表面上大大咧咧的,实则心思极为细腻,否则也不会在寿宴上,独她一人能发现采薇是假扮的了！
　　离岸收了剑,大步走到长歌面前,他脸色不太好看,已喝了解酒茶的他,酒气完全散了,可脑子一旦清楚,便后悔他所做的事,那会儿对长歌无法控制的思念和亲昵,令他此时面对长歌,不免感到窘迫羞愧。
　　"走吧！"
　　长歌抛下两个字,便转身而走,心情复杂得很,来自各方面的事,压得她心中烦乱。
　　回到房间,离岸关上门,走前几步,竟朝长歌单膝跪下,他低头,用鲜有的恭谨之态道:"少主,属下知罪！"
　　长歌沉目盯着他,脸上亦是少见的严厉:"醉话、梦话,任何时候都是不准有的,你忘了么？我若如你这般,随便喝点酒就能失掉警觉性,将底子透露给敌人,那么尹简早就知道我的身份了！"
　　她与尹简同床共枕数日,她高烧数次,其中呓语必然说过,但她就有自控力不提半个能引人怀疑的字眼儿！"

这是孟萧岑收养她的那日起，便反复告诫和训练她的事！

离岸缄默，将头叩在地上。

"绝不能有下次，这次亏得是宁谈宣，若换了尹简的人，后果可想而知！"

"是！属下谨记！"

"起来吧！"

离岸起身，目光落在长歌脸上，迟疑一瞬，道："你不担心宁谈宣揭发你么？若他彻查你我，岂不是……"

"杀人灭口无可厚非，可宁谈宣此人，你能杀么？若杀了他，你我连这京城都走不出去，必死无疑！"

长歌冷声道，见离岸表情不解，她微一叹气："尹简待我确实宽容，想必不会问罪于我，但宁谈宣的党羽，岂会罢手？那虬髯宗禄兵权在握，早恨我于心，又怎可能放过我？"

"可万一宁谈宣……"

"即便有万一，我们也只能以怀柔为抚，因为我们没有别的退路。你想想，那宁谈宣是何人？大秦第一权臣！倘若他是随便就能杀掉的人，那尹简早派人暗杀他了，又何苦与他斗？他一介文人，敢单枪匹马出行，你觉着他就如表面看到的那般简单么？离岸，你多用用脑子啊，这京城埋伏的势力纵横交错，宁谈宣的暗卫必然如影随形，而他本身便穿着金丝软猬甲，刀枪不入，当时我若不阻你，他绝对会出手的！"

"我明白了，是我考虑不周。长歌，那你安抚好了么？"

"差不多，我相信他不会与我为敌。"

"那宁谈宣为何待你这般？是不是他喜欢……"

"胡说！"

长歌一语打断，耳根子略有些发热，不想就宁谈宣这个人谈下去，她不动声色地转移了话题："我这次出宫，是有正事找你，前几日惠安太后寿辰，出了几桩大事……"

长歌回宫时，带上了那几只鹦鹉，出门前，她不甚放心地又细致嘱咐离岸："给义父传信时，务必小心再小心，遣词用语需隐晦，知道么？"

"这个我懂，王爷之前与我商榷了些暗语，就是为了避免密信落入他人手中出事。"离岸点头，说道。

"那我就放心了，希望能尽快收到回信，我需要请教义父接下来该如何做。"长歌嘴上如此说，眉宇间的浓愁却化不开。

离岸懂她内心的纠结，他直言不讳道："长歌，你想跟随凤寒天，助凤氏太子一臂之力，拥他为王么？"

"我不知道，按理该是这样，我是女儿家，毕竟不宜当政，旧朝也没有这先例，只是

第三十二章 与帝决裂

义父那里……"

长歌缓缓顿下了话语，她内心着实烦乱没有主意，背弃孟萧岑，是她所不愿意的，即便他不爱她，可他也是她的义父，辛苦养育了她十五年，她对他的感情，不可能随便抹煞，爱情不再，亲情还在啊！

离岸大掌拍上长歌的肩，神色格外凝重："走一步看一步吧，总之长歌，你去哪里我便去哪里！"

长歌阴郁的心情，微微敞亮了些，她轻笑道："好，不论生死，我们都不分离。"

离岸木讷严肃的脸庞上，绽开欢欣的笑容，那是种发自内心的喜悦。

长歌提着鸟笼下楼，眼角的湿意被她很好地掩去，她不会告诉离岸，她只是哄他高兴而已，她希望他能活着，能过正常人的生活，而不是陪着她风霜雪雨，朝不保夕……

策马离开，直奔皇城。

此时，距期限只差两刻钟。

谁知，长歌的马，冲进神武门时，竟被拦下，原因是她的鸟，不允许带入皇宫！

长歌痞气地笑，说谎说得脸不红心不跳："小爷出宫这一趟，就为了买这几只小家伙，此乃皇上特批，你们谁敢拦我？"

"有皇上批文么？"

"皇上口谕！"

为首的羽林军前卫军指挥使，是个健壮挺拔的汉子，听此不免皱眉，口谕是最不好证实的，可贸然违规准孟长歌入皇城，万一出了事……

"郎统领！"

长歌眼尖，忽然瞥到了前方巡视而来的人群中的郎治平，她脱口便唤道。

郎治平过来，一众羽林军行礼，长歌从马上跳下，笑嘻嘻地指着她的六个鸟笼："郎统领，我在宫里烦闷，特意买了几只鸟解解闷儿，可你的人不让我进啊，这可怎么办？我是奉旨出宫的呢，误了回宫时辰，皇上可是会责罚我的！"

对于长歌，郎治平根本是招架不住的，他是尹简近臣，岂会不知尹简宠她的心思？遂笑了笑，让人随便检查了一下，确定鹦鹉没问题，便挥手让她入城："去吧，但别太贪玩儿，当恪尽职守，好好效忠皇上！"

"好咧，谢过统领大人，孟长歌谨记！"

长歌抱拳，然后一夹马肚入城，往内九城而去。

回到帝宫，长歌拎着鸟笼先去了兰蔻阁，她挑了一只毛色最漂亮的母鹦鹉送给尹婉儿，呵呵笑道："婉儿，你可以教它说话哦，鹦鹉学舌很好玩儿呢。"

"长歌，我教它说'皇上吉祥'，怎么样？"尹婉儿目光晶亮，兴奋不已。

闻言，长歌嘴角一抽："随便你吧，我反正只教'混蛋！某人是混蛋！'呵，这样听着爽！"

"长歌,谁是混蛋啊?谁又惹你了呀?"尹婉儿听得发愣,她眼睫毛扑闪着,思忖着问:"是表哥么?"

"喊,他跟我没关系,我才懒得骂他。"长歌撇撇嘴,一脸不愿提及的样子,"我先回去了。"

"哎,等等!"尹婉儿拉住她,柳眉轻拧,"长歌,你与表哥之间究竟出了什么误会?可以对我说说么?我觉得,你在生表哥的气!"

长歌"哈哈"一笑:"哪有的事?他是皇上呢,我敢生气么?好啦婉儿,我还要给别人送礼呢,回头闲了再找你玩儿啊。"

"长歌……"

尹婉儿急唤,可长歌已快步走人了,她不禁喟叹,情这个字,好难懂啊!

长歌真没闲着,她提着剩下的鹦鹉,竟大刺刺地跑去了上书房,因为问了帝宫的宫人,得知尹简回来一趟,然后又去了上书房,是以,她就坐在上书房外的栏杆上等人。

意料之中,莫影二人很快就归来报到,远远瞧见长歌,两人不由自主地脊背僵了僵,有种不好的预感……

而长歌眯起凤眸,欢快地朝两人招呼:"呵呵,两位去哪儿办差啦?小爷等你们好久了呢。"

"咳,孟长歌,你等我们做什么?"两人走近,莫麟虚咳了一声,道。

莫影目光落在地上的鸟笼上,眸子沉了沉,这小混蛋是打算……

长歌抚掌,语气轻松地道:"哎呀,小爷今天休沐,出宫逛京城了,想着咱们相交一场,我便给你们每人买了一份礼物。"说着,她转身拎起两只鸟笼子递给他们,挑眉邪气地笑道:"怎样,小爷够意思吧?"

两人讷讷地接过,相互对视,皆不明所以。

莫影不太自然地说了声:"那,那谢了啊。"

"嘿嘿,这只八哥还不错,毛色挺绿的。"莫麟摸了摸笼子里的鹦鹉,没有多想地说道。

莫影却觉不会这么简单,他淡淡地瞥向莫麟的鹦鹉:"嗯,它的头也挺绿的,像戴了顶帽子……"

"你们在干什么?"

"哪儿来的鹦鹉?"

忽然,身后陆续响起两道声音,几人回头一看,只见莫可、良佑、郭顺等人从上书房出来,说话的正是莫可与良佑,而他们中间赫然簇拥着一个人……

莫影二人一骇,忙搁下手中的鸟笼,规矩见礼:"奴才参见皇上!"

长歌波澜不惊,敛了笑容,神色平静地请安:"奴才孟长歌已在三个时辰内回宫,请皇上明鉴!"

第三十二章 与帝决裂

"这鹦鹉是怎么回事？"尹简冷眸扫过几个鸟笼，俊挺的眉微拧。

长歌答道："回皇上，鹦鹉乃奴才自宫外采买的礼物。"

"哦。"尹简拖长的尾音，透着几许意味深长，他注意力集中在了"礼物"这两个字眼上……

"平身！"

"谢皇上！"

三人起身，长歌顺便拎起剩余的两只母鹦鹉，一手一个递到莫可和良佑面前，她痞笑道："宫中寂寞，送给二位，可祛乏解闷儿。"

两大侍卫一愣，在没弄明白状况前，竟没人敢接收，可长歌亲手奉送的鸟笼子就伸在自己面前，似乎不太好拒绝的样子……

"呵，莫影和莫麟也有，小爷还送了婉郡主一只呢！"两人防备的眼神，令长歌心生不悦，遂冷笑一声，道。

闻听，莫可忙笑了笑："那我们收下，谢过！"

"多谢！"良佑也点了点头，尴尬地接过了这只和他身份不太相符的小东西——皇上的女人亲手送礼，岂敢嫌弃？

尹简沉默不语，褐眸淡睨着长歌脚边剩余的一只鹦鹉，目光微烁，薄唇轻抿。

而其他几人，亦将心思放在了最后那只鸟身上，无人不猜测，该是送给……

然而，长歌伸了个懒腰，俯身拎起她的公鹦鹉，竟说道："好啦，大功告成，小爷该回去喂鸟喽！"

众侍卫一听，脸色皆瞬间难看，莫麟忍不住脱口道："孟长歌，你不送皇……"他话未说完，便被尹简一脚踢到腿弯上，迫使他剩余的话吞回了肚子，欲哭无泪……

长歌凤眸垂下，自动忽略这一幕，她朝尹简施礼："皇上，奴才告退！"

尹简眼眨也不眨地盯着她，目光阴鸷，冰冷无温，垂在龙袖中的大手，青筋凸起，他极力克制，才忍着没出手掐死这个混账东西！

"皇上，奴才请求告……"

"滚！"

半晌得不到音信，长歌胆大提醒，却被他突然一个字震得鸟笼几乎脱手而出，她捏紧五指，吞咽了下唾沫："是，奴才立刻滚！"

语毕，她扭身就走，连半步也不敢停歇，生怕尹简那个疯子一怒之下，又会对她做出什么侮辱之事，那夜的可怕记忆，她死都忘不了！

"哎，孟长歌，这几只哪个是公的，哪个是母的啊？"

只是，长歌走出五六步，却突然被人唤住，莫麟那个没眼色的，竟没发觉这里面的暗波汹涌，他居然想着挑两只交配出一只鹦鹉，然后再送给他主子……

长歌回头，瞧到莫麟傻了巴唧的样子，而其他人无语抚额，尹简则俊脸罩了层冰霜，她忍不住莞尔，扬唇痞笑道："那四只全是母鹦鹉！"

莫麟惊讶地喊："啊？为什么？怎么没有公的？"

"呵，你们四个是大男人，小爷怎能送你们公鹦鹉？你们公的……嗯，配母的，不是正好？这常年待在宫中，身边未有解语花，委实寂寞空虚，是以小爷特为你们想得周到……"

长歌笑得愈发欠揍，那二人跟踪了她小半天，没有功劳也有苦劳啊，她怎能不回报他们呢？

此言一出，可想而知，四大侍卫手中的鸟笼子，"砰砰砰"全体掉落在地，四人不约而同地做出恶心呕吐，又疑似想喷血的悲愤表情……

而被摔倒的鹦鹉，受了惊叽叽喳喳地乱叫起来，场面一时好不壮观！

尹简僵冷的俊容，终于有了龟裂的痕迹，他转身迈步，朝长歌的方向走来，众人见状，忙各自捡起自己的母鸟儿，一脸铁青地跟上，仿佛手中拎着的是烫手山芋，四人时刻有种想扔掉的冲动……

长歌心道不好，她第一个念头就是逃，可才刚有了动作，尹简的询问声，已淡淡传来："孟长歌，你的鹦鹉也是母的么？"

"不，公的！"

长歌一颗心提到了嗓子眼儿，她小声答了一句，便撒腿狂奔！

这样平静的尹简，给人捉摸不定的感觉，她看不透他是喜还是怒，而一旦无法知彼，她便觉他可怕，他的心机深到何种地步，她不了解，心头便不免阴沉沉的，从而潜意识里，走为上计！

长歌这般无礼，郭顺早已大惊，但见尹简神色无怒，明显纵容不咎，他百思不解，却不敢多嘴，只竖起耳朵，随时听候君命。

待那抹娇小的身影淡出视线，尹简顿下步子，侧身淡淡地盼咐："莫麟，不论你用什么方法，一个时辰内，朕要看到她公鹦鹉的尸体！"

"奴才遵旨！"莫麟一震，遂立刻抱拳。

"莫影，将今日情况细细禀报于朕！"

"是！"

长歌一口气未歇地奔回了帝宫的东偏殿，此时，已近黄昏。

她折腾了一天又累又饿，可如今和尹简闹到这分上，她即便有需求，也不好意思差使沁蓝，遂将鹦鹉随便搁在桌上，然后只身爬上了床榻，睡着了就不会饿，等醒来兴许沁蓝就给她备好吃食了。

长歌很快入梦，她这一觉睡得沉，中途听到有人进来，她以为是沁蓝，因过度的困乏，她便没搭理，抱着身侧的枕头继续呼呼大睡。

这张龙床上，原本只有一个枕头，后来长歌住进来，尹简每夜同宿在此，便命人多加

第三十二章　与帝决裂

了一个，此时长歌抱的，正是尹简的枕头。

已经习惯了一个人的存在，醒时她能克制，而睡梦中情不自禁的举动，却出卖了她的心思。

月上中天时，沁蓝唤醒了长歌，她摸着瘪瘪的肚子，一跳下床，打着哈欠道："饿死我了，今儿晚膳是什么呀？"

"一碗……白粥。"闻言，沁蓝脸色不太自然，结结巴巴地小声说道。

长歌一听，目光跟着落在外间圆桌上，果然红漆盘中，只放着一碗热气腾腾的白粥，除此之外，再什么也没有！

"为什么？"长歌眉头紧拧，语气生出不悦，她最讨厌喝白粥，况且平日至少都是三菜一汤，怎么突然待遇这么差？

沁蓝低头道："皇上说，一碗白粥饿不死足矣。"

长歌蒙在原地，她静静地瞅着那碗白粥，好半晌都没有说话……

沁蓝心神不宁地悄悄抬眼看她，摸不清她的心情，便也不敢乱说话，可又担心白粥冷掉，不禁矛盾纠结："孟公子……"

"哦，没事儿，我吃。"长歌出声，语气听不出什么情绪，她快步走到桌前坐下，舀起一勺粥送到嘴里，含糊不清地道："替我谢过皇上。"

沁蓝呆呆地"哦"了一声，感觉眼皮儿乱跳，这么平静地接受，似乎不是好兆头啊！

长歌麻利地吃完，拿帕子拭了拭嘴巴，然后起身："我出去遛会儿鸟，散散步。"

沁蓝一惊，张嘴刚欲说话，长歌已惊呼："我的鹦鹉呢？怎么不见了？我睡前明明放在桌上的！"

"鹦鹉它在……"沁蓝干咽着唾沫，心虚地低下了头："它不在了……"

长歌噌地扭头，火冒三丈地盯着沁蓝，厉声道："究竟怎么回事？谁敢偷我的鹦鹉？"

沁蓝身躯轻颤，却是咬紧了唇一个字也不敢说。

长歌等不到答案，袖子一甩扬长而去！

"孟公子！"

沁蓝急唤，赶着追出去，长歌头也不回地逼问道："皇上现在哪儿？"

沁蓝实话作答："皇上在齐妃娘娘宫中，正与娘娘共进晚膳。"

闻听，长歌握紧的拳头，指甲一不小心掐进了掌心的细肉里，她脸色青白，唇瓣轻抖了几下，步履未停，只回道："不许跟着我！"

沁蓝依言止步，眼睁睁地看着长歌走出了她的视线，而不敢再跟着……

长歌去了齐妃的丽坤宫，她不必多问，只看宫殿四周由无数禁军把守，便知沁蓝没有骗她。

丽坤宫外，有棵百年老树，长歌走过去靠着树干坐在地上，漠然地望着宫内烛火通明处，心下凉薄，涩苦不堪……

禁军识得长歌，因此未赶人，本欲盘问，又想她已是御前侍卫，皇上出现的地方，自是有她，便只守好自己的岗，不曾搭理。

长歌在原地坐了半个多时辰，夜里树底凉，她腿脚发麻，腰酸疼痛，她不知尹简多久会出来，可这么等下去，只会显得她傻笨而已，想通了这点，她遂懊恼自己的冲动，扶着树干站起，默默地沿原路返回。

走出三丈远时，突听得背后传来一声："方才有谁人靠近？"

长歌脊背一僵，只停顿须臾，便继续前行，不曾回头。

"回莫大人，方才是孟大人在此。"一禁军回道。

莫可一愣："孟长歌？"

"是！"

莫可眯眸，望着远走的那道身影，他略一沉吟，快步返回丽坤宫，至尹简耳旁低语了几句……

长歌回了东偏殿，她哪儿也没去，本可以借机四处走走，找找长生殿的所在，但莫可的突然出现，令她不得不打消了念头。

林枫一事，她理由虽然充足，但尹简心中必然芥蒂，而莫可定会禀报尹简她来过，是以，目前她得忍耐，绝不敢轻举妄动。

推门入殿，一阵药香味儿入鼻，长歌抬头看去，只见沁蓝正蹲在炉火前熬着什么，听到脚步声，那丫头飞快起身，看见长歌时，明显松了口气："孟公子！"

"在做什么？"长歌随口问道。

沁蓝柔笑："给公子炖些补气补血的药膳。"

"给我？"长歌微愣，继而漫不经心地轻笑道："白粥一碗，饿不死就成了，怎敢额外补身？这不是折煞我么？"

"公子！"沁蓝听得心急，"奴婢再说句逾矩的话，您怎么就不懂皇上的苦心呢？皇上晚膳罚您，必是您又惹恼了皇上，可皇上心里再不痛快，依然惦记着您的身子，您不能这么……"

"不识好歹？"长歌替她接下话，唇角扬着抹似笑非笑。

沁蓝屈膝一跪："奴婢不敢。"

长歌抬步走向里间，淡声道："沁蓝，我没怪你，只是我和他之间，旁人不懂，你别再费心了。"

沁蓝幽幽一叹，侧眸看到炉子上的药盅，她不甘心地劝道："公子，稍会儿您喝药膳吧，算是奴婢求您了，千万别辜负皇上的心意，这些可都是御贡的好东西，世间难得啊！"

"好！"

第三十二章　与帝决裂

　　长歌隔着珠帘应了一声，随手拿起床榻边的书卷翻看起来，她又不是傻子，不会拿自个儿身子糟践的，苦肉计这种矫情事，根本就非她的风格，她也没必要讨尹简的同情心，不是么？

　　殿房一时安静，沁蓝专心炖药膳，长歌眼睛盯着书上的字，可心思却无法集中，说了不想尹简，但脑子里总是浮现出那个男人的脸，以及齐妃……

　　不知，他们在做些什么？是否抱在一起亲热，或者琴瑟合鸣……

　　殿门忽然被叩响，长歌的思绪被打断，她下意识地心头一紧，不觉竖起了耳朵，会不会是他……

　　"沁蓝，孟长歌就寝了么？"

　　"没有呢，公子在看书。"

　　"请她出来，我有圣谕传达。"

　　听这声音，来人是良佑，而非……

　　不必沁蓝相请，长歌已挑帘步出，神色淡淡："大人，皇上有何口谕给我？"

　　见到长歌，良佑不苟言笑的脸，显得愈发严肃："孟长歌，皇上有三句话问你。第一，你如今将自己摆在了什么位置？第二，你找皇上兴师问罪，可曾弄明白自己的身份？第三，你与宁谈宣光天化日举止亲密，你是想引人注意，曝光身份么？"

　　闻言，长歌脸色刹那乌青泛白，她气息急促，眼露凶光："他什么意思？他究竟想说什么？"

　　"孟长歌，御前侍卫休沐期间，不允许踏入后宫，这是规矩，你不懂么？"

　　"不懂！"

　　"你的鹦鹉为皇上下令所杀，你若以御前侍卫的身份质问皇上，你认为合适么？"

　　"混蛋！他为什么杀我的鹦鹉？"

　　"最后，你若想恢复女儿身，皇上乐意之至！"

　　"不可能！"

　　长歌气炸了肺，咬牙切齿："说来说去，他不就想吃着碗里的，再看着锅里的么？休想！"

　　尹简那厮，在逼她承认是他的女人！

　　听此，良佑眉目松动了几分，语重心长地道："孟长歌，凡事不要太过了，皇上到底是君王，你闹闹脾气可以，不过适可而止，要懂分寸。"

　　"你……"

　　"皇上还交代，你若只做御前侍卫，今夜就到丽坤宫当值。反之，皇上可放下身段立刻来寻你。"

　　良佑话毕，但见长歌脸色缓和了几分，他神情也跟着一松："孟长歌，你且待会儿，皇上很快……"

岂料，他话未完，长歌竟道："哪个时辰当值？现在么？"

良佑顿时被气得表情龟裂："你……你这个没良心的混账小子！"

"呵呵，小爷就是这种不知好歹的人！"长歌笑容慵懒，一副满不在乎的样子，"皇上临幸齐妃娘娘，乃社稷之福，我一介小小侍卫，怎能没有自知之明？"

良佑忍无可忍，夺门而去！

长歌追出去，扶着殿门喊："哎，究竟几时当值啊？给小爷个准话啊！"

"随时！"

"好咧！"

沁蓝也快被气死了，待长歌回来，殿门一关，她就给长歌跪了："孟公子，奴婢求求您了，您心中若有什么不满的地方，大可以跟皇上明说啊，您这么不给自己台阶下，皇上不高兴，那您就痛快了么？"

长歌侧头，目无焦距地盯着屋角一处，笑容渐渐僵凝，连心脏也似停止了跳动……

她不痛快，一点儿都不开心，只要听到他跟别的女人在一起，她就嫉妒得发疯，可是她又能怎么办呢？

她是凤长歌，凤氏王朝虽亡，她骨子里的皇族血统，却令她做不到屈就与人共侍一夫。何况，他们之间最大的问题，是无法调和退让，无法跨越的沟渠……

长痛不如短痛，挥刀断情，是她所能想到的唯一办法……

长歌幽幽轻问："药膳好了么？"

"火候还差两刻钟。"沁蓝道。

"好。"

长歌坐着等，时间分秒流逝，她神思恍惚，心中空缺的那一处，怎么也填不满……

丽坤宫。

长歌到达后，并不曾见到尹简，良佑在齐妃寝宫外拦下她："你守外室，我和莫可值守内室。"

"是！"长歌抱拳，良佑是御前侍卫的头儿，她公私分得清，是以态度严肃恭谨。

良佑眼神复杂地盯着她看了会儿："孟长歌，你若后悔，现在还来得及，皇上还未就寝。"

"贪得一时，贪不了一世。"长歌苦笑，垂眸看着脚尖，嗓音低哑，"他始终是天子，身上担着家国天下，而我只是俗人一个，配不上他。"

良佑眉头微蹙，环视了番四周，谨慎地低问："那你对皇上有情么？"

"呵呵，君臣之情。"长歌哂笑了声，抬手推良佑，"快走吧，别擅离职守。"

良佑狠狠瞪她一眼，脸色黑沉地转身步入内室。

长歌提着佩剑，强迫自己静下心来，投入值岗状态，以防再有刺客来袭。

第三十二章 与帝决裂

只是很可笑，也很残忍，她在外保护他，而他却在内与妃嫔翻云覆雨……

这一夜，漫长而煎熬，长歌很久没守过夜了，感觉疲惫异常，她在外间听不到内室的动静，也不知尹简几时离宫，只能听着更鼓声，盼着天快亮。

她也不愚，只要良佑不出来检查，她就盘腿坐在地上歇息，捶腰捏腿揉颈，缓解劳累，反正同值夜的丽坤宫的宫女，也没一个人敢管她。

三更刚过，长歌正靠坐在墙角打盹儿时，突听得一阵窸窸窣窣的声音，她一个激灵睁开眼，只见数名宫女太监端着水盆、布巾等洗漱物鱼贯进入内室，似乎尹简起床了！

长歌坐着没动，她心想好累，趁他还没出来，她再小憩一下，结果这一歪头，竟然倚着墙角睡了过去……

这一觉睡得沉，长歌是在摇摇晃晃中醒过来的，她迷糊地看着前方的帝王仪仗，数盏宫灯与墨夜相辉映，点点斑斓的光晕，反射在她脸上，她讷讷地出声："我这在哪里？"

没有人回答，她左右扫视，发现她正坐在八人抬的御辇上，良佑、莫可跟在两侧，而她身边，赫然坐着一袭龙袍的天子！

本来一个人的座位，多了一个人，就比较拥挤，直接的体现，就是两人身体紧挨，几乎不留缝隙……

长歌大窘，尴尬得顿时烧红了脸颊，尹简沉目注视着她，一言不发，她结结巴巴地胡言乱语："我，皇上你怎么……我怎么在你的御辇上？我记得我在当值……"

"孟长歌，你究竟……想让朕拿你怎么办才好？"尹简薄唇嚅动，语气幽幽，嗓音喑哑低沉，饱含着浓郁的无奈。

长歌心"咚咚"地狂跳起来，两人距离太近，呼吸都纠缠在了一起，她脑子有些眩晕，忙慌乱失措地偏过脸，极力压抑着心底的悸动，尽量保持冷淡地道："皇上，奴才不懂您在说什么，请放奴才下地，奴才万不敢与皇上共乘御辇。"

闻言，尹简眸中陡寒，他涔冷一笑："呵，你在排斥朕？你与宁谈宣就可共乘一骑？这于理就合么？"

长歌垂头不语，她没法解释，也不必要解释，除了他，她不曾与任何男人有过肌肤之亲，可他却对她不忠。

所以，她有什么错？

尹简忽然凑到她耳畔，一字一句地吐落："孟长歌，你全身上下都烙了朕的印，你敢给朕戴绿帽子？记着，莫说男人，只要是公的，谁敢染指你，朕就让他不得好死！那只公鹦鹉，就是榜样！"

他语气阴冷得令人打颤，长歌羞愤咬牙："有本事你杀了宁谈宣啊！"

尹简猛然掐起长歌的下巴，重瞳中杀机隐现："孟长歌，你睁大眼睛等着，等着看朕是怎么让他死无葬生之地的！"

微澜夜色中，长歌浑身冰冷，她近在咫尺地望着尹简，那张略显狰狞的俊颜，在她眼中变得极为可怖。

"小锤子……"

她无力地发出细若蚊蚁的声音，透着深深的祈求，她不希望自己成为加快尹简与宁谈宣斗争的导火索，他们将来谁胜谁负，与她无关，但任何一方若因她而……她会愧疚难安。

她一声久违的呼唤，勾起了尹简心中久远的往事，但他情绪未显半分松弛，俊容依旧阴霾骇人，他沉静地盯着她，等待她的下文。

长歌垂下头，昏暗的光线，遮掩了她的神色，她沉默良久，待发出声音时，嗓音竟似撕裂了般，沙哑低沉："小锤子，我们平心静气地谈谈，好么？"

"好。"尹简颔首。

御辇抬回帝宫，长歌一路跟随，以为是回她的东偏殿，尹简却迈步走向了帝王寝宫，她迟疑不前，他头也不回地命令："跟上。"

长歌淡吸口气，第一次迈进了皇帝的宫殿，入目皆是大气尊贵的明黄色，雍容华贵，富丽堂皇，从外殿进入内殿，御前侍候的宫女太监鱼贯请安，尹简清冷的声音，淡淡响起，"全体退下，无朕传唤，任何人不许踏入！"

"是！"宫人跪安，很快退离。

此时尚早，尹简半夜起床，亦难免困乏，他大步走进内寝室，慵懒地躺上龙榻，疲惫地揉着眉心："想谈什么？说吧。"

长歌距离他三四步之遥站定，看到他劳累的样子，她脑中只想到四个字：纵欲过度。

"怎么不说话？"室内半晌无声，尹简斜目望过来，语带疑惑，此时的他，情绪倒是平静了不少，戾气褪去，复又清隽俊美无俦。

长歌掩掉眸底的涩痛，她原地屈腿跪下，表情淡漠，语气疏离："奴才请求解甲离京，望皇上成全！"

"孟长歌！"

尹简眉目骤然疏冷，重瞳中亦漫卷起前所未有的风暴，他一字一字地道："你有胆再说一遍，朕没听清楚！"

"我不想在皇宫待了，请皇上放我走。"长歌不惧，抬头对上他，重复说道。

尹简"嗯"了一声，大掌轻拍在榻沿，语气听不出喜怒："长歌，过来坐，容朕考虑一下。"

长歌蒙了一瞬，以她对他的了解，他应该会龙颜大怒，恨不得掐死她才对啊，怎么会……

尹简唇角忽然荡开一抹温和的笑："你称呼朕小锤子，朕怎能不念旧情？你又怎能一直跪朕？过来，我们好好说说话。"

"哦。"长歌茫然地眨巴着眼，讷讷地起身走过去，总感觉这个尹简有点陌生，不太真实……

第三十二章　与帝决裂

"丫头……"

他粗嘎磁性的一声低唤，令长歌停站在他面前，心悸酥痒，凤眸迷离地望着他，"怎，怎么了？"

尹简坐在榻上，长臂缓缓圈抱住她的细腰，他动作轻柔，抱她靠在他怀中，哑声说："别走，丫头不闹脾气了，好么？"

"我没闹，我已经决定离开汴京，没有开玩笑。"长歌微微一颤，几乎因他的温情攻势而心软，她忙用力咬了咬唇，强迫自己冷然面对。

这个决定，虽突然，但她已无退路，再这样下去，她会被逼疯的！

"若朕……求你呢？"

"不改变！"

他低沉的声线，压抑的情感，令她心神错乱，一片恍惚之时，身体大穴处骤然一痛！

"你……"长歌瞠目大惊，不可思议地抖唇，他竟趁机封了她的穴道！

尹简抿唇不言，他俯身抱长歌上榻，放她平躺好，并亲手替她脱掉靴子，清冷的眼眸中，丝毫不见方才的浓情脉脉，只有温凉如水。

"你做什么！"

长歌从他倾身过来的动作中惊醒，那一夜相同的记忆刹那涌入脑海，她立刻惊慌失措地大喊："尹简，你别乱来，不许碰我！不许强暴我！"

"孟长歌，在你心中，朕究竟占了什么位置？"尹简褐眸微黯，在她身边侧躺下来，他泛着凉意的大手，轻抚在她脸庞上，语气幽幽。

长歌满心被恐惧包裹着，想也不想地脱口便道："你是皇帝，我是奴才，就只是这样，仅此而已！"

"哦，既然如此，朕凭何放你走？"尹简长指滑到她唇瓣上，似有似无地摩挲，他的声音也似他的动作，飘浮不定，听得人心乱如麻，"孟长歌，你以为朕是你可以玩弄的对象么？可以让你想留就留，想走就走？当初朕费尽心机逼你离京，你偏偏与朕对着干，迫使朕准你考羽林军，而今，在朕为你深陷后，你居然想一走了之，与朕断得干净！朕不信，你便能走得心安理得么？"

他菲薄的唇角倾出一抹弧度，泠冷中透着惊心动魄的肃寒，长歌只感觉似被人迎头泼了一桶冰水般，浑身发颤，却偏偏穴道被封，一动也不能动……

"长歌，我们都别置气了，可不可以？我们好好地过日子，就像寿宴之前那段时日，同席用膳，同床共枕……"

"回不去了……"

长歌忽然哭喊出声，她一口咬住他按在她唇上的手指，任泪水顺颊淌落进口中，吮着那股咸涩，她含糊不清地道："尹简，我们的开始就是个错误，我求求你，别再让这个错误继续下去了好不好？"

"不好！"尹简无须考虑，决然拒绝，他眸子渐变猩红，透着义无反顾的坚定："你身子已经给了朕，你叫朕怎么放你走？长歌，那晚你我合欢之后，朕并未赐你落子汤药，你腹中有可能已孕育朕的孩儿，不论哪个理由，你说朕能允许你离开朕么？"

闻言，长歌倏然一震，唇瓣不觉张开，尹简顺势抽指，见深的牙印四周，渗出了明显的血迹，他心道了声这丫头属狗的，遂起身从床榻旁的小桌案上拿了备用的绢帕随意擦拭了几下。

"尹，尹简……"长歌望着男人俊朗的侧颜，双目空洞，声线极其不稳，带着深深的恐慌，她用力地吸着气，才得已说出话来："你是骗我的，对不对？我不可能……对，绝不可能怀有身孕的！"

"这可难说。"尹简斜睨她一眼，重瞳不禁深敛，不悦道："你那是什么表情？不愿意怀朕的龙嗣么？"

长歌拼命摇头，凌乱地说："不能，我不能怀孕，尹简我真的不能……"

这一下，彻底激怒了尹简，他猛然扑过来，狠狠吻住她的唇，啃咬着："孟长歌，你就如此嫌弃朕么？朕究竟哪儿不好，只要你说得出来，朕能改则改！"

长歌本就悲恸，被他粗鲁地侵犯，身心立时皆痛，泪水像断线的珠子，染湿了鬓角的发丝，她从喉间挤出断断续续的话来："好……痛……"

尹简情绪失控，他一把扯起长歌，怒吼咆哮："你说啊，该死的你倒是给朕说个理由！"

"没有理由，就是……就是不能给你怀龙嗣……"长歌气息不足，视线模糊，却用了全身的力气朝他吼回去。

她无法解释，连半个理由也给不出，尹简眸子红透，那副恨不得将她挫骨扬灰的狠戾，令她恐惧到极致，果然下一刻，他再次将她扑倒，大手疯狂地撕扯她的衣衫："你不愿怀孕，朕便偏让你怀，一次中不了，那就两次、三次、四次，甚至夜夜都可以，朕有的是精力与你欢好，我们现在就试试看！"

"不要……"长歌猛烈摇头，上次被强迫的阴影犹未散，她浑身都开始颤抖，慌不择言地道，"尹简，你若碰我，我……我就咬舌自尽，我就死在你面前！"

尹简将她的腰带重力甩出，重瞳似燃了火："是么？你不怕朕杀了离岸给你陪葬么？"

"不怕，离岸和我同生共死，我们黄泉路上不会寂寞的！"长歌心痛如绞，灭顶的绝望，将她整个人淹没……

闻言，尹简揪着她前襟的大手，几不可见地抖动，他停下动作看着她，似想看穿她的内心般，眸光深不见底，他惨笑着说："孟长歌，朕就是养一条狼，日子久了，狼多少也会懂点人性，不会凶残地反咬朕，而你就像寒山的石头，朕怎么焐也焐不热……"

"尹简……"

第三十二章　与帝决裂

"滚！"

一个字出去，尹简翻身而下，解开她的穴道，指着殿门方向，目透凄厉："朕如你所愿，从今往后，君为天，奴为地，除此之外，你我恩断义绝！"

"谢皇上……成全！"

长歌狠狠地点头，捡回腰带整理好衣衫，她步履踉跄地冲了出去……

内殿中，很快传来物碎的巨响声，撕裂了这个黎明前的夜……

当天，长歌被遣出帝宫东偏殿，按规定搬去了御前侍卫所居住的西景院，与莫麟等人同住一院，沁蓝不再侍候她，伙食亦从营养小灶变成了普通大锅饭，其他滋补身体的药膳一律取缔，不再享有任何特殊化！

而值岗方面，良佑排给她的全是夜间值岗，白日她在房间补眠，每日入夜后，随帝驾出入于后宫三妃寝殿。

尹简雨露均沾，夜夜良宵不虚度，她则夜夜为他保驾护航……

第三十三章　被判宫刑

半月余，快如白驹过隙，又慢似度日如年。

白日轮不到值岗，长歌进不了上书房，接触不到任何朝政消息，自尹简口中，亦无法再探听半个字的大秦军机秘事，而每日夜里，宫闱帘帐外，她被迫听深爱男人与爱妃缠绵床榻……

她想，世上最残忍之事，莫过于尹简的断情绝爱。

他痛，他便把这痛翻倍加诸在她身上，他让她亲眼见证，他并不是非她不可，她可以不爱他，他亦同样不会在乎她……

然而，他又怎会知道，帘内春宵帐暖时，帘外一人肝胆俱碎，泪海淹没江河……

孟长歌与尹简，在纠纠缠缠数年，抑或是数月后，终于彻底走到了尽头……

长歌想过逃离，并且几次尝试，但尹简封了她的路，任何一道宫门，皆不允许她踏出，连宫墙都加高封死，以防她轻功偷越，更甚者，他派了人严密监视她，他果然下定决心，哪怕为君臣，亦不许她离开他。

长歌在煎熬中苦苦挣扎，在伤痛中强颜欢笑，在每个白日失眠，在每个夜里隐忍，她不知道自己还能坚持多久，只觉她已处在濒临崩溃的边缘，无力而绝望……

时值六月，天气已愈来愈热，尤其午时，整个屋里闷得像火炉。

长歌勉强睡了个午觉，待睁开眼，便再也睡不着，她抹了把额头，竟全是汗水！

出门打水，净脸洗漱，再找了套干净的衣衫换上，错过了饭口，肚子极饿，长歌在屋里翻了好久，结果只找到昨日吃剩的半块干饼。

长歌咬了一口，如同嚼蜡，食不下咽，她叹着气，搁下干饼出门，往西景院的厨房走

第三十三章 被判宫刑

去。

然而，厨子老张头儿在午休，今儿剩余的午膳已经分给下面的太监吃了，厨房大锅里空空如也。

长歌拎起篮子里的几捆蔬菜，着实头痛得很，这些年来，她不是吃在靖王府，就是离岸做饭给她吃，她连菜刀怎么用都不晓得，更别提烧菜了！

按了按瘪瘪的肚子，长歌扔下菜，垂头丧气地走出厨房，她寻思着忍到晚膳多吃点，可抬头看看天色，距离膳时起码还得两个时辰！

"莫麟！"

"莫影！"

"莫可！"

长歌站在院里喊人，一个不答再喊一个，可愣是没一人应她，气得她几步走过去，在三人门上各踹了两脚："混蛋！小爷不就借个馒头么？不借拉倒！"

发泄完毕，长歌扭头而去。

帝宫的大内守卫，乍见到出现在白日的长歌，多少有些吃惊，一人道："孟大人，皇上此时不在帝宫。"

长歌随口一问："哦，皇上在上书房么？"

"今日皇上巡视京畿，还未回宫。"那人答道。

长歌抿唇思忖须臾，抬脚入内："我求见婉郡主。"

"孟大人，婉郡主也不在含元殿，方才带了大宫女沁蓝出去了。"

"嗯？去哪儿了啊？"

长歌皱眉，今日怎么恁的不顺？

那人想了想："婉郡主没有交代，但奴才瞧着似乎往御水园方向去了。"

"好，谢了！"长歌抱拳，转身大步离开。

御水园，顾名思义，四面临水，中间十字交叉小桥，岸边杨柳依依，水面波光粼粼，大片的荷花开在水中央，风景独好，为夏日皇宫最佳的避暑之地。

一女子立在桥中央，一袭淡绿色的长裙，袖口上绣着淡蓝色的牡丹，银丝线勾出了几片祥云，下摆密麻麻一排蓝色的海水云图，胸前是宽片淡黄色锦缎裹胸，长裙偶尔随风散开，举手投足，如风拂杨柳般婀娜多姿。

尹婉儿一步步走过去，望着那名女子，红唇边含着温婉的浅笑："长公主愈发美丽动人了！"

"呵呵，婉郡主何时何地都长了张灵巧的小嘴儿！"尹宸儿柳眉轻挑，笑意盈盈。

尹婉儿垂了垂眸，近前福身道："拜见长公主！"

"奴婢参见长公主！"沁蓝在一侧跪下，叩头。

"免礼吧！"尹宸儿眼波流转，唇角翘起一抹弧度，"婉郡主是皇上最宠爱的表妹，本宫岂敢受你大礼？"

闻言，尹婉儿神色不变，淡淡道："长公主此言差矣，宫规尊卑不可违，皇上贵为一国之君，万民表率，更不会徇私。"

"哦，那是本宫的不对，本宫失言了。"尹宸儿敛了笑，正色道。

尹婉儿静默一瞬，道："不知长公主约我见面，有何要事？"

"婉郡主，后日霁尧生辰，想必你是记得的。过去数年，都是本宫为他庆生，只我二人，不免寂寞，如今你既已回宫，我等旧识一场，本宫便想邀你入府，共同为霁尧贺生辰，希望你能答应。"

"什么？"

莫说尹婉儿诧异，就连沁蓝也听得暗暗皱眉，这个邀请未免……

"本宫是真心诚意的，不为霁尧生辰，便算年少朋友相聚，还望婉郡主莫要拒绝。"尹宸儿补充一句，将尹婉儿的退路直接封死。

尹婉儿秀眉紧拧，一时竟无法点头也无法摇头，她思索良久，方才启唇道："长公主，我与李驸马早无瓜葛，我亦不想再见他，年少之情散便散了，无须……"话至此处，她腿心骤然一痛！

彼时尹婉儿的位置，与桥沿只有半步距离，剧痛之下，她站立不稳地摔倒在桥上，掌心捏着的一枚物件儿，竟被摔得脱手而出，以抛物的曲线"扑通"一声坠入水中，溅起大片水花！

"我的东西——"

尹婉儿大喊，慌张激动之余，她竟猝然爬起，伸出手臂狂奔向前，试图抢回物件儿！

"婉郡主！"

沁蓝一声惊呼，立刻出手，可她只来得及拽到一片衣角，尹婉儿的身体，已像飘落的风筝，跌出木桥，重重摔落水中！

这一幕，发生得太快，根本令人措手不及！

沁蓝不及多想，紧跟着跳水，可她只凭一腔忠心，本身却不会游泳，这一跳下去，直接沉水，自顾不暇！

桥上出事，众人急慌之下，谁也不曾注意，岸边杨柳树后，一抹可疑的身影，匆匆闪入暗处，消失不见……

尹婉儿年幼时曾经落过水，差点儿溺毙，对水一直有心理阴影，所以至今仍不会水，她本能地手脚胡乱扑腾，但身子却不断下沉，几乎就要没过头顶……

"婉郡主！"

尹宸儿急喊的同时，快速吩咐她的随侍宫女："快找人来救！"

宫女转身，朝着岸边拔腿就跑，边跑边喊："来人啊！快救婉郡主！来人啊——"

第三十三章　被判宫刑

　　李霁尧本在附近寻人，那声声入耳的求救，听得他心房颤动，他疾速奔向木桥！
　　而另一端，长歌临行到近，隐隐听出不对，她足尖一点，亦运起轻功急掠而来！
　　"婉儿！"
　　熟悉的男音，突如其来地灌入耳中，尹宸儿只觉手脚发凉，她亦如溺水之人，呼吸不畅，喘息急促，她眼中忽而浮起一抹暗光，口中喊了一句："婉郡主，你坚持一下，我来救你！"然后决然一跳！
　　李霁尧冲过来时，竟已是三人落水的画面，且三人皆不会水！
　　在附近巡逻的禁军、大内侍卫纷跑狂奔，一时脚步声纷沓，震破了这一方天地！
　　一个是心尖上的爱人，一个是名正言顺的妻子，先救谁便成了艰难的选择，但情况紧迫，已容不得李霁尧多想，他纵身一跃，凭着心底的本能，朝着尹婉儿游去！
　　"李驸马，你救长公主，婉郡主交给我！"
　　正在这时，一道不容置喙的命令，从李霁尧耳旁擦过，继而眼前一闪，一抹绯衣金甲的影子，一头扎入水中，将已近沉没的尹婉儿迅捷精准地捞出了水面，然后托抱起已经陷入半昏迷的人儿，奋力游向岸边！
　　尹婉儿脱困，李霁尧立刻转头营救尹宸儿，及时赶到的大内侍卫也纷纷跳下水中，沁蓝已被冲出一丈多，在即将没顶之时，总算被人捞起！
　　李霁尧抱着尹宸儿游动，尹宸儿虚弱地落下泪来，她在他耳边轻喃："霁尧，你宁愿我死，也不愿她死，对么？那你又……何必救我？"
　　"别说话！"李霁尧心头一震，作为丈夫的愧疚之感浮上，他不由自主地更加抱紧了尹宸儿。
　　"我要说……"尹宸儿脸色被水浸到苍白，她眸底涌起浓浓的悲哀，"我那么爱你，我愿意成全你们，以我的命，换她的命……"
　　李霁尧胸腔憋闷，忽然间如鲠在喉："别说了长公主，是我对不住你。"
　　桥上，长歌将尹婉儿放平，为她采取急救，她双手叠压按在尹婉儿胸前，一边挤按，一边沉着声道："婉儿，你坚持住，吐出来，快把肺里的水吐出来！"
　　很快，尹宸儿和沁蓝也被放在了桥上，太医还没赶到，李霁尧先为尹宸儿急救，沁蓝是女子，一众大内侍卫皆是男人，因男女忌讳，而一时不知如何是好。
　　长歌见状，扭头怒叱："小爷腾不开手，你们谁懂救人的立刻助她吐水，她若死了，小爷就宰了你们！"
　　长歌的气势太过慑人，大内侍卫不敢违命，立刻有人上前，为沁蓝急救。
　　在长歌的挤按下，尹婉儿断断续续地吐出不少河水，尹宸儿本就落水晚，也未昏迷，所以情况比尹婉儿好些。但沁蓝不太乐观，她跳水时太过心急，连方位都不曾看清，结果跳进水中时，不小心踢到了隐在荷叶下的石头，从而因脚下痛楚，导致扑腾求生的力度减小，被捞起时，几乎没顶。

长歌不经意扫到沁蓝灰败苍白的脸庞，她心下一紧，急忙凑过来，却发现只挤出一点水，而沁蓝的腹部明显积胀了很多，她大声唤了几遍，沁蓝毫无反应，她不由急喊！

"太医！"

"太医死哪儿了，快点儿！"

事发突然，太医从太医院赶来此处，需费时不少，长歌生怕延误，及时想到一法，她指向一名大内侍卫："快把沁蓝扛在肩上，头朝下，来回走动，逼她吐水！"

"是！"

侍卫领命，即刻照做。

果然，如此成效快，沁蓝被倒置颠簸之下，开始陆续吐水，长歌心下微松，她转头再去看尹婉儿，轻声道："婉儿？婉儿你醒醒！"

"长……长歌……"尹婉儿听到熟悉的呼唤，眼睛虽然睁不开，但虚弱地给出了应答。

长歌如释重负，旁边李霁尧亦明显疏松了眉眼，他正欲说话，身下尹宸儿竟抢先道："婉郡主，你怎么样？好些了么？"

尹婉儿嘴唇动了动，却没再发出声音，似是又昏迷了过去。

片刻后，太医终于赶到，并连同宫人抬了担架过来，太医把脉后："速抬回宫，以免感染风寒，加重病情！"

李霁尧将尹宸儿抱上担架，命人直接抬往寿安宫，而后他眸光瞥向尹婉儿，身子方动，袖袍已被人扯住，尹宸儿目中水光粼粼，透着几分委屈："霁尧，我好难受，你会离开我么？"

长歌侧目而望，但见李霁尧眉心褶皱深沉，抿唇不言，她眸子一转，道："我与婉郡主私交算是朋友，我送她回帝宫。"

语毕，她将尹婉儿直接抱起，小心地放在了担架上，再从侍卫手中接过沁蓝，一并放平在担架上，吩咐宫人道："抬往含元殿。"

李霁尧见状，不动声色地朝长歌点了点头，然后握住尹宸儿冰凉的手，淡淡道："我会陪着你。"

尹宸儿扬起虚弱的笑容，餍足地与李霁尧十指相扣。

三个担架被抬起，三名太医各随侍一人，沁蓝即便只是奴婢，但她却不是普通宫女，乃帝王身边最信任的大宫女，是以太医不敢怠慢，同样倾心救治。

众人鱼贯而走，长歌原地拧了拧被浸湿的衣袍，余光所及之处，一枚灰色的小石子落入了眸底，她不着痕迹地逡巡四周，只见木桥每日由宫人打扫得干干净净，并无其他杂物。

她思忖须臾，斜侧一步，俯身捡起石子，悄然收进了袖袋。

出了御水园，分开两队，长歌护送尹婉儿和沁蓝快速回了帝宫，两个姑娘对她同为重要，她分不开身，便私自作主让人把沁蓝也抬到了兰蔻阁，一并安置在了尹婉儿的寝宫。

第三十三章　被判宫刑

总之，皇帝不在，尹婉儿未醒，帝宫中便没人敢得罪这位行事乖张、狂妄大胆的少年。

帘帐中，尹婉儿静静地躺在床上，脸白如纸，教人好不心疼。

长歌紧攥着十指，神色阴沉得很："太医，郡主身子如何？"

"寒气入肺，脉相微弱。但好在如今天气炎热，河水温度不是太低，是以情况还好，吃几帖祛寒的药，同时也要预防郡主咳嗽、发热。"太医回头，被长歌眼神吓了一跳，连忙回道。

长歌严厉的目光，从太医脸上缓缓扫过随侍的宫女太监，嗓音略沉："悉心侍候，若郡主不好，皇上归来必定生怒，你等应该明白轻重。"

"是！"众宫人惶恐应声，心头忐忑难安。

长歌转身，走到安置沁蓝的榻前："太医，沁蓝怎样？没大碍吧？"

"这丫头呛水量多，口唇四肢末端青紫，面肿，四肢发硬，呼吸浅表，情况不大乐观啊！"太医一边说，一边拿针刺向沁蓝的人中、合谷内关、太冲等穴位。

长歌呼吸紧窒，待太医扎穴暂停，她一把揪住太医肩领，凶神恶煞地道："不管你用什么方法，必须救活沁蓝，否则小爷拧了你的脑袋！"

"哎，孟长歌，你放手！"太医郁闷之极，爬满褶皱的脸扭成了丝瓜，不甘地道："老夫官位在你之上，你凭何命令……"

然而，他话未完，一柄匕首已搁在了他颈间，长歌狠戾的眼神，似充血般猩红骇人："小爷一贯横行霸道，哪怕你位列三台，小爷也照样敢削你！"

音落，她一收匕首，朝满屋子的人吼道："不论婉郡主还是沁蓝姑娘，都给小爷精心侍候着，凡给郡主吃的补膳，全部照份给沁蓝姑娘备着，谁人怪罪，一律由小爷承担！"

"是！"宫人慌不择言地点头，一个个哪敢提宫规二字。

长歌又一扭头："太医，开药方时也一样，甭给小爷分主子奴婢的规格档次，听到没有？"

太医瞪她："先说好，本官违规开药是你孟长歌威胁的，若太医院查下来，本官会照实禀报皇上！"

"随便你！"长歌不耐烦，"总之你给小爷保证把人救活就行！"

这些时日，沁蓝悉心侍候她，事事为她考虑周全，两人朝夕相处，她虽然因为尹简面上淡淡的，但心中从未把沁蓝看成奴婢，她很珍惜这个亲似姐妹的姑娘，何况尹婉儿落水的原因，恐怕另有隐情，是以，沁蓝这个现场的目击证人，绝对不能死！

太医头痛地诊毕，开好药方，派了人取药，而后吩咐说："得把郡主和沁蓝身上的湿衣裙换下来，不能这么躺着。"

"准备浴桶、热水。"长歌点点头，斜睨向宫人。

很快，太监和太医退出，内室只留下四名宫女，浴桶很大，坐两个人是没问题的，长歌便道："把婉郡主和沁蓝的湿衣脱掉，一起放进浴桶。"

她交代完，却站着没走，甚至有上前帮忙脱衣的打算，此举令宫女皆惊诧不已，一人大胆道："孟大人您，您是不是该回避……"

"我背过身吧。"长歌记起什么，无奈地轻叹了声。

宫女瞠目，这也不行吧，毕竟男女有别，郡主的清誉……可长歌已背转身体，根本没有离开的意思！

几宫女相互对视，个个揪心得很，但谁也不敢多嘴，只得分头给两人脱衣，待褪成全裸后，小心翼翼地抬放进浴桶中。

长歌心思很沉，她反复思量着这起三人诡异落水的事件，按理说，大白日，还有沁蓝在旁，尹婉儿不可能无故失足，除非是有人推她下水，而沁蓝不会做，那就只有尹宸儿……

不，尹宸儿不会犯傻行凶，这么明目张胆，除非是想同归于尽！

而那枚石子怎么会不合时宜地出现？作用是什么？

虽然目前情况不清，但长歌可以肯定，尹婉儿处境堪忧，有人想谋害她，是以她根本不敢离开半步！

"咳咳……"

正思忖间，突听得几声咳嗽响起，长歌本能回身，只见浴桶中尹婉儿已醒，呼吸不顺畅，正咳得厉害，宫女给她拍背的拍背，端水的端水，焦急忙乱。

见状，长歌几步上前，急切道："婉儿，你感觉怎么样？身体其他地方有不舒服的么？"

"长歌……"尹婉儿冲她露出苍白的笑容，"我，我没事儿，你别担心……"

正在这时，一阵纷沓的脚步声，从门外走廊传来，紧接着便有太监尖锐的声音响起："免安！别吵到婉郡主！"

长歌一凛，宫人行礼被阻，便无法判断来者何人，可听方才那人声音，并不像高半山和郭顺……

"砰——"

来不及多想，寝宫雕花门已被人从外面推开，在一众宫婢的簇拥下，麻姑搀扶着惠安，快步绕过外室，掀开内室的珠帘走了进来！

"太后！"

"太后娘娘！"

四名宫女连忙跪地，惊惶请安："奴婢参见太后娘娘！"

一大堆人，就这样闯进来，完全不顾尹婉儿在洗浴，被这么多人看到身体，尹婉儿惊恐地抱胸，嘴唇抖动，巨大的羞愤之下，竟一个音也发不出来！

长歌凤眸中焰火在跳跃，她立刻一掌劈开折叠屏风，遮挡在浴桶前，将桶中赤身裸体的两个姑娘藏在屏风后。

第三十三章 被判宫刑

"大胆！"

惠安眼中怔色一闪而逝，遂怒气冲天道："孟长歌，你胆敢淫秽后宫，你吃了熊心豹子胆么？"

长歌脸色一变，被冠上这个罪名，此时她百口莫辩，尹婉儿知她是女子，可惠安并不知情！

"太后娘娘，奴才并非有意……"

"来人，将孟长歌抓起来！"

惠安铁青着脸，并不给长歌说话的机会，盛气凌人地命令："婉郡主不知检点，荒淫无德，给哀家一并拿下！"

此话一出，帝宫中人皆仓皇大惊！

屏风后，沁蓝还未醒，尹婉儿羞愤得嘴唇都被咬破了，她浑身颤抖，这一刻连自尽的心都有了！

殿门破开，寿安宫的侍卫一拥而入，杀气凛凛的冲了进来，直奔长歌！

"放肆！"

长歌大怒，掌心凝聚了十成力，当先狠辣地劈向前方其中一人，她自认不是良善之人，对于她想保护的人，她可以背弃一切，甚至不惜赔上自己的性命！

她武功不低，一掌拍在那人心口，竟令对方毫无还击之力，口中鲜血喷薄而出，连一个字都没来得及说出，便当场殒命，双目大睁，死相极其可怖！

刺鼻的血腥味儿，顷刻间弥漫了整个内室，亦染红了白玉石地板，触目惊心……

"啊——"

"杀人啦——"

宫女们惊慌大叫，顿时乱成一锅粥，纷纷抱头逃窜！

长歌视线中闪过一道人影，她旋身一脚，踢在那名宫女腿弯，凤眸中杀机隐现："即刻侍候郡主和沁蓝姑娘净身更衣，谁敢跑，把命留下！"

"是是，奴婢马上去！"

摔在地上的宫女，惶恐地点头，费力爬起，匆忙跑进屏风后面，而其余三名兰蔻阁宫女见状，亦不敢再逃，入内侍候。

所谓杀鸡儆猴，效果非同一般，那拥入的十余名侍卫，皆被震慑当场，人人手握佩刀，却谁也不敢做出头鸟，竟僵持在原地！

惠安由麻姑搀着退开，远离那名惨死的侍卫，惠安目视长歌，目中惧意与怒意并存，但她执掌凤印多年，气势上自不会输人一分，她沉喝道："大胆！孟长歌你敢造反！"

"太后娘娘，婉郡主尚在病中，您此时拿她恐怕不合适，若郡主病情加重，或被太后处决，皇上归来岂不是龙颜大怒？这皇城谁人不知，婉郡主深受皇宠，乃皇上心头肉，她若有个三长两短，又是出于太后娘娘之手，恐怕皇上与太后娘娘的母子情分……"长歌点到为止，拱手一揖，掷地有声道："是以，奴才拙见，此事便交由皇上处置，皇上或杀或罚，奴才与郡主皆无异议，太后娘娘亦不会与皇上心生嫌隙。"

"孟长歌，你打的好算盘！"惠安听罢，冷冷一笑，"皇上日理万机，朝廷政事已令皇上操劳忧心，哀家作为六宫之主，为皇上分忧后宫，乃分内之事，岂轮得到你一介奴才置喙？"

长歌一凛："太后……"

"婉郡主虽未正式封妃，但作为皇上内定的女人，却与皇上钦点的御前侍卫淫乱，如此有辱国体的大事，哀家岂能袖手旁观？"惠安目光逼人，端的气势威严，语中讽刺意味极其明显。

长歌眉心紧拧，手背上的青筋突突在跳，心中积聚着无数火焰，今日种种，连在一起稍作思考，便知是个早已设计好的圈套，可她无意中跳进来，竟帮着惠安顺水推舟，将事情演变到了如此棘手，难以收拾的地步！此刻她倒不担心自己，只觉影响了尹婉儿的清誉该如何挽回？若坦白她是女子，日后她该如何在大秦皇宫立足？若不坦白，尹婉儿就受人千夫所指……

而关键是现在，她又该如何应对惠安这个歹毒的老妖婆？无论如何，尹婉儿是绝对不能被带走的，一来不能让尹婉儿成为惠安威胁尹简的武器，二来她担心尹婉儿受不住惠安的折磨，出去时是活人，回来可能就变成了死人！

长歌许久不言语，惠安以为长歌已示弱，发号施令的习惯，令她再度盛气凌人："来人，给哀家拿人，敢反抗者，格杀勿论！"

"谁敢！"

长歌陡然大喝一声，腰间随身佩剑一抖而出，她剑指十余侍卫，眉宇间浑然天成的威武霸气，令一众男子侍卫竟心惊胆战，仗未打，军心已乱！

"皇上今日巡视京畿，临行前传下圣谕，令孟长歌守卫帝宫，保婉郡主安隅，任何敢擅动婉郡主者，一律先斩后奏，绝不姑息！"

长歌一字一句，将满口的谎言竟以铿锵有力，不容置疑的气势，公告天下！

闻言，此处所有人皆脸色大变，一众侍卫更是自发后退，惊惶收剑！

"孟长歌，你假传圣旨！"惠安先是一震，继而勃然大怒。

长歌下巴一抬，桀骜道："奴才所言句句为真，待皇上归来，太后尽可询问皇上，若皇上否认，奴才甘领死罪！"

"哼，若皇上真有旨意，你这狗奴才便是监守自盗！"惠安一针见血，目中似淬了毒，寸寸沁寒。

长歌面不改色："是，孟长歌逾矩，请太后拿孟长歌一人足可，婉郡主需养病调理，不宜挪地儿，相信太后不会违背皇上的旨意吧？"

"哀家……当然不会！"惠安从牙缝里咬出这几个字，心道抓不了尹婉儿，收拾了这

第三十三章 被判宫刑

孟长歌也行，以报寿宴此人坏她计划之仇！

"那就走吧！"长歌行事果决利索，连半分迟疑也不曾有。

惠安一声令下："抓起来！"

"是！"

众侍卫方才有了底气，上前缴了长歌的剑，左右押在了她肩上！

长歌未回头，扬声道："婉郡主，长歌今日一时情急所致，决非有意冒犯，望郡主海涵，切莫芥蒂于心，以身体为重！"

"我明白！"

屏风后，传来三个字，一如既往的温婉，却不难听出语中的坚定。

闻听，长歌知尹婉儿不会寻死，心下不禁宽松，她大步迈出，任由侍卫将她当作犯人似的押往寿安宫。

惠安一行，终于离开，一场浩劫，在缓缓关闭的殿门声中，暂时落下帷幕。

行至帝宫正殿时，长歌凌厉的眼神，一扫帝宫众大内高手："婉郡主落水养病，任何人不得干扰，在皇上回宫之前，若有一只苍蝇飞入帝宫，尔等性命难保！"

她的话，很是奇怪，而她本身又是被押解的状况，这令帝宫侍卫一时摸不着头脑，但众人只迟疑片刻，便齐齐抱拳："遵命，孟大人！"

长歌颔首，提步而行，惠安跟在后阴绝一笑，她就等着尹简来求她！

虽然，尹简为尹婉儿求她的可能性更大，可孟长歌这颗棋子，应该也不赖，帝王的男宠……呵呵！

待长歌远走，奉皇命监视长歌的大内禁军，立刻调头出宫，快马加鞭赶赴报信！

穿戴完毕的尹婉儿，坐立难安，她稍一思量，吩咐身边一宫女道："把小达子给本宫找来，快！"

"是！"

宫女听命，很快便带进一太监，尹婉儿免了礼，摘下手中玉镯，道："小达子，你带上本宫的镯子，马上出宫一趟，到肃亲王府求见肃王爷，就说孟长歌出事，如今落在太后手中，怕是性命难保，请肃王爷相救！"

"是，奴才遵命！"

小达子是高半山亲挑出来侍候尹婉儿的太监，算是尹婉儿能信得过的人。

待小达子离开，尹婉儿扭头看向沁蓝，宫女已给沁蓝换上干净的衣裙，此时依旧昏迷不醒，她吩咐人好生照顾，忆起她落水的缘由，她捏紧空荡荡的掌心，一抹悲凉之感，油然而生……

原想了断，却不成想，几乎搭上无辜人的性命，比如沁蓝，又比如长歌……

还有她自己。

寿安宫。

长歌被关入了暗房，除了一扇只能容一只猫钻出的天窗外，四下密封，举目昏暗。

惠安身在外面，涂满艳红胭脂的嘴唇，一张一合，发出狠毒的命令："锁了孟长歌的琵琶骨，以免他仗着武功逃跑！"

"是！"

侍卫得令，提着剑逼向长歌。

"太后，你敢动我半根手指头，皇上定与你翻脸！"长歌一凛，一边暗聚功力于掌心，一边道："我不会逃跑，你尽管放心！"

"孟长歌，你奸诈心机深，武功又高强，哀家怎能放心呢？"惠安笑，她一指身后数排侍卫，"你可以继续反抗，哀家倒想瞧瞧，以你一人之力，是否能敌得过这几十名侍卫联手？"

"太后你……"

惠安的声音，在半下午的大白日，听入耳中竟带着毛骨悚然之感："哦，对了，一旦你动手，那就以造反论处，就地斩立决！"

长歌怒不可遏："有胆你就杀了小爷，若小爷死在你手中，必向你的三公主六王爷索命，你就等着看你的儿女为小爷陪葬吧！"

有些事，她不必说明，相信这个暗示，惠安不会不懂！

果然，惠安脸色明显一变："你……知道他的心思？"

这个他，指尹简。

"自然，如此机密之事，他都能告之于我，太后便可知，我在他心中地位，你若动我，他必动你的软肋！"长歌道。

此话，她语气笃定，内心却并不自信，以她和尹简如今的关系，只怕是她在不自量力。

然而此刻，她已别无选择，琵琶骨一旦被锁，等于武功全废，她当敢束手就擒？

不成想，惠安思索良久，竟换了种法子折磨她："孟长歌少年狂妄，淫秽后宫，念其曾救驾有功，哀家特免其死罪，判处宫刑，即刻押往净身房！"

皇宫是个藏不住秘密的地方，孟长歌被判宫刑的消息，不出半个时辰，已人尽皆知。

净身房外，涌满了看热闹的人，犹以后宫太监为最，无人不好奇，这个救驾有功甚得皇宠的御前侍卫，一旦被阉成太监，与他们成为同僚，将会是怎样的光景。

然而，也有人猜测，以孟长歌的风头，就算残缺为太监，也不会失宠，且很有可能取代高半山或者郭顺，一跃成为大内太监总管，继续风光无限。

当然，对外来说，尹简与长歌的关系，并不曾改变，因为那日夜半三更，尹简抱着长歌同坐御辇之事，私下早已遍传。

齐妃、宋妃和沐妃相继到来，宋妃一贯骄纵，近日又连得侍寝，腰板儿不禁愈发地

第三十三章 被判宫刑

硬，她率先掂着帕子，冷嘲热讽地讥笑道："咯咯……果然知人知面不知心啊，平日看起来虽然混账狂妄了些，但起码是君子，谁知道……"

"宋妃你莫胡说，祸从口出不知道么？"齐妃怒瞪一眼，她倒不想理孟长歌怎样，反正皇上再宠，也不过是个男人，在后宫中成不了气候，但事关尹婉儿，她不免想到兄长齐南天，因此亦恨不得杀了孟长歌！

宋妃"咯咯"一笑："哎哟，齐妃姐姐生气了？可再生气也抵不过事实胜于雄辩啊！婉郡主耐不住寂寞，水性杨花，难不成你家兄长还惦记着？呵呵，且不说皇上那儿……就是皇上允了，把这种女人娶进府中，也是有辱家门啊！"

"我们齐家才不可能……"齐妃脸色难看万分，话出口顾忌着人多，又咽了回去，不悦地板着脸，"不劳宋妃妹妹操心！"

宋妃眼角眉梢尽是幸灾乐祸的笑意："反正啊，今儿个可真热闹呢！"

齐妃重重一哼，偏过了头。

沐妃一贯淡然如莲，她静静地站立在原地，不论周遭如何嘈杂，她始终一言不发，神色平静。

尹婉儿带病赶来，得到消息的她，怎还能安心养病，可听到这些闲言秽语，哪怕她做好了清者自清的心理准备，依然不堪冲击地泛白了脸庞……

"郡主，奴婢扶您回去吧，孟大人已经这样，您别把自己再搭进去啊！"宫婢急出一身汗，不厌其烦地劝说道。

尹婉儿脆弱而不软弱，她用力掐了下掌心，挺胸抬头满目坚决："皇上未归，我不能看着长歌被……即便搭上我，也无所谓，只要长歌平安，我可以忍受一切唾骂和嘲笑。"

语毕，她毅然迈向前方。

一个女子，被当作男子强行扒裤子阉割，这份屈辱长歌怎能承受？而她的女子身份一旦被揭，更是死路一条！

想到这些，尹婉儿踉跄地不断加快步伐，她必须拖住惠安，等待肃王尹诺和尹简的归来！

净身房两道门，由寿安宫数名侍卫把守，不许任何人靠近，因此也没人知道此刻里面的情况，不知孟长歌是否已被阉成太监，而情况不明，便更叫人焦灼。

短短十几步，终于靠近，前路却被宋妃等人所堵，尹婉儿耐着性子，施了一礼道："给三位娘娘请安！请三位娘娘借过一下！"

宋妃等人早已瞧见尹婉儿，此时她故作惊讶道："哎哟，是婉郡主啊，这个点儿上，你来做什么呀？"

"我求见太后，请娘娘借过！"尹婉儿冷冷淡淡地应道。

齐妃终是忍不住含怒低叱："尹婉儿，你对得起我大哥么？"

闻言，尹婉儿眸子一偏，落在齐妃脸上，唇角浮起冷笑："齐妃娘娘何出此言？本郡主与齐大人有何关系？凭何说对不起他？"

"你，你明明是……"齐妃被堵得语塞，想说尹婉儿早已是齐南天的人，可现在中间夹着尹简的关系，她终究没敢乱说话，一时脸色青白交错。

宋妃笑得畅快："咯咯，这可真复杂啊！"

尹婉儿没再搭理，侧身从宋齐二人中间挤进去，众宫人早已守规矩地跪地行礼，她强忍着心头那把火，面向值守侍卫："本郡主求见太后娘娘，有重要之事上禀，请通传！"

今时今日，虽说尹婉儿已声名狼藉，但这位郡主是当今天子最宠爱的表妹，就凭她能住进帝宫，便没人敢造次得罪她！

是以，侍卫立刻拱手："请婉郡主稍候！"语毕，快速回身往净身房而去。

"长公主到！驸马爷到！"

身后，突有太监的尖锐高音传来，尹婉儿脊背一僵，死死地攥住了扶着她的宫婢的手！

宋妃齐妃沐妃等人转身，与到达的李霁尧夫妇互相见礼，寒暄几句后，尹宸儿虚弱地半靠在李霁尧身上，关切地问："婉郡主怎样了？身子还好么？"

李霁尧眉心拧成川字，眼眨也不眨地望着尹婉儿，目中堪堪闪烁着复杂之光。

"多谢长公主挂念，我挺好的。"尹婉儿福身，唇边噙起淡淡的微笑，哪怕她已肮脏得人人唾弃，她也不能在那个人面前露出半分。

或许，每个人都希望自己在深爱之人心中留下最美好的一面吧。

"没事儿便好，不然霁尧……"尹宸儿娇娇一笑，缓缓接下去，"他和我都会焦急的。"

李霁尧眸色一深，扶着尹宸儿的大手，不动声色地收紧，尹宸儿侧身仰头看他，目中情深缱绻，笑语嫣然："驸马，我说得对么？"

李霁尧神色清冷："公主，你身子未好，该回府休养，我送你上马车。"

"本宫担心婉郡主，怎好回府呢？"尹宸儿不为所动，依然笑着言说理由。

见状，尹婉儿傲气使然，也自浮唇一笑："长公主多虑了，皇上即将回宫，我又怎会有事？"

这一句话，堵得尹宸儿颇为尴尬，李霁尧眸底亦微起波澜，他深目凝视着尹婉儿，一个字也没法说，可尹婉儿却能看懂他的眼神——保重。

他在传达这个讯息给她，说明……他相信她是清白的么？

尹婉儿心口一震，继而快速转身，再未曾言语，只静等惠安通传。

其余众人皆在原地等，谁也不肯离去，各怀心思。

少顷，侍卫步出，拱手一揖："婉郡主，太后娘娘传您入内。"

而就在这时，一个声音在背后匆匆响起："婉儿，你回宫躺着，孟长歌交给本王！"

尹婉儿惊喜回头，只见来人赫然是肃亲王尹诺，风尘仆仆，身上便服未换，显然赶得

第三十三章 被判宫刑

太急，一接到消息，便直奔皇宫！

净身房中，长歌被五花大绑在木板床上，此时她衣衫尚完整，主刀太监和三个手下太监已准备好净身刀具，垂头立在床边，随时听候吩咐。

惠安坐在一侧，端茶正饮，旁侧麻姑贴身侍候，她瞥一眼镇定自若的长歌，冷哼道："想好了么？哀家给你生的机会，你若不珍惜，吃亏的可是你自己，这一刀切下去，这辈子你就断子绝孙了！"

"呵呵，太后娘娘为奴才考虑周到，可惜奴才是有心而无力啊！"长歌言笑晏晏，眉眼间一派舒缓，并无任何惊惧之态。

惠安盛怒，手中茶碗重重砸向长歌："大胆！哀家给你脸你不要，是想找死！"

长歌无法躲避之下，那半碗热茶竟砸在了她腹部，茶盖翻滚掉下地，茶碗滚了几滚从腿间滑落，而茶水浇溅了她整个小腹！

时值夏日，衣衫本薄，这一烫，长歌不免倒抽口气，冷汗快速从额头渗出，她咬紧了牙关！

她十分确定，此时季节，惠安偏喝热茶，根本就为了这一击！

"到底答不答应？"惠安显然已失去耐心，她霍然起身，面目阴沉可怖！

长歌怒极反笑："哈哈，答应什么？小爷忘记了，劳烦太后娘娘再重复一遍！"

"你……"

"肃亲王到——"

门外太监尖锐的声音，忽然盖过了惠安，屋中人来不及反应，紧接着，那太监意外而略带惊慌的话语已飘进来："太师大人，太后娘娘未曾召见，您不能擅入啊！"

闻听，长歌欢喜地轻吐了一句："小爷果然命不该绝，处处遇贵人啊！"

惠安脸色难看至极，可不待她下令，屋门已开，尹诺和宁谈宣并肩走了进来，宁谈宣边走边慵懒地谈笑风生："小祖宗，你可真不消停啊，本太师在宫里散个步，都能散出热闹来啊！"

尹诺斜目一扫，长歌的惨状落入眼中，他心弦骤然紧绷……

与此同时，巡视京畿的大队人马，正快马加鞭奔行在回宫的路上。

一刻钟前，尹简接获一封密报，然后便命令队伍加速。

齐南天近身伴驾，在策马狂奔中，焦虑道："皇上，可是宫中出事？"

明黄色马车中，尹简摩挲着拇指上的玉扳指，神色晦暗不明，他徐徐道："南天，朕要你答应朕一件事，你可能做到？"

齐南天一凛："皇上请讲，莫说一件，哪怕十件微臣也自能做到！"

"回宫后，无论你听到何消息，朕都不允许你迁怒孟长歌，其中原委，待朕救出孟长歌，再向你说明。"

净身房中，暗潮涌动。

宁谈宣的恣意笑嗔，令惠安怒火冲天忍无可忍，但她到底执掌凤印多年，心思之深沉，非一般女人，转瞬间便已沉着冷静，维持一贯的雍容气度，但见她神情冷冽，眉宇间散发出迫人的威严，气势汹汹地道："肃亲王，宁太师，二位不经通报擅闯入内，这眼里还有哀家么？"

"微臣不敢！"

被点到的两人，近前撩袍跪下，步履从容，神态自若："参见太后！太后娘娘千岁千千岁！"

惠安泠冷一笑："千岁？哀家能活到千岁么？口中说不敢，行动却是快，二位都是朝中重臣，作为百官之表率，却带头不遵礼法大不敬，依大秦律法，该当何罪？"

长歌本就小腹皮肤发疼，烦躁难忍，此时听到这儿，她"呸"的淬了一口："太后，能活到千岁的都是妖精，现实点儿吧，喊皇上万岁，他也活不了一万岁，不是么？"

"放肆！"

惠安这声怒叱，是从胸腔里吼出来的，她身形一转，白葱般的玉手指向长歌，近乎歇斯底里地道："掌嘴！给哀家抽烂他的嘴！"

"是！"

一旁近侍听令，立刻上前，扬手甩向长歌的脸庞！

宁谈宣眸色一冷，正待动作，却听得那侍卫掌到中途，忽然"哐"一声惨嚎，凌厉高悬的手掌，竟软绵绵地垂落下来，而地上赫然躺落一枚玉佩！

霎时，屋中死寂！

"太后娘娘，奴才失手，奴才该死！"须臾，虎口受伤的侍卫，慌忙跪地请罪，冷汗涔涔。

长歌眨眨眼，唇角勾起一抹俏皮的笑痕，心道这尹皇叔待她可真够意思啊！

没错，出手所阻之人，竟是尹诺！

惠安已是无法形容的震怒，她浑身发抖地厉喝一声："肃亲王，你大胆！"

尹诺拱手一揖，言辞恳切道："太后息怒！微臣未遵礼法，是微臣之错，甘受太后罪责，但请太后听微臣一言！孟长歌犯下大错，依大秦律，的确该重惩，但此人救过皇上性命，乃皇上钦点御前侍卫，于情于理，都该交由皇上处置，否则皇上归来，若与太后生了嫌隙，便是兹事体大，动摇国本，故请太后三思！"

宁谈宣亦朗朗而道："太后，孟长歌这么混账，究根结底是微臣的错，微臣视长歌如弟，平日唤他小祖宗，不承想，倒真把这厮惯成了无法无天的祖宗，所谓养不教父之过，他既已无父，微臣这兄长便理应替他承担过错，是以恳请太后宽宏大量饶孟长歌一次，允许微臣替罪！"

第三十三章 被判宫刑

"呵，一个拿皇上压哀家，一个拿己威胁哀家，遣词用语滴水不漏完整无缺，倒当真教哀家驳不出个一二！"惠安怒极哂笑，眸中冷意贯穿二人，"倘若哀家偏不呢？孟长歌淫秽后宫，皇上不曾立后，而哀家代为掌管六宫，就算孟长歌为皇上宠臣，大秦律法面前，哀家也相信皇上不会徇私，罔顾天子之威，失去立民之本！"

好个惠安，寥寥几句便四两拨千斤反将一军！

二人眉间皆浮起郁色："微臣不敢！"

"肃亲王，宁太师，孟长歌方才大不敬，尔等都是亲耳听到的，就冲这点，哀家惩戒他，于理于法你二人都不该阻拦，哀家念你二人都为大秦重臣，不咎一次，若敢再拦，哀家便以造反论处！"

惠安神色果决，字字珠玑，话语铿锵有力，教人几乎无法应对，而她亦一鼓作气，再次一指长歌，厉声道："给哀家继续掌嘴！"

"太后！"尹宁二人脸色惊变，异口同声，"求太后恕罪！"

惠安从牙缝中挤出四个字："绝无可能！"

"太后……"

"肃王爷！大哥！"

长歌出声，阻了二人求情，生死关头，她竟泰然自若，"二位待长歌情谊，长歌谢过，当铭记在心。不过，你们求情没用，太后娘娘铁了心要办我，今日我不遭一回罪，是过不了此劫的。是以，二位不如先行离去，提前替我备些伤药罢。"

"胡说八道……"

"掌嘴！"

宁谈宣恼火的斥责与惠安的命令重叠，尹诺同样的犯上举止不能做第二次，正焦急思考该如何从旁处下手，只听"啪"的一声，长歌脸庞已重重挨了一记！

执行掌掴的侍卫，换了一人，作为效忠了惠安多年的手下，深知惠安心思的他，这一掌打得又狠又准，直把长歌打得脑袋偏转，脸颊瞬间红肿，嘴角流出殷红的血水……

"长歌！"

"长歌！"

尹宁二人痛心急喊，并霍然起身欲为长歌抵挡，岂料惠安身形一侧，迎面以身拦下，威吓道："谁敢！"

二人一僵，额上青筋突起，寒眸凛冽如刀，惠安拒不相让，双方形成对峙之势，就在此当口，那侍卫竟又一巴掌甩下去，声音清脆，异常刺耳！

宁谈宣眼珠爆裂，一贯的温文尔雅早已消失不见，他斜跨一步，还未动作，惠安的警告，已紧随而至："掌嘴本是轻的，若敢阻挠，哀家便要了孟长歌的命！"

"太后你……"

宁谈宣怒极，尹诺将他一拽，以眼神示意，今日这局，恐怕只有帝王能解，而宁谈宣解局的筹码，必然是答应与惠安联手共同对付尹简，以此时宁谈宣对长歌的情分，尹诺极为担心宁谈宣会松口，是以他救人的同时，亦不能乱了阵脚，当以拖延为上策，给予尹简足够的时间回宫！

惠安已陷入疯狂，她忽然大声道："来人！将宁太师与肃亲王请出去，对孟长歌执行宫刑！"

闻听，数名侍卫一拥而上，长歌被打得头脑昏沉，感觉腰上一紧，竟有人来扒她的裤子！

"住手！"

尹宁见状，顿时暴怒，此情形，已无法再拖延，尹诺迫不得已出手，宁谈宣不会武功，亦毫无章法地英勇挥拳，他既深知长歌女子身份，又岂能叫男人亵渎？

惠安歇斯底里地连声大喊："阉了那狗奴才！"

"皇上驾到——"

正在这时，门外传来连声惨叫，并伴有太监尖锐的高喊声，仿佛平地一声惊雷，刺破了所有人的耳膜！

而下一瞬，大秦帝王浑厚威严的嗓音，穿透而入："儿臣尹简，求见太后！"

净身房中，霎时死寂，所有打斗停止！

尹诺与宁谈宣不同程度地心下一松，长歌刚烈这许久，心间筑起的坚硬堡垒，轰然坍塌，眼角竟不受控制地湿润氤氲，心底那一处，又酸又甜……

他，终究来了……

惠安早等这一刻，遂狞笑道："皇上，进来吧！"

音落，紧闭的两扇门，"砰"的一声从外破开，良佑等御前侍卫率先抢入，刀未出鞘，人刀已合一，杀气凛冽，似疆场对敌！

屋内寿安宫侍卫惊惶一震，而后疾速退往惠安身边，将惠安层层护在中央！

很快，一抹明黄出现在门口，高半山和郭顺侍立左右，风尘仆仆归来，顾不得更衣洗漱的帝王，大步跨入门槛儿，清隽俊颜面无表情不怒而威，重瞳森冷骇人，盛满睥睨天下的霸气！

"参见皇上！万岁万万岁！"

尹诺谦恭一跪，扬声叩拜，宁谈宣紧跟其后，礼数周全，今日能救长歌者，非尹简莫属，他亦无法计较其他。

"奴才参见皇上！皇上万岁万万岁！"

主刀太监等人亦匍匐跪地，惊惶发抖，只怕帝王盛怒之下，不能将太后怎样，转而杀他们泄愤！

十数步距离，尹简不缓不疾，步伐沉稳，步步逼近，他漠然无温的眸光落在惠安周围的侍卫身上，嗓音泠冷："见君不拜者，杀无赦！"

第三十三章 被判宫刑

他尾字一落，寂静的屋中，只听两道惨叫声骤然响起，而后"咚咚"两声，两名侍卫倒地，胸口赫然血流如注，已然被一刀毙命！

莫可莫麟动作之快，武功之高，震慑全场，而二人一击得手，并未收刀剑，便直指下一人，此举亦为杀鸡儆猴，众侍卫反应过来，慌忙跪地，参差不齐地叩拜道："奴才参见皇上！迎驾迟钝，求皇上饶命！"

惠安无法控制地浑身颤抖，脸色青白，而尹简平淡之极，眉角上挑，淡出一声："麻姑眼中也无朕么？"

"奴婢叩见皇上！"

麻姑"扑通"跪倒，脸上已失血色，她若迟一步，此刻亦已是死人！

到此时，除了惠安，净身房中，再无一人站立！

"儿臣参见太后！"迎上惠安狰狞的眼神，尹简拱手一揖，唇边浮起一贯温凉的笑容。

惠安咬牙切齿，倒也能镇定质问道："皇上，哀家敢问一句，哀家的侍卫见君不拜即被斩杀，那么孟长歌辱骂哀家，是否也该斩首示众，以示皇上律法公正！"

闻言，尹简眉心微拧，他缓缓侧眸，望向仍被绑在木板床上的长歌，两人四目遥遥相接，她目中含泪，他心神一紧，眸光飞快扫遍她全身，但见她双颊红肿，双唇被血色浸染，腰带半解，小腹被茶渍浸湿，狼狈凄惨得几乎让人不忍直视！

纵使心中涛天骇浪，彼此相视，尹简依然波澜无惊。

长歌眼中浸着些许泪光，她用力合了合眸子，强作平静，口头行礼道："奴才叩见皇上！"

她从来看不懂他，是以猜不透他的心思，不知他机关算尽的谋略里，她占了几成的分量，或者说，他是否会为了她，而舍弃丁点的利益。

"孟长歌，你胆子不小，敢对太后不敬，活腻了是不是？"尹简陡然大怒，袍袖一甩，声势慑人道，"来人！将孟长歌押出午门，斩首示众！"

此言一出，惊震众人！

长歌整个人呆傻，瞳孔涣散地看着侧身而立的尹简，脑中嗡嗡作响，她已失去了判断力……

惠安似笑非笑，眼中闪烁着阴鸷的精光！

莫影莫麟即刻上前，手中利刃轻易挑断捆绑长歌的绳子，将人从木床上拉扯下来，她浑浑噩噩地软膝跪地，嗓音嘶哑破碎："奴才……谢主隆恩！"

"带走！"

尹简偏过脸，厌恶的眼神，不曾在她身上停留半分，只冷冷地道。

"皇上开恩！"尹诺焦急出声，他拱手道："孟长歌寿宴救驾有功，今日虽犯下种种大错，按律当斩，但请皇上念在孟长歌功大于过的分上，饶她一命！"

宁谈宣亦道："孟长歌勇救天子，功在社稷，利在百姓，微臣以为，可抵任何过错，望皇上三思！"

尹简蹙眉，神色甚是愠怒："尔等倒是尽为那狗奴才说好话！"

"求皇上开恩！"二人齐声，叩头相求。

"哼，死罪可免，活罪难逃！"尹简冷冷一哼，斜睨向长歌，命令果决，"押回帝宫杖刑一百！谁再求情，以同罪惩处！"

"遵旨！"

莫影莫麟听令，左右押着长歌便往外走，长歌脑子渐渐清明，想起上次因宋妃而起的"杖刑"，心下霍然开朗，鼻尖忍不住泛起了酸意。

是她，误会了他……

"慢着！"

岂料，惠安冷眼旁观至此，大声喝道："既是活罪难逃，哀家以为处以宫刑最为合适！这种下流坏子，该阉了根种以绝后患！"

闻听，长歌两眼发黑，阉你大爷的，老子没那玩意儿！

尹诺等几位知情者，目中已是寒气逼人，盛怒到极致！

"太后！"

尹简略一沉吟，拱手面向惠安："孟长歌所犯之过，朕意在严惩，但宫刑过于极端，朕以为不妥！"

"呵，皇上明显袒护孟长歌，敢问皇上置律法何在？若今日哀家执意要阉他做太监呢？"惠安冷笑的表情，格外狰狞，叫人心头生出发怵的阴森感。

忍耐这多日，尹璃与尹灵儿却没有丝毫消息，她焦躁之下，已不惜与尹简撕破脸！

尹简淡然一笑，薄唇不疾不徐地吐出几个字："朕不会允许的！"

"哀家也不会退让，除非皇上诏告天下废黜太后！"惠安倒也铮铮铁骨，不惧不退！

尹简褐眸幽深，眼眨也不眨地盯着惠安，袖中大掌紧握成拳，他压低嗓音，隐忍着戾气道："太后究竟意欲何为？"

"哀家不为什么，只为正朝纲正宫规！"惠安傲气地抬高下颌，扬声道，"皇上管朝堂天下，哀家管后宫，孟长歌先与婉郡主淫乱，后辱骂哀家，此多项罪哀家判宫刑皇上不允，那便召文武百官共同商讨！"

宁谈宣冷凝视着唇角："好，便依太后……"

"不可！"

尹简一声打断，他重瞳扫过宁谈宣，淡声道："朝上讨论的是国家大事，如此小事搬到朝堂，岂非让天下人耻笑？"

语毕，他一撩龙袍，竟对着惠安跪了下去，态度谦恭，温和而道："太后，孟长歌救朕之恩，朕没齿难忘，是以他虽犯下大错，朕亦不能让他断子绝孙，恳请太后小惩大戒，网

第三十三章 被判宫刑

开一面！儿臣谢过太后！"

惠安的目的，不外乎逼尹简低头，若真阉了孟长歌与尹简彻底成仇，那她的一双儿女必死，她不糊涂，并深谙谋略之道，遂见好就收，道："既然皇上这般求情，哀家也不好伤了皇上的心，宫刑可免，但须先囚于寿安宫，待哀家思虑之后再行定夺！"

尹简颔首："好，依太后之见！"

"皇上快起来吧！"惠安脸上浮起笑容来，好似须臾便换了个人，慈眉善目地弯腰亲扶尹简："地上不平整，小心膝盖疼。"

尹简唇角一勾，溢出淡笑："谢太后！"

旁人见状，只是稍松口气，谁都知道，这事不会这么简单就完的，长歌的下场，仍然堪虞！

"将孟长歌押往寿安宫！"

"遵旨！"

一声令下，莫影莫可带着长歌终于迈出了净身房，重新见到阳光，长歌心情却极端复杂，她又给尹简惹麻烦了，恐怕接下来，便是尹简和惠安的秘密谈判了，惠安的条件，不知尹简会不会为她而答应？

其余人，按尊卑礼数鱼贯而出。

只是，净身房外的景象，竟叫人大吃一惊！

两道门内外，横七竖八的尸体躺了一地，血流成河，死状惊悚，空气中飘浮着浓重的血腥味，极其骇人！

而这些死人，皆红衣铠甲，盔帽插翎，明显为之前站岗的寿安宫守卫，再放眼望去，守卫全无，竟被杀得一个不留！

院外，宋妃、齐妃等原本看热闹的所有人，此时全部跪在地上，低垂头，瑟瑟发抖，惶恐不安！

净身房方圆三丈内，已被数百羽林军围得密不透风，齐南天与郎治平一身戎装，横刀立马，肃杀凛凛！

原来，方才在里间听到的连声惨叫，竟是如此！

饶是长歌性子沉稳，亦被眼前之惨状而震得脸庞发白，她不由自主地回头，目光搜寻到那一袭龙袍的男子时，她手握成拳，心中隐隐发怵，亲眼所见，方知这大秦帝王遽如此心狠手辣，那么他日，若她凤长歌的身世败露，他将会……怎样处置她？

长歌不敢想象，只觉一块巨石忽然压在了她心口，教她呼吸沉重……

宁谈宣目中震惊一刹而逝，很快便恢复了一贯的平静，只是那眸底的深邃，透着深不可测的寒芒……

"皇上，你……"惠安则身躯发颤，脸色煞白，一口气血涌到喉咙口，腥浓得似地上的血……

尹简泰然自若："回太后，这帮子奴才斗胆包天，竟敢假传太后懿旨拦朕的驾，朕不杀不足以立君威，亦为太后着想，若朕轻信奴才之言，误会了太后，便兹事体大了！"

语毕，他一扫下方，眉目清冷不怒自威："婉郡主一事，宫中若有人敢嚼半句舌根，朕一律从严论处，不分主仆，杀无赦！"

"谨遵皇上圣谕！"

周遭所有人，几乎异口同声，皆被天子而慑！

惠安掉头就走，足下步履踉跄，可见心中的怒与骇已令她濒临崩溃！

而后长歌被押走，后宫妃嫔率宫人散去，羽林军收拾残局，尹简携尹诺、宁谈宣及一众手下前往寿安宫。

长歌又被关入了暗房，靠着墙根坐在地上，她浑身疲惫，饥饿软乏，加之小腹的烫伤疼痛，双颊的肿痛，使得她一动不想动。

今日，真是极其倒霉的一日。

暗房外，尹诺踌躇焦虑，分外揪心。

此时，尹简与惠安已在内殿密谈。

谈话内容无人得知，而结果无疑不顺。

一刻钟后，尹简离开惠安寝宫，秘密吩咐高半山几句话，高半山迅速离去，尹简则在寿安宫外跪下，高声而道："儿臣为救命恩人孟长歌跪求太后开恩！"

惠安置之不理，转身进了佛堂，诵经念佛。

长歌睡着了，靠着冰冷的墙壁，睡得天昏地暗。

这一觉她也不知睡了多久，待睁开眼时，从暗房的天窗望出去，竟发现天色已黑，至少是掌灯时分了。

她不知外面是什么情况，听来一片寂静。

茫然地呆坐了会儿，长歌才扯开嗓子朝外喊："有人在么？"

"长歌！"尹诺的声音，出乎意料地传了进来，带着浓浓的关切："你还好么？"

长歌一怔："我还好，王爷您一直在外面守着我么？"

"对。"尹诺应了她一个字，继而又宽慰她，"别怕，很快你就没事了。"

长歌扯唇笑了笑，突然感觉心中暖烘烘的，对于尹诺，她已经不知该不该恨，纵使十五年前灭凤朝的人中，尹诺便为主将，可他待她，却是真心的好。

她很矛盾，不论对尹诺，还是尹简，抑或是其他尹姓皇族，哪怕是尹灵儿。

"长歌，身子是否有恙？"

暗房外，又幽幽地响起一道男音，长歌一凛，讶然道："大，大哥？你也么？"

"嗯，不放心你。"宁谈宣语气淡了下来，隐隐听得出几分沧桑感。

他不成想到，尹简竟可在太后寝宫外跪求半日，以换长歌安隅！堂堂帝王，为一个人

第三十三章 被判宫刑

做到如此分上,这情意有多深?长歌会被感动么?

"传太后懿旨,释放孟长歌!"

正在这时,一道尖锐的声音自远而来,仔细听去,乃惠安身边的大太监!

第三十四章　夜探君王

　　寿安宫外，长歌并未见到尹简，只有高半山和莫影两个人等在那儿，见到她出来，二人上前，高半山道："孟大人身子如何？有被私刑么？"

　　"我还好，没有私刑。"长歌摇头，声音软绵绵的，一来由于饥饿加疲惫，二来……没看到那个人，心中不免有些失落。

　　莫影朝尹诺和宁谈宣拱手一揖："多谢王爷和太师照料！皇上交代，二位劳累半日，请先行回府，孟长歌自有人侍候。"

　　二人颔首，遂转身看向长歌，尹诺语重心长地嘱咐她："吃一堑长一智，你日后警觉些，别再让人抓到把柄，知道么？"

　　"嗯。"长歌吸吸鼻子，乖巧地点头："我记下了，今日大恩不言谢，长歌记在心里了。"

　　尹诺温润地笑，抬手握了握长歌的肩膀："多听皇上的话，宫里不是可以任性的地方，今日之凶险，你也看得清楚，须多加保重！"

　　诸多人在场，宁谈宣不好多说什么，只道："小祖宗，你记好自己的男子身份，不该逾矩的千万严格遵守，须学会保护自己，明白？"

　　长歌心虚地连连点头："知道啦，我下次注意，再不会犯这种低级错误了。"

　　宁谈宣没再说话，目光复杂地盯着长歌须臾，而后率先迈开步子。

　　"大哥，长歌谢过！"

　　身后，响起她略带鼻音的话语，宁谈宣步子顿了顿，却没回头，径直大步离开。他不需要她的感谢，他想要的，只怕她舍不得给，抑或是，已给了别人。

第三十四章 夜探君王

待尹诺随后离开，高半山低声道："孟大人，请随奴才回帝宫吧，这几日暂住东偏殿，药、水、膳食等皆已备好。"

帝宫。
中殿帝王寝宫内室。
沐浴过后的尹简，身着一袭明黄中衣，仰靠在软榻上，褐眸半睐着，双腿浸泡在药浴桶中，一干太监宫女在旁侍候，郭顺蹲在地上，给他轻轻按摩腿部肌肉。
齐南天立在下首，紧锁的眉峰一刻也不曾疏开。
整个室内，静悄悄的，气氛压抑而沉闷。
尹简喝了一碗梅子冰茶，方才感觉周身的疲惫散去了些，他出声道："南天，你过来。"
"是！"
齐南天应声，向前迈出两步，立于尹简旁侧："微臣在。"
"如今，婉儿声誉受损，你若芥蒂，朕便不会再生将婉儿许配于你的念头，日后当为她择婿另嫁……"
"皇上！"
齐南天重重一跪，他叩头道："微臣不在乎，微臣恳求皇上成全微臣待郡主一片真心！"
他嗓音低哑，听得出心头饱含的痛楚，可语气却果决无半分迟疑。
闻听，尹简颇觉欣慰："好，朕心里有谱了，爱卿平身吧！"
"谢皇上！"齐南天大喜，再次叩头，方才起身。
"今儿的事，孟长歌混账不知分寸，朕会教训于她，但你二人皆为朕之左右手，朕不希望你与她生嫌隙，你亦毋须往心里去，因为她是……"尹简缓缓说到此，伸指在齐南天掌心写下一个"女"字，齐南天一震，不可思议地粗喘了一声，尹简收回手，补充道，"婉儿是知晓的，是以她二人未毁清白。"
"皇上……"齐南天张了张嘴，却一时无言以对，他忆及长歌曾在酒楼中调戏姑娘的事，当时只觉那混小子下流色痞，岂料竟是……
尹简侧睐看他，眼神意味深长："南天，婉郡主身子骨羸弱，今日落水朕心甚念，奈何朕双膝受损，不便行走，你便代朕到兰蔻阁走一趟，探探婉郡主吧！"
"是，微臣遵旨！"齐南天欣然应下，刚毅的俊容，染上不可多得的笑容，几近步出时，他忽然回头，拱手道，"孟长歌勇救婉郡主之恩，微臣铭记在心！"
尹简颔首，浮唇淡笑："朕亦盼爱卿能够多加包容孟长歌，朕与她……全然为朕主动，并非她之错。"
齐南天正色道："皇上三宫六院乃天下正道，微臣不敢生怨。"

他恭敬施礼，目中并无虚假之色，感情一事，世人无人可控，若怪只能怪自家妹子不得帝王心罢了。

"退下吧！"

"微臣告退！"

齐南天离去，尹简仰靠在软枕上，心思深重地合上了眼眸。

长歌又回到了东偏殿，果真如高半山所言，该备的东西都已备好，就连沁蓝也在，看到沁蓝依然略显苍白的脸色，她不禁皱眉："你得躺床上养着，谁叫你来的？快回去，我一个人可以。"

沁蓝屈腿跪下磕头，眼圈泛红，声带哽咽："孟公子，奴婢叩谢您的救命大恩！"

"谢什么呀？快起来，我最讨厌客气了，你赶紧回屋休息，不用侍候我。"长歌俯身，一把拉起沁蓝，可小腹的烫伤，经过这一弯一起，拉扯之下，痛得她忍不住"咝"了一声……

此时，高半山亦在殿房内，见状抢先问出："孟大人，您哪儿不舒服？"

"孟公子！"沁蓝连忙扶住长歌，将她扶在桌前圆凳上坐下，着急问道，"您受伤了么？严重么？"

高半山凑近，满脸担忧："方不方便传太医？"

长歌缓了缓，斜靠在桌上，有气无力道："那个老妖婆给我肚子泼了一碗热茶，不能传太医的。"

脸庞被掌掴的红肿可以让太医看，身体肌肤肯定不行，她再不拘礼节，起码也有羞耻之心的。

闻听，高半山和沁蓝眉头皱得死紧："别处还有伤么？"

"没了，就脸和小腹。"长歌摇头，稍顿须臾，又挠挠头，略为尴尬地补充："再就是我饿了，今儿一天还没用膳呢，能给点儿饭吃么？"

"沁蓝，你侍候孟大人洗漱更衣。"高半山盼咐一句，便转身快步朝外走："咱家取些烫伤药来，很快就回，等拾掇好就传膳，御膳房为皇上备下的晚膳，皇上交代给孟大人留了一半。"

听到"皇上"这个称呼，长歌心弦陡然发紧，在高半山即将踏出门槛儿时，她忽然出声："高公公，皇上他……他怎么样？膝盖跪伤了么？"

高半山回头，默了一瞬，道："皇上整整跪了半日三个时辰，滴水未沾，无软垫，就跪在坚硬的石板上，伤不伤可想而知，孟大人但凡有心，便莫再辜负皇上待您的真心。"

沁蓝低头啜泣："孟公子，奴婢求您了，求您别再对皇上狠心，可以么？"

长歌紧抿了唇瓣，一言未发，攥紧的掌心，指甲掐入了嫩肉里，她亦不觉得疼……

第三十四章　夜探君王

夜幕愈来愈深，兰蔻阁中，尹婉儿半躺在床上，心下极其烦恼，她美眸冷瞪着床前的男人，白皙的脸庞绷得很紧。

"婉郡主，我不求你原谅我，只求你给我机会赎罪，可不可以？"齐南天略带无措地低声说道。

尹婉儿握拳，冷冷道："不可以，你给我走，我不想看见你。"

"我是奉旨探望郡主的，走不得。"齐南天端的理直气壮，被拒绝的这些年，不得不说，他已经被练成了厚脸皮，平日外臣不能踏入后宫，他见不到她，今日天赐良机，他岂能放过？

尹婉儿气结："你……"

"郡主，喝药的时辰到了。"正在这时，宫女端着托盘进来，盘中放着一碗黑漆漆的药。

齐南天眉眼一动，沉声道："把药给我，我来侍候郡主，你们都下去吧。"

"是！"宫女将药碗端到床头小案几上，便福身告退了。

尹婉儿急得直喊："都给本郡主回来！"

齐南天靠近她，低声道："郡主，我的耐心也是有限的，你若不答应，我便对你用强，你该明白，你是反抗不了我的。"

"你……"尹婉儿恼羞成怒，她想也没想地扬手甩向他，"你混蛋！"

齐南天偏头一躲，大掌轻松地捉住她皓腕，他稍一用力，便将她带进了他怀中，他半抱着她香软的娇躯，唇角轻扬："郡主，反正你已认定我是混蛋，倒不如我把混蛋这名号坐实，我们……"

"你敢！"尹婉儿大力挣扎，她自然明白他话中的意思，不禁羞愤地叱他。

"我敢！我怎么不敢？你早已是我的女人，皇上也允诺会把你嫁给我，那我们圆房有何不可？"齐南天铁臂禁锢着她，灼热的气息喷洒在她眼睑，烫她睫毛轻颤不停，连出口的话语，都变得结结巴巴："你，你再敢非礼我，我就，就死给你看……"

齐南天笑："不想被我非礼，那就让我喂你喝药，以后不准再躲着我，更不准视我为无物。"

"放开我！"尹婉儿咬牙切齿，心想着明天她就找尹简，她要回尼姑庵！

齐南天不为所动："答不答应？"

"不答应！"尹婉儿傲气使然，坚决不妥协，只恨不得咬这个无耻的男人几口。

齐南天黑眸眯了眯，霍然低首噙住了尹婉儿的唇，尹婉儿瞪目大惊，大脑瞬间空白，但他只是在她唇瓣浅吻须臾，便抬起了头，他眸中浓情纷涌，气息微微紊乱："再说一遍，答不答应？若拒绝，我便继续吻你……"

尹婉儿吓坏了，嘴唇哆嗦地点头："答，答应……"

是夜，一更天。

正是万籁俱寂的时刻。

一黑影蹿出东偏殿，在沿途三步一盏宫灯的映照下，以灵巧矫健的身姿，熟门熟路地逼近正殿帝王寝宫，来人不曾蒙面，一双炯亮的眼瞳，直直盯着前方气派恢宏的殿门，她连翻几个跟头，避开值守的大内侍卫，很快便到达了殿门前。

若想进去，除了此门再无路可走，而此处的侍卫，亦是避无可避的。

是以，来人迟疑须臾，硬着头皮近前，抱拳一揖，低声道："在下孟长歌，请二位兄弟行个方便放我进去，可好？"

"孟大人请！"岂料，侍卫见到她，脸上并无任何惊异之色，竟恭谨地回以一礼，侧身让开路来。

长歌没来由地蹙眉，她脑中灵光一闪，倏尔道："你等知道我会来？"

"上头传令下来，今夜孟长歌若来此，无须阻拦通报，放行即可。"侍卫如实答道，末了又补充一句，"不过这个时辰，皇上早已安置。"

长歌听之，轻啐了一口，这是尹简的命令么？他算准了她会来？所以她这一路才能这么轻易地避开守卫？也对啊，若非提前有安排，堂堂天子寝宫，警戒怎会如此松懈？怕是连半只苍蝇也别想飞进来的！

可这种被洞悉的感觉令人超郁闷，且有种被人当猴子耍的窘迫感，长歌按了按烫烧的腹部，心道小爷凭什么如你愿？小爷若进去了，你还以为小爷放不下你呢！

这么一想，她转身抬脚就走。

谁知，背后侍卫的声音，紧随而至："原来孟大人竟是如此无情无义之徒，枉费皇上舍己相救，竟连谢恩一句也不曾有。"

长歌足下一顿，缓缓回身，侍卫讽刺的眼神，明晃晃地剜在她心上，她苦笑一声，朝前迈出步子，经过侍卫身边时，她嗓音飘忽低沉地抛下一句："我能为他做到什么地步，连我自己也无法想象。"

语罢，她迈进殿门，身后侍卫怔忡。

来过一次，总算还能记得路，长歌不再像贼似的偷偷摸摸，她大大方方地绕过外殿，走进内殿。

内殿又分外室和内室，他的龙床，自是在内室之中。

值夜的宫女太监，乍见到长歌，亦无惊色，只朝她默不作声地行礼，任她如入无人之境，过树穿花般，踏入了内室。

透过明黄色的龙帐，隐约可见床上安睡的人影，不过三四步的距离，长歌的双脚，却像是黏在了地上般，再也迈不动。

宫人自发退往外室，高半山晃过来，意味深长地盯着长歌看了须臾，然后重重一拱手，无声地用口型说了句："孟大人，拜托了！"

第三十四章 夜探君王

长歌像是木桩子似的戳在原地,她大脑有些空白,无措、紧张、无奈、惶恐,各种情绪夹杂在一起,令她无所适从。

她已经不知道该怎么做,对于他们彼此来说,才是最好的结局。不该相爱的两个人,命运偏偏安排他们剪不断理还乱,事情总是朝着未知的,无法掌控的方向而行,她很迷茫……

室中一灯如豆,静谧无声。

只有粗浅不一的呼吸声,在无形中悄悄缠绕。

长歌呆站了一刻多钟,直到双腿发麻,她才从挣扎的情感中回过神来,她想,她半夜从床上爬起偷来这里的目的,不过是想看看他的膝盖伤到何种程度,她承认她心中确实放不下他,尤其在听到他跪了半日后,那么她既然来了,便不能空手而回,趁他熟睡,她起码得看一眼再走。

说服了自己后,长歌轻缓地挪动双脚,她没有做贼的无耻,但有做贼的本事,悄无声息地靠近龙床后,她小心翼翼地掀起龙帐,只见绣着两条金龙的被子下面,男人端正平躺,俊颜清瘦,双目闭合。

长歌直勾勾地盯着尹简,心悸难平,眸中似江河蔓延,水雾盈目。

尹简睡得深沉,一动不动。

长歌放下龙帐,立在床畔,她低头揉了揉鼻子,俯身去揭龙被,可是揭开一角后,她犯了愁,尹简穿着中衣绸裤呢,她该怎么查看他的腿?难道脱了他的裤子么?眼皮突然一跳,她脑中竟罔顾羞耻地浮起了他不着寸缕的男性身体,包括每一部位,她竟记得那么深,那一夜他们鱼水之欢的场景,就好似刚刚发生过般,铭刻在了她的记忆里……

她,未嫁之身,竟已非处子,竟做了他的女人……

可是,他的女人,并非只有她一个,她只是其中之一罢了,这半月之余,他每夜都在和别的女人做着对她做过的同样事情……

尹简,尹简……

她默念着他的名字,心口疼痛得厉害,她知道是她太绝情,是她逼他,亲手将他推给了别人,可她亦知,即便她不曾这么做,即便他对她们没感情,但他是天子,他身上背负着责任,他不可能不临幸她们,再反过来说,男人都是风流的,如孟萧岑一个王爷,府中都有姬妾十数人,更何况他贵为天子呢?

这些时日下来,长歌的心,已从初时的崩溃,变为了后来的麻木,她无力改变,就只能选择遗忘,她想不再爱他,不再在乎他,可今日,他为她做的事,偏偏又感动了她,令她无法忽视他的存在……

拳头握紧松开再握紧,如此反复几次后,她终于深呼吸,决定挽起他的裤腿来达到目的,她发誓,她只是看一眼就走,只是想让她自己能够心安理得些,只是……不想欠他的。

虽然,他欠她的太多,偿还这么一次半次根本不算什么,可她……算了,她自嘲地咧唇，找了这么多理由，不过都是借口而已，其实只是……她想他了。

尹简的裤脚并没绑，松松垮垮地很轻易就抻了起来，可需要抬起他的小腿才能挽上去，长歌不得已爬上龙床跪在他腿边，她紧张的心咚咚狂跳，下意识地扭头看向他，只见他双目仍然紧闭，似是并不曾醒来。

长歌心下宽松了些，她回过头来继续忙她的，双手轻放在尹简右小腿上，她格外小心地往起抬，可才抬起几寸，她还没来得及挽他的裤腿，肩上突然多出一股重力，以迅雷不及掩耳之势，将她猛力一拽，然后一脚踹下了床！

"啊——"

长歌屁股着地，脱口惊呼："好痛！"

龙床上本该熟睡的男子，一跃而起，只是他蓄势待发，本欲劈下来的大掌，在听到这一声后，生硬地僵在了半空，他垂目看着跌在地上的长歌，目中浮起诧异之色："怎么是你？"

闻言，长歌一怔，继而很快便反应过来，该死的高半山，敢自作主张诱哄她！

看她神色闪烁不定，尹简沉了沉目，收回右掌，掀开身上已被揭了一半的被子，他挪动着双腿下地，俯身握住她的肩，嗓音淡淡："起来，哪儿痛？"

长歌心情不畅，听他刚刚的意思，根本就没盼着她来，她顿时有种自作多情的羞窘，本想甩开他走人，可他伤着膝盖却下来扶她，她又哪能狠得下心？

瘪着嘴巴站起来，长歌揉揉摔疼的屁股，又揉揉被踹疼的肚子，她忍不住委屈地嚷道："不用你假好心！"

"朕没将你当成刺客一剑斩杀，已经算是手下留情了。"尹简坐回在床边，眸光随着她的手移动，神色寡淡，看不出什么情绪。

长歌被噎，她尴尬地抿抿唇，不甘心地嘟哝了句："你什么时候醒的？"

"在你掀开龙帐的时候。"尹简道。

长歌恼得很："那你为什么装睡？为什么不直接料理我？"

"很困，不想睁开眼，也想知道是什么人敢大胆地偷袭朕。"尹简捏了捏眉心，语态慵懒，"外面无任何动静，却有人能够靠近朕，不消说，必定是朕所熟悉信任之人，亦是朕的护卫亲自放进之人，是以，朕才未对你下杀手。孟长歌，你究竟蠢到了什么地步？你以为，朕的警觉心竟能差到任你胡闹么？"

"我没有胡闹！"长歌不服气地辩驳，她承认，她的确疏忽了，考虑欠周全，可她心情太乱了，根本就忘记了他亦是习武之人，耳力和戒心自不是盖的。

尹简微蹙眉："那你说说看，你想做什么？你非太医，亦非朕的后妃，却半夜爬上朕的床，揭朕的被子，挽朕的裤腿，会不会有失廉耻？"

闻言，长歌原本红肿的脸庞，渐渐变成青白之色，她死死盯着尹简冷淡漠然的俊脸，她唇瓣抖了好几下，才发出声来："是！奴才不知廉耻，奴才告退！"

第三十四章　夜探君王

语毕，她转身即走。

只是，在迈出四五步时，腰间猛然被一双铁臂紧箍，男人灼热的气息倾洒在耳畔，嗓音沉沉，夹杂着令人心悸的沙哑："没说清楚，怎能走？长歌，朕不想听愧疚那两个字，你千万别说出来。"

他说话间，自她身后，将她牢牢纳入怀中，她背脊所贴之处，是他温暖的胸膛，而他心脏那一处，跳动得十分有力。

夜，灯火阑珊。

两人交叠的影子，投在地面上，像是相互缠绕的藤蔓，融为一体，似再也无法分离。

长歌仰目，瞳孔中倒映着头顶的雕梁画栋，那金碧辉煌的色彩，夺目耀眼的夜明珠，似乎都嘲笑她在这座四方的皇城里，就像一只困兽般，不停地朝前跑，却始终无路可逃。

她，被困在情爱的枷锁中，甜一半，苦一半，冷热交织，彼此折磨。

"尹简，你……爱我么？"

她一动不动，垂下眼睑时，眼眶已然湿润，酸酸涩涩，似透过瞳仁侵蚀在了心口，而嗓音亦轻得似羽毛，飘忽而不真实。

闻听，身后男人微微一震，遂下颌抵在她颈间，细致而温柔地摩挲她的肌肤，轻缓有力的话语，从他薄唇吐出："长歌，朕是个极骄傲的人，若朕喜爱的女子不喜朕，朕必然不会先言感情。"

"你不说，那我走了。"长歌用力眨了眨眼，一滴泪珠沾在了睫毛上，倔强地不肯掉落。

她身躯微动，尹简臂力收紧，他忽然咬住了她的耳珠，恼火地低语道："孟长歌，你知道你有多可恨么？你要朕一个答案，可朕却被你伤怕了！一朝被蛇咬，十年怕井绳，而你伤朕的次数，岂止是一朝？"

长歌无言，反驳不了，甚至连声对不起都无法言说。

她只是，缓缓抬起手，覆上了他扣在她身前的手背，然后一寸寸与他十指相扣……

尹简猛然扳过她的身体，两人四目相视，他眸光眼眨也不眨地凝视着她，声线不稳地道："孟长歌，朕此生只愿为你画娥眉、点绛唇、绾青丝，你可愿……许朕一生相守之诺？"

长歌心跳如钟，他炯亮的瞳孔中，满满只映着她一人，一如他此时的深情，令她无法招架，彷徨的心，矛盾的心，被迷惘，被蛊惑，这一刻，什么家仇国恨，什么复国大业，全体被她抛弃，她眼中心中，亦只有一个他……

仿佛天地间，亦只余他与她，可执手相携，缱绻终老，白首到天荒。

长歌没有回答，情之所向，她避不开也舍不得再逃，她抬手捧住尹简的脸，踮起脚尖，主动送上她的唇……

"长歌……"

尹简破碎的惊呼声，被淹没在了久违的亲吻中，四片唇相贴，她吻得毫无章法，凌乱而急切，他怔愣片刻，方才回神，即被巨大的惊喜冲击得心脏狂跳，他紧紧环抱住她，迎上她的吻，甚至变被动为主动，激烈狂热地吻她……

两人已很久没有过任何亲热的举动，此时这一吻，便如天雷勾动地火，彼此迫切地渴望与对方融合，可尹简膝盖有伤，站了这许久，已是不适得很，他眉心轻蹙着，长舌在长歌口中扫荡，卷带着她的舌吸吮交缠，退出一瞬的空隙，他粗喘着央求："长歌，我们到床上好么？朕的腿站不稳了……"

长歌没想太多，她只是想与他缠绵的亲吻而已，但听他如此说，她抛到九霄云外的理智立时回笼些许，忆起她来探他的初衷，她连忙说："快躺床上让我看看你的膝盖。"

尹简眉目渐松，她一句关心的话语，可抵得上任何灵丹妙药，他俯身，将她打横一抱，大步走向龙床。

"你别抱我，你……"

"嘘！"

"尹简！"

"朕喜欢抱你的感觉，乖，别说话。"

几步之遥，他抱她一起倒在龙床上，两人各自背心着地，并排躺开来，尹简并非色欲熏心之人，长歌又非一般女子，他若操之过急，只会吓跑她，得不偿失，且对于他来说，得到她的心，远比得到她的人教他欢愉，是以，他侧身将她一搂："丫头，让朕好好抱抱你。"

"先让我看你的伤，肯定很严重，是不是？"长歌秀眉拧起，她说完便爬起来，继续她之前未完成的任务。

尹简俊眉一挑，色淡如水的薄唇勾出邪肆的笑痕："挽裤腿多费劲儿，你该直接脱掉朕的裤子，方一目了然。"

长歌本已挽到他小腿处，闻言顿时赧得无地自容，她一巴掌拍在他腿肚上，嫣红着脸庞微微咬牙："你笑话我？对，我是不够矜持，有失廉耻……"

"又胡思乱想了？朕是与你玩笑的，你若对朕不矜持，反倒正中朕下怀。"尹简不待她说完，直接沉声打断，他坐起身拥住她，将她的双腿放平，替她脱鞋袜，她蹬腿："干吗？"

"靴底不干净，把床弄脏了。"尹简陈述着理由，褐眸不动声色地闪烁。

长歌一听，负气地用力蹬："我就弄脏给你看！"

"乖，朕哄你的，朕是想让你……"尹简无奈轻哄，俊脸亦是一热，"朕想你陪朕躺躺，这么大的一个床，一个人睡有些寂寞。"

"骗人！"

长歌不带半分迟疑地否定，这连日来的煎熬，令她出口的话语酸得能掉牙："你寂寞

第三十四章 夜探君王

的话，可以召爱妃来侍寝啊，何必拉我充数？我回去了，你好好春宵一刻，小爷不妨碍你们！"

"呵呵……"

尹简低笑开来，把她的两只靴子扔出龙帐，他反身扑倒她，将她压在身下，他亲吻着她的唇角，语气认真地问她："你这样的反应，朕可以理解为吃醋么？"

"你才吃醋！"长歌羞恼不已，用力推他，"下去！不许流氓！"

尹简岿然不动，他抬眼注视着她，清隽的俊脸上已无半分笑意，他道："长歌，朕的确吃醋，宁谈宣多看你一眼，朕就想剜了他双目，何况你与他同乘一骑！"

"你……"长歌听之气怒，她迎上他隐含杀意的褐眸，不服气地驳斥他，"只许州官放火，不许百姓点灯，你不公平！"

尹简眼帘微掀："哦？说说看！"

"你心知肚明！"长歌气血上涌，本没有立场计较的事，却偏偏话赶话憋忍不住地蹦了出来，"你左拥右抱，夜夜寻欢，你凭什么管我？"

尹简颔首，很笃定地给出结论："朕明白了，孟长歌你根本就在吃醋！"

"你……你不要脸！"长歌被戳中了痛脚，当即恼羞成怒，她又踢又打，"滚开！臭尹简你不要碰我，小爷嫌你脏！"

尹简额上冒黑线，为免她闹大了动静，引来宫人疑问，他长腿一挑，分开她双腿挤了进来，同时按住她双手，沉声道："孟长歌，你哪只眼睛看到朕临幸后妃了？"

"你，你还骗我！你们睡在一起，衣衫都脱了，能不……那样么？"长歌心头又酸又苦，眼眶一热，竟有不争气的泪珠子滚落了几颗，她不想让自己懦弱，连忙瘪住嘴巴，极力控制，那副委屈的模样，落在尹简眼中，自是怜惜，尤其她脸庞的红肿并未全消，更令他心疼，他温凉的唇落在她眼角，嗓音虽轻吐字却清晰："丫头，你是朕第一个女人，亦是朕唯一的女人，你信么？"

"什，什么？"长歌大脑一蒙，她愣愣地瞪大了眼瞳，一时不明所以。

尹简怅然一叹："还不明白么？朕不是对你说过，朕从未临幸任何一位后妃么？在你之前没有，在你之后更不可能有，你这个笨蛋，朕只是每夜做做样子而已，这表面功夫，总是不可缺的。"

"呃……"长歌完全傻怔了，她几乎不敢置信，"可是男人女人睡在一起，真的可以什么也不做么？"

尹简眸中浮起抹无奈："我们之前不也夜夜同床共枕么？朕对你做了么？"

"可是你抱我了呀，又是亲又是搂的……"想起那段时日的暧昧，长歌又禁不住脸红耳热了。

"哦，朕对你是这样，但不代表朕对别的女人也同样啊！"尹简郁闷地捏了捏长歌鼻尖，语气颇为埋怨，"朕与宋妃齐妃等人同床时，中间隔着一个枕头的距离呢，朕每夜都是想着你在外面,如此朕才能入睡的。"

"尹简……"长歌嘴唇嚅动,心底的某处柔软,被狠狠地戳中,她如鲠在喉:"我真的是你唯一的女人么?"

"是,所以你要对朕负责,不能再随便伤害朕,抛下朕!"尹简坦然承认,声线亦是发紧。

长歌陡然泪眼婆娑,她闭了闭眼,鼻音很重地嘟哝了句:"那你与我……那时你也是处子身?"

"咳咳……"尹简顿时尴尬,俊容浮起不自然的红,他眉头蹙得死紧,"孟长歌,你心中明白就是,何必打破砂锅问到底?"

长歌哭着哭着竟忍不住笑了:"呵呵……"

"你还敢笑!"尹简气恼,一口咬在她唇瓣,"凡事都有第一次,朕起码也办成了,不是么?"

长歌呼痛,却双手缠绕上他的后颈,她满目羞涩地吐气如兰,声音细如蚊蚁地说,"尹简,那你……想不想让我补偿你?"

尹简一诧,褐色瞳孔不敢置信地缩成一个点,他直直盯着她含羞带怯的凤眸:"长歌你……你说什么?补偿朕?"

"嗯。"长歌赧然地低应,双颊红透,似染胭脂,绯色诱人。

闻言,体内真气霎时不受控制地在周身乱窜,尹简呼吸又急又粗:"长歌,你所说的补偿是何意?是不是……你别开玩笑,朕经不起你戏弄!"

今夜的孟长歌,总令他有种不真实感,仿佛是在梦中般,他生怕一旦梦醒,她便又变回冰冷带刺的模样,徒留他一室悲凉……

"我没玩笑……"长歌咬咬唇,勾缠着他后颈的十指,难为情地蜷缩起来,指甲无意掐进了他肌肤里,他眉峰却丝毫不蹙,只眼眨也不眨地盯着她,激动地等待她的下文,被他这样灼烫的目光包裹,长歌不禁羞臊地连耳根都似融化,她嗫嚅着唇,嗓音轻如羽毛般,却字字清晰:"补偿的意思就是你……你想怎样就怎样,我愿意给你。"

"长歌你……"尹简重重一口吻在长歌唇瓣,不过须臾,他双目竟仿佛充了血,红得骇人,而瞳孔深处,欲的颜色亦在不断加深,两人相贴的心口处,属于他的心脏跳动如擂鼓,可他却一字一字缓慢地问她:"主动把身子给朕,不后悔么?长歌,朕不要短暂的欢愉,贪恋一时的痛快,而下一刻便可能被你踢下悬崖,这种痛苦朕受够了,不想再经历!你告诉朕,你此时的补偿,会不会在结束后,便与朕分道扬镳,继续在朕心上捅刀子,说你与朕只有君臣关系?长歌,朕对你的感情,只要你不是心盲眼瞎,那么你定能感知得出来!所以,比起你的身体,朕更想要你的心,给朕,把身体和心一起给朕,可以么?"

他字里行间压抑的凄楚,长歌听得分明,目中泛起的氤氲,快速模糊了视线,令心口处都湿漉漉的似被雨淋透,若说今夜之前,她认为尹简对她的情意不过如此的话,他今夜的

第三十四章 夜探君王

坦诚，已令她再无所怀疑，她是他第一个女人，亦是唯一的女人，夜夜与美人同榻，却能坐怀不乱的男子，世上有几个？何况他身居九五贵为天子……

他还说，此生只愿为她画娥眉、点绛唇、绾青丝……

酸胀的眼眶，承载不住汹涌的泪河，簌簌划落眼角，长歌抬起头，迎上他的吻，唇齿厮磨间，她喃喃轻吐："尹简，我可以发誓，只要我伴你身边一天，我便把身心都给你……"

"长歌！"

尹简骤喜之下，却又是一惊，他大掌捧住她的脸，褐眸中焦灼尽显："什么叫做你伴朕一天？不许离开朕！长歌，朕一天也不许你离开，朕要与你许一生相守之诺，你答应朕，好么？长歌，算朕求你！"

"尹简，你别为难我，我现在……只能做到这分上，若你不愿，那便当我没说，我回去便罢。"长歌垂下了眼睑，心心相印相守的诺言很美，然则她却无法答应他……

他们之间，可能有未来么？

答案是，没有！

国仇家恨的枷锁，桎梏住了彼此，他不愿贪恋短暂的美好，可她所能给予的，最大程度满足他的，只能是如此……

他不会知道，说出这番冷情的话，她比他的心更痛，更煎熬，理智与真情的撕扯挣扎，已令她紧绷的神经几乎断裂……

欲推他起来，他似惊弓之鸟，立时将她压得更紧，两人身体严丝合缝地相贴，呼吸相缠，鼻翼相抵，他嗓音极沉，压抑的眉眼，咫尺映入她瞳孔："不许走！长歌，朕愿意，只要你肯交心，朕不逼你，我们慢慢来，好么？"

"嗯。"长歌紧拢的秀眉，终于渐渐舒缓，红唇亦弯出欣然的弧度。

尹简一吻深入，即便未曾全遂他心愿，但今夜他与她之间的关系，能跨越陡升到如此，亦令他狂喜兴奋，他吻得激烈痴缠，那股凶狠的力道，仿佛要将她揉碎般，教她呼吸不畅，几乎要溺毙于他的吻下……

长歌受不了他的疯狂，出于求生本能地她捏起拳头捶打他肩背，脑袋左右摆动，嘴里发出"呜呜"的抗议声，见状，尹简不禁移开唇，喘着粗气，情欲交织的褐眸，死死盯着她："怎么？你又反悔了？"

"你快把我吻死了！"长歌没好气地嗔他，大口地呼吸，"我不反悔，这一次绝对不悔，只要你不惹我伤心，我便一言九鼎！"

尹简紧绷的神经松懈，他唇角缓缓上扬，竟笑得憨傻，他伸出一指抵在长歌嘴边，目光灼灼："长歌，你咬朕一下，不用留情，咬重些！"

"唔，干吗？"长歌不解，他压在她身上久了，难免承受不住，便推他一把，"好重，你下来！"

尹简翻身而下，长臂揽她入怀，却依然坚持："你咬朕，重重地咬，若明早起床，朕指上齿痕犹在，那便说明今夜种种并非朕的臆想美梦，你更不可言而无信！"

他的理由，令长歌心下一酸，她拨掉他细长白皙的手指，转而将自己的手指头强塞进他口中，她严肃地道："尹简你咬我！你指上齿痕我记不清，但我自己的，我记得住！"

尹简重瞳敛了敛，当真一口咬下去，但见长歌秀眉倏拧，他即松口，未出血，但齿痕却深，他眸中心疼之色浮起，改为以舌轻舔吮吸，长歌眼角未干的泪痕，又被新泪覆盖，她嗓音哽咽地低喃："尹简，不疼的，一点儿都不疼……"

尹简细密的吻，落在她眉眼，将她咸涩的泪水吸入唇齿间，他的长指也再次伸到她嘴边，他不容置喙地命令她："必须咬朕，我们互咬，互相见证！"

长歌怔愣一瞬，嘴巴张开，果断地重咬一口，而他非但神色不变，不点而赤的薄唇，反而愈发上倾，扬起欣愉的笑容，她收回利齿，垂眸察看，只见他指上一圈齿痕比她的还深，她不禁暗骂自己心狠，并忙学他方才的样子，伸出软濡的小舌为他止痛。

殊不知，她的行为，却令尹简体内骤然仿佛着了火般，禁欲亘久的渴望，教他迫切地收回手指，摸到她腰间的系带，飞快地扯将开来，他说："长歌，你折磨朕这么久，补偿一次可不行，朕不贪吃，但也不能饿肚子，今夜，你是朕的！"

说话间，长歌外衫已被扯褪，尹简随手扔到床角，然后解她白色中衣的系带，长歌已决定以身偿他，便自不会反抗，只是脑中陡然闪过什么，她极快地按住他动作的大手，低声道："今夜不行！"

"嗯？"尹简尾音上扬，眸中凝起危险的寒意，"孟、长、歌！"

知他误会，长歌无奈地笑："我的意思是，你膝盖有伤，不可以的！"

"怎么不行？"尹简眼尾一挑，"朕说可以就可以！"

长歌皱眉："难道你不用趴在我身上么？我记得那晚你……这样子膝盖不是更痛么？"

"唔，只要你不是成心戏弄朕就行，其余的，无须你操心。"尹简唇角渐噙起邪肆的笑，他拍开她的手，继续扒她的衣衫，中衣褪下，白色的裹胸布入目，尹简目光沉了沉："朕说过，不许你夜里睡觉裹胸，你可曾听话？"

长歌笑而不答，装作没有听见。

尹简微怒，几下拆掉缠在她胸前一圈圈的布带，连同肚兜一并扯落，她雪白的胸乳弹跳出来，他眸色一深，责道："你若不听朕话，朕便恢复你女儿身，命你直接穿女装！"

"不要！"长歌立时摇头，嫣红着脸庞，细声允诺，"我，我听你的便是，你……你轻点儿！"

尹简喉结滚动了几下，无心再与她应答，他难耐地俯首埋于她胸前，同时扯落她的底裤，灸烫的大掌游走在她赤裸的香软娇躯上，须臾，他一个翻身而起，她忽而紧张地喘息出声："尹简等，等一下……"

第三十四章　夜探君王

"怎么？"

"我，我怕疼，上次好疼……"

尹简心口一滞，他歉疚地吻在她唇角，沙哑地低语："长歌对不起，上回是朕的错，这回不会了，朕会温柔待你，相信朕一次，好么？"

"……嗯。"长歌迟疑着点头，十指却紧张地揪紧了身下的床褥。

第三十五章　情投意合

夜，愈深，二更弦月，漫洒进木窗，龙帐外清光点点。

帐内，激情平息，复归于宁静。

待尹简为长歌执帕净身完毕，长歌撑着床榻欲起身，她颊上似染烟霞，酡红羞臊，明黄龙被掀开，但见她胴体肌肤白里透红，交错青紫，吻痕斑斑。

"起来做什么？出恭么？"尹简按住她圆润的肩头，眸光从她颈项扫下，瞳孔颜色又深了几许。

虽说两人已有肌肤之亲，且尹简在做那事时，并不喜着衣，是以彼此身体亦相熟，但长歌终究脸皮薄，她眼睑低垂，迅速拉过龙被遮掩，同时轻声道："我出来已久，须速回东偏殿，时辰不早，你也赶紧歇着，四更还得早朝呢。"

"不许走！"尹简命令，眸深如海，似灼烧着什么，"今夜陪朕入眠，朕还不曾吃饱。"

长歌细眉一拧，目中惊色连连："你，你什么意思啊？不是刚刚才……"

他的"吃饱"深意，她自是明白，先前他便言及过，此时再听到，只觉眼前发黑，倘若她不曾记错，他已经连要了她两次了……

她害怕的模样，令尹简低低邪笑："你冷落朕如此久，仅仅两次怎能够？"

"够，够了啊，你不要太贪心，来日方长……"长歌骇得结结巴巴，羞涩愈显，声音也愈发地细若蚊蚁，"而且好累的……"

尹简侧身躺进来，支着手肘撑在她身体上方，他麦色的臂膀强劲有力，肌理分明，长歌不禁睫毛轻颤，呼吸短促："我说真的，你不可太……太过纵欲！"

第三十五章　情投意合

　　她的理直气壮，换来他愈发深幽的注视，她忍不住喉咙干涩地换了一个理由："尹简，你肩负大秦天下的兴衰，须得保重龙体……"

　　尹简幽幽地启齿："朕今年岁二十有二，正值旺盛之年，却总共行房四次，你觉着这是纵欲么？"

　　"呃……"长歌无言以对，她不觉伸了伸腿脚，而后又蔫蔫地嘟哝："可我真的好累了呢。"

　　尹简正了神色："既然累，那便好好躺着就寝，你是朕的御前侍卫，夜间近身当值守卫，不会落旁人口实，待朕起床之时，你先一步穿戴下地便可。"

　　长歌诧异："这样也可以？但是你……"

　　"朕不碰你，别再担心了，朕与你玩笑的。"尹简低头，与她鼻翼相抵，柔声说，"朕知你今日累了，与太后大闹了那一场，又与朕欢好，怎会不疲惫？不过长歌，朕须告诉你，来日方长虽好，但朕必争朝夕，因为你总是令朕不安心，朕哪怕这一觉睡着，梦里也会担心你突然翻脸，再度推开朕。"

　　"尹简……"他的气息扑进她口鼻，长歌心头忽然像被绞住了什么，她哑着音低喃，"不会的，我不会再翻脸，你不要患得患失好么？"

　　尹简定定凝视着她："那你便给朕吃颗定心丸！"

　　"怎么吃？"长歌疑惑。

　　尹简一字一字重重吐出："说你爱朕！此后永远不变心！"

　　长歌心尖一震，她喘息急了几许："你，你别逼我！待我想说时，我自然会说，可现在我……我说不出来！"

　　尹简眸色深了几许，他默然一瞬，一声叹息从喉中溢出："也罢，朕不逼你，朕给你时间，只是……不要让朕等太久。"

　　"好。"长歌咬唇应允。

　　尹简忽地忆及什么，翻身坐起，随手掀开了龙被，长歌一愣，忙欲遮掩，他道："别动，朕瞧瞧你肚腹的烫伤。"

　　长歌身子僵直，赤裸的娇躯，完全纳入他眼底，好在此刻他心思只在她伤患处，他指尖在包好的白纱绷带上轻触了下，褐眸中凝视着心疼之色："还疼么？"

　　沁蓝早已将她情况上禀，他嘱咐高半山给她送去了最好的烫伤药，并命沁蓝为她妥善上药。

　　"不疼了，幸亏我为防人识破我女儿身，多穿了一层里衣，所以还好，敷过药已经好多了。"长歌摇头，报以他宽心的笑容。

　　尹简颔首，再开口语气已然阴森可怖："长歌你放心，这笔账朕记下了，他日朕定当为你讨回来！"

　　长歌嫣然一笑，神色却是认真："我不打紧，你需步步为营才好，一招棋错满盘输，可不能意气行事！"

"朕明白。"尹简回应她一句，返身在床角拾起他的明黄中衣欲往身上穿，长歌蓦地回想起一事，连忙道："等一下！"

"怎么？"

"我还没看你膝盖的伤呢！"

长歌懊恼，折腾这许久，倒是把初衷给遗忘了，她爬坐起，当下不管两人赤身相对的羞窘，扳过尹简的双腿，目光定格在他膝盖上，但同样被白纱绷带缠裹，无法看到内里，她不禁皱眉："究竟伤得怎样啊？"

"没事儿，你莫担心，宫中御药好，不出几日便可痊愈。"尹简柔声安抚她，胸中亦溢满暖意，被喜欢的人关切挂心，哪怕再痛的伤，亦可承受。

"可是……"

"时辰不早了，赶快合上眼睛睡会儿，朕也困乏了。"

尹简不许她再问下去，他快速穿好里衣绸裤，又取来长歌的底裤褒裤为她细致穿好，却不许她裹胸穿里衣，他按她枕在他臂弯处，强势道："朕说了不许就不许，夜里睡觉你必须取掉裹胸布，长此以往裹胸，血液不通，气血不足，必然对身子百害而无一利。"

长歌幽然一叹，心知他此言正确，因为神医师傅曾经便言过此事，但她特殊，为掩藏身份，不得不扮成男子，抛弃凤长歌的嫌疑，而今，她大隐隐于朝，他这般霸道，她便只能随他，娇笑着说："好，遵皇上旨意。"

尹简喉结一动，薄唇吻在她唇瓣："这才像话。"

语毕，他朝外扬声喊："来人！"

"皇上！奴才在！"

高半山即刻入内，不敢抬头看一眼龙帐，腰弯得极低。

"朕就寝了，今夜御前侍卫孟长歌近身当值，四更侍起！"

"遵旨！"

"熄灯。"

"是！"

高半山灭了宫灯，碎步移出。

昏暗的帐内，尹简环紧长歌的细腰，两人同榻而眠，相拥入睡。

四更天时，高半山入内叫醒，掌了灯便又退出，长歌撑着困乏的身子坐起，惺忪的双眸瞅向已目色清明的尹简，语气幽怨地道："你解了我的裹胸布，你便须给我重新裹上！"

"好，朕乐意之至。"尹简嘻笑，拿过长长的白布带，动作不甚熟练，却异常温柔地侍候长歌，自然，趁机吃吃她的豆腐，他心情更为舒爽。

长歌的困意，悉数被他的不轨之举惊跑，她凤眸含怒地嗔他："你正经一点行不行？"

第三十五章　情投意合

"对着朕喜欢的女人，且是这样一番光景，朕如何能假装正人君子？"尹简脸不红气不喘，竟是一副义正词严的模样。

长歌满头黑线："狡辩！不用你侍候小爷了，小爷自己穿！"

语毕，她利落地穿戴好里衣外衫，并将发髻梳拢一番，然后下地穿好长靴，走在两米开外站定。

尹简唇边笑意不减，仔细瞧了她片刻，方才唤人侍起。

高半山带着内侍太监鱼贯入内，按规矩侍候天子更衣洗漱，其间，尹简始终面色柔和，似是龙心大悦。

"皇上今儿个真是神清气爽精神矍铄啊！"望着铜镜中意气风发的俊美天子，高半山油然地拍马屁，出声赞道。

闻言，被忽略掉的长歌，不动声色地发出一声冷哼，昨夜那般疯狂地索欢，今晨若再臭着一张脸的话，她定然一剑劈了他！

尹简仿若有感应般，忽然朝长歌投递过去一瞥，长歌脸一偏，赌气地不与他对视，他便浮唇轻笑："半山，朕的床铺今日由你亲自拾掇，不可假手于人！"

"是，奴才遵旨！"

高半山没得到表彰，却得来活计，方欲郁闷，忽地反应过来什么，他视线移向龙床，只见帷帐两端挂起的龙床，床褥凌乱，一侧地上则扔着几方帕子，似已污浊……

"今日起，但凡在帝宫侍候的奴才，该闭嘴的时候便给朕把嘴缝上，若私下里传出什么令朕不喜的话，立斩不饶！"

帝王威严的君令，突然发出，屋内一众太监宫女立刻跪地叩首，惊骇失措："奴才（奴婢）不敢！谨遵皇上旨意！"

长歌抿抿唇，倏尔忆及什么，想与他私下求碗落子汤，但又恐他不高兴，且她记起神医师傅曾言，她体寒之症严重，不易受孕，那么她也不必担心吧，以她的身子情况，想孕都不易，何况偶尔这一夜呢？

思及此，她遂打消了念头。

尹简换好龙袍外出上朝，从长歌身旁经过时，他开口道："孟长歌，你已值守一夜，白日无须再当值，且回去歇着吧！"

长歌拱手一揖："孟长歌谢主隆恩！"

拂晓返回东偏殿补眠，待一觉方醒，已是日上三竿。

帷帐被阳光穿透，光线密密斜扫于她脸上，长歌不禁抬手遮目，低声嘟哝半句："好热……"

"孟公子，您醒啦？"

沁蓝温婉的声音，从帐外传入，长歌轻打哈欠，伸腿伸懒腰："唔，醒了。"

须臾，帷帐从中间掀开，挂于两边，沁蓝出现，欠身一礼，道："奴婢侍候您更衣吧！"

"嗯。"长歌应一声，随口道："现在什么时辰了？"

沁蓝答道："巳时三刻，已近隅中了。"

"皇上呢？回宫了么？"

提起那人，长歌下意识地揉了揉酸困的细腰，脸庞染上羞红色，昨夜的激烈，歇息这许久，居然还不适，只觉疲累无力。

"未曾，不过高公公遣人传过话了，皇上将在兰蔻阁用午膳，传孟公子届时过去侍候。"

"与婉郡主同席？"

"是。"

"好，我知道了。"

长歌思忖，昨日尹婉儿落水一事，尹简必是要查明曲折原委的。

本想沐浴，算下时辰已不早，长歌遂道："沁蓝，替我端盆水，天气炎热，我想擦洗下身子。"

昨夜之后，即使尹简已替她清理身子，但仍觉黏腻不舒服。

"是！"

用了一夜的药，长歌颊上的红肿已渐消褪，洗身后又给腹部换了药，方才更衣洗漱。

停当后，她携沁蓝出殿，直奔兰蔻阁。

因长歌昨日威名尚在，宫中太监宫女见她皆心存惧意，规矩见礼，经通报后，领她二人入内殿，求见尹婉儿。

其时，尹简还未归来，尹婉儿伤寒未愈，半躺于贵妃椅上，见得长歌，婉约一笑，示意宫女扶她坐起，柔笑着说："长歌，昨日未有机会探望于你，今晨派人过去打听，得知你已无大碍，我这悬着的心，总算是堪堪放下。"

"奴婢请郡主安！"沁蓝欠身一躬。

"免礼！"

"谢郡主！"

沁蓝起身，退至一旁。

长歌来兰蔻阁，向来没什么规矩，是以她随着沁蓝，随便一礼，而后"呵呵"笑道："多谢郡主挂心，孟长歌武人出身，皮糙肉厚，挨几下无妨，倒是郡主须当保重。"

"我也好多了，你别站着……"尹婉儿侧眸睇向宫女："赐座！"

宫女立刻应："是！"

"皇上驾到——"

两人又闲话几句，突听得外殿传来太监的尖音通报，殿内宫人立刻整齐跪列迎驾，尹婉儿由近身宫女搀扶下地，长歌亦起身，跪地叩头。

第三十五章　情投意合

天子一袭绣八爪金龙的玄色明黄缎带锦袍，所过之处，袍袖微掠起风，低沉醇厚的嗓音，应声而出："平身！"

"谢皇上！"

内外殿数人叩头起身的间隙，但见天子慢步上前，双掌平托住尹婉儿双臂，亲手搀起，且关切道："婉儿，你身子尚虚，这些个礼节朕准你免了！"

"谢皇上！"尹婉儿嫣然浅笑，轻声安慰尹简，"不过我已大好，皇上无须担忧。"

"那便好。"尹简颔首，眼尾余光一扫面容微沉的长歌，扬声道："高半山，传膳！"

"皇上有旨！传膳——"

高半山尖细的嗓音，无时无刻不摧残着长歌的耳膜，她伸手拽了拽耳朵，心道，若日后凤氏王朝有幸能复国，她须建议凤寒天废除宫中太监，否则她迟早被凌虐到耳聋。

开膳前，尹简屏退了殿内所有宫人，只留下高半山和沁蓝御前侍候，以及御前侍卫孟长歌。

净手，落座，尹简居于上首，尹婉儿由沁蓝扶着坐在下首右侧，长歌原地不动，尹简褐眸一瞥，不似传情，唇角却上扬起隐带邪气的笑弧："怎么不坐？朕可没指望教你侍候朕！"

"你膝盖……"长歌却柳眉暗拧，但见他进出往来，皆不用人扶，看似双腿正常并不曾受伤，可她明知他昨天跪求惠安半日，双膝青肿严重……

"过来坐！"尹简笑痕不变，摊开大掌伸向长歌，眸底暗隐柔情："朕身康体健，御用药品亦上乘，只要注意慢行，便已无大碍，你莫担心。"

"谁担心你？我可没有。"长歌脸庞发热，她低嗔一句，抬步走过去，本欲撩袍落座，尹简未伸回的手，却扣住了她的，他褐眸凝视着她，浮唇戏谑的笑："真没么？"

旁侧高半山、沁蓝见状，立即低眉垂目，对面的尹婉儿则用帕子掩嘴，无声地低笑，殿内并无外人，两个心腹属下皆可信，是以尹简并未多加顾忌，一夜之间，他苦尽甘来，那份喜悦，令他今日心情极好，半日不见她，心头竟已思念，此时掌中攥着她因长年握剑而略带薄茧的小手，任她娇羞挣扎，他不舍不松，只执意追问："回答朕，真没有么？"

"没有没有！"长歌无语，满额黑线地否认，并大力一挣，甩开了尹简的桎梏，双颊同时染上酡红色，尴尬窘迫万分。

生怕尹简龙颜不悦，尹婉儿笑意盈盈地圆场："表哥，长歌这是害羞呢。"

长歌闻听，立时连耳根子都热了，她结结巴巴地辩解："哪，哪有啊，我没有的。"

尹简灼灼的眸光始终定格在长歌脸上，他唇角勾起一抹意味深长的笑："朕明白，你说没有，其实朕知道你是口是心非。"

"还用不用膳了？饿死我了！"长歌羞恼，这男人怎么爱当众调戏她呢？

天子没动筷箸，余人便谁也不敢先动，而像长歌这般敢目无天子任性发脾气的，上至太后，下至百姓，大秦天下则无一人！"

高半山一骇，险些自咬舌头，沁蓝连忙拉了拉长歌，示意她知分寸，尹婉儿心下虽愕然，但真实的长歌便是这般秉性，尹简比任何人都清楚，是以她倒是不担心。

果不其然，尹简俊颜并未变化，依旧面容温润，笑意不减，并道："开膳吧！"

他话音方落，半日未进食的长歌，便迫不及待地执起筷箸，就近夹了一只虾饺放进口中，尹简示意沁蓝："把中间的汤羹盛给她。"

"是！"沁蓝福身。

尹简又亲自夹了几筷菜给长歌，温声嘱咐她："慢些吃，当心噎着。"

"唔。"长歌嘴里塞满了东西，含糊不清地应声。

见状，尹简眸中浮起满满的宠溺，而后侧眸看向右首："婉儿，你我自家人，无须太多规矩，像长歌这般随性便好。"

"嗯。"尹婉儿点点头，长歌的洒脱恣意，是她所欠缺的，也是她极其羡慕的。

"多吃些。沁蓝，朕有半山侍应，你服侍好郡主与长歌便可。"

"是！"

膳毕，高半山指挥内侍监撤了膳桌，端上点心茶水，照长歌要求，又拿了壶好酒送来，长歌饮下一杯，餍足地眯了眯凤眸："不错不错，难得的佳品啊！"

"日后想喝酒，吩咐沁蓝一声即可，但适量而饮，不许喝醉。"尹简噙笑道。

长歌展颜，晶瞳璀璨："没问题，谢皇上啦！"

"唔，这会儿倒是知情知趣。"尹简莞尔，拍拍身边的位置，"过来坐，与朕近些。"

听此，长歌本羞赧，转念又一想，这殿内几人既已知她与尹简暧昧不清的关系，那么她又有何扭捏呢？相爱不易，诚如尹简所说，白首他在乎，但他也争朝夕，而她明知他们的感情有多脆弱，能相守一刻算一刻，又何必拘于礼节呢？

思忖到此，长歌起身，遂大方地挨着尹简坐于榻上，她转眸看他，盈盈浅笑："只要你不治我与君平起平坐犯上之罪，我乐得舒坦。"

尹简长臂环于她腰间，举止亲昵，笑颜宠溺："朕若以法治你，这世上何曾还有你小混蛋？"

长歌抓起他大掌，与他十指交缠，随口道："你我年少相识时，我便是小混蛋，若你嫌我不懂规矩，不够贤德淑良高贵……"

她的举动，令尹简愉悦，但她所言他却不喜多听："朕何曾嫌你？朕也无意命你改变，你便是你，独一无二。"

尹婉儿静品碗中香茶，看着他们两情相悦，心中渐渐升起艳羡，今生，谁又是她的良人呢？一个是她不得不忍痛推开的心上人，一个是她所仇恨厌恶的男人，想嫁的不能嫁，想娶她的她不愿……

第三十五章　情投意合

"婉儿，你将昨日御水园之事细细讲述一遍。"

正心绪神游间，尹简的声音响起，尹婉儿缓缓回神，道："表哥，昨日长公主约见御水园十字桥，我便带沁蓝前往赴约，长公主声称明日为驸马生辰，邀我入府为驸马爷共贺生辰，我当下拒绝，然正在说话间，我右腿心却骤然一痛，而后摔倒在桥上，来此之前，我带了李驸马曾送予我的一对翡翠耳坠，我原想交给长公主，请长公主代还给李驸马，谁知这一摔倒，耳坠竟脱手掉入水中，我心下一急，便不曾多想地去捡拾耳坠，由此坠河溺水。"

"皇上，看来关键点很明了，应是有人用暗器击中婉儿腿心，刻意谋害婉儿。"长歌神色严谨，柳眉紧蹙。

尹简沉思片刻，却道："长歌，你所判断没错，但没有那么简单，长公主约见于桥中央，幕后凶手恰好朝婉儿下手，而婉儿本只是摔倒，并未坠河，是在捡拾耳坠时方才不慎落水，若对方算计不到这点，又岂能谋害成功？从约见到落水，处处透着巧合，表面看似合情合理，但总有漏洞可寻。"

"皇上，你的意思是，凶手可能不是单独一方，而是几方合谋么？"长歌思索着道，她忽然记起什么，扭头看向尹婉儿："李驸马送你耳坠一事有旁人知晓么？昨天见长公主之前，你还见过什么人？"

尹婉儿摇摇头："那是几年前的事了，我并未张扬过，可有谁知道我也不清楚，昨天除了见长公主，我不曾再见过其他人。"

"那与你有仇的人，在这宫里都有哪些人呢？"长歌拧眉，脑中划过一个人，她迟疑地压低了嗓音，"会不会是长公主呢？虽然她跳水救婉儿，但不能排除她是故意为之，便于洗脱嫌疑，李驸马心系婉儿，长公主嫉恨杀人，这个动机也合情理。"

尹婉儿脸色一变，惊道："不会吧？我早已与李霁尧分开，她何必还……"

"长歌只是猜想，但确实有可能，那夜含元殿后水上亭，李霁尧明为散步至此，实则内情谁人不知？由此令长公主对婉儿动了杀机，并付诸行动的可能性是极高的。另外，还有其他可能，比如婉儿本身无害，但婉儿的死，可以给朕一击，给齐南天一击，从而可以达到某些目的，又或者……"尹简说到此，眸中闪过抹复杂的戾色，"后宫争宠，对婉儿除之以绝后患！"

长歌前边听着还觉得在理，可尹简最后一条分析令她当场发笑："这大半月来，皇上夜夜临幸后宫，娘娘们美哉了，谁还会嫉妒婉儿啊？"

她话音方落，揽在她腰间的大掌便是一紧，男子灼热的呼吸洒落在她耳畔："丫头，朕实则临幸了谁，你该最清楚……"

"咳咳……"长歌一通猛咳，白皙的脸庞顿时染上羞红，她抬起胳膊肘儿便撞他，娇嗔道："休得胡说，讨厌你，正经点儿！"

尹婉儿低眸，不好意思地选择非礼勿视，长歌则生怕尹简抖出她昨夜主动上门献身的羞事，抢白着转移注意力："至于太后冠我淫秽后宫的罪名，起因是我肚子太饿没有吃食，便去找婉儿想蹭点吃的，结果听侍卫说婉儿去了御水园，我便一路寻过去，不巧正赶上婉儿和沁蓝落水，我便将婉儿救起，随后送婉儿沁蓝回宫，宣太医为她二人诊脉后，婉儿浑身湿透需沐浴，我担心婉儿安危，便一时忘记我的身份不曾避嫌退出，岂料太后竟带人悄然出现，将我们捉个正着……对了，我还假传圣旨了！"

尹简薄唇微勾："无碍，后面所发生之事，沁蓝昨夜已对朕如实禀明……"

"皇上！"

殿外忽然传来一声唤，随后郭顺快步进来，在内外室间隔的屏风后行礼道："启禀皇上，御水园禁军来报，长公主驸马李霁尧强闯入园，不顾禁军阻拦，只身跳入昨日婉郡主落水的河中！"

昨日出事后，尹简命禁军封了御水园，不准任何人进出。

而此时，竟听到这样的消息！

反应最烈的，当属尹婉儿，她惊得霍然起身，脱口而出："快救人呀！找人快点儿救他！"

她惊声的同时，情急地便欲往外冲，尹简大手一拦，沉声道："婉儿莫急，倘若朕没记错的话，李霁尧是会水的，定然不会被淹死！"

"哦对，我年少落水，幸得他识水性相救，那么他……"尹婉儿恍然忆及，但随即不解："他为何跳水？"

"去看看再说。"尹简眉峰微蹙，侧眸看向长歌，"你肚腹有伤，先回殿歇息，尽量躺床上，别下地走动。"

长歌一跳下榻，不依道："你膝盖有恙可行走，我伤较你轻，又如何走不得？我也去瞧瞧李驸马。"

"长歌……"

"我不听，我想跟着你。"

若说其他理由，定不能令尹简松口，可长歌脱口这样一句再简单不过的贴心话，却教尹简眉眼舒展，他微微扬笑："好。"

御水园。

"驸马爷，您此举不可啊！皇上怪罪下来，奴才们吃罪不起！您若有何闪失，奴才们又如何向长公主交代啊！"

禁军即大内侍卫，此刻统领正带人在岸边朝着潜入水中的李霁尧呼喊，而李霁尧一次次潜出水面，又一次次扎进深水中，不知在做什么，亦不许人阻。

"皇上驾到！"

突然，桥头方向传来太监尖锐的高喊声，禁军即刻回身，井然有序地跪下，待帝王一行走近，叩头见礼："叩见皇上！叩见婉郡主！"

第三十五章　情投意合

"平身！"

"谢皇上！"

从中央穿行而过，尹简目视湍湍河湖，但见河面水波涌动，一人须臾间冒出头来，揩一把头脸水渍，面色严肃，拱手扬声道："李霁尧参见皇上！"

"上岸！"尹简不悦，威严令道。

"皇……"

李霁尧嘴唇一动，正欲请求下水，视线却陡地落在尹简身侧，僵凝一瞬，他墨眸速敛，应声遵命，便四肢划动，游到岸边，攀上木桥。

他浑身湿透，单膝一跪："皇上，微臣知罪！愿领责罚！"

尹婉儿由沁蓝搀扶着，她神色戚戚地凝视着地上的男子，方才见水面无人，她几乎吓晕，此刻观他完好，她方卸下担忧。

尹简单手负后，语气微沉："李驸马，你这是所为何事？"

"回皇上，微臣……"李霁尧迟疑，目光堪堪扫过后面禁军，尹简眸色一动，声令道："全部退下！"

"遵旨！"

禁军统领叩头，带领手下禁军迅速退离。

尹简余光瞥了眼尹婉儿，落回到李霁尧脸上："说吧，此处之人，皆为朕所信任，你但说无妨。"

李霁尧方才道："回皇上，微臣欲在水中找寻一件物什儿，是以强闯禁军，惊动皇上，是微臣之过，微臣知罪！"

闻听，林立几人皆是一震，尹简与长歌交换了一个眼神，尹婉儿已脱口道："你，你找什么？"

听得头顶熟悉的嗓音，李霁尧身躯微僵，他缓缓抬眸，逾礼地直视尹婉儿，眸黑如夜的瞳孔深处，仿佛在极力压制着什么情绪，他低低沉沉地问出："昨日你掉入水中的物什儿，可是那对翡翠耳坠？"

尹婉儿一颤，心口绞痛，她木讷地点了点头："是。"

"我便是在找它。"李霁尧直言，目中渐泛灼灼轻芒，一瞬却又黯然："可惜，物什儿太小，水域太大，一时难以寻到。"

尹婉儿惊疑："你怎知……"

"昨夜我问过长公主，得知你有物什儿掉落水中，便猜想如此，遂入宫来寻。"李霁尧坦言，当着帝王的面，并无避讳。

尹婉儿心下怅然，苦甜难辨，一时恍然出神。

"不必再寻，过去之物再好，难料世事已变，李驸马违旨之罪，看在长公主分上，朕暂且饶过！"

尹简沉目出声，一语双关之意，听得李霁尧俊颜泛白，他十指紧扣成拳，欲为己争几句，但脑中蓦然忆及父亲李伦与新帝对立，乃为宁谈宣领头的反皇派大员，他遂一凛，将和离求娶之愿生生压下，垂头叩首："是！微臣遵旨谢恩！"

长歌玲珑心剔透，她瞧见李霁尧眸中的挣扎之色，无声一叹，情爱再大，也终大不过皇权，即便尹简爱护尹婉儿，但一个李伦夹在中间，尹简便绝不可能将表妹嫁与乱臣之子。

尹简寒眸一睨："婉儿，你可还有话说？"

尹婉儿默了片刻，方才强忍着心头悲苦，轻声道："李驸马，昨日我本意欲将耳坠交予长公主，请长公主代我送还与你，岂料横生意外，如今耳坠既已丢失，想必天意如此。明日……明日你生辰，我身体不适，恐无法答应长公主之邀，入府为你庆贺，在此道一声万福，望李驸马珍重，夫妇同心！"

"婉儿！"李霁尧听之情绪波动，焦灼之下脱口而出："我不信天意！你及笄之年我以耳坠与你定下白首之约，如今江河未干，山川未平，你怎能负我？婉儿……"

"李霁尧！"

尹简厉喝一声，截断李霁尧失控的妄言，怒叱而道："将你的胡言乱语收回去！李霁尧，你记好你的身份，否则祸从口出，必累及家人！"

"高半山！"

"奴才在！"

"赏李驸马华衣一套，服侍更换后，即刻遣离出宫，今日之事，朕既往不咎，若敢再犯，以律法处置！"

"奴才遵旨！"

高半山领旨叩头，李霁尧俊容渐渐灰败，他瞳孔涣散地盯着尹婉儿，口中缓缓道出一句："微臣……谢主隆恩！"

尹婉儿转身，避开那人绝望无光的瞳眸，眼角泪落千行……

长歌心下唏嘘，有心同情，却无力帮衬，倘若李伦为保皇派，倘若尹简无须仰仗齐南天，那么，帝王欲成一对有情人，应不是难事。

但，造化弄人，这世上之事，并非人人都可心想事成。

譬如，凤长歌与尹简，亦不过暂得一时相守，又当能白首不相离？

李霁尧回到左相府时，恰逢府中有客，来客一袭绛紫华袍，腰系玉带，丹肌绯唇，目若星辰，端的俊美矜贵。

"宁太师？"

李霁尧一怔，上首李伦立刻含笑道："霁尧，长公主昨日落水受惊，太师大人是专程来探望长公主的。"

"谢过宁太师！"李霁尧抱拳一揖，礼数周到，亦淡笑言道："太师与家父畅谈，我

第三十五章　情投意合

先回内院探望宸儿，她凤体尚虚，我心中挂念，望太师海涵！"

宁谈宣抱拳回礼，勾唇扬笑："驸马爷爱妻心切，宁某自是理解，驸马爷请便，不忙时再过来，宁某静候驸马爷！"

李霁尧心下一凛，这宁谈宣探望尹宸儿是假，恐怕来找他才是真，此人的目的是……时间仓促，无暇多思，他遂不动声色地道："那便有劳太师稍等片刻！"

宁谈宣笑："驸马爷请！"

李霁尧又一抱拳，遂转身而出，直奔内院。

望着青年男子远去的匆匆身影，宁谈宣唇角笑意渐渐敛去："李相，令郎今早是入宫了吧？"

李伦眼中精光一闪，捋着胡须道："他入宫为何？太师何以看出？"

"令郎身上袍服，乃为宫中司制监所制，而令郎离府之时，可是穿着如此？"

李伦脸上现出讶色："太师大人心思缜密，老夫佩服！"

"呵，驸马爷独自入宫，只怕是为了私事吧？若真为私，那便不错！"宁谈宣扯唇轻笑，墨眸中浮起高深莫测的冷芒。

内院。

李霁尧大步踏入东厢房时，丫环正在给香炉中添加香料，屋中袅袅香气弥漫，熏得他俊眉一拧，不悦地叱道："撤掉！"

"少爷！"

左相府的丫环一惊，连忙福身见礼，并惶恐地小声解释："是长公主令奴婢点香的。"

"撤掉，熏死了！"

李霁尧神色冷冽，越过丫环一把拂起内帘，正半躺在榻上看书的尹宸儿，不紧不慢地坐起，倨傲地轻笑："驸马何以发这么大的脾气？平日不也在房中熏香么？"

"长公主，你是故意的，对么？"李霁尧上前两步，居高临下地盯着尹宸儿，眸中漫升起蚀冷的恨意，"你以为，你使计诱我入宫寻找婉儿之物，便可以令皇上生怒，责我不允我再与婉儿相见，我便会移情至你身上么？你错了，我李霁尧决心已定，你我既定一年之约，若我一年到期仍不愿与你做夫妻，届时你便同意和离，日后你我嫁娶各不相干，望你信守承诺，莫教我看轻你！"

尹宸儿不置可否地笑，红唇勾起妖娆之态："霁尧，一年之约才刚刚开始，时间尚早，我以为，你莫轻易下结论为好。"

她眸中的自信，令李霁尧心情格外不畅，他不再言语，冷哼一声，甩袖扬长而去。

尹宸儿唇边笑意却久久不散，当年她既能从尹婉儿手中抢到李霁尧，日后又岂有拱手相让之理？

尹婉儿，永远不会是她的对手！

李霁尧踏入左相府正厅，宁谈宣果然还在，正与李伦谈笑风生。

听到脚步声，及相府下人的请安，宁谈宣转眸，遂起身抱拳，言笑晏晏："驸马爷来了啊！"

"有劳太师久等！"李霁尧回礼，伸臂一展，"太师请坐。"而后又向李伦拱手，恭敬地道："爹！"

大秦尊卑礼数周全，李霁尧贵为驸马，宁谈宣为臣，自须行礼，李霁尧重孝，待李伦亦行父子之礼。

三人重新落座，李霁尧无心绕弯子，直言道："不知太师找我有何事？"

李伦一扫厅中下人，威严地令道："全部退下！"

"是！"下人行礼，有序退离。

待厅中无外人，宁谈宣方道："驸马爷，你归京已久，不知有何打算？"

"不瞒太师，我无心仕途，只想做个闲散之人，闲云野鹤，了此半生。"李霁尧唇角一勾，含笑道。

闻言，李伦眉峰骤蹙："年纪轻轻无所为无抱负，像什么样子？你圣贤书白读了？"

"爹，人各有志！"李霁尧敛笑，神情颇为严肃，"您的仕途抱负，我管不了，但我的，我自己决定。"

李伦大怒："你……"

"李相勿急！"宁谈宣抬手，止住李伦，看着李霁尧轻笑道："驸马爷无意入仕，该是心如死水，方才祈愿混沌度日，但驸马爷可曾想过，你若无权，又怎能夺回心中所爱？空有爵位，是斗不过手握重兵之人的！"

李霁尧一震，黑眸一瞬变得深邃，他静静地盯着宁谈宣，先前心存的疑虑一点点明朗开来，这才是宁谈宣寻上门的真正目的！

宁谈宣接道："驸马爷，人生一世，短短几十载，若得所爱，夫复何求？我认为，驸马爷是做大事之人，必懂有所为，方才有所得！"

李霁尧起身，抱拳一揖，形容神色皆显郑重："太师，恐怕要让你失望了，我李霁尧执念已消，日后只与长公主连理情深，再不问过往轻狂。李霁尧谢过太师好意！"

"霁尧！"李伦极其不悦，语气沉怒，"你若是放下，今早入宫是为何？"

李霁尧平静应答："原本没放，但经宫中一行，便已放下。"

李伦盛怒："霁尧你……"

宁谈宣起身，淡淡言笑："既然如此，那宁某不勉强，今日已晚，宁某还有公事在身，就此告辞！"

"送太师！"李霁尧朗声道。

李伦狠狠瞪一眼李霁尧，讪笑道："老夫送太师大人！"

"不必了，李相亦忙，你我非浅薄关系，无须客气！"

第三十五章　情投意合

宁谈宣婉拒，语毕转身，迈步离开，李伦见状，只好吩咐相府管家送客。

待宁谈宣离去，李伦大怒指责："霁尧，哪怕你不为情，也得为了李家，为了你自己谋个一官半职！"

李霁尧冷笑："爹，若真为李家好，您便该认清立场，不该与人同流合污！若为我自己，我更不能与你们结党！齐南天是其次，我若反皇上，婉儿会恨死我，届时缘尽，我当追悔莫及！"

第三十六章　凤氏太子

皇宫。

含元殿，兰蔻阁。

尹婉儿自归来，便神思恍惚，伤心悲绝，长歌久劝不下，不禁急得在屋中走来走去，"婉儿，你若真放不下他，便勇敢地将他抢回来，不就是个长公主么？你可是皇上亲表妹……"

"长歌！"尹婉儿急声阻止，揩着眼角泪痕，嗓音轻不可闻，神情却坚决："我只哭这一次，再不会伤心了，你别乱说话，他们是夫妻，我当年既已拒绝，如今又怎能拆散？只怨我命运不济，姻缘无果罢了。"

帘外，高半山躬腰传旨："禀婉郡主，皇上传您与孟长歌到外殿一趟。"

"好的。"

尹婉儿起身，携长歌步出。

只是，二人到时，外殿厅内，并不止有尹简，还有尹诺与齐南天。

"参见皇上！"

"免礼！"

"谢皇上！"

请安后起身，尹婉儿看见尹诺福身后的齐南天，她立刻偏过了脸，昨晚被这人欺负的事，她自是耿耿于怀，心下忿忿。

"请婉郡主安！"齐南天这会儿倒是端的正气，他拱手一揖，神态谦恭。

尹婉儿冷冷一哼，连个余光都没回敬。

第三十六章　凤氏太子

齐南天墨眸一黯，下颌微微绷紧。

长歌笑哈哈地给尹诺见礼，然后江湖气地跟齐南天抱拳："齐兄好啊！"

"孟小……"齐南天颔首，只是叫习惯的称呼，出口一个字，却别扭地止了音，平常眼中的小混蛋是个同性的少年，可昨夜才知，这厮居然是个姑娘，他便有些不自在，忆及两人交往的种种，刚毅的俊脸上，不禁泛起抹潮红，轻咳两声，他尴尬道："孟长歌，你伤还好吧？"

长歌并不知齐南天心理变化，她痞气一笑："小爷当然没事儿，不过怎么着你也得慰问小爷不是？"

"咳……"齐南天禁不住又咳，心道一个丫头片子，张口闭口小爷，真是……然而，但见尹简神色如常，并无半点不悦，他只得暗叹，果然这类型的野丫头，他降不住也不喜欢，还是温婉知性的女子合他的口味儿！

忆及此，齐南天眸光情不自禁地偏移，只是还没多望一眼，一颗脑袋便煞风景地插进来，堵住了他的视线，长歌嬉皮笑脸地摸着下巴："齐兄，昨儿个我可救了婉郡主哦，你起码得请我吃大餐听小曲儿吧！"

"听着小曲儿再调戏姑娘？"齐南天满头黑线，眼前这少年到底是不是女扮男装啊，怎么如此的……

"不请啊？"长歌狡黠地转动着瞳珠，她扭头看向尹婉儿，状似认真的语气："我觉着女子一定要嫁自己喜欢的人才好，甭管他有没有成亲，我支持你抢回来……"

"孟长歌！"

话口未完，齐南天一声怒喝，但他到底顾忌着帝王在此，克制着低声道："你这样太不厚道了吧？不就请客么？我应你便是。"

"哈哈……"

长歌得意地大笑，后颈却突被人一提，尹简将她拎了回去，龙颜不悦道："没个正形儿，不许胡说八道！"

见状，齐南天的黑脸总算白了几分，长歌翻个白眼儿，哼哼唧唧道："那我改口，女子切莫嫁给自己喜欢的男人，相对来讲，还是嫁一个喜欢自己的为好，起码不会变心，不会妻妾成群……"

"停！"

这回换尹简无语，他一拍长歌肩膀："赐你座，同时命你闭嘴一刻钟！"

长歌气结，可有旁人在，她不好拂了这位天子的颜面，只好暗自握拳，顺从地照做。

"婉儿，你也坐，身子不大好，无须太多礼节。"

"谢皇上！"

尹简居上座，尹婉儿落座于他下首，再次商讨了一番有关昨日御水园之事，几人皆将魁首定于惠安太后，因为武考时分，尹婉儿便是被惠安秘密抓进宫用以威胁齐南天，但不排除长公主与惠安合谋之可能。

尹简沉声叮嘱道:"婉儿,切莫再私下与长公主见面,吃一堑长一智,明白么?"

"是,婉儿牢记。"

"若太后宣你,朕亦不在宫中时,你当寻借口不赴召,以安全为上!"

"是!"

尹简略一沉吟,眸光扫向长歌,重瞳微动:"你与婉儿先各自回殿休息,朕稍后来寻你。"

"是!"

长歌没有异议,顺从起身告退,尹婉儿回兰蔻阁,她则往东偏殿而去。

时至今日,她与尹简虽关系进了一步,但她的身世,总归是尹简一大忌讳!

长歌不禁喟叹,尹简到底是不能够完全信任她,他是刻意支开她的!

殿中宫人早已遣退,莫影等人亦在殿外守候,殿中只余高半山、齐南天及尹诺。

尹简神情比方才更为肃穆,整个面容罩着层冷意:"南天,皇叔,此刻所谈之事,绝不能透露给孟长歌半个字!"

"是,微臣遵旨!"齐南天一凛,即刻拱手领命。

尹诺一向心念长歌,听此不免担忧:"皇上,不知这是为何?长歌她……不值得信任么?"

"皇叔多虑了,朕并非不信长歌,而是有关采薇,朕唯恐长歌芥蒂,她若不高兴,朕……"尹简微顿,忆及昨夜缠绵,心下堪堪,"朕好不容易得来之局面,便会功亏一篑。是以,万不可叫她知晓,待寻到采薇,朕自有定夺。"

闻言,尹诺似懂非懂,但不便多加询问,只得拱手应下:"是,微臣遵旨。"

齐南天则暗暗怅然,帝王之心,明显只被采薇与孟长歌两名女子占据,毫无齐绾心之位,日后这六宫之主……

"南天,你查得怎样了?"

思绪正烦杂时,帝王清朗的声音,将齐南天惊醒,他连忙回道:"微臣已派人在汴京城内秘密搜索,但京城太大,处处可藏人,实不好找,至今没有消息,微臣在考虑,是否从宫中双管齐下,或许最危险的地方,才是最有可能的呢?"

"当年的冷宫,有没有问题呢?"尹诺蹙眉,眸中透着股深沉,"自古宫中多玄机,太后把人藏在外面,我想,怎么都不如放在自己身边安心!"

尹简颔首:"不错,采薇'尸体'自冷宫消失,后多方查探,当夜值守冷宫侍卫无人得见,兴许被人趁乱带出,也兴许冷宫建有秘道,寿安宫亦是,这八年来,太后执掌六宫,长年累月拿捏着采薇不与人知,定然有其秘密之所藏人,这般无线索地寻人,无异于大海捞针。但,不得不寻!"

采薇的重要性,不仅关乎着她曾是尹简情定的恋人,而且她身怀太祖爷密旨。

第三十六章 凤氏太子

齐南天不知第一个原因对于此时心系孟长歌的尹简来说是否还重要，如今帝王心已愈发难测，但他并不敢多问，恭敬领旨。

高半山立在下方，手执拂尘微垂头，将君臣之言悉数听入耳中，他眼眸不停闪烁，在无人注意的暗处，眸底透出几许诡异复杂之色。

就此事又商讨须臾，尹简道："昨日太后以孟长歌和婉郡主之事，迫朕召尹璃回朝，朕未曾答应，据报尹璃上阵杀敌不乏英勇，谋略亦可，江南平乱攸关社稷，朕以外乱牵制内乱，连同尹灵儿在内，此棋不可废，皇叔须替朕盯紧江南战事，粮草方面绝不可延误！"

"是，微臣遵旨！"尹诺拱手领命。

东偏殿。

尹简时隔不久便归来，高半山一众被留于殿外，沁蓝请了安，也识趣地退离。

彼时，长歌四仰八叉地躺在贵妃椅上，正无聊地左脚蹬着圆凳，右腿跷起搁在左腿上，身旁放置着一小碟椒盐花生米，她拈起一颗高高抛起，待落下时以嘴巴接住，咬得嘎嘣脆响，自得其乐。

尹简半空抢过一颗，扔进了自己嘴里，长歌张开的小嘴落空，不禁凤眸一瞪，起身欲抢回，岂料，男子噙着笑，将她霸道地搂抱入怀，并以吻堵她，那一颗花生米，被他嚼碎用舌尖挑起送回到她口中，她被迫咽下，羞臊不已，粉拳轻捶他一记，他便惩罚似的加深了这一记吻，直吻得她轻喘连连，瘫软在他怀中，他方才移开薄唇，呼吸粗重地在她耳畔轻问："好吃么？这样子吃法，是不是更美妙？"

长歌双颊嫣红如血，愤愤地嗔道："你居心叵测。"

"呵呵……"尹简开怀低笑，他垂首与她额头相抵，邪气地勾唇，"要不，朕允你还回来？"

"怎么还？"

"如朕方才那般……"

"呸，不要脸！"

长歌羞煞，抬手便推他："快去忙你的朝政大事，不要扰小爷休养生息！"

"朝政为大，你亦重要，午时休憩，朕陪你小睡会儿。"尹简捉住她小手，放在唇边轻啄，长歌娇羞低嗔："分明是你想让我陪，嘴上还说得好听！"

"唔，确然。"尹简将她陡地悬空抱起，阔步走向床榻，"长歌，朕一刻瞧不见你，便好似缺了什么，心中难耐。"

长歌羞于大白日与他共枕，本欲抗争，听得此话，她瞳孔微微一动，漫过嗓子眼儿的话，缓缓咽了回去，心中微一计量，她藕臂缠上他后颈，眉眼染上揶揄的笑意："皇上，你这般好女色，是想做昏君么？"

尹简将她放于床榻，弯腰为她脱靴，他自是不认同地驳她："朕每日励精图治，你有见过比朕更不喜女色的帝王么？"脱了靴，再脱掉自己的，尹简上床，俯身覆于长歌身上，褐瞳中浮起欲的幽光："既然你为朕冠上好色之名，那朕必要将这罪名坐实才好。"

"色狼，不要！"长歌立刻反对，她脸红耳烫地双手撑住他胸膛，幽幽埋怨："你瞧不见我难耐，但你抛下我一人亦委实无聊透顶，不如允我出宫玩儿几日可好？这个时节，京城夜市应该很热闹的。"

"不行！"

尹简不假思索，直接拒绝，他长指轻捏上长歌脸蛋儿，语气比她更哀怨："你离宫，吊朕如何度日？尤其漫漫长夜，朕岂不深宫寂寞？"

"你……"长歌羞赧，粉唇嘟起，"昨夜那般，偶尔一次便罢，你还想夜夜么？我可不做你暖床的工具！我既是御前侍卫，你便该让我恪尽职守，与莫离等人一同护你左右，一展抱负，而非白日做只关于笼中的鸟雀，夜里供你寻欢笙歌，我……我还没嫁给你呢，非少妃嫔，你便要折断我翅膀么？"

尹简闻听，剑眉深蹙："长歌，你真会胡思乱想，朕几时敢将你视作平常侍寝女子？又岂敢折你羽翼？朕不舍你，只是因为朕爱你，历经诸多波折，朕好不容易得你身心，又怎舍与你分开？你想出宫玩儿，好歹先陪朕一段时日，或者待朕闲时，朕陪你出宫亦可。如今国事繁忙，朕多半时间需理政，你在朕身边当值，朕恐怕你会更加无聊拘束，是以才命你在殿中自由休养玩乐的。"

"我不怕啊，待在你身边，可以时时看到你，又可护你安隅，还可……"长歌说到此，哼了哼鼻子，语气酸溜溜地接下去，"还可知道你几时召见过爱妃，几时去过爱妃宫中，与爱妃亲热缠绵……"

尹简严肃的俊颜霍然舒展开来，他忍俊不禁地用力一吻长歌的小嘴，而后惊喜地低笑："敢情绕了大半圈，你是在这儿等着朕呢？这才是你的重点么？"

"嗯哼，那你敢应我么？不论走到哪儿，都敢带着我么？如果你不允，那便是心虚！宋妃比我妖媚勾人，齐妃比我俏丽可人，沐妃比我善解人意，还有御前侍候的漂亮宫女，个个对你心怀不轨，即便你一时坐怀不乱，但时日久了，难保不会把持不住地宠幸他人，那我……"

长歌原本为达目的兴口而起，但说到此处，心下不免凄凉，帝王之爱，能新鲜几时？就算长久，肩上之责也迫使他不得不三宫六院，雨露均沾……默然一瞬，她偏过脸，低喃："情何以堪？"

尹简翻身下来躺于枕头上，抱过长歌搂她入怀，他长臂收得极紧，薄唇贴在她额头，语气低沉肃穆："孟长歌，世间千万人，你永远是你。即使百花竞放，乱红缭目，你依然是朕心中一枝独秀，无人可替。若你不负朕，朕，必不负你！"

长歌心头一震，环抱住男子腰身，十指寸寸收紧，她鼻尖酸楚，开口嗓音已哽咽："尹简，我是不是太霸道太善妒了？别家女子不会像我这般……"

"所以，别家女子朕不喜，偏喜你这个不拘一格的小混蛋。"尹简唇角上扬，细碎的

第三十六章　凤氏太子

吻轻落于她眼角眉梢，薄唇下滑到她唇瓣，他贴吻着她，暧昧坦言："朕更喜欢你的善妒，说明你在乎朕，若你毫不在意，便该换朕神伤了。"

"那你究竟应不应我？"长歌唇被堵，含糊不清地追问。

尹简答她一个字："应！"

"太好了，那午休起来，我便与你一起？"

"嗯。"

长歌喜上眉梢，如此一来，她便可真正地探听到大秦军机，达到她潜伏的目的！

然而，她激动之余，竟忘了身边男子并不安分，不知何时，腰带竟已被解开，她不当值，并未穿铠甲，他轻而易举地便散开了她的衣袍，大手色痞地探进她里衣，游走于她肌肤上。

长歌羞愤，急忙按住他乱动的手臂，涨红着脸庞叱道："你做什么？大白日的，不可，丢脸！"

"旁人又不知，怎会丢脸？况且，圆房之事不分时辰，何时有欲念便何时。"尹简不以为然，刚开荤的青年男子，有几个能以理智来行事？

"你这人怎么……哎，别脱我裤子，尹简你这个流氓！不许碰我，不许……"

长歌晕线，她的抗议，很快便被一记深吻吞进腹中，两人衣衫凌落，明黄龙帐内，男女混杂的动人呻吟声，陆续响起在暧昧的午后……

从这天起，长歌开始跟随帝王左右，出入金銮殿与上书房，旁听大秦军政要事。

她白日当值，夜晚与君同寝，或在帝宫正殿，或在东偏殿，尹简精力旺盛，夜夜寻欢不虚度，长歌欲哭无泪，只怕他纵欲过度损耗龙体，嘱咐沁蓝给他滋补的同时，暗暗祈祷她的月事快点儿来，她宁可受疼痛，也想歇几日。

齐妃宋妃自不甘心独守空房，频繁遣人来请尹简，高半山收到不少贿赂，他不敢侵吞，如数上交尹简，一脸苦相。

尹简与长歌商量后，抽出三夜分别宿在三妃宫中，同往常一般，以为先帝守孝为名，同寝却并不临幸。

而他二人感情在日复一日形影不离中，愈发深厚，长歌暂放下纠葛恩怨，全心投入，她只想在有生之年，不留遗憾地爱一场。

哪怕，某一天，他们突然反目成仇，她亦不悔。

半月后。

越往南走，水乡越多，晨起白雾缭绕，茫茫百里大湖一眼望不到尽头。

尹灵儿被押上船，不曾好好打量一番身处的环境，便又被塞进了船舱里。

船上劲装汉子不少，个个目光精烁，腰佩刀剑，比起从京城逃亡时的少数反贼，尹灵儿发现，这一个多月来，似乎每日都在增加人数，至今日为止，只她明面看到的，便有近百人！

期间，尹琏和尹珏带人围堵追剿不下十余次，双方皆有死伤，但朝廷官兵皆乃京畿八营所调精兵，且人数众多，是以反贼几番惨败，眼看便可完胜，却因尹灵儿被擒于林枫手中，并身中贼人慢性剧毒而最终无果。

上下两层的大船，尹灵儿被关在下层一个单独的小舱内，她坐在地上，无精打采，死气沉沉，内心一天比一天绝望。

她虽然不甚了解大秦地理地形，但起码知道南方多水这个常识，这几天总是水陆两路换着走，所以她隐隐猜想，这伙反贼的目的地十有八九便是江南，而江南是凤氏余孽的老巢，莫非那个反贼头目林枫想投靠前朝？

尹灵儿猛然打了个激灵，倘若她被抓到江南，陷进前朝反贼的窝，那么处境便更加危险了！

想到这儿，尹灵儿张口大骂："该死的林枫，你到底是不是男人啊！卑鄙无耻的臭男人！快点放了本公主！"

舱门"哗啦"一声，突然打开，一道矫健的身影弯腰迈进来，男子一袭墨色长衫，腰束金边缎带，面如冠玉，俊朗丰神，手中拎着一个竹篮子，稳步走向尹灵儿，舱门在他身后缓缓关闭。

"臭混蛋，你……你这个不要脸的，你天天抓着我一个姑娘家算什么本事？"尹灵儿见着男子，气便不打一处来，开骂的同时，人也不甘心的扑了上来！

凤寒天俊眉微挑，轻而易举的躲过尹灵儿的袭击，一声轻叹："你何必这般浪费体力呢？明知打不过我，还以卵击石，每日闹几次，也不嫌累得慌！"

尹灵儿攻势不减，嘴巴不停："打不过也要打！我们尹氏草原儿女没有孬种！不像你，根本就不是个男人，抓着女人不放，不算好汉！"

闻言，凤寒天倒也不生气，虱子多了不痒，这番千篇一律的话听多了，他也没有了反应，但船已开动，这番打下去必然受影响，是以他干脆几招将尹灵儿制服，擒住她双腕，迫使她坐回在地上，他晃了晃手中的竹篮，勾唇噙笑道："先用膳吧，吃饱了才有力气打架。"

"哼！"尹灵儿气冲冲的偏过脸不看他："有本事你杀了我啊！"

凤寒天搁下竹篮，打开盖子，将里面的饭菜一一端出来，而后拿起筷子塞进尹灵儿手中，他蹲在她面前，笑得邪肆："杀你之前，有一件事咱得弄明白了！你口口声声骂我不是男人，这一点我觉得很有问题，我究竟是不是男人，你昨夜不是体验过了么？"

"你……"尹灵儿俏脸一红，羞愤的扬起粉拳捶打他："教你胡说八道！登徒子，无耻！"

凤寒天不躲不闪，唇角笑意愈发深刻，这刁蛮公主害羞的模样可真叫人喜欢！

"林枫，我，我警告你，昨夜我是不小心看到你洗澡的，我并非有意为之，你必须把

第三十六章　凤氏太子

这件事情忘掉，更不准到处乱讲坏我清誉，不然我……"尹灵儿涨红着脸庞，结结巴巴到词穷，眼珠子瞪了好半天，才得以蹦出一句："我咬舌自尽！"

凤寒天无语地抚额："喊，我还以为你一怒之下打算以身相许呢！"

"我许……许你个头！"

尹灵儿气炸了，猛然一扑，想掐死凤寒天，大有跟他同归于尽的气势，而凤寒天眼见她几乎压到了饭菜，紧急将她拦腰一抱，然后就地一滚，避开了糟蹋饭菜的下场！

然而，造化弄人，膳食虽然保住了，两人翻滚停下来时，凤寒天却好死不死地竟压在了尹灵儿身上！

气氛，瞬间僵凝，隐隐浮动着诡异的暧昧……

尹灵儿呆傻，眼睛一眨不眨地望着上方的俊朗男子，大脑停止转动，失去了思考的能力……

凤寒天同样有些蒙，他亦没想到竟会出现如此窘迫的状况，他怔忡间，竟忘记了起身，保持着这个姿势好半晌一动不动……

由于震惊，尹灵儿绯唇微张，两人近在咫尺，呼吸相缠，黑色瞳孔中对方的影像格外清晰，莫名地，两人心跳的速度，都在不受控制地加快，而尹灵儿的唇瓣，又仿佛有着某种吸引力，令凤寒天下意识地低头，缓缓凑近，轻轻地贴吻上了她的两片软唇……

尹灵儿长这么大，这是第一次被男子吻，原本便不甚清楚的意识，瞬间完全消失，她像是木偶人一般，浑身僵硬动也不动，直到有什么东西滑进了她口中，所过之处，仿佛被针扎似的，令她娇躯猛然一抖，理智同时回笼，本能地一掌劈向凤寒天颈侧！

突来的骤痛，惊醒了凤寒天的神志，他狠狠地移开唇，一翻而起，俊脸通红尴尬无比地道："抱歉，我……"

"啪！"

尹灵儿爬站起来，二话不说先赏对方一耳光，然后抬起袖子狠狠地擦嘴巴，羞愤得脸红耳赤："登徒子！流氓混蛋！敢轻薄本公主，敢坏本公主清誉，本公主阉了你！"

挨了一掌一耳光无所谓，是他有错在先，但尹灵儿擦嘴的动作，令凤寒天顿时红了眼，他长臂一伸，将她粗鲁地一扯入怀，尹灵儿"啊"一声尖叫，正待反抗，双手却已被他迅捷地反剪在身后！

"尹灵儿，你敢嫌弃我？"凤寒天铁钳般的大掌，掐抬起尹灵儿的下巴，凶狠的眼神中，染着几许复杂的深邃。

"我我……"尹灵儿不知他是何意，答不上来，他捏得她好疼，她身体扭动，双脚乱踢他："放开我！你这个讨厌的登徒子，你放开……"

她叫嚣的话，突然间失语，整个双唇再次被堵，男子发狠地吻她，这次的力道，重得几乎碾破她的唇，激狂地掠夺了她整个呼吸，令她双腿陡地发软，连反抗的力气也没有了……

凤寒天这一吻，足足吻得尹灵儿因窒息快昏死过去，才意犹未尽地饶过她，他钳制她的大掌不知何时松开，扣在了她的细腰上，另一手则捧着她的后脑，浑浊的目光，盯着她红肿的双唇，他邪恶又凶残地警告她："你敢再擦一下嘴巴，我便再吻你，看看是你擦得快，还是我吻得快！"

尹灵儿被吓到，脸庞泛白，又因羞涩愤怒，而染上嫣红，她想骂他，想打他，可每次抗争到最后，全是她吃亏的份，嘴巴一瘪，眼睛跟着变红，她陡地"哇"一声大哭起来……

沦为人质一个月多，尹灵儿性子烈从来没哭过，哪怕被喂了慢性毒药，也不曾流过眼泪，这会儿竟委屈得号啕痛哭，这模样惊到了凤寒天，他顿时有些手足无措："那个你……你哭什么？别哭了……"

尹灵儿不听他的，用力一把推开这个可恶的男子，她一屁股坐在地上，把头埋在双膝里伤心得不停地哭……

凤寒天没有哄过女孩子，眼前这情况，使他格外糟心和烦心，她哭，他原地踱着步子，等了片刻，见她还是没有停下的趋势，他不禁恼火地低吼："不许哭了，用膳！"

尹灵儿不理，双肩耸个不停，凤寒天一步上前，咬牙道："只要你不哭，我便考虑放了你！"

"真的？"尹灵儿霍然抬头，泪痕布满脸庞，表情惊讶激动。

凤寒天敛了敛眸，漫不经心地道："你先用膳，根据你的表现，我再决定放不放你。"

"什么表现？"

"首要的便是听话！"

"好，我听话，我用膳，你快点考虑！"

尹灵儿连忙坐在膳食前，拿起筷箸狼吞虎咽地吃起来，流亡这段时日，她哪儿还像个公主？她的尊严、锐气、骄纵，基本被磨平，只要能保命，她愿意委曲求全。

凤寒天沉默地盯着她，侧颜线条绷得有些紧，他想起今晨收到的密信，宗禄要求他在进入江南，保障安隅后，里应外合把尹灵儿交给宗禄的人带走，这是宁谈宣的命令。

他阅后，并未立即回信。

而现在，他要真的放了她么？

这一个来月，风餐露宿，数场恶斗，心情本是沉闷，这个丫头却总是带给他欢快，驯服她这只小刺猬，已成了他闲暇时习惯做的趣事，一旦放掉……

凤寒天眸色深了几许，视线不经意落在尹灵儿翕动的红肿唇瓣上，脑中缓缓浮现起方才的深吻，他垂在身体两侧的大手，不觉悄悄握起，内心深处，竟有些许的荡漾……

十日后。

从金銮殿退朝，帝王一行直奔上书房，军机处大臣和兵部侍郎等人随后，一众行走如

第三十六章　凤氏太子

风,疾色匆匆。

到达,值守大内侍卫见礼,尹简大手一挥,长腿跨入门槛儿,余人跟入,御前良佑与孟长歌伴驾。

"皇上息怒!"众臣跪下,齐声叩拜安抚。

"江淮、江东两地反贼包抄江南,其势险峻!"一封八百里急报摔在御案上,尹简目透阴鸷,面寒如霜,"何以一夜之间涌现出数万反贼?这般动向,驻军守将柳平竟及早不知,岂不荒诞!"

"皇上息怒!"

"拟旨,谕令定北大将军齐豫速调五万精兵,派遣得力将领前往江南平乱,可兵分于江淮江东两路,阻敌人外援,解江南我军之困!另传旨六王爷尹璃,外振三军士气,内则稳扎稳打,无须慌乱,朕信尔之才干,当审时度势,擅用兵法,行军打仗意气冲动乃大忌,须谨记于心!守将柳平渎职,朕念其沙场勇猛,谋略尚可,故重罪轻判,削柳平将军之职,降为副将,全力辅助六王爷剿灭反贼,将功赎罪!"

"遵旨!"

"诏谕全国,反贼头目自称为前朝太子凤寒天,实则凤氏余孽已亡故数年,此人滥竽充数乃假冒小人,为己私利诓骗无知百姓,煽动复兴凤氏之潮,致生灵涂炭,战火连绵,实乃罪大恶极!望天下百姓明辨,与朝廷一心,抵制乱党,还天下太平!朕,尹氏子孙尹简念及天下苍生,不忍数以万计百姓家破人亡,特于国法之外网开一面,自旨到之日起,反贼之中被蒙心者,但肯弃暗投明,朕允诺永生不究其过往,且安其家业,保其安宁;若冥顽不灵助纣为虐者,大秦即倾一国之力,亦必剿灭乱党,保江山社稷!"

尹简立于案前,肃冷寒冽,字字珠玑,眉宇间由内而发的王者霸气,尽显君临天下之气魄!

听此,众臣中一人拱手相问:"皇上,臣有疑虑,汉人揭竿而起,其心逆反,不剿必养虎为患,皇上仁慈,恩赦反贼,是否需三思?"

闻听,余人亦是不解,历朝历代对于反叛朝廷统治者,皆斩草除根,宁可错杀一千,也绝不放过一个,为何尹简反其道而行?

帝王后方,长歌绯衣铠甲,面无表情,然而,心中已滔天骇浪,滚滚翻涌!

凤寒天!

江南复兴凤朝的首脑人物,竟真是她的太子哥哥凤寒天!

惠安寿辰那夜,凤寒天化名林枫,挟持三公主尹灵儿逃出京城,日前尹琏密报尹简,林枫逃窜江南,今日金銮殿上,便收到八百里急报,除却尹简方才之言,奏报还称,反贼神秘头目满城公然宣告,自称凤寒天,乃前朝太子,号召凤朝爱国之士反秦复凤!

长歌面色无恙,心却绷得极紧,凤寒天造反复辟,尹简大举调兵清剿,二人势同水火,而她……该何去何从?

心思涌动间，只听尹简倨傲冷沉道："自古皆以武夺天下，帝王守业之时亦对前朝人士大肆杀掠，以武压人，而往往余孽死而不僵，可历经数年反复叛乱，代代相传，令帝王寝食难安，不得太平！以朕看来，这方才是斩草不除根，是为朝廷大患！"

众臣叩首："皇上所言极是，恳请皇上解惑！"

尹简目中透着坚毅："朕以为，杀其身却杀不了其心，兵法亦有云，攻心为上，是以若想太平，免无辜百姓受战乱之苦，须从攻心入手，施仁政，得长治久安，方为上策！"

"皇上心怀天下，实乃明君，臣心服！鼎力支持皇上！"跪于最前的齐南天，拱手一拜，黑眸炯亮，熠熠轻芒闪耀！

余臣再拜，喊声澎湃："皇上英明！"

"圣旨拟好，速报朕审阅盖玺，加急发往各地！"

"遵旨！"

"退下吧！"

"臣等告退！"

"肃亲王、齐尚书暂留！"

待旁人退离，尹简寒眸扫过二人，缓缓道："对此战，你二人有何看法？"

"皇上，那凤寒天确为假冒之人么？"尹诺拱手，眉峰深蹙，"当年破宫之夜，微臣亲检凤氏皇族尸首，凤氏太子左手本为六指，然烧焦的尸首虽佩戴太子之物，但左手正常，亦有传言，太子凤寒天早在我军攻入汴京城之前，便已被凤朝亡帝自长生殿秘道偷送出宫，不知所终！是以，微臣以为，凤寒天其人未死，今江南贼首，必为凤寒天真人本尊！"

闻言，齐南天一凛："肃王确定么？"

"自然！"尹诺颔首，神色笃定。

长歌拼命隐忍，无声握紧双拳，十五年前，尹诺亲率大军兵临城下，夺取凤朝江山，而她父皇尸首，竟亦是尹诺……

听说后来，凤氏皇族中人尸首皆被挫骨扬灰，而她父皇乃自刎而死，尸身竟被吊于城楼，曝尸七天七夜，后投入护城河，被鱼蟹咬食，死无葬身之地……

指甲狠狠一戳，掐进了掌心中，长歌心中血泪成河，她不知下令将父皇曝尸投河的人是不是尹诺，然而这一刻，那股滔天的恨意，席卷了她整个心，她几乎冲动得想当场拔出腰间的佩剑，捅进尹诺的心脏……

"孟长歌！"

突然，一道轻唤，惊醒了长歌的理智，但见尹简回头看着她，眉目温和："天气炎热，你若疲累，可先回殿休息。"

"禀皇上，奴才不累，谢皇上关爱。"长歌一怔，拱手道。

近日朝政大事繁多，他昨夜批折至一更天方才就寝，彼时她已入睡，却被他弄醒，一番鱼水之欢，待他尽兴后，她虚软无力地警告他，若累死了她，世上便再无孟长歌。

第三十六章　凤氏太子

本是随心嗔怨之语，岂料这人在如此繁忙时刻，居然谨记，分心顾及她……

长歌赧然之余，心境愈发复杂，当年亡国之事与尹简无关，可此时坐在大秦龙椅上，执掌天下的人，却是尹简！

爱恨，仇怨；家国，天下。

她逃避一时，却不曾想到，短短余日，便已无处可逃……

她坚持，尹简未曾勉强，他回身落座，继续方才话题："皇叔，朕亦猜想此凤寒天为真，但绝不可承认，否则凤氏余孽死忠追随者将会愈来愈多！"他说着，重瞳倏然一凛，侧眸看向齐南天："兵部需向全国各州县府郡下达军令，命地方官兵严查各地九流之所及流动百姓，进出城门者，加大盘查力度，若发现异常，火速上报，不得延误！"

"是！"齐南天铿锵领命。

尹诺斟酌一番，道："皇上，您施仁政，凤寒天为首脑，那么此人若投降……"

"杀无赦！"

尹简缓缓道出三个字，重瞳深如幽潭，利如刀刃，其中裹着的浓烈嗜杀之气，令人陡地一寒！

只是，发寒发怵的人，只有长歌，在尹诺与齐南天听来，则再正常不过！

心，一点一点地沉下去，仿佛坠入无底深渊，入目皆黑，看不到光亮……

因为长歌想到一件事，若尹简胜，凤寒天必死，反之凤寒天复辟成功，那么尹简的下场……

她呼吸渐渐紊乱，额头渗出了细密的汗珠，杀尹简，原本便是她的目标，可是在这数月中，在她爱上尹简，并与尹简身心交付后，她坚定的心，不知不觉开始动摇，她竟下不了手，而此刻想到尹简亦可能死在凤寒天手下，她霍然全身冰冷……

他们，一个是她哥哥，一个是她爱的男人，这份亲情与爱情的抉择，她该如何选？

亡国之恨，亡父之仇，她又怎能忘记？

她，是凤长歌，她姓凤……

第三十七章　楚国密信

七月流火，八月未央。

长歌立于皇城墙上，俯瞰汴京城。

最终，她以劳累为借口，告退离开上书房，未回帝宫，独自一人来此。

长生殿于她是儿时故居，承载着她对父皇的回忆，却从不知道，长生殿中竟存有秘道，而凤寒天便是从长生殿出逃。

她不敢贸然寻找长生殿，可又有一个疑问，盘桓在心头，既然凤寒天可以通过秘道逃离，那又为何，父皇竟派人带着她从皇宫突围逃命呢？当年，倘若没有孟萧岑，她早已死于追兵之手！

父皇，是遗忘了秘道，还是认为李将军必能护她逃出生天？

长歌不解，她顶着炎炎烈日，冥想许久，始终得不出结论。

"孟大人！"

远远地，似有人声传来，长歌回身，但见郭顺边跑边抹着脸上的汗，气喘吁吁地唤她："孟大人，您怎么跑这边来了？皇上回宫没见到您，正着急地派人四处找您呢！"

长歌飞跃下城墙，慢吞吞地往回走，握着剑柄的五指，一分分地收紧。

帝宫含元殿。

"莫离，派人到各宫门查问，看看孟长歌有没有出宫！莫可，再加派人手，到各宫各苑逐一寻找！还有，宁谈宣那边，有没有动向？是否……"

长歌沿着殿外走廊慢步而来，东　偏殿内，帝王急怒的命令，隐约传入耳中，她凤眸

第三十七章　楚国密信

微怔，身旁郭顺一凛，拔脚奔入殿门，口中大喊着："皇上，孟大人回来了！"

未及跨入门槛儿，几道身影由内蹿出，快如闪电般，将长歌围堵在中央！

"孟长歌小祖宗，拜托你别玩仙人跳好么？"莫可拱手，深深一揖，语气极其无力。

莫麟抹额："你想吓死我们是不是？你走不走无所谓，关键连累我们……"

"闭嘴！"

他话未完，莫影一声低喝，而长歌则同时一脚踹过去，似笑非笑："小爷仁善，但你若再废话，小爷便跟你私奔，连累你诛九族！"

莫麟整个人一震，几乎是刹那便发白了脸，遂嘴角抽搐不停："你这小混蛋好凶残！"

私奔那是多大的罪名啊？而且私奔的对象是皇上的女人！

莫影和莫可用力吞咽着唾沫，笑得格外难看："别这样，有话好商量……"

长歌懒懒地扯唇："哦，我想起来了，你们仨是兄弟，这九族肯定少不了你俩的份儿啊！"

"少贫嘴了，进来！"

殿门口一道熟悉的男音忽然插进来，长歌扭头，对上尹简晦暗阴沉的神色，她推开挡路的人，大步上前，单膝一跪："叩见皇上！"

外面，众侍在场，尹简只道了句"平身"便折返回东偏殿，长歌起身，抿起唇角垂头跟入，高半山等宫人，飞速退出，殿门在身后缓缓关闭。

殿内，只余二人咫尺相对。

"你去哪儿了？怎么不听朕的话，好好在宫里休息？"尹简长臂伸过去，将长歌的手攥在掌心，细细摩挲，语气略为责备。

长歌淡淡扯唇："我去皇城墙看风景了。尹简，是不是我做了你的女人，便代表着我失去了自由？"

"怎么这么说？朕没想束缚你，只是你不打招呼地失踪，叫朕担心你罢了。"尹简蹙眉，牵长歌在椅上坐下，他凝视着她的眼神锐利，"长歌，你心情不畅么？"

"嗯。"长歌抿唇，凤眸微微一闪，她顺水推舟地撒娇，"在宫里憋很久了，尹简我难受。"

尹简微叹，揽她入怀，与她依偎细语："朕知你喜自由，这一个多月来，你为朕困于深宫，朕心甚疚，总想寻个时机，携你出去散散心，奈何局势不稳，今江南军情之急，你亦知晓……"

"尹简。"长歌一声叹息，她反手环抱住他，柔声道，"你是皇帝，肩上责任重大，在此关键时刻，自不能抛国弃民昏庸玩乐，我理解你亦能体谅你，更不曾埋怨你，我会耐心等你闲暇时与我同游。只是，我经久不见离岸，着实记挂得很，你可不可以允我先出宫，回趟四海客栈呢？"

尹简剑眉立刻蹙起:"离岸?"

"是啊。你答不答应?"长歌好笑地看着他,语气略带揶揄,"不要告诉我,你还在吃离岸的醋?"

尹简俊颜染上几分尴尬,但不过须臾,他便理所当然地挑眉道:"朕就是吃醋,离岸对你心思不纯,朕怎能不防备于他?"

"呵呵,作为男人,作为一国之君,你须得心胸宽广,海纳百川啊!"长歌莞尔,失笑连连,"况且,离岸待我,不过是手足之情,你担忧过度了!"

"手足之情?孟长歌,亏你心思玲珑剔透,居然……"尹简眉睫颇深,语到中途,唯恐长歌上心,又压了回去,只道:"总之,朕明确表态,朕不喜你找离岸,他待你种种,都叫朕吃醋。"

长歌无奈,她纤指戳在他胸膛,娇嗔道:"你干吗呀?离岸确实待我好,但我若对离岸有男女之情,那我的……"她羞恼地顿了顿,凤眸微瞪:"我的处子身,还能轮到给你么?"

她不提还好,这一提,尹简原本覆在她肚腹的大掌,竟不规矩地下滑,往她腿心而去,她低呼一声,脸庞绯红:"流氓,你干吗?不许轻薄我!"

"丫头,你是朕第一个女人,朕必不负你,但你得答应朕,这辈子,你只要朕做你唯一的男人!"尹简将她阻止的双手桎梏在掌中,他面庞严肃,重瞳中染着丝鸷色:"朕对离岸不放心,或者说,对所有可能觊觎你的男人都不放心,但凡男人都有欲,只是深浅不一而已。长歌,你要有防人之心,你是朕的,只能是朕的女人!"

男子言语间所透出的不安感,密密麻麻地扎在长歌的心上,她知道,一直以来,是她刻意地一次次伤害,令他如惊弓之鸟,一旦遇到丁点风吹草动,便患得患失,譬如方才,她不过在宫内走动半个时辰,他便急切地四处寻她,生怕她一去不回……

只是,她又能在他身边多久呢?

一天、两天,抑或是一月、两月?

身处乱世之中,爱情总归是渺小的,再深厚的情,在家国天下面前,亦是不堪一击吧!

从此刻起,把每一天,都当做末日来爱,珍惜余日,哪怕分离,哪怕天人永隔……至少,遗憾会少些。

长歌鲜少地主动将唇凑过去,嗓音轻柔却笃定:"尹简,我答应你,这辈子,在我有生之年,你定是我唯一的男人!"

尹简喉结一动,噙住她双唇,激吻如狂风骤雨,将她瞬间吞噬……

吻到难舍难分,男人那只不规矩的大手愈发放肆起来,片刻,终是难耐地将怀中瘫软女子拦腰抱起,阔步迈向里间龙床。

意乱情迷中,长歌依然记着心中事,她细喘着,趁机提出:"尹简,你准……准我出

第三十七章　楚国密信

宫好么？我明日便回来……"

"不准！"

尹简一语否决，扯落明黄帷帐，将长歌压倒在床，他急切地解着长歌腰间系带，并道："你若挂念离岸，朕派人召他入宫便可。"

"不要！"长歌按住他手背，眉眼媚色无边，却也染上不悦："上次你召离岸入宫，却是要阉他做太监，你如此无诚信，我才不要离岸再冒险，我出宫见他！"

尹简抽出系带，扔到一边，入鬓的长眉紧蹙："最终朕不也没阉他么？"

"你虽然没阉他，可你的人刺伤了他肩胛骨！"长歌忿忿，忆及当夜惨烈，情欲不禁减退，她推他一把，红肿的唇瓣高高噘起："起来，我要出宫！"

"朕保证，以天子的名义保证，这次绝不伤离岸分毫……"

"不要！"

"那……待下午议事结束后，朕陪你去四海客栈，可好？"

"不好！"

尹简薄怒，下颌绷紧："孟长歌！"

"不管，我就是要出宫，待会儿就出宫！"长歌才不惧他，她继续推着身上的男人，威胁道："你愈是这般囚禁我，我便愈想自由！尹简，我还没嫁你呢，倘若做你女人的代价，便是等同于犯人，那我们分开……唔唔……"

她话未完，唇舌便尽数被堵，尹简生气地又咬又吻，直到她脸红脖子粗的喘不过气来，他方才饶过她，浮满情欲的重瞳中，夹杂着阴鸷之色："敢再说一句分开试试？"

"可你这样霸权，我真的不开心！"长歌冲他低吼，哪怕不是因为离岸，哪怕他们有机会在一起，她也受不了他这般的束缚！

尹简眉峰紧锁，长歌的脾性他了解，两个骄傲的人，总有一个要先低头，否则便会越行越远。

是以，他沉默须臾，翻身下来，妥协着说道："好，朕允许你出宫，但朕有条件，落日之前你便得回宫，不能在四海客栈过夜。"

"为什么？"长歌皱眉，生气地蹬脚踢他，"我都说了我对离岸没有男女之情，你怎么不相信我？"

尹简握住她的脚，侧眸深深凝视着她，缓缓道："朕并非不信你，只是，长歌，朕舍不得你，你一夜不归，朕如何安寝？"

闻听，长歌心尖颤了颤，嗓音轻柔下来："不过一夜而已……"

"一夜亦是漫长。"尹简眸中幽光，深邃如墨，其中情意炙热："长歌，或许于你而言，我们分开一月都不算什么，但于朕，哪怕一个时辰，朕亦会相思成疾。因为，朕比你用情要深得多。"

"尹简……"长歌忽然间酸涩了眼眶，她爬起抱住他脖颈，埋首在他墨发中，如鲤在喉地低喃:"我答应你,落日时,我定归来。"

日照斜射,大半个客栈沐浴在正午的金光下,街道两侧,店铺林立,来往百姓,络绎不绝,比之江南,大秦京城,乃太平盛世之景。

长歌策马归来,沿途所见所闻,令她心思沉重。

到底是江山重要,还是心怀天下重要?

以烽火硝烟万里白骨,铺就锦绣山河,还是一念为善,大义当先,免苍生于水火?

长歌不知道,她立志复仇十五年,在此时却陷入了迷茫。然而,以她微薄的力量,即便有心,又能改变些什么?不论凤寒天,抑或孟萧岑,谁又会听她的呢?手中真正掌握军权的人,不是她!

而她,能命令的人,只有一个离岸。

长歌打马近前,负责迎客的店小二眼尖地瞧见她,立刻欢天喜地地跑过来:"孟公子,今儿是什么风把您吹回来了啊?个把月不见您了!"

"冬风!"

随口应答一句,长歌翻身下马,把缰绳扔给店小二,唇角飞扬着吩咐:"把马牵进去,好生喂料喂水,天热,别渴着小爷的马。"

"好咧!"店小二接过马缰,满脸堆笑着道:"孟公子,您快进去歇歇!"

长歌耸耸肩,扭头朝四周逡巡一圈,未觉有人盯着,方才阔步踏入客栈。

正遇饭口时间,大堂食客人满为患,钱虎身处柜台后,拨算盘收账,忙得不可开交,长歌弹指在柜上,懒洋洋地道:"掌柜的,给小爷弄点好酒好菜送到楼上!"

"哟,孟公子回来啦!"熟悉的声音,令钱虎一惊,抬头看清面前的少年,他连忙扔下算盘:"您稍等片刻,酒菜马上就送来!"

长歌点点头,信步上楼。

推开房间的门,久未住人,竟闻到一股子酒味儿,长歌皱眉,边往内室走,边喊:"离岸!"

床上躺着的人,闻声一个鲤鱼打挺坐起,惊呼道:"长歌!"

掀帘进来,两人打了个照面,长歌秀眉拧得愈深:"离岸,你怎么睡我床上了?你又喝酒了?"

上次她回来,他便是喝得大醉,还泄露了她是女儿身的事,被宁谈宣知晓,谁知这一次,他竟……

"嗯,喝了点儿,但是不醉。"离岸接话,下地穿靴,且道,"这段时日,我一直住你屋里,你的床软绵,睡着舒服。"他眼眸却一刻不离长歌,目中弥漫着的喜悦,真切不加掩饰。

长歌狠狠瞪他一眼:"那我们换屋子好了!"

第三十七章　楚国密信

离岸扬唇轻笑，他穿好靴过来，七月天热，他并未穿长衫，只着白色里衣，且腰带松垮，领口敞开着，露出了锁骨下方麦色肌肤。

两人自幼相识，鲜少忌讳男女之别，除谨守礼法之外，两人练武时常有磕碰受伤，是以袒露腿脚胸背乃常事，彼此并不以为然。

但临行前，尹简一番纠缠叮嘱，叫长歌不免赧然地偏过脸，眼神躲闪避开，低声道："大白日的，衣衫不整像什么话？快去穿戴整齐！"

"怎么……"离岸愕然，他垂眸打量自己一番，不解道："夏暑酷热难忍，我这般凉快些，何况我不曾出门，只待在房中，亦不曾有旁人看到，何必……"

"我不是人么？我还是个女……"长歌不待他说完，便没好气地打断，撇撇嘴道："反正，不许你再邋遢逾礼！"

离岸沉默地看着表情严肃的她，半晌，他嘴角勾起抹嘲弄的冷笑："长歌，你变了！"

"我变了？我怎么啦？"长歌感到莫名其妙。

离岸道："原本这对于你我之间，是很稀松平常的事，可如今，你却命我不准逾礼！孟长歌，你的心思已不复从前！"

长歌一震，扭头看向离岸，她握紧双拳，掩饰般地争辩："我没有！我只是觉着，我们已经长大，再怎么两小无猜，也分男女！"

"呵，你是因为尹简吧？"离岸目中的冷意愈深，他三两下系好腰带，从落地衣架上扯过外衫披上，边整理装束边讽刺地笑说："你潜伏在敌人身边这么久，情报不知探得多少，心思倒是变了太多！"

"离岸！"

"那人从前阉我伤我，难道不是为了你么？孟长歌，你敢说，尹简他不喜欢你？他对你没有男女之情？"

离岸的反问，令长歌半腔怒倏地卡在喉咙口，窘迫而心虚，他大手扣住她双肩，咄咄逼迫："长歌，你心中还有主上么？你可还记得，你的仇人姓什么！"

"别说了！"

长歌猛然推开离岸，大口大口地喘息，她垂着眼睑不敢看他，死死地咬牙："我知道，不用你提醒我！"

"好！"离岸点头，他转身朝床边走去，自床底抽出一个铁盒，交到长歌手中，神情肃穆，"五日前送来的。"

长歌惊诧须臾，很快调整情绪，打开铁盒，只见盒中躺着一封黑皮密封信函，以及两个暗红色小木盒，她拿起其中一个："这是什么？"

"人皮面具，你我各一张。"离岸答道。

长歌一凛："做什么？义父的交代是……"

"你看了信便知道。"离岸没有多言，下颌指了指黑皮信函，"这几日我一直在等你，原想最多再等三日，若你不归，我便去皇宫找你，主上……有令传达。"

他略一迟疑的凝重语调，令长歌心头划过什么，她迅速拆阅信函。

"歌儿：阔别多日，心中甚念。七夕佳节，吾大婚，盼归。"

纯白信纸，寥寥几语，却字字诛心。虽无落款，但长歌识得，此信，乃孟萧岑亲笔书写。

她眼眨也不眨地盯着信纸，心境复杂。

从十五岁到十八岁，坚守了三年的爱恋，终于彻底地告别，虽然心底隐隐失落，但已释怀。

她移情尹简，他如愿娶妃。

日后，他们依然是养父女，她依然敬他爱他，但这份爱，不再是爱情，只是亲情。

而歌儿……

长歌仔细地回想，似乎十三岁她来初潮，腹痛得满床打滚哭泣不止时，孟萧岑牢牢抱紧她，曾在她耳畔温柔地轻唤她——歌儿。

时隔五年，这个久违的昵称，竟在这种情况下出现……

胸臆中仿佛涌动着什么，心口禁不住发酸发胀，长歌缓缓合目，身躯微微发颤……

"长歌，主上大婚，是不可更改之事，你……"

"我没事。"

离岸的担忧，长歌报以安慰一笑，她走在桌前坐下，拎起茶壶，仰头，将壶嘴对准嘴巴，狠狠地灌了几口凉茶，眸底充斥的红，却泄露了她的情绪。

终究，那一场年少之恋，曾大悲大恸，也曾深刻入骨，在心死缘灭，在淡然放下后，却被一句突来的温柔，而猝然戳中了心房……

"长歌，你若难过，我可以陪你喝酒。"离岸低声道，曾经无数次，她为孟萧岑烂醉如泥，他希望，这是最后一次。

长歌搁下茶壶，摇头："不，离岸，我承认，我有点难过，但我不想喝酒。感情这种东西，不能勉强，亦不能欺骗。所以，你放心吧，我不会再执着。"

离岸点点头，由此欣慰，但忆及尹简，他想问她，不再爱孟萧岑，是否因为她对尹简动了心？可话到嘴边，脑中仿佛有什么东西在撕扯着，令他又悄然沉默。

他没有勇气面对这个答案，否定还好，若是肯定，他不知该如何承受……

"离岸，给我取笔墨，我回封信给义父。"长歌默了稍许，出声道："他七夕大婚，我不回去了。"

"不回？"离岸一诧，蹙眉道："主上派人送来人皮面具，便是命你我二人归国，你不回去，行么？"

他音落，伸手探入里衣，取出一封折叠信笺："这是主上给我的密信，你瞧瞧！"

第三十七章　楚国密信

长歌接过，逐句阅毕，秀眉紧拧成线，信中孟萧岑言道，大秦江南之乱，长歌不可参与，亦不可轻易泄露身份，凤寒天是赢是输难以预料，一旦失败，长歌将是凤氏王朝的最后一根稻草，是以如今，绝不可将自己置于险境！

离岸神色肃谨地道："长歌，你潜伏大秦的任务，主上说，不论有没有完成，皆命我护你即刻返回大楚，不容耽搁，务必以你安危为重！"

"离岸，我……"长歌一口唾沫卡在嗓子眼里，她攥紧信笺，犹豫不决。

"长歌，我了解你不愿亲眼目睹主上成婚的心情，但主上的命令，不可不从，因为这关系到你的安全，你不能任性！"

"不，不是的，而是我……"

"你怎样？你……舍不得尹简么？"

离岸犀利的言辞，令长歌心虚，她硬着头皮敷衍他："不是的，是我这段时日好不容易取得了尹简信任，被调职在御前侍候，可探听到大秦军政机密，若这一走，便前功尽弃……"

"无妨，留得青山在，比什么都强。"离岸道。

长歌咬牙，双拳握得极紧："但……但拿不到大秦边防军事分布图的话，我不甘心！"

"长歌！"

"再给我三天时间！"

"好，我等你三天，但是长歌你记住，以主上的脾气手段，若你违抗他的命令，他不会对你心软的！"

长歌一凛，脸色渐渐发青："他……难道会杀了我么？"

"这倒应该不会，但主上心机之深，必然布有后路，你不归，他潜藏在大秦的死士，必会强制带你回国，总之，你一定逃不掉！"离岸缓缓陈述着事实。

长歌心绪绞在了一起，她垂眸，深深吐纳着气息："我知道，义父他决定的事，从来不会改变，就像他要娶王妃，任我怎么求他都没用，而今，他命我归去，我同样没有反抗的余地！"

他说，盼归，他用了一个"盼"字，若不曾瓦解她的决心，便再用一个"令"字，软硬兼施，教她不得不从！

离岸拉出椅子坐下："那么，我们现在商量一下吧！三日后，在哪儿碰头，什么时辰，怎么走，从哪个城门离京？"

长歌沉重地应声："好。"

日落，晚霞满天。

夕阳的余晖，从远处地平线漫过来，周遭天景，半绯半暗。

神武门外，一道颀长身影矗立。

身后，御前近卫、铠甲羽林军肃穆而立，雁过无声，天地静默。

年轻天子，负手眺望，一袭月牙白锦袍，面如冠玉，身姿傲挺，清隽俊雅无双。

日暮西沉，夜色渐由淡转浓，沉静的气氛，愈来愈不安宁，甚至明显紧张，空气中隐隐浮动着焦躁的因子。

落日之约，早已超时，而那人，还未归来！

"备马！"

尹简终于开口，语调听似平稳，声线却微带着不易察觉的轻颤。

"皇上，晚膳时辰已过，皇上还未曾用膳，您龙体……"

"朕说备马！"

高半山的冒死谏言，不及说完，便被驳回，他打一个寒颤，连忙吩咐人去牵马，并连声催促着："快点儿！再快！"

良佑等人见状，直接打消了劝说的念头，虽然每人心里皆把孟长歌骂了个狗血淋头，但嘴上谁也不敢说半个字，争先道："皇上，奴才请旨随驾！"

"嗒嗒——"

突然，一阵马蹄声响，由远方集市而来，众人习武耳聪目明，莫麟莫可身如闪电般，轻功一跃，奔出数十丈，马头及近露出时，二人几乎同时惊呼："孟长歌！"

话音落，身后忽觉阴影覆盖，不待二人回头，白袍男子已跃过二人，置身于前，夏风拂过，袍角飞扬，他仍双手负后，只是十指却紧攥。

其余众人，皆长舒一口气，神情松懈下来。

马上少年，策马挥鞭，转眼即至，入目这一片景象，令她满目诧异，但她反应极快地勒马停下，一跳下马，单膝跪地行礼："奴才孟长歌叩见皇上！"

尹简强压下心中悸动，淡声道："平身！"

"谢皇上！"

长歌起身，目光与面前男子对上，她不解地低声问："皇上，这是……"

尹简未答话，侧身绕开她，竟飞跃上马，而后朝她伸出右掌，凝视着她的重瞳深邃隐隐含情："上来！"

长歌嘴角一抽，不可思议地惊道："不，不妥吧，奴才……"

"上来！"尹简加重语气地重复，命令不容置喙！

见状，余人皆僵化，高半山牵来了马，不明就里地多嘴了一句："这儿还有马，两人挤在一起太热了……"

话未完，天子一记冷眸，震得高半山讪讪闭嘴，再不敢多话。

此举太过高调，长歌心下忌讳，想说不可以，但尹简是皇帝，当着诸多侍卫的面，她无法出言拒绝，只得暗皱眉头，顶着龙阳之癖的声名，伸手搭在他掌心，飞身上马，坐在他

第三十七章　楚国密信

身前。

尹简拽过缰绳，将长歌困于他怀中，调转马头，朝余人吩咐："跟上，将晚膳随后送到西山！"

"遵旨！"众侍卫立刻领命。

尹简一夹马肚，马儿疾奔而出，马上两名男子合乘一骑，披着夜色，带着大队人马，朝汴京城西山而去……

夜风，从耳边呼呼吹过，凉爽舒适。

长歌背靠着身后男子胸膛，眯眯望着前方，她破碎的嗓音，伴着风声传入尹简耳中："你方才是在等我？"

尹简薄唇贴在她耳畔："嗯，长歌你食言了，叫朕好等，你若再不归来，朕便要去找你了。"

"我说会回来，便一定会回来的，你太激动了。"长歌抿唇，心头暖涩交织。

尹简右手把控缰绳，左手环抱住她的细腰，他轻声道："朕不放心，担心你一去不回，这一下午，心神不宁，一直在等你。长歌，幸好你回来了，虽然迟了些，但朕很欣喜。"

街市上无数人影从眼前匆匆掠过，长歌心绪无法止息，动荡汹涌。

三日……

她与他之间，即将分别，这一别，恐怕此生来世，再难相守。这份原本不该存在的爱情，即将被埋葬在乱世的国仇家恨中……

尹简，这一次，我没有欺骗你，下一次，对不起我要食言了……

马儿驮着两人奔出热闹的街市，奔往人烟稀少的西山，尹简将长歌抱得极紧，不怕她摔下马背，只怕她突然消失不见，这股莫名的不安感，萦绕在他心头，始终挥之不去。

"尹简，去西山做什么？"天色已黑，马儿沿着山间小道奔跑，长歌满腹疑问。

"陪你赏月散心。"尹简道。

长歌皱眉："我可不是雅人……"

"那便当你陪朕，宫中束缚，朕想自由自在地与你独处片刻。"尹简薄唇勾起弧度，眸中漾起缱绻笑意。

长歌心悸，她抬起手，覆在他扣在她腰间的手背上，柔声道出一个字："好。"

西山半山腰间，有一处空旷的平地，羽林军举着火把，分散警戒。

勒马停下，尹简率先下马，长歌正要跟着下来，他却伸出双臂，竟将她从马背上抱下，她脸颊迅速泛起羞涩的红晕，低声道："你干吗呀？被人看见好丢脸的。"

尹简微笑："不怕，这些都是朕的人，对朕很忠诚。"

长歌双脚落地，后退两步，羞嗔他："那也丢脸，名不正言不顺的，叫人暗地里笑话！"

尹简不以为意，他一步上前，将她拥入怀中，嗓音虽轻，面色却严肃："唔，若你担心这个，很简单，你恢复女身，朕寻个名目将你收入后宫，朕知你介意什么，朕可以向你立誓，待朕平定政局，必将你风光立后！"

长歌一震，连挣扎也顾不得，惊诧地问他："那采薇呢？你不是许采薇为妻么？她不是还活着么？"

这一段时间，她忽略了他旧年挚爱的采薇，从未与他提起过，因为她知道自己不可能伴他一生，她只会是他身边来去匆匆的过客，所以她懒得计较，只要他说爱她，那便够了。

可她从未想过，他竟决定立她为后，舍采薇而娶她，他对她的感情，已经超过采薇了么？

尹简环着她身体的力道收紧，沉声道："是，采薇还活着，但是长歌，采薇于朕，只停留在朕年少时的记忆里，朕不可否认无法忘怀她，因为她在朕最黑暗的冷宫岁月里，曾伴朕三年，可真正令朕刻骨铭心的人，是你孟长歌！"

仲夏夜空，月明星亮，山间鸟虫蛙鸣，声声入耳，静谧又聒噪的山林，耳畔拂过的是清凉的夜风，胸臆里涌动着密密麻麻的激流，仿佛汹涌奔腾的潮水，无声地掀起惊涛巨浪！

长歌仰目，她痴痴凝望着近在咫尺的男子俊容，他眸中炙烈如火的浓情，燃烧了她整颗心，叫她迷失，迷乱，瞳孔渐渐潮湿，她轻言："尹简，若有一天，你发觉我并非你所认识的这般，你会不会后悔许我后位，娶我为妻？"

四目相视，尹简重瞳闪烁，似要望进她心里去："你是哪般？不论你变成哪般，长歌，朕相信千万人当中，你还是你，善恶分明，是非有度。"

长歌沉默，尹简牵起她手，走至一旁侍卫铺就的毯前，两人并肩而坐，莫离等御前侍卫识趣地退离数步背转身，不敢打扰偷看。

"长歌，你看起来不太开心？是不是不相信朕所言？"她心事重重的模样，令尹简焦心，不禁揽过她的肩，声线发紧地低声道。

"没有，我……"长歌无法解释，默了一瞬，不着痕迹地转移着话题，"我是在想，你选择与我在一起，那么采薇呢？她若归来，你怎么办？一并收入后宫享齐人之福，还是……"

闻听，尹简心下一松，眸中多了抹戏谑之意，他薄唇轻勾："你会允许朕左拥右抱，后宫佳丽三千么？"

"允啊，你是皇帝，若你后宫不充足，反倒惹人非议。"

长歌轻笑，火把与夜色交织的忽明忽暗的光，映照在她的脸上，影影绰绰，神色看不分明。

尹简眼眨也不眨地盯着她，他不确定地重复道："长歌，朕不开玩笑，你真愿意与别人分享朕？朕指的是，真正的三宫六院，并非如今这般。"

长歌垂了垂眼睑，默然许久，才幽幽吐出一句："命运不由我作主，尹简，很多事

第三十七章 楚国密信

情,我都没有选择的余地,你明白么?往后的事,凭你心意,别再问我愿不愿意,不论我愿意与否,都改变不了什么。"

"长歌,你有选择的余地,你心思剔透,其实你在暗示朕,若朕与别的女子……"尹简呼吸微重,揽着她的大手收紧,"你便会离开朕,对么?包括采薇。"

长歌握紧的双拳,指甲陷入了掌心,的确,哪怕他们之间无仇无怨,哪怕她只是个平凡女子,她也做不到委曲求全,宁可远走高飞,孤身一人。

"长歌,朕知你是个性情极为骄傲的人,你嘴上不说,但心中定是这般所想,朕不愿承受失去你的苦,所以朕愿意为你打破传统规矩,也愿意为你辜负采薇。"

"尹简……"

长歌心受震动,她不敢置信地睁大了双眸,唇瓣轻颤,却吐不出话来,尹简喉结滚动,目中有什么东西不再抑制,他俯首,吻上她樱唇,耳鬓厮磨间,柔声低语:"长歌,你爱朕么?说你爱朕!"

"不……不知道。"长歌鼻尖一酸,不敢言爱,只拼命勾住他唇舌,主动渴求他的吻,她彷徨不知所措,这一刻只想忘情地醉死在这山林,逃避所有……

尹简却生气,或者说失望,他明明能感觉到她对他的情意,但她始终嘴硬地不承认,或者用不知道来敷衍他!

是以,面对她的索吻,他有心惩罚她,故意一咬她唇瓣,移开薄唇,不给她机会,她吃痛,一记粉拳捶在他胸膛,羞恼道:"你干吗呀?"

"你不哄朕开心,朕没心情亲吻。"尹简脸色臭得很,很不大气地抱怨。

长歌撇撇嘴,嗓音压得极低:"不亲算了,有本事你晚上别来我屋里,我们分开住,以后各睡各的。"嘴上这般说,心中却酸苦难言,她没法哄他开心,原先无法,而今更不能,别离后,没必要再留下什么念想,不是么?

"想得美!"尹简咬牙,转头狠狠一吻,将长歌直接放倒在地,吓得她双脚乱蹬,双拳乱挥,口中发出"唔唔"的抗议……

两人这般大的动静,以习武之人超强的耳力,哪怕背对身体非礼勿视,也自能听得清楚,是以,四周一干近卫皆不同程度地红了脸,纷纷臆测,皇上这是要打野战么?如果太激烈……他们敢不敢偷看一点点?

"启禀皇上,晚膳送来……"

忽然,一道声音不合时宜地插了进来,但很快便戛然而止,然后是懊悔的欲哭无泪的请罪:"奴才该死!皇上饶命,奴才什么也没看见……"

"来人,割了这厮的耳朵和舌头!"

莫离等人听命回身,但见帝王已道貌岸然地端正坐好,威严地睥着跪在地上的倒霉蛋莫麟,而旁边孟长歌脸红耳赤地正一脚一脚踢着帝王的小腿,明显恼羞成怒。

莫麟苦逼的声泪俱下:"皇上开恩,奴才发誓真的没听见没看见,皇上您继续啊,不要理奴才……"

"给朕滚！"尹简没好气地低吼。

莫麟以超人的速度，眨眼之间，滚进了草丛……

"布膳！"

"是！"

月夜下的晚宴，长歌吃得酣畅淋漓，午膳与他在宫里用的，然后整个下午在客栈，她没心情吃东西，到得此时，才真觉饿了！

席间，尹简侍候周到，夹菜、盛汤、为她执帕拭汤渍，他始终耐心而温柔。

膳毕，两人依偎在一处，赏月谈心，间或说些缠绵的情话，第一次，如此闲适浪漫地忘情于山林，无仇，无恨，只余痴爱。

夜深，回宫。

天亮，天黑，日升，日落。

一日一日，时间在掌心，毫不停顿地飞逝，快得分秒都无法抓住。

眨眼间，竟已是第三日。

而明晨，便是长歌离开的日子。

第三十八章　诀别归去

御花园。

这个季节，百花姹紫嫣红，荷花、睡莲、紫薇、凌霄、昙花、金丝桃、丝兰、九里香等竞相争艳，慢步行走在园中，仿若置身于花的海洋，炙烤的炎热，也因心静则凉而散去了几分。

眼见尹婉儿心情极好地赏花游玩，长歌整个人却懒洋洋的，没多大兴致，她自小舞刀弄剑，习兵法读战书，从不曾如正常女子般学琴棋书画，感花溅泪多愁善感，是以，陪尹婉儿逛园子，她则感觉无聊到昏昏欲睡。

明早天亮后，她便要离开，这汴京城中，她舍不下的人，除了尹简，便是尹婉儿，故思来想去，她今日没有伴驾，只身去兰蔻阁找尹婉儿，想无声地作别，尹婉儿正闲得发闷，便邀她出去走走，两人遂来到了这里。

"婉儿，我觉着咱俩不如大碗喝酒来得痛快些，欣赏这些花花草草……"长歌忍耐不住地提出建议，略尴尬地干笑，"有什么意思呀？"

"呵呵，这是情怀呀，你不喜欢？"

"呃，我是粗人……"

长歌大窘，看到她不自在的表情，尹婉儿却嫣然娇笑："难怪表哥倾心于你，长歌，你真的与世俗女子大不相同，表哥眼光真独到！"

"咳咳……"长歌被呛得猛咳，羞赧娇嗔，"胡说呢，我不温婉不娇媚不贤惠，你表哥就是图个兴趣罢了！"

"哦？真是这样么？那我得去问问表哥……"

"不要!"

长歌一向不拘小节,可陷入情爱中后,也终究是个姑娘心,会害羞,会脸红,格外不淡定地急忙阻止。

尹婉儿缓缓止了笑意,她面朝湖水,忽而幽幽一叹:"长歌,我真羡慕你,一身武艺,逍遥洒脱,活得多姿多彩,可以像家禽安心筑巢,又可以像雄鹰展翅高飞……"

"子非鱼,焉知鱼之乐?又焉知鱼之苦?"长歌苦笑,视线投向远处,目光忧郁,心下戚戚。

"长歌……"

"婉儿,日后定当保重自己,即便不能随心所欲,亦切勿委曲求全!"

长歌殷切的凤眸,直直凝视着尹婉儿,目中含了太多复杂的情绪,尹婉儿不解,想说什么,可心头又不知是什么滋味,亦不知该说些什么,只能茫然地点头。

"郡主,那边……"几步远的宫女,忽然出声,指着一个方向,犹疑着上禀:"好像是齐大人!"

两人循声而望,果见园子入口处,炙热的阳光下,一身官袍的齐南天,长身矗立,旁侧随从撑着伞,欲为他遮阳,却被他侧身抬手阻止,不知他几时到来的,古铜色方正的脸庞,竟已被烤成深红色,汗流浃背,模样极其辛苦。

似是感受到什么,齐南天陡地抬眸,一双漆黑深目,隔着数丈,遥遥望向她们这边,长歌立刻友好于挥手,嘻笑着喊:"齐大人!"

"长歌!"尹婉儿皱眉,低呼一声,同时背转身体,咬唇道,"我们回去吧!"

然而,齐南天听得长歌呼唤,竟迈开大步,疾速而来,不消须臾,便已近前,朝尹婉儿拱手道:"见过婉郡主!"

尹婉儿不睬,转身便要绕过齐南天离开,长歌见状,连忙踢了一脚齐南天,暗示他留人,孰料,齐南天沙场威猛,情场却孬种,本便晒红的俊脸,顿时紧张得颜色愈发不正常,他磕磕绊绊地憋出一句:"婉郡主,别,别走……"

自从上次,他在兰蔻阁喂她吃药,很气势的威胁过她之后,本以为她答应不再躲着他,不再视他如无物,情况便会朝好的方向发展,谁知,隔了两日,她竟派人送信给他,若他再敢非礼她,她便三尺白绫,一死了之!

此后,齐南天哑巴吃黄连,有什么苦,只能默默地吞进肚子里,再不曾逾越一步,亦不敢勉强尹婉儿什么。

此刻,面对他的挽留,尹婉儿视若无睹,她头也不回地走人,只道:"长歌,我累了,先回宫休息。"

齐南天黯然,双唇嚅动着,竟连一个音再也没发出来。

长歌喟叹一声,没打算追上去,尹婉儿这会儿需要安静,所以她只能拍拍齐南天的肩,感慨地道:"齐兄,你这样不行啊,你在婉儿心里的印象实在太差了,她很难对你改观

第三十八章 诀别归去

的。"

望着渐渐远去的倩影，齐南天眉间刻成了川字："那你说我怎么办？"

"哎，她心里的结解不开，枉你真心真意，亦无济于事。"长歌摇摇头，懒洋洋地朝外走去。

齐南天一愣，健步跟上，着急地不耻下问："怎样才能解开她的心结？小混蛋，你倒是支个招给我啊！"

长歌扭头，一针见血道："当年，你毁她清白的缘由，究竟是什么？"

闻言，齐南天身躯一震，英俊的脸上，刹那间变了颜色，他死死地盯着长歌，墨色的瞳孔中，浮动着复杂隐忍的暗光，喉结上下滚动许久，却道："我军机处还有公务，先行一步！"

长歌反应稍慢一步，身旁男人已长腿迈出，阔步前行，她脑中忽地闪过什么，凤眸一紧，几步追过去："齐兄，我同你去！"

"你与我一道做什么？"齐南天蹙眉，眉宇间似压抑着什么，给人阴霾的可怖感，"我去军机处取公务，然后便回上书房觐见皇上！"

长歌佯装随口一问："取什么啊？差下面的人跑腿便成了，还劳驾你齐大人亲自办差啊？"

"自然是重要军机。"齐南天无意多说，淡淡道。

他作为兵部的最高掌权者，警惕心自是极强，除却帝王尹简，任何军部机密，定不会向旁人道也。

长歌心思聪慧，当即哈哈一笑："那行，我不掺和了，我自己找点乐子。"

齐南天颔首，遂扬长而去。

长歌原地略一思索，转道向上书房而去。

彼时，尹简正在批奏章，长歌未经通报，直接入内，听得脚步声，尹简抬眸瞥她一眼，薄唇向上勾起弧度："去哪儿疯了？婉儿回宫了么？"

长歌弯唇一笑："婉郡主有情调，赏花作乐，我一介武夫，甚感无趣，聊了会儿，遇到齐大人，婉郡主心下不畅，便结束了游玩，而后婉郡主回宫，我尽职尽责回来当差，不知皇上可否赏碗水喝？"

尹简笑意深扩："高半山，把冰糖雪梨汤端过来。"

"是！"

高半山简洁应下，弯腰退出。

其余近卫在外值守，上书房中，除却郭顺与两名打扇宫女，再无旁人，尹简挥手令宫人退下，然后唤长歌近前。

"做什么？"长歌愕然，这么明显不避嫌，不太好吧？

尹简笑，揽过她的细腰，抱她坐在他腿上，他圈抱着她身子，低语道："长歌，齐南天侵犯了婉儿，直到今天，婉儿仍然深恨齐南天，当初，朕同样强迫于你，你……心中对朕有没有怨恨？朕想听实话。"

"嗯……"长歌凤眸狡黠地转动，懒洋洋地答他，"有啊。"

果然，她话音一落，环抱着她的男人手臂明显收紧，尹简的神色，也带了几分紧张："你不是说，你是自愿的么？"

"唔，我说过么？"长歌装傻充愣，很无辜的表情。

尹简顿时急切："怎么不是？那晚最后关头，你自己说，让朕不要强暴你，你愿意把身子给朕的！"

"我那是被你逼得没办法了，不论我愿不愿意，你都不打算放过我，所以我才……"

"长歌！"

不待她慢悠悠地说完，尹简便阴沉着俊脸打断她："朕不爱听这个！"

长歌眨眨眼，表情委屈："可这是事实啊！"

尹简语塞，重瞳中浮起挣扎愧疚，他眼眨也不眨地盯着她，语气凝重："长歌，朕是情不自禁，亦是被你刺激逼迫的，你总是令朕不安，哪怕现今你就在朕怀中，朕亦心中不踏实。若你真心怨朕，朕向你道歉，随你打骂，只盼你别再记恨朕！"

"呵呵，笨蛋尹简！"长歌莞尔，强压着心头的酸涩，她故作轻松地笑说，"你不是齐南天，我也不是婉儿，我若真心恨你，定然不会给你第二次碰我身子的机会，更不可能与你现在这般！"

"那晚你……"

"我自愿的。尹简，你不必再纠结，我不后悔把身子给了你，真的，我孟长歌从来不做教自己后悔的事。"

尹简一把将长歌紧拥入怀，他亲吻着她的额头，情动低喃："长歌，朕爱你，爱到不择手段地想把你留在朕的身边！得了你的身子，朕便是你的夫婿，日后不论多少年，你都只能是朕的女人！"

长歌沉默，眸中有什么液体的东西在迅速弥漫，她没有言语，却反手抱住了尹简，把唇往他薄唇上凑去……

半个时辰后，齐南天求见，知他们要谈的是大秦绝密军机，长歌本不应留下，但她撒娇说不舍看不见尹简，方才一番亲吻缠绵，尹简亦心思荡漾，便允她立在御案下方当值。

齐南天带来的是一个大幅卷轴，平摊在御案上，长歌看不清是什么，只瞧到密密麻麻的好似图纸，她心下一惊，不动声色地倾听，由君臣对话中，她霍然一震，这幅图纸竟是大秦边防军事分布图！

夜，浓稠如墨。

坐落于皇宫内九城的军机处四合院屋顶上，一抹矫捷的黑影，避开巡夜的羽林军，几

第三十八章 诀别归去

个起落，以绝佳的轻功，翻进内院墙，逼近东北角的军机房！

白日在上书房，曾亲耳听到大秦边防军事分布图，事后这张图纸，又被齐南天带回了军机处，长歌借口商议劝解尹婉儿之事，随同齐南天而行，亲眼所见齐南天将图纸锁进了军机房，是以，她挑夜深之际，以一袭夜行衣遮掩，大胆潜入军机处，试图盗取军事图！

黑衣蒙面，只露出一双眼睛的孟长歌，因为白日已勘测过地形，是以目标明确，只是院内兵卫众多，她费了些心思才成功靠近了军机房，正门上锁，她潜到后窗，四下环顾一番，脚尖点地，纵身跃起，从窗户一翻而入，整个过程悄无声息，神不知鬼不觉！

举目皆黑，长歌凭着感觉挪到屋中央的铁柜前，借着月光，柜门上的铜锁，散发出清冷的光芒，她盯着铜锁片刻，抬手入怀，摸出一根铁丝，插入锁孔，尝试着以下三滥的方式开锁，只是，这门技艺，她曾经跟着大楚京都的神偷走马观花学了个皮毛，并不精湛，今夜来前，她考虑周全地多备了一手，然而，这一手却难以破解，铁丝搅动了十余下，锁芯依旧橇不开！

长歌秀眉深拧，她略一思索，收起铁丝，从腰间拔出匕首，这柄削铁如泥的宝物，乃她随身武器，是孟萧岑花重金专为她打造的，果然几下便削断了铜锁，柜门成功打开！

柜中之物繁多，长歌摸出火折子，以柜门遮挡光亮，点燃火折子照明，她视物极快，须臾间便寻到了那幅眼熟的军事图卷轴，她大喜过望，飞快取出，用匕首削掉两端的轴，将剩余布帛折叠成小块，藏进里衣中！

尽管孟萧岑交代，不论是否探得大秦边防军事分布图，都命她即刻返回大楚，但长歌有自己的私心，如今凤寒天与大秦背水一战，这是凤氏王朝复辟的唯一机会，她作为凤氏后人，袖手旁观已是大不孝，若再放任凤寒天生死不顾，那便天理难容，那人，是她的亲哥哥！

将来，倘若凤寒天战败，她必须设法营救他，为凤氏王朝留下这条唯一的血脉，那么，她可以求助的人，只有孟萧岑！

而这张军事分布图，便是大楚打开大秦门户的重要武器！

人无远虑，必有近忧，这是长歌行事的信条！

是以，在爱情与亲情之间，她无从选择，若大秦亡，她可以陪尹简一起死；若大秦胜，她却不能看着亲哥哥丧命！

她不是一个好人，她的本性亦不是大公无私，她亦有自私的时候，命运如此，早已由不得她作主！

将坏掉的铜锁及轴扔进柜里，熄灭火折子，关闭柜门，长歌沿原路折返。

纵跳到后窗前，朝外谨慎地环伺，只见兵卫正常值守，并无异常，长歌轻轻跃出，脚尖落地时，连半点声音也没发出！

然而，最后的关头，竟突然刮来一股凉风，那力道打在窗上，寂静的夜幕下，骤然一声闷响，仿佛晴天一记猛雷，震得周遭所有兵卫，瞬间警铃大作！

长歌亦是大惊，她匆忙提气跃上屋顶，飞出院墙，朝着预定方向狂奔！

"有贼！"

"快追！"

兵卫大吼，卫队长调派有序，立刻率人四面散开追捕！

而军机处外的羽林军，今夜恰巧由中卫军指挥长赵宣领队巡逻，闻讯异常，正待询问，却听声辨位，视线犀利一扫，朝着逃窜的黑影大喝道："贼人哪里走？站住！"

长歌哪里肯听，头也不回地融入夜色中！

"那边，追！"

赵宣拔剑一指，率领手下羽林军迅速追赶，并临危不乱的命令随从："即刻上报皇上，请旨全宫戒严！"

"是！"随从领命而去。

赵宣武艺了得，穷追不舍，长歌听得他音色，暗暗叫苦，今夜运气不好，竟与这厮碰上，真是天要亡她！

夜幕沧澜，星河闪烁，皇宫内九城，动荡不宁！

长歌飞檐走壁，翻墙跳跃，往人烟稀少的冷宫方向潜逃，那边多林子，容易藏身，但弊端也明显，赵宣头脑睿智，立刻猜中长歌用意，遂兵分几路，四面包抄，她虽轻功卓越，但赵宣等羽林军又岂是无能之人，很快便将她围困于一片竹林内！

"拿下！"

赵宣大吼，命令一出，数名羽林军持剑攻向长歌，她近身武器只有一柄匕首，紧急之下，只得抽出匕首迎敌大战，可两方人数悬殊，她以一敌众，不出片刻，便已招架不住！

难道，今夜便要死在此处么？

赵宣兴许不会杀她，会抓活口上报受审，那么她的身份便将暴露，她死，是迟早的事，但离岸……

想到离岸，长歌整个人一激，她不能连累离岸因她丧命！

求生的本能，令长歌急中生智，她忽然用粗嘎的嗓音，大喝一声，"赵宣。"

赵宣一凛，他观察这一阵，对于贼人的武功路数，莫名有种熟悉感，却无法立时忆起，此刻听得对方喊他名讳，遂脚下生风般欺近，泛着寒芒的长剑，杀气腾腾地指向长歌，"尔等何人？竟识得我！快快报上名来！"

"你命手下先退开，我要与你单打独斗！"

长歌激战的空隙，特意变声回应一句，一支长剑竟同时当胸刺来，她机智的身子一侧，就地一滚，虽堪堪躲过，却狼狈至极！

她娇小的身形，灵巧的身手，以及在月光辉映下，那双略觉熟悉的凤眸，令赵宣脑中刹那间闪过一个人！

"停！"

第三十八章 诀别归去

"退下!"

赵宣连发两道命令,声线隐隐不稳,众羽林军听令撤出,长歌已是强弩之末,摔躺在地上,脑门渗出大片汗珠,她拼命没敢让自己受半点剑伤,以免脱困回去后,教尹简发现难以解释,因为尹简是必与她同床共枕的,且那人不允她睡觉裹胸,必会霸道地脱光她的衣衫,令她无法遮掩!

"夜入军机房,居心叵测,尔到底何人?"赵宣终是不敢确认,若是他所猜测那人,则兹事体大!

长歌缓和须臾,起身挺立,她挑眉桀骜出言:"赵指挥使,在下备了见面礼送与你,你敢收么?"

赵宣一愣:"什么?"

而就在他发愣的间隙,长歌已电光石火般从怀中取出一物,她素手一扬,但见漫天瞬时白烟弥漫,不辨东西南北!

"不好——"

赵宣急吼一声,颇有经验地下令:"快把眼睛口鼻捂上!"

众羽林军照做,但此举可救己,却无法再追人,果然待白烟散去时,放眼四周,哪里还有黑衣贼人的影子?

赵宣气怒难当,欲命人继续搜捕,可想到贼人可能是……

他略一思忖,率众折返撤离!

而长歌并未走远,她藏身在竹林不远处,亲眼目睹赵宣等人离去后,迅速褪掉夜行衣行头,用匕首在地上挖坑埋入掩藏,然后整理好衣袍,方才往帝宫而去。

含元殿。

当长歌光明正大地踏入殿门时,正与匆匆而出的莫麟打了个照面,见着她,莫麟神色明显一喜,大步近前,道:"孟长歌,你去了何处?这么久没消息,皇上正找你呢!"

"找我做什么?我晚膳吃得撑,出去溜达散步来着,皇宫太大,走着走着竟走远了,差点儿迷路回不来。"长歌懒洋洋地笑答,并抬步往东偏殿方向而走。

见状,莫麟眉头一拧:"孟长歌,皇上在正殿呢!"

"哦,我有些疲乏,先回去吃碗茶,随后再过去见皇上!"长歌转身,泰然若素地道。

莫麟朝她狠瞪一眼,不甚高兴:"你倒是摆谱,仗着皇上宠你,居然敢叫皇上等你,你……"

"小爷就有这能耐,不服气你也试试?"长歌似笑非笑,嘴角噙了抹戏谑。

莫麟打了个激灵:"得得,小祖宗你厉害,我过去禀报皇上,你快点儿来!"

长歌颔首,待莫麟前往正殿,她亦飞快离开。

推开东偏殿的门,屋中药香味儿浓郁,沁蓝坐在炉火前,正一边打扇,一边抹着额头的汗珠，夏天煎药，是件苦差事，但交给御药房或者宫人，尹简并不放心，是以全由沁蓝一人来做。

长歌立在门口，不知怎地，眼眶微微发红，这些时日以来，尹简对她的身子极为上心，日日给她食补药补，祈盼能祛除她旧疾，身康体健。

而方才，她却背叛了他！

他曾言道，长歌，日后你若对朕袖手旁观，朕即便死了也不会怪你，但你若出卖朕，你记着，朕此生此世再不可能原谅你，亦不会再……爱你！

当有一天，尹简知晓她是潜入他身边的细作，知晓她将大秦军机和政局内幕通过离岸密信传回大楚，知晓她亲自盗取军事分布图，知晓她是前朝公主后，他便不会再爱她……

长歌指甲掐进掌心，一股难以遏制的疼痛感，教她禁不住身体轻颤，她不断深呼吸，脸色渐渐苍白。

"孟公子！"

沁蓝听得动静，起身迎过来，福身一礼，道："皇上方才来寻您，奴婢已按公子所交代的回禀了皇上。"

长歌点点头，神色复杂地入内，她已留话去散步，尹简却还是派莫麟找她，他对她的占有欲，随着时日而愈发地深，若明日她一去不回，他将会……

她不敢想象，在得知她离开他的消息后，他会怎么样？

"公子，药膳片刻便好。"

"嗯。"

沁蓝继续煎药，长歌心神恍惚地步入内室，她在床边坐了会儿，忽然记起她回来的目的，连忙收拢心神，放下帷帐阻挡外面沁蓝的视线，而后从怀中摸出匕首和军事图，藏于床褥下方，她所睡觉的位置。

很快，药膳煎好，沁蓝唤她，她掀帘出去，镇定自若地吩咐道："沁蓝，你成天这般侍候我，实在太累，早点歇着吧，今夜不必过来了，床褥我已铺好了，你不必再管，就寝时请皇上唤高半山准备沐浴便可。"

"奴婢不累的，公子待药温再喝，奴婢给公子和皇上准备明日的更换衣物，床褥也再拾掇拾掇。"沁蓝微笑着说道。

长歌暗惊，立刻出手拦人，她佯作恼怒："沁蓝，我的话不算数了么？你家皇上是贵人，但我生来便是草民，没那么多讲究，衣物我自己会准备，床褥我亦拾掇好，你何必做个劳碌命？"

"公子，奴婢不敢！"沁蓝鲜少见长歌朝自己发火，惊怵之余，慌忙跪地请罪，"奴婢这便下去歇息，请公子莫生气。"

长歌挥挥手，语气不耐烦："去吧，有需要你的地方，我会差人唤你的。"

"是！"

第三十八章 诀别归去

沁蓝叩头,而后起身离去。

长歌悬着的心,缓缓松懈,其余宫人不敢擅入此殿,但沁蓝作为侍候她的贴身宫女,很容易在整理床榻时,发现她偷藏之物,是以,她必须支开沁蓝!

等待片刻,药膳温凉,长歌端起大口喝尽,而后推门出去,前往正殿。

经内侍通报,长歌入内,但见尹简负手而立,神情严峻,眉宇间冷意瘆人,下方垂首立着二人,一为郎治平,一为赵宣!

长歌手心迅速渗出冷汗,不知赵宣是否认出了她,是否禀报给尹简……

"孟长歌!"

就在长歌思绪混乱情绪不安的当口,尹简忽而扬声,语气凌厉:"过来!"

长歌心神一震,心底恐慌无限放大,双脚竟似钉在地上般,一步也无法挪动!

郎治平与赵宣缓缓回身,双方视线交错,长歌牙关暗咬,力求镇定,她不动声色地望着二人,思量着此刻的局面是利是弊!

郎治平肃穆冷冽,并无异常,赵宣神色则极为复杂,他眼眨也不眨地盯着长歌,眸中那道审视的暗芒,仿佛欲看出什么端倪,又似在隐忍着什么。

而尹简见长歌僵立不动,剑眉微蹙,想到她桀骜的性子,他嗓音不禁温和了几分,"孟长歌,过来到朕身边!"

长歌终于迈动双腿,不过十余步,却好似跋山涉水,经历万千艰难!

近前,她单膝一跪,拱手叩拜,语调端的沉稳:"奴才参见皇上!"

"起来吧!"

"谢皇上!"

长歌起身,须臾间她已稳定情绪,朝郎赵二人抱拳见礼:"郎统领!赵指挥!"

郎治平颔首,他官位高于长歌,本不应回礼,但因着尹简对长歌的私宠,他抱了抱拳:"孟大人!"

"孟大人!"赵宣亦随礼,只是那道眼神犀利似刀,在长歌脸上来回逡巡。

长歌微微一笑:"赵指挥,我脸上刻花儿了么?"

她先发制人地试探,令赵宣一愣:"没,没有……"

"既然没有,那你这般盯着我看,是做什么?"长歌挑唇,笑意邪佞,目中轻芒耐人寻味。

赵宣大骇,这顶暗含隐喻的帽子扣在他头上,帝王射来的冷冽视线,教他浑身发凉,他百口莫辩:"我,我只是,只是……"

长歌一声笑,伴作叹息:"呵呵,是不是瞧我太好看了呀?哎,我娘把我生得这么美,走在大街上时,不但有姑娘们盯着我看,就是那些糙老爷们儿,也不乏龌龊之流……"

"皇上明鉴!"

赵宣"扑通"一声跪地,战战兢兢地叩头:"微臣并无他意,求皇上恕罪!"

当日，帝王于九重台阶下、于皇城校场内，亲自抱起孟长歌之举，虽叫人暗鄙为龙阳之好，但无人敢忽略这其中隐含的深意！

尹简目色阴鸷，天子之威溢于言表："退下吧！继续搜寻贼人，不可姑息！"

"臣等告退！"

郎治平、赵宣立刻行礼，躬身退出。

出得含元殿，赵宣忍不住小声道："统领大人，卑职感觉那贼人特别像是孟长歌，身材、武功路数、眼睛，这三方面都极为相像！"

郎治平步伐一滞，他沁寒的瞳孔锁在赵宣脸上："你可有证据？"

"没有，贼人太狡猾，卑职不曾得见真容！"赵宣蹙着眉，懊恼不已。

郎治平目光深邃如墨，他缓缓道："你若无铁证，切莫以猜测论断！否则，丢官事小，恐怕你性命难保！"

赵宣大惊："卑职无惧，但皇上安全堪忧！"

"皇上暂时无碍，若那人是孟长歌，他未将军机图转移出皇宫之前，定然不会朝皇上下手，他需要皇上这个保护伞……"郎治平的语调，渐渐慢下来，他脑中忽然闪过什么，令他深谙的锐利眼瞳中，浮起些许犹疑："太后寿宴上，孟长歌几次三番相救皇上，若他有心行刺，当时只须袖手旁观便可，但结果非也！"

闻听，赵宣眉间褶痕愈深："大人言之有理，可卑职总觉贼人熟悉，这份忧虑，怎么也放不下！"

郎治平行事果决，略一思索，便沉声道："搜查继续，莫放过任何可能，另外，从此刻起，安排人暗中盯着孟长歌，若他有鬼，必有迹可循，迟早会露出马脚！"

"是！"

……

殿内，宫人遣退，尹简询问一番长歌是否安好，忧虑之情，溢出言表："莫再一人出行，若遇刺客，岂不危险？"

"呵呵，我的武功又不是吃素的，尹简你担心多余了！"长歌不以为意，趁四下无人，挽上他手臂，贴近他身体，语气一派轻松，"再者，我可是御前侍卫，我还要保护你的，怎能被刺客所伤？"

尹简俊容一沉，并未因她的亲近而软化，他严厉叱道："少说大话，你以为你天下第一？况且刺客人数若是众多，你一人岂能对付得了？"

"好好，我错了，我听你的便是！"长歌连忙投降，赔着笑哄他。

"你无恙朕便安心了。"尹简微微轻叹，将她的纤手攥于掌中，温声道，"方才军机处出现贼人，盗走了边防军事分布图，宫中已上下戒严，朕亦不能早寝，须召集军部大臣议事。长歌，你今夜早些睡，不必刻意等朕，若朕归来太晚，便在朕寝宫歇了，明日再见你。"

第三十八章　诀别归去

"尹简！"

长歌听到此处，失声低呼，她倏然抱住了他，喃喃道："不，我要等你，不论多晚，我都会等你的！"

今夜过后，天涯两地，尹简与凤长歌，此生永别，再难相爱……

这最后的一夜，是祭奠，是告别，是留恋，是她爱他的弥补……

尹简鲜少见到长歌如此感性的一面，通常她大多时候都是无所谓没心没肺的，这突然的依赖，教他心底立时柔软，他捧起她脸，在她唇瓣轻轻一吻："长歌，朕回东偏殿便是，但你真的别等朕，休息不好会影响身子的。"

"嗯，那你一定回来。"长歌点点头，凤眸中满含期待。

尹简欣然浅笑："好！"

上书房，深夜灯火通明。

齐南天、郎治平、肃亲王尹诺，以及军机处和兵部重臣齐聚，御案上，摆放着被贼人破坏的卷轴和铜锁，气氛压抑肃穆。

"皇上，微臣以为，除抓捕贼人外，不论军事图是否能够追回，边疆兵力分布都须进行调整！"齐南天作为兵部首辅，提出了极重要的一点。

其余人，皆赞同颔首："不错，即便追回军事图，捉住贼人，也不能保证军机没有泄露！"

尹简目光深沉，目中一丝残戾浮起："不错！而且，这起偷盗案，给我们大秦敲了一记警钟，这天下，即将不太平了！"

郎治平道："天下四国并存，大秦东临大楚，西靠大魏，北有大周，江南凤朝反贼在大秦腹内，攻不到边境，是以不会是反贼所为，那么，楚、魏、周三国，皆有可能！"

"郎统领言之有理，但大楚不应怀疑，十五年前，我大秦攻打凤朝时，乃大楚皇子孟萧岑暗中相助，本王方才能率军顺利攻进凤朝皇都，大楚若与大秦不和，觊觎这片中原河山，当年便不会助我！"尹诺蹙眉，陈述着观点。

闻言，尹简一凛："皇叔，你所说大楚皇子孟萧岑，可是如今的靖王孟萧岑？"

尹诺思索着道："应该是吧，微臣十多年不曾参政，亦不曾与孟萧岑再联络，不清楚孟萧岑如今的爵位。"

尹简缓缓收拢十指，长歌便是从靖王府出来的，她相当于由孟萧岑收养长大的，而且，孟萧岑极其宠爱长歌！

而当年，助秦灭凤的人，竟也是孟萧岑！

这个事实，是尹简不曾料到的，他默了一瞬，凝声问道："皇叔，孟萧岑身为第三国大楚皇子，他为何助我大秦？他能得到什么好处？"

尹诺喟叹："据说孟萧岑与凤朝亡帝有仇，他应是借我大秦之手复仇的。"

"什么仇？"

"具体不知，我亦只是听说。"

尹简颔首，其余人中，年长参与过当年之战的，亦不知这其中内情，此时不免惊讶，年轻的如齐南天，完全不知，是以各自唏嘘。

斟酌片刻，尹简严厉宣告："我大秦与大楚之渊源，诸位切记保密，绝不可泄露出去半个字，以免凤氏余孽向大楚靖王寻仇，不论靖王当年立场如何，他对我大秦有恩乃事实，我朝不可忘恩负义过河拆桥，明白么？"

"臣等遵旨！"

众臣跪地叩首，连夜被召来的臣子，自是保皇党尹简心腹，对尹简誓死效忠。

"都平身吧！"尹简道，"我等接着商议边防军情部署，如何调整，如何调度兵马，如何防范他国进犯等要事！"

"遵旨！"

帝宫，东偏殿。

夜已深，子时的更鼓刚刚敲过，屋中一灯如豆，静谧无声。

长歌靠坐在床头，目光无焦距地盯着一处，表面平静，心中却纷乱无比。

她不能确定，在她明早离开之前，尹简会不会查到她头上，会不会对她产生怀疑，而她亦不知能否顺利离京，离岸那边毫不知情，若她落网，又该怎么通知离岸潜逃出京……

这些诸事，绞在心头，仿佛一堆麻线，凌乱得解不开，她，忐忑不安到极致！

殿门外，忽然有轻微的响动，长歌一个激灵，掀被跳下地，只着一身白色中衣，赤脚掀帘奔出，与正巧迈入内室的尹简打了个照面！

"长歌……"尹简意外，一声轻唤溢出，目光随之往下时，目色倏沉，"怎么没穿鞋？"

他说着，大步上前，将长歌打横抱起，长歌顺势搂抱住他的脖子，把脸埋进他颈间，软声嘟哝："人家想你了嘛。"

尹简心尖震动，他抱她走向龙床，放她坐在床沿，他捧起她脸庞，目中嵌着浓情，"长歌，你很少这样子对朕撒娇示爱，朕喜欢得紧，这是否代表，朕在你心里的位置，愈来愈重了？"

"嗯，是啊，你是皇帝，有无数的女子觊觎你，我若不对你霸占得紧些，你被别人勾走了怎么办？"长歌浅笑吟吟，这是她的真心话，亦是刻意哄他高兴的，过了今夜，她便再没有资格独占他……

尹简自是欢喜，军事图被盗的阴霾，仿佛刹那间一扫而空，他情不自禁地往她嘴边吻去，两人缠绵间，他说："长歌，朕是你的，朕的心在你身上，别人拿不走。"

外室，高半山带人送来洗漱用具，因夜深关系，尹简不曾沐浴，只命人浸湿帕子，全身简单擦洗一番即罢，遣退所有宫人后，他掀帘进来，脱靴上床。

夏日凉被中，长歌竟已主动褪去中衣抹胸，连底裤都不曾沾身，不着寸缕！

第三十八章 诀别归去

尹简意外惊诧："长歌，你今儿个……"

平日里，她只脱件外袍，其余什么都不脱，甚至连袜子都穿在脚上，他几番不满，可她振振有词，你不想帮我脱，那便不要碰我啊，反正我无所谓！

自然，他有所谓，即便不碰她，他亦不想抱着一个裹得密不透风的女子睡觉，他喜欢与她裸呈相贴，仿佛这般，他们之间才没有距离，身与心，都能相融在一起。

是以，他已习惯每夜亲自为她宽衣解带，不料今夜，她竟给他无数惊喜！

"时辰太晚了，我不想耽误你就寝，便自己动手了。"长歌脸庞泛红，羞涩不已。

尹简会心地勾唇笑："唔，表现不错，朕受宠若惊啊！"

长歌羞臊，娇嗔他："讨厌，不许笑我！"

"丫头，替朕宽衣。"尹简半敛了笑意，捉住她纤手，往他腰间裤绳摸去。

"嗯。"

长歌虽然窘迫，却也不曾退缩，她爬坐起来，服侍他褪尽衣衫，他吻上她的唇，翻身将她压下……

夜，烛火燃尽，年轻的男女，沉沦在爱与欲的缠绵中，经久不歇……

三更天，夜深人静。

长歌毫无睡意，透过月光，她定定地凝望着身边疲惫入睡的男子，久久地，移不开双目。

不敢睡，生怕浪费了这最后相爱相守的时光，心思太重，亦无法入眠。

她便就这样，静静地，用心描绘着他的五官，一遍又一遍。

心上朱砂，三生石畔；荼蘼开至，青苔满墙。

自此，江湖两忘，只影天涯作殇别。

盼来生，君为竹马妾青梅，执手一世共绵长。

拂晓时分。

殿外传来太监唤起的声音，在枕边人睁开眼之前，长歌合上凤眸假装熟睡，男子晨起的吻，轻柔地落在她额头，她十指不断用力地掐进掌心……

尹简更衣下床，洗漱后打算离开上朝时，床上女子惺忪呢喃的话语，自背后细声响起："尹简，抱一下再走……"

尹简回头，会心一笑，返回床边，俯身抱住长歌："怎么，又舍不得朕么？"

"嗯。"长歌掀开眼帘，目色朦胧，悄然浮起氤氲，口中却道，"尹简，我不随你上朝了，我想出宫一趟，落日时归来，可以么？"

尹简眉峰紧蹙："又想找离岸？"

"嗯，打算让他陪我去重光寺拜佛，我……听说京城这间寺庙特别有灵气，尤其是送子观音，拜过的女子十有八九都能如愿，我也想……嗯，你懂么？"长歌煞有介事地说着她早便想好的理由，神情格外认真。

"送子观音？长歌你想……"尹简意外惊诧，声线微微有些紧，"孕育朕的子嗣？"

长歌双颊染红，眉目间略带愁容："我有体寒症，神医师傅曾说我不易受孕，可能会一生无子。尹简，你贵为帝王，怎能膝下无子？若我不能为你孕育龙嗣，又怎敢独占于你？"

"长歌，你竟愿意为朕生子，朕很惊喜，但你过于忧虑了，我们还年轻，子嗣总会有的，不急。"尹简欣喜若狂的同时，不忘紧着安抚她。

曾经，因为她不愿，他们彻底决裂，不承想，今日她竟已改变想法，这怎能不令他激动？

长歌皱眉："怎么不急？我们在一起这么久，你这般频繁与我行房事，我却果真肚皮没反应，这明显不正常啊！尹简，你就让我去拜一拜吧，反正又不影响什么，我保证日落回宫，好不好？"

"但是长歌，这种事，不该是朕与你一起么？你求朕的子嗣，却由离岸相陪，这算什么？"

"哎呀，你方便陪我么？国事繁重不说，皇帝与侍卫拜佛求子，这不是招人话柄么？你别忘了，我现在还是男子身份！但离岸不同，他是我的跟班，我孟长歌混账惯了，想做什么就做什么，我带他去，没人会闲话的！"

"行吧，鉴于你上次出宫后基本按时归来的良好表现，朕便准了！不过，朕昨夜叮嘱过你，不能一人出行，你须带上大内侍卫一起！"

听到此，长歌眉眼一沉："大白日的，我一人怕什么刺客？我自由惯了，不喜欢别人跟着！"

"长歌……"

"我不要！你这是把我当犯人，我不给你生孩子了，你随便找别的妃子生吧，我要去闯荡江湖！"

长歌的生气很骇人，她一把推开尹简，坐起穿衣，神色认真并不似玩笑！

尹简连忙投降，迁就于她："好吧，朕错了，朕准你不带侍卫，别恼了，朕也是担心你的安危罢了，你别曲解朕的好意，好不好？"

长歌这才停止较劲，殿外高半山的催促声传来，耽误这许久，朝会即将延误，尹简不再贪恋，又嘱咐长歌几句外出当心的话，便起身欲离去。

"尹简！"

长歌忽然重唤他一声，扑进他怀中，仰起下巴，急乱地吻住了他！

最后一吻，是她血与泪的永别之吻，没人会懂，她此刻的心情……

尹简被她勾得情动，狠狠回吻她，两人一番抵死缠绵，方才依依不舍分开。

他抚摸着她的脸庞，目中情真意浓："朕走了，你早些回来，朕等你！"

长歌点头，唇边笑靥如花，心中泪如雨下，山崩地裂……

第三十八章 诀别归去

尹简离开了，殿中空静无声。

两刻钟后，长歌携带军事图与匕首，踏出东偏殿门。

因有帝王交代，九门放行，极其顺畅，哪怕于神武门遇到赵宣，他亦不敢相拦，眼睁睁目送长歌策马而去！

到达四海客栈，离岸早已准备妥当，长歌提笔写了两封信，交与钱虎，嘱他于落日时分，一封送给宁谈宣，一封递到宫门，交于尹简。而后她换成女装，用人皮面具易容，与离岸扮成平民夫妻模样，坐着驴车出城。

城门口，张贴着昨夜贼人黑衣蒙面的画像，盘查严厉，长歌凤眸扫过，面色无波。

排队等检查，很快轮到他们，二人容貌已大相径庭，尤其长歌以女装示人，更不会有人怀疑，是以，很快通过查验，驴车顺利驶出汴京城！

回头，望着愈来愈远的城门，长歌视线逐渐模糊。

她仰头望天，那道刺眼的金光，灼伤了她的凤眸，汹涌而出的泪水，将她整个人整颗心浸烫……

尹简，请原谅我的不告而别与欺骗，今宵别后，深爱着你的孟长歌便将死去。

若我们此生再见，或许为战场之上。那时分，我将是凤长歌……

木鱼声声，回荡于天地间，仿佛啼血杜鹃，诉说着年少慕艾的时光，梦未央，草木昏黄，又仿佛枯血染了霜，飞回的雁也哀鸣。

若有来生，我情愿做天底下最平凡的女子，遇见最平凡的你，鸳鸯织就，与子偕臧……

番外篇——
尹简：待我君临天下，许你一世长安

那年，草长莺飞。

我九死一生，睁开眼的那刻，仿佛见到了画中谪仙，如花笑靥，绝美绽放，叫我一生刻骨难忘。

我重生了，在鬼门关游荡一番后，被一个少年，奇迹般地救回人世。

他叫，孟长歌。

我大他四岁，他为我取名小锤子，一个信手拈来的俗名。

而尹简，则是不能说的秘密。

孟长歌很嚣张，骨子里透着张扬跋扈，年少轻狂，但他是我见过的，最真最美的人。

我不告而别，离开时，我曾在心中发下重誓，待我君临天下，许他一世长安。

滴水之恩，当涌泉相报，何况救命大恩，结草衔环，亦无以为报。

一别五年。

我再不曾见过他。

原想，待我江山稳固，便亲赴大楚寻他，兑现我对他的誓言，然而，不承想，我们竟在大秦通州相遇。

那夜，他极富传奇色彩地掉入我的浴桶，碰到了我裸呈的身体，并且惊世骇俗地吻了我！

而我，在不知他是何人的情况下，竟头脑发热，亦做出了连我自己都震惊得不敢相信

番外篇——尹简：待我君临天下，许你一世长安

的事，我竟回吻了他，回吻了一个与我同性的少年！

他的嘴唇很软，气息甘甜，曾经我吻过采薇的脸庞，这是第一次，唇与唇的亲吻，感觉是那般的不同，我仿佛被蛊惑，大脑眩晕，体内燃起本能的欲望，我探出舌头，不满足地深入。

他倏然惊醒，半盏烛火的映照下，他双颊绯红，染满羞涩，这个吻，对于他来说，亦是意外，担心我喊人捉拿他，情急之下，他居然想到这样拙劣的办法，可真是叫人嗟叹。

这个少年虽然行径轻狂，但反应极快，有勇有谋，他劫了我做人质！

对于刺客，我从不心慈手软，他的谋略武功都在我之下，我想除掉他很容易，可我莫名地，只是进行了自救，而不曾反击，他的言行举止，令我有种熟悉的错觉，当年，那个救过我的少年，与他有着同样的秉性。

他从浴桶中出来，衣衫尽湿，身段被勾勒得极好，尤其胸前那处，竟似微微凸起，我心下一荡，脱口问他是男是女，有那么一瞬间，我脑中竟划过他是女子的念头。

他很嚣张，亦端的沉稳，铿锵有力地自称为男子，而当他报出姓名的那一刻，我失去了自以为傲的冷静，我脑子空白，整个人僵住！

他竟是……孟长歌！

竟是我心念五年的救命恩人！

经年后相见，竟是以这种方式，是我不曾预想过的方式！

他已长大，从十三岁的小少年，长成十八岁的大人，他个头高了不少，模样亦有改变，不是变丑，而是变得更加漂亮，美得不像男子，却又比女子多了几分英气，叫人只一眼，便心怀难忘。

我眼眨也不眨地望着他，依着昏暗的烛光，将长存我心底的少年，与眼前的他，默默做着比对，两张脸庞，最终重合为同一人。

他秉性依旧，却并不识我，是的，当年我满脸毒疮，容貌尽毁，他从不曾见过我的真实面容，又怎会识得于我？只是，他连我的嗓音，也一同遗忘了。

我心中伤感，故人相见，殊不知，竟已形同陌路，于我，情何以堪？

而我的初吻，竟给了他，我的恩人孟长歌！

这份缘，是善，是孽？

我刻意放走了他，并助他逃脱，不论他潜入黄府是何目的，我都不能杀他，因为这世上若没有孟长歌，便不会有今日的大秦帝王尹简！

那夜，我将太祖爷赐给我的玉佩赠予了他，那枚玉佩具有皇室传承的重大意义，由天山白玉石打磨而成，背面刻着小篆体的我的名字。

我嘱咐他，请他带着玉佩到京城找我。

如此至关重要的玉佩，我没有任何迟疑地送给了孟长歌，甚至对于他此时的身份底细，我毫不清楚。

那夜，为阻我收服黄权，阻我回京，反皇派的杀手，不遗余力疯狂出动，数番恶战，生死难测。

幸好，离岸带走了长歌。

然后，我无所顾忌，全力灭了所有杀手，以完胜的姿态，再一次狠狠打了宁谈宣的脸。

但我并不知，那日，宁谈宣竟也结识了长歌，后来的后来，因一个孟长歌，我们作为死敌的两个人，竟数度联手，为长歌铲平障碍，护长歌安隅。

而那夜，我久不能寐。

我不确定长歌会不会到汴京城找我，更担忧他是否顺利逃脱黄权的追兵。

虽然，我已命黄权收兵，但此人正处于摇摆不定之时，难保不会阳奉阴违。

我不安之下，连夜派了几路人马于通州城内外寻找长歌与离岸，那夜，我通宵不眠。

天亮，手下人来报，在城外发现了孟长歌的踪迹，已确定他出城，安危无忧，我方才放下心来。

然而，我并不知，从那时起，孟长歌这个人，便以更刻骨的方式，走入了我的生命。

我的梦里，全是他，娇笑的他，嚣张的他，混蛋的他，更多的则是，他在浴桶中吻我的画面。

我一次次在梦中留恋不舍地醒来，唇齿间仿佛全是他甘甜的味道，我沉沦在那一场意外所给予的情欲缱绻中，我竟贪恋上了孟长歌的吻。

我已二十二岁，如我这般年纪的贵族男子，早已妻妾成群，儿女绕膝，而我还未经人事。

不是不想，而是大业不稳，没有寻欢作乐的心思，我需要时刻保持高度的警惕心，不能被男女之事影响了江山社稷。

可偏偏，我竟对孟长歌起了心思，只要梦到他，或者想起他柔软的唇，我便无法自控地想要他，身体里那股难言的欲望，忍都忍不住。

再一次从梦中惊醒，我狠狠打自己的耳光，我为自己的龌龊下流感到羞耻，我怎能对一个同性的少年产生情欲？我是正常的男子，是执掌天下的君王，怎能有悖伦理，产生龙阳之癖？

于是，我发誓不再想孟长歌，我用理智克制着自己，渐渐淡忘了他。

数日后，我回到了皇宫。

不久，从监视宁谈宣的探子口中，我得知孟长歌来到了京城，他与宁谈宣为故识，他们同席喝酒，他酒醉，宁谈宣不仅送他到客栈，竟还纤尊降贵地背着他走。

我得知后大怒，他是我的人，怎可与我的政敌交好？

不知不觉，我竟已将他看成了我的人，只是那时，当局者迷。我只想着不能亵渎了我的救命恩人，所以刻意遗忘他，生怕自己再对他产生不该有的想法，却不知，有些人一旦渗

番外篇——尹简：待我君临天下，许你一世长安

透进了生命，便再难剔除。

那晚，我是在自我的生气中度过的，晚膳只吃了几口，身边宫人侍卫，看谁都不顺眼，任谁稍有过错，轻则叱，重则罚。

翌日，太庙祭祀，大队人马行至城中时，我因头昏脑涨身体不适，原地稍作休息，不成想，尹灵儿竟趁机寻衅滋事，惹上了孟长歌，而孟长歌那个小混蛋，更是艺高人胆大，竟敢当街拦御驾！

我坐在御辇中，透过珠帘，遥望着跪在羽林军包围圈中的长歌，心思斗转。

我试探宁谈宣的同时，利用宁谈宣对长歌的在意，减免了他的板子，否则五十杖刑下来，他纤弱的身子，岂能受得住？大庭广众文武百官面前，我哪怕徇私，也须做得滴水不漏。

只是，仅七大板打在他身上，我亦心痛难忍，这个少年，该被我当小祖宗供起来的，不想今日，他竟挨了我的刑责！

但他是坚强的，他出身大楚靖王府，胆识过人，气度不凡，他跪于御辇前，镇定有礼地请求为我做牛做马，愿侍奉我左右，听到他的慷慨陈词，我脑中想到的第一个词，竟是后宫！我希望他能够像后宫妃嫔那般侍奉我！

黄色珠帘内，我漫不经心地凝视着长歌，抬起的食指，若有若无地扫过薄唇，我不能自控地回忆着那个吻，回忆着他的味道，我脱口而出，竟询问他太监和妃嫔，他愿做哪种？

因为距离的原因，我面前又有珠帘遮挡，他依旧没有认出我，甚至没有认出通州夜的拓跋简，便是他此时跪拜的天子！

他很惊讶，不畏不惧地拒绝了我，且很有智慧地提出想做御前侍卫的请求，众臣当即劝阻，我亦觉不妥，为免他不服闹场，我许他报名参加羽林军武考，暂哄他离开。

当夜，我派人送药给长歌，并亲笔书信，与他相约五日后在齐南天府中相见。太后因尹灵儿之事，欲杀长歌，我出手拦截，我不会允许任何人动他！

宁谈宣对他很上心，亦争抢着送药给他，屡次上门亲探于他，我不动声色，但心头的妒火，一日比一日旺盛。

茶花会那日，他如约到齐府寻我，接到通报，我心急如焚地出宫赶去见他，岂料，他竟与宁谈宣离开。

我立于屏风后，冷冷注视着他的背影，满心寒凉。

良佑劝我杀了他，众手下都为此生怒，我严厉下令，谁都不可动他分毫，哪怕他与我的政敌关系密切，我依然不舍他。

我已君临天下，便该兑现誓言，许他一世长安，所以，哪怕他犯再大的错，他亦是我的小祖宗。

我没有回宫，微服在街上闲逛，当得知他出现在茶花会，并偶遇尹灵儿，我便在宣华大道寻了间茶楼，临窗而坐，眺望寻找他的身影，对他，我总是怀有一份割舍不下的情分。

或许是缘分，他竟与灵儿在追逐中，巧合地跳进了我所在的窗户，我们再一次以奇葩的方式相遇！

他质问我是谁，我想了想，答他故人二字，期盼他能因此忆起我是五年前的小锤子，可事与愿违，他早已完全忘记了我。

我心里不痛快，他对我的排斥，亦令我心中似燃了火，通州夜，明明是他先吻的我，凭何让我遗忘？我偏偏不如他的愿。

我的强势，激起了他的反抗，他与我恶斗一场，我有心让他，他却招招凶狠，疯狂地想杀了我，我禁不住大怒，失手打伤了他，方才止住了他的发疯，我痛心地叱他，他这般烈性子，在杀机遍伏的京城，迟早会吃大亏！

我想赠他一笔金银，请他带着离岸远离京城，他来历不明，我不希望他夹在我和宁谈宣中间教我为难，更不希望他丧命在风云诡异的江山争斗中。

我不愿他死，我担心自己保护不了他，奸佞之人太多，稍有疏漏，便无可挽回。

我不愿承认，他是我的牵挂。佛说，无牵无挂，才能无畏无惧。我是拿性命在拼这场政局的战争，我不怕死，却怕他死。

长歌太倔强，他拒绝了我的提议，他有着初生牛犊不怕虎的勇猛，他铁了心要考羽林军。

宁谈宣想收他入府，我心中冷笑，真是不自量力，孟长歌岂是甘愿折断翅膀困于深宅之中的人？

他是一只翱翔于蓝天的鸟儿，自由潇洒，喜欢无拘无束，他有主见有抱负，他并非普通的市井少年。

果然，长歌不曾答应宁谈宣，他聪明睿智，早已猜到我的身份，他竟将我送予他的玉佩典当给皇叔开的当铺，我又气又笑，收回了玉佩再没给他，因此，他花招百出，几番大闹齐府，他想逼我生气见他，逼我答应他的要求，我表面上视而不见，屡次赦他无罪，却忍不住一次次地暗中窥视他，我盼着他闹够了，自己收拾包袱离开。

可我低估了这少年的毅力，也低估了他的智计，无法之下，我派人将他绑架出城，岂料他奸诈刁钻，竟迫使我的手下将他送回了城，然后太后终于出手，将他抓进了刑部大牢！

我怒不可遏，气长歌不听话，怒太后胆敢动我的人，彼时，我与太后还不能撕破脸，我用了些计策，软硬兼施地令太后答应放人。

当夜，我亲赴大牢，第一次以帝王的身份，与长歌相见。

没有想象中的尴尬，他抓住我的手臂，让我带他走，他唤着我的真名——尹简。

我心下一疼，拦腰抱起他，在众目睽睽之下，亲自抱他出狱。

我带他坐进马车，欲请大夫给他诊脉，担心他在牢里受风寒，途中，他像小孩子似的发脾气，嫌自己变丑了，竟摔踩镜子，完全不把我这个皇帝放在眼里，我知道，他是个被大楚靖王孟萧岑宠坏的小孩儿，他在大楚有着骄纵放肆的资本，可如今他身处的地方，是大

番外篇——尹简：待我君临天下，许你一世长安

秦！

我略感意外，他是已将我当成靠山了么？他是已知道，不论他犯什么错，我都是会饶他疼他的人么？

他对我撒娇，无理取闹地在我胸前乱拱他的小脏脸，他还朝我娇憨地笑，轻舔粉唇，这个无意识的动作，似燎原的火种，瞬间勾起我对他的畸形情动，我竟冲动地吻了他！

第一次是他主动，这一次，换成了我！

他羞愤生气，我不管不顾，强忍着心中的自我鄙视，我霸道虚伪地找着吻他的理由，并情不自禁地调戏他，明知不可以，却乐在其中。

他争不过我，便借机滑头地央我答应他考羽林军，我自是不肯，他黯然地不再理我。

他拒绝大夫看诊，激烈地与我闹腾，竟还像个姑娘家似的，委屈得满眼泪花，我大感意外，印象中，他是个没心没肺的小混蛋，乐观开朗，从不会哭，没想到竟为这么点小事红了眼眶，我舍不得他难过，便心软地成全了他。

他展颜而笑，明媚如花，我心神激荡，再次脱口问他，究竟是男子还是姑娘？

在我心底深处，希望他是姑娘的念头，于日复一日中，竟愈来愈强烈！

然而，他再次否认。

我失望之下，警告他最好不要骗我，否则我饶不了他！

是的，若他是女子，我定不会放他走，我想要他，从通州邂逅的那夜起，我便一直都有想要他的念头，只因他是男子，而在极力克制。

后来，他胡搅蛮缠地让我带他走，我无奈答应。

我生了病，为救他折腾一晚，病情有些加重，我没有回宫，吩咐人马转道去了南郊别院。

长歌实在太混账，调皮捣蛋当属第一，尽管我五年前便了解他的性子，依然被他搞得很头疼，不过这些小事，我都能容忍，因为我给了他放肆的资格，我也喜欢看他开心的模样。

他冒冒失失地再次撞到了我沐浴，通州夜的回忆，是我们彼此的小秘密，看到他羞赧害臊的表情，我心情特别愉悦，他落荒而逃的狼狈，叫我心思愈深。

他为什么，不是个姑娘呢？

然而，我万没想到，他对待外人的诡计智谋，竟同样用在了我身上！

他骗我比武，若他赢了我，我便必须允许他武考，我知道他武功不及我，便不曾多想地答应了他，谁知，他利用我待他的心，使诈赢了我！

我龙颜大怒，我用冷冷的眼神看着他，满心凉薄，我最恨别人骗我，尤其是我信任的人！

可他是孟长歌，我不能杀，不能打，不能恨的人！

我对他妥协了，可我亦不想再看见他，我忍不住讽刺挖苦，让他别太把自己当回事，

他的死活，再与我无关。

可嘴上这般说，我心中却明白，我做不到不管他，因为我许过他一世长安。

他武艺超绝，善用兵法谋略，武考中大放异彩，我从前便知，他是出众的人才，并非纨绔庸才，但他愈是瞩目，处境便愈危险，我寻借口派莫影等人去校场护他，以防他遭遇不公平暗算，只是千防万防，依然防不住小人的奸佞。

孟长歌出事了，在比剑中，忽然摔落在地，声称肚子痛，随后被离岸带回四海客栈。

这个意外，不消说，是人为，有人在害他！

离岸诊断为肠绞痛，这个结果，我心存怀疑，我认为，想害他的人，比如太后，绝不可能只是想干扰他武考，她想要长歌的命！

我不知长歌和离岸为何隐瞒真相，也许是不想把事情闹得太大，给自己树敌太多，也许是别的不能让我知道的理由，因为他二人的来历，实在太敏感！

我没有深入查探，对于长歌，我可以防范于他，但不愿知道他的底细太多，我承认，我下意识地在逃避，因为有些结果，是我无法承受的。

妥善安置好长歌，确保他安隅，为了他，我与太后伪装的母子情谊，开始慢慢撕裂，我依然是那句话，长歌是我的人，谁都动不得，谁敢动他分毫，我便要谁的命！哪怕今日办不到，来日我必翻倍予夺！

长歌经过这一劫难，依然初心不改，坚持武考，我们自南郊别院不愉快收场后，于肃王府第一次相见，他古灵精怪，捉弄人的本事一流，他能软能硬，竟像市井无赖般，抱住我的大腿跪坐在地上哭求我，他还用苦肉计博我同情，而我该死的明知他要滑头，依然紧张他的伤势，好在他向我悔过道歉，不论真不真心，我已经满足了。

长歌殿试武考，惊才绝艳，名扬天下，他小小年纪，一身武功令人可叹，他的刚烈坚毅，亦令人钦佩，我为他骄傲，愈发欣赏他，亦在不知不觉中，愈发地……迷恋他。

是的，迷恋！

这是种说不清道不明的感情，明知不应该，我却泥足深陷，不可自拔！

他胸前中掌，吐血昏倒，我从高台上飞身而下，赶在旁人之前，抱住了他发凉的身子，我不顾百官禁军震惊的眼光，抱着孟长歌离去……

外人只知，一个小小的武考士子，何德何能得帝王违背伦理荣宠相待？他们却不知，就是这个少年，曾在幼小年纪，扒开棺材救了一身毒疮奄奄一息的我，他是我的恩人，亦是整个大秦尹氏的恩人！我不在乎别人异样的目光，我知道我在做什么，我问心无愧。

但我生气，我对长歌生气，我气他不爱惜自己的身体，气他为了一个羽林军，几次三番险些搭上性命！

他可以不在乎自己的命，但我在乎，采薇已经离开了我，我只剩下了一个孟长歌，再没有人能像他这般，叫我牵肠挂肚！

他醒了，面对我的质问，他说他考羽林军的理由，是想留在我身边，想时刻见到我，

番外篇——尹简：待我君临天下，许你一世长安

我不知他所言真假，但我好开心，我不要脸地盯着他前胸的位置瞧，不厌其烦地询问他性别，甚至想扒了他的衣衫瞧个彻底，验明正身！

如此，若他果真是男子，我便死心了，若他是伪装的，我想，我会激动得仰天长啸！

可他不给我验身的机会，我心里憋得发疯，我咬他，重重地吻他，我才不管他是不是女子，就想这样子占有他，发泄我的欲望。

想当然，他激烈地反抗，对于我的情不自禁，他视作侵犯，仿佛我碰他一下，便是侮辱了他，我的自尊心受创，言不由衷地讥讽他，然后如以往每一次，以决裂收场。

长歌入宫了，正式编入了羽林军，从底层做起，成为一名普通的兵士。

这是我的决定，我不想给他特权，他野马似的性子，不适合一上来就做领导者，他需要磨炼。

他在宫门当值，我藏在暗处看着他，见他长久站岗腰酸背痛，我心中发疼，可这是他的选择，他既然有勇气闯进来，便要学会承受苦难。

他站岗多久，我便陪他多久，直到他换岗巡逻，我才返身离去，那一夜，我歇在了沐妃宫里。

我二十出头，正是血气方刚的年纪，面对沐妃的暗示，以及她无声的诱惑，我却出奇地平静如钟，除了孟长歌，无人能勾起我临幸的兴趣。

而偏偏，孟长歌是男子。

我刻意不再见他，只是命郎治平盯着他，一来担心他再出意外，二来对他不得不防，因为他来自大楚王府，有探子之嫌。

不料几日后，他闯到内九城来找郎治平告假，他病了，满面苍白，虚弱不堪，我准了他的假，并且亲自送他出宫回客栈。

马车上，我给他揉肚子，反复地揉，用来减轻他的痛苦，在敌人眼里，我是个心狠手辣的帝王，在孟长歌面前，我则一再地心慈手软，甚至犯贱地总对他低声下气，恨不得替他受了病痛的苦。

离岸对长歌的好，我嫉妒吃醋，虽然离岸也对我有恩，但我看他不顺眼，我不能容忍他跟我抢长歌，我背长歌上楼，对他提出两个条件，不准他和离岸过于身体接触，归营后不准拒绝我的亲近。

谁知，由于我反复地试探和询问长歌的性别，竟刺激得他以嫖娼来证明他是如假包换的男子！

我闻之大怒，命人抓他入宫，将他软禁在帝宫的东偏殿，我不能忍受他沾染胭脂气，与烟花女子风流放纵，我给他贴上了我的标签，他便必须干干净净地属于我！

而他性子顽劣跋扈，非但不知悔改，还毁了我的桃花，毁了我对采薇的怀念！

我新怒旧恨之下，动手打了他！

我拿鸡毛掸子狠狠地抽他臀部，他叛逆桀骜，一句软话都不肯说，还不断地火上浇

油，令我怒上加怒，脾气控制不住地失手打伤了他……

他的白裤子，被鲜血染成了嫣红色，他闭着眼睛，一动不动，仿佛没有了生机，我陡然松了手，整个屋里静谧无声，唯有刺鼻的血腥味儿，不断地充斥在鼻间，我心慌意乱，心痛如绞。

打在他身，最痛的，却是我的心。

我惊慌失措地扑过去，抱起他羸弱的身子，我悲怆地求他不要死，我后悔了，我不该打他，再怎么生气，也不该对他下重手，他是我最在乎的人啊！

我是疯了么？我居然这般伤害一个我拼命想保护的人！

他不肯让太医治伤，他倔强得令我无可奈何，那张刀子似的嘴巴吐出尽是伤人的话语，我堂堂一国之君，何曾受过这种屈辱？

我甩袖离开，去了冷宫，我突然怀念起采薇的温柔体贴。

采薇与长歌，完全是不同性格的两个人，一个像水，一个则像火。

而我，现在被火烤得几乎喘不上气……

长歌终于忆起了小锤子，忆起了我这个故人，可他说后悔当年救了我，我以为他在说气话，我没往心里去，从冷宫回来，我天大的火气，全部烟消云散，我对他，只剩下了满腔的心疼。

最终，几番折腾，他昏过去了，我决定亲自为他治伤上药，只是当剪开他的血裤，看到他的下体时，我整个呼吸瞬间停滞！

他……竟是她，竟真是女子！

我霍然甩了自己一巴掌，脸上的疼痛提醒着我，这不是在做梦，这是真的，那个无恶不作的小霸王孟长歌——是如假包换的姑娘！

我的怀疑是对的，我的祈盼如愿以偿，这一刻，我对上苍充满感激，再没有什么比发现孟长歌是女儿身更值得高兴的事了！

上天，总算对我不薄，带走了采薇，却替我送来了长歌，重活一世，我不孤独了！

我把长歌又送去了南郊别院养伤，看着换上女装的她，我整个人痴了，除了她，眼中再无她人！

我厚颜无耻地亲近她，与她同床共枕，我们聊起五年前的往事，得知她终被我连累，几乎丧命尹哈敌手，胸伤恶疾由此而来，我愧疚难当，我欠她的，唯有用余生来偿还。

那晚，我拆了她的裹胸布，看到了她美丽的少女身体，我蠢蠢欲动，压抑过久的原始欲望，疯狂地折磨着我，但我只能忍，她重伤在身，我不敢妄动。

我们的关系，更近了一步，可那时我当局者迷，并不清楚我对她的感情，早已不是单纯的报恩，我还蠢得伤了她的尊严，她那般冷嘲地拒绝我，即便我娶她为后，她也不嫁给我，何况是纳她为妃！

她是极骄傲的，又是向往自由的人，怎么会把自己困在深宫，与一群女人争风吃醋

番外篇——尹简：待我君临天下，许你一世长安

呢？

我很沮丧，内心很不安，我纠缠着她不停地亲吻，仿佛这般，才能证明她是我的女人。

她伤好后回了羽林军，多日未见，思念爬满心头，我深夜亲赴羽林军营地寻她，马车上，我耐不住地狂热吻她，我逼问她想不想我，我对她的情，我理不清，可我在乎她，这点毋庸置疑。

只是，越是在乎，便越是眼里揉不得半粒沙子，我们吵了起来，我不许她回营与男人们一起住，她偏偏不肯，我急怒嫉妒之下，口不择言，她则回予我更重的反击，将我伤得体无完肤，心碎满地……

我被她眼中的杀意震慑，我忽然想起，当日在茶楼，她亦是对我动了杀机的！

那么，我对她付出的感情，在她眼中，都是可笑而恶心的，我的吻，叫她生不如死……

明明初夏，这一刻，我却如同置身寒冷冰窖，从头到脚，浑身发凉，我心如死水。

再次决裂，分道扬镳。

她回了羽林军营，我一个人坐在车厢里，像是行尸走肉的木偶人，没有温度，没有灵魂，只剩下一副躯壳，在苟延残喘。

我想，这世上女子无数，我并不是非孟长歌不可。

于是，我临幸沐妃，我想发泄，想遗忘有关孟长歌的一切，可关键时刻，我竟先罢了手……

我陡然明白，我对孟长歌的感情，是喜欢，是爱情，这份情，不知何时何地变了模样，或许早在通州那夜，情根便已悄悄深种。

我曾以为，这一生，除了采薇，我不会再对任何女子动心，可事实证明，我爱上了孟长歌，这是超越了对采薇的年少喜欢，是刻骨铭心的爱恋。

然而，懂了又如何？她待我无情，恨不得杀了我，又怎会爱我？

我们的关系回到了冰点，我决心忘了她，我以为忘记一个人很简单，不要见，不要贱，便可成过眼云烟。

可是我错了，当她孤零零一个人坐在帝宫外的台阶上，当她被宋妃故意欺负时，我又犯贱地放不下她，暗中出手护她。

在孟长歌身上，我深刻体会了女人心海底针这句话，她很莫名其妙，说厌恶我的人是她，说恶心我亲吻的人也是她，我牢记了教训，再不敢缠她，谁知，她又发神经地咬我，而且咬的是我的嘴唇！

我不懂她心里究竟是怎么想的，我生气她对我呼之即来挥之即去，生气她作贱我的感情，于是我也咬她，我们像两只困兽，互相撕扯，彼此伤害。

我爱得太深，如履薄冰，每走一步，都小心翼翼，生怕她在某个瞬间，突然又泼我一

盆冰水，将我打回原形。

或许，两个骄傲的人，两个脾气不好的人，发泄和好的方式都是与众不同的，我们经过这一场厮杀，竟又奇迹般地恢复了关系，而且比先前更深了一步。

长歌住进了东偏殿，我每夜与她同枕而眠，耳鬓厮磨，我们默契地谁也不再谈感情，各自收起了扎人的刺，享受着难得的温馨甜蜜。

但我内心深处，始终是忐忑不安的，因为长歌很善变，她从不曾给过我安全感，我们欢愉的每一刻，都仿佛是偷来的奢侈。

太后寿辰，可谓惊天动地。

太后派人假扮采薇迷惑我，意图谋杀我，我沉浸在采薇死而复生的假相中，震惊多于喜悦，却不知不觉伤了长歌，她以为，采薇是我的软肋，采薇活了，我便冷落了她，移情旧爱。

可是，在她那般生气难过的情况下，却依然不顾一切地救了我！

她永远都是表面嚣张乖戾，看似轻狂不羁，不知进退，实则智勇双全，聪慧过人；她目空一切，又自信冷傲，她有颗七窍玲珑心，她带着轻蔑的姿态，俯视所有人！

她渊博的见识，凌厉的手段，无人不被她折服，包括宁谈宣，更包括我！

只是，她对我失望了！

她眼中的受伤，虽然很浅，不易令人察觉，可我与她亲密无间多日，又岂会看不出来？

但我没法解释，也不能安慰她，我须以大局为重。

这一夜的多舛，步步为营的棋局，皇权倾轧下的挣扎，堪称惊心动魄！

长歌尽职尽责地保护我这个帝王，她豁出命地与杀手周旋，她恼我恨我，关键时刻，她却以命护我！

采薇的确没有死，她被太后藏了起来，可我的心，已全部转移到了长歌身上，我曾与采薇患难与共，如今与长歌生死相扶，我心底明白，哪一种感情，才是刻骨铭心，才是上穷碧落下黄泉，生亦相守死亦相随！

她故意做林枫的人质，放走了林枫，她以为能瞒得过我，所以她肆无忌惮，其实我早已看出，只是不想当众揭穿她，我甚至配合她的把戏营救她，不过用了我自己的方式，将计就计。

我想算计的人，一个也逃不脱我的手掌心！

然而，她却以为我为了大业不顾她生死，她眸中的绝望，刺疼了我，我真想剖出心给她看，深爱她的尹简，把她的性命，看得比江山大业重得多！

大秦天下缺了我，还有尹氏其他族人撑着，而我若缺了孟长歌，即便得到这泱泱万里河山，又有何意义？

那一夜，太多的误会，造成我们之间无法避免的冲突，我被疯狂的嫉妒恼恨冲昏了

番外篇——尹简：待我君临天下，许你一世长安

头，我不顾一切地想占有她，想用极端的方式，将她绑在我身边，不许她逃，不许别的男人觊觎她！

她哭着喊着，最终妥协了，她说她愿意把清白的身子给我，那一刻我狂喜，满身的戾气，尽数化为最缱绻的温柔。

我们彼此皆是对方的唯一，我笨拙紧张地把她变成了我的女人，长久以来的祈盼，终于如愿以偿，我享受着她带给我的鱼水之欢。

然而，美好的开始，却以悲惨的结局收场。

仿佛注定了似的，每一次都是这般，前一刻，她将我带上天堂，下一瞬，便将我无情地打入地狱。

我无言以对，大起大落的心情，几乎把我折磨成了神经病！

如果要她的结果，是这般令人心碎，那我宁可不要，男人虽重欲，但若拿欲与情相较，我选择情。

我藏起了那块染着长歌处子血的床单，如获至宝。

那是，我与她最纯洁的见证，是我将她从姑娘变成女人的证据，亦是她无法抵赖的信物。

她小病一场，痊愈后出宫买回了公鹦鹉相伴，我命人杀了鹦鹉。

她愤怒，我不置可否地冷笑，我就是这般霸道，不论她接受也好，生气也罢，我尹简这个人，不爱则已，爱便癫狂至发疯！

我提拔她成为我的御前侍卫，却故意命她值夜岗，而我则夜夜留宿后妃寝宫，做出临幸后妃的假相，我用幼稚的举动刺激她，希望她能够吃醋，能够从其他女人手中争夺我。

可我的幻想太美好，长歌她并非世俗女子，我越是如此，她越是不在乎，哪怕我将她遣出东偏殿，停了她所有的特殊优待，她亦无所谓。

孟长歌，她就是这么一个令我又爱又恨的没心没肺的女人！

我不知道，我还能有什么办法使她回心转意，她从未说过她爱我或是喜欢我的字眼儿，我不敢问，亦不敢奢望，只盼她能回来便好。

真的，只要她肯说一句，尹简我们和好吧，我做梦都能笑出声，我可以任她为所欲为。

可惜，她不如我愿。

她就像一个谜，常常令我看不懂她，不知她心里究竟在想些什么。

她的反反复复，叫我身心疲惫，我无数次探望于她，坐在房顶上，透过揭开的瓦片，偷偷凝望着睡梦中的她。

其实她不快乐，嘻哈笑闹只是她的外表，我能感觉得出来，她有很重的心事，她眉宇间经常有一闪而逝的忧伤。

可她不告诉我，甚至不告诉任何人，包括与她私交甚笃的尹婉儿。

我陷入无力的彷徨中，不知该拿她怎么办。

软的，硬的，我全试过了，都没用，她把身子给了我，却不愿为我孕育子嗣，她拿最伤人的话刺激我，我就差跪下来求她，但是我不能，我也有我的尊严。

太后因尹璃被派江南剿匪的事，趁我不在宫中时，按捺不住地朝尹婉儿和长歌下了手，我听闻消息，飞速赶回。

再一次，为了长歌，我与太后公然反目！甚至，我在太后寝宫外跪求半日换她安隅！

长歌脱险了，她受了伤，我嘱咐人将她送回东偏殿养伤，既然激将法没用，我又何必再让她住在下人居所受委屈。

就在我黯然心死的时候，上天却突然眷顾我，将长歌送回到了我身边！

她深夜作贼似的偷入帝宫探望我的伤势，我为她伤了膝盖，她终究是挂念着我，放不下我。

对于她的到来，我又惊又喜，又深深地不安，生怕她又忽然间地，毫无预兆地泼我一盆冷水！

好在，她这次没有让我失望，我向她表明心迹，她竟主动吻了我，我们彼此情动，我牢牢地抱紧她，不舍得松手，只怕眨个眼睛，她便又会消失不见。

这一夜，她没有走，留下来陪我，并提出补偿我，我惊喜连连，继初夜那晚后，我终于再次真真实实地拥有了她，她又是我尹简的女人了！

可惜，她仍不愿嫁给我，不愿让我给她名分。

我不敢勉强她，依她顺其自然，我想终有一天，她会为我凤冠霞帔，与我举案齐眉。

孰料，这个美梦，并没有维持多久，便碎成了一地……

她走了，只留下一封书信给我，便在我的生命里，彻底地失去了踪影……

她残忍地抛弃了我，当我沉浸在她为我编织的爱情美梦中时，她无情地给了我迎头一棒！

孟长歌，那个五年前突然闯入我生命中的精灵，五年后又突然搅乱我一池春水的女子，终究如她来时那般，悄无声息地翩然离去，不曾留下半缕清风……

她是我不能承受的剜心之痛，我疯狂地寻找她，撕心裂肺地呼喊她归来，我不承想到，晨起离别的那一吻，竟是她送予我的永别之吻……

赵宣向我禀报，夜盗大秦边防军事图的人，怀疑是她，我不信，长歌她不会背叛我的，她曾向我发过毒誓，她不会违誓的，不会舍得葬身于万丈深渊……

仲夏夜，我酒醉于红墙金瓦的宫殿里，一袭白衣，泪痕和酒，湿了双罗袖……